Minerva Shobo Librairie

日本文学の〈戦後〉と変奏される〈アメリカ〉

占領から文化冷戦の時代へ

金 志映〔著〕

ミネルヴァ書房

日本文学の〈戦後〉と変奏される〈アメリカ〉——占領から文化冷戦の時代へ　目次

凡　例

一、引用の仮名遣いは、引用箇所により適宜判断した。
一、引用にあたり、踊り字は平仮名表記を繰り返した。
一、引用文の中での引用者による略は、（…）という形で示す。
一、本文中の括弧の使い方は、以下のようである。
『』長編小説、単行本、新聞、雑誌名
「」短篇小説、エッセイ、本文中の引用、特殊用語
一、引用文中、民族的・社会的・性的な差別にかかわる語句の使用が見られるが、原文の文学性・歴史性を考慮し、そのまま用いた。

序章　なぜロックフェラー財団創作フェローなのか

第一節　戦後日本文学と「アメリカ」――ロックフェラー財団創作フェローという視座（パースペクティブ）

敗戦から現在に至るまでの日本の「戦後」と呼ばれる時空間において、人々は多様な「アメリカ」に繰り返し出会ってきた。圧倒的な優位に立つ占領者から、その後に自由主義圏の同盟国へと立場を変えて冷戦をともに歩んだ「アメリカ」は、戦後日本の形成に深く影響を及ぼしてきた。そして今日ではもはや「アメリカ」は、「日本」から切り分けることが困難なほど内側に溶けこみ、普段はとりたてて意識されることすらないほど日常に浸透している。これは「アメリカの世紀」と呼ばれた第一次大戦後の二〇世紀以降、日本にのみ特有のことではないが、一方で戦後日本が「親米」的であることをしばしば指摘されるのも事実である。諸外国への意識を問う世論調査で、常にアメリカが親しみのある国として、好感度の高い国の上位を占めることが、そのことを示している。[1]では、このような「アメリカ」への態度は、どのようにして形作られてきたのか。本書は、この大きな問いをめぐり、アメリカを身近に経験したある一群の文学者たちのアメリカ体験とその表現を通して、一つの考察を試みるものである。

日本の「戦後」は占領する「アメリカ」との出会いから始まった。占領軍は厳密には一一ヵ国の連合国から構成されたが、占領政策を主導した権限や影響力においても、またそれを経験した人々の意識においても、ほとんど単独と言えるほど圧倒的な中心を占めたのはアメリカであった。敗戦を経験し、それぞれに現実と向き合っていた人々は、街中で日常的に外国の兵士を眼にし、その文化や風俗に触れた。また連合国軍最高司令官総司令部（GH

Q／SCAP、General Headquarters, the Supreme Commander for the Allied Powers）は、新憲法の制定をはじめとして、戦後の基盤となる占領政策を次々に打ち出した。このような側面については既に優れた研究の蓄積があり、多くが語られてきた。だが、占領が終結した後、「アメリカ」は日本に向けてどのように自らを変容させていったのか。

ソビエト連邦の解体と各国の関連文書の公開を受けて一九九〇年代から大きな進展を見せた冷戦史研究において、近年特に活気を帯びている文化研究は、冷戦期においてアメリカが、国家イメージの向上及び親米世論の形成を目的として、さまざまな文化外交や宣伝活動を世界規模で活発に行ったことを明らかにしている。アメリカの戦後対日政策はこうした動きと足並みを揃えており、占領終結時には、GHQの民間情報教育局（CIE、Civil Information & Education Section）及び陸軍省から国務省へ、情報・教育政策の引継ぎが行われた。[2]一方でこのような冷戦期は、日本におけるアメリカをめぐる共同体の記憶に、決定的な変容と断絶がもたらされた時期でもあった。戦後日本におけるアメリカ・イメージの展開を考察した吉見俊哉は、占領期まで「軍事的な暴力と消費的な欲望が表裏になった占領者」としてあったアメリカが、五〇年代以降の本土日本では、「基地や暴力との直接的な遭遇の経験や記憶から分離され、メディアを通じて消費される豊かさのイメージとして純化されていった」と指摘する。[3]その背景にあるのは、社会主義圏に対する軍事的な基地の役割を韓国・台湾・沖縄が担い、本土日本はもっぱら経済発展の中枢としての役割を担わされた、東アジアの冷戦構造であると分析される。これら歴史・文化研究はともに、高度成長期を冷戦の時代とみる視点により、占領期からの連続と屈折を視野に入れて、戦後史における「アメリカ」を再考する必要性を提起している。

このような認識から本書では、文学領域における文化冷戦の事例として、ロックフェラー財団（The Rockefeller Foundation／以下、適宜ロ財団と略）が日本の文学者に対して行った留学支援を取り上げて考察する。アメリカの文化冷戦は政府諸機関と多くの民間組織の協力によって担われたが、その一つの代表例とされるロ財団は、アジア諸国において広く文化事業を展開していた。そして五〇年代を通して民間組織として日米文化交流を先導した同財団は、多彩な活動の一環として、講和直後の五三年に日本の文学者を対象として一年間の留学を支援する創作フェローシップ（Creative Fellowship）を立ち上げた。およそ一〇年の間に、福田恆存、大岡昇平、石井桃子、阿川弘之、中村光夫、小島信夫、庄野潤三、有吉佐和子、安岡章太郎、江藤淳といった戦後を代表する文学者たちがこのプログラムの招聘を受けてアメリカへ渡った。ロックフェラー財団の文学者留学制度は、冷戦秩序構築の只中にあった占領後期からポスト占領期への移行期に、本土日本におけるアメリカの対日政策の重心が軍事から経済・文化の領域へと移るなか、文学の領域が、俄かに文化冷戦の場として浮上したことを鮮明に映し出す事例である。

この留学体験について、財団創作フェローシップによる最後の留学生であった文芸批評家の江藤淳（一九三二～一九九九）は後年、『自由と禁忌』（一九八四）のなかで、次のような問いを投げかけている。

　小島氏や私のような、あるいは安岡章太郎氏や庄野潤三氏や有吉佐和子氏のような、ロックフェラー財団研究員とは、いったい何だったのだろう？　これらは後世の批評家や文学史家が、解き明かさなければならない一つの興味深い宿題である。[4]

江藤が一九七〇年代末から占領軍が行った検閲の研究に着手し、それが戦後日本の「閉された言語空間」を創り出し、文化、思想を強く拘束したとして激烈な批判を展開したことはよく知られている。[5]その同じ時期に、彼がこのようなどこかわだかまりを感じさせる設問を書き記していたことは興味深い。この江藤の問いは、占領が終結した後の文学空間へのアメリカの介入の考察へと誘うことを意図して発せられたのではなかったか。江藤による問題提起以後、占領軍の行った検閲は広く知られるところとなり、その表現の規制が文学に及ぼした影響に関する研究には一定の蓄積が見られる。一方で、これまでの考察は占領期に偏り、占領終結後の日本の文学空間とアメリカとの関わりに眼を向けた研究は少ない。しかし講和以後の日米文化交流計画において、多くの文学者たちがアメリカとの交流の場に身を置いていたことは、ポスト講和期の文学空間が占領期とは異なるかたちでアメリカの強い影響下にあったことを意味するのではないか。その意味で江藤の問いは、彼の意図を離れても、講和後の文学空間をアメリカとの関係性において問う恰好の出発点となると思われるのである。こうしたことから本書では、江藤の問いに導かれながら、ロックフェラー財団創作フェローの体験を視点として、戦後日本の文学空間における「アメリカ」の考察を行う。

ではロックフェラー財団の創作フェローシップとはいかなるプログラムであったのか。これに答えるためには、その背景にある占領期からポスト講和期に至るアメリカの対日文化政策の流れを理解する必要がある。そこでまず本書では、占領期に遡り、戦後の始点においてアメリカが多岐にわたる政策を通してどのように戦後日本の文化基盤の形成に介入したのかを俯瞰する。文学表現にも影響を与えたGHQによる検閲はその一つであり、これに文学者がどのように対峙したのかは検討されるべき重要な論点となろう。そして占領の成果を踏まえて行われたポスト講和期への対日文化政策の移行を追いながら、講和以後に日米文化交流が本格的に始動するなかで、ロックフェラー財団による創作フェローシップ・プログラムが立ち上がるまでの脈絡を辿ることは、本書のもう一つの課題である。占領後期からポスト講和期に至る日米文化関係の展開には、独立後の日本を親米的な民主主義国家に留めて置くことを目論んだ冷戦の政治が深く介在している。このような考察を踏まえて、創作フェローシップ・プログラムの制度としての特徴や時代的意義、そして作家たちの留学の実相を明らかにしたい。本書では、筆者が米国ニューヨーク州所在のロックフェラー財団文書館（The Rockefeller Archive Center）で行った調査で発掘した新資料群に基づいて、このフェローシップの制度としての実態と留学の諸様相を実証的に解明することを試みる。分析においては、アメリカによる一方的な文化攻勢として捉えるのではなく、日米間の緊密な協力関係にも目を向け、相互的な視点を維持したい。

留学した文学者たちは、作品や批評のなかで多く「アメリカ」を描いた。ロックフェラー財団のフェローとなった作家の多くはいわゆる「第三の新人」たちであったが、彼らが文壇ジャーナリズムの中心を占めた昭和三〇年代に次々にアメリカに留学し、その体験を作品に反映させたことの持つ意味と、それがもたらした影響は、あらためて検討されるべきと考える。米軍占領下の日本を風刺した「アメリカン・スクール」で一九五四年に芥川賞を受賞した小島信夫を含めて、この時期の留学者たちは、アメリカ・イメージの強力な担い手であったのではないか。また、福田恆存や江藤淳が活発な批評活動を通してアメリカをめぐる言論に積極的に介入した事はよく知られている。本書ではこのうち、主に小説作品に焦点をあてて、そこに描かれた「アメリカ」のイメージの様相や、それが時代において持ち得た意味を考察したい。

本書が描き出す占領期から一九六〇年代初頭に至る冷戦初期は、日本において「アメリカ」の意味内容をめぐって表象上の抗争が熾烈に繰り広げられた時期である。そうしたなか、ロックフェラー財団研究員の文学者たちやその文学が果たした役割は、一義的に意味づけすることはできない。さまざまな政治的立場と個人的記憶から語られた複数の「アメリカ」語りは、互いに共鳴したり時には衝突したりしながら、「アメリカ」をめぐる社会的な記憶に複雑な陰影を落すことになったとみるべきであろう。

こうした諸側面の考察を通して本書では、戦後日本の言説空間に対してアメリカがいかに働きかけていたか、そのなかで個々の文学者がどのようにアメリカを経験し、文学作品及び批評を通してアメリカをめぐる文学的言説を形作ったか、同時代の言説空間のなかで言論を形成したかを総体的に論じることで、冷戦期の文化交流をアメリカのプロパガンダとみる一面的な見方を脱し、日米相互の駆け引きを鮮明に描きたいと考える。そのなかで、戦後文学における「アメリカ」の表象やそれと結びついた記憶がどのように変容していったのかを考察する。本書で展開される議論は、江藤の提起した問いに対する答えを見つけていく過程として捉えられるが、しかし考察の目的はその問いに一つの確かな答えを与えることにあるというよりも、むしろ探求する過程においてさまざまな「アメリカ」を浮かび上がらせることにある。

このような作業は、戦後の時空間の問い直しと不可分であると思われる。東アジアの文化地政学を考察した丸川哲史はかつて、台湾や韓国と日本との間に横たわる冷戦をめぐる感覚の相違から、「いったい、日本人は、歴史の実感としての冷戦が果たして何であったのか、実感としてつかんでいるのかどうか」という疑問を記し、「冷戦の出口がはっきりしないのは、その入り口、つまり冷戦構造へと巻き込まれていく、あるいはそれが打ち立てられていく歴史を生きていなかった（実際には生きていたとしても）からではないか」という問いを投げかけている。即ち、戦後日本は実際には東アジアにおける冷戦構造をアメリカとの合作で成り立たせた「冷戦の協力者」であり「主宰者」であったにもかかわらず、この事実と向き合うことなしに意識の上ではひたすら「傍観者」として冷戦の時代を生きたというのである。[6] 日本において「戦後」の基盤がつくられた占領期は、冷戦への入り口の時期にあたり、その後に続いた本格的な冷戦の時代を通して、アメリカはますますその影響力を増していったように見える。東アジアの時間が「冷戦」と「熱戦」に分岐していくなかにあって、日本では「戦後」と呼ばれてきたこの時空間を理解するためには、丸川が指摘したように曖昧にされてきた「冷戦」を、その入口に遡ってもう一度辿り直す作業が必要ではないだろうか。そのために本書は、「アメリカ」に反照された日本の「戦後」の風景を見つめ直すことにしたいのである。

第二節　先行研究の整理と本書の意義

戦後日本における「アメリカ」はこれまで、さまざまな研究領域においてその意味が問われてきた。ここでは、歴史・文化研究、文学研究、比較文学研究の大きく三つに分けて代表的な先行研究に触れながらこれまでの研究の成果を整理し、最後にロックフェラー財団の創作フェローシップに関する研究の現状に触れて、本書の意義を示しておきたい。但し、これらの研究領域別の成果はそれぞれ厳密に分けられるものではなく、便宜上の区分に過ぎないことを断っておく。

（一）歴史・文化研究分野における先行研究

占領研究は日米両国の研究者による厖大な蓄積がある。代表的な成果として、占領を日本とアメリカの合作＝抱擁（embrace）として捉える視点に立ったジョン・ダワーの『敗北を抱きしめて』（一九九九、邦訳二〇〇一）がまず筆頭に挙げられよう。日本側では、竹前栄治、五百旗頭真、山本武利を先駆として、歴史、政治、文化、教育、メディアなど幅広い分野にわたって厚い先行研究の蓄積ができている。[7] しかし、占領政策が講和発効後の日米関係にどのように引き継がれていったのかについては、近年に至るまで研究が手薄であった。

土屋由香『親米日本の構築――アメリカの対日情報・教育政策と日本占領』（二〇〇九）は、占領期から占領以後へのアメリカの対日文化政策の移行をアメリカ側の政策文書に基づいて明らかにした画期的な成果であった。土屋が占領軍、米陸軍省、米国務省などの政府文書を精査してＣＩＥの閉鎖と国務省への引き継ぎの過程を解明したのに対して、松田武『戦後日本におけるアメリカのソフト・パワー――半永久的依存の起源』（二〇〇八）は、ロックフェラー三世を中心に、講和後の日米文化関係の制度化に重要な役割を担った主要人物らに焦点をあてて、対日占領の終結を前に、彼らが占領の評価を踏まえながら来るべき日米文化交流をどのように立案し実現させていったのかを、政府と連携した民間の動きをも射程に入れて論じている。同様に対日占領からの連続性を踏まえた研究として、戦間期に起源をもつアメリカの文化外交の軌跡のなかで一九五〇年代におけるアメリカの対日文化外交の諸相を捉えた藤田文子の『アメリカ文化外交と日本――冷戦期の文化と人の交流』（二〇一五）[8] も挙げられる。松田の研究が占領と講和以後をアメリカによる文化攻勢として一つの連続した視点で捉え、それが日本における対米依存をもたらしたと論じているのに対して、藤田はアメリカの対日文化外交の影響は限定的であり、日本人の受け止め方は多様であったとしている点で[9]、両者が対照的ともいえる評価を下していることは興味深い。

右に触れた先駆的研究が切り開いた視座を共有しつつ、文化冷戦研究においては近年活発に研究が進み、宣伝映画を中心に多くの事例が明らかになっている。戦後日本における文化冷戦の諸相については、貴志俊彦・土屋由香（編）『文化冷戦の時代――アメリカとアジア』（二〇〇九）や土屋由香・吉見俊哉（編）『占領する眼・占領する声――ＣＩＥ／ＵＳＩＳ映画とＶＯＡラジオ』（二〇一二）が幅広くその実態を捉えて提示した。なかでも映画分野における研究の進展は著しく、占領政策や冷戦プロパガンダと映画メディアとの複雑な結びつきの諸様相に光があてられつつあるほか、ラジオやCIE図書館などに注目した研究もなされている[10]。多くの個別事例の発掘が進むにつれて、文化冷戦の実相が多面的に明らかになりつつある。

先述した成果からもその一端を窺えるように、日本における文化冷戦研究は近年活況を呈しているが、こうした研究の成果は、海外における研究の潮流とも連動している。ここで、グローバルな視点で冷戦研究の動向に簡単に触れておくなら、米ソが覇権を争った冷戦については、ソ連の崩壊以後アメリカを中心に活発に研究が行われてきた。ところが近年の新しい動向として、次のことが挙げられる。

第一に、政治や軍事、外交といったハイポリティクスに偏重してきた伝統的な傾向に対して、二〇〇〇年代以降は文化領域への視点が大きく浮上したことである。「冷戦」における「文化」を問題にする場合、プロパガンダなど文化外交として展開された「文化冷戦」と、冷戦の政治力学の下で形成された文化を指す「冷戦文化」に分けることができるが、その両面において精力的に研究が進められている[11]。

第二に、米ソの二国だけでなく、これまでの研究では周縁化されてきた第二世界、第三世界への注目が増したことがある。とりわけ二〇〇〇年代以降に冷戦史において従来相対的に重要度が低く認識されてきたアジア地域における冷戦に光をあてた研究が、内外の要因に促されて活発化していることは注目される。地域的な視野の拡大は国際的な共同研究の動きにも繋がった。特に注目されるのは、アジアの研究者の間で冷戦史の再検討を通して東アジアの第二次世界大戦以後の時空間を見直す国際共同研究の動きがみられることである[12]。こうした視点から導き出されるアジアにおける「冷戦（もしくは熱戦）」の全体性から逆照射されることによって、戦後日本における「アメリカ」の特有の位置取りと性質はより鮮明に捉えられるであろう。

また一方で歴史研究分野では、ロックフェラー財団の日本における文化交流事業は複数の研究者によって取り上げられてきた。例えば、五十嵐武士の『戦後日米関係の形成——講和・安保と冷戦後の視点に立って』（一九九五）は、アメリカの対日冷戦政策においては軍事・経済・文化が複合的構造をもって構想されたことを指摘しながら、冷戦期アメリカの文化交流計画を取り上げるなかで、ロックフェラー三世と財団の文化事業に触れている。財団文書館の資料に基づいた本格的な研究は、先に触れた松田武『戦後日本におけるアメリカのソフト・パワー』によってなされた[13]。ロックフェラー三世やロックフェラー財団の戦後日本への関わりを最も手堅く実証した研究成果である本書で松田は、ソフト・パワーが重視されたアメリカの占領改革と冷戦外交をアメリカの「文化攻勢」として捉えた上で、文化交流事業を制度化した責任者としてロックフェラー三世に注目して詳細に論じている。松田は、従来の戦後日米関係に関する研究の大部分が「文化帝国主義」（ジョン・トムリンソン）の視点に基づいて行われてきたとし、これに対してアメリカの文化冷戦をみる視点として、アントニオ・グラムシーが提示した「文化的ヘゲモニー」の概念を提唱していて示唆に富む。このほか、山本正の編集による『戦後日米関係とフィランソロピー――民間財団が果たした役割、1945〜1975』（二〇〇八）は、戦後の日本で展開されたアメリカの民間財団のフィランソロピー活動について網羅的に提示しながら、そのなかに大きな役割を担ったロックフェラー財団の活動を位置づけている。最新の文献として、ロックフェラー三世と、松本重治をよく知る立場からロックフェラー家と日米文化関係の関わりを描いた、元国際文化会館常務理事加藤幹雄による『ロックフェラー家と日本――日米交渉をつむいだ人々』（二〇一五）も挙げられる。しかし、以上に挙げたロックフェラー財団関連研究はいずれも、国際文化会館や学術交流事業などに焦点を合わせており、文学者を対象としたロックフェラー奨学金（creative fellowship）にはほとんど触れていない。文学領域における文化冷戦の検証は視野から抜け落ちているのである[14]。

他方、戦後日本における「アメリカ」を対象とした文化研究として、幕末から高度成長期に至るまでの日本におけるアメリカ・イメージの変容を分析した吉見俊哉の『親米と反米――戦後日本』（二〇〇七）をはじめとする諸論考を筆頭として、大衆文化の領域において幅広く「アメリカ」を考察した研究の蓄積がある[15]。本書のなかでも文学作品にあらわれたアメリカ・イメージの分析にあたっては、これら文化研究の成果も参照したい。

（二）戦後文学における「アメリカ」の先行研究

戦後文学研究における「アメリカ」を取り上げた従来の研究は、占領軍検閲の文学への影響を明らかにするものと、アメリカ表象論として論じるものが中心をなしている。

前者に関しては、占領期に検閲に付された図書・小冊子・雑誌などを集めたプランゲ文庫（The Gordon W. Prange Collection, East Asia Collection, Mckeldin Library, University of Maryland at College Park）の資料が一九七〇年代に整理され、江藤淳が『閉された言語空間』ほかで、言論の自由を建前として掲げるGHQによる検閲への批判を前面に出して問題提起して以来、研究が活発化した。特に二〇〇二年には、占領期の新聞・雑誌情報が早稲田大学二〇世紀メディア研究所によってデータベース化され、機関誌『インテリジェンス（*Intelligence*）』をはじめ精力的に検閲に関する実証研究が進み、その実体が明らかになっている。

一方で、アメリカ表象論として最もまとまった研究としては、占領表象を比較分析する試みであったマイク・モラスキーの『占領の記憶／記憶の占領――戦後沖縄・日本とアメリカ』（二〇〇六）が挙げられる。モラスキーは、「占領下の文学」や戦後の生活を描く一般的な「戦後文学」と区別して、「アメリカ人占領者と占領下の民衆との間の関わりを描写した作品」を「占領文学」と定義し、戦後日本・沖縄文学における「占領」の表象を論じた。モラスキーの論考は、戦後アメリカ表象論が取り上げる文学作品が本土出身の男性作家によるテクストに偏ってきたことを指摘し、「占領文学」の読解にジェンダーと地域性の視点を新たに導入した。彼の研究は、幅広い作品を網羅して研究の裾野を広げた点でも大きな功績がある。モラスキーが時期区分ではなく、占領を題材とした文学作品を捉える名称として「占領文学」を提唱したのに対し、鈴木直子は特に一九五〇年代に書かれた文学を「ポスト占領の文学」として捉え、そこに「植民地の記憶を忘却し、日本をアメリカの植民地として位置づけるナラティヴがジェンダー・メタファーを通じて形成された」という特性が見られることに着目していて示唆深い[16]。また、勝又浩の『「鐘の鳴る丘」世代とアメリカ――廃墟・占領・戦後文学』（二〇一二）は、占領下の原風景に始まり現代につながるアメリカ「占領」の意味を、「戦後文学とアメリカ」の広い射程のなかで考究している[17]。

しかしその他のアメリカ表象論に関していえば、数は多いものの、個別作家あるいは作品における「アメリカ」のテーマを断片的に考察した論文が散在している状況である。本書で扱う作家に関しても状況は同じで、ロックフェラー財団研究員（フェロー）のうちこれまでの研究においてアメリカとの関わりが指摘されてきたのは、主に安岡章太郎、小島信夫、江藤淳だが、安岡と小島に関しては、個別の作品論に留まっている。詳しく列挙することは控えるが、安岡の場合「ガラスの靴」や「ハウス・ガード」などの初期作品に議論が集中しており、小島の場合、「アメリカン・スクール」と『抱擁家族』の作品分析がほとんどを占める。一方、留学体験を題材にした一連の作品については、研究はほとんど手付かずである。勝又浩は、安岡章太郎や小島信夫などを挙げながら、「戦後派作家が多く戦争や戦場を描いたように、第三の新人たちはアメリカや占領軍を書いた」として、「アメリカ」のテーマの同時代的な広がりを指摘したが、従来の作品論が提示したさまざまな論点を踏まえつつ、個別作家の視点を超えて同時代作家の間の横の関係性を視野に入れた考察や、個別作家の文学的軌跡のなかで「アメリカ」のもつ意味をより広く捉える研究が課題であるだろう。[18] 江藤淳に関しては、加藤典洋『アメリカの影』（一九八五）や坪内祐三『アメリカ――村上春樹と江藤淳の帰還』（二〇〇七）など、評論ジャンルにおいて江藤の思想を「アメリカ」との関連で探る批評が目に付く。そのほか在野の廣木寧による『江藤淳氏の批評とアメリカ――『アメリカと私』をめぐって』（二〇一〇）は、滞在記『アメリカと私』（一九六五）のなかに書かれたプリンストンでの留学体験を辿りながら江藤の思想について思索をまとめたものだが、より実証的かつ緻密な検証が必要である。こうしたなか、のちに触れる梅森直之の論考は、ロックフェラー財団文書館の資料を用いながら江藤の留学の思想形成への影響を考察していて注目される。

以上の記述からも分かるように、文学における「アメリカ」を論じたものは、占領期を対象にした考察に偏っている。占領期におけるアメリカの文化政策がどのように文学に影響を及ぼしたかについては、引き続き明らかにしていく必要があるが、他方でかなり蓄積ができてきた占領期研究を、その前後の時代のなかで捉え直すことで、より広い考察へと開いていくことが今後の課題となると考える。特に、占領期の対日政策の多くが占領後へと引き継がれたことからも、冷戦期の検討は不可欠であるが、これまで戦後文学の読解に「冷戦」の視点を導入したものは、極めて数が少ない。戦後日本の文学や映画などの文化テクストにおける冷戦の歴史意識の希薄さを問題化した丸川哲史の先駆的な論考『冷戦文化論――忘れられた曖昧な戦争の現在性』(二〇〇五)が提起した戦後日本文学における「冷戦」の問題は、管見に入る限り、わずかに英語圏で上梓されたアン・シェリフの『*Japan's Cold War: Media, Literature, and the Law*[日本の冷戦――メディア、文学と法律]』(二〇〇九)に受け継がれたほかは、ほとんど深められないままになっている[19]。そこで本書では、丸川の問題意識を受け継ぎながら、ロックフェラー財団研究員という戦後文学者に広く共有された経験に注目することで、占領と冷戦の磁場のなかで、戦後文学の「アメリカ」表象を読み解く。丸川やシェリフが「冷戦文化」の視点から戦後日本文学の読み直しを図ったとするなら、本書では「文化冷戦」の場としての〈戦後文学〉を浮かび上がらせることになるだろう。

(三) 比較文学研究における先行研究

異文化理解の可能性や倫理を重要な主題に掲げてきた比較文学の研究領域では、日米間の文化接触をさまざまに問うてきた。佐伯彰一『日米関係のなかの文学』(一九八四)や瀧田佳子『アメリカン・ライフへのまなざし――自然・女性・大衆文化』(二〇〇〇)などは、広い視野に立って日本とアメリカが対峙し、相互に与えた影響を戦前から戦後に至るさまざまな場面において俯瞰的に論じている。また、亀井俊介『アメリカ文化と日本――「拝米」と「排米」を超えて』(二〇〇〇)や菅原克也「脅威と驚異としてのアメリカ――日本の知識人・文学者の戦中日記から」(二〇〇八)は、アメリカとの接触のなかで日本人が抱いてきた両義的な感情を、「拝米」と「排米」(亀井)、「脅威」と「驚異」(菅原)といった振幅として捉えている。

また、日本人のアメリカ体験やアメリカ観は、比較文学研究において重要な主題を占める。古くは幕末期から、多くの日本人がアメリカに渡り、その見聞を伝えた。鎖国政策が取られていた嘉永三年(一八五〇年)に遭難に会い、漂流していたところをアメリカ船に救助されて米国へ渡った浜田彦蔵(ジョセフ・ヒコ)や、咸臨丸でアメリカへ渡り、『西洋事情』(一八六六)や『世界国尽』(一八六九)といった諸外国を紹介する啓蒙書を著わした福沢諭吉、明治四年に不平等条約の改正の交渉と欧米先進国の文物の視察を目的としてアメリカに派遣された岩倉具視を特命全権大使とする岩倉使節団からはじまり、新島襄、内村鑑三、新渡戸稲造といった知識人がアメリカへと渡った。文学者では、一九〇三年から一九〇七年にかけての足かけ四年間をアメリカに過ごした永井荷風や、ほぼ同時期に渡米した有島武郎をはじめとして、本書が取り上げる戦後のロックフェラー財団支援による留学生に至るまで、その数は多い。文学者のアメリカ体験及びアメリカ観を考察した本研究は、大きくはこの伝統的な研究主題に基づく研究の系譜に連なるものである。

(四) ロックフェラー財団創作フェローシップに関する先行研究

これまでの文学史の記述において、ロックフェラー財団の支援による留学は、個別の文学者の伝記的事項として記されるに留まってきた。また従来の研究では、江藤淳など個別の作家研究においてこの留学を通したアメリカ体験が文学及び思想形成の上での大きな転機となったことが指摘されてきたものの、文学者に対する財団の留学支援が注目されたのは比較的近年に至ってのことである。佐藤泉がこれを文学者に広く共有された体験として取り上げ、考察への先鞭をつけた[20]。講和の締結と文化交流が一つの繋がりのなかで立案された歴史的経緯を踏まえて、冷戦下の文化交流と政治との関連性に思考をめぐらせた佐藤は、江藤の留学体験やその後の批評の軌跡などを考察し、江藤が先の問いに対して示唆した答えとは、「アメリカが我々を招いたのは一種の心理戦」であり、「占領軍の検閲と同様に、われわれはアメリカの操作対象だった」というものであったとする推論を提示している[21]。さらに同書所収の小論「六本木と内灘——象徴闘争としての日米関係」では、福田恆存のアメリカ留学と帰国後に発表した「平和論」を併せて、基地問題と文化交流との間の隠れた相互関連性に注意を促している。佐藤の論考は、冷戦期の文学的言説における「アメリカ」を考察する上で、ロックフェラー留学を視座とすることの有効性を示した研究として意義深い。しかしながら、有吉佐和子と作品『非色』を取り上げて論じているものの、佐藤の考察は批評ジャンルを主たる対象としているために、江藤と福田を除く文学者たちの小説作品のほとんどは検証されないまま残されている。

創作フェローシップに特定した考察としては、梅森直之「ロックフェラー財団と文学者たち――冷戦下における日米文化交流の諸相」（二〇一四）が冷戦下の日米文化交流の一例として取り上げて紹介を行った。プログラムに関係した重要人物の経歴や財団との関わり、留学した文学者たちの残したアメリカ体験記や小説作品、発言などを丹念な調査に基づいて示し、それらを手がかりとして運用方法などの概要をまとめた基礎的論考である。[22]また梅森は、財団文書館資料を用いながら江藤淳のアメリカ体験の考察を行ない、「占領中心史観」の源流として位置づけた。[23]なお筆者は、拙論「阿川弘之における原爆の主題と「アメリカ」」（二〇一三）、「ポスト講和期の日米文化交流と文学空間――ロックフェラー財団創作フェローシップ（Creative Fellowship）を視座に」（二〇一五）などにおいてロックフェラー財団創作フェローシップ・プログラム及びフェローの文学作品について論じており、[24]これまでに公表した研究の成果は本書の一部をなしている。

これら一連の考察は、講和以後の文学空間の再考へ向けた新たな研究の動向をなしているといえよう。だが創作フェローシップ・プログラムについては未解明の部分が多く、その全体像を知るには財団側がいかなる意図や方針の下に文学者に対する支援を行なったかを明らかにすることが必要と思われる。ニューヨーク市郊外に位置するスリーピーハロー所在のロックフェラー財団文書館には、創作フェローシップ・プログラムやそれぞれの文学者の留学に関連する文書・私信類が多数保存されている。その一部は近年の研究[25]のなかにも紹介されているが、財団側の資料を用いた実証研究は漸く着手されたばかりといえる。そこで以下においては、財団文書館所蔵の新資料を紐解きながら、この交流プログラムの性格や日米双方の思惑をも含めた諸様相を論じたい。

（五）本書の位置づけと意義

以上のような先行研究の整理を踏まえて言えば、本書の新しさは、冷戦史研究と戦後文学研究の両分野において死角になっていた冷戦期における文学者の日米文化交流への関与に光をあて、占領が終わった後のアメリカの対日文化外交の日本の文学への関わりを明らかにする点にあるといえよう。言い換えれば本書は、戦後史研究と戦後文学研究の双方の成果を受け継ぎながら、両方において周縁化されてきた冷戦期における文学者の文化交流に光をあて、二つの学際領域の橋渡しを試みるものとして位置づけられる。その成果が個別の作家研究に資するとともに、戦後の日米間の親密な関係がいかにして築かれ、日本が「アメリカ」を深く受け入れていったのかを文学分野の具体的な事例を通して示すことを目的としている。同時にそれは、冷戦の時代のなかで「留学」や「文化交流」が担った特殊な役割を捉えることで、「異文化接触」「西洋化」「文化受容」「国際交流」といった比較文学研究の伝統的なテーマに新たな光をあてるものでもあるといえよう。

本書では、文学研究という一つの領域のなかに留らず、異なる領域間の境界を自由に横断しながら考察を試みるが、しかしその一方で、敢えて文学領域に重心を置きたい。文学というメディアを通して「アメリカ」を考察することには、どのような意味があるだろうか。本書が文学に注目する理由や意義は大きく二つある。

第一には、文学が果たしてきた役割である。即ち、文学は集合体の記憶が語られ、共有される強力な場であるという点である。文学の言語は共同体の体験に表現を与え、それが共有されることによって、人々の記憶や想像力に深く影響を与えてきた。このような文学観は、検閲や交流制度を通して人々の認識に影響を及ぼそうとしたアメリカの対日政策にも共有された認識でもあったと言える。そして文学は、ナショナル・アイデンティティの産出に常に深く関わってきた。とりわけ日本においては、日本語の境界と日本国家の境界が一致すると考えられていることから、言語メディアがナショナルなアイデンティティの基盤として働く力は強力であったといえる。こうした理由から、文学を通して異文化との接触の体験を検証することには大きな意義があると考える。

だが本研究が文学に注目することの意義はもう一つある。アメリカは戦後日本の形成に深く影響を及ぼしてきた。いとも自明な命題である。本書を通して導き出される結論も、大きく言えば、この言い古された命題の域を出ないだろう。だが本研究が文学に眼を向けるのは、この一文で要約されうる命題のなかにどれだけの多くの人々の生が結びついていたのか、そしてそのなかで、人間が何を感じ、考え、そして生きたのかを文学の言語が繊細に語ってくれると思うからである。本書が分析手法としての文学作品の精読（explication de texte）に拘るのは、そのためである。文学作品に書かれた言葉の手触りを同時代の文脈に沿って読み取ることが、歴史を集積された相において捉えるのではなく、出来事の一つひとつの場面としてときほぐし、人々が感じたであろう感情の襞に可能な限り寄り添って理解するための通路となるからだ。文学作品に描かれた世界や出来事に思いを馳せ、身を置いてみることが、他者への想像力を培うための訓練となるというのが、筆者の文学観であることを記しておきたい。

第三節　本書の内容と構成

本書は、占領期から冷戦期にかけての文化領域をめぐる政治的な磁場のなかで、戦後文学における「アメリカ」の表象がどのように形作られていったのかを、ロックフェラー留学を通して文化冷戦の場に身を置いた作家たちの作品を取り上げて考察することを目的とする。本書では、主に以下に挙げる三つの相において考察を試みる。

第一に、占領期から講和後の文化冷戦期にかけて、アメリカが日本の文化や文学にどのように介入したかである。占領下の文化政策から講和以後の対日文化政策、政府と民間が協働で推進した日米文化交流などの展開を辿り、その性格を明らかにする。第二には、アメリカによる文化攻勢が働くなかで、文学者たちがどのように「アメリカ」を経験し、「アメリカ」への態度を形成していったかである。個々の文学者の検閲への対応や、ポスト講和期の日米文化交流としての創作フェローシップ留学の事例などに即して明らかにする。第三には、「アメリカ」表象史としてみたときに、戦後の文学作品のなかのアメリカ・イメージがどのように表れ、変化したかを明らかにすることである。通時的なイメージの変容だけでなく、同時代の文学やメディア言説に表れるイメージとの間のせめぎ合いにも光をあてる。そこにおいては、多面的な「アメリカ」が姿を表すとともに、各々の文学言説が時代の文脈のなかで担った役割、「アメリカ」という国民国家の表象をめぐる日米相互の攻防戦が浮かび上がるだろう。

本書は三部構成であり、占領期に焦点をあてる第一部、講和以後の対日文化政策の展開とロックフェラー財団創作フェローシップを含めた日米文化交流を論じる第二部、留学した作家たちが帰国後に書いた「アメリカ」の表現を取り上げて考察する第三部からなる。各章の課題は、具体的には次の通りである。

第一部の第一章では、占領期アメリカの対日文化政策を俯瞰する。占領政策の一つの特徴は、占領を円滑に遂行するために「文化」のもつ力が重視されたことであった。したがって、ＣＩＥ映画が大量に製作され、メディアを通じた大規模な宣伝活動が活発に行われる一方、ＧＡＲＩＯＡ留学制度を通して人的交流が行われ、のちにフルブライトなど冷戦期の留学制度の前身となる。後半では、占領政策の目玉の一つであったＧＨＱの検閲に焦点をあて、その特徴とそれが当時の言説空間に及ぼした影響を論じる。

第二章から第四章においては、占領期から占領終結直後までのアメリカ表象に目を向ける。もっぱら太平洋戦争の記憶と占領の体験を通して「アメリカ」が描かれるこの時代の文学は、「アメリカ」をどのように表現したのだろうか。この時期を代表する作品として、のちにロックフェラー財団の創作フェローとなる三人の文学者の戦争と占領の体験を描いた文学作品を取り上げて、主に「アメリカ」表象の観点から精読を行う。大岡昇平の『俘虜記』、阿川弘之の原爆を主題とした作品群、小島信夫の「アメリカン・スクール」をそれぞれ取り上げて、ＧＨＱの検閲の影響にも注意を払いながら、戦争や占領の体験がどのように描かれているのかを考察する。のちにロックフェラー財団創作フェローとなる三人の文学者の留学前における「アメリカ」の表現を考察することにより、留学後に見られる表現の屈折を探る目的もある。

続く第二部の第五章では、まず占領終結後の対日文化政策の形成過程を述べ、ポスト講和期に始動した日米文化交流に眼を向ける。講和使節団に文化顧問として随行したロックフェラー三世が講和以後の日米文化関係の構想を纏めた報告書を取り上げて検討し、その後に実現した多岐にわたる日米文化交流を概観する。冷戦下の文化交流に内在した政治的な磁場が明らかになるであろう。第六章では、特に文学領域における文化冷戦に眼を向ける。まず前半では、財団の創作フェローシップがいかなるプログラムであったのかを財団文書館の資料に基づいて実証的に明らかにすることを課題とする。その上で後半では、財団側の意図をも含めて、この助成プログラムをめぐる日米双方の期待や思惑を検証したい。こうした考察は、「ロックフェラー財団研究員とは何か」という江藤の問いかけに、プログラムの実態とそれが持ち得た意味の両面において、さまざまな角度から応答を返すことになるだろう。その上で、第七章において、フェローらの実際の留学の諸様相についても触れたい。

最後に、第三部を構成する第八章、第九章、第一〇章では、阿川弘之、小島信夫、有吉佐和子の三人の創作フェローの留学体験と帰国後に「アメリカ」を題材として書かれた代表的作品を順に取り上げる。各文学者が留学を通してどのようにアメリカを体験し、それが表現の上でいかなる影響を及ぼしたのかを明らかにするために、財団アーカイブ資料に基づいて留学の実相を実証的に考察し、作品の精読を通して「アメリカ」の表象を読み解く。同時代に展開されたアメリカの広報・宣伝政策が発信していた「アメリカ」のイメージとの競合関係にも注目したい。

第一章と第二・三・四章、そして第二部と第三部はそれぞれ対をなし、戦後日本の文化や文学テクストが生産される場に働きかけるアメリカ側の動きと、そのなかで日本の文学者たちがいかに「アメリカ」を語ったかを並置することにより、両者の相互関係が浮かび上がる構成とした。これにより、「アメリカ」の表象をめぐる日米間のせめぎ合いの諸相を明らかにしたい。

第一部　占領期のＧＨＱ文化政策と「アメリカ」の表象

敗戦を境に帝国日本は崩壊し、連合国軍の進駐とともに日本の「戦後」は始まった。アメリカの主導した占領改革に被占領者がさまざまな立場から関わり形作られた「戦後」の基層や、占領期を源流とする日米関係が、その後の日本のあり方を大きく規定してきたことはよく知られる。

第一部では、アメリカの強い影響のもとに日本が再出発を遂げた戦後の始点に遡って、文化を視点として占領空間を見渡すとともに、そのなかで文化の一領域たる戦後文学が、どのように「アメリカ」と向き合ったのかに注目したい。「文化国家」の掛け声や、「民主主義」の合言葉のもとに創造された占領下の文化は、アメリカとの関係においてどのように成立していったのか。あらゆる手段を網羅して実施された文化政策や検閲制度を通じて、いかにアメリカ文化の浸透が図られ、特定のアメリカ・イメージを促したり、規制するような表象の力学が働いたのか（第一章）。一方、もっぱら太平洋戦争の記憶と占領の体験を通して「アメリカ」が描かれるこの時代の文学は、「アメリカ」をどのように表現したのだろうか。のちにロックフェラー財団研究員となる三人の作家、大岡昇平、阿川弘之、小島信夫の作品の精読を通して、占領期の文化政策による文化攻勢や検閲を背景において、表象をめぐる攻防戦を浮かび上がらせたい（第二・三・四章）。

冷戦期の文化交流へと繋がる占領期の文化政策の脈絡と、フェローらの戦後初期の文学表現にあらわれる「アメリカ」の原イメージに関する考察はそれぞれ、第二部・第三部で論じるポスト講和期に対する前史として位置づけられる。

第一章　占領期の文化／文学が創出される場

第一節　「文化国家」としての再出発——被占領体験の土壌

敗戦の原風景は、見渡す限りの一面の焼け野原と瓦礫の重なり合う廃墟のイメージとして多く記憶される。だが敗戦とは、目に見えるものだけでなく、それまで国民を支えていたナラティヴの崩壊をも意味していた。昨日まで「臣民」を「聖戦」の戦場へと動員した大日本帝国のナラティヴは破棄せざるを得ず、進むべき方向性は漠として失われたように見えた。既成の秩序が退いたところに生じた一種の真空状態のなか、しかし政府の舵取りは早かったといえる。早くも敗戦の三日後には急遽「思想教育行政の重大性に鑑み」、専任の文相が設置された。戦前にニューヨークの日本文化会館[1]の館長として日本文化の紹介に務め、真珠湾攻撃の直後に交換船で帰国した「国際的」な経歴の前田多門文相は、まさに米軍占領下での国際社会への復帰の時代に相応しい指導者と思われた。広島や長崎では原爆投下による死者がなお増え続けるなか行われた就任直後の記者会談で文相は、基礎科学の教育に重点を置き国民の科学的な思考を涵養する方針を明らかにした。だが同時に、「原子爆弾だけを考へて人文科学を考へないのは人類への罪悪である、日本を除く世界は人文科学の歩みが自然科学よりも遅れてゐるのである、この際日本は文弱ではいけない、大きな教養を世界に範として示していくのが途である[2]」として、科学をも包摂した「教養」を国家の対外イメージの根幹に据える考えを闡明（せんめい）した。

さらに鈴木内閣の総辞職の後に新内閣が成立すると、東久邇首相は貴衆両院における施政方針演説で、「一切の蟠りを去つて虚心坦懐、列国との友誼を恢復し、高き志操を堅持しつつ、長を採り短を補ひ、平和と文化の偉大なる新日本を建設し、進んで世界の進運に寄與するの覚悟を新にせんことを誓ひ奉らねばならぬと存ずる」（傍点引用者）と宣言した[3]。その後の新たな戦後国家を語る言説のなかには、この「平和」「文化」の二語が繰り返されてゆく。例えば前田文相は、青年学徒に向けた九月九日のラジオ放送で、「わが国有史以来の屈辱を沁々と身に痛感する昨今をことに多感な青春時代において送り迎ふる学徒諸君の心情」を慰撫した上で、しかしこれを転機となして「吾等の往く道は一つ武力を持たぬ代りに、教養の力で、世界の進運に寄與すべき文化日本の新建設を期することである」（傍点引用者）と激励した[4]。

このようにして達成すべき国家像として掲げられた「（平和）文化国家」の言葉には、「文化」を軍事や政治の対義語として意味づけし、その対義関係に近い過去の軍事・植民の歴史と戦後の新たな国家の未来を重ね合わせる二重のレトリック操作によって、戦前との間に断線を引く意図が込められていた[5]。それは東久邇首相がＡＰ通信社の米人記者の質問書に答えて、「われわれは全く新しい、平和的な日本を建設するのであって、それは道義の高い文化国となるであらう」とアピールした言葉にも克明に表れている[6]。「戦時」＝軍事から「平和」＝文化への転換はこのようにして反復して言明され、発話のもつ遂行的な効果によって、戦前国家から大きく舵を切った「平和／文化国家」の現在を世界に向けて印象付けたのである。

「教養」や「文化」といった言葉は、一見非政治的に見える。だが日本の戦後の始点において発せられた言辞に目を向けるならば、政治や軍事といった領域から「文化」を引き離すことは、それ自体「政治的」な身ぶりであったことを指摘できる。また同時に、敗戦直後の言説において「文化」が、軍国主義への傾斜の後の敗戦によって生じた精神的空白を満たす国民の求心力として求められていた点に留意するならば、敗戦後即ち占領期の文化をナショナルな欲望が強く投影された場としてみる視点が可能である。以下の議論においては、政治性から自由な中立的な「文化」という前提を繰り返し問うことになるだろう。そしてこのように新生国家の正当性を打ち立てる土台として、ナショナルな欲望と深く絡みながら「文化」の場が創出されていったとき、一方でその「文化」は占領者アメリカの強い影響下に置かれた。そこから生れる複雑な屈折と陰影を読み解くことは、戦後を理解する上での出発点となると思われる。本章の課題は、占領期の文化あるいは文学を取り巻く日米相互の力学に光をあてることである。

ともあれ、先の議論に戻るならば、新国家のアイデンティティを表現した言葉は、方向性を見失い呆然と焦土の上に立ちすくんでいた人々に、羅針盤のように響いたに違いない。「文化」「文化国家」「文化国民」といった言葉は占領期を通して広く歓迎され、一躍新時代の流行語となった。敗戦とはまさに「文化」の時代の新たな幕開けであるように謳われたのである。人々はただ上から与えられた新国家のアイデンティティを鸚鵡返しに輪唱したのではない。むしろその言葉は大衆的な気分にも符合していた。丸山真男・竹内好・前田陽一・島崎敏樹・篠原正瑛らと参加した「〈座談会〉被占領心理」（『展望』一九五〇・八）で精神科医の島崎は、圧倒的な強者の下での被占領の状況から生れる被占領者特有の心理を説明するなかで、「文化国家」言説の台頭に触れている。島崎は、「文化国家」が大衆的に支持を得た心理的基盤を次のように説明する。

> 文化国家への切り換えが大声で呼ばれるのも特殊な心理じゃないですか、――それは結構なことですが、自分の方に権力がなくなつたのでそれを償う気持で「代償的」に学問・芸術がまるで縁のなかつた人々にまでもてはやされてしまう。文化は権力の身がわりみたいなものとなつている。(7)

文化を権力やヘゲモニーと結びつけて捉える島崎の視点はのちの冷戦の時代にさらに先鋭化するが、上記引用は戦後の国民が「文化国民」の自己イメージを積極的に抱擁した必然性を言いあてている。占領が強者と弱者との間の権力関係を本質とすることを思えば、「権力の身がわり」としての「文化」を求める大衆の欲望は、敗戦に続いた占領によって持続されたと言ってよい。「文化国家」のアイデンティティは、被占領の心理的体験を通して深く受け入れられていったのである。

さらにこうした視点に立脚して、「アメリカ文化」の受容でさえも、「権力の身がわり」を志向する日本側の心理的な選択が強く働いたものと見ることも可能であろう。島崎は先の座談会で、被占領の状況に対して表れる多様な心理的反応を例を挙げて説明している。占領に内在する抑圧への反応として生れる攻撃性は、強者である占領者に直接向けることが困難である。そのために一つには、「国内の人たちが互に相手をののしったり侮蔑したり攻撃したりする」という「対象を置きかえて自分の力の及ぶ範囲の中に相手をすりかえて行う」屈折した攻撃性の表出が起きる。(8) その一方で、「現実の状況から目をふさいで夢想的世界に逃避し」たり、「瞬間瞬間の感覚的享楽に身をまかせる」などといった「瞑想や諦念」の反応も見られる。自己を占領者へ同一視したり、被占領者の劣等性を他人に転嫁して投影したりといった例も多くみられる。「日本人は四等国民だ」といった敗戦後によく聞かれた物言いは、自己を被占領者から区別したい動機に基づいていることが多いというのだ。こうした多様複雑な心理様態から、占領者の文化に対する受容や反発、傍観といった態度が生れる。

征服者が自分よりも優れた文化の民族であつた場合には被征服者の側に、自分をこの優越者と同一視したいという気持が生れて来がちのようです。被征服者というものは、一般に相手に対して極端に天邪鬼に反抗的に出るか、一切を成行きにまかせて無視してしまうか、それとも何でも向こうのものを模倣してしまうか、そんな反応を示すもののように思われるのですが、優越者への同化という反応は日本ではどんなものですか。どうもあまりに身近に見せ付けられるようだけれども。(9)

「文化」をナショナリズムの基盤として構築することと、アメリカという他国の文化を受け入れることは一見相矛盾するように見える。だがその背後にある動機を理解すれば、占領者という圧倒的強者との権力関係が権力の欠如への代償を求めさせ、アメリカ文化の受容と文化国家への支持を同時に押し進めたとみることも可能だ。また、一方では占領者に同一視してアメリカ文化を積極的に受け入れ、他方では傍観して「娯楽」に身を任せることが娯楽性の高いアメリカ文化の流入へと繋がり、結果としてその両方がアメリカ文化の受容を推し進めることも起こりうるだろう。同じ動機が異なる現象として現れたり、逆に同じ現象と見えるものが異なる心理的選択に基づいていたりすることに留意すべきである。

　こうした視点から占領期の文化を振り返れば、そこに両面性を看取できる。占領期に文化は活気に満ちた一歩を力強く踏み出した。戦時中に抑えられていた「文化」や「娯楽」への渇望を養分としながら、文学、映画、演劇、ラジオ、音楽、スポーツなど大衆文化の諸分野にわたって多彩な文化が力強く花開いた。占領期は「「自分誌」の一大ブームの時代」であるとも言われる[10]。食糧や生活物資すら不足した生活のなかで、「それまでメディアや権力と無関係だった人々が新しい時代での自分の考えや夢を自分の言葉で表現[11]」し、熱心に活字をむさぼり読み、劇場へと足を運ぶことで、文化を創り上げたのである。それは何よりも戦時からの解放を感じさせるものであったが、同時に「文化」を享受する「文化国家」の国民としての実感にも結びついたのではないだろうか。一方で、占領期の文化はアメリカ文化の影響力の大きさで特徴付けられる。街角にジャズやブギウギが流れ、野球の交流試合が観衆を沸かせ、人々が映画館へと詰めかけて銀幕に見入る風景が日常のなかにひらけた。それは戦争によって中断されたアメリカ文化の流入の再開であったが、当然その量においては戦前とは圧倒的に比較にならないものであった。カムカム英語の放送が博した人気は、アメリカ文化を求める人々の熱気を反映していた[12]。

　このような占領期を、アメリカへの従属や文化の植民地化が進んだ時期と見る視点は常に根強くある。肉体の解放を謳うレビューやカストリ雑誌の隆盛への批判に代表される、軽薄な風潮や文化の低俗化を危惧する声も占領期を通して聞かれた。確かに、アメリカ文化の浸透からくる文化の画一化への批判は、「アメリカの世紀」と呼ばれる二〇世紀中盤以降全世界的に聞かれるし、またのちに第二節において詳しく論じるように、占領を通してアメリカの文化は政策的に強いられた側面がある。にもかかわらず、占領期文化の持つ多面性をこうした言葉のみに回収することはできない。一つには、異文化との接触が新たな文化の活力をもたらした側面は否定できないからである。だがより大きな問題は、アメリカによる文化の植民地化といった言葉が、アメリカ文化を受け入れた多様な契機を説明してはいないところにあるだろう。文化の受容には、常に取捨選択が働く。人々がどのような動機や願望に基づいてアメリカの文化を摂取したのか、あるいはアメリカ文化への憧れや羨望がどのようにして作られていったのかといった側面を踏まえて、占領期の文化の創出がアメリカ文化とどのように絡みながら進められたかを読み解くことが求められる。アメリカナイズされた文化は一面、国民の従属とそこから生じる屈辱感を喚起するが、逆に占領下の人々は「文化」という新たな国家アイデンティティを支えとして、占領期を生き抜いたとも言えるのである。だとすればむしろ、アメリカの文化や権力を捩れたかたちで組み込んだ上で、戦後の国家アイデンティティが築かれていったと言うべきではないか。占領期の文化は、対立する見方を可能にするような両義性と多面性を豊かに含んでいる。

ところで、「文化」を国家アイデンティティの中核に据える言説は、文化の内実の堅実化とは区別されねばならない。「文化国家」がもてはやされるなかにあっても、文化の現状に対しては厳しい評価が多く向けられた。また中野重治は、文化国家ということを「観光国、外国人が見物に来る場所」として国民に説明する政府の政策を批判している[13]。換言すれば、「文化国家」は言説として創出されていった側面がある。

河上徹太郎は、「文化国家」を謳う風潮に便乗する敗戦後のジャーナリズムの動きを、「あてどない廃墟の虚無の中を、互いに「文化」とか「言論」とか「自由」とかいふ合言葉を呼び交わし乍ら、牛の歩みの国運を周る子犬の群の如く喚き始めた[14]」と風刺する。河上によれば「文化国家」が声高に叫ばれる現状は、「この際国際的には当り障りのない文化主義を担ぎ出せば間違いないというので、この自由主義的文化主義が、時代の前面に押し出されてきた」ものである。したがってこのように政治的に「文化」が呼び出される一方で、空虚な「文化」が蔓延る現状には、根底のところで戦前へと逆流する危うさが潜む。

大体政治上の文化主義というものは、内容の文化の実質は二の次にして、形だけ整えた政治のカムフラージや政治の代用品であり乃至政治の威を藉りた文化の張り子の虎である。それが如何に愚劣なものであるかは、戦時中厭という程我々は見て来た筈だ。それを今内容だけ反対のものにすげかえて再びやって見ようという御座なりは決して許されるべきではない。

今やあらゆる文化による政治工作、文化団体、文化事業の解消すべき時である。文化は一と先ず文化自体に返って己が身についた身上を総決算して見るべきだ。作家は書斎に、画家はアトリエに帰らねばならぬ。自らの武力で買い被って痛い目に遭ったわが国の非運を、再び文化の上で繰返すべきではない。今のように文化界がお調子に乗っている危険は、いくら警告しても足りない。

政治、軍事、経済すべての面で手足をもがれたわが国の唯一のホープは文化である。その文化がこれでは、忽ち対外的に見透かされて、救いのない四等国に堕するであろう。[15]

「平和文化国家」という新たに達成すべき国家像のスローガンに呼応するように、敗戦直後から各種文化団体も次々に旗上げしていた。新日本建設文化連盟や日本音楽連盟などの新興の文化団体の創立を伝える九月二九日の記事の紙面には既に、「文化外交」や「国際交流」といったその後の時代を先取りしたような言葉が踊っている。[16] そのなかで、政治的文化主義に切迫した調子で警鐘を鳴らす河上もまた、島崎の指摘した「権力の代償」への欲望を確実に見抜いていたといえる。河上のみならず、中身の空疎な「文化国家」の現状に対しては、「敗戦後の安直な「文化国家」建設の叫びに反省を促した」桑原武夫[17]や、中野重治の文化国家反対論に共感を寄せて、「あまりに安っぽく文化を考えてゐ」る「今日の文化国家論者」に不快感を露にした岩倉政治、[18] 空虚な「文化」の氾濫する「文化国民」の日常を揶揄を込めて描いた矢内原伊作[19]をはじめとして、占領期を通して数多くの論者が自省の声を上げている。

「文化」のあり方への模索も続いた。新たな国家アイデンティティの中核に「文化」を据える言説の型が先行する一方、具体的にその中身については明確な定義を伴わない「文化」という曖昧な概念に対して、「文化人」たちは発言を求められ、またその需要に積極的に応じた。例えば「〈座談会〉新日本の黎明を語る」（『洛味』一九四六・

一〇）に参加した谷崎潤一郎は、「近来文化といふ言葉は一つの流行語になつておりますが、少なくともこれからの文化日本のその文化の語意は如何あるべきでせうか」との質問を司会者から向けられている。谷崎は、「此際根本的に文化といふものを考へ直して文化的教育を博く深く、高いものと低いものが隔絶することなく、高い処のものが低い処にだんだん及ぶやうにもつて行かねばならぬ」のであって、「老若男女上下相合した文化の総和といふものを進めなければ、本当の文化の向上にはならぬ[20]」と応える。芸術などの「高級な文化」と「一般的な文化」をともに重視するこの言葉は、時代の文化状況の核心に触れている。アメリカ外交史家のジェシカ・Ｃ・Ｅ・ジーノ＝ヘクトによれば、一九世紀の「文化」が主に文学・美術・音楽などの「高級文化」を意味したのに対して、二〇世紀において「アメリカ文化」は人々に共有される信念や慣習などの大系を意味し、その含む範囲は「大衆文化」にまで拡大された[21]。このように指示対象の拡張された「文化」観に基づいて、占領期にアメリカは日本に対する文化攻勢を展開したのだ。

他方で、望ましい「文化」を模索する試みは、日本文化否定の言説としても多く現れた。敗戦は多くの知識人にとって軍事的な敗北としてだけでなく、文化や思想の破産として受けとめられたからである。白樺派の重鎮である志賀直哉が「不完全で不便」な国語によって「文化の進展が阻害されて」いるとしてフランス語を国語とすることを提唱して物議を醸したり[22]、桑原武夫が伝統文化である「俳句」を否定して論争を引き起こしたりしたことはそうした文脈において理解されうる[23]。また戦後の論壇で二大潮流をなした近代主義とマルクス主義は、文化の省察の思想的な尺度となった。荒正人、平野謙、小田切秀雄といった『近代文学』派の同人や、政治学者の丸山真男、経済史家の大塚久雄、法学者の川島武宜らは近代主義の陣営を文学と社会科学の分野で代表し[24]、理念としての西欧近代に照らして日本社会の近代化が不十分であったとする批判の立場を取った。これに対しマルクス主義陣営は、近代主義の普遍主義を批判しながら、固有の「民族文化」の創出を主張して論陣を張った。言葉を戦わせ、議論を重ねていた彼らにとっても、「文化」を論じることと国家を考えることは不可分であった。

このように、敗戦後の「文化」をめぐる言説に改めて耳を傾けると、敗戦と同時に占領を迎えた日本がこの時期、文化国家としての再出発をさまざまに企図していたことが浮かび上がる。「いかに日本を文化国家として再建するか」という命題に対して、求められる「文化」の内実は必ずしも明確ではなかった。だが「文化」という言葉は、その内実が曖昧であるがゆえにむしろ広く人々を取り込んでいったようにも見える。「文化国家」のあり方を企画し、あるいはそうした企てを批判する論者たちもまたそれぞれにこうした国家づくりに参画していたといえよう。こうして築かれた「文化国家」のアイデンティティは、少なくとも高度成長までは持続して中心的な役割を果たしたのではなかろうか。

しかしながら、「文化国家」という自己イメージが国家アイデンティティへの欲望や敗者＝被占領者の心理的な気分によって築かれていくとき、そのプロセスがまさに覆い隠しているところを、渡辺一夫は戦前の記憶を召喚することで突きつける。

> 私は、時折妙な幻想を抱く。それは、例へば、あの南京虐殺事件の「勇士」達が、何を読書してゐるかといふことである。つまり、この「勇士」達が、何を読書してゐるか、また何を編輯してゐるかといふことであるる。広い世のなかのことであるから、本屋の店頭で、背広姿になつたこの「勇士」は、××博士の『結婚の生理』に読み耽り、裸体写真に「還らぬ過去」を求めてゐるかもしれない。或はまた、ポマードをこてこてにつけた頭をふり立てながら、この「勇士」は、どこかの雑誌の編輯室で、エロ・グロ・ナンセンスとやらいふものを「文化」的に売り出さうとしてゐるかもしれない。さもなくば、大石良雄の弘業の故事にならひ、表面は凄い「文化国民」になりながら、地下で嘗胆臥薪し、「易水寒し」やら「鞭声粛々」を吟じてゐるかもしれない。この幻想は直接戦犯にならぬ少壮将校達の動向にも及び、非常にケンラン・インサン・サンタン・インランたる絵巻物ができあがるのである。（…）砂地獄のなかへずるずるとはまつて行く人の姿。これが日本国民の姿でなかつたら幸ひである。(25)

戦時下の経験を深く突き詰めることを棚上げしたまま、軍国の「臣民」から「文化国民」へと翻る世間の風潮を渡辺の眼は見逃さずに告発する。言うまでもなくその隠された連続性は、冒頭で取り上げた終戦直後の政治的指導者の言辞を通して掻き消されたものでもある。「文化国家」を考えるとき、それが戦時の記憶を盲点として築かれていったことは同時に記憶されねばならない。それはあるべき「文化」とは何かという問いを、背後から投げかけるものでもあるからだ。

ここまで、日本側に軸足をおいて記述してきたが、実際の占領が占領者の側を切り離して捉えられないことは言うまでもない。次節では、「文化」が創出される場に深く関わったもう一つの脈絡、アメリカの占領政策を通して、占領期の文化という場の性格をさらに明らかにしてみたい。新生国家の建設は、占領政策という外圧の介在によって条件づけられた。本節でみた「文化国家」の企画はアメリカの圧力とさまざまにぶつかって交差し、屈折し、複雑な相互関係を取り結び、そのなかで「戦後」の「文化」が構築されていく。

第二節　ＧＨＱの対日文化政策

前節では、敗戦を迎えた日本がさまざまに方向性を模索しながら文化国家として戦後の再出発を目指していたことに焦点をあて、占領期の文化の場を、新たな国家アイデンティティを創出する中心的な場として提示した。このような再出発がアメリカ主導の占領下で行われたことは、戦後文化やそれに基づく国家アイデンティティの性格を根底から大きく左右することになる。

日本本土及び沖縄に進駐した占領軍は、敗戦国となったかつての軍事大国を平和的な民主主義国家へと導く指導者となることを自らに使命として課していた。それは、一九四五年九月六日に発表された「降伏後ニ於ケル米国ノ初期ノ対日方針」に規定された軍事占領の「究極の目的」第一項の表現を借りれば、「日本国ガ再ビ米国ノ脅威トナリ又ハ世界ノ平和及安全ノ脅威トナラザルコトヲ確実ニスルコト[26]」をも意味していた。この占領目的のもと、

「文化」の変革を通した新国家の建設は、進駐した占領者にとってもまた重大な課題として共有されたのである。

GHQが日本の非軍事化と民主化を掲げ、新憲法の制定、財閥解体、農地改革、女性参政権の付与、国家神道の廃止など一連の占領改革を矢継ぎ早に推し進めていったことはよく知られる。しかし占領者は、占領目的の達成のためにはこのような制度の改革だけでは不十分であると考えていた。日本社会を根本から「民主改革」するためには、人々のものの考え方や行動様式を根底から再教育することが必要不可欠であると思われたのである。したがってGHQの占領政策のなかで文化政策は、他の占領改革を支える基盤でもあり、占領目的の最終的な完成としても位置づけられた。

本節では、「民主主義」の伝播とアメリカによる国益の追求とが表裏一体となった占領軍の対日文化活動が多岐にわたって展開された占領下の文化空間を、アメリカ側の政策文書と先行研究に基づいて概観したい。以下に詳述するように、「民主的な文化」の創出の名の下に占領軍の実行した活動は広範囲にわたり占領下の文化空間を網羅して包み込みながら展開した。その意味で、敗戦の直後に日本の指導部が「文化（国家）」という言葉で一つの方向を指し示したとすれば、そのかたちを具体的に示して説いていったのはアメリカであったともいえる。一方で、民間情報教育局の行った情報・教育活動は、アメリカ文化の宣伝や冷戦政策とも強く結び付けられていたことが諸研究によって指摘される。

本節で取り上げる政策文書の多くはロックフェラー財団文書館にも所蔵が確認されることから、第二部で論じるロックフェラー三世の講和後の日米文化関係の構想に際して参照された可能性は高いと判断できる点で、文化冷戦の前史をなしている。

（一）占領初期における民主化と非軍事化――民間情報教育局（CIE）の情報・教育政策

日本の民主化を推し進め、親米的な態度を育てることを目的とした占領期のアメリカの対日文化政策は、GHQの民間情報教育局（CIE、Civil Information & Education Section）[27]が中心となって担われた。まず手始めに、民間情報教育局が一九五〇年にまとめた報告書「民間情報・教育分野における占領の使命と成果（Mission and Accomplishments of the Occupation in the Civil Information and Education Fields）」[28]に基づいて、占領下における対日文化政策がいかに計画・実施されたかを概観しよう。

同報告書によれば、四五年九月二二日に発令された一般指令一九三号（General Orders 193）により設置された民間情報教育局は、情報課、教育課、宗教及び文化財課、世論・社会調査課などで構成される[29]。その「情報・教育（Information and Education）」政策は、情報、教育、宗教、文化、芸術、世論及び社会調査の各分野に跨り、占領目的を推進するための一連の文化政策プログラムを企画・実行した。ＧＨＱの方針とその活動を日本人に伝え、占領目的の推進に役立つ情報や文化資料を提供すること、日本のあらゆる情報・文化メディアに対する指導を行い、情報キャンペーンを実施したり、日本政府や民間団体などの情報活動に助言を与えることなどは、民間情報教育局の重大な役割であった[30]。こうして大規模な啓蒙教育活動が行われた日本占領を、土屋由香はアメリカによる一つの厖大な情報・教育プロジェクトとして捉える[31]。

戦時中の情報機関を前身とする民間情報教育局の情報教育活動は[32]、ＧＨＱの内部文書では「再教育・再方向付け」プログラムの別名でも称され[33]、まさしく被占領者に対する内面の再方向付けとして捉えられていた。一九五〇年の報告書によれば、このような試みは長らく培われてきた「日本人の思考と文化の様式」に関わるものであるため、「綿密な研究と慎重な計画」を要した。のみならず、急激な変動から来る誤解と混乱とを避けるためには、望まれる変化は「漸進的で、かつ日本人自らの行動によって惹き起こされ」ていくことが重要であることも認識されていた[34]。のちにＣＩＥ映画の例でみるように、可能な限り日本人の手による政策の実現が図られたことの意味は大きい。

政策の具体的な中身については、次のようなことが挙げられている。民主主義の理念と制度を教えるために、民間情報教育局がまず着手したのはメディアの指導である。民間情報教育局は、新聞、雑誌、書籍、ラジオ放送、映画、ニュース、ドキュメンタリー、スライド、演劇、音楽やその他のメディアの日本人製作者に、民主主義社会における彼らの役割や権利と義務を理解するよう指導を行った[35]。そのほか、民主主義的な社会に必要とされる諸制度の構築が図られた。民間情報教育局は国立国会図書館の設立、司書養成学校の設置、公共図書館や学校図書館の振興などを通して近代的図書館制度の整備に携わった。国家神道の廃止を通して宗教と国家を分離し、宗教の自由を確立するよう指導が行われた。文化財の保護、保存、保全、有効利用に関するプログラムが立ち上げられた。ユネスコの活動と占領軍や日本側の公的・私的機関との間の連携の確立が図られるとともに、ユネスコの資料やプログラムは再方向付け目的にも活用された。また民間情報教育局は輿論調査のための機関を設立し、日本の社会組織や占領と再生プログラムに関する民衆の態度などの調査を行った。以上のように報告書からは、多分野にわたる文化活動の一端が窺える[36]。

対日占領の初期における政策の重点は民主化と非軍事化に置かれていた。両者は一対のものと見做されたが、なかでも軍国主義及び超国家主義の思想を一掃するために特に重視された大きな柱は、教育改革である。敗戦の翌年には、総司令部民間情報教育局の米国務省への要請により、ニューヨーク州の教育長官ジョージ・D・ストッダード（George D. Stoddard）を団長とする二七名の教育使節団がアメリカから来日した。使節団は一九四六年三月五日から三週間の間日本の教育施設を視察してまわり、文部大臣から任命を受けた南原繁を委員長とする二九名の日本側「教育家委員会」との協同で教育改革に関する勧告案を練り上げた。三月三〇日にマッカーサー元帥に提出された使節団の報告書[37]に基づいて、GHQは教育勅語の廃止をはじめとする大幅な教育改革を断行した。教科書からは軍国主義的・超国家主義的イデオロギーが削除され、代わって民主的原則に関する記述が盛り込まれ、社会科科目が導入された。民主主義の教育に必要な教科内容の改訂と並行して、教育行政の民主化も図られた。教師及び教育行政官のパージや再教育が行われ、六三三四制、教科書検定、公選による教育委員会の設置といった新制度が導入された。竹前栄治は、占領軍の教育改革とは「四万二千余の学校、約一九〇〇万の生徒・学生、約六五万の教師を巻き込んだ、民主主義的理想と原則を日本人に普及させるための再教育プログラムであった[38]」としている。

さらに、軍国主義及び超国家主義の克服は、軍国主義に傾斜した過去を正しく意味づけることにより達成されると考えられた。「日本国国民ニ対シテハ其ノ現在及将来ノ苦境招来ニ関シ陸海軍指導者及其ノ協力者ガ為シタル役割ヲ徹底的ニ知ラシムル為一切ノ努力ガ為サルベシ[39]」ことは、占領の初期方針の根幹の一つに据えられていた。この点で占領軍は、戦時中の体験を切り離して戦後の「文化」の基盤を創ろうとしていた日本側指導者とは方針を異にしていたといえる。民間情報教育局は、「政治／経済／文化の全ての面において、日本を世界の脅威へと導いた慣習を捨て、民主主義の原則を打ち立てる」ためのさまざまな情報キャンペーンを企画し[40]、その一環として、「戦争の有罪性を認識させること」を目的とした「ウォー・ギルト・インフォメーション・プログラム」を実施した。一九四五年一二月から全国の新聞に一斉掲載された新聞連載「太平洋戦争史——真実なき軍国日本の崩潰」及び同月から放送開始したほぼ同趣旨のラジオ番組「真相はこうだ」（一九四六年二月以降は「真相箱」に改編）は、おそらく民間情報教育局の行った情報活動のなかで最も一般に知られたものであろう。両情報キャンペーンは、戦時中は軍部によって隠蔽されていた「太平洋戦争」の「真実」を暴露し、軍国主義と超国家主義が国家を破滅へと導いたことを日本国民に周知させることで、被占領者の民主主義思想への意識変革を狙いとした。それは同時期に行われた東京裁判と相まって最大の効果を上げるように計算されていた[41]。

このようにして占領下の日本では、占領政策の強い圧力の下で、「民主主義的」な文化の創出のための基盤が整えられていった。これらの政策が敗戦後の文化の基盤をいち早く復興させ、活性化を促したことは評価されるべきであろう。だが占領者が行った文化の指導のなかには、被占領者の側が必ずしもその合理性を納得しないものも含まれていた。ローマ字化と漢字制限の提唱をその一例として挙げることができよう。民間情報教育局のＲ・Ｋ・ホール（R. K. Hall）少佐に言わせれば、「日本語は漢字が多すぎてその学習に時間がとられ、科学的思考訓練の時間を圧迫している」のであった。既に触れたように、同様の主張はこの時期志賀直哉に代表される一部の日本人からも出ていたし、漢字廃止論の歴史は長く、その起源は幕末にまで遡る[42]。とはいえ、多くの人々は、抜本的な国字改革を占領政策によって上から一方的に押し付けようとする占領者に異文化への無理解と傲慢さをみた。占領者の行った改革が一面では善意や使命感の発露であったとしても、文化の指導者を自任するアメリカの姿勢には、日本を啓蒙教化の対象とみる根強いオリエンタリズムのまなざしがしばしば窺える[43]。占領政策による民主主義教育のなかでアメリカと日本は師弟関係に重ねられ、占領者にとって自らの優位性への確信がゆらぐことはなかった。そしてローマ字化は却下されたものの、当用漢字一八五〇字と現代かな遣いが一九四六年一一月一六日に文部省により告示された[44]。それは占領終結以後まで長く尾を引く論争を惹き起こすことになる[45]。

また占領軍の行った文化政策プログラムは、「民主化」の枠内のみに収まらない影響を残した。例えば、前述の「ウォー・ギルト・インフォメーション・プログラム」が軍国主義的な信念の解体のみに回収されない結果を生んだことは指摘しておかねばならない。「太平洋戦争史」は、有山輝雄がその基本的主題を「「日本の軍国主義者が国民に対して犯した罪」の糾弾」にあると要約するように[46]、軍国主義者と一般の国民とを区別し、加害と被害の関係において対置する語りの立場を取った。この点について後年江藤淳は、「「日本の軍国主義者」と「国民」とを対立させようとする意図が潜められ」た「太平洋戦争史」が、「戦後日本の歴史記述のパラダイムを規定するとともに、歴史記述の行われるべき言語空間を限定し、かつ閉鎖した」として批判を向けている[47]。だが裏を返せば、そうした分断線によって一般の国民は、かつての被植民地国の人々と向き合うことなしに戦争責任を免れることができたといえよう。有山は「太平洋戦争史」の語りが「日本の軍国主義者」と天皇との間にもう一つの「くさび」を打ち込んでいる点にも注意を促した上で、江藤の指摘した「閉じられた空間」は、「無知であるが故に被害者として責任を免れた天皇と日本国民、そしてマスメディアにとって、極めて居心地のよいものであった[48]」と切り返している。占領者のあからさまな情報キャンペーンや、勝者による敗者の裁きと根強く批判される東京裁判史観に対して、被占領者の側からは強い反感や反発も見られた[49]。にもかかわらず「太平洋戦争史」の提示した語りの構図は、その後の文学作品をはじめとする戦後の戦争語りに定型化され、反復して表れている。占領軍による指導は戦後の歴史観の形成に大きく働いたと言わねばならない。

これまでに挙げたＧＨＱの諸政策は一部の例に過ぎないが、民間情報教育局の情報・教育活動がまさに文化のあらゆる領域を対象として展開したことを示すには十分であろう。そして一連の政策を通して新たな戦後体制の構築が図られるなかで、「民主主義」は戦前日本の軍国主義や超国家主義、あるいは全体主義の対蹠点にあるものとして位置づけられていたことを指摘できる。だがさらに重要となるのはその先であろう。「民主主義」という概念が示す意味内容とは、具体的にはいかなるものであったのか。次に、ＧＨＱがさまざまなメディアを通して民主主義のイメージを具体化して示していったことに眼を向けたい。

（二）視聴覚／活字メディアによるアメリカ文化の伝播――冷戦浮上のなかで

民主主義の教育を標榜した占領軍の対日文化政策においては、利用可能なあらゆるメディアを動員した再教育が行われた。先に挙げた民間情報教育局の一九五〇年の報告書によると、例えば、写真、ポスター、展示会などは最も手軽な手段であった。再方向付けを目的とした展示会が多く開かれ、民間情報教育局の指導を受けた日本人が展示物を作成し、学校、工場、デパートなどが展示の場となった[50]。民間情報教育局による再教育は、日常生活のさまざまな場面のなかに組み込まれていたといえる。漫画や紙芝居、図表なども頻繁に用いられた[51]。日本国内で出版／製作されるものに加えて、アメリカなどの海外からドキュメンタリー、報道、雑誌論文、写真、書籍、定期刊行物、展示会やスライド、演劇、音楽などの配給も必要に応じて行われていた[52]。アメリカその他の連合国の商業的な書籍、映画、ニュースと写真、翻訳権や上演権の輸入が奨励された[53]。これら全ての媒体を通して日本人は、民主主義社会の概念や制度、その成果について学ぶことができると期待されていた。

ところで、見落としてはならないのは、占領軍によって提示された「民主主義的な文化」が、一見普遍的価値に基づくように見えながら、アメリカ的な価値観を色濃く反映していた点である。以下、先行研究を踏まえながら、占領政策を通して促進された視聴覚メディアである映画と、占領下に流通していた書籍・雑誌などの活字メディアを例に、ＧＨＱの民主主義教育がメディアにのせて「アメリカ」に関するイメージを日本人にいかに豊かに与えたかを概観する。

①映画メディアによる情報・教育プログラム

多くの先行研究が指摘するように、民間情報教育局のプログラムのなかでも再方向付けに特に積極的に活用されたのが、映画メディアであった。民間情報教育局の報告書は、映画のもつ「再方向付けの手段としての効用を最大限に活用した」と評価している。[54]戦時中は「敵性国」の文化として上映が禁止されたアメリカ映画は、敗戦と占領を機に再びスクリーンへと復帰した。民間情報教育局は教育啓蒙用の映画を数多く製作し、四八年から文部省の協力のもとに全国で上映を行った。[55]「ナトコ映画」の名称で親しまれたＣＩＥ製作映画の研究の基盤を開拓した阿部彰によれば、占領終結までに民間情報教育局によって撮影された映画数は四〇六本にものぼった。[56]このほか、占領目的を推進する映画が、アメリカをはじめとしてカナダ、イギリス、オーストラリア、ニュージーランドなどから輸入され、配給された。[57]

こうした教育目的の映画は、日本全国の津々浦々で辺鄙な地域に至るまで広く上映された。民間情報教育局は四六の都道府県に置かれた視聴覚ライブラリー／センターを通して、学校や公民館、ＰＴＡ、青年会、労組、農協その他の団体に映写機の貸与を行った。元来映画は、上映のための機材や施設を必要とするために、戦前までは都市の娯楽文化と考えられていたが、戦後の文化政策はそうした地域性を取り払い、映画配給のための全国的な流通網を築いた。[58]とりわけ農山村地域では映画視聴は貴重な娯楽となった。その意味で、全国を巡回して行われる上映会は、地方にまで文化を拡散する民主主義的な娯楽の提供者としてのアメリカを人々に印象づけたのではなかろうか。各都道府県が提出したデータに基づいて占領軍がまとめた一九五一年七月の観客動員数の統計に当時の人口を掛け合わせると、この時点までに全ての日本人が一人あたり一〇篇以上のＣＩＥ映画を視聴した推算になるという。[59]民間情報教育局の映画上映がいかに多くの観客を動員したかが分かる。

ＣＩＥ映画の主題は、民主主義、アメリカ文化、家庭文化から医学衛生、科学、農業、工業、教育、国際問題に至るまで多彩で、占領後期には反共のプロパガンダも含まれていた。[60]民間情報教育局がまとめた報告書は、これらの映画が日本人の観客に「アメリカやその他の国の都市や街、農場を見せた。学校や工場を見せた。民主主義的な社会で共に働く人々を見せた。世界規模の食糧不足や、疾病との闘いや、土壌保全など、人類が共通して抱える問題に焦点を合わせたものもあった」[61]としている。実際には、民主主義社会や先進的な技術を描く映画の題材のほとんどをアメリカが占めていた。言い換えればＣＩＥの映画とは、アメリカ社会の姿に投影された民主主義の理想や、それが解決すべき課題を観客に共有させるための文化的な装置であったとみることもできる。

映画を通して接したアメリカの豊かな視覚イメージが、多くの観客たちにアメリカへの親しみを育てたことは間違いないだろう。映画体験と夢との類似性はつとに指摘されるが、暗闇のなかに当時は珍しい鮮やかなカラーの映像で映し出される明るく豊かなアメリカの日常風景へと誘い込まれる体験は、アメリカ式の生活を夢想するような時間を観客に提供したともいえるかもしれない[62]。そしてアメリカの文化と民主主義的な価値が不可分に抱き合わされた映画表象のなかで、画面の向こうの「アメリカ」は常に見せる――見られるではない――存在として演出され、近代性、豊かさ、進歩を具現する先進的な模範として描かれた。こうした仕組みによってＣＩＥの映画は、具現すべき生活のモデルを戦後の人々に与えることで資本主義に基づく経済成長へと動機付け、「親しみ」を通してアメリカの掲げる理想や課題を共有することへの自発的な同意を引き出しながら、冷戦を共に戦うための一体感を被占領者との間に生み出していった[63]。

しかしながら、ＣＩＥの映画を純粋にアメリカによる一方的な教育やプロパガンダとしてのみ見るのは一面的であることも同時に指摘される。第一に、こうした映画が常に製作者の意図通りに受容されたわけではないことは看過できない。ＣＩＥの映画には各作品ごとに手引書がついており、多くの場合上映後には映画内容についての討論会も行われたという[64]。こうした色濃い啓蒙プロジェクトの色彩にもかかわらず、土屋によれば、「ＣＩＥ映画をトップダウン式な再教育の道具と見るのは単純に過ぎる」[65]という。「ＣＩＥ映画は「プロパガンダ」「教育」「啓蒙」「娯楽」など重層的な意味をもつ複雑なメディアであり、視聴者による解釈の揺らぎもそれに拍車をかけた」[66]からだ。第二に、教育映画の製作と上映に日米双方が関わったことは大きい。ＣＩＥ映画の上映は、「陸軍省と占領軍が実施するアメリカ政府のプロジェクト」と「文部省が各県の協力を得て実施する日本のプロジェクト」の二つの顔を持っていたことが指摘される[67]。映画の製作と上映はアメリカ本国政府（国務省及び陸軍省）の政策と予算的裏付に基づくもので、その点でまぎれもなくアメリカの国益の追求と結びついていた。しかし実際の上映活動は「文部省が設置した都道府県視聴覚ライブラリーを通して、日本人の手で行われた」ことで、「日本側の上映関係者や視聴者の多くは、CIE映画を国際情勢や民主主義についての啓蒙手段と解釈し、アメリカのプロパガンダとは受けとめなかった」という[68]。また、「CIE映画の上映が、占領軍の指令によるだけでなく、日本の視聴覚教育に携わる人びとの日本復興への使命感と、それを受け入れる村人との熱気のなかで行われていた[69]」との証言もある。このとき映画メディアによる教育活動は、日本国民の自己変革への志向と改革への外圧との間の弁証法的な力学のなかで展開された、日米の共同作業であったとすべきだろう。

さらに言えば、民間情報教育局は海外製作の映画だけでは日本の再方向付けに必要な情報を十分に与えることはできないと考え、日本人自らが日本の抱える戦後の問題を扱ったドキュメンタリーを制作することを奨励した。五〇本以上製作された日本製のCIE映画の撮影には、戦前に国策映画の製作に協力した著名な映画人たちが参加し、同時代の日本社会の「進歩」を描く作品が多数含まれたことが明らかになっている[70]。こうした「進歩」の演出に占領の成果を宣伝する占領者の意図が込められていたことは否定できないが[71]、他方で前節での議論を踏まえればそこには、軍国主義を脱却した戦後の文化国家をアピールする日本側の意図もまた働いていたであろう。こうして民主主義的な文化国家を達成しつつあることが日米双方によって演出される一方で、CIE映画の「国産化」によってアメリカ文化の宣伝としての印象は薄められた。即ち、占領下の文化領域は、ナショナルな欲望がぶつかり合い、あるいは結託する両義的な場であり、日本製CIE映画には、アメリカを抱え込みながら創られた戦後文化の一つの象徴を見ることができる。日本占領を占領者と被占領者の相互関係的な「抱擁（embrace）」による日米の共同作業として捉えるジョン・ダワーの視点[72]は、文化を考える上でも有効といえる。

ところで、このような連合軍占領下の民主主義教育において、日本とアメリカがほぼ二者関係に置かれていたことは見落とせない。占領下での文化製作物の輸入と流布には民間情報教育局の許可を得る必要があったが、与えられる海外の情報は連合国のなかでも圧倒的にアメリカに偏っていた。劇場のスクリーンは、まさしく占領期日本の文化領域に対する各国の影響力の勢力図を映し出していた。民間情報教育局の報告書によれば、一九四三年に一九六三あった劇場の数は終戦時には一〇〇八にまで落ち込んだが、一九四九年には二二一七にまで増えた。その上映時間の三分の一以上を占めた海外映画は、ほとんどがアメリカの作品であった。アメリカの商業映画（feature films）やニュース映画は一九四六年に劇場での上映が再開し、一九四九年には毎月九～一〇篇が公開されていた。その他の海外諸国の作品上映本数が、年間でフランス映画二四本、イギリス一四本、ソヴィエト七本、イタリア五本、アルゼンチン二本に留まっていたのと較べて圧倒的に多い数である。[73]毎月一〇本ほど上映される日本製の映画は、多くがＣＩＥの指導を受けて製作されていた。アメリカの文化が民主主義の規範と結びつけて積極的に紹介された一方、その他の国の文化の紹介は占領政策の規制を受けて抑えられたことが窺える。アメリカの対日文化政策のこのような側面を、松田武はアメリカによる「文化攻勢」という言葉で捉える。それはアントニオ・グラムシの提示したヘゲモニー概念[74]にも類似した、文化的覇権力の戦略的な拡大を意味する。

②活字メディアとアメリカ文化の伝播

活字メディアに目を転じれば、同様のことは書籍にも表れていた。例えば占領下では、『タイム（*Time*）』『ニューズウィーク（*Newsweek*）』『ニューヨーク・タイムズ（*New York Times*）』『ライフ（*Life*）』『コリアーズ・アメリカン（*Collier's American*）』『ウーマンズ・ホーム・コンパニオン（*Woman's Home Companion*）』といったアメリカの雑誌が多く輸入され、[75]なかでも日本語版『リーダーズ・ダイジェスト（*Reader's Digest*）[76]』は占領下の雑誌では最多発行部数を数えていた。

一般の出版市場における流通に加えて、アメリカに関する情報の流布に図書館が果たした役割は大きかったと評価される。総司令部民間情報教育局の情報交流プログラムに基づいて一九四五年一一月に東京の日比谷にはじめて開館したＣＩＥ図書館（正式名称インフォメーション・センター／のちに諜報プログラムの響きをなくすために文化センターへと改称[77]は、以後札幌から熊本に至るまで日本本土二三の主要都市に設置された。多分野にわたる六千冊余の洋書の書籍及び四百余の定期刊行物、数千点にのぼる文書やパンフレットを備えて各地で人々を迎えたこの施設は[78]、当時の新聞記事によると、「洋書に飢えていた人々やニュールックにあこがれた若い女性」たちに「オアシス」として親しまれた[79]。占領下の世相は貧しかったが、アメリカに関する情報だけは豊かにあったといえる。アメリカ人の専門の司書が責任者を務め、「民主主義社会に必要な図書館のモデル」と謳われたCIE図書館では、情報の提供だけでなく英会話教室やコンサート、展示会なども併設して開かれ[80]、まさしく文化を発信する中心としての機能を果たした。一日の利用者数が一千人を越え、連日超満員をなした事実がその熱烈な反響を物語る[81]。

CIE図書館をアメリカの広報外交政策との関連から考察した越智博美は、その書棚に並ぶ書籍・雑誌が「民主主義」の伝道に大きな役目を果たしたことに注意を向けている。CIE図書館に配置される書籍の構成は、アメリカや民主主義を代表して表象するものとして注意深く選定されていた。とりわけ、一九四八年に民間情報教育局が翻訳プログラムを始動させ、多くの英語書籍が日本語に訳されて普及するまでは、アメリカの雑誌は民主主義を豊かさと重ねて伝達する主要な媒体として先鋒を担ったという[82]。例えば、CIE図書館には『ヴォーグ（*Vogue*）』『グッド・ハウスキーピング（*Good Housekeeping*）』『レディース・ホーム・ジャーナル（*Ladies' Home Journal*）』『ルック（*Look*）』『ハーパーズ・バザー（*Harper's Bazaar*）』などの若い女性や婦人向け雑誌の最新号が配備され、利用客の二二パーセントを女性が占めた[83]。当時は珍しかった良質の紙に写真やイラストがふんだんにあしらわれた彩り鮮やかなページは、彼女らを深く魅了した。先端のアメリカファッションに憧れる女性たちは、昭和初期のモガたちの末裔ともいえるだろう。そして越智によればこれらの「雑誌の提示したアメリカの視覚イメージは、当時英語の読めなかった大多数の日本人に、民主主義を豊かさとして提示した」のである[84]。

③冷戦と文化攻勢

映画と活字メディアを中心に、初期の民主化政策においていかに文化表象が動員され、民主主義のイメージづくりとアメリカ文化の伝播が接合されたかを見てきたが、一九四八年、アメリカの対外情報活動の展開において一つの節目をなすとされる出来事があった。海外向けの情報活動の方針を定めたスミス・ムント法（Smith-Mundt Act／連邦情報・教育交換法）が米国会を通過したのである。これにより、アメリカの広報外交は一気に本格化した。アメリカは共産主義圏への対抗として、アメリカに関する「誤った考え」を正して「正しいアメリカのイメージ」を伝えるための情報宣伝に積極的に乗り出した[85]。文化冷戦時代の幕開けである。

時を同じくしてアメリカの極東政策は、日本を共産主義の拡張を食い止めるための太平洋における防波堤として戦略的に位置づける。これに伴い、日本を二度と世界の脅威とならないようにするために非軍事化と民主化の徹底を図った初期の対日占領方針は、共産主義への対抗とアメリカとの強力な同盟関係の形成に重点を置いた第二段階へと移行した。ＧＨＱ／ＳＣＡＰの文化政策も共産主義への対抗という明確な目的を伴って変化した。左翼メディアへの弾圧が始まり、いわゆる逆コースが進行するなか、共産主義の影響の排除を目的とした文化攻勢としての性格が前面に浮上した。

前述したＣＩＥ映画は、一九四六年三月に最初の九本が公開されて以来製作が止まっていたが、一九四八年五年以降にその製作数が爆発的に増加した[86]。輸入される書籍の内容にも屈折が見られた。越智はＣＩＥ図書館に配備された初期の書籍リストがニューディール主義的な自由・平等・多様性の原則に基づくアメリカの民主主義的な文化を代表し、それが超国家主義で非民主的な過去の日本の文化に対置されるものであったとすれば、占領後期には理想主義的な色彩が次第に薄まり、冷厳な冷戦の思想戦が反映されたと分析する。ＣＩＥ図書館の書棚に並ぶ注意深く選定された書籍のもう一つの顔は「冷戦の武器」であった[87]。

さらに、一九四八年五月から施行された民間情報教育局の翻訳プログラムは、出版物がいかに冷戦と結びついていたかをはっきりと表す。戦後にソヴィエト政府は、ウラジーミル・レーニンやヨシフ・スターリンの全集の著作権を放棄すると全世界へ向けて発表した[88]。共産主義国による「文化攻勢」である。また戦後日本の出版市場では、フランスやイギリスの著作が人気を博す一方で、アメリカの書籍は高い著作権料や印税率、出版慣行の複雑さ、為替などが障害となり進出に苦戦していた[89]。こうしたなかＧＨＱは、外国書籍の輸入や翻訳権の売買に関する方針として、「出版社及び著作所有者の全国団体（または全国団体がない場合は個人）は翻訳権または再出版権を売買することができ、特定の書籍について「もしそれらが占領目的を明らかに推進する場合には、翻訳であれ原語であれ出版することを勧告する」」（傍点引用者）という原則を掲げて介入した[90]。

ＧＨＱは外国の出版社あるいは個人の代理人となり、競争入札を通して外国書籍を日本の出版社に提供した。入札により一九四九年末までに情報課を通して日本の出版者と契約が結ばれた海外の著作は三七四冊であったが、そのうちの三二四冊までが占領目的の達成に役立つとＧＨＱによって推薦されたアメリカの著作で占められたという[91]。アメリカの文化、歴史、政治制度や思想などを扱った著作は最も多く含まれた。アンドレ・モーロア『アメリカ史――アメリカの奇蹟』（*The Miracle of America*, by André Maurois, 1943.／邦訳一九四九）、チャールズ・ビアード『共和国』（*The Republic*, by Charles A. Beard, 1943.／邦訳一九五〇）、ジャック・バルザン『人間の自由』（*Of Human Freedom*, by Jacques Barzun, 1939.／邦訳一九五一）、ジョン・デューイ『自由と文化』（*Freedom and Culture*, by John Dewey, 1939.／邦訳一九五一）などはその一例である。文学作品では例えば、共産主義への対抗を強く意識した選択と思われるジョージ・オーウェル『動物農場』（*Animal Farm*, by George Orwell, 1945.／邦訳一九四九）や、新大陸へやってきた移民たちが形作っていくアメリカを描いたウィラ・キャザー『おお、開拓者よ！』（*O Pioneers!*, by Willa Cather, 1913.／邦訳一九五〇）などが含まれた。後者は、冷戦期のアメリカの対外広報活動を管轄した文化情報局がターゲットとした全ての国の市場で翻訳され「冷戦の武器」となった書物でもあった[92]。

ＧＨＱのこうした措置は、日本における共産主義、マルクス主義、社会主義などの知識人への影響力の強さを意識したものでもある。宮本顕治は「座談会　アメリカ文化と日本」（『展望』一九五〇・一一）で、アメリカによる文化攻勢の下にある占領期の文化状況について発言している。宮本によれば、戦前のアメリカ思想の日本への流入は概してプラグマティズムや能率主義などに留まり、その影響力は決して大きくはなかった[93]。しかし戦後の占領政策によりその影響力は格段に増した。ＳＣＡＰは一九四八年五月から順次著作権設定済みのリストを発表して入札を求めたが[94]、外国書籍の輸入状況に象徴されるような占領下の文化状況を宮本は次のように語る。

入札もののリストは時折読書新聞にのる度に思ふのですが、早く読みごたへのある本が各国から自由に翻訳されるようになつたらと痛感します。社会科学の文献なんかでも、レーニン・スターリンのものなんかは、ソヴェートでは翻訳権なんか要らないといつてるわけだけれども、まだ解決ついてないやうです。なるほど一方からいへば、通俗的な商業的大衆性のため、その娯楽が受け入れやすいといふこともあるでせうが、本質的にいつて文化交流を政治的に、物理的に、一方的に限定してしまつて、ラヂオや千何百万の新聞などがあらゆる資本主義的大量生産方式で、一つの型の文化や娯楽を日夜国民につぎこめば、資本主義という共通の基盤にある日本の条件では、相当の支配的影響力を発揮するわけです。だから『リーダーズ・ダイジェスト（*Reader's Digest*）』の普及力も、あるつくられた条件での問題として理解される必要がある。[95]

宮本は、占領期にあらわれたアメリカ文化の著しい浸透がＧＨＱの文化政策に強く裏打ちされたものであることを的確に見抜いている。ここに挙げられた『リーダーズ・ダイジェスト』は、一九四六年に日本、四八年にイタリア、六四年に中国と、冷戦の激戦地をなぞるようにして翻訳されていった。翻訳の規制と促進が言説や知の自由な流れを統制する効果的な手段として冷戦に利用されたことは、通常は見落とされがちな翻訳の政治性を鮮明に浮かび上がらせる。このように、占領下で流通する情報にはアメリカによる取捨選択が働いており、アメリカと異質なものは排除され、「特定の見方への説得が強く働いていた[96]」。占領下で国際社会への復帰を準備していた日本がメディア情報を通して接する「世界」が、占領政策の制約を受けて西側に偏重し、アメリカがそのほとんどの比重を占めるものであったことは、人々の意識に大きく影を落としたのではないか。

このようにして占領期には、「民主主義」志向と「アメリカ」化が一体となった「親米民主主義」の達成に向けた基盤がつくられた。これまでの考察からは文化的な介在手段の多種多様性が理解されるが、さまざまな手段を講じて行われた民主主義への方向付けは、アメリカ的な価値の宣伝と不可分に結びついていたし、結果としてもその促進に大いに役立った。前節で考察したように、ＧＨＱが明治以来の戦前の近代化の帰結としての軍国主義化を民主主義の内面教育を通して清算することで日本の近代化の軌道修正を図ったとするならば、民間情報教育局の再教育・再方向付けプログラムに導かれた戦後の第二の近代化は、まさしくアメリカを範型とする再近代化であったといえる。

また、アメリカがメディアを通した自己の演出に極めて意識的であったことは注目される。自らを追うべき目標として被占領者に示す点では占領を通して一貫していたが、目的に合せてその表象戦略には変化も見られた。初期の「民主主義」教育においてアメリカは戦前までの日本の軍国主義との対比において先進性を示したが、やがて冷戦が顕在化すると「民主主義」の対義語は「共産主義」へとずらされ、共産主義という文化的他者との対比から自らの優位性を表象していった。この新たに引きなおされた境界線によって日本との対比は後景へと退き、「西側」の一員としての結束が図られた。このような演出の戦略を念頭に置いて、次に占領後期にはじまる教育交流プログラムの考察へと移りたい。

㈢　人物交流プログラム

本項では占領下で始動した人物交流に光をあてることにより、創作フェローシップを含めて講和後の日米文化交流に繋がる文脈を確認しておきたい。

前述のストッダード教育使節団（一九四六）は既に日本と海外の間での教育目的の人物交流を提言していたが、軍事占領下の日本では海外への渡航は許可されていなかった。しかし冷戦の政治は、人の交流をも促す。国際情勢の変化に伴い、日本の経済力の再生と同盟関係の強化へと極東政策と占領政策が転換したことを受けて、マッカーサー司令官は米陸軍省に対し日本に対する貿易制限の緩和と日本人の海外旅行の許可を要請した。その主張は、「ただの一人も日本から外国へ行くことを許されていない」日本は実情からいえば「われわれの捕虜」であり、「日本国民をして戦争開始以来の文化や科学の発展を吸収するために海外を旅行し他国民と交わる権利を回復」させるべきというものであった[97]。

マッカーサー司令官の要請を受けた米国陸軍省の指示により、ジョン・D・ラッセル（John D. Russell）を代表とする五人の交換教育調査団（Education Exchange Group）が一九四九年の八月一一日にサンフランシスコを出発した。教育分野ではストッダード教育使節団に次ぐ二番目に重要な任務と位置づけられていた調査団は、一六日に東京へ到着し、民間情報教育局長のドナルド・R・ニュージェント（Donald R. Nugent）に迎えられた。一月間の滞在を通してＳＣＡＰや日本政府の官僚、日米両国の教育関係者らと会見した上で九月に提出された報告書は、「大量の日本人学生をアメリカに留学させることが急務であり、日米の間で学生、教授研究員らを交換することは民主主義の実際的普及にとってきわめて貴重である」と促した[98]。

調査団の報告書は、敗戦後の復興が優先された占領の第一段階から、民主主義の構築に重心を置いた占領の第二段階へと移行する時がきたと宣言する。その主張によればこの第二段階においては、教育分野での人物交換は特に重視されるべきであった。「民主主義は実際に眼で見ることでよりよく理解し、その価値を知ることができる」し、「海外へ派遣された学生、教師、研究者たちは、その国との間に友好的な関係を築く傾向がある」からだ[99]。戦前にアメリカで学んだ日本人が民主主義国家への好意を持ち、占領の遂行においてもＳＣＡＰの相談役や通訳として協力してきたこと、戦後にドイツとの間で推進してきた教育目的の人物交換プログラムが効果を挙げていることなどの先例は、日本でも同様のプログラムに早急に着手すべきであることを示しているとされた[100]。報告書によれば教育分野での人物交換は、占領目的に照らせば単に望まれる以上に必要不可欠なものであった。なぜならば、「単に経済を発展させるだけでは、日本は潜在的な敵国となる」恐れがあり、「日本国民の徹底した民主化が伴ってこそ、望ましい結果としての平和と安全を達成することができる」からである[101]。したがって大規模な教育交換の実施は、緊急かつ重要な課題として位置づけられる。

報告書はこのような教育交流の目的を、民主主義的な手続きを理解すること、アメリカの生活様式を知ること、日本の抱える問題の解決に役立つ技術的な知識を取得すること、アメリカにおける日本理解を促進することの四つに定義する。[102] ポツダム宣言が「日本における民主主義の再生と強化の妨害となるものを取り除く」ことを明示し、初期の占領政策が日本社会の民主化を目標と掲げたにもかかわらず、使節団は多くの日本人にとって「民主主義」の概念は未だに空白のままであると現状をみていた。また調査団の評価によれば、日本国民は経済の発展に西洋の文化が必要と考え、日常生活の表面的なレベルでそれが役立ったと考えているが、西欧諸国について未だ具体的な概念を持ち合わせていない。そこで、人々の間の接触は相互理解のための極めて重要な基盤となるし、アメリカでの滞在を通して民主主義的な生活様式を深く理解することにより占領の目的はよりよく理解されるだろうことが期待された。[103]

交換教育調査団は、ストッダード報告書や一九四九年の文化科学使節団の報告書[104]の教育交流に関する提言を踏まえて、交換プログラムの可能性と計画をより具体化した。その計画によれば交換教育は学生、教師、研究者及び使節団の三つのカテゴリーを対象とし、交流が双方向（two-way process）であることが重要とされた。[105] 例えば、各界における日本人指導者のうち優先されるべき対象は、教育指導者、輿論を作り出す報道やラジオ関係者などで、彼らは帰国後に占領目的の達成に役立つことが期待された。アメリカから日本への教師の派遣は、社会科学、哲学、文学、英語が優先された。一方、日本の歴史、文化、生活様式に関するアメリカ側の理解なしには日本の民主化や日米間の相互理解は達成されないだろうとして、アメリカから日本へ学生を派遣することの必要性も説いている。[106]

一九五〇年の民間情報教育局の報告書では、学生や青年指導者の育成に携わる日本人の合衆国への派遣など教育分野での人物交流プログラムを通して、一九四八年六月から一九四九年一二月までに学生三五〇人、短期滞在者一四四人と長期滞在の大学教授及び閣僚ら一二人の日本人がアメリカを訪れたことが成果として挙げられている。このような文化視察には、民主主義的な制度の見学を目的とした二ヵ月から六ヵ月の期間の視察旅行と、大学院や特別な研修のための一年間の奨学金などがあり、渡米した指導者たちは帰国後に民主主義国家としての日本の発展に貢献することを期待されていた。

実際に占領下で施行された最も大きな留学プログラムは、ガリオア（ＧＡＲＩＯＡ、Government and Relief in Occupied Areas）資金による人物交流[107]である。近藤健の『もうひとつの日米関係』を参照すると、もともとアメリカの政府資金であるガリオア資金は、占領地における飢餓、疾病、社会不安の防止を目的としていた。そのために占領当初においては食糧や肥料などの生活必需品の供給などに充てられていたが、一九四九年になって日本の生活水準も回復し始め、資金に余裕ができたことから、総司令部は七月に関係機関の推薦に基いて第一期留学生の選考を行ったという。こうして、ガリオア資金から全ての経費を賄うことで、教員養成関係の大学教授一五人がアメリカの大学へと留学した。円をドルに換えることが許可されておらず、海外への渡航が相手国の後援者なしに不可能であった時代に、いよいよ組織的な留学制度により海外への狭き扉が開かれたのである。この年には、米国務省によるナショナル・リーダーシップ・プログラムも日本に適応され、教育家、政治家、法律家、新聞記者など各界の専門家約一五〇人がアメリカへと招かれ、四五日から九〇日間アメリカの政府機関や施設、団体などを視察した。一方のガリオア留学プログラムは、一九四九年度から一九五二年度までに四回にわたって日本人留学生をアメリカへ送り出した[108]。

海外への渡航の機会を求める日本側の要望は高かった。一九四九年一一月二七日付の『朝日新聞』は、「クツ磨をやってもぜひ留学させてほしい」といったガリオア留学志願者の熱い声を伝える。公募となった第二期留学生の選抜には、定員一〇〇名に対して六四七九人もの受験者が殺到し、最終的には社会科学・人文学系を中心に二八一名が渡航した[109]。文部省発表の一九五〇年度第三期留学生の受験要項は、「専攻学科の研究と共に彼の地の人情風俗に直接接することによってその実情をよりよく理解し、日米両国の親善に寄与するよい機会」と謳っている。実際に留学した人々の動機は、五〇年代前半に日本人留学生を対象としてアメリカで行われたインタビューを中心とした調査によれば、「長い間の孤立と戦争のゆえに、科学技術、工業その他すべての面で日本は大幅に遅れてしまったという一般的感情から、その遅れをできるだけ早く取り戻すために、「先進国」アメリカへ行きたいという動機」、「占領下の改革がアメリカをモデルに行なわれたため、実際的に、現実の要請として、アメリカの制度とその背後にある思想を理解する必要のあったこと」、「とにかく日本を抜け出したいという心情」、「アメリカの力そのものに魅きつけられたこと」の四つが多く見られたという。[110] このような日本側の需要と要望にアメリカ側は応えようとしたに違いない。

ところで、その一方で文化留学をめぐるアメリカ側の思惑をつぶさに示す文書がある。留学生を受け入れるホスト側の心得や指針を示したマニュアル「占領地域との人的交流プログラムのためのスポンサーへの提言（Suggestions to Sponsors for the Exchange of Persons Program with the Occupied Areas）」（一九五〇）[111] だ。占領地からの留学生の各受け入れ先に配布されたと思われるこのマニュアルは、留学生の選考からオリエンテーション、実際の旅行のプログラム、帰国後までの一連の流れに関する勧告をまとめた手引書となっている。マニュアルはドイツやオーストリアでの先例を踏まえて、政府プログラムによる専門家や国家指導者の招聘を主に念頭に置き作成されたものだが、日本を対象とした場合や民間支援のプログラムにも等しく適用されるものと記されている。[112] 一九四九年の交換教育調査団報告書が教育交流に関してアメリカにおける日本理解の促進を含めた四つの目的を掲げていたのに対して、マニュアルの次の箇所は、実際の人物交流の重心がどこにあったかを端的に述べている。

> 人物交換の主な目的は、職業的な訓練や技術向上などにあるのではない。それは付随的な結果として得られるかも知れないが、より重要なことは、生活様式を押し付けがましくない形で直に実演して見せることであり、観念ではなく実例によって示すことである。[113]（傍線引用者）

旅行の主な目的は、技術や職業的知識の向上よりも再方向付けにある。したがって滞在プログラムには、旅行者の専門分野に関係なく、アメリカの生活や慣習に関する一般的な体験が多く含まれるべきである。もちろん各地域を訪問する度にあらゆる体験が提供される必要はないが、各地域のスポンサーは想像力と判断力とを発揮して、旅行者の体験が多彩で自然なものとなるために、地域ごとのプログラムを計画すべきである。そう

した体験は、わざとらしいものよりも、即興的で可能な限り付随した体験であることが望ましい[114]。（傍線引用者）

これらの記述からは、人的交流が文化の宣伝と強く結びついていたことが確認されるのだ。訪問の目的が技術や知識の向上よりも再方向付けに置かれたために、訪問者はその専門分野を問わずアメリカン・ライフをさまざまに体験する機会が提供されるべきであることが勧告された。マニュアルは、滞在は一つの場所に長い期間留まるほうがより効果的であるとし[115]、専門分野と関連した人物や組織との面会は必要な数に限定し、代わりに課外活動を充実させることを勧めている[116]。引用文からは、ホスト国が旅行者にいかにして自国の文化を反感を買うことなしにうまく提示するかに腐心し、計画と戦略に基づいて文化留学を実施したかを知ることができる。マニュアルはそのほか、候補者の選考の過程で健康状態や英語能力と併せて反民主主義的な思想を持っていないかを事前に審査すべきこと[117]、滞在時の計画や旅程については本人との相談の上で決めるべきであることを勧告している。それは留学がアメリカの特定の面を選択的に見せるプロパガンダではなく、アメリカン・ライフをありのままに体験していると旅行者に感じさせるためにも必要な措置とされていた[118]。

さらにマニュアルの奨励する課外活動は、アメリカが教育交換プログラムを通してどのような自己像を被占領地出身の人々に向けて印象づけたかったのかをそのまま示すものと捉えられよう。第一に挙げられるのは、文化体験である。アメリカは文化的な関心に乏しいという強い偏見を払拭するために、美術館や図書館、博物館、劇場、バレーや音楽会の見学も効果的だが、地域に根付いた文化活動を見せることはより好ましいとして奨励されている[119]。青年団体や警察の活動の地域への貢献などを見せることで、地域の自治と公僕としての公務員という概念を理解させることも薦められた。共同体、団体、組織を通した協同を見せることが奨励された。見学者たちはこのような協同はアメリカが豊かであるゆえに可能であると考える傾向があるため、自助努力と限られた資金に基づいて行われる組織プロジェクトを例示することが好ましいとされている。また封建的な家族制度を持つ被占領地の人々は、非公式の日程を通して民主的で互いに協力し合うアメリカの家族と触れ合うことで、アメリカ式の生活や家庭文化をより深く理解することができると期待された[120]。学校見学では、建物など施設面ではなく、討論を用いた授業方式や、教師と父兄や生徒の間の協力関係に強調点を置くことが重要であると助言している。教会や宗教活動がアメリカの生活に占める重要性を理解させることも薦められた。

逆にアメリカ社会の欠点についても触れている。「人種偏見及びその他のアメリカの欠点」に関しては、事実を隠すよりも、その克服と民主主義的な理想の実現へ向けてアメリカが努力し進歩していることを旅行者に理解させることが薦められた[121]。マニュアルはドイツ人訪問団の先例を踏まえて、文化視察を通して多くの旅行者が抱く三つの誤解を取り除くよう努力すべきことも受け入れ先に忠告している。アメリカ文化の良い面はヨーロッパ起源であるとする考え、アメリカは豊かであるがゆえに現在の文化が可能であるという考え、アメリカでは労働者が虐げられ、不幸な状況に置かれているとする考えである[122]。

こうした資料から、教育交換プログラムをアメリカによる自己表象の企てとみる視点も成立するのではないか。その見せ方は、CIE映画の好んだ主題や演出とも重なる。しかしメディアによる間接体験ではなく直にアメリカを体験する旅行プログラムでは、選択的でない偽りのないアメリカをより純粋に体験しているという実感を旅行者に与えることができる利点があった。そしてホスト側は、あからさまに見える演出を注意深く避けながら、体験者が受け入れやすい自然な設定のなかで自らの好んだ自己像を演出して見せることができた。アメリカのイメージを向上させるための体験をさまざまに提供していた留学プログラムは、文化の宣伝と結びついた人への攻勢であったといえるだろう。さらに帰国後の訪問者たちは、人そのものがメディアとなってアメリカ的価値を伝播し、普及させていくことが期待されていたともいえる。マニュアルはホストに、訪問者の帰国後も接触が続けられることが好ましいと助言した。

付言すれば、このようにして占領期に導入された教育交換プログラムは占領軍が撤収した後にも継続することが念頭に置かれており[123]、その際には民間の協力を取り付けることも視野に入れられていた。前出の交換教育調査団の報告書は最後に、教育交流プログラムの実施と関連して日本の教育者や機関、日本政府、ＳＣＡＰ、米陸軍省、米国務省などそれぞれの主体が担うべき役割を叙述するなかでアメリカの民間財団に対する提言にも記述を割いている。そこで挙げられた教育交流への資金支援やインターナショナル・ハウス及び日米文化会館の設立などは、いずれものちにロックフェラー財団によって実現した[124]。実際に占領終結以後にアメリカの民間財団は日米間の文化交流において大きな役割を果たしていくことになるのである。

第二部では、ジョン・Ｄ・ロックフェラー三世及びロックフェラー財団が冷戦期の日米間の文化交流の計画と実施において大きな役割を果たしたことに注目したいが、その際に興味深いのは、これまでみてきた教育交換をめぐる考えの多くが、ロックフェラー三世の文化交流に関する提言に共有された点である。交換教育調査団の報告書及び受け入れ先のマニュアルがロックフェラー財団文書館のジョン・Ｄ・ロックフェラー三世関連資料（John D. Rockefeller 3rd Papers）に所蔵されている事実も、ロックフェラー三世が文化交流制度を構想する際にこれらを参考にした可能性を裏付ける。したがって、財団が実施した留学制度を考える上でもこれまでの考察は多くを示唆するだろう。

第三節　民間検閲局（ＣＣＤ）検閲と占領下の言説空間

占領期の対日文化政策が広範な分野に及んだことをみてきたが、最後に本節では、文学を含めた言論活動への関与に眼を向けてみよう。次章以降で重要な論点をなすＧＨＱの検閲について、先行研究に基づいてその概要と要点をまとめておきたい。

占領軍の進駐から間もない一九四五年九月一〇日、ＧＨＱは日本帝国政府に対する連合国軍最高司令官指令（SCAPIN-16）＝「新聞報道取締法」を発布[125]し、メディア報道機関への指導に乗り出した。その最初の処分として、占領軍の動静を不当に報道し続けた同盟通信社が九月一四日に「公共を害する」ニュースを流した廉で業務停止命令を受けたのをはじめとして、[126]次ぐ九月一八日には原爆被害を報道した『朝日新聞』が二日間の発行停止処分を命じられた。[127]そして一九四五年九月一九日、出版の自由の確立を目的に掲げたプレスコード（Press Code for Japan, SCAPIN-33）が発布される。「日本出版法」と訳される一〇箇条の指令は以下の通りである。

一　報道は厳重に事実に基づかねばならない。
二　直接にせよ間接にせよ公安を妨ぐる様な記事を掲載してはならない。
三　連合国に就ての虚偽又は破壊的批評を掲載してはならない。
四　連合国占領軍に就いて破壊的批評や占領軍に対して不信、又は怨恨を招くやうな記事を掲載してはならない。
五　公式に発表されない限り、連合国軍隊の動静を掲載してはならない。
六　報道記事は事実を記し、記者の意見は少しも加えてはならない。
七　報道記事は宣伝価値を持たせる様に色づけてはならない。
八　さして重要でない報道記事を誇張したり、宣伝的意味をつけたしてはならない。
九　報道記事は関係有る事項又は詳報を省略してゆがめる様なことをしてはならない。
十　新聞編集に当つて宣伝の為にする目的をもつて必要以上に重要性を報道記事に付与してはならない。[128]

プレスコードは「日本に於ける凡ゆる新聞の報道論説及び広告のみならず、その他諸般の刊行物」を対象とした。さらにこれに準拠したほぼ同内容の規則がラジオや映画・演劇などのメディアに向けて相次いで発令（ラジオコード、Radio Code, SCAPIN-43／ピクトリアルコード、Pictorial Code for Japan）されると、一九四九年一〇月三一日に検閲が廃止となるまで、日本国内の全てのメディアが検閲下に置かれることになる。その規則は、私信などのパーソナルなメディアに至るまで適用された。

検閲の実施を担ったのはＧＨＱのインテリジェンスを担う参謀第二部（Ｇ‐２）傘下の民間諜報局（ＣＩＳ）に属す民間検閲局（ＣＣＤ、Civil Censorship Detachment）であった。民間検閲局は郵便課／通信・電話課／特殊工作課／情報記録課からなる通信（Communication）部門と、プレス課（新聞・出版）／ピクトリアル課（映画・演劇）／ラジオ課（放送）／調査課からなるＰＰＢ（Press, Pictorial, Broadcasting）部門で構成され[129]、一九四七年のピーク時には八七〇〇人以上の人員を抱える巨大な組織であったという[130]。しかしこの組織の存在は秘匿され、検閲が実施されていることに言及することは禁じられた。民間情報教育局が民主的原則を掲げた表の活動を通してメディア言論の啓蒙・指導に携わったのに対して、民間検閲局は裏で検閲を通して好ましくない言論の統制を行ったのである。

では具体的には、どのような内容が取り締まりの対象となったのだろうか。先に引用したプレスコードの一〇項目に対して、検閲の現場では検閲官の判断を助けるための違反項目をより詳細に記したキーログ（Key Log）が配布され、その内容を熟知しておくことが義務づけられていた。一九四六年一一月末のキーログには、以下の三〇項目が並んでいた。

ＳＣＡＰ――連合国最高司令官（司令部）に対する批判／極東軍事裁判批判／ＳＣＡＰが憲法を起草したことに対する批判／検閲制度への言及／合衆国に対する批判／ロシアに対する批判／英国に対する批判／朝鮮人に対する批判／中国に対する批判／他の連合国に対する批判／連合国一般に対する批判／満州における日本人取扱についての批判／連合国の戦前の政策に対する批判／第三次世界大戦への言及／ソ連対西側諸国の「冷戦」に関する言及／戦争擁護の言及／神国日本の宣伝／軍国主義の宣伝／ナショナリズムの宣伝／大東亜共栄圏の宣伝／その他の宣伝／戦争犯罪人の正当化及び擁護／占領軍兵士と日本女性との交渉／闇市の状況／占領軍軍隊に対する批判／飢餓の誇張／暴力と不穏の行動の煽動／虚偽の報道／ＳＣＡＰまたは地方軍政部に対する不適切な言及／解禁されていない報道の公表[131]

検閲が主に占領政策の批判への取り締まりを目的としたことが見受けられる。戦後の新たな価値体系への態度を表明することがそのままそれを掲げた占領者への論評に不可分に繋がるしかない当時の状況において、連合国のなかでもアメリカについて自由に論議することが許されなかったことは大きな拘束と取らざるをえない。

事前検閲下でメディア担当者は公表に先立ち、検閲のためのゲラ刷り二部を第一生命ビルにある民間検閲局へ提出し、チェックを受けることが義務づけられた。検閲官は検閲の結果としてパス（PASS）、一部削除（DELETE／DELETION）、公表禁止（SUPPRESS／SUPPRESSION）の判を押し、違反がある場合には検閲文書に事由を記した。検閲が終わるとゲラ刷りの一部を返却されるが、違反がある場合でもその事由は知らされない。一部削除を命じられた場合には、空白や伏字といった方法を取ることは許されず、検閲の痕跡を留めぬよう紙面を組み直さねばならなかった。そのために、検閲にかかることを恐れた表現者や編集者が表現を自粛する現象が広く見られたことは、検閲をめぐる大きな問題の一つである。

ポツダム宣言第一〇項及び新憲法二一条が謳う「言論、表現の自由」と検閲との間の矛盾は明らかであった。戦時中に大日本言論報国会の会長を務め、戦後はＡ級戦犯の容疑者としてＧＨＱによる言論制約の下に置かれていた徳富蘇峰は、一九四五年一〇月七日の日記にＧＨＱが行っている「以前検閲」（事前検閲）への批判を述べて、「今日マッカーサーの日本で実行せんとする自由主義は、全く自由主義の贋造物といっても、差支あるまい」と記している。[132]検閲への批判は外国人記者などからも強く投げられ、またＧＨＱも新憲法下で言論の自由を高唱しながら事前検閲を実行していることの自己矛盾に気づいていた。こうした点に加えて、事前検閲の手続きは検閲当局とメディア側の双方にとって大きな負担であったこと、新聞・雑誌媒体のうちの多くは事前検閲が不必要であると判断されたことなどから、検閲制度は徐々に事前から事後検閲へと移行された。一九四七年一月にまず自然科学系を中心に一八誌が事後検閲となったのを皮切りに、違反の可能性の少ないものから順次移され、四七年一〇月までには共産党や左翼系の雑誌二八誌を除く全ての雑誌が事後へと移行した。書籍は一九四七年一一月に事後検閲となった。[133]その後、一九四九年一〇月に民間検閲局は廃止され、検閲制度は終わりを告げた。

事前検閲から事後検閲への移行が必ずしもより自由な言論活動を意味しなかったことには留意すべきである。例えば、編集者臼井吉見は後年次のように当時を振り返って証言している。

事後検閲への切替えを界にして、すくなくとも雑誌の上でいえば、言論が、にわかに精彩を失った。おそらくは相手が期待もしていない地点まで後退をはじめる。たがいに顔を見合い、暗黙のうちにうなずいて、翌月はさらに後退する。かくて進んで既成事実をつくっては、一歩一歩引き下ることになる。それが目に見えるようであった。

権力者の腹を読んでは、次々に道をゆずるという卑屈な振舞いは、かつて軍部に対するものだったが、いまはまた占領権力に対して、同じことをくりかえしている。そういう国民のメンタリティが、言論の責任者である編集者のしぐさの上に、露骨に示されるのだった。(134)

事前検閲では出版前に検閲局の審査を受けねばならないが、違反箇所だけを修正して出版することが可能である。一方事後検閲では事前の審査なしに出版はできるが、違反となれば出版したものを回収せねばならない。どちらの方式の統制がより緩いか一概には言えないが、事後検閲になって表現の自粛が増したとすれば、それだけ被占領者による規範の内面化が進んだことを示しているだろう。臼井の証言は、占領下で書かれたことばを読む際には、常に水面下で表現の自己規制が働いていた可能性を念頭に置かねばならないことを強く喚起する。

検閲の表現への影響の正確な実態を把握することは極めて困難だが、占領期検閲に関する研究は、検閲のために民間検閲局に提出された新聞・雑誌・書籍・パンフレット類と違反事項を記した検閲文書を集めたゴードン・W・プランゲ文庫（The Gordon W. Prange Collection, East Asia Collection, Mckeldin Library, University of Maryland at College Park）(135)の資料がメリーランド大学の正式のコレクションとして整理されて献呈式が行われた一九七九年以降に大きな進展を見せた。検閲が大きく注目を集める切っ掛けを作ったのは、言論の自由を建前として掲げるＧＨＱの矛盾した政策への批判を前面に掲げた文芸批評家の江藤淳による論考『閉された言語空間』（一九八九）である。江藤はそれまであまり知られていなかったプランゲ文庫の資料を駆使しながら、占領軍の検閲を通して戦後日本では「思想と文化の殲滅戦」[136]が遂行され、現在までなお続く「閉された言語空間」が作られたのだと激烈に批判した。「占領軍当局の究極の目的は、いわば日本人にわれとわが眼を刳り貫かせ、肉眼のかわりにアメリカ製の義眼を嵌めこむことにあった」[137]とする江藤の主張は、その挑発的な問題提起によって後続の研究を喚起した。さらに一次資料群の整理は研究を大きく後押しした。国立国会図書館との協同でプランゲ文庫資料のマイクロフィルム化が行われ、二〇〇〇年代に入って早稲田大学の二〇世紀メディア研究所によってプランゲ文庫所収の占領期雑誌記事情報のデータベース化とインターネット上での公開（占領期雑誌記事情報データベース／http://m20th.jp）が行われた[138]ことを受けて、新資料の発掘を含めて精力的に研究が進み、占領期検閲の多面性が浮かび上がりつつある。

検閲が言論空間に及ぼした影響への評価は論者によってさまざまである。例えば、江藤淳が『閉された言語空間』及び『落葉の掃き寄せ――敗戦・占領・検閲と文学』（一九八一）で検閲を原点に置く戦後の言語空間を極めて不自由で閉された空間として描き出したのに対して、「占領下の検閲は知的生活の発展において重要な要素とはなりえなかった」[139]といった真っ向から対立する見方もある。一律で平板な捉え方を脱却して、さまざまな視点から検閲の諸側面に接近する試みもなされている[140]。その成果を総合的に踏まえて言うなら、検閲は担当した検閲官個人の性向や言論出版への理解、さらには日本語能力といった個別的要素や偶然、文化の「翻訳」やテクストの「誤読」、あるいは検閲者との間の駆け引きなどが総合的に作用した結果として理解されうるだろう。江藤の主張する「閉された言語空間」のイメージに対して、実際の言語空間には複雑な力学が互いに絡まりながら働いていたと言うべきである。そのなかで一人一人の表現者がいかに言葉を紡ぎ出していたかを具体例に即して考察することは、占領期の文学作品を論じる次章以降へと譲りたい。

第二章　占領期表象としての大岡昇平『俘虜記』

占領下の文学はどのように「アメリカ」に対峙していたのか。

文学に表象された「アメリカ」の内実を論じる前に、まず注目したいのは、「文化国家」という新たな国是のもと、文化を重視する社会の風潮が広まるにともなって、「文学」に対する一般の人々の認識にも変化が表れたことである。例えば、敗戦直後の時期に占領軍の接収家屋のガードをしながら作品を執筆していた安岡章太郎は、社会における文学者の位置取りが一変したことの実感を次のように語っている。

〈文化国家〉というキャッチ・フレーズは敗戦後のわれわれに一種特別なニュアンスでひびいたらしく、それまで僕が大学の文科という就職口もないところへかよっているのを軽蔑していた床屋のおやじまでが、「あんたは先見の明があった。これからは、まったくブンカの世の中だからねえ」
と、奇妙なほめかたをした。
とにかく、そのころから文士の社会的地位が向上したというのか、――怪しげなウス気味わるい存在にすぎなかった文学者というのが、一般にしたしみやすくなったのは事実だろう。[1]

このように人々が文学（者）に「したしみ」を感じた度合いに比例して、文学の言説のもつ社会的な影響力は増大したのではなかろうか。翻って、アメリカが文学表現が人々の考えや心情形成に及ぼす影響力を見越して、検閲を通した規制を行ったことは既に確認したとおりである。こうしたことは、戦後初期の文学が、表象をめぐる日米

相互の駆け引きのもとに、日本人の「アメリカ」をめぐる記憶が共有される一つの中心的な場であったことを示唆していよう

前章を通して、敗戦後に「文化国家」を新たな国家アイデンティティに据えて再出発した日本において、アメリカが民間情報教育局（ＣＩＥ）を中心として多岐にわたる文化政策を実施したことを見てきた。そうした活動においてアメリカは、自らを民主主義の指導者として位置づけ、書籍・雑誌などの活字メディアや映画などの視聴覚メディアの文化表象を通して民主主義、豊かで近代的な生活の具現者としての自己イメージを発信した。同時に、民間検閲局（ＣＣＤ）による検閲を通して、暴力性と結びついた「アメリカ」の姿は公の言説から注意深く排除してきた。本章以下の三つの章で試みたいのは、占領期から占領直後までの時期に日本人によって書かれた文学作品を視点として、これまで見てきた占領者による文化攻勢に被占領者の語り（ナラティヴ）を対置することである。そこで第二章においてはまず、戦時と戦後が重層的に表現された文学の表現に眼を向けてみたい。

太宰治の戦後の有名な戯曲『冬の花火』には、その始まりの部分において、主人公が次のように独白する場面がある。

> 数枝（両手の爪を見ながら、ひとりごとのように）負けた、負けた言うけれども、あたしは、そうじゃないと思うわ。ほろんだのよ。滅亡しちゃったのよ。日本の国の隅から隅まで占領されて、あたしたちは、ひとり残らず捕虜なのに、それをまあ、恥かしいとも思わずに、田舎の人たちったら、馬鹿だわねえ（…）。[2]（傍線引用者）

一九四六年六月に雑誌『展望』に初めて発表されたこの戯曲は、初出時に引用文中の傍線部分がＧＨＱによる削除処分を受けたことが知られている。さらに同年の暮れに新生新派によって予定されていた上演に対してもＧＨＱは中止処分を下した。[3] 占領軍に対する被占領者の反感を刺激しかねない表現を、アメリカがいかに統制したかを物

語る逸話としてもよく引き合いに出される検閲の事例である。ところで、敗戦後の日本をアメリカに占領された「捕虜」として捉える点で太宰と極めて類似した戦後認識を抱き、かつそのような戦後への視点を検閲を逃れて表現した文学者がいる。戦後文学を代表する戦争の語り部として知られる、大岡昇平である。

大岡昇平（一九〇九～一九八八）は、一九四四年七月に暗号兵としてフィリピンのミンドロ島へ送られ、米軍の襲撃を受けて捕虜となった翌年一月から一二月に復員するまでの約一年間を俘虜収容所に過ごした。この戦争体験が、『俘虜記』（合本、一九五二）、『野火』（一九五二）、『レイテ戦記』（一九七一）などの母体となり、大岡文学の核をなしていることはよく知られている。なかでも『俘虜記』は、作者の実体験の記録としての性格が最も強く、これまで「戦争をどう語るか」に重点を置いて多くの考察がなされた。

本章では、大岡の実質的処女作であり、戦後の出発点ともなった『俘虜記』を、「占領期文学」という視点から再読したいと考える。『俘虜記』の執筆は復員後間もなく始まったと言われ、一九四八年二月号『文学界』に短編「俘虜記」が掲載されたのを皮切りに、俘虜経験を描いた一連の連作短編が一九五一年までに種々の雑誌に散発的に発表されていった。それらは三冊の単行本『俘虜記』（創元社、一九四八・一二／「捉まるまで」「サンホセ野戦病院」「レイテの雨」「西矢隊始末記」を収録）、『続俘虜記』（創元社、一九四九・一二／「生きてゐる俘虜」「戦友」「俘虜の季節」「俘虜逃亡」「西矢隊奮戦」を収録）、『新しき俘虜と古き俘虜』（創元社、一九五一・四／「建設」「外業」「八月十日」「新しき俘虜と古き俘虜」「俘虜演芸大会」「帰還」を収録）の刊行を経て、のち一九五二年一二月に短編「俘虜記」を改題した「捉まるまで」を第一章として一三章（「西矢隊始末記」を含む）から成る合本『俘虜記』（創元社）として纏められることになる。この書誌事項からも明らかな通り、『俘虜記』はまさに占領期を通してテクストとして生成され続けたのであり、ゆえにそこにはさまざまな層において占領期の痕跡が見られる。

『俘虜記』と占領期の関わりという視点そのものは目新しいものではなく、大岡自身「占領下の世相を風刺する」意図をもって執筆したと表明しているものの、その試みは十全に検証されないままになっていた。以下においては、作者の発言やプランゲ文庫所収の検閲文書などを援用しつつ、『俘虜記』の同時代批評としての側面を、Ｇ

ＨＱ占領下の言説空間のなかにおいて読み解いてみたい。

第一節　占領下日本のアレゴリーとしての『俘虜記』

大岡昇平は自作への言及が多く、『俘虜記』の執筆動機や過程、意図、創作方法などについてもかなり詳しい発言がある。本節においてはまず作者の発言を辿りながら、『俘虜記』が戦前の戦争体験に占領期社会を重ねて映し出す重層した意味構造をもつことを確認していきたいが、大岡が語ったところによれば『俘虜記』の執筆は、「従軍記を書いてくれ」という小林秀雄の勧告に始まったもので[4]、既に述べたように作者は戦場よりも収容所経験を書くことに関心をもち、「ああいう異常な事態、アメリカ軍に甘やかされた捕虜が、どこまで堕落できるか、ということを書きたいような気がしてた」らしい[5]。興味深いのは、彼が帰国後自らの文学の出発点として「俘虜の体験」を題材に選んだことが、占領期という時代の空間と相俟って、次第に特殊な意味を帯びるようになったことだ。大岡は作品を書き進む間に訪れた一つの認識と、それに伴う創作のスタンスの変化について、一九七〇年次のように語っている。

それから、『生きている俘虜』で収容所のことを書いて出すと、初めは俘虜生活そのものを書くつもりだったんですが、結局収容所の中でアメリカ人に飼われてキャッキャといってた状態と、民主主義だとかなんとかいわれてワイワイやってる現在の状態と同じではなかろうか、どうもあらゆる点でよく似ているぞということに気がつくわけですね。（…）で、そこに書いてあるのは確かに捕虜の話なんだけども、読んでいるうちになんだか自分達のことが書かれているような気がする。しかしもう一度読み直してみるとやっぱり捕虜の話だと、そういう変な風刺的効果を狙おうとしたんです。それが『生きている俘虜』からあとの方法ですね[6]。

ここに言及された「生きている俘虜」は、一九四九年三月に文芸誌『作品』に発表されていて、『俘虜記』全体としてみれば病院から収容所へと場面が移行する部分にあたる。大岡は合本『俘虜記』（一九五二）の「あとがき」にも、「俘虜収容所の現実を藉りて、占領下の社会を風刺するのが、意図であつた。しかし五年にわたつて書き継いだため、その間状勢と私の考えに変化があり、調子は一様ではない」と記していたのであるが、その敷衍となる右の引用からも、まだ戦争の記憶が生々しさをもっていた『俘虜記』執筆期に、大岡の眼が既に鋭く占領期を見据えていたこと、彼が『俘虜記』を時代の動向に介入する試みとして書いていた事実を重ねて確認できる。

こうして用いられることになる技法としてのアレゴリーは、時代の要請に裏打ちされたものであった。海を挟んだ隣国で戦争が勃発しようとしていた緊迫した国際政治情勢のなか、一九四七年から四八年にかけて、ＧＨＱは日本を「反共の防壁」とすべくそれまでに進めていた非軍事化・民主化政策を大きく方向転換した。のちに作者は、アレゴリーへと駆り立てたのが「朝鮮戦争前の戦後社会にあった一種の焦燥感」であり、「占領時代が少し長すぎるように感じていた」[7]と回想している。アメリカの基地と化して再び戦争へと引き込まれていったその後の歴史は、こうした切迫感に追い討ちをかけたに違いない。「僕は「俘虜記」がたんなる過去の記録ではなく、或ひは近い未来の素描ではないかと恐れる」という一九四八年六月の中村光夫の書評は、第三次世界大戦の予感に囚われていた「俘虜記」発表当時の張り詰めた空気を伝える[8]。

以上のような背景を念頭に置いて『俘虜記』冒頭に置かれたエピグラフを読めば、このテクストが同時代への批評をその中核に据えていたことがくっきりと浮かび上がるだろう。大岡は一九五二年の『俘虜記』単行本化に際して、カミュの『ペスト』からデフォーの言葉を再引用し、次のようなエピグラフを付している。

或る監禁状態を別の監禁状態で表してもいいわけだ。　デフォー

これまでそれほど重視されてはいないこの一句は、樋口覚が「誤解の王国――『俘虜記』序説」で「これから展

開する本文に対しある干渉作用をもたせるためのもの」とエピグラフの機能を規定した通り[9]、先に触れた「あとがき」と呼応しつつ、『俘虜記』全体を包み込むものとして捉えられねばならない。そして大岡はこのエピグラフに託して、戦後日米関係の再読に読者を誘い込むような装置として『俘虜記』を作り上げていたのである。

このように、『俘虜記』の「戦争記」としての特異性は、それが同時代である占領期のアレゴリーとして書かれた点にある。磯田光一は、「一九四〇年代とは〝軍国政権による日本占領〟と〝アメリカ軍による占領〟とが入れ替って連続した時代と規定できる」とし、『俘虜記』を、「二つの占領空間のなかで人間が何を強制されたかをえがきつくした戦後で随一の作品」であり、その「独創は、監禁状態の「演芸大会」として「戦後」をとらえた点にあった」と評した[10]。次に、占領期の検閲制度を前景化することで、エピグラフに記された「監禁状態」の比喩が、大岡における戦中・戦後を探る上で重大な手がかりとなるのみならず、より大きくは占領期を斬る鋭利な視座となることを、明らかにしてみたい。

第二節　占領期の言説空間と『俘虜記』

（一）同時代の「戦争の語り」の動向

戦後、戦争を題材として夥しい数の書物が出版されたが、成田龍一は時代とともに変化してきた戦争の語りの特徴を、「「被害者」の立場からの語りが主流だった第一期（一九四五年～六〇年代後半）」、「日本人の「加害者性」を問う語りがあらわれた第二期（六〇年代後半～八〇年代後半）」、「「語り方」自体が問われるようになった」第三期（九〇年代以降）に分けて捉えている[11]。この時代区分上でいえば『俘虜記』は、竹山道雄『ビルマの竪琴』（一九四七）、日本戦没学生手記編纂委員会編『きけわだつみのこえ』（一九四九）、壺井栄『二十四の瞳』（一九五二）などと並んで第一期に属すことになるが、感傷や「被害者性」をその語りから排した点で、他の作品とは一線を画しているといえるだろう。野田康文は、同時期に書かれた戦争表象の横の広がりを視野に入れつつ大岡の言説及び初期作品を緻密に検討し、同時代の記録文学に対する批評意識が大岡の創作方法の根幹をなすものであったと定義づけている。[12]

ところでここで、占領期に焦点を合わせ、この間の記録文学の動向をＧＨＱの検閲を背景において捉え直してみたい。先の論考において野田も引いている高橋三郎『「戦記もの」を読む――戦争体験と戦後日本社会』は、戦前戦後における「戦記もの」の系譜を通時的に俯瞰し、大岡昇平『俘虜記』、梅崎春生『桜島』、『きけわだつみのこえ』などが出た一九四八年から一九四九年にかけてを、戦後の「「戦記もの」の出発点ともいうべき時期」であったと規定する。そして特に一九四九年が、「「記録文学」と呼ばれる戦争体験記録が異常に流行した年」であったのだという。[13]高橋は、この時期の「戦記もの」を読む際にＧＨＱによる検閲があったことを考えねばならないことを指摘しているが、これをさらに一歩進めて、検閲制度の移り変わりと先の動向の間に、相関関係を読み込むことが可能ではなかろうか。一九四五年から占領下の日本では全ての出版物に対してプレスコードが発布され、「占領軍に対する批判」「軍国主義の宣伝」そして「検閲制度への言及」などの禁止項目に基づく検閲が一九四九年一〇月に解除となるまで続いたことは、第一章で既に確認した通りである。その間には、一九四七年一〇月に極右・極左出版物を専門とする一四社を除く書籍に対して、そして同年一二月に要注意リスト所載の二八誌を除く雑誌類に対して、検閲が事前から事後へと移行している。[14]ところでこうした制度の変化は、高橋のまとめた「戦記もの」出版の推移と、いみじくも正確に呼応するように見えるのである。

そして、実はこのような検閲の存在を大岡が意識していたことを窺わせる発言が残されている。大岡は一九四九年に書かれたエッセイ「記録文学について」で、この年に起こった記録文学流行の火付け役として吉田満の『軍艦大和』に言及し、この作品が「発表されたのが「種々の事情によって『サロン』という大衆雑誌」で、経営難に苦しんでいたカストリ雑誌が記録文学に飛び付き、それが次第に「真面目な雑誌」へと拡がっていったと述べているのであるが、[15]発言の文脈からしてこのとき大岡が、ＧＨＱの検閲を逃れるために漢文体から文語体に改められ、発表媒体を変えて掲載された『軍艦大和』の出版事情を念頭において話したことは明確で、検閲の「記録文学」出版への関与をかなり把握していたものと思われるのである。
このような地点から振り返れば、野田が指摘した同時代の「戦記もの」への批判も、GHQの政策を視野に入れて、捉え直すことができるように思われる。後年の発言になるが、大岡は「『俘虜記』の方法」（一九七〇）で、次のように占領期を振り返っている。

当時は「暴露物」といいましてねえ、前線で軍隊がどんなにみにくく、どんなにひどく、兵隊を死に駆りたてたか、将校はうしろでうまいものを食って、兵隊ばかりが前線へ押し出されたとか、そういう話がたくさん出たわけですよ。大本営発表は「勝った、勝った」というけれど、実は全部負けていたとかいう話ですね。GHQの指導でやったラジオの「真相箱」というやつからはじまった傾向で、そういう暴露物がずいぶんあったわけですねえ。[16]

既に第一章で詳しく論じたように、占領当時GHQは占領政策を成功的に遂行すべく、教育・宗教などに関する文化政策を推進する表の組織民間情報教育局（CIE）と、その存在が秘匿されていた検閲局（CCD）を二本の柱として、言論政策を行っていた。引用文にみる「真相箱」とは、民間情報教育局によって「ウォー・ギルト・インフォメーション・プログラム」の一環として、戦争の「真相」の暴露と銘打って一九四五年一二月から放送されたラジオ番組にほかならない。大岡は、「真相箱」に象徴されるような、軍部と国民とを加害・被害の構図で対置させる戦争の語りから距離を置いていたが、右の文章が語るようにGHQの言論政策が当時の戦争の語りの論調の形成に大きく介在していたと彼が強く意識していたとすれば、同時代の戦記への批判も、占領軍の批判へと通底するものであったと捉えることが可能である。そして、大岡がGHQの言論政策の働きを鋭く認識していた背景には、彼自身が検閲の網目を意識しつつ執筆を続けなければならなかった事情があったのではないか。次に、『俘虜記』と検閲との関わりを、プランゲ文庫の資料を手がかりとして探るとする。

（二）ＧＨＱの検閲と『俘虜記』

先に占領期に書かれた戦争文学を読む上で検閲への視点が重要であることを示したが、『俘虜記』が占領期を通して発表されたことは、それが事前から事後へ、そして廃止へと移る検閲制度のさまざまな局面を潜り抜けつつ活字化されたことをも意味する。十重田裕一はＧＨＱの検閲にあった文学作品を俯瞰し、「検閲に抵触する表現の多くが、日本の過去の戦争と現在の占領に関する部分である」として、「過去の戦争にうかがえる軍事的な要素を削除すると同時に、現在の占領下のアメリカによる進駐の現実を削除するＧＨＱ／ＳＣＡＰの検閲によって、戦争と占領の記憶に修正が加えられようとしていた」としたが[17]、この指摘に従えば戦前の俘虜体験を占領期の現実と交差させて描く『俘虜記』は、まさに検閲が最も強力に働く地点に位置していたことになるだろう。実際、大岡自身幾つかの文章で検閲制度に触れており、また作品の一部が削除を受けたことを記す文書がＧＨＱの検閲を受けた雑誌・新聞記事を収めたプランゲ文庫に保存されていることは、こうした時代の拘束がテクストの形成に外部から干渉したことを示す。にもかかわらず、『俘虜記』における検閲の問題については、管見に入る限り未だ正面切った議論がなされていない。そこで本節では、プランゲ文庫所蔵の『俘虜記』検閲文書を整理し、このような検閲が『俘虜記』の表現上に及ぼした影響について、さらに後年に行われたテクストの改稿を綿密に検討することで、一つの考察を試みたい。

『俘虜記』と検閲の問題を考えるとき、何よりもまずこの小説の原点に検閲との対峙があったことは見落とせない。大岡昇平は「『俘虜記』」（一九七〇）ほかで、短編「俘虜記」（後の「捉まるまで」）が掲載されるまでの経緯を、次のように語っている。

ぼくが上京した時には、吉田満の『戦艦大和』の原稿がきてて、これは面白いから第一号に載っけようということになってた。で、ぼくも兵隊にいった経験を第二号に書かないかと勧められたんです。（…）五月までかかって書いて、小林のところへ持っていったら、割合賞めてくれたんですよ。ところが、吉田満の『戦艦大和』が、進駐軍からいけないっていわれて落ちちゃった。すると、ぼくのも米兵が出てくるから、やっぱり駄目だろうってことで、原稿を東京に置いといたんだけど、なかなか出すところがなくて、結局二十三年の二月の「文学界」へ載るわけです。[18]

「俘虜記」が完成したのは復員後間もない一九四六年の五月であったが、雑誌『創元』の編集者であった小林秀雄が検閲を意識して掲載を見合わせたことで、「捉まるまで」の発表は大幅に延びることになったというのである。ここにも検閲の出版への関与を確認できるが、このように大岡にとって戦後の創作活動が占領軍の検閲の拘束から始まっていることは注目に価するだろう。

奇しくも、「捉まるまで」の発表が遅れたために検閲が事後へと移行し、後の合本『俘虜記』の章をなす連作短編のうち、「俘虜記」「サンホセ野戦病院」の二作を除く部分は事前検閲を免れることになった。しかし、プランゲ文庫に保存された検閲文書によれば「サンホセ野戦病院」は、右翼プロパガンダ（Rightist Propaganda）だとして二箇所に対して部分削除命令を受け、本文が改変されている。検閲の性格を示すと同時に、資料としての価値もあると思われるので、以下に削除箇所を並べて引用したい。

「ヘーイ、トージョー」と少し離れたベッドから声が懸かつた。私は激しい怒りを感じた。その名は私の最も憎む名であり、私は無論私がその名で呼ばれることを欲しない。しかしこの時私を怒らせたのはその点にはなかつた。〔いかに愚劣なる人物とはいへ、これは私が祖国を指導することを黙認した人物であつた。その人物の名をもつて一兵卒たる私を呼ぶことは、単にわが国家に対する侮辱であるのみならず、私個人に対しても甚だしい侮辱であると思はれた。〕私は聞えないふりをして黙つてゐた。〔削除箇所英訳〕No matter how stupid TOJO might be, we consented to entrust the fate of our country to him.

護衛の兵士は丈の低い色黒な精悍な兵士である。彼のスラングは少なからず私を悩ました。私は彼に「君は戦争が好きか」と訊いた。彼は「嫌ひだ。しかし、私は戦ふことが出来る」といつて銃を上げて狙ふ姿勢を示した。〔私は数日前いかに私自身正当と信じる理由があつたにせよ、自分が目の前に現はれた米兵を射たなかつたことを思ひ、一種の恥づかしさを感じないわけには行かなかつた。〕〔削除箇所英訳〕…but now I could not help recollecting it with a disgrace. I cannot but recall now with shame…[19]

削除された表現についていえば、前者はテクストを通してみたとき突出して際どいものには見えず、後者と同様の表現が他の箇所では検閲を通っていたりと、実際に行われた検閲官の選択はかなり恣意的であったのではないかという感慨を抱かせる。そして『俘虜記』全体の長さを考えれば、二箇所だけが検閲にかかっていることは、取り立てて問題にするほどの重要性をもたないように映るかも知れない。しかし、検閲文書のみを参照して検閲の影響を判断するのは早計であろう。

第一章第三節で述べた占領期検閲制度の性格を振り返れば、戦前内務省によって行われた検閲と対比されるGHQ検閲の特徴は、施行事実が秘匿されており、その基準も被検閲者に明示されなかったことにあった。そのために生じたのは、眼に見えない検閲網に対峙させられた日本側出版社や表現者による自主規制であった。雑誌『創元』における「軍艦大和ノ最期」の検閲による削除と、編集者の自己検閲による「俘虜記」掲載中断はそれぞれ、検閲制度が文学作品に及ぼした影響の、重大な二つの側面を端的に示しているだろう。

大岡は一九五二年の合本『俘虜記』に付した「あとがき」で、「今日の考へで書き直し、時々の気分を改めるのは正しくないやうに思はれた。発表当時占領軍への遠慮から省いた二三の詳細を加へ、字句を統一するに止めた」と述べており、小林に働いたと同様の自己検閲が初出の段階であったと取れる表現をしている。このように自主的に行われた表現の屈折がどれほどかを判断することはかなり困難であり、概ね推測の域を出ないことにもなるだろうが、私見によれば検閲が引き起こした自主規制は、『俘虜記』テクスト全体を伏流する重大な問題と捉えるべきであるように思われる。それは以下に示す改稿テクストの対照から裏付けることができるように考える。語り手が収容所で米軍に引き渡される場面の初出と、合本『俘虜記』における改稿を並べて引いてみたい。

そこで私は四五人の別の兵士に引き渡された。精密な身体の検査を経て、私は稜線を伝つて芋畑のある平坦地の方へ連れて行かれた。私はそこに約三百人の米兵の屯してゐるのを見た。

何故私がこの時自分が殺されるものと思ひ込んでしまつたかはいひ難い。[20]

（初出「俘虜記」、一九四八年、傍線引用者）

そこで私は四五人の衛兵らしい別の兵士に引き渡されると、取り扱ひが不意に荒くなつた。雨衣と上衣は取り去られ、軍袴の紐は解かれた。軍袴だけは、ポケットを裏返した後、引き上げるのを許されたが、上衣は返されず、私の上半身は裸のまゝ残された。

一人の兵士が背後から私の両腕を持つて高く挙げた。「お前はこの恰好で歩くんだ」

「歩けない」といふと、銃尾で尾底骨を激しく打たれ、私は前へのめつた。三度目打たれた後、私は歩き出した。この時私はやはり殺されると思ひ込んでしまつた。米兵の取り扱ひの不意の変化から、私は稜線を伝つてマニヤンの畑のある平坦地の方へ追つて行かれた。私はそこに約五百人の米兵の屯してゐるのを見た。彼らは笑つてゐた。[21]

（合本『俘虜記』、一九五二年、傍線引用者）

一九四八年の初出では「いひ難い」とされた理由が、一九五二年に出版された合本『俘虜記』においては、はっきりと書き込まれていることが分かるだろう。まさに、「発表当時占領軍への遠慮から省いた二三の詳細を加へ」た箇所と推定されるが、一九五二年に加筆された、俘虜を侮辱する米兵の態度は、作品を通して描かれる「文明国」アメリカの合理的な処遇を覆すような例外的な記述であることから、作者が初出の段階で検閲への抵触を懼れた可能性は高いと考えられる。

もっとも、大岡は自作に頻繁に手を入れる習癖をもっていた。従って右の改稿もこれだけでは、初出時点ではなぜ殺されると思い込んだかの理由が書き手にとって明瞭ではなかったという単純な解釈の可能性も排除できない。その意味で、一九五三年に書かれた「ユー・アー・ヘヴィ」の次の一節は、自己検閲の仮説を裏付けする強力な根拠となるだろう。


　俘虜になるまでの二四時間を書いた最初の一〇〇枚が、昭和二十三年二月の雑誌に発表された時、或る友達がいった。

「この頃の俘虜の話は、型が決まってるな。つかまるまでは、いやに詳しい。ところがつかまってからは、すぽっと、あとがねえんだ。」

「しようがねえよ」と私は答えた。「あとを書けば、のっけてくれねえもの」

当時はまだ「敵」という字を文中に使えなかった。「敵を愛せよ」など、聖書にある文句は見逃してくれたが、米軍を指して「敵」と呼ぶことは許されなかった。止むを得ず、「相手」としたが、「敵中突破」を「相手の中を突破」では、文章にならない。

「何故私がこの時自分が殺されると思い込んでしまったかはいい難い」と私は書いた。[22]

先に取り上げた二つのテクストの異同とこの文章を照応するものとよめば、問題の改稿は、やはり一般に行われるものとは異質と見做すのが妥当であろう。またこうした例に鑑みたとき、検閲文書に現れた以上に、水面下で作者の自主検閲が絶えず働いていた可能性が強く浮上するのである。

同様の観点に基づけば、「外業」（初出、一九四九・一二、合本『俘虜記』所収時に「建築」と併せて「労働」と改題）においてアメリカに対する批評が前面に出ていることも興味深い。大岡自身が定義しているように、『俘虜記』は優れた「日本人論」として読めるのであり、[23]『俘虜記』の語り手の視線は、俘虜である日本人の側に重点的に向けられているのであるが、それが「外業」において一時的にアメリカ批評へと傾き、個人主義、暴力性、家庭問題の蔓延、フロイト主義の流行、人種問題など広範囲に及び正面切った批判的記述が並ぶ。大岡に検閲による自主規制があったと考えれば、こうした論調の屈折が検閲が廃止された直後に表れたことに対し、検閲解除への敏感な対応であったという解釈の可能性も成り立つのではないだろうか。[24]

このように検閲者としての「アメリカ」を常に意識しつつ、俘虜の姿を同時代人の風刺のきいた自画像として占領下の日本読者に提示していた『俘虜記』の作者は、まぎれもなくしたたかな表現者であったのだろうが、実は日本側とアメリカ側の二つの「聞き手」の間で綱渡りせざるをえない大岡の位置は、戦前の捕虜収容所での通訳経験とも重なってくるように思われる。[25]即ち、大岡にとって収容所に過ごした戦中と自由であるはずの戦後は発話の条件においても連続していたといえるし、もし仮に作者のいうように、「俘虜と戦後社会の「人類学的」鳥瞰図」への「意図が多くの明敏な批評家の眼をのがれ」、結局「実現」しなかった[26]のだとすれば、このような困難な位置が一因として働いたものと考えられるかも知れない。加えて、占領下で同時代を表現することの困難を思えば、アレゴリーは検閲を回避する効果的な戦略としても働いたといえよう。

ところで、検閲の解除や占領終結を意識した上で行われたと思われる改稿を含む合本『俘虜記』のテクストは、一九八三年から刊行された岩波書店版『大岡昇平集』で、「時代の息吹き、筆者自身の切迫した気持ちを反映したスタイル、つまり漢文調を残すために」という作者の意向に基づき、『俘虜記』（一九四八）、『続俘虜記』（一九四九）、『新しき俘虜と古き俘虜』（一九五一）収録時のテクストに戻されることとなった。即ち、現行テクストは検閲の痕を留めているのだが、そこにこもった「時代の息吹き」を読み取るためには、検閲の影響をさらに明らかにしていくことが必要であろう。

第三節　同時代批評の試みとしての『俘虜記』

これまで、『俘虜記』が戦中の経験に託して占領期を語っていたこと、それは検閲を要とするＧＨＱの言論政策の拘束を受けた言語空間のなかで行われていたことを確認した。大岡は、言論政策に合致した同時代の「記録文学」の論調には批判的であったが、前節で取り上げた『俘虜記』の削除箇所や自主規制の例からは、検閲の磁場にそれ自身組み込まれざるをえなかった側面を確認できた。ここまでくれば、『俘虜記』を取り巻く「監禁状態」は自ずと浮かび上がってくるだろう。それは、占領期の言論空間全体を包み込むものであり、そのなかに置かれた表現者大岡の位置とも重なってくるように見える。以下ではこれまで考察してきた文脈を踏まえながら、「監禁状態」を描く同時代批評として『俘虜記』を読み解く。

まず始めに、『俘虜記』創作の背景にあった時代認識が克明に示された作者の言葉を、「『俘虜記』」（初出、一九七〇）から抜粋して以下に掲げたい。

> まあ、当時の日本というのは、完全にマッカーサーの強制収容所みたいになっていたわけで、外部の情報は全部遮断されてましたから、共産党がマッカーサーを解放軍といって、今はそれがもの笑いの種だけど、無理もないといえばいえるんですよね。外部の情報が戦前、戦中は軍部に、戦後はマッカーサーに遮断されてたわけですからね。
>
> ところが、われわれ外地にいた人間は少しは情報を知ってたわけで、とにかくわからないながらも、自分の方が正気だと思っていたわけです。日本人はみんなどうかなっちゃってるんで、マッカーサーとか民主主義なんていってるけど、そういうもんじゃないんだという考えがあるんですよ。[27]

後年なされた発言であるため、『俘虜記』執筆時よりも時代のあり方が鮮明に見えた可能性には留意すべきとはいえ、占領下の日本を監禁された時空間として語っていることから、以上は「監禁状態」の定義にかなり肉迫しているものと取れるだろう。ここにおいて大岡が、「強制収容所」という監禁の比喩を用いてマッカーサー占領下の言説空間を指し示していること、さらに、そうした状況を見抜くために必要な批判的距離を手に入れることができた「外地」経験に触れていることなどは、『俘虜記』を読む上で多くを示唆すると考える。

『俘虜記』では、特に占領下社会の風刺の色合いが濃くなる後半に向うにつれ、俘虜の生態を監禁状態の結果として捉え、批評する語りが顕著になる。そこには、同時代に対して発言する大岡の肉声が響いているようにも感じられるが、一例として、収容所における風俗の退廃を描く作品の一節をみよう。

俘虜も社会の痙攣の産物であるが、その結果現れた監禁生活の様式は、平和時の市民社会よりさらに寛容であった。例えば俘虜を養う敵国の利害に触れない限り犯罪はなく、従って刑罰もなかった。せいぜい勢力者の恣意とか個人的暴力によるリンチしかなかった。だから日常の社会には容れられない同性愛も、収容所にいるのが男ばかりであったという単純な事実によって、ここでは自己を主張することが出来た[28]。

注目したいのは、こうした記述にみられる語り手の位置である。大岡は「捉まるまで」で語り手が若い米兵に感じる「父親の感情」に触れて、「アメリカ兵はまず敵であり、あとでは僕を捕え監禁した者であり、「俘虜記」を書いてるときには、占領軍だった」とし、「僕には彼等を凌駕し、くるみ込む視点がほしかったかもしれません」と語ったが[29]、これは『俘虜記』の記述スタイルの、かなり本質に触れているのではないだろうか。つまり、作者は語り手を「監禁状態」の外部に置き、監禁者と被監禁者の両方を見渡せる位置から、双方の相互作用として収容所の世態を描いているのである。

ところで、収容所の情景を捉えた先の引用箇所が、アレゴリーの次元において、ＧＨＱの検閲下にある占領期の現実を風刺していたことは、次の発言から明白だろう。

例えば風俗の退廃が出てくるでしょう。『肉体の門』なんかに代表されるようなエロチシズムが当時出てきたわけです。あらゆるものが解放されて、検閲なんかもゆるくなって、エロ物とか、毒婦ものが出てくる。これも収容所の中と同じなんだなあ。[30]

占領当時流行っていた肉体派文学への批判が窺えるが、検閲が文化に及ぼす影響を、逆に検閲が緩む地点に着目して描く眼目の鋭さは際立っている。さらに右の発言を、一九四七年一月に民間情報教育局（ＣＩＥ）新聞出版班長ダニエル・C・インボーデン（Daniel C. Imboden）少佐と日本側雑誌社代表との間に実際に交された次のようなやり取りと比べられたい。

問　エロ雑誌の出版についておたずねします。なぜ検閲支隊はエロ雑誌を放置しているのですか？

答　君はマッカーサー元帥の「新聞遵則」を読んだか。（「はい」と答える）日本にもこの種の雑誌を取り締まる法律があるはずだ。

問　出版法は廃止されました。唯一の取締法規だった治安維持法も廃止されました。

（…）

問　日本の雑誌には職業遵則はありませんが、近い将来持つべきだと思います。エロ雑誌が日本で印刷・頒布されているというのが真実だとすれば、検閲を免れているからだと思います。降伏以来検閲の権限はＣＣＤに移っています。日本人には何もできません。[31]

一瞥して明白な通り両者の論調が極めて似通っていることから、大岡が統治者の任意に基づく検閲の性格をいかに正確に見抜いていたかが立証されるだろう。以上は占領期検閲についての先駆的な研究と評される江藤淳の『閉された言語空間』（一九八九）からの引用で、改めて繰り返すまでもなく、検閲に言及することが禁止されていた占領当時にこのような議論が公にされることはなかった。そのなかで大岡は、作品中アレゴリーを通して、アメリカによる統制を、同時代の問題として提起していたのである。

　こうしてみれば『俘虜記』が、占領下の日本を風刺することで迂回的に、そのような占領空間を成り立たせている占領者「アメリカ」をも問うていることは、明瞭であろう。収容所内にできた民主グループのうわべだけの主張を「賢明に米軍に阿諛しているに過ぎない」と論評し、「俘虜の遊戯がショウ化したきっかけは、米兵の好奇心である」と演芸大会の隆盛をみる語り手の眼は、監禁者の任意と俘虜の追従が抱き合って収容所内の「堕落」した文化が生まれる地点を捉えている。同じ眼は、変容する日本の言説空間にも向けられる。本節はじめで引用した発言でも大岡は「民主主義」の内実を問い返していたが、例えば「新しき俘虜と古き俘虜」には、「日本の新聞社が在外俘虜のために特に作った四つ切版の新聞」から「今度の戦争が「敗戦」したのではなく「終戦」したのであり、その結果日本に上陸した外国の軍隊が「占領軍」ではなく「進駐軍」であることを知」る場面がある。照応する歴史として、先ほど触れた「ウォー・ギルト・インフォメーション・プログラム」の一環として発刊された『太平洋戦争史』が、「大東亜戦争」に代わって「太平洋戦争」の名称を定着させんとした事実を想起させるが、大岡がここで歴史認識に深く関わるものとして言説空間の性質を鋭く問い質していることは明白であろう。野田は、「当時の記録文学においてアメリカのメディアの言説を無反省に、つまり距離なく受け入れる型の語りが支配的であった」のに対し、『俘虜記』が「アメリカの言説を相対化」していると分析したが[32]、その語りは、「監禁状態」の占領下で言説が組み換えられていくさまを鮮明に映し出していたのである。

　そしてさらに『俘虜記』は、「占領軍」の向こうにある「豊か」な「民主主義」の国アメリカの実体をも問い直す。

雑誌類を通じてアメリカ的豪奢がまた私の生活を浸し始めた。巧妙な原色版の広告欄に満ちたうまそうな食物、天馬空を行く如き航空機、古風な情熱的抱擁最中の紳士淑女（香水の広告である）等の映像に私は馬鹿のように見惚れていた。

アメリカのジャーナリストの霊筆もまた私を魅了した。それは機智を適度に節制することによって、一種の完成に達した文体であって、どんな平凡な事実も面白く、深刻な事実も柔らげて、要するにオフィスの談話に乗るように語ることが出来るのである。（…）しかしこういう完成したジャーナリズムの下で生活するアメリカ人は果して幸福であろうか、と私は考えた。美しいロースト・ビーフを見るアメリカの貧民は、俘虜たる私と同じ感慨に耽りはしないだろうか。練達のジャーナリストの註釈する事実を、多分読者はそのまま信じるであろうが、それは外界と隔絶されている俘虜の無智とかなり似たものではあるまいか。[33]

このようにして、俘虜となった敗者の記録である『俘虜記』の記述は、「俘虜」に反転したアメリカの大衆をも巻き込んでいく。一方、先ほど注目した「外地」という位置は、ここにおいて大きな意味をもつものとして浮上する。つまり、フィリピンの米軍俘虜収容所という外地にあって、占領期の閉された言説空間の外に一時的に身を置くことができた大岡は、この経験に立って閉鎖された言説空間の内部で語られる「アメリカ」とは異なる「アメリカ」の姿をここにおいて描出しているのであり、このように「外部」に言及する書記行為そのものが、当時の言説空間が置かれた監禁状態を明るみに出しつつ破る企てであったはずである。このように、戦争体験と正面から向き合い続けた作家として知られる大岡昇平は『俘虜記』で、占領期と鋭く対峙していたのである。

第三章　阿川弘之の初期作品における原爆の主題と「アメリカ」

ＧＨＱの検閲下において大岡昇平が戦争と占領の体験をアレゴリーの手法によって接合させて表現したことを前章では取り上げて考察したが、敵国アメリカをめぐる戦時下の記憶のなかでも最も否定しがたいかたちでその暴力性を露呈するのが広島と長崎への原爆投下であろう。本章では、原爆文学という領域において表れる「アメリカ」について考察するなかで、阿川弘之の戦後初期の試みを明らかにしてみたい。

原民喜や井伏鱒二、峠三吉の国語科検定教科書への採択に象徴されるように、文学は原爆を伝える重要なメディアとしての権威を国民の語りのなかで付与されてきた。そのような文学を視点としたときに、原爆の体験やその記憶において「アメリカ」はどのような意味をもつものとして表れるのか。これまでに原爆を扱う文学作品のなかの「アメリカ」への言及の少なさが指摘されてきたし、一九七三年に初めて原爆文学史の記述を試みた長岡弘芳は、「戦後二三年、なお日本文学は、原爆被爆当時の骨がらみの国民的無念を、投下当事国に真っ向から叩きつけた一篇の戦後作品すら有していない[1]」と嘆く。確かに、表象された「アメリカ」に注目して原爆文学史を眺めると、意外にもその影の薄さこそが際立つとも言える。

それは原爆という出来事において、「アメリカ」が眼に見える存在ではなかったことにも因るだろう。多くの原爆の語りがピカッと光る峻烈な光にドンという轟音（ごうおん）を伴う視覚・聴覚イメージから始まるように、原爆体験者の多くは爆撃機を眼にしていない。またデーヴ・グロスマンは、地上戦とは異なり高度から行われる空爆においては、敵との物理的距離が遠く離れているために、爆撃を自然災害のように捉える傾向が見られることを指摘する[2]。

だがさらに原爆作品の「アメリカ」表象には、これまでに繰り返し論及してきた検閲という大きな問題が関わっている。占領期にアメリカが検閲制度を通して原爆の語りに介入したことはよく知られている。原爆の記憶は、アメリカの暴力性を喚起するがために占領者にとっては脅威であり、アメリカは戦後日本において暴力的な「アメリカ」のイメージが顕在化しないように働きかけてきた。このような視点に立てば原爆文学は、原子爆弾を投下した上、それについて表現する被爆された側の自由をも統制するような「アメリカ」の暴力性にいかに戦後の日本が対峙してきたのかを問うための有効な場でもある。これまで原爆文学と「アメリカ」の関係は、主にこの検閲との関連で問題化されてきたし、なかには検閲ゆえに原爆表現は不可能であったという「原爆タブー」の研究における半ば無批判な踏襲も見受けられる。その一方で、原爆文学において表象される「アメリカ」の意味を深く掘り下げて論じる視点はなかったように思われる。原爆投下国への言及の有無のみを問題にするとき、「アメリカ」を暴力という一つのイメージへと固定しかねないだろう。しかし日本は敵国、占領国、冷戦体制における覇権国へと転身していったアメリカの暴力的局面を経験してきたと同時に、一方では戦後を通して民主主義、豊かさ、魅力的な文化として「アメリカ」を深く受け入れてきた。「アメリカ」という一つの軸を立てることで、特別な領域として切り離されたところで原爆の記憶を捉えるのでなく、他の記憶との対話の関係を開くことが可能ではないだろうか。

こうした問題認識のもとに本章では、阿川弘之（一九二〇～二〇一五）の広島を題材にした作品を中心的に取り上げて「アメリカ」を考察したい。阿川は戦後文学史のなかで、学徒出陣兵や海軍提督を通して戦争を描いた作家として記憶されることが多く、それに比べると、復員から占領終結直後までの時期の阿川の文学において原爆の投下を受けた「広島」が反復して現れる主題をなしていたことは、振り返られることが少なかったと言える。広島の出身である阿川は、戦時中は海軍の予備学生として通信傍受や暗号解読作業のため中国の漢口に駐屯していたが、敗戦を迎えて揚子江を上海へ下り、翌年春に故郷広島へと復員している。原子爆弾の投下を受けて焼き尽くされた広島の地を目の当たりにした阿川は、被爆地広島への復員を私小説風に描いた作品「年年歳歳」（一九四六・九）によって作家として出発し、続いて「八月六日」（一九四七・三）、初の長編となる『春の城』（一九五二）、『魔の遺産』（一九五三）のなかで繰り返し広島を描いた。加えて、原子爆弾を受けた広島にいる両親の安否を気遣う様子を描いた「霊三題」（一九四六・九）中の小品「夢枕」も、「広島」をモチーフとして用いた作品として、広い意味で同系列の作品に含めることができる。

先の検閲との関わりに戻れば、阿川もまた、占領下においては検閲を意識しながら被爆した広島の記憶を描いていた。しかし特異な点は、初期作品における「アメリカ」の不在から出発して彼が、原爆の記憶を次第にアメリカとの関係を問い直す場へと発展させていったことである。表面上に表れる論調の変化とともに、阿川にとって原爆を語ることの意味も変化していく。以下においては、言葉をめぐって働くこうした種々の力学とのせめぎ合いのなかで阿川における原爆の主題が展開されるその過程を具体的に辿りつつ、作品のなかに、そして表象することをめぐって表れるさまざまな「アメリカ」を読み解く。それは、語りの性質や手法の探求に偏重してきた従来の阿川作品の考察[3]が見落としてきたテクストの批評的試みに光をあてることになるだろう。

第一節　占領下の原爆文学――被爆と被占領の二重の痕跡

原爆を投下したアメリカが検閲する占領者へと転じるなかにあって、文学は原爆をどのように描いたのだろうか。まずは、原爆をめぐる表象空間を占領期に遡って見渡してみよう。広島・長崎で原爆を受けた被爆文学者たちは、占領下にあっていち早くその出来事を文学の言葉にし始めていた。しかし、モニカ・ブラウが米国立公文書館に保管された占領軍関係資料を掘り起こして明らかにしたように、アメリカはこの時期、自国の安全保障と占領の円滑な遂行を目的として検閲制度を実施し、原子爆弾の惨事に関する情報を著しく統制した[4]。既述したように、一九四五年九月発布の日本出版法（プレスコード）に基いて実施された民間検閲局（ＣＣＤ）による検閲は、日本国内における全てのメディアを対象とし、事前検閲から事後検閲への制度上の移行を挟んで一九四九年一〇月三一日に廃止となるまで続いたのである。原爆表現の原型がつくられた占領期は、アメリカの圧力の下で戦後体制の構築が図られ、過去の戦争や被爆の体験がその新たな価値体系のもとに意味づけされ統合された時期でもあったのである。

文学領域においてこうした検閲の影響は広汎に及ぶとされる。例えば、原爆文学の原点的作品とされる大田洋子の『屍の街』は敗戦後すぐに完成したものの、検閲への懸念から事後検閲へと制度移行した後の一九四八年に漸く作者が「大切だと思う箇所がかなり多くの枚数、自発的に削除された」[5]上で刊行され（中央公論版）、完本（冬芽書房版）の出版は検閲が廃止される一九五〇年を待たねばならなかった。原民喜の「夏の花」（一九四七・六）もまた、検閲を考慮して当初考えられていた作品名「原子爆弾」を改題し、部分的に削除を施したものを、当初原稿が送られた総合雑誌『近代文学』よりも検閲が緩やかであろうと期待された純文学誌『三田文学』へと掲載誌を変えて発表された。だがなかでも占領下の原爆表現の置かれた政治的磁場を最も象徴的に物語るのは、永井隆『長崎の鐘』（一九四九）の出版をめぐる検閲当局との駆け引きであろう。検閲当局の差し止め処分により長い間発表が見送られたこの作品は、日本軍のマニラでの蛮行を描く「マニラの悲劇」が付された併録合本として漸く占領軍の許可を得て出版されたことが知られる。[6]これらの事例には、原爆投下国アメリカに対する批判の文脈を和らげるようなさまざまな措置や工夫が見られる。

ただし、検閲を避けるためになされた表現の自主規制と実際に施された検閲処分とを区別する視点は必要である。そのためには、実際の検閲がどのような制度に基づいて行われたかを正確に理解すべきであろう。まず留意すべきは、検閲への違反内容を規定したプレスコードのなかには、原子爆弾への言及そのものを禁ずる項目は含まれていなかった点である。メリーランド大学プランゲ文庫に保管された厖大な検閲文書に基づいて原爆表現への検閲の実態を考証した堀場清子は、「原爆作品についての検閲は、他の分野（占領軍や連合国への批判、いわゆる「極左・極右」宣伝、組合運動、とりわけ共産党関係）に比し、ことさら厳しくはなかった」と結論する。検閲文書の記載によれば「原爆作品であることを、公然と処分理由にされた例は、ごく稀少」であって、実際の検閲処分は、「直接また間接に公安を妨げる様な記事を掲載してはならない」「連合国についての虚偽又は破壊的批評を掲載してはならない」「連合国占領軍についての破壊的批評や占領軍に対して不信、又は怨念を招くような記事を掲載してはならない」といった事由を間接の根拠としてなされていた。しかしながら、処分の基準となる具体的な違反項目が公表されることはなく、さらに検閲下では検閲への言及が一般に禁じられていた。そのために、実際に処分を受けた件数より以上に、原爆作品そのものを危険とする「常識」が日本人の間に広まり、表現の自発的な規制に大きく結びついたのである。(7)

以上のことから言えば、占領者と被占領者の双方の相互関係の下で「占領」が形作られたことは強調されるべきである。しかし自己規制による表現の自粛をも広義の意味での検閲の影響に含めるなら、占領下における原爆の表現は、原子爆弾の投下による被爆とその後に続いた被占領の二重の痕跡が刻まれた場として読むことが可能となろう。表象における屈折や欠落に、被占領の痕跡を読み取るという意味においてである。原爆表現のなかでも占領軍の統制がとりわけ厳しく働いたのは、原爆の人体への影響に関する言及とアメリカ批判に対してであったことが指摘されている。それは原爆を投下したアメリカを名指すことを避け、批判的な感情表現を抑える表現の傾向を促しただろう。一方で、冒頭で取り上げた長岡の評価を振り返ったときに見落とされやすいのは、原爆を投下したアメリカへの視点の欠落という点において占領下とその後の文学言説に連続した一つの傾向を見出していることだ。長岡の指摘は、占領以後の言説空間をも再考することを促しているのではないだろうか。

以下の議論においては、占領期とそれ以後の言説空間を見渡す地点に立ち、阿川弘之が連続した作品群のなかで原爆の主題をいかに発展させていったのかを考察する。阿川における原爆の主題は、ＧＨＱ検閲の施行とその廃止、占領の終結といった戦後の言論出版史の節目を跨ぎながら展開される。本節冒頭で取り上げた阿川の五作品のうち、検閲が終結した一九四九年一〇月を基準として、短編三作「年年歳歳」「霊三題」「八月六日」が検閲下で、長編二編『春の城』『魔の遺産』は検閲から自由になった後に書かれているが、次節ではまず、これまでに論じた検閲をめぐる諸事情を踏まえながら、阿川弘之が占領下に書いた初期短編三作に見られる原爆表象の特徴を検証したい。

第二節　阿川の初期作品「年年歳歳」「霊三題」「八月六日」とＧＨＱ検閲

占領期の原爆文学は主に被爆文学者たちによって担われたが、阿川は非被爆者としては例外的とも言えるほど早い時期に「広島」を作品に取り上げている。「年年歳歳」（『世界』一九四六・九）、「霊三題」（『新潮』一九四六・九）、「八月六日」（『新潮』一九四七・一二）は、雑誌発表後いずれも阿川の初の単行本となる『年年歳歳』（京橋書院、一九五〇）に収録されたが、その後原爆文学のアンソロジーに収録される機会は多くはなかった。しかし、占領下の原爆語りのあり方を考える上で示唆を与える作品であり、なかでも「年年歳歳」は、原民喜「夏の花」（一九四七・六）や大田洋子『屍の街（削除版）』（一九四八・一一）よりも早い時期に活字化された広島の描写としても注目される。それぞれの作品の語りの特徴に触れつつ、検閲との関わりを以下に明らかにしていきたい。

阿川の戦後第一声となった自伝的作品「年年歳歳」は、広島への復員の情景を描く。復員列車が広島に走り入ると、主人公の眼前には「北の果てから南の果てへ同じ焼け野原」が広がり、「焼けただれて黒く尖つた木々の姿」が所々不気味に聳え立つ。しかしこのように廃墟と化した広島を描きながらも、語りの語調は決して暗く悲愴なものではない。動揺を抑えようと努める主人公の目は、一面の焼け跡の風景のなかに、よく伸びた麦を捉える。この光景は、「何か心を明るく」するのだ。「年年歳歳」の語り手は、受け入れがたい現実をありのままに受け入れようと努めつつ、絶望のなかに未来に繋がる希望を読み取る。こうした心境において、多くの人々が死んだ無慈悲な現実のなか、父母が生きていたことはむしろ意外な喜びとして感受されるのだ。広島を視るこの時期の阿川自身の視線とも概ね重なるものだろう。

同月に発表された「霊三題」は、戦時中の駐屯地であった漢口で聞いた小話に基づく「看護婦の幽霊」、被爆地広島にいる両親の生死への想いを題材にした「夢枕」、復員後に上京して靖国神社に参拝するまでを描いた「ある日」からなる三つの小品を併せて、戦時中から敗戦後までの情景をエピソード風に仕上げた異色の作品である。外地で原爆投下の報せに接した「夢枕」の出陣兵は、雑誌『ライフ』などの情報から両親の安否を絶望視し、「こちらでもいつも心にかかり、向ふでは尚更日に日にわたしの事を案じてゐただらう父母が、爆発の瞬間、熔けるやうに死んだとしても、わたしの夢枕くらゐには立つてくれさうなものだと、物足りなくもあり、一寸不思議な気」持ちを抱く[8]。だが、逆に夢枕は「お互ひの心がこんなに通つている場合には必ずある筈だ」として、一方では希望を捨て切れない。復員後に両親が生き延びていた事実を知った主人公が、「それから夢枕といふものを、逆な意味で信じる気持が強くなつた」と語るその行間には、深い安堵と嬉しさの心情が滲み出ている。夢枕のモチーフに託して原子爆弾の投下を回想する「夢枕」は、被爆体験を直接描いた作品ではなく、これまで「原爆文学」に分類されることはなかったが、原爆をめぐる多様な記憶を読み解く上では興味深い作品と言えよう。

このように、復員の年に発表された二つの作品は、両親との生きての再会の喜びが語りの基調をなすように見える。ところで山本昭宏は、「年年歳歳」の語りから「占領下における非体験者の被爆認識」を分析し、作品の主人公が「原爆被害もまた戦災の一つとして諦観をもって受け入れ」ているとして、その認識の甘さを、GHQの検閲によって放射線障害や被害の実態に関する知識を制限された結果として読む[9]。さらに山本は、「一九四六年九月という早い時期に発表出来たのは原爆被害に関する描写も、「原爆症」に苦しむ被爆者の姿も、直接的に描かれていなかったためだろうか」と問いかけ、別の角度からも検閲との関連性に目を配っている。だが、テクストの成立に検閲の介在はなかったのだろうか。

「年年歳歳」のテクストに戻り、検閲文書を手がかりとして検閲の影響を探ってみるとしよう。復員した主人公と従兄弟との会話に次のような場面がある。

「道兄さん、今度は結婚する?」

「さあ」

「でもね、広島の娘さんを貰ふと一つ目や三本足の子供が生れるかも知れないんだつて」

「まさか」

「まさかぢやないよ。植物なんか、畸型がもう出てるんだつて言ふよ」

「嫁さんもらふかな、一つ」

「母さん（道雄の姉）もそれがとても楽しみなんだつて。妹が一人出来るわけだし、僕にも、とても若い叔母さんが出来るわけでせう」[10]（傍線引用者）

原子爆弾の遺伝への影響が噂されている場面だが、実は初出テクストには、上記引用における傍線箇所が見当たらない。これまでの研究では取り上げられていないが、検閲文書を参照すると傍線部分は「虚偽・公安を妨げる」との理由で削除処分を受けたのである。作品中に描かれた「無知」を、そのまま作者や当時の人々の認識と一概に断定することは留保すべきと言えそうだ。

このように阿川が第一作において検閲による規制を経験したことは、重要な事実として確認したい。第一作目で検閲処分を経験した阿川が、その後表現を和らげたり慎重になった可能性が大いに考えられるからである。このほか、テクストの異同に注目すれば、復員兵の上陸を描く場面が現行のテクストでは、「棒きれを持つた異国の兵士に、「ハシレ」「イソゲ」と急かされて、雨と汗とでべとべとになりながら、ＤＤＴの消毒、荷物の検査、証明書の交付、金銭の支給、食糧と煙草と外食券の配給と、上陸してから、目の廻るやうな数時間であつた」（傍線引用者）とあるのに対して、初出には傍線箇所が見当たらず、後から書き加えられたことが確認される。作者が初出発表時に検閲者アメリカを意識して露骨な表現を控えた可能性を裏付けるものと解釈できるのではないか。

続く翌年に阿川は、「原子爆弾を体験した知人友人の話を、一つの家族の被災経験のかたちで構成」した作品「八月六日」を発表する。[11] 被爆当日に広島市役所に勤めていた父、貯金局へ勤労動員に出ていた広島県立第二女学校四年生の娘、予備学生出身の海軍少尉として厚木に駐屯していて原爆投下直後に広島に空中偵察に出た息子、白島の自宅で被爆した母からなる一家族四人の八月六日の体験が、「父の手記」「娘の話」「息子の手記」「母の話」

「父の追記」の順に並ぶ。広島の焼け跡に生き残った人間の喜びを描いていた「年年歳歳」とは異なり、原爆投下当日の記録である「八月六日」には、あの日被爆地に満ちていた死者ともがき苦しむ人間たちの凄惨な姿が描かれるために、被爆をめぐってより生々しい描写が際立つことが特徴と言える。次に挙げるのは、「娘の話」からの一節である。

戦闘帽をかむつてゐた人たちは、帽子の所だけがまともに残り、その他の顔の皮は、枇杷をむいたやうに一面にたらりとむけて、頬や頸の辺りから垂れ下つてをります。手も大勢の人が皆同じやうに、つるりとむけた皮を垂らして、幽霊のやうに胸の前へ二つぶらぶら下げて、うろうろしてゐるのが見えました。皮のむけたあとの顔や手は桃色に見えました。その桃色が実にぞつとするやうな色で、お父様が実際以上の大げさな事は書かない方がいいと仰有るのですが、わたしはほんたうに地獄だと思ひました。[12]

娘が語る地獄絵図に対し、「実際以上の大げさな事は書かない方がいい」と注意する父の手記にも、「狼のやうに口が耳まで裂け、眼球が二つとも吹き出て死んでゐ」る女の描写が見られる。こうした被爆者の描写に加え、父と娘の身体に表れた原子症の症状への言及は、その後回復したとあるからか、検閲を通過している。

山本によれば、作品のなかでそれぞれの手記を並べ替えて提示し、「被爆の悲惨をありのままに書こうとする娘を「実際以上の大げさなことは書かない方がいい」と制限」する「父」は編集者の役割を担っており、この「父」と「娘」の力学関係には、表現の統制者としての占領軍と占領下日本のアナロジーを読み取ることが可能である。[13]前節での議論を踏まえてこれを敷衍すれば、表現を統制する「父」はさらに、日本人編集者や白らによる自己規制にも置き換えられるだろう。後年の阿川は「八月六日」の出版当時を、「文学作品に対する進駐軍の検閲がきびしかつたころで、雑誌『新潮』の編集長から、「「パスするかどうか分らないが、とにかく組んでみる」と言はれた」と回顧し、しかし「後遺症の問題にも触れてゐないし表立つたアメリカ批判もしてゐなかつたので、どうにか検閲を通過して発表出来た」[14]と述べている。ここで阿川が触れた「後遺症の問題」と「アメリカへの批判」が、先に確認した「年年歳歳」における検閲処分や後の改稿事例と重なることにも注目してこの発言を読めば、阿川の言葉は、検閲者や編集者の選択が占領下での表現に深く関わっていたことを語ると同時に、彼自身検閲を意識した表現の自己規制があった可能性をも示唆していると読めないだろうか。

以上、阿川の初期作品を見てきたが、三つの作品には共通して見られる原爆表象の特徴がある。多くの同時代作品と同様、その眼は被爆した側にのみ向けられ、原爆投下国のアメリカが作品のなかで焦点となることはないのである。原子爆弾の悲惨をつぶさに描いた「八月六日」でさえも、原爆投下後の広島の風景や被害の実態を描くに徹し、原爆を投下したアメリカには言及しないのだ。これまで確認してきた通り、この時期の阿川の表現にはさまざまなレベルで、検閲の痕跡を読むことが可能である。そして検閲が表現に与えた影響は、次節で取り上げる占領終結後の作品に見られる論調の変化から振り返ったとき、いよいよ大きいように判断されるのである。

第三節　『魔の遺産』にみる原爆の表現とアメリカ

（一）原爆投下国アメリカへの視線

占領期の阿川作品における原爆の表現が「アメリカ」の不在を一つの特徴としていたなら、その後の阿川の原爆をめぐる語りはこうした傾向から大きく逸脱していく。その変化は、学徒士官兵たちの戦争を描いた阿川の代表作で初の長篇小説でもある『春の城』（新潮社、一九五二）から見られる。復員後の場面において主人公が「アメリカの唱える「民主主義」」や「その教える今度の戦争の意味」、戦犯の裁判、そして「双手を挙げてそれらに賛意を表しているような日本の新聞雑誌の論調」に軒並み疑問を抱き、さらには日本を一方的に悪いと裁く戦後の論理に反感を憶えて、「残虐行為だなんて、今度の戦争で一番許し難い残虐行為は何だと思つてるんだらう」[15]と強く問い返す様子が描かれるのだ。阿川文学のなかではじめて原爆がアメリカと結びついて現れる箇所で、ここでは、被爆という「出来事」から原子爆弾を投下する「行為」へと大きく視点の転換がなされている。同作品は、検閲の廃止（一九四九・一〇）と同時期に発表された「あ号作戦前後」（『新潮』一九四九・一一）を皮切りに、「四つの数字」（『別冊文藝春秋』一九五一・七）、「管絃祭」（『新潮』一九五一・一二）と断片的に発表されたものに加筆を施して一つの長篇にまとめられたもので、論調の変化は検閲の解除を受けたものと解釈できよう。原爆から二年を迎える年の平和祭を目にした主人公が「二十数万の広島の人々を殺した原子爆弾の炸裂を、平和をもたらした福音として、賑やかなお祭騒ぎに擦り替えようとしている、或る、眼に定かでない幾つかの勢力の如きものに対する憤り」を覚える場面で幕を下ろす『春の城』には、次作となる『魔の遺産』へと繋がるさまざまな問題系の萌芽が見られる。

本節では、阿川が原爆投下国としてのアメリカと真正面から向き合った試みとして『魔の遺産』を取り上げる。『魔の遺産』は、雑誌社の依頼で「原爆八年後の広島」の文学的報告を書くために故郷広島を訪れた作家の野口三吉が、原子爆弾による傷害の実態調査を目的としてアメリカが設置したＡＢＣＣ（Atomic Bomb Casualty Commission＝原子爆弾傷害調査委員会）、地元の医療関係者たち、被爆者の集まりである「柳の会」の人々などに会見して話を聞き、広島の街を歩き廻って取材していく様子を描いたドキュメンタリー風の小説である。一九五三年七月から一二月まで『新潮』誌上に連載され、翌年に新潮社から単行本化されている。折しも講和の発効を受け、『アサヒグラフ』に代表される原爆写真集や被爆者の手記など原爆関連書籍の出版、これらと呼応した原爆問題への関心の高まりがあった時期である。[16]雑誌社の依頼による広島の実態調査という小説の設定も、こうした同時代の動きを反映したものと見える。野口は凡そ一ヵ月に及ぶ取材の間叔父の家に滞在するが、叔父夫婦の子供の唯一の生き残りである末っ子の従弟健は原爆の後遺症とみられる白血病を発症する。『魔の遺産』のテクストは、従弟の身体に現れる病状の悪化をプロットの縦糸としながら、広島で採取したＡＢＣＣや原爆に対する声を横糸として織り込むのである。

この作品の設定には、占領期に行われた検閲への反動としての性格が色濃く表れている。阿川は『魔の遺産』執筆の背景について、「広島生れの広島育ちで、当然ながら、郷里に落された原子爆弾について無関心ではゐられなかつた」が、占領下においては「進駐軍当局の検閲と、それに対するジャーナリズム側の遠慮思惑と、両方が障害になつてゐた」ために「この主題を自由に書いて発表することは難し」く、「当時広島の実情――特に原爆後遺症の問題は、あまり知られてゐなかつた」と述べて、こうした事情とアメリカが派遣したＡＢＣＣに対する疑問と不満がもとで作品を書き出したと執筆の動機を解説している。[17]『魔の遺産』のプロットの二つの中心軸は、検閲下に表現規制の対象であった「後遺症の問題」と「アメリカ批判」にほかならないのだ。「讀者は「ＡＢＣＣ」に就いて、このように文学的に明快に色々なことを教えられたことに、心を動かされ、眼が広げられ、一個の批判を持つに至るであろう。又このまことにへんてこな白血病といういわば「魔の遺産」の将来について、強い関心を持たざるを得ないことになるであろう」という島尾敏雄の同時代書評は、まさに問題の二点において作品が果たした啓蒙書的役割とその訴求力の大きさを語っている。[18]

それでは、検閲の解除を受けたこの同時代への介入の試みを通して、阿川は何を目指していたのだろうか。この時期の阿川がどのような問題意識を深めていたのかをより正確に理解するためには、『魔の遺産』発表の直後にあたる一九五四年一〇月に『文芸』誌上で開かれた座談会「戦後作家は何を書きたいか」での発言が有効な手がかりとなる。野間宏・武田泰淳・安岡章太郎・安部公房・阿川弘之・小島信夫ら戦後に出発した文学者たちが参加した席上で、阿川は敗戦以後の自らの軌跡を次のように述べている。

阿川　（…）ぼくが一番書きたかつたのは、日本が敗けてみると、今まで大東亜戦争に処する文学者の覚悟を言つてた人たちが何を言い出したかというと、敗戦は前から既定の事実だつたとか、日本は敗けてよかつたとかいうようなことばかり、ぼくたちの目につくわけです。そんなことはない、というのが一番言いたかつたことなんです。とにかく、こうなつたら仕方がない、というので一生懸命になつて、何年間か過して来たんです。まちがつてたかも知れないけれども、とにかくおれはそうしたかつたんだ、ということが言いたかつた。それが書く動機の一つになつたんですね。（…）それを吐き出しちまわないと、あとの問題にどうしても自分としてぶつかっていけないような気がしまして……。

武田　第二の長編（「魔の遺産」）になるとずいぶんちがいますね。

阿川　吐き出してからは、いろんなものにぶつかっていきたい。戦後の問題、いかに自分たちが騙されていたか。いやな言葉だけれども。それから日本はひどいバカな戦争をしたし、非常に罪の深い戦争を巻き起こしたということは、どうしても認めなきやいけない。だけど、勝つたほうだつて、ずいぶんひどいことをしてるじやないか、ということが、こんどまた言ひ分になつて来てね。自分の郷里が広島県でもありますし、原子爆弾にぶつかつていきたいという気持ちが出て来たんですね。[19]（傍線引用者）

この発言は、『魔の遺産』の主題が導き出されるまでの具体的な道筋を語ると同時に、阿川の戦後の歴史観を凝縮して示す。ここでの言に従うなら、『魔の遺産』執筆期の阿川の関心は原爆の出来事そのものよりも、過去の日本の戦争を一方的に裁く戦後言説の論理が公平を欠くことにより強く向けられている。阿川は『春の城』においても「戦争裁判」への懐疑的な見方を示していたが、東京裁判が終結し、戦後の基盤をなしているものが明確になったときに、それに対抗する言説を『魔の遺産』の執筆を通して作り上げようとしたのである。阿川にとってそのための有効な場と考えられたのが、原爆の表現である。彼はアメリカの原爆投下行為を告発することで、日米関係とそれを意味づける戦後の言説空間の根本からの再考を企図していたのであり、それはまさしく同時代へと向けられたものであった。『魔の遺産』を「原爆文学」として取り上げた従来の読みは、作品のこうした側面に十分に注意を払ってこなかったと言える。

一方で、阿川が原爆を「戦後の問題」として取り上げることで歴史的視野を日米二国間に限定していることを見落としてはならない。原子爆弾投下の標的となった広島は、日清戦争時に大本営が設置されて以後、日露戦争、第一次世界大戦、シベリア出兵、満州事変、日中戦争、そして太平洋戦争と、戦争のたびに軍隊の集結・出兵の地となった軍都で、まさに加害と被害が交差する地である。戦前の歴史から広島を切断することは、原爆を投下された時点で広島市が宇品港から多くの兵士を中国大陸へと送り出していた歴史を不問に付し、日米二国の外側の世界を視野から排除する認識枠として働く。このように日米間で閉じた「戦後」世界は、日本の暴力とアメリカの暴力とを並置することを通してかつてのアジア・太平洋戦争におけるアジアの被害者の立場への思考へと向う回路を閉ざしている。[20]また、アメリカに対する告発の論調とは裏腹に、阿川の枠組みは全てをアメリカとの関係へと収斂させる点で、決定的にアメリカへと組み込まれているのだ。

戦後の日米関係を問う切り札として原爆投下の問題を考えていた阿川は、『魔の遺産』の目玉として、ＡＢＣＣに照明をあてている。広島と長崎に設置されたＡＢＣＣは、一九四六年一一月に米国学術研究会に対して発令された米大統領指令により、原子爆弾の放射能が人体に及ぼす影響を究明することを目的として日本に派遣された。米国原子力委員会の出資を受け、来訪する被爆者を検査するのみならず、広島で生れた赤児は原則的に全家庭を訪問して診察を行なったが、原子爆弾が遺伝へ及ぼす影響を否定する。当時の日本では到底手の届かないような最新の設備を備え、大規模で組織立った調査を行うＡＢＣＣの活動に対しては、その意義を認める立場もある。しかし、診断はするが治療は行わないＡＢＣＣの方針に対して、広島の市民からは「広島の人間をモルモットにしている」との批判の声が強い。「ＡＢＣＣのやり方を見ても、此のままでは、恨むなと言はれたところで、あのやうなひどい事を、心のどこかで恨まずにはをられん」と率直な心情を語る被爆者の声は、原子爆弾を投下した後も被爆者を研究対象としてのみ取り上げ、人道的責任を果そうとしない「アメリカ」の姿を浮き彫りにする。

ＡＢＣＣへの批評はさらに、原爆の投下や占領、延いてはアメリカそのものを問い直す視点へと転じる。マッカーサー司令部からの命令により日本の国立予防衛生研究会も協力[21]しているＡＢＣＣは多くの日本人医師を抱えるが、組織内部で彼らはほとんど発言権を与えられておらず、食堂なども分けられている。こうした根強い人種的偏見は、原爆投下行為にも通低するものとして捉えられる。

日本が敗けて米軍に占領されてから八年の間、野口はアメリカ人の口から出る、民主とか人権とかいふ言葉に、始終疑問を持つて過ごして来た。彼等の言ふ「人」や「民」の内容が、依然として八割ぐらゐまで、「米国人」や「米国民」の意味ではないかといふ疑ひを、消す事が出来なかつたからである。原子爆弾を日本に投下した事に、日本人が有色人種であるといふ要素が入つてゐたか否か、それは永久に謎のまま終るかも知れないが、(…) インディアン狩りをする西部活劇の映画が、ちつとも飽きられずに観客を動員してゐる、さういふアメリカ人の気持が、あの事を左右した人々の心の中にひそんでゐなかつたか、彼はやはり疑ひを抱かないわけにはいかなかつた。[22]

こうした視点は、「民主」や「人権」といった戦後的価値を教えるアメリカの表の顔に、アメリカに内在する暴力性や非人道性を露に暴いて対置するのだ。

しかし、このようにアメリカの告発を出発点としながらも阿川は、作品の論調が反米という政治的立場にのみ収斂することは強く警戒したようである。作品後記には、当事者が当事者を裁いた戦争裁判を「正義のお面をかぶった怨念の仕業」と看做した上で、「さうなら、自分も、アメリカの投じた原子爆弾を怨念の筆で裁くべきではない」と考え、「作品をイデオロギーが先に立つた政治的反米小説にはしたくなかつた」と記している。[23] そのための方法として小説は、視点人物の野口を中立の立場に置いて「狂言回し」の役割を担わせることで、[24] 原爆をめぐって交差するＡＢＣＣやアメリカ人一般、被爆者たちの間の原爆に対する「多角的観方」を描き出すことを試みている。「センセイショナルなぴかどんものとは異なった作柄」との武田勝彦の評言[25]がよく言い表しているように、語りの調子も感情に流されない抑えた筆致を貫く。

原爆被害者の「柳の会」の会員六人による座談会は、まさしく被爆の体験、原爆、現在の広島をめぐる多様な立場や考え方が浮かび上がる場である。なかでも被爆時の体験談は証言集を読んでいるような感覚を読者に与えるが、注目すべきは、なるべく「公平」にという語りの立場が、日本とアメリカの間で被害者対加害者の固定した構図を突き崩していることだ。例えば被爆した女性は、ソ連の参戦と長崎への二発目の原爆投下があった直後の絶望のときに、広島に落されたものと同種の爆弾で敵に報復したという「痛快なニュース」が伝わったときの体験を次のように語る。

『帝国海軍特別攻撃隊ハ、異例ノ長距離渡洋爆撃ヲ敢行シ、敵ガ広島ニ対シテ使用セルト同種ノ新型特殊爆撃ヲ以テ、アメリカ本土西岸ノ各都市ヲ攻撃セリ。サンフランシスコ及ビロスアンゼルスハ一挙ニ壊滅シ、目下炎上中ナリ。我ガ方ノ未ダ帰還セザルモノ二機』と大本営発表があつたといひます。さあ、それを聞くと、病院の中の空気が俄かに明るくなりまして、みんな大喜びです。怪我のひどい者ほど敵愾心が強くて、お化けのやうな恰好をした人が、同じお化けのやうな瀕死の患者の肩を叩いて、凱歌をあげてゐるのもありました。（…）それで、わたし思ふんですが、もし日本に、アメリカより先に原子爆弾が出来てゐたら、それの使用を見合せたでせうか？　アメリカが原子爆弾を落した事を、みんな責めますけど、日本が先に原子爆弾でアメリカを爆撃して、何十万人もアメリカ市民を殺したら、みんな、『万歳々々』と言つて、提灯行列でもしたんぢやないでせうか？　其の気持を想像すると、わたし、こんな身体になつたんですけど、アメリカばかり恨む気がしないんですけど、どうでせうか？[26]」

日本が戦時中である一九四一年四月に原子爆弾の開発を正式に認可し、帝国陸軍が原子爆弾開発計画「ニ号作戦」を進めたことは今では一般に知られるところとなっているが、この証言は、アメリカと日本の間にある相似性を映し出す鏡となる。同時にここに証言された流言への被爆者たちの反応は、被害者と加害者の位置を入れ替え、無垢な被爆者像に亀裂をもたらす。爆心地で晒し者にされて広島市民に殺されたＢ２４の捕虜の目撃談を語った被爆者は、「今まで誰も此の事は言いませんでした」と抑えられていた声を上げるが、こうした語りは戦争「被害者意識」に基づく集合的記憶を一人ひとりの被爆者に還元させてもいる。作品は原爆を見る被爆者の間の齟齬を浮き彫りにし、互いに抗争し合うさまざまな立場の人たちの声を響かせる。女性の証言は、一つの暴力を別の暴力で以って相殺する論理を拒む立場や、戦争を指導した軍部や政府と一般の国民とを区別する立場によって相対化される。後者の論理は翻って、一般のアメリカ人の良心を擁護する立場に繋がるだろう。家を失った被爆者のために公民館や住宅を建てる『ヒロシマの家』運動や、被爆者の救護物資を病院に調達するために尽力した軍人などは、良心的なアメリカ人の存在を代表する。このようにして阿川は、原爆を投下しながらそれまで不問に付されてきたアメリカに照明をあて、議論の場へと召喚した上で、多様な見方がぶつかり合う場を作品のなかに拓きたかったのだと見える。それは阿川の見方によれば、占領下において抑えられていた声であり、現実にある戦後の言説空間には対置されるものであったのだろう。そのなかで被爆者の声を通して、不公平さに基づく戦後の日米関係の問題が提起される。

「戦争が終つて、日本も悪かつたがアメリカもひどい事をした、お互ひに謝り合うて、これからは仲よくして行かうといふのなら、私らにも話がわかるんですが、片つ方は戦争裁判にかける、東條や板垣や土肥原が処刑されるのはまあいいとしても、アメリカの兵隊が入つて来て、勝手極まる真似をする、憲法を自分の都合のよいやうに決める、都合が悪くなると、それを変へろといふ、講和会議になつても未だ、アメリカの大統領が、真珠湾とバタアンを忘れるもんかといふ演説をする、それで原子爆弾の事は、戦争を早く終らす為の、他の多くの青年の生命を救ふ為の、正しい措置であつたといふやうな事を言つて、あつさり片づける、これでは、私など、どうも何とも納得が出来ませんのですがねえ[27]」

一方、原子爆弾の建設的な意義があるならば拾い上げたいと思っていた野口は、広島の取材を終えて、原子爆弾とは「悪魔が科学的な構造物の姿をとつて、此の世に現れたとでも思ふより仕方がない」ような「完全な悪」で、「アメリカは一つの困難な問題を解決するために、最後になつて悪魔の助けをかりた」のであり、「尚一層悪いのは、それを、謂はば神のみこころだと説いた事だ[28]」と結論する。これによれば『魔の遺産』とは、原爆が身体にもたらした後遺症であるばかりでなく、原爆投下を合理化し正当化する言説でもあるだろう。

だが米ソの対立が強まるなか、両国による核実験が進められ、依然として核の脅威は持続していた。一九四六年七月からアメリカが太平洋のビキニ環礁で連続的に行なった核実験は、粛々と核戦争の準備を進めるアメリカの姿を露にし、核の現実が終わってはいないことを一般大衆に強く印象付けた出来事であったと言える。「日本がファッシズムの過程を採つて戦争に突入して行つた時と同じやうな状況で、国土を戦争に荒された経験の無い、物の考への単純なアメリカの民衆が捲き込まれてゐる」[29]と同時代のアメリカを見る被爆者のまなざしには、そうした状況への危惧が色濃く表されている。野口はＡＢＣＣの見学から、広島・長崎は「世界で唯二つの、原子爆弾の人体実験場」で、ＡＢＣＣは第三次世界大戦に備え、アメリカが原子爆弾攻撃を受けた場合の科学的な防衛対策を確立する為に「日本人から上手にデータを集めてゐる」との印象を抱き、アメリカの冷戦戦略の一翼を担うものとしてＡＢＣＣの調査を捉える。原爆犠牲者の慰霊碑に刻まれた、『安らかに眠つて下さい。過ちは繰り返しませぬから』という言葉に対するさまざまな論評は、死者に対して原爆投下の責任を負う主体は誰かという問題を前景化するが、現実にある冷戦の現実に対処するためには「責任の所在」をはっきりさせるべきであるとの被爆者の声は、原爆を投下した行為主体であるアメリカを直視した作品の語りを根底から支えるものでもあるだろう。

㈡　原爆の記憶から豊かな戦後へ

前節で取り上げて考察した『魔の遺産』の描く広島の声には、自国の国益のみを追い、原爆投下の人道的責任を回避するアメリカへの痛烈な批判が含まれていた。このように阿川が原子爆弾とアメリカを結び付けてその暴力性を露にし、それが戦後にも持続していることを大胆に言説化したことは、特記すべき点である。だが『魔の遺産』は、ＡＢＣＣに自発的に協力する広島市民の姿に目を向けることで、これとは全く異なるアメリカとの関係性を別の角度から照射する。広島では市民、医者、産婆、学校、官庁、すべて極めてＡＢＣＣに協力的で、協力を拒否することがほとんどなかったとされる。だとすれば「アメリカ」は、暴力性や非人道性にもかかわらず、いかにして広島の市民たちに受け入れられているのだろうか。これは大きくは、原子爆弾の投下を受けた日本が戦後その記憶とどのように折り合いをつけ、戦後復興のパートナーであったアメリカをいかに受け入れていったかを考える際の手がかりにもなるはずだ。

確かに、ＡＢＣＣは一面では暴力性や非人道性を体現するが、原子爆弾を落とし、その診察にあたることでのみ広島の人々と関係しているのではない。例えば、比治山の上に建てられた「色彩の豊富な、明るいアメリカ風の、蒲鉾型の建物」をしたＡＢＣＣの内部情景は次のように描出される。

彼は受附の先の、ロビイのやうになつた場所の隅のソファに腰を下ろして、机の上のアメリカの雑誌や、子供用の絵本や、又其の横にある子供用の木馬などを漠然と眺めた。掃除の行き届いた、滑らかな光沢を持つた床。窓枠や天井や机の、西洋人好みの色の配合。さつきから匂つてゐるかすかな何かの匂ひ。静かに往き来してゐる、真つ白な服装に口の紅だけ目立つ看護婦たち。それらのすべてが、此処を広島市内の全く別の場所、謂はば小さな外国に見せてゐた。[30]

描写のなかでＡＢＣＣは、アメリカの文化やライフスタイルを広島市民へ向けて顕示する展示空間としても機能していると言える。同時にここに描かれているのは、ＡＢＣＣの清潔で衛生的なイメージである。これに、原爆投下直後の広島逓信病院の情景を語る被爆者の次の証言を並べてみたい。

翌る朝になって初めて、自分が顔も尻も足も、お互ひにくつつけ合ふやうにして材木みたいに転がつた群衆の中に寝てをるのを知りました。まはりは皆の吐瀉物でどろどろでありまして、それに吐血する者がをる、月経の血らしい物で腰の辺を一杯によごしてゐる女の人がある、原子爆弾に遭つた為に、時ならぬ血を見た女が大分あつたといふ事は、後に聞きました。私も吐きましたが、別にもう汚いとも思ひませんでした。汚いと言うてみたところで、何処へ行きやうもないわけで……[31]。

二つの描写の間には鮮烈な対比を読むことが可能だが、さらに言えばＡＢＣＣが纏っている清潔で衛生的に管理されたイメージは、被爆者の吐瀉物と血にまみれた原爆投下直後の病院内の「汚れ」と無秩序とを生み出したのが、ほかならぬアメリカである事実を見えにくくもしているのではないだろうか。

被爆者たちがＡＢＣＣに足を運ぶのは、何よりもそれが診察のための最新の設備や技術力を備え、占領者としての権威にも裏打ちされているからであろう。その点で「アメリカ」は、科学と衛生を代表するが、それのみではない。ＡＢＣＣに協力する広島市民を「少し人が好過ぎる」と評する日本人開業医によれば、日本人をＡＢＣＣへと誘い込む「種」は、アメリカ人の応対の態度の懇切丁寧さと、自宅からの自動車による送り迎えにある。

「今でこそ綺麗なタクシーも町の中を走るやうになつたが、三年くらゐ前までは、広島市中を走つてゐるまともな車と言つたら、官庁の車でなかつたらＡＢＣＣの車だつたんだ。それが君、雨の漏るトタン葺きのバラックの軒先まで横づけで迎へに来てくれるんだ。それに乗つて山へ登つて行くんだから、子供が喜ぶだけぢやない、親にとつても身に余る光栄なんだ。特別なつむじ曲りを除いては皆が協力的になるわけなんだよ。戦後のヨーロッパで、靴下一足で女の貞操が買へたといふ話があるけど、向ふにすればそれより安いにちがひない。ガソリンが一ガロンあると、モルモットが二十匹ぐらゐ使へる訳だからな。それでモルモットは大喜びなんだから、こんなうまい話はないよ[32]」

右の描写は被爆者の抱える現実やさまざまな葛藤を明らかに単純化しているが、一方で被爆者もまた豊かで快適でありたいという当り前の欲望をもった存在であることのリアリティを捉えている。原子爆弾の投下という極限までの暴力性を体現するＡＢＣＣは同時に、豊かで快適な近代性の魅力を湛えた空間として欲望の対象となる。相反するように見えるアメリカの両面はABCCのなかに同居し、同時に働くことで、被爆者のなかに排斥と羨望の感情を並存させる。これまで被爆地広島とアメリカとの関係は専ら原爆体験と関連づけて論じられてきた。一方、本土と沖縄の間でアメリカをめぐる記憶の差異を考察した吉見俊哉やマイク・モラスキーの近年の研究には、地域性を視点としてアメリカ・イメージの展開を論じる傾向が見られる。(33) だが右の引用は、こうした巨視的な視点と合わせて、一つの地域のなかで同時に働くアメリカのイメージを複合的に捉える微視的な視点が必要であることを示唆するだろう。

引用に従えば、豊かで快適なライフスタイルの放つ魅力はアメリカへの反感を和らげ、ABCCの来診者たちは傷ついた身体への代償として一時的にその豊かさを味わい、自尊心を慰撫される。「綺麗な所へ自動車で送り迎へされて、何となく恐縮してゐるやうな、おづおづとした様子」で、まるで「馴れない客が豪壮なホテルに入つた時の様」な姿のABCCの被爆者たちは、見るものの眼に哀しい滑稽さを感じさせるかも知れない。だが逆に、ABCCの診察を頑なに拒む野口の叔父も、豊かさや快適さを追求する点では例外ではない。戦時中占領地マレーに赴任していた元商工省系統の役人で、戦後追放にあってから経営した商事会社の「官吏の商法」が軌道に乗り、「理想の家庭の電化が大分進捗した」という叔父は、家電に支えられた先端のアメリカ流ライフスタイルの実践者であるのだ。原爆八年後にあたる一九五三年はまさに、家電業界が「電化元年」と銘打ち、家庭電化製品の売り込みに乗り出した年でもあった。(34)

一方で作品は、一九四九年八月六日に公布された広島平和記念都市建設法に基づいて騒々しく復興が進められつつあった被爆八年後の広島を映し出す。恒久の平和を実現しようとする理想の象徴として広島市を建設することを目的に掲げた同法は、広島を世界のピースセンターと銘打つことで国からの特別な支援を取り付け、遅々として進まなかった被爆地の復興を大きく前進させた一面があることは無視できない。だが『魔の遺産』に描かれる、「平和都市の建設を謳つて道幅のみ無闇にひろげたまま、整理も鋪装も出来てゐない埃だらけの道路を、粗雑なけばけばしい商店や映画館が取り囲んで、広告塔から増幅された黄色い女の声が叫び続け、開拓地のやうに騒々しくごたごたとしてゐ」る繁華街や、下手なペンキ画をあしらった「ピカドン・パチンコ」の看板がかかる街中の風景は、被爆者たちの現実の重みを疎外した観光地化や風俗化が著しいスピードで進んでいることを示す。

注目すべきは、「今では日本に来た外国人の観光客が一度は訪れる土地になっている」広島にあって、文化資本と化した被爆地「広島」の消費者として「アメリカ」が現れることだ。広島市民にとって慰霊の場である慰霊碑の前に「パンパンを連れて写真機を提げて」群がる無邪気で屈託のなさそうなアメリカ兵の姿は、日本人の痛みに無頓着な他者として映る。だが、「よく磨いた役所のビゥィクを、「名所」の前にさっと乗りつけて、一、二分見て、又さっと走り去って行く」役人もまた同様に、傷跡を「平和観光名所」と名づけるのだ。両者はいずれも、「二十数万の広島の人々を殺した原子爆弾の炸裂を、平和をもたらした福音として、賑やかなお祭騒ぎに擦り替えようとしている、或る、眼に定かでない幾つかの勢力」に違いないだろう。阿川弘之が一九五〇年七月三〇日の『中国新聞』に寄稿した「平和祭に寄す――再建への一里塚」という一文には、こうした状況へのいらだちが色濃く滲んでいる。

> 広島ばかりでなく、日本中いたるところでややともすれば、原子爆弾の災禍の惨めさを売り物にしようとする調子の物いいによく出くわしますが、これもいやなことです。一種のコジキ根性で、決して雄々しい再建の心情から出るものではありません。新聞雑誌に「ヒロシマ、ヒロシマ」とむやみに片仮名で広島のことを書かれるのも私はきらいであります。外人のためならローマ字つづりにすればよいし、日本人のためなら従来通り「広島」で沢山です。「ヒロシマ」と書くことで何となく広島が世界的になったような気持を抱くとすればのん気な話です。極端ないい方をすれば、パンパンガールが国際的だというのと同じ意味で、広島が国際的になったとて、何の意味もありません。
>
> 記念日の行事にもまた被爆者保護その他の事業にも、もっと着実な力が土台となって、この日が町の再建の一里塚になることを心から祈りたく思います。

阿川が、被爆者を置き去りにしたまま国際平和都市づくりに政治的努力を傾ける広島市を批判の対象として目していたことは確かであろう。だが、被爆の体験を売り物にすることを外国兵へ身を売る「パンパン」になぞらえ、これに「雄々しい再建の心情」を対置するジェンダー・レトリックに依拠して、外向けに仮構されたアイデンティティではなく堅実な平和国家の建設を訴える阿川がここで同時に問題にしているのは、消費の「主体」となるアメリカによって、「客体」としての日本のアイデンティティが築かれてゆくことである。むろん、日本はアイデンティティを一方的に与えられるだけの存在ではなく、むしろ積極的に「平和国家」のアイデンティティの演出に参加する。激烈な批判の調子に込められているのは、「アメリカ兵」と「客体」となった日本が抱き合うことで「パンパン」としての「ヒロシマ」が作り上げられていくことへの嫌悪と言うべきだろう[35]。

作品の末尾において、従兄弟の容態は急変し、野口は彼の死後の医学研究のための死体解剖に立ち会う。作品の語りは、死体解剖の様子を目を覆いたくなるほどの写生的な筆致で逐一執拗に辿り、白血病に無残に蝕まれた小さな身体を描き出す。それは原爆投下から八年が過ぎた今も、広島の人々が重い後遺症に苦しんでいる現実を容赦なく突きつけるものである。救いのない暗い気持に浸された野口が、京都で気持を休める計画を立て、「我ながら少し弱気のような、或は何かに対し、相済まぬような」後ろめたい気持ちを抱えながら逃げるようにして広島を発つ最後は、彼が被爆者たちの重い現実を自ら背負うことに失敗したことを意味するだろう。そして野口が乗り込んだ「やわらかなうすいピンク色に塗られた特急車の中は、もう、広島とは別の世界であった[36]」。京都―博多間を結ぶ山陽本線・鹿児島本線特急「かもめ」が運行開始したのは一九五三年三月だが、戦中特急「富士」「桜」が廃止されて以後、同線における戦後初の特急列車となるこの「新しい速い、気持のいい列車」は、戦後の復興と経済成長を象徴するものと言える。そのような意味でこの最後の場面は、戦後日本もまた、なお後遺症に苦しむ広島の被爆者たちの重い現実や記憶を置き去りにして旅立っていったことを示しているのではないだろうか。従弟の初七日の法事が済むとすぐに広島を立ち去る野口を薄情と詰る叔母の言葉は、故郷広島の声を代弁しようとした語り手の野口でさえも、結局は被爆の現実を忘却できる特権的な立場にあることを露にする。『魔の遺産』は、被爆者の現実を歴史の裏面へと押し遣りながら、復興した戦後日本社会が築き上げられていくさまを、高度成長の入り口において示した作品としても読むことができる。

第四章　被占領体験の語りにおける「アメリカ」
——小島信夫「アメリカン・スクール」を中心に

先行する二つの章を通して、検閲との駆け引きのもとに文学作品が「アメリカ」をめぐる歴史記憶をどのように表現したのかを見てきた。本章では、「アメリカ」の表現が自由になった時点から占領の体験を振り返って描いた代表的な作品として、小島信夫の短編小説「アメリカン・スクール」を取り上げる。

一九五四年九月に『文学界』に発表された「アメリカン・スクール」[1]は、戦後三年目の時点を背景に、英語教員の一団によるアメリカン・スクールの見学を描く。敗戦から三年がたってもなお食糧や生活物資の深刻な不足は一向に解決せず、そうしたなかにあって六キロも離れたアメリカン・スクールへ徒歩で見学に出かける英語教員たちの占領者「アメリカ」に対するさまざまな反応、見学の過程で引き起される悲喜劇の顚末を通して、占領下の日本の現実をユーモアを込めて浮き彫りにしている。同作品は、文芸評論家の臼井吉見が「とにかく高級品だ」[2]として絶賛したことをはじめとして、発表当時から大きく注目を集め、同年下半期の芥川賞を受賞した。選考委員を務めた井上靖が「人間の劣等意識を執拗に追及した作品で、一時期の日本人を諷刺して時代的意義もある力作である」と推した選評[3]に要約されているように、被占領者の抱く劣等感や屈辱の心情を克明に描いた時代の風刺画として高い評価を得てきた作品である[4]。

GHQの強力な指導のもとに国を挙げての民主化改革が行われた占領の歴史に照らせば、この小説が戦後直後の日米関係を比喩的に強く喚起することは明らかであろう。占領軍最高司令官であったダグラス・マッカーサー（Douglas MacArthur, 1880-1964）が帰国後の米国上院公聴会において日本の民主主義の成熟度を問われ、「科学、美術、宗教、文化などの発展の上からみて、アングロ・サクソンは四十五歳の壮年に達しているとすれば、（…）

日本人はまだ生徒の時代で、まず十二歳の少年である」[5]と答弁したという逸話は有名である。この発言に露になった支配者の傲慢とオリエンタリズム的なまなざしは日本国民を憤慨させるに充分であったが、しかしアメリカを民主主義の教育者になぞらえ、アメリカと日本を師弟関係に重ねる修辞は、占領者のみならず、被占領者によっても頻繁に用いられた。先のマッカーサーの発言に先立って、トルーマン大統領によるマッカーサー解任の発表を受けた翌日の『朝日新聞』の社説は、「日本国民が敗戦という未だかつてない事態に直面し、虚脱状態に陥っていた時、われわれに民主主義、平和主義のよさを教え、日本国民をこの明るい道へ親切に導いてくれたのはマ元帥であった。子供の成長を喜ぶように、昨日までの敵であった日本国民が、一歩一歩民主主義への道をふみしめていく姿を喜び、これを激励しつづけてくれたのもマ元帥であった」と元帥の帰国を惜しんでいる。[6]こうしたことから見れば、小説「アメリカン・スクール」のタイトルは占領下の日本そのもののアレゴリーと捉えることができる。[7]

ところで、アメリカン・スクールへの見学とは一風変わった題材だが、作者の語ったところによれば、この作品は作者自身の体験が基になっている。小島は短編集収録の「あとがき」のなかで、「先年成増のアメリカン・スクールを見学に行ったことがあ」るとし、この時の体験にフィクションを交えて、作品に仕立てたと述べているのである。[8]この発言を理解するためには、作者小島の経歴に簡略に触れる必要があろう。東京帝国大学英文学科を卒業した小島は、私立中学の英語教師を一年足らず務めた後、一九四二年に召集を受けて入隊した。燕京駐屯の情報部隊に所属して暗号解読や英語の通訳に従事し、北京で終戦を迎えて敗戦の翌年三月に佐世保に復員している。敗戦直後の時期には岐阜県庁交渉科での短い勤務期間（嘱託職員）を経て、英語教師として教鞭を執ることで生計を立てた。こうした経歴と並行して、戦前から同人雑誌などで作品を発表したが、作家活動が本格的に軌道に乗るのは、「小銃」（『新潮』一九五二・一二）が芥川賞候補作となり大部数の文芸誌に作品が掲載され始める一九五三年頃からである。高校の英語教諭を辞して明治大学の講師（英文学）に就任したのは、ちょうど「アメリカン・スクール」の作品が発表されたのと同年であった。[9]

このように小島が占領下で教員生活を送り、作品のなかでその体験を足がかりとして被占領体験を捉えたことは、第一章で詳述した対日文化政策の文脈と照らし合わせたときとりわけ興味深い。民間情報教育局が中心的に担った占領期の文化政策が内部的には「再教育・再方向付けプログラム」と称されたことが端的に示すように、日本に対する軍事占領をアメリカはまさしく被占領者に対する民主化教育として意味づけていた。そして占領者によって講じられたあらゆる啓蒙的手段のなかで最も中心的な教化の場の一つとなったのが学校教育であったことは、既に記述した通りである。これに対して「アメリカン・スクール」は、日本人教員たちの「アメリカ」体験に題材を取りながら、占領された側の視点から「教育」としての占領を捉え返した稀有な作品として読むことができる。

以上のことを踏まえて本章では、小島の初期代表作である「アメリカン・スクール」の作品の精読を通して、対日占領を見る被占領者のまなざしを考察したい。ことに作品の時間的背景は時期的に見れば、冷戦の台頭とともに「逆コース」が始まる前の初期の民主化プログラムの時期にあたる。この理想主義的な色彩が強く、最も急激な変化を伴う変革プログラムは被占領者にとってはどのような体験として語られるのか。また、その語りに基づくならアメリカの主導による占領改革はいかに評価されうるのか。これまでの先行研究の多くは「アメリカン・スクール」を占領下の日本を描いた寓話として捉え、アレゴリーの観点から作品をさまざまに読み解いてきた。以下では先に作品の歴史的な背景を具体的に確認し、よって作者である小島信夫における占領の体験に間接的に光をあてた上で、作品が占領をめぐる歴史記憶を拠りどころとし、同時にアレゴリーの手法を駆使しながら、当時の歴史的状況のなかで何を試みていたのかを明らかにしたい。

第一節　占領の歴史に見る教育とアメリカン・スクール

まずは作者小島が身を置いていた占領下の学校教育の場に眼を向けてみたい。周知のごとく、近代以降の学校教育は国民意識の形成に決定的な役目を果たしたが、占領者が進駐後に民主化改革の目玉として真っ先に着手したのも教育改革であった。教育勅語に象徴される戦前の教育は軍国主義や超国家主義思想を鼓吹してきたとして除去され、代わって平和と民主主義の新たな教育理念に基づいた教育が掲げられた。なかでも、「民主的で平和的な国家を建設して、世界の平和と人類の福祉に貢献」するという新日本国憲法の精神に立脚して、「この理想の実現は、根本において教育の力にまつべきものである」と宣言し、「個人の尊厳を重んじ、真理と平和を希求する人間の育成を期するとともに、普遍的にしてしかも個性ゆたかな文化の創造をめざす教育」を謳った教育基本法の公布（一九四七）[10]は、まさに日本の国家理念の転換を教育において明記したものであったといってよい。こうした教育改革の文脈に即して、作品が舞台としている「終戦後三年」の日本の置かれた状況はどのようなものであったのかを確認しよう。

第一章で紹介したアメリカ側の政策資料を参照するなら、戦後の教育民主化はアメリカ式の教育を参考に進められた。そのために一九四六年三月に二七名のアメリカの教育専門家らで構成された第一次アメリカ教育使節団が、四年半後の一九五〇年八月により小規模の第二次アメリカ教育使節団が訪日している。[11]ストッダードを団長とする第一次使節団の目的は、「「日本の政府を援け」て日本の教育改革を推進」しようとしているCIEに対して必要な措置の勧告を行うことで、[12]一九四六年の報告書は軍国主義的な教育を排して民主主義的な教育を樹立するための多方面にわたる提案を盛り込んでいる。この勧告案を参考に制定された教育基本法に基づいて、新制中学への再編を中心とするさまざまな教育改革が断行された。これに対して第二次使節団の来日は「先の教育使節団が戦後日本の教育改革の指針として示した『報告書』の勧告内容がその後どの程度まで具体的に実行され、さらに改善されるべきいかなる問題を残しているか」といった実情を調査するためのもので、一九五〇年の報告書は「過去5か年の間に日本において起った驚くべき変革」を評価した上で、[13]さらなる勧告を行っている。作者小島の成増のアメリカン・スクールの見学や「アメリカン・スクール」の小説内の時間は、二度の教育使節団の来訪の間に挟まれており、したがって両報告書を比較することによってテクストの背景となる歴史的状況を浮かび上がらせることができるだろう。

ここで報告書の内容に詳しく立ち入ることは控えるが、作品と関連して二つの点に注目したい。一点目は、教育の現状に関するもので、第二次使節団の報告書が敗戦五年後に至ってもなお校舎や教師の不足の未解決が最も重大かつ根本的な問題であると指摘して早急な改善を促していることである。[14] 小島信夫が身を置いていたであろうその現状は、次のような勧告に表されている。

日本はその青年の教育のために、ますます多額の金額を支出しなければならない。（…）日本の教師は、国民の最も有能なものの中から出なければならない。かれらは、その任務の重要さにふさわしい待遇を受けなければならない。かれらは教室と設備と、学用品とを与えられなければならない。かれらは社会から認められ、相当な社会的地位が与えられなければならない。これらはともに相当な生活水準を維持するのにじゅうぶんな収入なしには保つことは困難である。[15]

言うまでもなく右の記述はその裏返しとして、ここに挙げられた全てが軒並み欠乏した現実を物語る。同時期に教員生活を送った小島は、そうした現状をつぶさに眼にしていたはずである。

続けて注目したい第二の点は、一九四六年の第一次教育使節団の報告書が「教授法と教師養成教育」の項目のなかで効果的な方法として「教師相互の授業参観」を勧め、その上で「近き将来において、日本の教師たちが再び自由に旅行することができて、他の国々を視察したり他国に留学したりできるであろうということ、及び日本の教師たちとすべての連合国の教師たちとの交換が、とりきめられるかも知れぬということの希望をわれわれはあえて述べる」（傍点引用者）[16] と記していることである。しかしながら改めて指摘するまでもなく、占領下の日本においては厳しい渡航制限があった。ガリオア・プログラムによって海外留学への門戸が開かれたのは一九四九年であり、渡米人数も需要に応えるには到底不足していた。

こうした状況のなか、留学や海外からの教師派遣に代わって、アメリカ式の教育を実地に学ぶ機会として多く求められたのが、アメリカン・スクールへの見学であったものと推察される。林芙美子は「アメリカン・スクール」の作品の背景を論じるなかで、森一郎の「成増のアメリカン・スクール訪問記――読書指導の見学を主眼とする」（『新しい中学校』一九五〇・一）を紹介しているが、このほかにも占領後期の教育界の雑誌にはアメリカン・スクールの参観記が散見される。確認できた限りで、代々木の小学校を訪れた八島正雄「アメリカン・スクール参観――代々木アメリカン・スクール参観記」（『新しい学校』一九五一・六）、小野達「アメリカンスクール参観記――代々木小学校と成増中学校」（『文化と教育』一九五二・八）などが挙げられる。これらの文章から察するに、特に首都圏に位置する代々木小学校と成増中学校への参観が多く行われたようである。

参観記の内容は書き手によって多少の違いはあるものの、その論調は凡そ似通っている。まず第一に書き手たちがこぞって注目するのは、豊かで衛生的な設備である。代々木のアメリカン・スクールを訪問した目黒区立碑小学校長の八島は、構内に足を踏み入れた時に初めて受けた印象を、「学校は鉄筋コンクリートの二階建で、クリーム色の壁面の四囲や窓の周りをグリーン色で色彩った明るい感じの建物で、もはや日本を離れたかの気分に包まれた[17]」と記している。資料が充実した図書館や広大な講堂、食堂などが備わっていることが紹介され、さらには、「便所に案内されて意外に思った。まさかそこまで案内するとは考えていなかった」と戸惑いを記しながらも、「清潔で綺麗なことは普通の室と変りがない」とその様子を伝える。「便所」にいたるまで徹底した衛生管理もまた、「アメリカン・スクール」から学ぶべき点であったのだ。アメリカン・スクールでは学習のための参考書も潤沢に与えられている。成増の中学校を訪れた森は、「羨ましいと思つたのは生徒がもちきれないほど各自が参考書をあたえられていることである。（…）生徒がこの問題をもつと知りたいと思つた時に、すぐあけて参考にし、討議し、考えて行くようになつている。こう言つた教育が行はれている限り、文化の向上など言はずして実現される[18]」と羨望の念を率直に綴っている。以上のような恵まれた教育環境に言及しつつ、学生たちの個性と自主性を尊重した教授法を紹介し、児童たちの熱心で落ち着いた学習態度を印象深く書き記すといった内容が凡そ共通した型である。校長先生の登場や、壁一面に学生たちの作品が飾られた教室の風景など、小説「アメリカン・スクール」の描写する情景と重なる点も見られる。[19] 自身も教育界に身を置いていた小島がこれらの参観記のいずれかを目にした可能性も充分に考えられるであろう。

ところで、アメリカン・スクールを紹介したのは教育専門の雑誌だけではなかった。一例として、都市部の主婦を主な読者層とする『婦人之友』は一九五〇年四月号に「アメリカン・スクールの一年生の教室――よき市民(シチズン)をつくる」という記事を掲載し、学校生活の様子を写真入りで伝えている。教室には、「あのいかめしい教壇というものがな」く、教師は児童らを進み具合に合わせて「ブリユー・バード」、「グリーン・バード」、「レッド・バード」の三つのグループに分け、「では、青い鳥(ブリユー・バード)。あなたたちは、とつても静かにお席にかえりましょう」といった具合に語りかける。ここに書かれた授業風景は、童話のなかの場面のように明るく民主的である。記事は、生徒の自主性を促し、社会への責任感を育てて、「よき市民をつくる」ことが同校の教育目標とされていることを紹介し、学校や家庭での児童の教育法についてアメリカ人の教師にアドバイスを乞う構成となっている。

以上のことから確認されるように、占領下ではアメリカン・スクールに関する報告が同時代読者の目に触れる紙面にしばしば登場し、それらの参観記においては豊かな教育設備に羨望のまなざしを向けつつ、日本が学ぶべき点を枚挙するといった語りが定型化していた。留意すべきは、これらの見学が日本人の要望に応えたものであった点である。例えば森の参観記の末尾には、「東京民事部のスティーク教育課長の御親切な御取り計らいでアメリカン・スクールを訪問出来た」として謝意が記されている。[20]『婦人之友』の記事で見学に参加したのは、「今年小学校に子供を送ろうとする母親、一年生受持の教師などの数人」であるが、これもアメリカ式の教育法を参考にして子女の教育に資するために自発的に計画されたものと推察される。即ち、占領期に見られる言説のなかで「アメリカン・スクール」は、単に教授法の面での手本に留まらず、民主的で文化的な小市民、行き届いた衛生管理、豊かな近代性などを備えた「アメリカ」の小さな縮図として描かれ、日本が進んで学ぶべき参考対象として位置づけられていたといってよい。こうしたアメリカ参観記と並べてみたとき、小説「アメリカン・スクール」の語りは明確な対照をなす。

第二節　小説「アメリカン・スクール」に描かれた占領

これまでに考察してきた歴史的背景を踏まえながら、次に小説「アメリカン・スクール」のテクストが教員集団のアメリカン・スクールの見学体験を通して占領をどのように描くのかを見てみよう。作品から確認されるのは、作者小島が被占領下の歴史的記憶を意図して積極的に織り込んでいることだが、その一方で、テクストにおいて文学的手法としての語りとアレゴリーは大きな役割を担う。

全知の視点に基づく小説の語り手は、情景描写と登場人物の心中を自在に行き来しながら、被占領者の内面と社会的な振る舞いの戦略を鮮明に映し出す。同時にその語りは、厳密に中立的な立場を維持するのではなく、むしろ描かれた対象との間にある距離を自在に調整しながら、ときには痛烈な風刺的効果を生み出している。

小説に描かれる三〇人ほどの見学団の一行のなかでは、引率者である県庁役人の柴本のほか、伊佐と山田、ミチ子の三人の教員に固有名が与えられている。物語は三人の英語教員を通して複数の被占領体験を描くのだが、まずは集団として共有された体験としてアメリカン・スクールの見学を考察し、その上でそれぞれの人物を視点として異なる被占領体験を読み解くことで、占領改革がどのようにして進められたのかを論じたい。

（一）集団体験としての恥辱

小説のなかでアメリカン・スクールは集合地である県庁前広場から六キロ離れた先に位置し、物語の凡そ半分は英語教員たちが目的地に辿り着くまでの道中に割かれている。この点で小説テクストは、先に見てきた参観記とは大きく異なる構成を取る。こうした設定には、作者の明確な意図があった。小島は作品が収録された短編集に付した「あとがき」で、「僕はこの見学を終戦後二年間ぐらいの所に置いてみて、貧しさ、惨めさをえがきたいと思った。そのために象徴的に、六粁の舗装道路を田舎の県庁とアメリカン・スクールの間に設定してみた[21]」と述べている。このような「象徴的」な配置は、前節で確認した占領下の現実の状況と対応している。アメリカン・スクールまでの片道六キロもの距離は、敗戦後日本の置かれた現実と教員たちの目指すお手本としての「アメリカ」との間にある隔たりを象徴的に示し、その落差ゆえに日本人教員たちの感じる心理的距離感は、先の見えない坂道の上にあってこちらからはその姿が視野に入らないという情景描写によって巧みに表されている。また、教員たちが目的地に辿り着くために「歩くための道ではないために、あまりはるかにまっすぐつづいている」舗装道路を徒歩で移動せねばならないことは、目標を実現するために必要な物質的財源も絶対的に不足した現実と正確に重なる。

小説「アメリカン・スクール」のなかで日本人の英語教員たちは、「アメリカ」との関係において生徒の立場にある。アメリカン・スクールへの往復の旅を通して、アメリカから学んだレッスンを日本人の側に持ち帰る任を背負っている三〇人ほどの教員たちは、県庁指導科の役人の引率のもとにアメリカン・スクールを目指して歩き出す。その様子は、「見学団の一行はぞろぞろと囚人のように動き出した」という一文で描写される。小説のなかに描かれる見学は、「この承諾を得るためには、われわれ学務部は並大抵でない苦労をしたんです[22]」という県庁役人柴本の言葉から、先に取り上げたアメリカン・スクール参観記における見学と同じく日本側の積極的な働きかけで実現したものであることが知られるのだが、こうした経緯に反して語りの描写は、この見学が日本人の教師たちにとって否応無しに引き受けさせられたものであることを暗示する。

さらに「囚人」の比喩は、教員たちが「アメリカ」の監視の下にある可能性をも喚起する。県庁には連合国による軍政府が隣接しており、アメリカン・スクールのある進駐軍住宅地へと続く道路は米兵を乗せたジープがひっきりなしに通り過ぎる。占領者の視線に晒されるアメリカン・スクールへの道中で、教員のひとりの山田は笛（ホイッスルの意――引用者注）を吹くことや一列に並んで歩くことはアメリカ人の眼に軍国主義的な慣習として映る恐れのある行動であると主張して自粛を呼びかけ、日本人教師たちはそれに従う。一方でテクストの語りは、こうした日本人の行動をどこか大げさで滑稽な振る舞いとして眺め、ここに想定されたアメリカの監視のまなざしが多分に日本人によって想像されたものであることを示唆する[23]。

こうした場面には、占領期の文学表現にも広く見られた自己検閲のメカニズムが巧みに表されているといえよう。そこにおいて「アメリカ」は、直接指示を与える存在ではなく、内面化された規範としてあることに留意したいが、逆に言えば「アメリカ」は、直接の接触がない時でさえも日本人の行動や思考を縛り続ける遍在するまなざしとして存在するのである。こうして作品は、アメリカによる「指導」の影響が、メディアや私信など直接の規制の対象となった言論活動のみならず、日常的な領域における行動をも統制するに及んだ可能性を提起しているともいえるだろう。

教員たちが途方もなく長い道のりを歩かされた末に漸く辿り着いた進駐軍住宅地は、「広大な敷地」に「スタンドのついた寝室のありかまで手にとるよう」である近代的住宅が「疎らに立ちなら」び、なかでは「日本人のメイドが幼児の世話をして」いる。「瀟洒なアメリカン・スクールの校舎」は、その「中央に、南ガラス窓を大きくはって立ってい」る[24]。ところで、小説のなかで「天国」に喩えられるこの異世界のような空間は、単に戦後の貧しさが色濃い四八年の日本人の日常空間と鮮烈な対比をなすだけではない。進駐軍住宅地は「敷地は畠をつぶしたのだ[25]」とさりげなく挿入された語りの描写によって、両者は明確な関係性のもとに結ばれている。

林寿美子の指摘によれば、この小説の描写は小島が見学に訪れた成増のアメリカン・スクールを含む進駐軍住宅地「グラント・ハイツ」の歴史的な成り立ちと一致する[26]。練馬区光が丘にかつてあった「グラント・ハイツ」は、総面積約一・八平方キロメートルに及ぶ広大な敷地に一二〇〇世帯もの軍属が居住し、広々とした芝生にアメリカン・スクールをはじめとした各種付帯施設を備えていた。林が光が丘の地域史を紐解いて示したところによれば、旧日本軍の成増飛行場の跡地にあたるこの地域では、深刻な食糧難のあった戦後直後の時期に地域住民が許可を得て耕地を耕したものの、初収穫を待たずして一九四七年の春にグラント・ハイツの建設が始まり、翌年完成を見たのだという。こうした歴史的経緯に、例えばグラント・ハイツの着工と同年の四七年一〇月に闇米を拒否した東京都の判事が栄養失調で死亡したことが知られ、世の人に衝撃を与えた歴史的出来事を並置してみるならば、まさに飢餓に喘ぐ被占領者の生存と引き換えに、被占領空間のなかの豊かな「アメリカ」が出現したのだといえる。小説の語りは、作品発表時に未だ生々しく残っていた飢餓の記憶を読み手に喚起するものであっただろう。

　阿川弘之の広島の描写にも見られるように、アメリカの豊かさはしばしば被占領者の欲望の対象となり、占領者に向けられる反感を和らげるのに役立った。しかし「アメリカン・スクール」のなかで占領者の享受する物質的な豊かさは、逆に日本人に剝奪感を抱かせ、敗戦国民としての実感を一層補強する。豊かな近代そのもののような進駐軍住宅地の風景を目にした伊佐は「自分たちはここへ来る資格のないあわれな民族のように思[27]」い、ミチ子は「この花園では私たちというにんげんがすでにもう入りきれないほど貧しくなっているのだ[28]」と感じて惨めさに涙を流す。

「アメリカン・スクール」の見学が象徴する、アメリカをモデルにした民主化指導の企ては、このような圧倒的な貧富差に照らして評価される。見学団のなかの日本人教師の一人は、「授業の参観などする必要はない」と強弁して、次のように問いかける。


「このような設備の中で教える教育というものが、僕たちに何の参考になるものですか。僕たちは歩いて来ただけで参考になりましたよ。敗けたとはいえですよ。この建物は僕たちの税金で出来たものです。それを見せていただいて涙を流さねばならんですか」

（…）空腹をかかえて歩いてきた距離の長さがある者を怒らせ、ある者をよけい無気力にしたのだ。[29]

　このように小説のなかで「アメリカン・スクール」は、民主主義的教育のモデルであるよりも先に、日本人に物質面における落差を思い知らせて敗戦の惨めさを突きつける空間として描かれている。日本人の教員たちが見学を通して学ぶのは敗戦国の恥辱であり、最も強い印象を受けるのはアメリカ人の教員の「月料」（月給の意——引用者注）との間に「十倍」もの差があるという事実である。

　先の引用文中の教員が語るのは、「アメリカ」は、敗戦の貧しい現実とあまりにかけ離れているために、日本の手本にはなり得ないということにほかならないが、のみならず小説のなかで日本人教員たちは、アメリカの文化的な先進性にも疑問を差し向ける。校内を視察する間にミチ子は、「廊下のすみで男女の学生がより添い、目をつぶり手をにぎり合っている」風景に、「何か夢の国ね。だけど中身は案外ね、きっと」[30]と皮肉を言い、山田は生徒たちの作品に、「ごらんなさい。これだけの物量を誇っているくせに、子供の絵は下手くそで見られない」と冷淡な論評を加える。[31]占領者の有する豊かな物質に精神的優位を対置することによって自尊心を保とうとするこのような日本人教師の態度は、「卑屈な日本人の悪さ」を表すものとして小説内で相対化されてはいるものの、それらの声は「アメリカ」は表面的にのみ豊かであると語り、文化的モデルとしての内実に疑義を差し挟むのである。

指導者アメリカに対する作品の評価は、校長のウィリアム氏をめぐる描写に最も集約的に表されている。校内を案内する校長のウィリアム氏は日本人教師たちに向けて、「ここの生徒は一クラス二十人です。まだこれでも多すぎます。十七人が理想なのです。お国の学校は七十人だそうですが、あれはいけません。断じて許されない数です。（…）なぜならばそんなに多くては団体教育になり、軍国主義になるものにちがいないからです[32]」と高らかに言明する。占領政策の方針をそのまま要約して移したようなこの助言はしかし、発言の合間に「ウィリアム氏は、十七のセブンティーンと七十のセブンティーとが期せずして頭韻をふんだのを得意げに発音した」という描写が挟まれることによって、校長ウィリアムと語られた内容もろとも見事に戯画化されてしまう。そこにおいては、現実の状況を省みずに実現不可能な理想を振りかざす占領者の身勝手さこそが風刺の対象となるのである。

以上、アメリカン・スクール見学に対する日本人教員たちの反応を中心に作品を読んできたが、小説のなかで「アメリカン・スクール」は敗戦国民としての境遇を際立たせる場として描かれ、そこにおいて日本人教員たちは「恥辱」の感情を集団的に体験する。そして作品は、教育者を以て任じる「アメリカ」に対して、彼らが示す理想を現実に実現することの困難さを語るばかりか、被占領者の抱える困難な状況に対する理解が足りないと描くことで、指導者としての資質に疑義を唱える。これによって、「教育」としての占領を風刺して見せる。前節で考察した歴史的文脈に戻るならば、占領期をめぐる言説の編成のなかで小説「アメリカン・スクール」は、アメリカの占領政策と同じ論調に立ったアメリカン・スクールの参観記に対抗するテクストとして位置づけられるであろう。

しかし作品のなかの教員たちがアメリカに対する恥辱感を共通して抱くとしても、日本人にとって占領の体験は単一のものではない。小島は見学団のなかに対照的な人物群を造形することで、占領がそれぞれ異なる位置にあって体験されたこと、その立ち位置に照応して「アメリカ」との関係性はそれぞれに異なることを浮き彫りにしている。また、マイク・モラスキーがこの作品は「占領統治の矛盾や不正への単純な告発というよりはむしろ、戦後という時代の新たな要求に対する日本側の反応を描き、（…）アメリカによる支配とそれに同化ないし抵抗する日本側の戦略との両面を追究している」と的確に指摘するように[33]、作品のなかに描かれる英語教師たちは、ただ屈辱感を嚙みしめているだけの受動的な存在ではなく、日本人とアメリカ人のどちらもが占領空間のなかの権力関係に参与する。次にこうした側面に眼を向け、さらに考察を進めよう。

（二）被占領者の群像

占領期には諸分野にわたる改革が矢継ぎ早に打ち出され、軍国主義国から平和民主主義国家への国家の再形成とも言うべき大々的な体制改編や理念の転換が行われた。そうして社会的な流動性が大きく増すなかで、人々は新しい価値基準や行動様式への適応を求められ、また各自が戦後を生きる足場を築いていったのである。本項では、伊佐、山田、ミチ子の三人の登場人物をそれぞれ視点として三者三様の被占領体験を明らかにするなかで、異なる「アメリカ」を読み解きたい。

小説では、重要な象徴的役目を果たす二つの資源を通して、三人の人物が構図的に配置されている。見学に適した服装、ことに長距離の徒歩に適した履物と占領者の言語である英語である。教員たちの服装は概して貧しいが、山田は見学団のなかで目立って良い服装を纏い、ミチ子は「戦死した主人の生地」を仕立て直したスーツに、新調したハイヒールと徒歩のために持参したスニーカーを場面に応じて履き替える。伊佐は唯一の衣服である軍服に兵隊鞄を下げて借り物の黒い皮靴を履いている[34]。三人の登場人物は、英語に対する態度やその能力においても対照を見せる。ミチ子は自然な発音で英語を自在に操り、山田は英語を話すことに最も熱心で意思疎通に問題のない程度に話せるが、伊佐は英語に対して極度の恐怖を抱いている。先行研究では、それぞれの人物の英語と服装（靴）との間に対応関係があること、それらはともにアメリカ占領下の戦後に対する「準備の度合い」や、延いてはジェンダーやナショナルなアイデンティティを象徴的に示すことが指摘されている[35]。以下では、作品のアレゴリーに注意を払いながら、三人の人物が戦後の新たな時代にいかに対応するのか、それを踏まえて占領はどのように評価できるのかを考察したい。

①戦後体制への齟齬と被占領体験の痛み

三人の主要登場人物のうち、作品が中心人物に据えるのは、服装も英語もアメリカン・スクールの見学に最も適していない伊佐である。物語は占領下の新時代に上手く適応できない伊佐を中心的視点として、彼の感じる居心地の悪さや寄る辺無さに焦点をあて、戦後に対する違和と齟齬とを浮き彫りにしていくのである。

見学団の教員たちが「囚人」に喩えられたことを先に見たが、なかでもこの描写が最も相応しいのが伊佐である。伊佐にとって見学はアメリカ人との初めての接触ではなく、作品では軍政府が学校や選挙場へ視察官を派遣したことが描かれる。伊佐は学校へ視察官が来た時には、英語で話をさせられることへの恐怖から「二日前から学校を休み、熱もないのに氷嚢をあてて」寝込んだふりをしたほどであったが、選挙の時には「英語を担当しているというだけで（…）通訳にかり出されて」、軍政府の視察官に同伴して村々の選挙場をまわったことがある。テクストの語りは「選挙はすべて占領軍の監督の下に行われたのだ」と敷衍し、伊佐が通訳を務めた理由は「軍政部に登録されていて休むと、何をされるか分らなかった」ためと説明される[36]。このように日本がアメリカの徹底した管理下にあると明示的に語ることは、検閲下ではプレスコードに抵触する可能性があった点に留意したいが、伊佐は「軍政部」という占領者の権威に対して自由意思による選択権を奪われた無力な「囚人」のような立場に置かれているといえる。

むろん、大岡昇平が『俘虜記』において描いたように、被占領者であることはそれ自体として「囚人」の立場を含むともいえるが、英語教員として通訳や見学に動員される伊佐においては、アメリカに直に接触する媒介者の立場ゆえに占領に伴う軋轢や暴力がより顕在化し易い。その一つの場が、英語を話させられる言語体験である。例えば選挙の際の逸話では、軍政部所属の視察官に伊佐は「お待たせいたしましてまことに相すみませんでした」と挨拶するが、しかし相手の黒人の伍長はこれが「あまりにもオーソドックスな、ていねいな英語」であったために理解できず、よって伊佐は益々英語へのコンプレックスを深める。[37] ジープの中に黒人と二人きりで同乗させられ、監禁状態にも等しい状況に置かれた伊佐は、あまりの心理的苦痛のために終に逃げ出して道路の脇の草の茂みへと逃げ込む。彼を探しに来た黒人兵に向けて、伊佐は次のような問いを発する。

> 彼は林の中で待っていて、
> 「おい」と日本語でいった。「お前に日本語を話さしてだな。話せなかったら容赦しないといったら、どうなるんだ」[38]。

この伊佐の問いは、異言語を強要されることの暴力性を浮き彫りにするだろう。だが皮肉にも伊佐が英語を話さないことは、期せずして黒人に対する暴力として働いてしまう。通訳を放棄した伊佐の態度を、「刈りそろえたヒゲだけが、へんに文明的なかんじ」を与える黒人兵は「自分に対する軽蔑」と故意の侮辱と受け取り、「劣等感」に「孤独な顔をますます孤独に」する。[39] 黒人表象の観点から作品を分析したセオドア・グーセンは、右のような黒人の描写に見られる人種偏見を正しく指摘した上で、「自国にいながら部外者に転じる」伊佐と「故国にいながら「疎外」された」立場にある黒人兵との間に双生児のような類似性を見出し、伊佐を「黄色い黒ん坊」に喩えている。[40] 伊佐と黒人兵の言語体験には、白人を頂点にした占領空間内の重層的な権力構造が、抑圧の移譲の側面とともに、鮮明に映し出されていよう。

ところで、伊佐が英語に対して抱く恐怖や嫌悪感は、一つには英語能力の不足に起因するところが大きいが、しかしテクストは別の側面にも注意を促す。伊佐の英語を話すことへの心理的な抵抗の根底にある問題は、次のような内面の独白を通して描写される。

（日本人が外人みたいに英語を話すなんて、バカな。外人みたいに話せば外人になってしまう。そんな恥かしいことが……）

彼は山田が会話をする時の身ぶりを思い出していたのだ。

（完全な外人の調子で話すのは恥だ。不完全な調子で話すのも恥だ）

自分が不完全な調子で話しをさせられる立場になったら……

彼はグッド・モーニング、エブリボディと生徒に向って思いきって二、三回は授業の初めに言ったことはあった。血がすーっとのぼってその時ほんとに彼は谷底へおちて行くような気がしたのだ。

（おれが別のにんげんになってしまう。おれはそれだけはいやだ！）[41]。

ここには、英語を話すときに伊佐の感じる強い違和感が身体的な拒否反応を通じて表現されている。同時に見落としてはならないのは、言語をアイデンティティの拠って立つ中核と考える伊佐の外国語に対する拒絶には、ナショナル・アイデンティティの主張が含まれる点である。

しかし占領下のアメリカとの接触の場で母国語のアイデンティティに固執する伊佐は、その結果として母国語の言葉までを奪われてしまう。彼は見学で英語を話さなくても済むように、この日一日を母語である日本語をも話さず、「沈黙戦術」で貫き通すことを決心する。別言すれば、占領下の言語環境を生き延びるための伊佐の戦略は、言語的な主体性を放棄し、むしろ掻き消すことである。モラスキーは「外国占領下の主体性不在を表象する沈黙と、抵抗の戦略として行使される沈黙、つまり主体性の主張を表示する沈黙とを、区別する必要がある[42]」と指摘しているが、伊佐の沈黙には二つの側面が分かち難く同居していると言うべきだろう。

このように外国語は伊佐に強いずれを感じさせるが、同様に深刻な問題を惹起するのが、もう一つの借り物である靴である。伊佐は彼が唯一所有する兵隊靴が「外人の目につくこと」を恐れて、この履き慣らした靴の代わりに他人から借りた革靴で見学に赴くのだが、伊佐の身の丈に合わないこの容れ物が彼の身体との間に激しい摩擦を惹き起こす。

> 伊佐はそのころから、皮靴が自分の足をいためていて、一歩一歩が苦痛であることがわかってきていた。彼はその苦痛のために、この靴をはいてきたことを悔みだし、それはこの見学のためであり、山田のためであり、ひいては外国語を外人のごとく話させられることのためであり、自分がこんな職業についているためだと腹が立った。苦痛はだんだん増してきた。[43]

アレゴリーの観点からみて、この痛ましい「靴擦れ」の含意は明らかであろう。アメリカによって定められた戦後の新しい価値規範にかなった皮靴は、伊佐が適応を求められている戦後状況の一つの代喩であり、彼が身を置く占領下にある新生日本の象徴ともなる。したがって新しい靴との齟齬が伊佐にもたらす激しい痛みは、戦後の新しい時代に対する彼の折り合いのつかなさを示すものでありながら、被占領の痛みそのものの象徴である。

靴擦れの痛みで途中で歩けなくなった伊佐は、靴を履くことを放棄して裸足で歩くことを選択し、被占領者たちはこの「不適応者」を占領者の眼から匿うために協力する。だが、その姿をかつて選挙に同伴したことのある黒人兵に見つけられた伊佐は、彼の車に再度乗せられてアメリカン・スクールまで送られ、女性教員のエミリーの部屋に連れて行かれて手当てを施される。このように日本人に手を差し伸べる「アメリカ」の善意は作品では、伊佐の視点に寄り添う作品の語りによって、自己本位の身勝手な干渉として描出される。伊佐にとってみれば一連の出来事は、意思に反してジープに乗せられ、道中黒人兵に小型の玩具のピストルを向けられて英語を話すことを命じられるという遊戯めいた復讐に会い、挙句にはエミリーによって不本意にも傷ついた足を「むりやりにむき出しにさせ」られ、「珍しいものでも見るように（…）うちながめ」られながら手当てを受けさせられる体験を意味する。伊佐はこのことに「見世物」にされた「口惜しさ」を覚える。つまり伊佐の視点に基づけば「アメリカ」は傷を与え、その上恥部を晒すことを強いることでまなざしの暴力を行使するのである。(44) 彼はエミリーが部屋を離れた隙に「ちょうど親切にされても動物が逃げ出すことがあるように」窓から脱走を企てるが、部屋に靴を忘れて戻ったところを再び捕えられる。「アメリカ」を前にした伊佐の行動は終始読者の笑いを誘うが、同時にこれらの場面を通して幾度も反復される監禁の構図には、彼が被占領者として感じる閉塞感が色濃く影を落としていることを見落としてはならないだろう。

以上見てきたように、伊佐にとって「アメリカ」は、こちらからはできる限り接触を避けようとするのだが、向こうからやってきては恥や屈辱などの感情を強いるような存在としてある。校内を見学する場面で伊佐は、「なぜこんなに恥かしいめ（ママ）をしなければならないのでしょう」とミチ子に語りかけ、「恥かしいめ（ママ）って？　ハダシになったこと？」と問い返されて、「いいや、こんな美しいものを見れば見るほど」と呟く。この言葉には、被占領者の感じる無力感が凝縮されているだろう。こうして言語と靴によって象徴される新しい時代の要求に応じて自身を切り換えられない伊佐は、物語の最後において、エミリーから借りた「エミリー所有」と書かれた運動靴を履いて、動く群集のなかに一人取り残されてしまう。(45)

このような被占領者像は何を意図しているのか。作者は同作品の執筆に触れて、「やはり僕は小不具者の小説を書いている、と述べなければならない。それからユーモアだ。僕は前には、ユーモアに執着するのは本質だろうと言ったが、それよりも、この世の、この時代の流動性、不安定に対する姿勢からくるといった方がよいかもしれない(46)」と述べている。田中美代子によれば伊佐の「極端に幼児退行的な、生理的」な行動は「敗戦国の男の、普遍的な屈辱感と自己嫌悪の表明」であり、(47) 趙正民はこれを小島の発言に倣って「「急激な文化変容」による衝撃の一断面である(48)」と解釈する。だが逆に言うならば、急激な変動のなかにあって滑稽な立居振舞を繰り返し、終いには身動きが取れなくなってしまう不適応者の伊佐を中心的な視点とすることによって、周囲との齟齬は最も効果的に劇化されうるだろう。右の小島の発言は彼がその風刺的効果に意識的であったことを示唆している。「アメリカン・スクール」に限らず、「小不具者」は小島信夫の作品世界を読み解く際の重要な鍵だが、「小不具者」の視座に依拠した「アメリカ」語りの持つ意味と政治性はこの点に照らして再考する必要がある。

このように小島がアメリカの占領下の戦後への適応に困難を感じる被占領者の姿を通して占領の孕む軋轢を描いたこと、適応の失敗がもたらす折り合いのつかなさが身体的な痛みの比喩を通して形象化されていることは大きく注目される点である。だが同時に指摘せねばならないのは、伊佐の痛みはしばしば日本人を媒介として増幅されている点である。靴擦れを起した伊佐の怒りや苛立ちの感情の向う矛先が、占領者「アメリカ」ではなく、同じ被占領者の山田であることを看過ごしてはならない。次に山田を視点として、占領の体験を読み直してみたい。

②戦前の価値との連続性

江藤淳は小島作品の人物を「うごく」／「うごけない」を軸に振り分けているが[49]、この点で伊佐と著しい対比をなすのが山田である。彼は「チャンスをつかんでアメリカに留学したい」という「野心」から、「米軍とのあらゆる交渉」に意欲を燃やしており、そのためにアメリカン・スクールの見学にも教員のなかで最も積極的である。また、日本人に対しても英語を使うほど英語を話すことに熱心で、見学では自らが日本人教師を代表してアメリカン・スクールの教壇に立ってオーラル・メソッド（日本語を使わず英語のみで授業）を使ったモデル・ティーチングを実演してみせることを主張する。そのような山田にとって「アメリカ」は、社会的な上昇のための権威の源泉である。

英語の最も熱烈な信奉者である山田は、しかしその実、軍国主義との繋がりが強く示される人物でもある。県庁役人の柴本との会話のなかで彼は、かつて戦時下で将校としてアメリカ人の捕虜を含めて二〇人ぐらい「試し斬り」をした経歴を明かし、「どうです、支那人とアメリカ人では」という柴本の質問に、「それやあなた、殺される態度がちがいますね。やはり精神は東洋精神というところですな[50]」と応対する。ここに捉えられているのは、占領者に面従腹背する被占領者の姿だが、山田の戦時期の思考の枠組が健在であることは、さらに彼が「靴ずれ」を起している伊佐を目にして「規律破壊者」という軍隊用語を思い浮かべることによっても明らかにされる。これらの言動からは、占領軍という新たな権威に素早く適応し、風向きによって方向を変える風見鶏のように表面的に態度を翻す機会主義者としての面目が窺える。このような山田の存在は、占領者の側から見れば、日本人の思考や行動様式を根底から深く変化させることを意図とした「再教育・再方向付け」占領政策の「失敗」を意味するだろう。同時にそれは、戦前と戦後の間の断絶史観に対して、両者に通低する連続性を暴いている。

一方で、アメリカの承認を求める山田は、アメリカの視線を絶対化する結果に陥っている。彼は常に「アメリカ」にどう見られるかに過剰なまでに気を払い、これに照らして自身の行動を作り上げるのみならず、他の日本人の行動をも制限する。見学では日本人が軍国主義的に見えないように始終注意を与え、靴擦れを起して一行に遅れを生じさせる伊佐を「われわれの恥辱」であると詰り、「とにかく米軍から見えないようにすることが肝腎」であると主張する。また、山田は伊佐に対する反感から彼に無理やりモデル・ティーチングをさせようとして苦痛をもたらす一方で、普段から英語だけを用いた授業を率先して実践し、自身をモデル・ティーチングの適任者として他の日本人に対する模範的地位に置くことによって、被占領者の間に階層を作り出す[51]。そして対外的には見学団の代表のように振舞い、アメリカ人に対して集団を代弁して、「われわれは本県の英語の教師の一部です。われわれは英語をたいへん愛好しています。われわれは英語の教育に大変熱心です。われわれは新しい教授法を実行しているのです。われわれはお国の英語の先生にも負けないほどです[52]」と述べて「新しい」日本のイメージをアメリカに向けて作り、発信する。それぞれに立場の異なる教員たちをアメリカ人にとって好ましいと思われる単一のイメージに纏め上げるこのような全体主義的な言説が、伊佐の感じる痛みを見えなくしていることも看過ごしてはならないだろう。山田の人物像が浮き彫りにするのは、戦前的価値との隠れた連続性であり、被占領者たちもまた占領空間の権力関係の構築に積極的に関わっていること、そして占領者と被占領者の間の対立軸だけでなく、被占領者である日本人の間の葛藤に充ちた関係性である。

③女性たちの戦後

山田は「アメリカ」を利用して社会的な力の伸張を企てるが、逆に占領者アメリカによる力の再分配を最も端的に示すことの一つが、戦後のジェンダー秩序の再編といえるだろう。周知のごとく、アメリカの介入により戦後に発布された新憲法には男女平等条項（第一四条及び二四条）が盛り込まれ、婦人参政権の付与をはじめとして、男女共学制や女子高等教育制度に代表される男女教育機会の均等化、民法の改正による家制度の解体及び公娼制度の廃止など、女性の公的地位向上のための幅広い社会政策が実現した[53]。公的領域だけでなく、占領軍兵士との私的な関係性においても女性たちは、ＧＩと連れ立った「パンパン」たちに対する視線に最も劇的に表れるようにしばしば批難をこめて、アメリカによる占領の恩恵に浴したと言われることが多い。このような占領とジェンダーの関係をまさに教育の修辞で語ったのは、「マスコミの帝王」と称された社会批評家の大宅壮一である。「家庭教師たち（引用者注――占領軍）は、特に日本の婦人たちには念入りに、〝民主主義〟の真髄を教え込んでくれた。おまけにかの女たちは、男子よりも遥かに優れた生徒であった[54]」との揶揄のこもった評言には、戦後の女性たちに向けられた男性的なまなざしが端的に代弁されていよう。その一方で、婦人参政権運動に戦前から尽力した市川房枝が「占領政策には功罪ともにあるが、こと婦人問題に関しては、その民主化への実現という点で、大いに評価しなければならない[55]」としたように、男女平等化の占領改革に対する女性からの評価は概して高く、占領とは女性にとっては「解放」であったとの史観は根強い[56]。これらのことを背景に置いて、女性であるミチ子を視点としてみたとき、占領下の戦後はどのように描かれているのか。

作品のなかで女性教員であるミチ子は日本人として男性教員たちと惨めさの感情を共有するが、女性であるゆえに異なる立場に置かれる。例えば彼女は、日本人の教員集団のなかで紅一点であり、流暢な英語を話すために、アメリカン・スクールへの道すがら米兵から親切な声をかけられ、チョコレートや缶詰などの食糧を与えられる。その食糧を横流しするミチ子の周囲には（男性）教員たちが群がり、日本人集団のなかで一時的に富の分配権を担う。しかし反面、ミチ子に対する語りの描写は両義的である。例えば米兵と英語を話すときの彼女の姿は、「ミチ子はすぐさま英語で答えた。すると彼女は日本語の時より生き生きと表情に富み、女らしくさえなった[57]」と描かれ、英語を通じた占領者との会話は性的な戯れに等しいものであると仄めかされている。また、彼女が見学のために新調した「ハイヒール」とは言うまでもなく、記号内容として「アメリカ」や性的な魅力と結びついている[58]。

こうしたことから先行研究では、複数の論者によってミチ子の「娼婦性」が指摘されている[59]。また、彼女が英語と日本語、ハイヒールと運動靴を難なく使い分けることは、人のアイデンティティが多面的であるとの視角に立てば柔軟性としても捉えられるはずだが、先行研究ではネガティブな象徴的意図が込められたものとして捉えられている。モラスキーによればテクストにおいてはそれは「カメレオン的」な「二重性」の表れを意味する。さらにモラスキーは、ミチ子は日本人男性の間やアメリカ人と日本人の間で媒介者の役目を担うが「どちらの側にも本質的には属さ」ず、その意味で「境界（横断）性」を体現する人物として描かれていると分析した上で、作品に内在する男性的な視線を批判している[60]。こうした指摘は、占領体験やその語りを考える上でジェンダーの重要性を提起している点で重要な示唆点を提供するが、しかし作品を一面的にしか代弁していないように思われる。確かに、英語を話すときのミチ子を描写するテクストの語りはモラスキーの指摘したような男性的なまなざしに加担するが、同時に作品はそうしたまなざしに単に同化するのではなく、距離を置いて相対化してもいるからである。むしろジェンダーをめぐるテクストの語りの戦略は、女性の登場人物に向けられる男性のまなざしを通して、彼女の位置づけられた社会的構造を浮き彫りにすることにあるように見えるのだ。

まず一つ目に、ミチ子の英語に眼を向けてみたい。ミチ子は三人のなかで最も流暢な英語を話す。よって見学においても伊佐のように言語を通して苦痛を経験することはなく、むしろ得意の英語は彼女に食糧をもたらす。一方で彼女自身は、「英語を話す時にはもう自分ではなくな」り、「外国語で話した喜びと昂奮が支配してしまう」と思い、伊佐と同様に英語の及ぼす影響を警戒する[61]。山本幸正が作品のなかで英語は「日本語を母語とする人びとを窮屈なアイデンティティから解放するきっかけともなってい」ると指摘するように、[62] ミチ子にとって英語は母国語に依拠した自己意識からの解放をもたらすと同時に、ナショナルな境界線を侵犯する不安をも掻き立てるのである。伊佐と同じくミチ子にとっても言語は、（ナショナルな）アイデンティティの重要なよりどころとして捉えられている。

注目したいのは、ミチ子の英語に対する男性登場人物たちの態度である。英語を話すことに強い抵抗を覚える伊佐は、英語使用に積極的な山田に対して批判的だが、ミチ子に対しては例外的な態度を取る。引用は、伊佐とミチ子との間に交わされる会話である。


「英語を話すのが嫌いなら、わたしなんか、おきらいですわね」

そう言って、ミチ子は自分の言葉におどろいた。

「女は別です」

「女は真似るのが上手って意味？」

伊佐は、ミチ子のいう通りかも知れないと思った。[63]

このやり取りを通して明らかになるのは、伊佐が話者の性別によって異なる物差しで英語を評価していることである。英語力を評価基準にすれば、ミチ子は日本人集団のなかでは英語教師として最も優れた能力を備えているともいえるのだが、彼女の言語能力は伊佐によって異なる文脈で意味づけがなされる。そのため、上手に話せば話すほどそれに比例して、自身が〈模倣〉であることを強く証拠立てる結果に陥ってしまう。このことは、女性の社会的な遂行に対する評価が男性とは異なり二重の基準に拠ってなされるがために女性たちの抱えるジレンマを示している――上手く話せば上手な真似とされ、能力として正当に評価されないが、もし失敗するならば、それは単に彼女に能力がないことを示したことになるだろう。

一方で山田は、「自分より英語の会話力がある婦人に出あうと、おそれげもなくほかの力で遮二無二征服しようとしたこともあった」という過去の経歴が描かれており、ミチ子に対しても「鞘当て」をするように英語で話しかけその実力を試そうとする。しかし「ミチ子は相手が自分を女と思ってなめてかかっているということが分っているので」これに本気で応酬し、すると相手の優位を悟った山田は闇米や内職の仕事の紹介を仄めかして強い立場に立とうとする。女性らしい丁寧な日本語に戻って応じながら、「何といっても男の方は得ですものね」[64]と返すミチ子の言葉には、「チョコレートやチーズその他を分配するのはミチ子であるにもかかわらず、重要な自国の物資である米を司るのは男性の山田である」とのモラスキーの指摘通り[65]、富の管理や分配権は基本的にはあくまでも男性に属する点では社会的構造が不変であることを示す。

伊佐と山田のミチ子に対する態度は総じて、男性を優位に置く思考や社会秩序が戦後改革を経ても温存されたことを物語るが、作者小島がジェンダー的視点を明確に意識していたことは、アメリカ人のなかで校長のウィリアムを除けば唯一固有名を与えられた女性教師のエミリーをめぐる描写からさらに明らかである。ミチ子とエミリーは二つのグループのなかで唯一の女性であり、その描写には多くの共通点が見受けられる。例えば英語に対する伊佐の二重の物差しは、ネイティヴの話者に対しても向けられる。彼はアメリカ人の男性話者の話す英語には極度の恐れを抱く一方で、エミリーの話す英語を「小川の囁きのような清潔な美しい言葉の流れ」として感受するのである[66]。先のミチ子との会話を踏まえるならばこれは、女性話者には権威が剝奪されているために脅威としては認識されないことを意味するだろう。一方で山田はエミリーを「映画俳優が高給をもらっておるようなもんだ」と評し、彼女の教師としての真正性に疑義を呈する。

エミリーを参照項として比較したとき、ミチ子の社会的位置は一層明瞭になるだろう。二人に対する日本人男性たちの評価に共通して見られる演技＝模倣のイメージの反復を通して、言語を話し、教えるといった女性の社会的な活動は、男性を範型として二流の位置に置かれることが浮かび上がるのである。のみならずさらに作品では、校長ウィリアムの話のなかでエミリーが他の男性教員と較べて少ない給料を受けていることが示唆されている。それは男女同権を指導したアメリカすら女性を男性と対等な地位に置いてはいない事実を鋭く突き[67]、女性蔑視を日本人とアメリカ人の男性の間に共有されたものとして語るのである。

戦後改革は女性たちの社会領域への進出を促したが、「アメリカン・スクール」は基底にある女性観が根本的に変化するには至らなかったことに着目する点で重要な示唆を与える。そして以上のように両義的に位置づけられたミチ子には、最終的には均衡を失って顛倒してしまう結末が準備されている。彼女は見学のために運動靴とハイヒールを準備するほど用意周到だが、アメリカン・スクールへ向う途中で箸を忘れて来たことに気づく。この忘れ物を伊佐から借りようとしたミチ子は、最後の場面で手渡された箸を受取り損ねて身体の「均衡をくず」し、「ハイ・ヒール」をすべらせて「顛倒」を起してしまう。投げ出された紙袋からは、「日本的なわびしい道具」である「二本の黒い箸」が覗いている。ハイヒールと箸にそれぞれ結びついた二つの国の文化の間で分裂する身体の描写が、ナショナルなアイデンティティの亀裂を暗示することは明白であろう。一方で、ジェンダーの観点から見るならば、ハイヒール＝「アメリカ」によって押し上げられた高みからの落下という結末は、アメリカの権威を借りて達成された戦後女性の地位向上が、それが孕んだ限界ゆえに招来するであろう揺り戻し（バックラッシュ）を暗に予期させるのではないか。

そしてこの「顛倒」を受けて、校長のウィリアム氏は「日本人の教師がここで教壇に立とうとしたり、立ったり、教育方針に干渉したりすること」と「ハイ・ヒールをはいてくること」の二つのことを厳禁すると教員たちに言い渡すことで、日本人がアメリカの「モデル」になることを禁じ、規則を定めてアメリカと日本の間の垂直的な上下権力関係を厳格に維持する。ところで、日本人にモデル・ティーチングを禁じるという一見威厳に満ちたこの命令の背後の事情を語りは、「当のウィリアム氏」は、はじめは「近々帰国するので、この勇敢な演技を故国への土産の語り草にと思」い許可し、のちにはその決定を翻して禁止したものと暴露している。この場面においてアメリカン・スクールの校長のウィリアム氏は、占領下日本の最高権力者であったマッカーサーのイメージと重なるのではなかろうか。作品の描く「終戦後三年」にあたる一九四八年はちょうどＧＨＱが初期の非軍事化と民主化重視に基づく路線を放棄し、冷戦に対処するために日本の再軍備化を促し、それまで寛大に許していた左翼思想の取締りを強化するなどした逆コースの始まりの頃にあたる。このような占領政策の基調転換とも一致するウィリアムの無責任な方針転換からは、恣意的にルールを策定し、日本人に守らせる占領者への風刺を読み取ることができるだろう。

これまで見てきたように、小島は相反する立場にある被占領者の群像を通して、戦前から戦後への切り替えの過程で生じる多様な軋轢を描出している。「アメリカン・スクール」に描かれる三人の人物は、伊佐は戦後の新たな時代に上手く適応できないがゆえに、山田は表面的な適応ゆえに、ミチ子は女性に対する社会の認識が大枠では持続したがゆえに、それぞれに「戦前」を引きずりながら占領下にある戦後の変化した社会的状況に適応し、またその社会的な力関係の構築に加担する。このような被占領者の描写は、民主主義化を標榜した占領政策が包摂しきれなかった部分を露呈していよう。また、既存の価値体系とアメリカの指示のもとで受け入れられた新しい価値体系との間の齟齬が被占領者にもたらす痛烈な痛みを語り、被占領者の間の葛藤を孕んだ関係性をも浮き彫りにする小島の占領の語りは、占領をめぐって繰り返し語られる変革の物語の変奏として、不協和音に満ちた調べを奏でるのである。(68)

第三節　占領の記憶の物語化とナショナル・アイデンティティの再定立

占領への風刺に満ちた小説として「アメリカン・スクール」を読んできたが、作者小島はテクストのなかで歴史記憶と文学の表象を分かちがたく絡み合わせることによって、強い喚起力をもったアレゴリーを立ち上げることに成功している。同作品が発表されたのが占領の終結からわずか一年半余りの時期であることを考えるならば、小島の試みは、同時代の読者のなかに未だ生々しく残る占領の記憶と作品のアレゴリーとの間に対話を仕掛けることであったともいえるだろう。そこで最後に、このような被占領体験の物語化の試みは作品が発表された五〇年代半ばという時代の文脈のなかでいかなる意味をもつのか、そして小島の占領語りは同時代の他の文学作品に照らしてどのように位置づけられるのかを考察したい。

占領とは、国民国家の境界線の内側に他国の人や文化が押し寄せ、国民の構成員がこれに直に強く晒される経験である。「アメリカン・スクール」の描く英語教員たちは、日本とアメリカの二つの文化体系の狭間にある被占領者を代表すると考えられるが、作品のなかで文化間の接触が惹き起こす摩擦は言語を通して最も鮮明に描かれており、多くの論者もまたこの点に着目してきた。伊佐やミチ子の英語を話すときの内面の描写には、日本語に依拠したアイデンティティが揺らぐさまが鮮明に捉えられている。こうした場面を以て山本幸正は、被占領下の日本の言語空間を公用語であった英語と日本語が共存する多言語空間として捉え、異言語である英語を話すことを通して日本＝日本人＝日本語の等式に基づく単一のアイデンティティを破る「二重言語性（バイリンガリズム）」や「文化的多様性」が拓かれる萌芽があったと読み取っている[69]。

しかしアイデンティティの揺らぎを感じたその瞬間に、二人の人物は反射的にその逸脱を警戒して踏みとどまろうとする。趙正民が同作品を「言語の政治性や国家言語の性質がよく現れている作品」と評したように、ここには国語としての日本語の国民の統合原理としての側面がよく現れている[70]。このように見れば占領とは、日本とアメリカの間にあるべき差異＝境界線がむしろ強く想像され、それに伴ってナショナルな感情が喚起される契機でもあったといえよう。モラスキーは作中人物が英語を話す場面の描写に「アイデンティティは堅固で単一であり、言語こそがアイデンティティを決定する」という暗黙の前提があることを指摘し、言語をアイデンティティの唯一の根源として捉える伊佐の言語観に対して異議を呈しているが[71]、このような言語イデオロギーとナショナリズムが結びつくとき、日米の間の国民国家の境界線は明確に引き直される。その意味では同小説は、言語ナショナリズムを基盤にして国民としてのアイデンティティの修復と再補強を図る語りであるとも捉えられるのである。

この点と関連して見落とせないのは、同小説の語りが被占領者の間に集団的な共通心情に基づく一体感を生み出していることである。「アメリカン・スクール」の描く教員たちの占領下の体験は、それぞれに異なり葛藤し合うものとしてある。しかしそれにもかかわらず、被占領者の間には支配的な感情として「恥辱」が共有されている。この点を踏まえて、では同時代の他の文学作品はどのように占領を描いたかを見渡してみよう。ポール・スミンキーは被占領体験を題材にした文学作品を通して「アメリカの日本統治下における庶民感情」を分析した論考で、「アメリカン・スクール」と並べて大江健三郎の「不意の唖」（一九五八・九）、「人間の羊」（一九五八・二）、野坂昭如「アメリカひじき」（一九六七）といった作品を取り上げて、これらの作品が共通して、占領下で「多くの人々が抱いていた不安や劣等感や恥辱等の気持ちに、焦点を当て」たと指摘する。[72] ここに挙げられた四つの作品はいずれも占領を描いた文学作品として最も知られた代表的な作品であるが、これらの作品に小島とともにこの時期に占領体験の物語化を担った主要な書き手の一人である安岡章太郎の初期の短編作品を加えても、その分析は変らないだろう。文壇デビュー作となった「ガラスの靴」（『三田文学』一九五一・六）をはじめとして、「ハウス・ガード」（一九五三・三）、「陰気な愉しみ」（同年・四）、「サアヴィス大隊要員」（一九五四・二）、「勲章」（同年・八）、「科学的人間」（同年・一二）など五〇年代の半ばまでに発表された一連の作品のなかで安岡は集中的に「アメリカ」を登場させている。これらの作品において安岡が特に好んで描いたのは、接収家屋の番人（「ハウス・ガード」「サアヴィス大隊要員」）あるいは占領軍の接収ビルの掃除夫（「勲章」）を務める主人公が占領者に対して感じる屈折した心情であった。無力な被占領者の姿をユーモアある文章で描いた点で、小島と多くの共通点をもつ。

以上から分かるように、占領が終結を迎えた一九五〇年代には占領を取り上げる作品は量的にも増えたが、その顕著な特徴として、被占領者の抱く屈辱感や恥辱感といった負の感情に表現を与える作品が多く書かれたことがある。占領が終わった後に現れたこれらの語りは、多様であったはずの占領をめぐる記憶を一定方向へと方向付ける役目を確かに果たしたのではないか。特に「芥川賞」という強力な文学的制度によって権威を付与された「アメリカン・スクール」の語りが、占領をめぐる集団的な記憶の形成に果たした役割は決して小さくないであろう。

このような共通性を持った語りが多く現れたのはなぜか。鈴木直子はその要因を、過去の植民地の記憶を葬り、新たな国家アイデンティティの構築を図る一九五〇年代の時代の動向に求める。外国の支配者による脅威を語り、劣等感を表明することは、逆説的にも国民としての心情を動員してナショナルなアイデンティティを再構築する強力な基盤となる(73)。「アメリカン・スクール」に戻って言えば、こうした「恥辱」の記憶が占領が終結し、経済が一定水準の回復を遂げた後に事後的に語られたものであることは看過できない。小説が背景とする一九四八年にアメリカ陸軍省によってまとめられたストライク報告には、日本経済の復興には外部の援助が必要であると発表されていた(74)。しかしその後冷戦の緊張の高まりを受けてアメリカは、日本に対する占領政策の重心を経済の復興に移して日本経済の再建に積極的に手を貸し、さらに朝鮮戦争による特需を踏み台にして、日本は復興から経済発展の時代へと突入してゆく(75)。こうしたことから広瀬正浩は、「「アメリカン・スクール」で設定された「終戦後三年」の後、日本はめざましい経済復興を遂げたが、かつての「劣等感」が繰り返し強調されることで、戦後日本の向上を大きな振幅において理解することが可能になり、国民のナルシスティックな要求を満たすことができたのだ」と正鵠を射た指摘をしている(76)。作品が芥川賞を受賞した一九五五年は「神武景気」とともに高度成長が幕開けした年でもあったが、屈辱の記憶をばねにして補強される国民意識は、高度成長の強力な支えとなり得たであろう。

一方で、先の鈴木の指摘に倣って、占領の物語化を通した集団的記憶の形成が、どのような記憶の忘却を同時に伴っていたのかも見ておこう。作中伊佐が黒人兵に対して発した、「お前に日本語を話させてだな。話せなかったら容赦しないといったら、どうなるんだ」という言葉は被占領の痛みが込められた痛切な抗議であるが、ところでそれは文字通り、かつて帝国日本の支配下に置かれた人々に向けられた命令でもあった。厳格な皇国化政策の敷かれた朝鮮や台湾などの地域において、人々は母語の代わりに「国語」として日本語を強制された(77)。むろん、これに先立って明治日本の近代国民国家としての形成過程で琉球やアイヌの人々が日本語の支配下へ編入され、また戦後の沖縄は七二年の返還まで英語を公用語として使用し続けたことも忘れてはならない。占領下の言語空間の洞察から遡及して、作品発表の時点でそう遠くはなかった別の過去の記憶を反省的に捉え返すことも、現在に続いていた重層的な暴力性に思いを至らすことも、道筋としてはあり得たはずだ。しかし、作品が語る占領期の多様な記憶からは、「日本語」に刻まれたこうした記憶が喚起されることはない。被占領体験の再記憶化は明らかに、その直前までの帝国の記憶の遠景化と並行して進められたのである。

以上、第二章から第四章においては、のちにロックフェラー財団の創作フェローとなる三人の文学者の文学作品を取り上げて、アメリカの占領政策との駆け引きに焦点をあてながら、表象を読み解いてきた。ひとまず、ここまでの議論をまとめよう。戦時中の捕虜体験を占領下の日本社会のアレゴリーとして描いた大岡昇平の『俘虜記』や、広島を主題とする阿川弘之の初期作品をそれぞれ取り上げた二つの章において大きな焦点となったのは、ＧＨＱ検閲の文学表現への影響である。戦争や占領と結びついた「アメリカ」の暴力的な側面の描写は、検閲下では公表することが難しく、なかでも特に検閲による表現規制の影響が大きく見られたのが、原爆の表現であった。そうしたなか、二人の表現者は、検閲を経験しながらも、「アメリカ」に対する批判的視座を作品のなかに組み込むことを試みている。さらにこれら作品のなかには、民間情報教育局が実施した情報キャンペーン「ウォー・ギルト・インフォメーション・プログラム」の一環として「太平洋戦争史」や「真相箱」によって提示された戦争の語りに対する批判的な視点も見られた。検閲が終結すると、より直截に「アメリカ」が語られるようになる。文学作品において被占領体験が本格的に書かれるのは、さらに講和締結以後であるが、本章ではこの時期の代表的な作品として一九五四年の芥川賞受賞作である小島信夫の「アメリカン・スクール」を取り上げ、「アメリカ」を自由に描くことが可能となった時点に書かれた同作品が占領の体験をどのように意味づけているのかをテクスト分析を通して考察した。作品「アメリカン・スクール」は、占領当局による教育改革の歴史事実と照応する描写に満ちていると同時に、占領下の現実のアレゴリーとして読むことができる。こうした意味で、三つの作品の「アメリカ」語りにはそれぞれ、対日文化政策の影を看取することができる。

ところで、アメリカ人に対して日本人が教える立場に立つことを禁じられるという結末を持つ小説「アメリカン・スクール」に基づく限り、占領下での文化の交流は一方的である。しかし占領の終結とともに活発化する日米間の文化交流において、日本はもはやアメリカの被占領国ではなく同盟国の地位に格上げされ、相互交流の理想が謳われることになる。次に講和以後の日米文化関係に議論を移そう。

第二部　ポスト講和期の日米文化交流と戦後日本の文学場

およそ六年七ヵ月もの間続いた占領は、一九五一年九月八日に調印されたサンフランシスコ講和条約が翌年四月二八日に発効したことにより幕を閉じた。これにより連合国との間の戦争状態は終結し、日本は国際社会への復帰を果たし独立した国家としての戦後の第一歩を歩み始めることになる。

第一部では、文化国家としての再出発を目指した占領期において、民間情報教育局を中心としたGHQの占領政策が文化の形成に重大な役割を演じたことを論じた。ではその後に占領の終結を迎えたアメリカの対日政策はどのような展開をみせ、日本の文化空間はいかに編制されていったのだろうか。それは同時代の文学場にいかに影響したのか。

むろん、占領期に対日文化政策の中心を担ったGHQの民間情報教育局は占領が終わりを迎えると同時に解散され、民間検閲局も四九年一〇月に廃止されていた。しかし占領の終わりは、新たな文化攻勢の始まりであった。

第二部では、冷戦初期にあたるポスト講和期の日米関係の構築において、占領から冷戦の時代への転換が文化面に大きく支えられたことを確認し、文化冷戦と文学の関わりに光をあてる。まず政府と民間のさまざまな主体による日米文化関係の計画や実際に施行されたプログラムの具体例を通して、文化冷戦と一体となった日米文化交流の制度化やメディアによる文化攻勢を概観する（第五章）。その上で、文学者の日米文化交流への関与に注目して、わけても多くの文学者をアメリカへと招いたロックフェラー財団の文学者留学支援プログラムについて考察を行い（第六章）、フェローらの留学の実相を示す（第七章）。

第五章　ポスト占領期の日米文化関係——文化冷戦の時代

講和により日本は独立国としての主権を回復し、ＧＨＱは解散した。したがって従来の歴史記述は一般に、占領期と講和以後を大きく時代区分する。しかし冷戦を視点としたとき、むしろ講和を前後した連続性が強く浮かび上がる。

占領政策が四八年頃から非軍事化と民主化の路線から大きく舵を切ったことは既に述べた通りだが、共産主義への対抗はその後のアメリカの対外政策の基調をなすようになる。アメリカの世界戦略のなかで対日占領政策が占める重要度も大きく変化した。ソ連へのカウンターバランスとして期待されていた中国が共産化し、続いて朝鮮戦争が勃発したことは、アメリカに日本列島の戦略的価値を強く認識させた。米国政府は、もしも日本が共産化するならば、他のアジアの地域における共産主義の拡大は防ぎ難いと危機感を抱き、共産主義の脅威に対抗するための「反共の防波堤」として日本を位置づけた。日本の軍事力を回復させて共産主義の侵攻からの防衛のための砦を築き、アジアの「生産工場」[1]として経済力をつけさせることが提唱された。

冷戦の緊張が最高潮に達したなかにあって取り結ばれたサンフランシスコ講和に、多くの論者は占領の終結よりもむしろ、東アジアにおける冷戦体制の確立としての意味を見出す。周知のごとく、ソ連や東欧諸国、インド、ビルマを除いて結ばれた片面講和には、米軍の駐留を定める日米安全保障条約が付随していた。戦争侵略に対する日本の賠償責務を免除することで経済復興と国家の再建を促した講和条約と、朝鮮戦争を戦うための基地の提供を約束する日米安保条約は、アメリカにとって反共の闘いのためにどちらも欠くことのできない一対のものだった。一方、日本にとってそれは、アメリカの核の傘のもとに、軽武装で経済成長を目指す親米的な自由民主主義国家の戦後体制を路線として明確化するものであった。こうして日米両国は、経済と安全保障の分野で西側同盟国としての結束を強固にすることに合意した。

このように冷戦体制下で日米関係の緊密化が図られるなかで、文化の領域では何が起きていたのか。文化政策面に目を向ければ、占領後期に現れた冷戦政策の多くが占領終結後に受け継がれた。ポスト占領期の対日広報・宣伝政策を考察した土屋由香は、「占領軍、陸軍省、国務省の一次資料から伝わってくる当時の雰囲気は、占領終結は情報・教育政策の「完結」というよりも「節目」であり「新たな出発点」であったというほうが適切である」[2]と指摘する。文化政策遂行のための引継ぎが行われ、政策の内容と手段をポスト占領の現実に適合させた上で冷戦の政治要請に合わせてむしろ強化させたのである。

本章では、講和を準備するなかで、占領期に実施された文化政策の成果を踏まえてポスト占領期の交流計画が形成される脈絡を辿り、講和を前後した対日文化政策の連続と非連続にそれぞれ光をあてる。近年大きく進展した先行研究の成果を総合しつつ、特にロックフェラー財団文書館に所蔵されたロックフェラー三世による講和後の日米文化関係をめぐる報告書を重点的に検討することで、ポスト講和期の日米文化関係の性格を明らかにしたい。その上で、多彩な文化外交の具体例を通して、アメリカによる文化攻勢が働いた冷戦期の文化空間を見渡すことにしたい。

第一節　占領からポスト占領期へ――対日文化政策の連続と非連続

一九五三年一月に米大統領に就任したドワイト・アイゼンハワー（Dwight D. Eisenhower, 1890-1969）が同年一〇月に行った演説での言葉を借りて言うなら、冷戦の時代にアメリカとソ連は「人々の心と意志とを獲得するための闘争」である「心理戦争」を熾烈に戦った。それは文化や芸術の分野において顕著に表れた。文化を用いて人心を勝ち取り、芸術を通して人々を魅了するための文化外交が全世界規模で展開された。このような政策目標は、のちにジョゼフ・ナイによって「ソフト・パワー」と概念化された側面を指している。それは他国を誘惑して惹きつけ、「強制や報酬ではなく、魅力によって望む結果を得る力」を指し、同意に基づく支配力の一つの形態を意味する。(3)

従来の日米関係史において講和は、政治や安全保障の枠組みで語られることが多い。だが講和に向けてアメリカが準備したのは、政治、経済、安全保障といった「ハード」な面での枠組みだけではなかった。米国務省の人的交流局長であったフランシス・J・コリガン（Francis J. Colligan, 1906-）が「今日の対外政策は総体的でなければならない。そのためには国際関係のすべての領域を包摂する必要がある。文化交流はその一つである」(4)と端的に述べたように、冷戦期におけるアメリカの対外政策の特徴は、軍事・経済・文化が複合的に構想された点にあった。文化の交流を通して価値を共有することが共産主義陣営に対抗して西側諸国の結束を強化する上で不可欠とする認識が、この時期のアメリカの指導者たちに広く分かたれていた。(5)

日米関係に関する従来の研究が文化面にはほとんど注意を払ってこなかったとして研究の偏りを指摘する松田武をはじめとして、(6)五十嵐武士や土屋由香による先行研究(7)は、文化政策面でアメリカが占領の成果を踏まえてその後のポスト占領期の日米関係をどのように拓いていったのかに着目している。アメリカはこの時期、日本を西側陣営に留まらせるためには、日本の「西側志向（Western orientation）」を強化することが重要課題であると認識した。(8)そこでアメリカは、自国が中心となる自由陣営内に日本を引きつけておくための政策を数多く立案した。世界規模で戦われた文化冷戦において、日本は重要度の高い戦場であった。それは一方では、占領期の諸政策を受け継いだものであった。従来占領期の文化政策を論じた研究においても講和以後への移行の側面は死角になっていることが多かったが、(9)土屋由香は、占領終結時にGHQの民間情報教育局ならびに陸軍省から国務省へ、情報・教育政策の引継ぎが行われた経緯を、米国立公文書館の文書資料から辿ることで詳らかにしている。

土屋によれば、占領の終わりが近づくにつれて、アメリカは日本において継続して文化政策を行うことの必要性を強く認識し、占領の終結による損失と混乱を最低限に抑えるために講和に向けて周到な準備を進めた。まず組織面では、ＳＣＡＰに代わる政策の担い手が必要であった。そこで一九五一年の初め頃から業務の移管が話し合われ、円滑な移行を図るために、まずアメリカ本国で占領地での文化政策を後押ししてきた陸軍省が国務省への引き継ぎを行い、占領終結の時点で日本における活動の所管が民間情報教育局から国務省へと移される形で、段階的に移管が進められた[10]。この際には、政策やノウハウだけでなく、人員や備品の面でも国務省へ引き継がれた事実を土屋は文書から裏付けている[11]。その後一九五三年八月には、米国広報・文化交流庁（ＵＳＩＡ、United States Information Agency）が国務省から独立して設置され、その海外下部組織である米国広報・文化交流局（ＵＳＩＳ、United States Information Service）[12]の協力のもとに、冷戦外交の最前線に立つ機関として世界へ向けた広報宣伝活動を担っていく。

このように講和以後のアメリカの対日文化政策は占領政策の延長線上に位置づけられる反面、相違点も指摘される。長く続いた占領は、日本の人々にその反動としての反米感情を生んだ。この点を考慮すれば、占領が終結した後にもアメリカによる支配が続いているとの印象を日本国民に与えることは避けられねばならなかった。そこで、占領の終結と日本の独立した地位を踏まえて、政策内容ならびに手段の面で占領期との差別化が図られた。土屋によれば、ポスト占領期のアメリカの対日情報・教育交流プログラムの最大の目的は、「主権を回復した日本を親米的な西側同盟国としてつなぎとめておくこと」に置かれていた[13]。この目的に基づいて、継承すべき政策の選別が行われ、その実行の手段も再調整が図られた。占領政策が占領者対被占領者の不均衡な権力関係に基づいた上から下への指導であったならば、講和以後は主権国家としての日本の地位に配慮し、情報の提供や文化交流の色彩が前面に押し出された。新たに決まった国務省の方針は、「「情報」に関する部分を維持・強化し、「教育」に関する部分――とくに政策立案上の助言・指導――を削る」が、しかし教育のなかでも「人物交流計画には力を入れる」というものであったという[14]。ポスト占領期に米国務省が実施した文化教育プログラムの具体例については、本章第三節において詳述したい。

土屋の研究は、これまで多くの部分が明らかにされていなかった民間情報教育局の閉鎖及び国務省の引継ぎを明らかにした重要な成果である。それは、講和を単純に「占領政策の終結」として捉え、占領と占領以後を異質な時空間として捉える見方に修正をかけるものとして注目されるだろう。一方で、講和以後の日米間の文化関係を知るには、政府の活動のみをみるだけでは十分ではない。講和以後の日米文化関係の特徴は、民間主導による活動が大幅に増したことにあるからである。そこで次に、講和の準備過程でアメリカの講和使節団が講和後の日米関係をどのように見定め、ポスト占領期の日米文化関係の全体像をいかに計画したかをみることにしよう。

一九五〇年三月、対日講和の担当者に国務省の顧問であったジョン・フォスター・ダレス（John Foster Dulles, 1888-1959）が就任した。五十嵐武士によれば、共産主義の脅威に対して尋常ならざる危機感を抱いていたと言われる彼が着任してまず手がけたのは、アメリカの対日政策の長期的で全般的な目標を見定めることであった。極東委員会の議長であったマクスウェル・ハミルトン（Maxwell McGaughey Hamilton, 1896-1957）や、極東アジア局長のジョン・アリソン（John Moor Allison, 1905-1978）らに補佐されたダレスの講和準備チームが六月にディーン・アチソン（Dean Gooderham Acheson, 1893-1971）国務長官に提出した覚書はその目標を、「日本国民が平和愛好的であること」、「基本的人権を実効的に尊重すること」、「自由世界の一員であること」、「親米的であること」、「福利と自尊心を外国に頼らずに発展できること」、「アジア諸国の国民に共産主義に対抗し、自由世界の恩恵を実証する模範になること」の六つの点で定義した(15)。

ダレスは「講和条約だけでは日本が自由主義世界に留まるのを保証することはできない(16)」と考えていた。そこで上記の目標を達成するために必要な措置が、政治・経済・軍事から社会・文化・倫理に至るまでの日本社会のあらゆる側面から全面的に検討された。まず何よりも、経済の面で共産主義圏に頼らないだけの自立を保つことは最優先課題であった。その次に重視されたのは、強力な文化的措置である。緊密な文化関係は、同盟国として互いに価値を共有し信頼を築くための最も役立つ手段と考えられた(17)。日本をアメリカに友好的な極東のパートナーとして留めるためには、長期にわたって緊密な文化関係が必ず必要になると考えたのである。そこで講和締結のための特使としてハリー・S・トルーマン大統領の任命を受けたダレスは、一九五〇年一二月にロックフェラー三世（John D.

Rockefeller 3rd, 1906-1978）に文化顧問としての協力を要請した。かねてから日本の文化に関心を持っていたロックフェラーは、ダレスの申し出を快く承諾し、文化面での結束を強固に築くための制度の計画に協力した。

二人の来歴に簡略に触れておこう。ダレスは一九三五年から長らくロックフェラー財団の理事を務め、ロックフェラー三世とは旧知の仲であった。一九五〇年から一九五三年までは財団理事長を務める傍ら、五〇年にトルーマン政権下でディーン・アチソン国務長官の補佐官に抜擢され、次いで一九五三年にアイゼンハワー政権下で国務長官に就任し、以後五〇年代を通してアメリカ外交史に大きな役割を演じた人物である[18]。ロックフェラー三世は、かつて一九二九年に京都で開催された太平洋問題調査会（IPR、Institute of Pacific Relations）の第三回会議に出席した経験があり、その際に日本の伝統文化に深い感銘を受けていた[19]。また太平洋問題調査会は一九二〇年代当時において反米アジア主義に比べて弱勢であった「親米リベラル」派を代表しており、新渡戸稲造（一八六二～一九三三）を団長とする第三回日本代表団には樺山愛輔（一八六五～一九五三）、前田多門（一八八四～一九六二）、高木八尺（一八八九～一九八四）らが参加し、松本重治（一八九九～一九八九）が秘書役を務めていた[20]。こうした戦前からの人脈に照らしても、ロックフェラー三世は日米間の文化関係を築くにはまさに適任であったと言えるだろう[21]。

ダレスとロックフェラー三世は、日米間に友好関係を築く上で文化を重視する点で一致した考えを持っていた。一方で五十嵐武士は、ダレスが日本を親米化するために文化を利用しようと考えたのに対して、ロックフェラー三世は「ダレス以上に交流自体が持っている価値を評価していた」と評価する[22]。加えてダレスには、ロックフェラー三世を文化顧問として使節団に加えることが、アメリカが日本の経済や軍事面にのみ関心を持っているとの印象を和らげ、日本国民の反発を避けるのに役立つという現実的な計算もあった[23]。文化計画をめぐる二人の考え方や強調点の相違は、日米の交流計画に異なる立場の人物が携わった事実を喚起させる。

一方、日本との友好関係を築くためにダレスが着目していたのが文化計画だけではなかったことも注目される。ダレスは、日本国民のアメリカへの好意を取り付けることが講和をうまく運ぶための鍵であり、そのためにはアメリカが日本を対等に遇していると日本国民に認識させることが必要となると考えた。そこで解決せねばならないと考えられたのが人種問題である。ダレスは講和のための来日を前に、外交問題評議会（CFR、Council on Foreign Relations）や上院議員らに対して、「日本人を対等に扱わなければ日本人が憤慨するだけでなく、逆にソ連が対等に処遇することで日本人を惹きつける危険がある」と警告し[24]、日本国民を平等に扱おうとするアメリカ合衆国の意思を表明するためにまず先決すべきとなる差別的な対日移民制限の撤廃を繰り返し働きかけた[25]。

しかしながら、この面でのダレスの努力はただ日米間の不平等を解消するというものではなかった。翻って、日本人自身が他のアジア諸国に対して持つ民族的偏見は、むしろアメリカに有利なように利用された。経済と文化に加えて第三にダレスが特に目をつけたのは、日本人がもっていた特有の民族観であったという[26]。彼は、イギリス連合国軍最高司令官総司令部の連絡施設政治部門代表のアルヴァリィ・ガスコイン（Alvary Gascoigne, 1893-1970）に対して、次のように述べた。

わたしは、日本人がアジア大陸の民衆に対してある種の優越感を抱いているという印象を持っている。……日本人は、イギリス人、それに次いでアメリカ人によって代表される西欧文明は、その国際的に優位した地位をアジアの民衆が認めざるをえないような、精神的な勝利を収めていると考えている。同様に日本人も［アジアの民衆に対して］優位に立っているので、西欧諸国の仲間入りをしたい、あるいは受け入れてほしいと望んでいる。わたしはこのような日本人の気持ちを満足させるものは何であれ、日本人がわれわれと友好的な関係にとどまるのに役立つと思っている。それも、中国本土が日本人を惹きつける経済的資源を持っているのに対して、たぶんわれわれが経済的に対抗できないとしてもだ[27]。

ダレスの意見によれば、日本国民には「アングロ＝サクソン民族のエリート・クラブ」の正会員として扱って欲しいという強い願望があった[28]。ゆえにダレスは、「日本の国民が西洋人と同等であると感じさえすれば、日本は西側の一員に留まるであろう」と確信した[29]。「日本人は中国人や朝鮮人、それにロシア人よりも人種的にも社会的にも優れているという日本人の国民感情を利用して、日本が、自由世界の一員として、共産主義諸国よりも優れている国家グループと同等の地位にあると説得する[30]」というのがダレスの戦略だった。

このようにして、一方では、アメリカが人種的偏見を克服しつつあることを演出し、他方では日本の非西洋国への人種的偏見をうまく利用しながら日米間の親密な感情を育てるというように、アメリカは二つの相反する戦略を使い分けた。それは、日米間の不均衡な力関係を覆いながら、日米両国が社会ダーウィニズムと人種の階層化を共有し、他のアジア諸国を疎外するものであったと言い換えられる。ここには、五〇年代以降の日米間の友好関係の水面下にある下地が不意に露呈しているようにも見える。

さて、こうしたさまざまな下準備を経て翌年の一九五一年一月二五日、ダレス率いる講和使節団は来日した。米国務省や国防省の高官らで構成されたこの使節団には、占領の終結のみならず、占領終結後の日米関係を準備する特別な使命が与えられていた[31]。なかでも講和使節団の文化顧問としてロックフェラー三世には、占領期に総司令部の所轄下にあった対日文化活動を国務省へと移管することを手伝うと同時に、日米文化関係の長期的な計画の構想が一任された[32]。この任務のためにロックフェラー三世は渡米に先立ち、ダレス、ディーン・アチソン国務長官、ディーン・ラスク（Dean Rusk, 1909-1994）極東担当国務次官補、ジョゼフ・C・グルー（Joseph C. Grew, 1880-1965）元駐日大使、ジョン・K・エマソン（John K. Emmerson, 1908-1984）極東局企画顧問、そのほか国務省の極東専門家ら多くの政府高官に面会し、四日間にわたり議論を重ねていた[33]。そのほか、ロックフェラー財団の人文科学部門長であるチャールズ・B・ファーズ（Charles B. Fahs, 1908-1980）博士や、のちのエドウィン・O・ライシャワー（Edwin O. Reischauer, 1910-1990）ハーヴァード大学准教授ら日本専門家も彼の良き相談役となった[34]。ロックフェラー三世は、日本に到着した彼がGHQの高官に迎えられ、占領期の文化政策に関して報告を受けたことを日記に記している[35]。到着の翌日には、使節団は第一生命ビル内でマッカーサー元帥に面会し、講和について話し合った。国務省は東京でのロックフェラーの任務を補助するために、アメリカ大使館の広報・文化交流局長に就任することになるサクストン・ブラッドフォード（Saxton Bradford）を派遣していた[36]。

一方でロックフェラー三世は、占領期の民間情報教育局の活動が日本の教育や文化にもたらした多くの変化や改革において、日本人が重要な役割を担ったとみていた[37]。したがって彼は日本訪問中に、ＧＨＱ／ＳＣＡＰの職員だけでなく、日本人の指導者たちの多くに面談し、講和後の日米文化関係について意見を交換した。滞在の様子を記したロックフェラー三世の日記の記述からは、およそ一ヵ月間のあわただしい日程を通して、日本人側の意見や要望を可能な限り幅広く聴取しようとした積極的な姿勢と熱意が窺える。二週間足らずの滞在を終えてダレスが帰国した後にも、彼は「出来るだけ各方面の人と会談する」ために残留し、日本人が何を求めているかを正確に知ろうとした。日本人が必要としているものを満足させることこそが、合衆国にとっては日本と持続的な友好関係を築くことを可能にし、延いては共産主義に対抗する力になるであろうと考えたからである。

ロックフェラー三世は、日本に到着した翌日の一月二六日の新聞会見で、使節団の一員としての訪問の目的に関する質問に答えて次のように述べている。

> 私の今回の日本訪問の目的は日米両国間の長期間にわたる文化関係の発展と強化を促進する方法に関する日本側の見解を知ることにある。日米両国民はいままで約百年間にわたって接触を続けてきた。日米両国民は多くの共通点をもっており、ともに独立を愛し、文化の進歩と生活水準の向上に熱望し、国際家族の責任ある一員として全力をつくそうとしている。緊密な文化関係は相互の尊敬と両国民間のよりよき理解に健全な基礎を提供する。（…）各自の才能によりわれわれがお互いに寄与すれば大きな利益をあげることができるだろう。われわれは文化関係というものはお互いに往来することによって成立するということを銘記せねばならぬ。われわれは日本国民が米国文化の中で利益を得、価値ありと考えているものは何でも提供するつもりだが、同時に日本文化の恩恵にも浴したいと考えている。われわれは今後日本国民とのつながりをますますかたくしたいと思っている[38]。

講和が近づくにつれて、民間情報教育局長のドナルド・ニュージェントは、「日本が主権を回復すると、アメリカ合衆国は日本を見捨ててしまうのではないかと日本人が非常に心配している」ことに気づいていた[39]。占領後期には反米感情の盛り上がりも見られたが、日本の指導者の多くは、占領の終了と同時にアメリカ合衆国との文化交流プログラムも終わってしまうのではないかと危惧していた[40]。そうしたなか行われたロックフェラー三世の訪問と、互恵主義的な文化交流の理想を語る彼の姿勢は、多くの人々に歓迎された。

新聞・雑誌の報道も大きな関心と期待を示し、連日ロックフェラー三世の足取りを報じた[41]。ロックフェラー三世は、昭和天皇主催の宴会への出席を含めて、多くの日本人指導者と交流の場を持った。彼は太平洋問題調査会で知り合ったメンバーとの旧交を温め、樺山、高木、松本らの紹介を通して多くの文化人と意見を交わした[42]。彼が意見を交えた人物には、吉田茂首相、グルー奨学団理事長の樺山愛輔、国際文化振興会会長の加納久朗、東京大学総長の南原繁、京都大学総長の鳥養利三郎、東京大学法学部でヘボン講座を担当し、日本におけるアメリカ研究の創始者である高木八尺、政治学者の蠟山正道、作家で太平洋問題調査会会員の鶴見祐輔、戦前にアメリカに留学した鶴見俊輔や鶴見和子など、まさに政治・経済・文化の分野を網羅した指導者たちが含まれる[43]。なかでも元同盟通信編集局長のジャーナリストで占領期には吉田首相の良き助言者でもあった[44]松本重治との緊密な連携は、のちに交流計画の実現に大きな役割を演じた[45]。ダレスとロックフェラー三世を日米間の文化交流の制度化のアメリカ側の立役者と見るならば、松本や高木、樺山といった人物は日本側で重要な役割を果たした人物である。また、戦前軍部の圧制によって挫折したデモクラシーの理想を戦後アメリカとの協力の下に実現しようとした大正デモクラシー世代の知米派知識人たちとの協力と連携は、冷戦期の文化交流において大きな役割を果たした。

加えて、戦前にロックフェラー財団が中国や日本などアジアで行ってきた海外活動は一般にも知られていた。財団は関東大震災後に東京大学の図書館に寄付を行った。一九二〇年代からは、日本人に対し留学のための小規模の奨学プログラムを運営した。例えば一九二六年には、ロックフェラー財団の日本人留学生の選抜が始まり、八名の留学生が欧米へ渡ることを新聞が報じた[46]。また実現には至らなかったものの、かつて一九三〇年代に財団が東京にインターナショナル・ハウスの建設計画を推進したことが知られていた。[47] ニューヨークのジャパン・ソサエティの設立を支援し、戦前に日本文化の広報を担った日本文化会館（Japan Institute）が、ニューヨークのロックフェラー・センターに位置していたことからも縁が深かった。こうしたことから財団は日本国民に広く知られ、ロックフェラー三世の篤志家としての名声は高かった。そこで日本人は、ロックフェラー財団の支援に対しても大きな期待を寄せた。例えば、当時参議院議員を務めていた小説家の山本有三は、日本の若い学生がアメリカで長期間勉学できるような奨学金プログラムを立ち上げるよう、ロックフェラーに願い出たという。[48]

一ヵ月に及ぶ滞在を通して日本人の要望に真摯に耳を傾けた上で、ロックフェラー三世は帰国に際して二月二一日に総司令部外交局にて行われた記者団との会見で、日本国民へ向けた声明を発表した。[49] 翌日の新聞に掲載された関連記事では、文化の交流が日米両国にとって有益であるとする彼の確たる信念が伝えられた。ロックフェラーは、日本での視察を通して「日本文化のために米国が何を貢献できるか」よりも、「日本の文化は米国の文化に何を貢献すべきか」が深く印象に残ったと話した。なかんずく美術、哲学及び文学の分野で日本は、米国国民の生活様式を豊かにするものを多く持っているとの期待が述べられた。文化の交流に関しては、特に五つの点が協調された。両国の間の人事交流、文化センターの設置、日本研究のための研究所の設置、各種美術品の交換、書物その他の資料の交換である。また彼は日米間の「文化協定」の計画を問う記者団の質問に答えて、「文化は協定などによるよりも自然に移植される方が良い」との自身の意見を披瀝した。また実際の交流プログラムの運営は、「官民両方の負担で行われるべき」というのがロックフェラーの考えであった。彼は、ロックフェラー財団も文化交流事業に参加する意思を表明し、帰国後に包括的な報告をまとめてダレスに提出する予定であることを述べた。

ロックフェラー三世の文化交流計画のより具体的な内容については、次節で彼が帰国後に国務省へ提出した報告書を取り上げて詳述したい。ここではひとまず、これまでの議論を踏まえて、計画段階から浮かび上がる冷戦初期の日米文化関係の性格や、その光と陰の部分をまとめたい。構想の出発点に見られる特徴が、その後のプログラムの性格にも影を落としたといえるからだ。

ポスト占領期の文化交流計画は出発点において、冷戦の政治に根ざした対外政策の一翼として要請された。そうしたなか計画を担ったロックフェラー三世は、日米両国が共有する価値を育み、相互理解を培うことを可能にする文化の交流を構想するために努力を傾けた。また、ポスト占領期の文化交流の計画は、その始動段階から日本人指導者との密接な連携と協力によって進められた。このようにして計画された日米間の文化関係は、日米両国の二国間関係であると同時に、共産主義への文化攻勢という二重の意味をもっていた[50]。一方で、ポスト占領期のアメリカの対日文化政策は、占領期の情報・教育政策を一面で受け継ぐものであったが、戦略的に日本の自主性を尊重した点で、さまざまな非連続が見られる。このようにして、講和を迎える前の日米両国は、友好的な絆の端緒を準備していた。

しかしその裏面に着目すれば、利害を共有する共同体を築くという構想や、日米の間の友好的な人脈について違った観方も可能である。土屋由香は、一九一〇年代のアメリカには一部の白人知識人の間に「「覇権主義的親日派」が存在し、「アメリカ白人とエリート日本人とが人種的優位に基づくパートナーシップで太平洋地域の覇権を分け合う」という太平洋地域への理解があったと指摘する。一九二〇年代に表面化した日米間の友好関係はこの延長線上に容易に位置づけられるが、さらに戦争期を経た戦後に再浮上した日米間の協力関係をどのように評価すべきだろうか。土屋の見方によれば、「一九一〇年～一九二〇年代に培われた日米友好の絆は、三〇年代・太平洋戦争を経て戦後占領期に復活するが、それは必ずしも「戦前の友好があったからこそ占領が懲罰的にならなかった」というような積極的評価に帰結すべきものではなく、（…）人種主義と覇権主義の影を引きずったまま、冷戦体制へと飲み込まれていった」のだと指摘する[51]。まさしく、先ほど取り上げたガスコインとの会話でダレスは日本側の民族的偏見を語っていたが、その言葉によって語られていたのは言うまでもなく、アメリカ自身の覇権への願望でもあった。

たとえ日米間の文化交流が純粋な善意や相互理解の理想に基づいたものであったとしても、このような認識を下敷きにしたものである限り、排他性を可能性として多分に孕んだものであることを見落としてはならないだろう。

土屋は「半世紀にわたる「親米」「親日」の歴史が、太平洋をめぐる「アメリカ白人と日本人との人種的フラタニティ（仲間どうしの友愛）」とでも呼べるような関係に基づいていたとすれば、そのようなフラタニティの外側に置かれた人々にとって、日米友好の絆とは人種的優劣を是認・恒久化する装置だったといわざるを得ないのではないか」と鋭く問い返している[52]。また、同時期の沖縄や朝鮮半島に視線を移せば、日本本土への「寛大」な処遇とは対照的ともいえる措置がアメリカによって取られていた。日米の紐帯が一面において真摯な努力に支えられたことを否定するのではない。しかしそのような「真摯な努力」は、人種主義と覇権主義を排除するものではなかった。アジアの平和と安定を築くためにどのような価値と手を結び、何を疎外したのかを問う視点が不可欠である。

第二節　日米文化関係の計画——ジョン・D・ロックフェラー三世の報告書

およそ四週間に及ぶ日本視察からの帰国後、ロックフェラー三世は占領終結後に望まれる日米間の文化関係に関する報告書の作成に取り掛かった。国務省極東部のアレクシス・ジョンソン（U. Alexis Johnson, 1908-1997）が派遣した元駐日アメリカ領事館外交官のダグラス・W・オーヴァートン（Douglas W. Overton, 1915-1978）立教大学教授をはじめとして、国務省極東問題担当官のアイリーン・R・ドノヴァン（Eileen R. Donovan）、コロンビア大学のジョージ・サンソム（George Sansom, 1883-1965）教授、ヒュー・ボートン（Hugh Borton, 1903-1995）、エドウィン・O・ライシャワー教授、ロックフェラー財団のチャールズ・B・ファーズ博士らを含めた数名の日本専門家らが執筆に協力した。二ヵ月ほどかけて完成した報告書は、最終的に一九五一年四月一六日にダレスに提出された[53]。

「日米文化関係——ダレス特使への報告書（United States-Japan Cultural Relations: Report to Ambassador Dulles）」と題された八〇頁に及ぶこの報告書[54]は、占領期の情報・教育政策への評価を踏まえて、文化面における日米関係の将来を長期的な観点に立って構想するものであった。そこには、ロックフェラー三世の文化交流に対する考えが豊かに盛り込まれていた。のみならず、その多岐にわたる政策提言は日米双方の要望を踏まえたもので、報告書には日本での滞在を通して聴取した日本側の要望や、アメリカ側で計画に協力した人々の声がさまざまに織り込まれていた。その意味でこの報告書を、二国間に良好な関係を築こうと考えた日米双方の指導者たちの知恵と協力の集大成とみることも可能であろう。その後のアメリカの対日文化活動に影響を与え、日米間文化交流の制度化の礎石となったこの報告書を通して、文化交流プログラムに関するロックフェラーの考えを以下に詳しくみてみよう。

（一）交流の目的と原則

報告書冒頭でロックフェラー三世は、日米関係を政治、経済、そして文化の三つの領域の総和から成るものと捉えた[55]。その上で、このうちの「文化」を、高次の知や美の追求といった狭義の意味ではなく、より広く人々の生活全般を指すものと定義する。このような文化の日米間交流の長期的な目標として彼は、三つの点を掲げた。第一に、日米両国の国民が互いをより深く理解し相手国の生活様式を尊重することにより、二国間により緊密な関係を築くこと、第二に、交流を通して二つの文化を豊かにすること、そして第三に、共通の問題を解決するために両国が相互に助け合うことである[56]。これらの目標を達成するためには、「自由で自発的な理念（ideas）と情報の交流」を通して、互いの国の経験と成果を学ぶ機会が与えられねばならないというのがロックフェラーの考えであった[57]。

彼が文化交流に関して何よりも強調点を置いたのは、交流の「双方向性（two-way street）」である。報告書は文化交流が「決して一方向であったり温情主義的になってはならない」ことを強調した。占領期の対日政策がアメリカの主導で行われてきたことへの反省を踏まえて修正を促したものである[58]。文化の交流は双方にとって有益であるばかりでなく、一方的な文化の押し付けは政治的なプロパガンダとの印象を与える危険性もある。この点を十分に認識していた彼は、自身が委員長を務める外交問題評議会研究班の会議でこれを「文化帝国主義」の問題として提示し、その危険性を警告していた[59]。このような考えから報告書では、アメリカ文化に対する日本側の需要を満たすための多くの文化活動を提唱すると同時に、アメリカ人もまた同様に日本の文化を評価し、その価値に共感することが健全な文化関係のために欠かせない基盤となることを強く説いている。そして彼は、「アメリカ人が日本の文化に関心と理解を持つことを日本人が知れば、日本国民に強い心理的影響を与えることができる」とも付け加えた。(60)

一方で、アメリカ文化に関する現段階の日本人の知識は、「物質的な面のみが過度に強調されている」というのがロックフェラーの評価であった。彼は、「五年間の占領を通してアメリカの生活様式が日本に与えた影響は大きい」ものの、その受容はなお皮相的水準に留まっていると見ていた。各種制度や手続き、スポーツ、映画、娯楽文化などのアメリカ文化のなかの「比較的皮相的な側面」が容易に受け入れられたのに較べて、哲学や制度、倫理的・精神的価値への理解は十分ではないように映ったのである。したがって報告書は、「アメリカの芸術ならびに知的資産の裾野の広さとその価値、そしてそれらが偉大な西欧文化の遺産に根ざしたものだという事実」を日本人に伝え、(61)アメリカ文化の精神的価値をより深く理解してもらうことが極めて重要な課題であると主張した。(62)その際には、「文化的資産を受け入れるように圧力をかけるのではなく、日本人に向けてただ事実として示すことが望ましい」と忠告することも忘れなかった。(63)

文化面でのこうした努力は、互いへの尊敬の気持ちを培い、相互理解と協力のための健全な土台になりうるというのがロックフェラーの理想であった。(64)他方で、実際家でもあった彼は、それが外交上の必要を満たすものでもあることをよく理解し、必要となる措置を鋭く見極めていた。例えば報告書は、世界情勢が悪化すれば日本はアメリカに放置されるであろうという懸念が日本人の間にあることを紹介し、アメリカが日本との長期的な関係の構築に関心を持っていることを目に見える形で示すことが、そうした疑念の払拭に役立つであろうと冷静に分析した。同時に、占領の終結によって日米の文化関係に空白が生れないよう、現存の政策から次のプログラムへの移行が円滑に行われることも重要であった。もっとも、報告書は「日本人への心理的効果を考慮すれば、SCAPの文化関係プログラムは講和を機にいったん公式に終わりを告げることが必要」であると助言を与えた。しかしその段階では「あらゆる文化関係を継続して発展させるための手段、方法、遂行機関」が全て準備されていなければならないというのがロックフェラーの意見であった[65]。このような提言を通して彼は、占領下で行われている文化・教育活動を講和以後の新たな文化交流計画へと接続させるという与えられた任務を忠実に遂行した。

さらにロックフェラーは、日米二国間の文化交流を、より広く自由主義諸国の間の文化関係の発展の一部をなすものとして位置づけた。彼は日本での視察を通して、日本が「自由国家の一員として国家の再建を果たしたいと熱望」し、自由主義の国々との間に広く関係を築きたいと切実に望んでいることを知っていた。したがって、「日本がアメリカに限らずほかの自由主義の国々との文化交流を最大限に築けるよう」に政策的に配慮することで、アメリカは日本のこうした必要を満足させるべきであるとロックフェラーは主張した。そのような政策はアメリカの利害にもかなっていた。というのは、アメリカが政治・経済に加えて文化の領域をも支配しようとしているという不安が日本人の心に生れることを防ぐ防衛策になるという大きな利点があったのである[66]。アメリカにとって日米間の文化関係は、太平洋地域を含めた他の国々との文化関係を計画する上での参考にもなると意味づけられていた[67]。

以上のように文化交流の取るべき性格と意義を述べた上で、報告書はプログラムの具体的な内容や運営方法について幅広く可能性を探求し、詳しく論じた。ロックフェラー報告書の新しさであり、重大な特徴の一つは、文化プログラムの運用にあたり日本の国民を二つの層に分けてそれぞれに対して異なる接近法を提案した点にある。科学者、政府官僚、教育者、ジャーナリスト、資本家、軍事指導者や宗教指導者といった知識人指導者に対しては文化の交流や人物交流を通して直に接触を図り、一方で農民ならびに地方の住民、労働者、専門職、婦人や若者らを含めたその他の日本人全体に対しては、マスメディアを活用した情報交流を通して広汎に働きかけるというものである。むろん、ロックフェラー三世は両国民の間の交流ができるだけ国民のあらゆる層に及び、広範囲にわたって包括的になされることが好ましいと考えていた。しかし交流プログラムの運営に適した優れた人材と資金には限りがあり、日本の指導者の国民に及ぼす影響力の大きさに鑑みれば、前者に力点を置くことよってより大きな効果が得られると考えたのである。一方でマスメディアを通じた民衆へのアプローチも疎かにすべきではなく、両方を平行して行う二本立ての戦略が最も効果的であるとの提案であった[68]。これは彼が、占領期の民間情報教育局による文化政策が漠然として一般的に過ぎ、日本人の指導者や若い人々への影響力が十分ではなかったと評価したことによる[69]。

したがって報告書は、文化の交流（cultural interchange）と情報の交流（interchange of information）の二つの領域に分けて、具体案を開陳している。前者はロックフェラーが視察後に日本に向けて発表した声明を骨子としてさらに具体化したもので、文化センターや国際会館の創設、人物交換、文化資料の交換、芸術分野での交流などが内容として含まれる。一方、後者の情報の交流はメディアを通した情報の提供を相互に行うことが想定されている。占領期に民間情報教育局が行った情報政策を発展させたものと捉えられるだろう。そして日本で行われるアメリカの全ての活動は、文化と情報の二つの分野の間で常に緊密に連携を取るべきであることが強調された[70]。以下では、それぞれの領域で提案された政策の内容と特徴をみたい。

（二）文化交流プログラム（Cultural interchange）

ロックフェラー報告書は、講和使節団に寄せられた日本側の要請をさまざまに伝えている。それによれば、多くの日本人はアメリカについてもっと知りたいと思っていた。なかでも日本国民が切望していたのは、アメリカとの知的な交流である。彼らは、アメリカから教師や研究者を受け入れ、また日本の研究者がアメリカで学ぶ機会が与えられることを望んでいた。アメリカの書籍や資料への需要は高く、共通の問題の解決を図るために、アメリカの諸団体との協力も求められていた。言語の学習や図書館の運営、公衆衛生や福利、延いては科学を含むあらゆる分野で、技術的な補助を歓迎すると思われた[71]。文化交流の分野で提案された内容の多くは、こうした日本側の要望に応えるものとなっている。

逆に、日本の文化がアメリカの人々に与えられるものは、芸術、科学、哲学そして文学の分野で多く見出されると報告書は分析した。建築、絵画、彫刻、織物、陶磁器、民芸品や庭園に至る幅広い芸術分野や、中国学における知の蓄積などの学術的成果は、日本がアメリカ文化に寄与できる価値あるものと考えられた。加えて、アメリカの大学では日本学研究の基盤が形成されつつあり、占領を通して日本と接触した人々が日本への関心を持っていることは、日本との文化交流へのアメリカ側の需要を示していた[72]。

こうした状況を踏まえて、ロックフェラーは多岐にわたる文化交流プログラムを提案した。プログラムを運営する上でロックフェラーが重視した二つの原則がある。一つは日米の共同運営であり、二点目は民間による主導である。彼は、文化交流を担うための機関は日米両国の民間が共同で設立と運営とを行い、運営のための資金も可能な限り民間から拠出することで政府による直接の統制を排することが好ましいと考えた[73]。政府の役割は最小限の資金補助などに留まるべきで、その用途は奨学金や渡航費の支給、資料の提供などが考えられる。なかでも双方向の原則は、提言全体を通して徹底して貫かれた。提案された文化交流案を、代表的なもの五つを中心に簡略にみていきたい。

ロックフェラーがまず一つ目に提案したのは、日米両国における文化交流の重要な拠点として文化センターを日米両国に置く（日米文化センター／米日文化センター）ことである。単に交流のための場所を提供するだけの目的ではなく、アメリカや西側諸国の文化に関する参考資料を閲覧できる図書館としての機能を兼備し、アメリカ文化に関する講演会や展示会、英語教育などを実施したり、英語資料の翻訳への補助も行うなど、さまざまな機能を複合的に備えた施設である。フルブライトをはじめとする各種人物交換プログラムへの補助を行い、日米相互の文化的、教育的な接触を促すことも重要な任務とした。一見、占領期の民間情報教育局所管によるCIE図書館の機能と概ね重なるように見えるが、大きな違いは、文化センターが民間ベースで運営されるべきとされた点である。ロックフェラー三世は、文化センターは決してアメリカの公的な機関として意味づけられるべきではなく、情報活動に関しては明確に区分して大使館その他の機関に委ね、非政治性を厳格に維持すべきであると主張した。もし文化センターの活動がアメリカのプロパガンダとして日本国民に映るならば、その有効性は失われると考えたからである。

双方向の原則に立脚して、アメリカで日本文化を外国人に伝えるための展示や講演、映画の上映活動を促進し、日本の研究成果を英訳出版するための手助けをすることが同時に提案された。アメリカ国内では日本研究の基盤が整いつつあるものの、そうした動きは大学という限定された範囲内に留まっており、学術的な性格が色濃いために日本の大衆的な文化は一般のアメリカ人に知られていないという現状があった。そこで、文化センターのような施設が日本との交流の裾野を広げる上で果せる役割は大きいものと期待された。また、アメリカにも文化センターを置くことで、日本人留学生の現地での補助も可能となる。

二点目にロックフェラーは、文化センターと類似した施設として、主に学生のための国際会館を提案した。ロックフェラーは、東京と京都の視察で、日本と外国の学生、研究者、教師らが会合して交流できるような国際学生センターを求める日本人の声を多く耳にした[74]。また既述したようにロックフェラー財団によるインターナショナル・ハウスの計画は、戦前にまで遡る。学生を中心とした人々の接触と多様な文化的催しを可能にする国際会館は、大学コミュニティの一環として意味づけられた。会館での活動が単なる社交のみに終わらないために、フルブライト・プログラムなどと連携して招聘研究者の参加を誘導するなど、知的な色彩を添えることも提案された。

ロックフェラー三世は、文化センターや国際会館といった文化施設の運営を日米共同の運営委員会で行い、運営や資金提供は日米両国の民間中心で行うことを提唱した。また彼は、このような文化交流施設は、日米以外の国籍の人々にも開かれた交流の場となることが望ましいと意見を述べた。

次に挙げられた人的交流計画の提言は、日本の学生及び若い世代の指導者と、アメリカ人の教師と研究生に標的を絞った提言がなされた。日本は戦前にドイツをはじめとしたヨーロッパ諸国へ科学や産業技術を学ぶための留学生を多く送り出したが、戦争と占領により外国との接触は長い間にわたって中断され、西洋文化の最新の発展に関する日本人の知識には断絶があった。こうした事情から、日本人は占領期のガリオア（ＧＡＲＩＯＡ）プログラムに類似した留学プログラムが講和発効後にも継続されることを強く望んでいた[75]。このような日本人の要望に最大限に沿うために、日米合同の審査委員によって人選を行い、現在日本が最も必要としている分野に優先して留学の機会を与えることを報告書は提案した。そうした対象分野の例としてロックフェラーは、教育――なかでも社会科学

――、政府サービス、世論メディア、女性団体及び組織、農業、労働、そして若者を指導する立場にある教育者を挙げている。

ロックフェラーは、もしも留学制度を施行するのであれば、最良のプログラムを提供すべきであることを強く力説した。彼は、アメリカで教育を受けた中国人の多くが今日中国共産党の指導者となり、南米からの留学生の一部がアメリカについて悪い印象を抱いて帰国している前例に照らして、プログラムの参加者がアメリカからの帰国後にかえって反米に陥る可能性を軽視すべきでないと強調した。したがって、人選の段階で候補者の資質を十分に考慮し、受け入れ先を選択する際には留学生をただ受け入れるのでなく歓迎するところを選ぶこと、オリエンテーションやガイダンスにも力を入れ、必要に応じて留学生に個人的な指導や補助を与えるなど、実際のプログラムが奨学生個人にとって役立つものとなるように、一人ひとりに合わせて柔軟に運営されるべきであることを強調した(76)。

報告書はそのほかに、学業の外での人との交流も奨励し、特に典型的なアメリカ人家庭での一週間ほどの滞在がアメリカを理解する上で最も価値ある経験となるだろうと勧告した。また留学生を受け入れた地域のボランティアや、大学コミュニティもプログラムに役立つだろうとし、留学期間は一年から二年ほどで柔軟に対応することが好ましいと意見を述べた(77)。これらの提案は、第一章で取り上げた「占領地域との人的交流プログラムのためのスポンサーへの提言（*Suggestions to Sponsors for the Exchange of Persons Program with the Occupied Areas*）」（一九五〇）の報告書の内容と一致する(78)。交換教育調査団の報告書及び右の報告書がロックフェラー財団文書館のジョン・D・ロックフェラー三世関連資料（John D. Rockefeller 3rd Papers）に所蔵されている点からも、ロックフェラー三世が文化交流制度を構想する際に先行するさまざまな報告書を参考にしたことはほぼ間違いないと見える。さらにこれらの報告書の内容は、次章においてロックフェラー財団が実施した留学制度を考察する上でも多くのものを示唆すると思われる。

一、二年を滞在期間とする人物交流と並行して、ロックフェラーはガリオア基金が実施したような短期滞在プログラムの継続も提言した。占領期間中に数百人もの日本人指導者がガリオア基金を与えられ、最長三ヵ月までアメリカに滞在した。このプログラムの目的は、日本人がアメリカの民主主義制度に関する見識を広げ、アメリカとその生活様式を理解し、それぞれの分野におけるアメリカの最新の発展について知識を習得できるようにするものであった。先に列挙した重要分野における若い指導者を対象として、これに類似したプログラムを規模を縮小して継続することは望ましいと考えられた。ロックフェラーは、ガリオア・プログラムの成果を早急に評価しこれを参考に講和後の人的交流制度を計画すべきであると促した。留学生に帰国後に意見を書いてもらうことはプログラムの評価において参考になるが、これが奨学金の代償として義務付けられてはならず、また彼らがアメリカや各々の分野について自由に所見を述べることができるようにしなければならないとの意見も付け加えた[79]。

ロックフェラーは、国務省が講和の発効とともにガリオアに代わって占領下の人的交流プログラムを受け継ぐことを提言した。米国務省は、スミス・ムント法に基づいてさまざまな教育的、科学的、文化的交流を施行する権限を持っている。この法令により執行可能な予算を、講和後の奨学プログラムに充当すべきであるというのがロックフェラーの考えであった。また、フルブライト基金が旅費のみをカバーする点をも踏まえ、彼は民間資金の活用を提議している。ロックフェラーは、アメリカの私立財団も日本人学生のための特定の奨学資金の負担に関心を持つかも知れないと助言し、戦争が終結してから現在までに五〇〇人の日本人学生が個人や私的な団体などによる全額支援を受けてアメリカへ留学した事実を挙げて、私的な資金源によるこのような寄付を軽視すべきでないと述べた[80]。

日本からアメリカへの留学生の派遣に加えて、報告書はアメリカ人の派遣に関しても提言を行っている。一九四八年から五〇年までの間、米軍はガリオア基金を使い六五人余のアメリカ人教師をインスティチュート・フォー・カルチュラル・リーダーシップ（Institute for Cultural Leadership）主催の教育や学生指導のためのセミナーの講師として招聘した。これは日本の文部省とＳＣＡＰが共同で創設した機関である。さらに一九五一年四月から二年間、ガリオア・プログラムを通して三五人のアメリカ人教師が日本の大学に滞在する予定であった。また同プログラムは、一九五一年四月から翌年六月まで慶応大学で図書館学校を開き、アメリカから六人の図書館運営に関する専門家を招くことを計画していた。このようなアメリカ人教師の日本への派遣は継続すべきとされた[81]。

ロックフェラーの見方では、日本人学者の尊敬を得られる世界的な名声のある学者や、中高等学校や大学などで日常的に日本人に接触しながら主に英語教育に務める若い教師の派遣は、特に大きな効果があると期待できた。というのは、かつて明治期の日本では数多くの外国人教師が大学で教鞭を執り、その影響は今日の日本社会のなかにも強く看取されると見えたからである。また日本人は学問に対する尊敬心が強い点からも、この方面での文化交流は大きな効果があると思われた。学生や一般大衆と日常的に接触できる英語教師は、日本の教育制度や生活様式に上手く適応できる能力と資質を持つ人から選ばれるべきで、戦時中の海軍・陸軍の日本語学校の将校や、占領要員としての体験から日本に関心を持つようになった人たちは特に良い候補として考慮の対象となるとされた[82]。一方で、アメリカ人学生の日本への留学については、特に東洋学や考古学などの研究分野が見込まれるとして強く推し、フルブライト基金から旅費と生活費などを支援することを提案した[83]。これまでに見てきたあらゆる人物交流プログラムの提言において、ロックフェラーが人選の重大性を強調していることは、彼が文化交流が実際にそれを担う人物によって大きく左右されると考えていたことを物語るだろう。

四つ目に挙げられた資料の交換プログラムは、文化資料に対する日本の需要に沿うためのものである。日本では戦争の間海外書籍の流入がほぼ絶たれたばかりでなく国内での出版までもが滞り、戦後も教育機関や図書館では書籍や機材が深刻に不足していた。占領中にＣＩＥ図書館が脚光を浴びたのは、それが最新の情報の限られた窓口であったからである。したがって占領が終結した後にも、アメリカが引き続き書籍、実験用機材、科学学術誌、新聞、雑誌、音楽、レコードや映像、映画、写真などを提供し、それらを効果的に用いるための指導を続けていくことは日本にとって切実であると見えた。ロックフェラーは、アメリカから専門家を派遣し、この面での日本の需要を早急に把握することを促した[84]。

そのほか、報告書は日本の文化資料の不足を補うためのさまざまな措置を提案した。日本人が読書を好むことにも鑑みて、文化交流の重要な一部分として、相当な額の補助金を書籍その他の出版物の出版と流通、英語その他外国語書籍の翻訳の促進に充てることは効果的であると考えられた。そのほかに、日本に派遣されるアメリカ人教師や、日本の大学のアメリカ研究グループなどに米国政府から書籍・資料などを支援し、また、大学のための教材の翻訳と出版の支援の一環として、日本の政治・経済理論の分野で共産主義の政治・経済理論と対抗し論駁できるような教材を補助することも提案した。日本人の研究の成果を英語その他の外国語に翻訳することは、外国人研究者の役に立つのみならず、日本人研究者にとっては自由世界の一員として彼らの努力が評価されていることを印象づけ、心理的効果を上げることができる点でも好ましいと提言された。[85]

文化交流の分野で五つ目に提案されたのは、芸術分野での相互交流である。絵画、彫刻、建築、音楽、舞踊、演劇、織物、陶磁器、民芸品、生け花や造園などの広い芸術分野における交流は、日本の貢献が大きく期待される分野である。報告書は、展覧会の巡回や芸術家の交流、公演活動など、日本がアメリカで実施すべきさまざまな活動を提案した。[86]

以上のような主な文化交流案のほかにも報告書は、文化交流のさまざまな可能性を列記している。教員の指導、図書館の教育、公衆衛生と福祉、英語教育、科学分野における援助などの分野で、SCAPプログラムが終結する講和発効後においても、日本政府の要請に応じてさまざまな形で引き続きアメリカが支援していくことを勧告した。なかでも英語教育プログラムは、日本人が必要としているという理由に加えて、プロパガンダに対する反感の心配がない点で効果的であると考えられた。戦前の日本の科学者がドイツやヨーロッパ志向であったことに対し、アメリカが科学分野を援助することで日米の間により親密な関係を築くことができると考えられた。トルーマン大統領の対後進国科学技術援助計画であるポイント・フォー・プログラムと連携し、アジアの国にアメリカ人の代わりに日本人の科学者や技術者を派遣することが、費用の軽減の点でも効果的であると提案されたことも興味深い。[87]

過去七五年間、日米間の主な文化接触の多くがミッションスクールを通してなされたという歴史を踏まえて、ミッション系の教育や活動に関する提言もなされた。[88] 共産主義の標的となりやすい労働者集団は、文化交流において重要な要素として考慮された。アメリカやイギリスをはじめとした国際的な労働者集団との交流を促し、共産主義の本当の姿と共産主義下で労働者が直面するであろう危険を知らせる出版物の配布も提言された[89]。スポーツ面での交流を奨励することに加え[90]、ユネスコの活動はアメリカだけでなく西側諸国との関係を日本が作るのに役立つと提言された。報告書は、アメリカだけを強調した関係は反感と疑惑を生むという点で、ユネスコや国連の活動への日本人の関心は特に奨励されるべきと主張した[91]。また、米軍を通したアメリカ人との接触は、教師、学生、ビジネスマンよりも数の上で多く、多くの日本人にとっては唯一の直接な接触となることから、米軍が日本人を尊重し、日本人にアメリカの生活様式の良い標本を示すことは、両国の関係に良い結果をもたらすと指摘した[92]。

(三) 情報交流プログラム (Interchange of information)

知識人指導者層に焦点をあてた文化・人物交流プログラムに対して、広汎な社会集団を対象として計画されたのが、情報の交流である。ロックフェラー報告書はこの分野に関する提言に全体の四分の一ほどの紙面を割いている。興味深いのは、一般に情報プログラムは一方向のプロパガンダであることが多いのに対して、ロックフェラーが情報の交流を日米間文化交流の一部をなすものと位置づけ、他の文化交流活動と同様に双方向でなければならないとしている点である。なぜならば、冒頭に掲げられた日米文化交流の三つの長期的目的[93]を達成するためには、まず相手国についてよく知ることが前提となるからである。報告書は、「相手国とその文化をよりよく知り、その歴史や努力を尊重し、それぞれが直面している問題を互いに共感し理解する」ための情報努力を、相互理解のために欠かせない重要な基盤として意味づけた[94]。

とはいうものの、ロックフェラーの構想した情報活動もまた、こうした理想的な文言だけで説明できるものではなかった。そこには、共産主義への対抗という明確な側面が色濃く現れている。報告書は、文化関係の長期的目的の下位目標をなすアメリカの情報交流プログラムの直接の目標を、「日本が自由主義国家の一員としての地位を維持及び強化すること」にあると定義した。そしてロックフェラーは、日本を永久に自由陣営の一員に留まらせるためには、日本人に自由世界が真の意味での「自由な世界」であることを確信させねばならず、特定の生活様式の型を押し付けられるのではなく日本人自らが生活様式を選択しなければならないと考えた。[95]

このような考えから、ロックフェラーは情報プログラムの取るべき方向性を、日本人の関心や欲求、必要を満足させ、彼らが抱える問題を解決することに焦点を合せるものと捉えた。またこうしたプログラムが効果を上げるためには、日本人の基本的な欲求を満たし、実質的に生活水準を向上させるための経済その他のさまざまな分野における対日政策と連携することが必要であるとロックフェラーは意見した。[96] 彼はこのような情報交換プログラムの意義を次のように見ていた。第一には、他の国々と同様日本の人々はより良い生活への向上を求めており、その実現のために他の国々の知識や経験が役に立つであろうということ。さらに、アメリカや自由主義諸国が日本が抱える問題の解決に寄与することには二重の利点があり、一つには、日本を補助する過程で互いに接触と関係が生れ、日本人が自由世界に関する知識と理解を深めることが可能となり、敗戦とその後の国際社会からの孤立から生じた日本人の知的、精神的な真空を次第に埋めることを期待できること。それに加えて、生活の向上が実現され日本人の基本的な欲求が満たされれば、共産主義の魅力は自然と減じることが期待される点であった。[97]

ロックフェラーは、情報プログラムの内容に関しては時の必要に応じるとしながらも、基本原則として七つの点を挙げた。第一に、自由世界のなかに彼らが望むより良い生活へ最も効果的に導く要因があることを理解させること。第二に、ネガティブ・キャンペーンによるのでなく、自由陣営の文化のうち日本人にとっても価値があると思われるものを明確に表現すること。例えば、自由世界の遺産の根底にある個人の尊厳、国民に仕える政府、思想・表現・科学的探究の自由などが挙げられる。第三に、自由な日本に対するスターリンの帝国主義や警察国家を基本軸としてイデオロギーの問いを提示すること。資本主義対共産主義や、アメリカ対ソ連といった問題の提示ではなく、日本人がモスクワに支配されることなく自らの社会、政府、経済の形態を選択できる権利を問題にすることが効果的とされた。四点目に強調されたのは、共産主義あるいはスターリンの帝国主義が日本にとって意味するところを端的かつ明瞭に示すことである。共産化が実際の日本人の日常生活にいかなる変化をもたらすかを示し、それがほかならぬ日本人が大事にしている宗教や文化、日本国家や個人の目標などに対する脅威であることを明確に示すというように、アメリカではなく日本を主語として共産主義の弊害を分かり易く説明することが勧められた。このほか、日本が自発的に民主主義を発展させることに協力し、自らの経済体制を選択できることに理解を示しながら、機会があればアメリカとその生活様式、それが進めてきた自由への戦いや、アメリカ内外での政策や活動に関して日本人が広く共感し、理解できるように伝えることも好ましいとされた[98]。

こうした日本における情報プログラムは、米大使館の情報・教育交流部（USIE）が受け持ち、アジアで推進中の現存のUSIEプログラムの一部として遂行されるべきものであった。しかし同時に情報活動の分野では、アメリカの民間組織や団体からもかなりの援助が見込まれた。したがってこれらの組織との間で緊密な連絡を取り、民間が貢献できる効果的な方法を示すことが必要であることも報告書は指摘した[99]。

占領の終わりとともに日本が主権を回復することは、「日本国民が多様な情報源からの思想の流入に対して開かれ、何を読み、聴き、受け入れるかを自ら選択できるようになる」ことを意味した[100]。報告書は、そのような新たな段階を踏まえて最も効果的な戦略を模索するなかで、日本人にとって受け入れやすい情報媒体の性質に注意を向けている。報告書によれば、一般に「アメリカや自由主義社会に関する情報は、日本のメディアによって語られたほうが日本人にとっては受け入れやすい」傾向がある[101]。したがって、出版物、映画、ラジオなどのあらゆる形態の日本の情報伝達メディアに積極的に働きかけることが、最も効果的な方法であると分析された。報告書は、なかでも「日本の文筆家その他の専門家らが大きな役割を果たせるように機会を与え」（強調引用者）、彼らが「書籍・雑誌・映画・演劇・ラジオ・紙芝居などのあらゆる情報伝達手段を有効に活用できるように奨励し援助を与える」ことを強調した[102]。同じ理由から報告書は、プログラムの指導は日本をよく知るアメリカ人が行う場合でも、情報資料の準備やその普及などの実際においては、日本人を最大限に動員することが効果的であると助言した。そして都市から地方に至るまでのあらゆる視聴者に届くように情報伝達チャンネルを有効活用することが、情報活動の遂行において重要な点とされた[103]。また、アメリカ政府の出版物や映画、政策プログラムよりは、雑誌、新聞、書籍、映画などの商業的なメディアの方が日本人に受け入れられやすいことも指摘している。こうした点を念頭に置き、情報プログラムのなかで情報源をバランスよく使い分けるとともに、アメリカ以外の自由主義国家からの資料も活用することが示唆された[104]。

さまざまな形態の情報媒体を使い分けることに関しても助言を与えている。日本人は識字率が高く、読書を好むので、書物文字資料がもつ影響力は大きい。なかでも新聞は世論形成に大きく関わっている。この分野における講和以後の情報プログラムは、日本人が関心をもっているが商業的な経路では手に入らない情報の提供に重点を置くことが助言された。ユネスコ、スポーツに関するニュース、日本人の海外での活躍などは良い例であり、日本人はアメリカの自動車生産率よりも、日本人学生のアメリカの大学での経験により大きな関心を寄せるであろうと例示した[105]。

映像メディアも重視された。映画は日本のあらゆる階層に人気があった。ロックフェラー報告書は、占領期に民間情報教育局が莫大な予算を投入し地方の図書館や私立組織、商業的な経路などを通して膨大な量の映画を普及させたことを取り上げ、それらが民衆によって熱狂的に受け入れられ、アメリカの文化を大衆的に知らせるための大きな役割を果たしたと評価した。ロックフェラーは、講和発効後の対日情報プログラムにおいてもこうした活動は、対象範囲と規模を拡大して続けられるべきであると提言した[106]。また、日本には四〇万人ものラジオ聴取者がいた。占領期には民間情報教育局が放送されるものを提供していたが、占領終結後は出版物と同じように、その選択は日本人に委ねられる。アメリカの情報プログラムは日本の放送局と協力し、ラジオを通したアメリカ関連情報の普及を促進することが提言された。ヴォイス・オブ・アメリカ（VOA、Voice of America）の日本語放送の準備が進められていることは好ましいと考えられた[107]。

全国各地に二三ある民間情報教育局所轄のインフォメーション・センターの今後の方向性については考慮が必要であるとしながら、報告書は書籍やその他の活動を他の組織に移管することも可能性として示唆した[108]。また、ポスターや紙芝居、講演、討論会など、占領期と同様にあらゆるメディアを有効な手段として活用することが提言された。著名なスポーツ選手や音楽家の派遣は、プロパガンダと疑われることなく聴衆を集めることができる利点があった[109]。

日本の情報をアメリカで広めるための活動は、日本人自身で選択されるべきという理由から、多くが述べられてはいない。ただし、日本に関する情報をアメリカに広めるために、アメリカの政府や民間組織、マスメディアが協力することを報告書は呼びかけた。日本の文化を伝える映画がアメリカで流通するように補助したり、日本人芸術家、日本舞踊家、日本の野球チーム、人形劇などの派遣に日米の政府や私立財団が協力することで、双方向の交流が成り立つと提案した[110]。

（四）ロックフェラー報告書への評価

報告書の結論でロックフェラーは、日米間の文化関係が全ての分野において占領から講和以後への移転が順調に行われるように、日本人とともに迅速に計画を進めることを促した。また、資金や人に制限があるなかで、量的な膨張よりも質を重視したプログラムの運用がなされるべきであることをもう一度強調した。このようなロックフェラー報告書は、どのように評価できるだろうか。また実際に、提出された報告書はダレスや国務省によってどのように評価されたのだろうか。

先行研究の見方は、ロックフェラー三世を誠実で理解力のある人柄とする評価で概ね一致している[111]。しかしながら、文化交流が計画された時期は冷戦のさなかであり、ロックフェラー三世は冷戦の現実を冷静に見据えていた。また彼は、ソフト・パワーのもつ力とその性格を明暗両面においてよく理解していたように思われる。報告書の記述は、文化交流プログラムが、相互理解と親善の理想に基づいたものであると同時に、共産主義と戦う冷戦戦略でもあったことを明瞭に映す。とはいえ、日本人の必要を満たし、その要望を満足させることが友好的な日米関係の構築のみならず、共産主義への対抗に役立つと考えられていた点では、相互理解の理想とアメリカの国益という二つの目標の追求は、ロックフェラーが目指した文化交流のなかでは必ずしも大きくは矛盾しなかったようにも見える。

松田武は、日米文化関係を扱った従来の研究の多くがアメリカの対外的な文化関係を一方的な支配と被支配の関係とみる「文化帝国主義」の観点にたっているとし、それが「文化関係の双方向的な性格」を十分に捉えていないと指摘する。[112]その意味で、ロックフェラーによる日米間文化関係の構想に双方向の原則が貫かれたことは注目に値するだろう。ロックフェラーの考えでは、交流計画の成否の鍵を握るのは日本人との間の緊密な協力と連携であり、プログラムの運営だけでなく計画の段階から日米が共同で携わることが重要であった。こうした理由から彼は自身の構想を暫定案として位置づけ、日本人とさらに話し合いを深めることが不可欠と述べた。日本人のイニシャティブを重視する考えは、ダレスにも共有されていた。彼は、ロックフェラー報告書が日本人の眼に触れれば、「文化交流計画は既に出来上がっており、準備にあたって日本人はもう出る幕がないという印象を与えかねない」という冷静な判断から、国務省への提出時に機密扱いを要請している。[113]

しかし実際に計画された交流プログラムは、紛れもなく不均衡であったといえる。アメリカから日本への文化の流れが幅広い分野にわたって計画されたのに対して、日本からアメリカへの流れは比較的限られていた。何よりも日本がアメリカに大きく貢献できるとされた伝統芸術が、アメリカの文化を補完し彩りを付け加えるものであって、アメリカ人の思考や生活様式が成り立つ原理を本質的に組み替えることが想定されているわけではないという点で、不均衡は明白であるといえる。

報告書からは、日本との間に良好な関係を築こうとしたアメリカの指導者層の当時の日本観を窺うこともできる。[114]報告書の結論でロックフェラーは、「日本は文化的にも歴史的にも類い稀な独自の発展を遂げてきた東洋の国である。日本人はさまざまな面でユニークである」[115]と述べ、したがって日本を対象とした文化活動には独創的で想像力に富んだ接近法が必要であると主張している。このような主張や、アメリカ文化と対比されて浮かび上がる日本文化像が、伝統的な芸術や民芸によって代表されるものであったことには、オリエンタリズムの視線も感じられる。知識人の影響力が大きいとして知識人重視の政策が準備されたことには、日本人が権威に弱いとみる根強いイメージが投影されていたとみることも可能である。

最後に、提出された報告書へのアメリカ政府の対応をみたい。報告書を受け取ったダレスは、ロックフェラーの構想に支持を表明し、国務省のディーン・アチソン長官に提出した[116]。国務省の情報教育局は、重要な提言としてこれを受け入れて検討し、その一部は情報教育局のプログラムに組み込むことができると判断した。国際会館と文化センターに関しては、日米間文化関係の重要な部分をなすと同時に、国務省主宰のプログラムを補完する役割を担うものと捉えられた[117]。国務省極東担当国務次官補のディーン・ラスクは、報告書で提言された一部を国務省の所轄で行う考えを伝え、「文化センター」や「国際会館」などその他の提案は民間による実現が最善であるとの書簡を書き送った[118]。またアメリカ領事館のダグラス・オーヴァートンは、ロックフェラーの政策提言に賛同し、文化センターや国際会館などの実現のためにロックフェラーの日本再訪を合衆国政府に促した[119]。在日アメリカ大使館の広報・文化交流担当官のサクストン・ブラッドフォードは「最重要課題――アメリカ知識人の緊急日本派遣と日本人のアメリカ派遣」と題する長文の覚書をロックフェラーに送り、講和以後アメリカ大使館の体制が整うまでの移行期に、日本における反米感情に対処するため、民間の基金とイニシャティブによる日米知識人の間の相互交流の実現の早急な実現の必要性を訴えた[120]。

こうして、合衆国政府からの要請を受けて、ロックフェラー三世はさらなる準備を進めるためにダレスの支援の下に再度日本を訪れることになる[121]。一九五一年一〇月一三日から一一月一七日までに行われた二度目の訪問に先立って彼は、ダレスやオーヴァートンをはじめとした国務省広報担当官とワシントンで協議し、米政府と民間団体からそれぞれ支持を受けている日米文化関係の企画リストを受け取った。それには、国際会館や日米文化センターの設立、「第一線で活躍する日本の文化人」をアメリカへ招くための助成金など、彼自身が提案した交流計画案が多く含まれていた[122]。二度目の訪問の目的は、文化センターや国際会館を実現化するために日本人と接触するとともに、日米文化交流案をより詳細に具体化することにあり、ロックフェラーは松本重治、高木八尺、樺山愛輔、南原繁、日本ペンクラブ会長の川端康成らをはじめとして多くの日本人と面談した[123]。ロックフェラーはその後一九五二年四月にも日本に足を運び、国際文化会館の創設のために、松本重治や樺山愛輔らを含む準備委員会との協力を進めた。ロックフェラー三世の二度の訪問と尽力を経て、一九五三年に国際文化会館は実現した。このようにロックフェラー三世は、ポスト占領期の日米文化交流制度の計画と実現の両面において、大きな役割を果たした。

第三節　ポスト占領期におけるアメリカの対日文化活動の様相

これまで講和発効前夜における日米間文化計画の胎動を辿ってきたが、実際にそれはポスト占領期においてどのような文化関係へと結実したのだろうか。ロックフェラー三世の文化交流への提言はさまざまな形で実現した。占領終結後の新たな特徴として指摘すべきは、軍事占領下の縛りが解かれたこともあり、民間の財団や大学、文化団体、スポーツ団体、宣教伝道団などの多様な非政府組織による日本での文化活動が活発化したことである。また財団などの民間の主体に大きく支えられて、講和を迎えた一九五〇年代には日米文化交流がさまざまに制度化され、系統的に始動した。これにより、文化関係を支える活動の多様性と幅は大きく拡大された。一方で、国務省による対外情報・教育交流プログラム（ＵＳＩＥ）や、米国広報・文化交流局（ＵＳＩＳ）による広報文化活動は、占領期からの活動を受け継いで講和以後にも対日文化政策の重要な一翼を担った。

同時にこれは、アメリカの日本における文化冷戦の遂行が軌道に乗ったことをも意味する。米国立公文書館（ＮＡＲＡ）の関連文書などに基づく近年の冷戦史研究は、アメリカの政府諸機関と民間組織とが緊密に協力し相互に補完しながら文化冷戦を戦った事実を明らかにしている。米ソの対立が強まるにつれ、アメリカ政府はアメリカに関する「正しい」情報を世界へ発信するためのメディア冷戦に積極的に携わる一方で、文化外交における民間の協力を促した。交流計画がアメリカ政府の宣伝政策であるとの非難を避け、冷戦の遂行に必要な莫大な予算を補完するためには、民間の協力は不可欠であった[124]。そこで合衆国国務省やアメリカ大使館などの政府機関は、民間が主体となる文化の外交を奨励する一方で[125]、なるべく舞台の裏側に留まり資金などを援助した[126]。

これまでの研究で冷戦への関与が強いことが指摘された機関としては、ロックフェラー財団、フォード財団（Ford Foundation）、カーネギー財団（Carnegie Foundation）などの主要な民間財団、ラジオ放送、フルブライト協会、国際教育機構、外国人訪問者のための国民評議会（National Council for International Visitors）などがある。そのほか、一般の企業やハリウッド映画などもメディア冷戦に協力した事実が浮かび上がった。[127] そしてここに挙げた民間主体の多くが、対日文化活動においても大きな役割を担った。ロックフェラー報告書が文化活動の性格によって政府と民間が調和的に協力する方法を探究していたように、実際に講和以後の文化外交は政府と民間による二つの潮流が互いに密接に絡み合いながら展開されたのである。以下に具体例を通して、アメリカの多様な階層の主体が文化を発信していたポスト占領期の文化空間の様相を明らかにしよう。

米国政府は講和以後も対日文化政策に多額の公的資金を充てた。[128] その力点が情報活動と人物交流の二つの分野にあったことは第一節で既に述べたとおりである。なかでも重要な比重を占めたメディアを通した情報活動は、占領終結直後は国務省によって、一九五三年からは国務省から独立した米国広報・文化交流庁（ＵＳＩＡ）とその出先機関である米国広報・文化交流局（ＵＳＩＳ）によって担われた。米国広報・文化交流局は冷戦期を通して、映画、ラジオ、テレビ、雑誌、展覧会や博覧会などの多様なメディアを用いた大規模な広報宣伝キャンペーンを全世界で展開した。よく知られた一例が、世界八〇ヵ国以上で流されたラジオ放送ヴォイス・オブ・アメリカ（ＶＯＡ）である。日本では一九五一年九月に放送開始された同ラジオ番組は、冷戦下の世界世論をアメリカに有利に運ぶための情報を全世界へ向けて流した。[129]

電波を用いた戦争と並び米国広報・文化交流庁が力を入れたのが、ＵＳＩＳ映画と呼ばれた広報映画の製作・上映である。ヴォイス・オブ・アメリカと同様、映画の配給は全世界を対象として行われ、[130] 日本では一九五三年から一九七〇年までに通算一二四七本もの映画が配給されたものと推算される。[131] 占領政策のなかでも評価の高かったＣＩＥ映画を受け継いで、ＣＩＥ図書館を前身とするアメリカ文化センターや、ＣＩＥ映画で構築された映画流通網を通してＵＳＩＳ映画の上映活動が引き続き活発に行われた。映画の主題は、アメリカの産業や科学技術、豊かな生活などが多数を占め、多様な人種からなる人々が調和して生きるアメリカ社会の姿も好んで描かれたことが指摘される。それは親米民主化への誘導を意図したＣＩＥ映画の基調を受け継いだものといえるが、単に国家イメージの向上のみならず、一九五三年にアイゼンハワー大統領が唱えた「原子力の平和利用」など、アメリカの政策の広報宣伝にも役立てられた[132]。とりわけ被爆国である日本は、原子力をめぐる世界世論の形成において要になると位置づけられていた。そこで米国広報・文化交流局の肝煎りで、一九五五年から翌年にかけて「原子力の平和利用」を主題とした博覧会が全国を巡回した。

占領期に人気を博したインフォメーション・センター（ＣＩＥ図書館）は、占領終結時に全国二三ヵ所あったうちの一三ヵ所が「アメリカ文化センター」という新たな名称のもとに大使館の所管へ移された。残りは、日本の地方自治体へ移管された上で、米国広報・文化交流庁（ＵＳＩＡ）との協力のもとに「日米文化センター」として再出発した[133]。

出版物を通した文化攻勢も続いた。『朝日新聞』は一九五二年六月八日に「著作権などタダにして――翻訳出版界にも民主、共産の冷戦」の記事を掲載し、日本の出版界における世界各国の「文化の戦い」の様子を伝えている[134]。それによれば、アメリカ大使館の文化部及び米国と自由アジアの間の文化交流を目的とした「自由アジア協会」は、翻訳権を仲介することで反共図書をはじめとしたアメリカの書籍を広く普及しようとしていた。対する共産陣営側では、日ソ親善協会から独立した日ソ翻訳出版懇話会と、日中友好協会から独立した日中翻訳出版懇話会がそれぞれ仲立ちとなって、中ソ両国の著作権をほぼ無償で提供している。こうした動きの背景には、民間情報教育局の努力にもかかわらず、一九五二年に出版された翻訳書のうちアメリカの書籍は三分の一に留まり、ロシア、イギリス、フランスの書籍が大きな人気を集めて流通していた出版状況があった[135]。そこでアメリカは、記事で紹介されたような翻訳の斡旋事業のほかに、書籍の寄贈プログラムを行った。大使館や地方の広報担当官、文化センターなどを通して、図書館や学校などの諸機関だけでなく知識人や指導者など個人に対しても多くのアメリカ書籍が贈呈された[136]。

他方、人的交流の分野では、占領地を対象としたガリオア基金による留学プログラムは講和の発効とともに幕を下ろしたが、これと入れ代わるようにフルブライト交流計画が始まった。双方向の交流を謳ったのがガリオアとの大きな相違点で、運営における政府の直接の関与を排除し、日米が共同で運営委員会を構成することを原則とした。一九五二年から一〇年の間に二三〇〇人以上の日本人と四〇〇人を超えるアメリカ人がこのプログラムを通して互いの国へ留学した。この教育交流プログラムは、「教育交流の最大の力は、国家を人間に転化させ、イデオロギーを人間的な願望に移し直す力である」との信念をもったフルブライト議員が、「国際教育を一国の外交政策の通常の一手段として扱うべきではない」ことを強調したことにより[137]、広報宣伝活動を担っていた米国広報・文化交流庁ではなく国務省の管轄下に置かれた[138]。だが、人物交流を政治的利益に役立てようとする圧力に絶えず晒されたことも事実である。

以上は政府主催の対日活動の代表例だが、それらはさまざまなかたちで民間からの支援に支えられた。例えばフルブライト教育計画の一つの特徴として、「政府と私的教育機関との「共生的関係」」が指摘される[139]。フルブライト交流計画は政府余剰財産売却による資金を利用したものだが、資金の拠出にはさまざまな制約があり、初期の資金不足を埋めるためにロックフェラー財団やカーネギー財団、大学などの民間組織が資金を提供した[140]。

さらに民間組織の果たした役割は、日米文化関係において補助的なものに留まらなかった。山本正は、これまでの日米関係史の記述が民間が果たした役割に充分な注意を払ってこなかったことを指摘し、戦後の日米関係に民間部門の占める重大性を強調する。軍事的な全面対決を経た戦後の時代に、日米関係の溝を修復し再構築するために、アメリカの民間の財団は類例のない役割を果たした[141]。その活動の全体像を組織的に把握する初の試みである研究プロジェクト「戦後日米関係におけるフィランソロピーの役割」の成果は、山本正（編）『戦後日米関係とフィランソロピー――民間財団が果たした役割』（ミネルヴァ書房、二〇〇八）にまとめられている。それによれば、とりわけ講和をはさむ時期のアメリカの民間の財団には、「日本が占領終了後の時代への移行にあたって、政府機関ではなく民間の主体が日本の政情を安定に保ち、無事に移行させるのに不可欠」であるとの認識があったという[142]。

もっとも、冷戦の時代に限らず、もともとアメリカの自由民主主義の伝統では民間組織が政府機関の「上位の相棒」(シニア・パートナー)として文化交流活動を主導してきた歴史があり[143]、民間の主体には活動をより柔軟にできるという大きな利点があった。

非政府組織の文化関係への貢献を物語る代表例が、前節でも触れた国際文化会館の創設である。先述した通りその実現には、ロックフェラー三世の尽力と日本側指導者との協力があった。ロックフェラーが再度日本を訪れた一九五一年、樺山愛輔を委員長、松本重治とS・W・フィッシャー（リーダーズ・ダイジェスト日本支社長）を常任理事とする「文化センター準備委員会」が立ち上げられた。日本人の主体性を重視するロックフェラーの考えに基づいて、この委員会には高木八尺、前田多門（元文部大臣）、安部能成（学習院院長）、川端康成（作家・日本ペンクラブ会長）、南原繁（東京大学総長）、坂西志保（評論家）、田中耕太郎（最高裁判所長官）ほか多くの日本人指導者が名を連ねた[144]。また「文化センター」がアメリカの宣伝機関であるとの疑いを避けるために、社会主義者の都留重人（一橋大学教授）や、アメリカに友好的な立場をもち、かつ左翼陣営との接触もある小田実（評論家）をそれぞれ評議員とスタッフに加える慎重さも発揮された[145]。

国際文化会館の創設のためにロックフェラー財団は多額の助成金を提供し、これに見合う額を日本側が広く民間に募金を呼びかけた[146]。ロックフェラー三世が報告書のなかで発案した「文化センター」と学生のための「国際会館」は当初は別個の施設として計画されたが、推進の過程で資金面での制約から余儀なく両者が結合した「国際文化会館」へと収斂してゆく。このようにして一九五五年に開館した国際文化会館（International House of Japan, Inc.）[147]は、日米友好へのアメリカ側の呼びかけと日本人の自助努力とが実を結んだ成果であり、日米文化交流の制度化の確かな象徴でもあった。この日米共同の民間事業に、ロックフェラー財団やフォード財団は長く資金を提供し続けた[148]。

国際文化会館は「日本人とアメリカ人その他の諸国人との間の文化交流と知的協力をはかる[149]」ことを最大の目的とした。その核となった事業が、著名な知識人や文化人を派遣する「知的交流計画（Intellectual Interchange

Program)」（一九五二年〜一九六五年、一九七一年に再開）である。[150] このプログラムの端緒には、在日アメリカ大使館の広報担当官であったサクストン・ブラッドフォードが講和を目前に控え、日米間の知識人交流事業の民間による実現を緊急の課題としてロックフェラー三世に持ちかけたという事情があったことが明らかにされている。[151] 日本における反米感情の高まりへの危惧は、当時ブラッドフォードに限らずアメリカ側や日本のリベラル知識人の間に強く共有されていた。そこでこの交流プログラムは、国際文化会館の完成を待たずして始まった。[152]

交流の相互性の原則に基づき、一〇年の間に一二人のアメリカ人とイギリス人一人が来日し、日本から一三人が招聘を受けた。[153] アメリカを代表して日本を訪れたチャールズ・W・コール（Charles W. Cole／アマースト大学学長）、エレノア・ルーズベルト（Eleanor Roosevelt／社会活動家、元大統領夫人）、ノーマン・カズンス（Norman Cousins／『サタデー・レヴュー』編集長）といった各分野の学者・知識人たちは、日本各地で多くの講演活動をこなした。人数としては多くはないが、その与えた影響は大きかったと評価される。なかでもエレノア・ルーズベルトが一九五三年に日本を訪れた際には、全国的に大きな反響が寄せられた。滞在期間中に『毎日新聞』が毎日彼女のコラムを翻訳して掲載し、『朝日新聞』は通訳として同行していた松岡洋子のコラムを連載したことが、当時の熱気を伝える。[154] 他方日本からは、市川房枝（日本婦人有権者連盟会長）、安部能成（学習院院長）、都留重人といった人物が渡米した。[155] 日米両国を訪問した指導者たちは、著述活動を通して滞在先での見聞を広く伝えた。[156]

国際文化会館への助成は、この時期にロックフェラー財団が日本で幅広く展開した文化活動のうちの一つの例に過ぎない。戦後の日本で活動していたアメリカの民間財団で規模の上で大きいものとしては、アジア財団（The Asia Foundation）[157]、ロックフェラー関連財団、フォード財団が挙げられるが、このうち講和発効から五〇年代にかけての時期に、ロックフェラー財団の活躍は突出していた。ロックフェラー財団は一九一三年の設立以来、「全世界における人類の福祉」の向上を目標として掲げ、アメリカにおける篤志事業（フィランソロピー）の先鋒を担った。[158] 戦前は公衆衛生や医学、農業などの科学分野での公益事業に活動の重点を置いたが、一九二〇年代頃から社会科学分野における国際関係学や地域研究などにも対象分野を拡大し、戦後はさらに国際政治への関与を強めた。多くの研究が、文化冷戦の中心的な担い手としてのロックフェラー財団に光をあてている[159]。同財団は戦前から日本で活動した点でも稀有な民間組織で、占領下でも先頭を切って活動を再開し、図書館の復旧や奨学金の支援などの多くの文化活動に従事していた[160]。そして一九五〇年代初頭からは、さらに多額の資金を日本に投入し、冷戦の進行と歩調を合わせるようにして活動の規模を拡大し活発化させた。人文課長に戦前世代の数少ない日本学者であるチャールズ・B・ファーズ博士が在任（一九四七年～一九五〇年まで人文課長補佐、一九五〇～六二年の間人文課長に在任）したことも、日本を対象とした人文・社会科学のプログラム拡充を大きく後押ししたといわれる。こうした流れのなか、ロックフェラー三世が報告書で提案した内容の多くが、ロックフェラー財団の活動によって実現した。

ロックフェラー財団の活動は多岐にわたるが、なかでも力を入れたものとしてさらに幾つかの代表例を紹介するなら、アメリカ研究を中心とした地域研究の振興を挙げるべきだろう。冷戦下、各地域に関する的確な知識の獲得がアメリカの地政学上の関心となるなか、主要大学における地域研究の促進に財団の資金が投入された。コロンビア大学のロシア研究所の設立に財団の多額の資金が支援されたことはよく知られるが、もう一つの例が、日本におけるアメリカ研究の制度化への助成である。一九五〇年から五六年まで毎年、東京大学アメリカ研究セミナーがスタンフォード大学の協力のもとに開かれた。六週間にわたるセミナーでは、多くの一流アメリカ人研究者が招聘されて講師を務めた。一九五一年からは、京都大学と同志社大学が共同で主催する京都アメリカ研究セミナーが、ミシガン大学の協力のもとに始動した。スタンフォード大学の歴史学教授クロード・A・バス（Claude A. Buss）によればこのようなセミナーの目的は、「日本人研究者がアメリカの生活様式や慣習を広く知ることで、日米間に知的協力のための新しい基盤をつくる」ことにあった[161]。アメリカ研究の確立と振興に大きく役立ったこれら二つのセミナーは、ロックフェラー財団の財政的支援によるものであった[162]。

このほか財団は、知識人層のマルクス主義への傾倒と反米感情に対処し、限られた財源から最大の成果を上げるという二つの理由から、多くの資金を大学に投入した。松田によれば一九五一年からの一〇年間で財団は、人文科学分野に三七六〇万ドルの助成金を寄付し、そのうちの七〇〇万ドル（ほぼ一七パーセント）が、マルクス主義の強い影響下にあった歴史学研究の助成に配分された[163]。このようにして財団は、「客観的な」知の産出を謳いながら、学術的な知の制度の編成に大きく関与したといえる。また佐々木豊は、ロックフェラー財団が「一九五〇年代を通じて、篤志事業を冷戦下の国際政治状況に適合させ、西側陣営の結束を固めることを目的とする機関や団体に対する助成活動を展開し」たことの事例として、太平洋問題調査会[164]やアジア財団などの民間研究団体への助成を行った事実を挙げている[165]。

ロックフェラー財団は人的交流の強力な推進者でもあった。財団は一九一七年からフェローシップ・プログラムを立ち上げ、海外から研究者を招くと同時に、アメリカの研究者を海外各国へ派遣していた。その日本への助成件数は、五〇年代にピークを迎えた。『ロックフェラー財団年次報告（*The Rockefeller Foundation Annual Report*）』[166]を参照すれば、講和が発効した一九五三年から毎年の日本からの留学生数は、三二人（一九五三年）、三六人（一九五四年）、三四人（一九五五年）、六七人（一九五六年）、九五人（一九五七年）、一〇三人（一九五八年）、八九人（一九五九年）、九一人（一九六〇年）である。フルブライト・プログラムに比較すると少ないものの、この時期の海外留学への主要な窓口の一つであったといえる。またその数字は、常に財団が助成を行った対象国のなかで首位乃至二番目に多く、特にアジア地域のなかでは群を抜いている。国際戦略における日本の重要度が反映された結果であろう。東京オリンピックが開かれる一九六四年に海外渡航が自由化され、経済の高度成長を受けてマス・ツーリズムの時代が本格的に幕開けするまで、日本人の留学はアメリカ側の政府・財団・個人の保証なしには極めて困難であった。そのような過渡期に、ロックフェラー財団はアメリカとの人的交流の主要な触媒としての役割を果たした[167]。一九七〇年代までに五〇〇〇人以上の日本人が同フェローシップを受け、その過半数は農業、医学、自然科学の分野に与えられたが、人文科学、社会科学の分野でも一三〇人にのぼる[168]。そのなかに文学者を対象とする創作フェローシップが設けられていたことは、次章で取り上げて詳しく紹介したい[169]。

ロックフェラー三世個人が果たした役割も記しておくべきだろう。ロックフェラー三世は日米の親善に特別の熱意を持ち、交流事業に寄与し続けた。彼は一九五二年にニューヨークのジャパン・ソサエティ（Japan Society）を復活させ、自らが理事長に就任したほか、[170]一九五六年には米国とアジアの間の相互理解と協力関係の構築を設立目標としたアジア・ソサエティ（Asia Society）を創設した。その後も尽力を続け、一九六三年にはアジア文化や東西文化の理解を目的に掲げて自身のロックフェラー三世基金（JDR 3rd Fund）を設立し、視覚芸術及び舞台芸術分野を中心として日本の文化人の訪米を支援するなどの活動を行った。[171]

このようなさまざまな分野での努力が花開き、一九五〇年代は国際交流ブームの時代となった。別の見方をすれば、それは文化空間における各国のヘゲモニー争いが熾烈化したことを意味した。一九五三年には米英仏ソ中の五ヵ国により文化センターが相次いで開館し、日本の文化空間はさながら戦国時代のような様相を呈した。『朝日新聞』は「続々と国際文化センター――これも大戦の「遺産」／五ヵ国で文化競争の観」というタイトルでその動向を伝えている。[172]それによれば、「戦争の後では国際親善とか国際文化交流とかが合言葉になるもので、第一次大戦の後では何々協会とか何々クラブとかが次々と生れた」が、「第二次大戦後の場合は、文化センターの設立に重点が置かれている」というのであった。そして「国際文化センターとして、戦後派ナンバーワン」というアメリカ文化センターをはじめとして、日ソ図書館、英国文化振興会図書室、日仏会館、ロックフェラー国際会館、日中会館の設立の動きを、「世界の文化競争の縮図」に見立てて紹介している。[173]そのなかで国際文化会館が各国の文化施設とは一線を画する施設として意味づけられていることは興味深い。記事は「ロックフェラー国際会館」を、「センターの国籍からいえば米国だが、米国の臭みは割合にうすい」として、「これは日米両国だけのためでなく、広く各国との文化交流機関にするというところに、他の文化センターと異る点がある」と説明している。

以上、講和を迎えた一九五〇年代の文化交流について述べてきたが、ここで日米文化関係を捉える視点をまとめたい。松田武は、文化関係には精神を豊かにするといった純粋に文化そのものの内在した目的と、文化を手段とした政治的な目的の間の緊張関係、あるいは個人と公的機関や政府機関の間の緊張関係が、たとえそれが表面に表れないときでも常に存在すると指摘する。[174]ロックフェラー三世が一九五四年に「日米間の親善に寄与した」功労により、昭和天皇から勲一等瑞宝章を授与されたことは、[175]日米文化関係の制度化への一つの評価を代表するだろう。つまり、占領からポスト占領への移行期につくられた教育・文化交流事業の制度的枠組みは、その後長期にわたって日米間の対話と友好関係に貢献したとみることが可能である。他方、国際文化会館とアジア・ソサエティ復興へのロ財団の資金援助を、「日本を含むアジア諸国を親米的な友好国家の一員にすることを意図した冷戦下における「文化政治」(cultural politics) へのロ財団の積極的関与」の具体例として意味づける佐々木豊の評価は、もう一方の見方を代表するものだろう。東西対決の構図のなかで形成されたポスト占領期の日米文化関係には、計画の段階から内在した国際親善の理想と冷戦の政治戦略が分ちがたく同居し続けた。

しかしたとえ後者に傾いた場合であっても、それをアメリカによる一方的な洗脳であるとみることは多くの場合正しくないだろう。松本重治は後年国際文化会館を振り返り、ロックフェラーらは「親日家だったが、日米友好という善意だけで動いてくれたのではないだろう。日本をソ連にとられたくない、アメリカにひきつけておきたい、という戦略が半分だったに違いない。……文化攻勢にはそういう戦略があった[176]」と語ったと言われる。この言葉は、文化関係を主導した日米の指導者が互いに戦略的な必要性を認識した上で協力したことを示す。藤田文子が指摘するように、「交流計画の緊急性を訴えた日本のリベラルな知識人もまた、マルクス主義者が優勢を占める五〇年代日本の思想的潮流の変化を期待し」ていた[177]。この日本側の協力なしに、大規模な交流事業は成立しえなかった。

次に、政府と民間の関係についても敷衍して整理しておきたい。これまで確認してきたように、冷戦期のアメリカの対外文化活動は、官民の協力と連携を大きな特徴とした。とはいえ、両者の関係が常に調和的であったわけではない。政策の重点や具体的な方針ではしばしば両者の間に食い違いが生じた。マッカーシズムに過剰にのめり込む政府に対するロックフェラー財団の抵抗と両者の間の軋轢を分析したキンバリー・グールド・アシザワは、財団が常に政府に追随していたわけではないが、「国益の念をもって活動をしていたことも事実」であると実状を捉える[178]。一方で、政府と民間の間を行き来しながら両者を繋ぐ中間者の役割を果たしたロックフェラー三世のような人物が占めていた位置は特異なものと言えよう。講和使節団の文化顧問としての提言の延長線上で、私人の立場に戻った後にも政府と民間、アメリカと日本側のそれぞれの立場からの要望を収斂して調整しながら交流事業を具体化させていった彼の軌跡から、官と民を正確に分けて区別することは難しい。

最後に、文化プログラムの性格やそれが与えた影響が、実際にそれが行われる場の環境によって大きく左右されたことを看過ごしてはならないだろう。松本重治は、日米知的交流計画の成果を次のように評価した。

当初からの two way traffic という主旨にしたがって、ほぼアメリカその他から日本に招かれた賓客と、（日本から渡米した指導者は――引用者注）数においては、あまり相違はなかった。しかし日本から送られた人々は、日本においては、押しも押されもせぬ一流の知識人ないし文化人であったが、訪問国への影響を、アメリカから来日した人々が日本に与えた影響と比べてみると、少なからずさびしい気がする。これらの日本の知識人は、各自の学殖や人間的な持ち味を通じて、立派に使命をはたしたのであったが、訪米の成果を客観的に評価しようとすれば、語学の障害その他いろいろな技術的原因や、１９５０年代当初のアメリカの日本への関心がまだ薄かった事実から、１００パーセントの成果をあげたとはいいがたい[179]。

この言葉は、日米文化交流の片方の受け皿であったアメリカの当時の文化的状況を照らし出す。藤田文子によれば、日米知的交流を通して訪日したアメリカ人は通常五週間から二ヵ月を滞在期間として講演や対談が多く組まれたのに対し、日本人は三ヵ月あまりの期間で視察と観光が多かったという[180]。需要の非対称が生んだこのような不均衡は、この時期に行われた日米間交流計画に概ね共通する。ここに一つの限界をみることも可能だろう。

それでは、日米間の文化交流はもう一方の受け皿であった日本に何を残したのだろうか。この問いは本書の全体の主題の一つでもあり、次章以降では文学を通してこの問題を追究したい。さしあたっては、アメリカによる日本のアメリカ研究への助成が長期的に及ぼした影響について論究した松田武の考察が一つの示唆を与えるだろう。松田は、アメリカ研究への潤沢な財政的支援が、日米の相互理解と友好に貢献した反面、結果として日本の知識人の間にアメリカに対する「半永久的依存」をも培養したと指摘する。アメリカの支援を受けた研究者たちは、アメリカに批判的な発言を自粛することもあった。この指摘に基づくならば、占領期の検閲に代わって「自己検閲」を促す別の力学が講和以後の日本の言語空間に働いたことになろう。むろん、「日本人は、提供される様々なプログラムを取捨選択しながら、自分の世界を広げるために活用したプラスの面のほうが大きかったと思う。アメリカの文化や価値観に魅力を感じながらも、アメリカ政府の具体的な政策には反対する人もけっして少なくはない」とする藤田文子のように、異なる評価も可能である。[181] しかしいずれの立場であれ、占領に続く五〇年代を通して、ますます日本の「対話」の相手がアメリカに固定していったことは否定できないだろう。

第四節　異文化の交流とナショナル・アイデンティティの相関関係

アメリカ政府や日米の民間の指導者の協力による文化活動に光をあててポスト占領期の日米文化関係を論じてきたが、最後に同時代への影響を考察したい。一九五〇年代に本格化した日米間の文化交流は、広く一般の人々の間にどのような反応を惹き起こしたのだろうか。またそれは、ポスト占領期の文化空間にいかなる力学を生み出したのか。本節では、文化交流をめぐる同時代言説を通して、異文化交流が文化空間の周縁の一角で起こる出来事に留まるのでなく、異文化との接触の場こそはナショナル・アイデンティティが生成される中心的な場であることを明らかにしたい。独立直後から始動した日米間の文化の交流が、日本の自己像の形成に大きく関与したと思われるからである。

まずは講和の時点に遡って、当時の文化的状況を振り返ってみよう。この時期、講和を機にアメリカの日本での文化活動が中断されることを憂う声が聞かれたことは既に述べた。これとは異なる立場から文化国家の行方に憂慮を示したのは、評論家の亀井勝一郎である。[182] 講和発効の日に朝日新聞に掲載された「文化国家の行方——独立第一歩にあたり」の一文で亀井は、平和条約を「アメリカの衛星国として独立の格好をするだけ」であると看做し、当時の混乱した文化状況に不安げな視線を投げかける。そこに映るのは、近代的な大ビルとバラック住宅とが混在し、都市と農村の間に不均衡が広がる「大へんな跛行状態」であり、戦争の恐怖から眼を逸らすようにして娯楽に没頭する人々の姿である。そして一、二年の間に急速に植民地化した東京の風俗や風景に彼は、独立後に「反動として日本の伝統、日本美の再発見」が表れることを予見する。そのようにして再発見される日本文化が、戦争中のように「宣伝性を帯び」て「変質」したり、あるいは「外人の「ワンダフル」に対する追従笑いをこめた奴隷のエチケット」に陥ることを戒め、健全な文化国家への厳しい覚悟を語る亀井の言葉が表すように、講和を前にした日本の文化界は不安と期待とを膨らませていた。

このようななかにあって始動した文化交流事業に人々が高い関心を寄せたことは、講和を前後した時期に文化交流をめぐる議論が新聞雑誌の紙面を賑わせたことから窺い知られる。例えば一九五三年八月号の『中央公論』は、匿名の書き手による寄稿文「文化交流について」が巻頭言を飾った。「国際間に横たわる政治、経済問題の解決には国際的相互理解が必要不可欠であること、更に相互理解は相互の文化的理解にまで到達するのでなければ充分であるとはいえないことを思えば、国際的文化理解の促進をないがしろにするがごときは、結局日本の国際政治や国際経済における地位を困難ならしめることにほかならない」と説いている。文化交流が日本の国益にもかなったものであることを強調して語った右の文章には、[183]アメリカ側で文化計画を推進したダレスやロックフェラー三世の言葉がそのままこだましているかのようである。匿名の書き手は、少数の知識人文化人の間で行われている現存の交流事業を大衆にまで拡充するためのより積極的な取り組みを日本政府に促した。

このように交流事業の推進の声は日本国民からも上がっていたが、日米間の文化交流計画に対する立場は賛否両論が入り混じり、なかには強い反発も見られた。背景にあったのはむろん、講和を前後した反米感情の昂揚である。同じく『中央公論』に掲載された「反米感情は消えない」（一九五三・一一）で、小説家の石川達三はそうした感情を直截に表現した。石川は占領後期のいわゆる「逆コース」を槍玉にあげて、「米国は八年かかつて、米国が決して日本の眞の味方ではないといふことを、日本人の前に証明してみせたのだ」と手厳しく批判した。[184]また、行政協定の締結や基地問題などに表れたアメリカの対外政策は日本政府及び財界と手を組んで日本の知識人や国民一般とを疎外するもので、日本人の間に反感が起こるのはむしろ自然な結果であると論難した。こうした立場の人々に、アメリカの掲げる相互理解の理想は全く様相の異なるものとして映った。石川は知識人を標的にした文化交流の企てについて、「彼等（アメリカ――引用者注）はいろいろと手を盡して、知識人をも親米的にしようと努力してゐる。しかし知識人はその前に、日本に来たアメリカ人といふものをよくよく観察した。（…）趣味、素行、風俗、社会道徳、何を見ても関心するものが無かつた」と激しい筆致で綴り、敵愾心を露わにした[185]。知識人のなかには、感情的な「反米意識」と区別して、「独立したという自覚のあらわれ」と見るべき「「対米」意識が日米親善の條件になる」と説いた福田定良のように、冷静に介入を試みた場合もあった[186]。しかし左翼系の知識人を中心として反米思潮は頂点に達しており、アメリカは予断を許さぬ状況にあるとみてその対策に頭を悩ましていた。

だが総じて言うならこの時期の日本国民は、戦争と占領が続き一〇年余の間海外への扉が閉鎖されていたことへの反動から、外との繋がりを強く求めていた。日本がユネスコへの正式加盟を果たした一九五三年にパリにて同時開催されたユネスコ総会とペンクラブ大会に参加した文化人たちによる座談会は、そうした時代の雰囲気を活き活きと伝える。日本ペンクラブの代表として会議に出席した石川達三と芹澤光治良は、ユネスコやペンクラブの活動への国民の関心の盛り上がりを、「国際的地位を早く回復したい、という民間のひとたちの熱心な希望」、「世界につながりたい、世界を知りたい、また日本を同時に世界に知つてもらいたい、という希望」を土台としたものと解釈している。芹澤の表現によればこの時期の日本人は、「とに角世界に向つて開かれている窓という窓には、みな熱心に押し寄せて大きく呼吸しようとし」ていた[187]。

文化交流を通した国際舞台への復帰は、このような国民的な願望に国際社会が承認を与えるものとして受けとめられた。国際会議の様子を報告する前田多門（ユネスコ）と石川達三（ペンクラブ）、座談会の司会を務めた池島信平（文藝春秋社）の間の次のようなやり取りは、この点をはっきりと伝える。

前田　それから、わたくしたちが特に嬉しく感じたことは、世界が日本を、相当の敬意を以て呉れていることに変りがない、ということでした。日本では、三等国、四等国というような情けない言葉が平気で国民の口に上りましたが、すくなくとも、ユネスコ総会における日本の地位というものは、もっともっと高いものです。これはペンクラブの方もおなじことだと思いますが如何でしたか。

石川　日本は戦争に負けたことで全く自信を失つているんですが、そう考える必要はないんです。フランス、ドイツ、イタリーなどは何べんも負けているんですからね。

池島　負けることは必ずしも恥ではない、負けてしまつて、その国の伝統をなくしてしまうことが恥辱だ、といつた空気をかんじましたね。[188]

「自信をもて日本人」の見出しのもとに並ぶこれらの発言には、国民の士気を鼓舞するような調子がみられる。折しも日本は講和を迎えて政治的な独立を果たし、朝鮮戦争の特需をばねに経済が復興しつつあった。そのような時期に合わせて開始された活発な文化交流が、国際社会の一員である文化国民としての自信を与えたことを、右の引用文は雄弁に物語っている。池島の発言からは、自国の文化や伝統の見直しへの機運が読み取れる。

その意味で、この時期から日本が文化の輸出にも目を向け始めていることも注目される。「系統的な対策なし――日本文化の海外紹介」(『朝日新聞』一九五三・七・三一)は、体系的な文化の発信が欠如した現状を問題化した。

終戦八年を経た今日、各国の文化交流は漸く活発となってきたようだ。世界のすみずみから知名文化人が相次いで訪れ、東洋のちっぽけな島「日本」に対する各国文化人の関心は深まっているが、反面「日本」といえばフジヤマ、ゲイシャ、サクラ……に好奇心を寄せるだけの人々も決して少なくはない。つまり、「輸入文化」という言葉で表現されるその日暮しの「文化国家」にふさわしく、海外での日本文化の紹介、宣伝はほとんどゼロなのが実情――。ネコも、シャクシも「文化」「文化」と叫ぶ一面、組織的、系統的な文化政策は無きに等しい……と嘆く声が多いのは何故だろうか。[189]

同様の趣旨は、先にも取り上げた『中央公論』一九五三年八月号の巻頭言にも見られた。文化交流計画の多くが外国の政府や文化団体の資金助成によって行われている現状を指摘し、文化を「不要不急のもの」と考える日本政府の消極的な姿勢に修正を促したのである。[190] 戦後の文化交流に照らして、かつての帝国日本の対外文化政策を振り返る論調もみられる。文化帝国主義に陥っていた戦前の日本の文化計画と比較してロックフェラーの構想した双方向の原則に基づく文化交流に支持を表明した最高裁判官の田中耕太郎がその一例である。[191] 戦前の失敗をも踏まえつつ、一九五〇年代から日本は文化交流の国際的潮流に加わり、アジアを中心とした地域の外交において「文化外交」の比重を高めていった。[192]

さてこのようにみれば、講和以後の日本は文化交流を通して敗戦直後に掲げた「文化国家」の国家像を実体化していったようにみえる。文化の交流は、「世界」へ開かれた「文化国家」の国民であるとの実感を与え、そうした自己像に対して他者から承認を得る重要な場として、ナショナルなアイデンティティを構築する上で要の役割を果たしたのだ。そこで、本章を締めくくるにあたり、異文化交流の孕む幾つかの問題を提起し、文化の交流とナショナル・アイデンティティの相関関係について若干の考察を加えたい。

まず考察のために、前節でも取り上げた『朝日新聞』の記事「続々と国際文化センター」（一九五三・七・七）から一部を抜粋して掲げたい。記事は、各国の文化会館の紹介を締めくくる小見出しとして「他国の文化におぼれずに――井上理事の話」を設け、国際文化振興会の井上常務理事の次のような見解を採録している。

各国の文化センターが次々と生れるのは、慶賀すべきことだと思う。これを「敗戦国への文化攻勢」だなどとする見方には賛成できない。素直に受取り、これを活用することを考えればよいと思う。どこの国でも自国の文化を紹介するための努力をするのは常道で、それらが同じ年に次々にできるというのも、偶然のことであって、特別の理由はないと思う。ただ、こういう機関を利用する日本人側の心の持ち方が大切で、接触する文化におぼれきっては意味がない。[193]

文化センターへの見方と、それを利用する側の心構えについて述べた右の引用文から、以下に二つの問題を抽出して提起したい。

一つ目は、「文化センター」に代表されるような文化交流の企てのもつ性質に関するものである。文化会館を他国への「文化攻勢」と見做す攻撃に対して、「どこの国でも自国の文化を紹介するための努力をするのは常道」であると擁護し、それを「素直に受取る」ことを諭す立場は、文化会館を国際親善の純粋な意図に基づいたものとする評価を表すといえよう。ここに見られる国益の追求と国際親善の理想という二つの評価軸の対立は、これまで冷戦期の文化関係を論じるなかで繰り返し浮かび上がったおなじみのものである。もう一つの事例として、同節で挙げた引用文中で石川達三が、アメリカによる知識人の交流事業には不信を示し、一方でユネスコの活動は強く支持していることに注目したい。一九四七年から始まった日本のユネスコ活動やユネスコへの正式加盟の背後に、ユネスコの活動を活用して日本の民主化と西側の結束を図るというアメリカの占領期以来一貫した文化政策があったことは、これまでに確認した。[194]それはアメリカだけに偏った文化交流が惹き起こすであろう反感と疑惑に対する防御策でもあったのである。石川はこの点にはおそらく気づいていなかったのだろう。ところでそうすると、石川の立脚していた明確な評価の基準はゆらぐように思われる。そしてここで石川の認識にみられる盲点は、望ましい文化交流はいかにして区別されうるかという問題を提起するのではないだろうか。そもそも、自国の利益を目的とした文化事業と国際親善や相互理解を目的とした文化交流は、容易に区分されうるものだろうか。両者を分つ線はどのようにして引くことができるのか。

二点目は、異文化交流に臨む際の正しい態度の問題である。文化会館の利用者に「接触する文化におぼれきっては意味がない」と話した井上理事の忠告は、異文化摂取の主体性を強調したようにも読めるが、この時期には、異文化交流に埋没して自国のアイデンティティを失うことを戒める論調が頻繁に見られた。同じ時期に『読売新聞』は、「もし日本人がアメリカとの真の文化交流を望むならば、まず初めに本物の日本人になる必要がある。なぜならば、単にアメリカ化しているだけでは尊敬されないからである」と警告し、日本人としての文化アイデンティティをしっかり持つことが文化交流をする上での前提条件となることを説いている[195]。関連して注目されるのは、文化の交流がさかんになるほどに、日本人としてのナショナルなアイデンティティを再確認する言説が多く出て来たことだ。ペンクラブ国際会議に参加した芹澤光治良は、「日本は立派な文化の伝統を持つ国で、他の後進国とは違うのだ、という日本に対する尊敬を込めた評価」を感じたことから「日本国民である、という自覚を強くした」と語る[196]。ここには、異文化間の交流がかえって国民としてのアイデンティティを促すという逆説がよく表れている。だとすれば異文化の交流は、既存の文化の価値を再確認し、より強固にするものなのだろうか。

これらの問いは、異文化交流の性質の核心に触れているように思われる。その問いに答えるためには、「文化」のそもそもの成り立ちに立ち返ってみることが有用かも知れない。ここで歴史を遡り、「文明」や「文化」といった一対の概念が、近代の国民国家の成立とともに成立した事実を想起したい[197]。この歴史的事実は、「文化」の性質を理解するのに役立つ。西川長夫は、「文化」が本質的に「国民統合のための強力なイデオロギー装置」であることを指摘する。このことは、敗戦直後の時期に「文化国家」の旗印が精神的・イデオロギー的な空白を埋めて国民を統合するものとして掲げられたことを思えば分かりやすい。近代国家では、各々の国家や民族が独自性をもった文化を担うものと想定される。したがって「文化」とは、国民国家の間に自他を区分する境界線の存在を前提とし、「境界の内部における均質性」と「境界外の世界との差異と異質性」を同時に主張する概念なのだ[198]。

だとすれば、西川も指摘するように、「異文化交流という用語は、一方では既成の文化概念に従って「異文化」という境界に区切られた異質な文化の存在を前提としながら、「交流」という語によってその古い概念を突き崩している[199]」という矛盾を含んでいることになる。ここには、異文化交流の孕む根本的なパラドクスが潜んでいる。もしも文化を特定の集団の独自な価値体系であると定義するならば[200]、異文化と交わることは即ち、文化的独自性を脅かす企てにほかならない。このようなパラドクスの内部に置かれる結果、異文化交流には自国の文化が変容を蒙ることへの戸惑いが常につきまとう。他国の文化におぼれることを戒める言説には、そうした不安や戸惑いが滲んでいるように見える。

一方、そのような不安がアメリカ側ではなく、もっぱら日本の側に表れていることは、ある種の不均衡があることを示唆する。西川長夫に倣い、異文化交流をイマニュエル・ウォーラーステインの描いた「世界システム」のなかにおいて捉えてみると、異文化交流に働く力学がよりはっきりする。[201] ウォーラーステインの世界システム論によれば、一六世紀から地球規模で拡がった資本主義的な分業体制である世界システムのなかで、各々の国は中核――（半周辺）――周辺のいずれかに位置づけられている。そしてこの世界システムは、中核（中心）と周辺（周縁）の間の不平等な力関係によって特徴付けられる。ウォーラーステインの視点を援用して、西川は異文化交流には次のような性質があると分析する。一つには、「国民国家には、文化交流を妨げる面と促進する面という二つの矛盾した働きがある」という点である。世界システムのなかで、各々の国民国家は孤立を免れるために交流を促すが、他方で国民国家としての統合を保つために統制もするからだ。この矛盾した力学は、先ほどの引用文の井上理事の言葉に見事に表れているだろう。第二に、「文化」を担う「国家」や「民族」は世界システムのなかで不平等な力関係のなかに包摂されており、「文化」そのものも世界システム内の各国家の力関係を反映する。そのため文化には「強い文化」と「弱い文化」があり、「平等な異文化交流はありえない[202]」。したがってどのようにことばを繕っても、ポスト占領期の日米間の文化交流は「先進文化」の輸入受容という性質を強く帯びることを免れないだろう。また、講和直後から現れた文化発信への動きは、一面では自信の回復の表れだが、文化の流入と輸出の間の著しい不均衡への反動としての側面も強い。そして第三に、不均衡な力関係によって統合された世界システムのなかで、異文化交流は常に多少なりとも強制的である。[203]

以上述べたような力学が文化交流の試みに本質的に内在するがゆえに、異文化交流の試みは必然的に国民国家の利益を反映し、交流する主体としての国民を再構築する。それは、ポスト占領期の日米文化関係のなかにもさまざまな場面で表れた。相互理解の目標と文化冷戦の遂行の間の緊張関係は各々の交流事業において異なる力学で働いた。一方、政府主導の文化計画がアメリカのプロパガンダであるとの疑いに強く直面したのに比べて、民間主体もまたナショナルな欲望から自由ではないことは見落とされがちである。だが、全ての文化交流の企ては多少なりともナショナリズムを構造として内に含んでいることを念頭に置くべきであろう。[204] 普遍主義的な人類の福祉と相互理解を促進するという理想をもって助成を行うことを謳うアメリカの財団にも、否応なくアメリカの「国益の念」が絡んでいた。

しかし文化はそもそも国境を越えて交わり、絶えず変容するものである。西川は「固定的で純粋な文化」という考えに「文化の本来的な流動性、雑種性、複数性」を対置し、文化を動態的に捉えることを提唱する。[205] 先の引用文で井上理事が「どこの国でも自国の文化を紹介するための努力をするのは常道で」あると話したように、異文化交流はむしろ常態であり、文化は絶えず相互に変容するものだろう。同時に異文化交流という事象は、ナショナルなアイデンティティを再構築する。問うべきは、アメリカという「異文化」との接触により日本がどのようなアイデンティティの変容を経験したのかであろう。

第六章　文化冷戦と文学場——ロックフェラー財団の文学者留学支援プログラムを中心に

講和を踏まえて移行した日米関係の新たな段階は、文学空間にどのように反映したのだろうか。これまでの研究において、戦後の日本の文学領域へのアメリカの関与は、占領期の検閲を主な焦点として論じられてきた。だが、占領期の文化政策が講和以後に調整を施して継承されたというこれまでの議論から振り返れば、文化の一領域である文学の表現の上に働く圧力もまた、日本の独立した地位を踏まえた講和以後の日米関係に適応した新たな形態で持続したのではなかろうか。本章では、講和以後の日米文化交流の舞台に多くの文学者たちが立っていたことに光をあてる。

第五章で取り上げたポスト講和期の文化事業には、文学者たちも文化界を代表してさまざまな場面で関与した。例えば、国際文化会館の設立のための準備委員会には当時の日本ペンクラブの会長の川端康成が名を連ね、若い評論家の小田実が運営スタッフに抜擢された。(1) 施設の竣工が始まると、日本文芸家協会の会長を務めていた青野季吉らの助言に基づいて、日本ペンクラブ及び文芸家協会の会員にも広く会員としての支援を呼びかけた。(2) このようにして文学者たちは、文化界を代表する「文化人」として、外国との交流事業において進んで指導的な役割を演じた。

また、知識人への影響を意図した情報交換の一環として実施された書籍寄贈プログラムが文学者に多くの書籍を送ったことは、文学者たちが文化攻勢の対象として目されたことを意味するだろう。例えば東京のアメリカ大使館は、日本ペンクラブの会員である日本人の作家、批評家、劇作家をお茶のパーティーに招き、アメリカ大使館の広報官らと引き合わせた。帰り際には、川端康成、阿部知二、三島由紀夫らを含む賓客に対して、それぞれ「思慮深く選ばれた最近のアメリカ合衆国の知的テーマに関する書籍」が贈られた。川端には『芸術には多くの顔がある』が、三島には『アメリカのバレエ』が、それぞれ贈呈されたという。[3]

このように、講和以後に始動した日米間の文化交流は、日本の文学空間やそこに身を置く文学者たちを巻き込んでいった。そして講和以後には、多くの文学者たちが交流プログラムを通してアメリカへ渡航した。なかでも注目されるのは、ロックフェラー財団が占領の終結直後に文学者を対象とした助成プログラムを始動させたことである。以後、同財団の支援によるアメリカ留学の体験は、戦後を代表する文学者たちに広く共有された。そしてこれまでに論じてきた日米文化関係の文脈に照らせば、日米間の文化交流はアメリカのソフト・パワーが強く働いた文化冷戦の戦場であると同時に、日本のナショナルなアイデンティティが創出される中心的な場であったのである。

本章では、五〇年代の人物交流を視座として、これまで死角となっていたポスト講和の移行期の文学空間に光をあてる。ロックフェラー財団の創作フェローシップを中心的事例としながら、冷戦下で日本の文学者に働いたアメリカのソフト・パワーの一端を浮かび上がらせるとともに、ナショナル・アイデンティティの再編に文学が担った役割をも考察したい。

第一節　講和以後の日米人物交流と文学空間

一九五〇年代に活発化した日米間の文化交流において、文化外交への文学者の動員を物語る一つの出来事をはじめに紹介したい。一九五五年のウィリアム・フォークナー（William Faulkner）の来日である。[4] 藤田文子によれば、一九四九年度にノーベル文学賞を受賞したフォークナーは、その後にブラジルをはじめとした南米で文化外交使節としての役割を担った経験から、「文化交流計画を推進することによって、確実に直接アメリカに貢献できる」との国務省の説得を受け入れ、「他国の人たちに、彼らがときとして抱いているアメリカ像よりもっと真実に近い現実の姿を伝える」ための活動に信念を持つに至ったという。[5] そこで日本の反米感情が依然として高かった一九五五年の三月、米国務省のハロルド・E・ハウランドは彼に文化使節としての訪日を持ちかけた。当初は躊躇していたフォークナーは、「あなたがいてくれることは、アジアでの私たちの文化的威信を高めるうえで計り知れない価値をもち、またそこで増大しつつある反米主義をいくらかでも鎮めるのに貢献することを私は固く信じている」と熱心に説くハウランドの電報を受取り、強い使命感をもってこの任務を引き受けたという。[6]

こうしてフォークナーは同年八月一日に来日し、三週間にわたり日本に滞在した。彼を迎えた日本では、多彩な文化的催しが準備されていた。国際文化会館は人物交換援助計画を通して、フォークナーと日本人作家・評論家との間の懇談会を主宰した。[7]その席には、日本の文壇を代表して川端康成、伊藤整、大岡昇平、高見順、西村孝次、青野季吉らの六人の作家が出席した。[8]またフォークナーは、一九五三年から毎年夏に在日米国大使館と米国広報・文化交流局（USIS）が共同で主催していた「アメリカ文学セミナー」にも参加した。文学のみに対象分野を絞ったのがロックフェラー財団の資金援助による東京と京都での二つのアメリカ研究セミナーとの大きな相違点で、アメリカ人講師と日本人研究者がおよそ三週間の間泊り込みで議論を行うというものである。長野にある日米文化センターが会場となった。文化外交の一環として計画された同セミナーは、戦前までの日本の大学教育では軽視されてきたアメリカ文学の地位を高め、講義の質を充実させることをも目的としていたという。フォークナーは二週間ほど長野に滞在した後、京都のアメリカ文化センターにて開かれた「フォークナーの会」にも出席した。

過密な滞在日程を通してフォークナーは、大学教授、高校教員、研究者、学生、著述家、小説家、詩人、評論家を含む多くの日本人と会い、また記者団の質問にも答えた。対話の話題は、文学だけでなく南部の黒人問題などにも及んだ。また、南北戦争後の南部と敗戦と占領を経験した日本との間に共通点を見出したフォークナーは、日本の若者へ共感を寄せ、励ましのメッセージを送った。[9]彼の残した「日本の印象」や「日本の若者へ」といったエッセイは、新聞などに掲載され、日本人に深い感銘を与えた。[10]鈴木紀子は、アメリカ南部と日本との間の共通項を前景化したフォークナーの言説が、占領終結後にナショナル・アイデンティティの刷新を図る日本の自己意識が「日本文化の再肯定」へと向う足がかりとしての役目を演じたのだと分析している。[11]一方で日本の米国広報文化局（U

ＳＩＳ）は、アメリカを代表するノーベル文学賞受賞作家の来日を日米両国の親善とアメリカ大使館の活動の広報宣伝のための恰好の材料と捉え、冊子や映画として製作し配布した。

フォークナーの事例は、文学者を動員したアメリカの文化攻勢を端的に表す。またそれは、文化外交の場としての文学空間を強く浮かび上がらせる。相互理解の色彩を前面に掲げた異文化交流の場にこのようにはりめぐらされた文化政治を理解したとき、翻って注目されるのが、講和を迎えた五〇年代に日本からアメリカへの文学者の渡航が活発化したことだ。第五章で取り上げた人的交流プログラムを例に挙げよう。国際文化会館の人物交流プログラムである日米知的交流を通してアメリカへ渡った面々のなかには、長与善郎（作家／一九五三年渡米）、長谷川如是閑（作家・評論家／一九五六）、江藤淳（文芸評論家・東京工業大学社会学助教授／一九七二）、遠藤周作（作家／一九七六）[12]、大岡信（詩人／一九七八）といった文学者が含まれた。国際文化会館のスタッフを務めた小田実がフルブライトを与えられて渡米したのは一九五九年である。その体験は、ベストセラーとなった滞在記『なんでも見てやろう』（一九六一）によって大衆的に広く読まれた。さらに一九六六年には同プログラムを通して、倉橋由美子がアイオワ州立大学の創作科へ留学した[13]。一九五八年には、米国務省のフォーリン・リーダー・プログラム（Foreign Leader Program）の招聘を受けた火野葦平が二カ月間のアメリカ視察に渡っている。講和を前後して制度化された日米間の交流プログラムは、文学者たちの海外渡航を大きく後押ししたといえる。このほか、円地文子、平林たい子、檀一雄がアジア財団の支援で、中村光夫はユネスコ・フェローシップを授与されて、アメリカやヨーロッパを周った[14]。

こうしたなか、際立って多くの文学者を送り出したのが、ロックフェラー財団である。既述したように、講和から五〇年代を通しての時期に民間組織として日米間の文化交流を先導した同財団は、日本の大学や個人の学術活動に対する助成を活発に行った[15]。注目されるのは、同財団の支援により渡米した研究員のなかに、多数の文学者が含まれたことである。講和直後の一九五三年に福田恆存（以下、括弧内は留学期間／一九五三・九〜一九五四・九）と大岡昇平（一九五三・一〇〜一九五四・一二）が渡米したのをはじめとして、石井桃子（一九五四・八〜一九五五・八）、中村光夫（一九五五・六渡米、妻の急病のため一月で帰国）、阿川弘之（一九五五・一二〜一九五六・一二）、小島信夫（一九五七・四〜一九五八・四）、庄野潤三（一九五七・八〜一九五八・七）、有吉佐和子（一九五九・一一〜一九六〇・一二）、安岡章太郎（一九六〇・一一〜一九六一・五）、江藤淳（一九六二・八〜一九六三・九、さらにプリンストン大学東洋学科の教員として翌年八月まで滞在）といった文学者たちが次々に渡米を果たしたのである。[16] およそ一〇年の間に財団がアメリカへ送り出した文学者の数は、一〇名にものぼる。

このように講和以後の日本において文学者に多くの渡航の機会が与えられたのはなぜであろうか。まず指摘せねばならないのは、同時期にソ連や中国の政府がアメリカと同様に多くの文学者を自国へ招いたことである。「文化使節」と称された文学者の訪問団は五〇年代を通して共産主義国へ多く派遣され、帰国後にその「実態」を伝えた。時代は文化冷戦の真っ只中で、文学者たちをその戦場へと招いたのである。即ち、五〇年代の文学者の渡航はその要因を第一に冷戦を背景にした米ソの文化攻勢にみることができる。ではアメリカは、文学者の招聘を通して何を期待したのだろうか。

第五章で論じたアメリカの対日文化政策から、その意図を汲み上げることができるのではないか。一九五〇年代におけるアメリカ政府の対日文化政策の基本的指針をまとめた一九五三年の「対日心理作戦計画」は、人物交流を通して「アメリカに対する理解と共鳴を深めた日本の指導者たちが、その体験を多くの日本人と分かち合う」ことへの期待を述べていた。人選の対象として挙げられたのは、官僚、政治家、労働指導者、実業家、ジャーナリスト、芸術家、スポーツ選手などである。[17] 同様に交流を通した日米間の文化関係の発展を謳ったロックフェラー報告書が、「日本の文筆家その他の専門家ら（Japanese writers and other specialists）」（傍点引用者）が「書籍・雑誌・映画・演劇・ラジオ・紙芝居」などの伝達手段を通してアメリカに関する情報を効果的に伝えられるように機会を与えることを提言したことも注目される。日本のメディアは、アメリカのメディアよりも日本人にとって受け入れやすい点で、より効果的な情報媒体と考えられていたことも既に確認した通りである。[18] 講和を前後して作成されたこれらの政策文書は、アメリカが自国の文化を伝えるために日本のジャーナリストや著述家を積極的に活用することを計画していたことを示す。五〇年代に文学者の渡航が活発化したのは、こうした文脈と無関係ではないだろう。だとすれば文学者の渡航支援は、講和以後の日本の文学空間に対するアメリカの交渉の一形態を確かに示すものといえる。占領期を通してアメリカが、自国の文化を日本人に知らしめることを目的として、アメリカ製の書籍や映画の翻訳を数多く手がける傍らで、CIE映画の日本語での製作を行った事実にも留意したい[19]。こうした一連の文化活動に照らし合わせてみるならば、アメリカでの体験を日本語で書き著す作家たちこそは、アメリカ文化の優れた紹介者であり、同時に「翻訳者」でもあったはずだ。そして帰国した文学者たちは、文化攻勢の媒体(メディア)としての役割を背負わされたと見ることが可能であろう。

そこで次節では、文学者を最も多く招いたロックフェラー財団を事例として取り上げて、文学者による文化交流の様相を明らかにしたい。ロ財団による文学者の留学支援は、それが民間財団の交流プログラムであり、文学者という一見非政治的な領域に携わる個人を支援対象とする点で、先に述べた文化政治から自由であるかのような印象を与える。しかし一九五三年からのアイゼンハワー政権が文化外交政策の中核に据えて推進したのは、「ピープル・トゥ・ピープル・プログラム（People-to-People Program）」（一九五六〜）という民間人交流プログラムにほかならない。同プログラムが掲げた、「アメリカ国民は人類共通の価値や進歩を大切にしている」という平和主義的な自己像こそは[20]、まさに全人類の福祉の向上を謳ったロックフェラー財団の篤志事業の理念にもそのまま重なるものである。したがって財団の文学者留学支援はむしろ、五〇年代のアメリカの文化外交路線を最も忠実かつ模範的に体現したプログラムの一つであるというべきであろう。付言するなら、ロックフェラー二世が先の報告書のなかで、政府が文化交流を直接支援することによりプロパガンダであるとの疑いを相手国の人々に呼び起こす危険性を警告していた事実をも見落としてはならない。

第二節　ロックフェラー財団創作フェローシップ（Rockefeller Foundation Creative Fellowship）プログラムの実態

ロックフェラー財団がこれほどまでに多くの文学者を送り出したのは、財団の人文プログラムのなかに創作フェローシップ（Creative Fellowship）という特別な支援枠が設けられたためである。財団は講和の発効に合わせた一九五三年に文学者を対象として一年間の留学を支援する同プログラムを新たに始動させ、以後五〇年代を通して日本の文学者を系統的にアメリカへ送り出した。プログラムの立ち上げに関わった坂西志保は、後年そのときの様子を次のように振り返っている。多少長いが、プログラムを語った重要な証言であり、時代の雰囲気をよく伝えると思われるので引用する。

為政者が祖国の悲劇と半ば飢餓情態にあった一般国民に対して申し訳ないと詫びていた時代はとっくにすぎて、民主主義の生活を打立てるためにはどうしたらよいかという大きな課題と取組み、前途はまっ暗で途方に暮れていた。その時、ロックフェラー財団の文化部長で、基金の授与を担当していられたチャールズ・B・ファーズ博士が来日された。博士は京都大学に学ばれ、日本語が堪能で、終戦後各年毎に日本を訪れ、私たちが当面している困難な問題をよく知っていられた。そして、戦前ロ財団が日本の学術団体や大学に援助を、また教授や研究者を海外に留学させて下さったりした例に鑑み、敗戦国の日本で創作活動に従事している人たちを一年の予定で海外に派遣することにしたいといわれた。これをきいて私は飛び上がるほどよろこんだ。当時の日本にとって海外事情を詳細に書いてくれる人たちこそ、ほんとうにそれからの日本の民主主義の手本を示してくれることになると思ったからである。そしてこれはロ財団の創作家への奨学金ということになり、期間は一年間、数ヶ月合衆国に滞在するのが望ましいが、別に制限はない。ヨーロッパに行ってもよい。報告その他は一切要求しない。私が候補者を選び、ファーズ博士が面接して最後に決める。大体こんなことで話がまとまり、その第一回に福田恆存さんと大岡昇平さんが選ばれた(21)。

軍事占領下での厳しい渡航制限が漸く解除されたとはいえ、まだ外国の身元保証人や資金援助がなければ留学などほとんど叶わなかった時代である。財団の提案に対する坂西の反応から、占領終結の翌年から始まった文学者の海外渡航にいかに大きな期待が寄せられたかが推して知られる。坂西がこの留学プログラムに日本の民主主義の実現という望みを託したことや、候補の人選には日米双方が携り、実際の留学が自由度の高いものであったことなども窺われる。

坂西の発言からは、創作フェローシップの凡その輪郭が知られる。だがこのプログラムについては未解明の部分が多く、その全体像を知るには財団側がいかなる意図や方針の下に文学者に対する支援を行ったかをさらに明らかにすることが必要と思われる。そこで以下においては、ロックフェラー財団文書館（Rockefeller Foundation Archive Center）に所蔵された財団の内部資料や関連人物の発言などを手がかりに、この交流プログラムの性格や日米双方の思惑をも含めた諸様相を論じたい。本節ではまず、ロックフェラー財団の創作フェローシップがいかなるプログラムであったのかを、制度としての側面に焦点をあてて詳しく論じるとしよう。

まずは創作プログラムの計画と運営に最も大きく関わった二人の重要人物の経歴を確認しよう。坂西志保（一八九六～一九七六）と、回想のなかに言及のあるチャールズ・B・ファーズ（Charles Burton Fahs, 1908-1980）である。創作フェローシップの計画と人選などの責任者であったファーズは、エドウィン・O・ライシャワー（Edwin O. Reischauer）、ヒュー・ボートン（Hugh Borton）、ロバート・ホール（Robert B. Hall）らと並ぶ戦前からの数少ないアメリカの日本研究者の一人で、一九三四年から三六年にかけてロックフェラー財団の助成で京都帝国大学と東京帝国大学に留学した経歴を持つ。戦時中から終戦直後にかけては戦略諜報局（OSS、Office of Strategic Services）や国務省などで要職を勤め、一九四六年にロックフェラー財団から日本関連プログラムの立ち上げのために人文学部門（Humanities Division）の課長補佐（assistant director）に抜擢された。一九五〇年には人文学部門の課長

（director）に着任し、以後六一年にライシャワー大使から東京のアメリカ大使館の文化部門の参事官に任命されて財団を転出するまで、人文課長として日本関連プログラムを統括し、創作フェローシップの計画と運営の主たる責任者を務めた[22]。

ロックフェラー三世が日米の交流に計画段階から日米双方が参加することを重要であると考えたように、ロックフェラー財団の創作フェローシップにも計画の段階から日本人が携わった。国際文化会館の創設において松本重治が中心的な役割を果たしたとするならば、創作プログラムの計画と運営において日本側の相談役を務めたのが、先の回想の坂西志保である。坂西は一九二〇年代にミシガン大学に学び、米議会図書館の日本部長を務めていたが、太平洋戦争の勃発に伴い交換船で帰国した。戦後は占領下でGHQに勤務した後、参議院外務専門委員やユネスコの日本代表などを歴任し、国際文化会館にも評議員として携わるなど、日米文化交流に知米派として広く関わっている。その傍らで、精力的な文筆活動を通してアメリカの文化・歴史の紹介にも大きな功績を残した。戦後のアメリカ的生活様式の受容を語る際、占領下である一九四九年から一九五一年にかけて『朝日新聞』の朝刊に掲載され、大衆的な人気を博したアメリカの漫画『ブロンディ（*Blondie*）』（チック・ヤング作[23]）がよく取り上げられるが、その翻訳を手掛けたのも坂西である[24]。

先の引用文に戻れば、この文章は一九五九年に上梓された庄野潤三の『ガンビア滞在記』に坂西が寄せた「解説」のなかの一節で、財団による留学支援について一般に知られた凡その輪郭を示すものといってよく、管見の限りでは、ファーズや坂西が創作フェローシップに関して引用以上の詳しいことを公に語った発言は見当たらない。実際の留学の模様は文学者たちが帰国後に発表した作品などから窺うことができるが、運営側がいかなる意図と方針を以てプログラムを実施したのかは大きな死角となってきた。ところが、ロックフェラー財団文書館には二人がこの留学プログラムについて詳しく述べた文書が残されている。

財団文書館の厖大な資料群のなかでも文学者の留学プログラムを知る上でとりわけ重要な参考文書となるのが、一九五九年に財団理事会に提出された極秘（confidential）の報告書「日本文学フェローシップ・プログラム（The

Japanese Literary Fellowship Program）」（以下、一九五九年報告書）である。筆者が財団文書館で行った資料調査で新たに発掘した同文書は、ファーズと坂西が同プログラムの立ち上げからその経過と成果までをまとめた中間報告書で、末尾に参考人の意見として、庄野潤三を受け入れたオハイオ州ガンビアに基盤を置く文芸批評雑誌『ケニオン・レビュー（*Kenyon Review*）』誌の編集長で著名な文芸批評家・詩人であるジョン・クロウ・ランサム（John Crowe Ransom）の執筆による意見書が添えられている。庄野の滞在が彼とガンビアの双方にとっていかに有意義であったかを綴ったものである。さらに財団文書館所蔵のファーズの日記[26]は、プログラムの実態を知るためのもう一つの有効な手がかりとなるだろう。日本滞在中の記録から、彼の対日活動に関する考えや人選の様子などを垣間見ることができる。以下、主にこの二つの資料を併せ読むことにより見える創作フェローシップの制度としての実態を、分析を交えながらまとめたい。

（一）プログラムの計画と運営をめぐる日米の協力

一九五九年報告書は三人の執筆者による三つの部分で構成されるが、そのうち本文に該当する詳細な報告文の執筆を坂西志保が担当し、ファーズはそれへの「序文」として、報告書の書き手である坂西の略歴とプログラムの概略、フェローの紹介を順に述べている。こうした報告書の構成からも、坂西が創作フェローシップ・プログラムにおいて重大な役割を担ったであろうことが裏付けられるように思われるが、このように留学支援に日米双方が関わったことは特筆すべき点である。まず、この点を確認したい。

ファーズによれば、日本の文学者に対する留学支援の企画当初に、財団はそのような試みが望ましいか否かについて慎重に検討を重ねたという。その際に重要な相談役となったのが、ファーズとは旧知の仲であった坂西志保であった。その時の様子を、ファーズは次のように語る。

彼女と私は、海外への渡航が良い影響に劣らず悪い影響を与えるのではないか、また日本における作家たちの比較的優位な地位に鑑みればそもそも本当に支援が必要であるかどうかについて率直に話し合った。そして、日本国内において支援は必要ではないが、とりわけ一九三〇年代から続いた日本の国際社会における孤立に鑑みて、何人かの日本の作家に国際的な経験の機会を与えることは必ず必要であるとのことで意見が一致した。海外渡航によって達成されるべき目標は、別の文化への理解を深めることにより新たに得られる視点を通して、人間の生活や性質に関する作家の認識を広げることにある。(27)

先に取り上げた坂西の発言のみを参照すると、財団で決定された支援計画を知らされた坂西が大きな喜びを以てこれを受け入れたようにも読めるのだが、このファーズの報告から、坂西が立ち上げの段階から深く関わった事実が確認される。

さらに続けてファーズは、プログラムに関する彼の助言役として、日米合同の非公式の委員会（informal committee）が組織されたことを報告している。坂西志保を筆頭として、彼女の推薦を受けて国際文化会館の副理事を務めていたゴードン・ボウルズ（Gordon Bowles）と作家で参議院議員も務めていた山本有三が委員となった。人事における日米の均衡を図ったものと察せられる。報告書には、この委員会の役割と権限が明示的に述べられた。候補の推薦やプログラムの計画に関する三人の助言を受けて、ファーズがこれに縛られることなく研究員の選定を行い、最終的な承認の権限は財団の理事会に委ねられたというのである。(28)

以上のことから確認されるように、創作フェローシップは日本側の要望をも踏まえて計画されたもので、財源を提供した財団が最終的な権限は持っていたものの、計画から運営に至るまで日米の間の密接な協力体制に基づいて進められたプログラムであった。中でも、日本の文学者に必要な支援について坂西と胸襟を開いて話し合ったというファーズの述懐や、ファーズについて「終戦後各年毎に日本を訪れ、私たちが当面している困難な問題をよく知っていられた」と語った坂西の回想は、二人が共通した認識のもとに深い信頼関係を築いていたことを強く物語る。このような日米間の緊密な協力は、創作フェローシップの実質に大きく反映したと思われる。

（二）フェローの人選

フェローの人選に関しては、これまでに確認してきた坂西とファーズの発言から、坂西が主に候補を推薦し、ファーズが面接の上で選考を行ったことが知られる。さらに梅森直之は、複数のフェローが坂西から声を掛けられたことを留学の切っ掛けであったと後に述べた事実を挙げて、彼女が人選において要の役目を担ったと分析した上で、「坂西の選考のプロセスについて、かれらフェローは異口同音に、簡潔で実践的な性格を強調している」[29]と指摘する。

だとすれば坂西は、どのような基準で候補の選定を行っていたのか。フェローたちがいかなる理由と基準から選ばれたかはこれまで明らかにされていなかったが、坂西は人選の上で考慮した幾つかの基準を一九五九年報告書に示している。第一に、これからの日本の指導を担うことへの期待から、比較的若い世代を主な選考の対象とし、渡航の機会は各々の候補にとって海外体験を充分に吸収し影響を受ける上で最も適した時期に与えられるように考慮された[30]。二点目は、候補の資質である。坂西は長年のアメリカ滞在の体験から、日本人を二つの両極に類型化した。一つの極は、外国の環境に上手く適合することができず「国内のみに適したタイプ（domestic purposes only）」で、これらの人々は海外に送られてはならないと考えた。坂西は戦前に送り出された官費留学生の多くがこの第一の類型に属するものと捉えた。彼らは海外体験を通して日本が世界で最も優れた国であることを再確認して帰国したのである。これとは対極にあるのが、輸出は可能だが、再輸入して国家に利益をもたらすことはできない部類の人材である。坂西の見方によれば、戦後にガリオア・プログラムが送り出した奨学生はこの類型に属する場合が多く、海外での体験を容易に吸収するが、その理解には深みはない場合が多いというのであった。これら両極を避け、海外生活に上手く適応して滞在を楽しみ、かつその体験を後の創作活動に活かすことのできる資質を備えた人材を探すのが坂西らの役目であった[31]。

これらの点に加えて、さらに坂西が人選の過程で直面した困難に触れた次の箇所は、プログラムの置かれた時代の空気を感じさせるものとしてとりわけ興味深い。

いま一つの難しかった点は、候補たちが、自身が共産主義者ではなく、延いてはリベラリストでもないことを証明するための思想テストを通らねばならぬと感じたことである。何人かの候補は、彼らを試すために我々がどのような「踏み絵」を準備するのだろうかと疑った。[32]

この証言は、冷戦下の文化交流をフェローたちがどのように体験したかについても多くの示唆を与えるが、果たして候補の政治的な立場は人選に反映されたか否か。この点について坂西は、「我々は作家たちの思想的傾向を試したり、操作したりする意図はないのだが、他方で、価値ある文学作品が政治的な見解やイデオロギー的なプロパガンダを顕示するようなものでないことは明らか[33]」であるとの考えを述べている。フェローシップの政治への関与を否定しながらも、明らかに共産主義の理念に基づく文学を意識したものと読めよう。また報告書の記述とは裏腹に、実際には政治的な立場が選考の過程で考慮されたことを確認できる。例えば、マッカーシズムの嵐が吹き荒れ、赤狩りが行われるなか一九五六年に選考が行われた小島信夫の場合、選考過程で作成された思想傾向に関するチェックリストが残されている[34]。アメリカに対する破壊活動や共産主義の活動に関連した諸団体のチェックリストが準備され、「該当なし（Name not found）」との記載が確認される。こうした冷戦と創作フェローシップとの関わりの側面については、次節でさらに詳しく検証したい。

ではファーズは、候補の選考にどのように臨んだのか。報告書には、非公式の委員会から候補の推薦を受けた上での選考過程について、「実際の人選においては、私は委員会の推薦する全ての候補に面談し、候補が日本語で著したものを読んだ上で選定を行った。また可能な場合には、これに加えて、他の情報源からの助言も参考にした」と具体的な説明がなされている。候補たちの眼に触れない舞台裏で、注意深くフェローの選考が進められたことが分かる。ファーズが委員会の三人のみならず、日米両国のさまざまな人物に意見を求めたことは、ファーズ日記の記録や残された書簡などからも重ねて確認できる。他方、ファーズは先の文章に続いて、「しかしそのような二重の確認はいつでも非公式の委員会、なかでも坂西博士が注意深く推薦を行ったことを裏付ける結果となった。事実、結果的に見て、委員会が推薦した候補以外の日本の作家にフェローシップが授与されることはなかった」と記し、坂西の判断力の高さを重ねて強調している[35]。

ここまで、報告書を参照しながら人選の手順を述べてきたが、人選方式を振り返って何よりも特筆すべき点は、坂西の回想にも「私が候補者を選び、ファーズ博士が面接して最後に決めた」とあるように、作家たちが自ら志願するのではなく、財団側が適切と思われる候補に声を掛けるという方式が取られたことであったように思われる。これは通常の留学プログラムにおける人選方式とは決定的に異なる。そして渡米した作家たちの多くが、坂西志保から留学を提案されたことが渡米の契機となったと後に語ったことは、創作フェローシップを通したアメリカ体験の意味を考える上で極めて重要な点であろう。そのような財団研究員の文学者たちにとって「アメリカ」とは、こちらから目指したものでなく、向こうからやってくるものとしてあったといえるのではないか。

そして日本滞在中のファーズの日記の記録によれば、実際に奨学金を与えられて渡米した作家たち以外にも、水面下で彼が接触した文学者はさらに広範囲に及んだようである。ファーズは財団に加わった翌年の一九四七年から毎年日本を訪れて、滞在中の日程を自身の日記に詳しく記しているが、その記録からファーズが候補として面会したものの、助成は行われなかったと断定できる作家には、木下順二、伊藤整、井上靖、吉田健一、竹山道雄らが含まれる[36]。反共産主義者で知られた竹山については、坂西が彼の作品『ビルマの竪琴』を評価しない上、戦時中必要以上に反米の立場を取ったことを理由に挙げ、候補として支持しなかった[37]。吉田健一はドナルド・キーン（Donald Keene, 1922-）の強い推薦を受けた候補であったが、助成が見送られた[38]。このほか、財団内部で暫定的な候補として考慮されたことが確認できる文学者までを含めると、三好十郎、三島由紀夫、草野心平、寺田透、服部達、福田定良、中村真一郎、飯沢匡、大江健三郎、曽野綾子、佐古純一郎、佐伯彰一、村松剛、幸田文、十和田操といった多数の小説家・批評家の名が見られる[39]。三島由紀夫は優れた作家と評価されたが、既に二度の海外渡航体験を持ち、前回ニューヨークに滞在した際の言動や帰国後それについて書いた文章が不適切であったという経歴を理由に除外された[40]。大江健三郎はまだ渡米するには時期的に早いが、しかし今後を注視する価値があると判断されていた[41]。木下順二と幸田文は、財団の提案を辞退している[42]。こうしたことから言えば、フェローシップの人選は、文壇全体を広く射程に収めたものであったというべきであろう。研究員は随時候補の選定を行い、一名が選出された年もあるが、適切な候補が見つからない場合には保留とし、最終的には平均して毎年一人の割合で渡米している。

(三) 留学に対する支援方針

留学にあたりフェローたちに報告その他の義務は一切なく、ヨーロッパへの渡航も許可されたことは既に確認したが、さらに財団の支援方針は具体的にはどのようなものであったのか。一九五九年報告書のなかでファーズが留学のプログラムの構想について述べた箇所を以下に訳出する。

日本の作家たちのための旅程の計画を組むことが困難を孕むことは初めから分かっていた。ほとんどの場合において、研究員にアメリカだけでなくヨーロッパを旅する機会を与えることは必要であることが合意された。プログラムが純粋なアメリカのプロパガンダであるとの批判を避けるためである。理事会は、作家たちが何をするかを決めるにあたりかなりの自由が許されるべきであるが、その反面、明確な目標なしに旅行することは単なる観光に陥り、海外生活の理解を深め、良い人間関係を形成する上での妨げになると強く感じていた。最初のフェローたちは計画された旅程や管理に疑いの目を向けたが、最近では作家たち自身も一つの場所に長期間滞在することがより実り多い結果をもたらす可能性が高いとの考えに同意している。しかしながら、フェローシップ・プログラムを定型化することは試みていない。むしろ、一人々々に対する支援は、その個人の性質や能力を発展させる上でどのような海外経験が最も有意義であるかを見極めるべき新たな個別の課題であると考えた[43]。

比較的自由で柔軟といえる財団の方針は、プロパガンダへの批判を注意深く避けながら、且つ最大限の効果を上げることを狙いとしたものであったことが理解される。定型化した日程やプログラムを敢えて避け、文学者それぞれの関心や事情に合わせて個別に対応する財団の方針を受けて、フェローたちは各自が研究のテーマを定めて全米各地のさまざまな地域に出かけ、多様なアメリカ体験をすることになった。大陸を鉄道で横断しながら旅した大岡昇平や、全米各地を廻りながら児童図書館活動や出版事情の見学に励んだ石井桃子、中西部のオハイオ州の小さな町ガンビアに留学先を決めた庄野潤三、プリンストン大学に籍を置いた江藤淳など、その留学体験は一人ひとりがまるで異なるといえる。[44] フェローらの留学生活については、第七章においてさらに詳しく論じたい。

フェローに対する財団の方針が自由や自主性の尊重であったならば、その支援の特質は寛大さあるいは親密さであったともいえるであろう。研究員にはこれといった義務はなく、ただ自由にアメリカを体験することが求められた一方で、財団は渡航と現地での生活、旅行などに必要な経費一切を賄った。また、財団文書館に保管された夥しい量の書簡からは、財団側が財政面での援助に留まらず、滞在を通して留学が意義あるものとなるようにフェローたちに親身に助言を与え、さまざまな人物を紹介して引き合わせるなどの手厚い支援を継続して行ったことが確認される。渡米した文学者たちの多くが帰国後に、留学が有意義なものであったと述べていることは、こうした財団支援の「成果」でもある。留学が終了した後にも留学した文学者たちと財団との関係が持続したことも注目される。ファーズの日記には、彼の来日の度に坂西志保や元財団研究員の文学者らが会合し、帰国後の活動や留学プログラムの運営、日本の文学状況などに関して話を交わす件が繰り返し登場する。そうした場面では、帰国した文学者たちからも意見を聞き、新しい候補の推薦を受けることもあった。このような財団とフェローの間の友好関係のみならず、財団を介して文学的にも政治・思想的にも性向の異なる文学者たちが体験を共有し、持続して親交を深めることができたことも興味を引く。

以上が、一九五九年報告書とファーズの日記の記録から浮かび上がる創作フェローシップの制度としての諸様相である。ここでひとまず第五章で取り上げたロックフェラー三世報告書（一九五一）を振り返り、これまでに論じた財団の創作フェローシップの内容と照らし合わせてみたい。日米合同で人選を行い、滞在期間を一年とする点、合衆国だけに限定せず自由主義諸国との接触を奨励し、帰国後に報告を義務化しないなどの点でそれは、ロックフェラー三世が報告書で描いた人的交流プログラムの構想に正確に合致する。彼が緊迫した冷戦状況と講和を迎えた日米関係の新たな段階を踏まえて、プロパガンダに対する疑いを注意深く避けながら文化交流の計画案を練り上げたことは既に述べた通りである。その意味で、ロックフェラー財団の創作フェローシップはいわば時代の要請を忠実に体現したプログラムであったといってよい。

留学した文学者たちの滞米中の活動をフォークナーの訪日と比較することで、この交流プログラムの性格はよりはっきりするだろう。講演会を中心に滞在日程が組まれたフォークナーは明らかに、文化を発信する側に置かれていた。これとは対照的に、プリンストン大学で教員を務めた江藤を除けば、アメリカへ渡った日本の文学者たちに講演の機会が与えられることは稀で、あくまでも滞在の力点はアメリカを体験し、理解することに置かれていた。

財団は一見、善意と相互尊重に基づく自由な文化の交流を促したように見える。だが、プロパガンダへの批判を回避する意図があったとはいえ、なぜ財団は自国のみならずヨーロッパへの渡航までをも支援する異例の寛大さを以て、このような支援を行ったのか。また、財団が創作フェローシップの計画から運営に至るまで日本側の意見を積極的に反映させ、一人ひとりの研究員の要望に応じた滞在のプログラムを提供したことは、日本側が決してプログラムの受動的な受け手ではなかったことを意味する。坂西志保をはじめとした日本人がプログラムの計画や実施に大きく関わった限りで、それは日米の共同事業であったといえる。ならば次に検証すべきは、アメリカ側はいかなる思惑を以て日本の文学者への留学支援を行ったのか、そして日本側はどのような考えのもとにこれに協力したかであろう。

次節では、創作フェローシップが計画された背景と、このプログラムをめぐる日米双方の思惑について、さらに具体的に考証を進めるとしよう。財団文書館に残されたさまざまな資料のなかにこのプログラムを支えた日米双方のさまざまな動機や思惑を探ることで、財団研究員が持ち得た意味を考察したい。

第三節　ロックフェラー財団研究員の意味

序章でも触れたように、財団研究員の一人である江藤淳は後年『自由と禁忌』（一九八四）のなかで留学の体験を振り返り、「小島氏や私のような、あるいは安岡章太郎氏や庄野潤三氏や有吉佐和子氏のような、ロックフェラー財団研究員とは、いったい何だったのだろう?」と自問してみせ、「これらは後世の批評家や文学史家が、解き明かさなければならない一つの興味深い宿題である」と記している。この江藤の設問の発し方は、読む者にある種のわだかまりを感じさせずにはいないだろう。例えば佐藤泉によれば、江藤がこの問いに対して示唆した答えとは、「占領軍の検閲と同様に、われわれはアメリカの操作対象だった」というものであるという。そして留学からの帰国後に発表された批評『成熟と喪失』（一九六七）からは、操作対象として招かれた江藤のアメリカへの屈折した応答を読み取ることができるのだという[45]。

もしも佐藤の主張通りが江藤の意図した「模範解答」であったとするならば、前節までの議論を踏まえて幾つかの異論を提起することが可能であろう。第一に、ロックフェラー財団の交流プログラムを占領期の検閲と同列に置いた右の解釈とは異なり、同財団支援による留学において表立って政治性が表れる場面は少なかった。第二に、多様で固有のアメリカ体験をした研究員たちのアメリカ留学の意味を「アメリカの操作対象」といった一点に置換することは妥当ではないだろう。それぞれの文学者にとってアメリカでの滞在がいかに体験されたか、それが創作の上に何をもたらしたかを個の文脈において問うことが必要である。三つ目には、坂西志保をはじめとした日本人がプログラムの計画や実施に大きく関わった限りで、それは日米の共同事業であった。

これらの点はロックフェラー財団の創作フェローシップを理解する上で必ず念頭に置くべきだが、しかし江藤の提示した問いは依然として日米両側へ向かってこだまし、さまざまな疑問を投げかける。留学制度をめぐって、アメリカあるいは財団の側にいかなる意図が働いたのか。特に、ロックフェラー財団の活動は冷戦との繋がりが指摘されてきたが[46]、実際に創作フェローシップの計画や運営に冷戦下の国際政治はどの程度介在したのか。また同プログラムが日米間の密接な協力のもとに運営されたとすれば、日本側は文学者のアメリカへの渡航支援にいかなる意味を見出していたのか。以下では、この助成プログラムにかけられた日米双方の期待やそこで働いたであろう駆け引きを、財団文書館に残された資料に基づいて実証的に読み解く。プログラムを支えた多様な動機を財団の活動方針だけでなく日米それぞれの人物や文学状況などに照らして明るみに出すことで、江藤の問いにさまざまな角度から応答を返すとしよう。

(一) ロックフェラー財団創作フェローシップ計画の背景——アメリカ側の視点

これまでさまざまな分野でのロックフェラー財団のフィランソロピー活動が研究の俎上に載せられてきたが、日本の文学者を対象とした創作フェローシップについては財団側の資料に依拠した研究が漸く着手されたばかりで[47]、この特定のプログラムがいかなる脈絡で計画され、施行されることになったのかは明らかにされていなかった。既述したように、財団の対日活動の基調や創作フェローシップの具体的な背景を探る上で要になる人物が、チャールズ・B・ファーズである。創作フェローシップの方針が多くの点でロックフェラー三世の人的交流の構想と重なることを先に指摘したが、財団の活動に関する実際の意思決定は各プログラムのディレクターに大きな権限が与えられていたようである[48]。ファーズとロックフェラー三世との間で考えが共有されたことも確かだが、人文学部門のディレクターとして日本関連プログラムを総括し、創作フェローシップの総責任者を担ったファーズの考えは同プログラムの形成に最も直接に関わったと思われる。そこで以下ではまず、財団の活動全体の方向性と対日活動に関するファーズの考えの双方に目を配りながら、創作フェローシップの背後の文脈をアメリカ側の視点に基づいて照らし出したい。

手始めに、戦後の出発期において財団の対日活動の方向性をファーズがどのように見定めていたかを、占領下に遡って確認しよう。ロックフェラー三世が講和使節団として来日し大きな注目を集める以前から、財団は米国務省やＳＣＡＰとの間でこれから必要とされる財団の支援について協議を進めていた。一九四六年に財団の人文学部門に加わったファーズは、翌年から日本をはじめとしたアジア諸国を毎年巡回した。彼は日本での視察を通して、文化政策に大きな権限を持つＧＨＱ／ＳＣＡＰの関係者や、日本の各官庁及び主要大学の関係者を含めた指導者らに数多く面会し、占領下の状況について話し合った。その結果を踏まえて、占領への中間評価と財団の日本での活動に関する方向性を提示したファーズの報告書が、「日本に関する意見及びロックフェラー財団の日本における活動への提案――チャールズ・Ｂ・ファーズによる覚書（*Comments on Japan and Suggestions for Rockefeller Foundation Policy There: Memorandum by Charles B. Fahs*）」（一九四八）[49]である。同報告書は財団の対日方針を知る上だけでなく、アメリカの日本研究の草分けであり、戦中期から六〇年代半ばにかけてのアメリカの対日政策に深く関与した第一世代の日本専門家の日本観を示す事例としても興味深い。

ファーズはこの覚書で、対日占領は「表面的には成功、根本では失敗」であるとの評価を下した。大きな混乱や暴力を伴うことなく占領が遂行され、占領軍兵士たちは日本国民に概ね良好な印象を与えたものの、「日本人の思考と社会組織に深い影響を与えることには成功していない」というのである[50]。この見方は、ロックフェラー三世が彼の報告書で示した占領への評価とも一致する。占領が日本国民の再方向付けに失敗した要因を、ファースは次のように分析した。まずそれは、日本に関する知識や占領に必要な充分な経験を備えた優れた占領要員の人材が不足したこと、したがって日本の知的な資源を理解して活用することができなかった点に求められる。ファーズは、戦争でのアメリカの勝利が直ちに「アメリカの制度の優位性」の証しとして占領者と被占領者の双方に受取られ、アメリカの制度を占領国に過度に押し付けたことを遺憾に思った。だが彼によれば占領軍が犯したより大きな失敗は、書物などの印刷物が軍事占領下で十分に与えられず、日本人がアメリカやその他の民主主義国について学ぶ機会が戦時下よりもかえって閉ざされたことにあった。このほか占領政策の持つ数々の欠陥にもかかわらず占領が成功したのは、日本人の占領に対する協力的な姿勢と権威に敬意を払う伝統的な習性、占領軍兵士の礼儀正しさ、天皇とマッカーサーの権威を上手く利用した点やマッカーサーの個性などの諸事情に帰すべきであるとファーズは主張した[51]。

ファーズによれば日本の国際政治の基調は「現実主義と感情の混合」で、国際政治におけるアメリカの優位が明白な時には現実主義が優勢を占める。しかしもしその地位がゆらげば、占領の失敗は日米双方にとって否定的な結果となって露呈する恐れがあった[52]。そこでファーズは、財団が日本の再方向付けを目的として高等教育の分野に早急に進出すべきであると進言した[53]。軍事占領下の再方向付け政策は、学校教育やパージ、マスメディアなどの「最も明白な再方向付け手段」を通して施され、高等教育や研究といった知的な基盤への働きかけは空白になっていた[54]。この空白の部分こそは財団が最も本領を発揮できる分野であると捉えたファーズは、言語教育、図書館、歴史、哲学、文学といった人文科学やその他の社会科学の分野で望まれる財団の活動を数多く提案した。例えば文学の項では、日本の知識人が世界の共同体に適合する上で役立つであろうとの期待から、大学における比較文学の発展にも関心を示している[55]。

さらにファーズが、財団活動の障害となる要因として軍事占領下での制約を挙げ、現時点では日本人の渡航支援は実現不可能であると報告していることは注目される。ファーズはＧＨＱと米国務省は日本人の留学が再方向付けに役立つという考えから渡航支援に賛成の立場であり、渡航制限の撤廃を強く働きかけていることを関係者から確認したと伝え、しかしながら極東委員会の他の国の反対のため困難であると実情を説明している[56]。こうした記述からは、財団が政府と連繋しながら、対日活動の可能性をさまざまに模索していたことを確認できる。

財団の日本に対する活動の動機についてファーズが、懲罰や救済、再建のいずれをも適切でないと説き、再方向付けに力点を置いたことは対日活動の性格を如実に物語る[57]。それは次のような論理に基づいていた。第一に日本は十分に苦しんでおり、これ以上に懲罰を加えることは必要でない。また貧困や飢餓の惨状に喘いでいるが、救済の動機も適切ではない。なぜなら「かつて日本の支配下にあった国々も苦しんでおり、しかもその苦難の責任が彼らにあるとは言い難い」からである[58]。アジアを視察したファーズの目には、日本の人々以上に大きな苦しみを抱えたマニラや天津の人々が映った[59]。したがってファーズは、「もしも財団に救援が求められるとするならば、それはアジアの他の国々からである」と言明した[60]。さらに、日本の研究基盤を戦前の水準にまで回復させるための再建補助を施すべきとの意見をも彼は退け、アジアとヨーロッパにおける科学や技術の不均衡な発展が一つの国に軍事力を集中させたことが戦前の不幸をもたらした原因であったことを忘れてはならないと強調した。財団の活動が「知識の向上による人類の福祉の促進を目標として掲げるのならば、日本に戦前の指導的地位を再び確立させるよりも、アジアにおける他の研究の拠点に目を向けるべきである」というのがファーズの意見であった[61]。活動を一つの国に集中させないことは、付随するリスクを分散させ、政治的介入への相手国の批判をかわすためにも合理的であると思えた[62]。

このようにファーズが日本での財団の活動の可能性を強く確信し、高等教育への助成を通した再方向付けの必要性を提言しつつも、一九四八年一月の時点では日本とアジアの他の国々との間で財団活動の均衡を取ることを主張したことは[63]、後の時点から振り返って興味深い。冷戦が極東情勢を追いつめるなかで、彼の構想は修正を迫られることになったからである。ロックフェラー三世が講和使節の文化顧問として日本を訪れた一九五一年は、財団にとっても大きな意味をもつ年であった。一九五一年の財団の年次報告書は、文明が大きな脅威に晒され、世界の人々が「戦争と平和の間」に危うく宙吊りにされた空前の危機的状況に言及している[64]。そして一九五〇から一九五一年にかけての時期を、世界の転換期であると同時に財団にとってもプログラムの大々的な見直しの時期にあたると定義した[65]。それは次のような認識に基づいていた。

国際関係がこれほどまでに緊張した今日では、我々は世界の不調和という事実と向き合わなければならない。世界勢力におけるスターリニズムの台頭と大量破壊兵器の発展がなかったより単純な以前の時代よりも一層の慎重さが必要である。組織がその時代に社会の抱える問題を避けることは不可能であるし、望ましいことでもない。象牙の塔にこもる態度は、「鉄のカーテン」の態度と同様に非合理的である。安全保障の必要性と、それを達成することの困難さを認識した上で、国の安全を危機に晒すことなく精神の活力を保つためにはどのような調整が必要だろうか[66]。

世界情勢の大きな曲がり角にあって財団プログラムを根本から再考することが不可欠であると認識した財団は、一九五〇年に役員らをヨーロッパ、アジア、アフリカなどの重要な活動拠点に派遣して視察を行った。佐々木豊が指摘したように、この時期に財団はまさに、「篤志事業を冷戦下の国際政治状況に適合させ」ていたのである[67]。

極東情勢の変化が日本の戦略的重要度と財団の対日活動の比重を押し上げたことは既に述べた通りである。ここで確認したいのは、冷戦戦略に大胆に舵を切った財団活動の全体的な方向性が文学を含めた人文学分野での活動にも色濃く投影されたことだ。例えば一九五一年に新たに再定義された人文学部門のプログラムは、言語・論理・シンボリズムといった財団にとっての伝統的な活動分野に加えて、異文化間の理解（Intercultural understanding）と人文学的価値（Human values）が重要な柱として並んだ。国際協力の必要性が益々高まるなか異なる文化をもつ人々の生活様式への無知がその大きな妨げとなっていると考えた財団は、特定の文化や文化的集団に関する研究の促進とその知識の普及活動に切迫した任務を見出した[68]。また戦前から小規模ながら支援を行ってきた演劇の分野に加えて[69]、「我々の態度や信念、価値評価」の発達に関わるものとして[70]、文芸創作（creative writing）・文学（literature）・歴史・哲学・その他の芸術作品に対する支援を拡大した[71]。それは明らかに共産主義への対抗を意識したものであった。一九五一年の財団理事会への報告書でファーズは、「共産主義者は、専制統治下にある書物は、国民の潜在意識下にある態度や信念を操るための効果的な手段になるとしている」と指摘し、「財団の探索は、哲学、宗教、歴史、文学、戯曲における創造的な活動が自由を妨げることなくいかに活発、成熟、効果的になり得るかを追求することである[72]」と明言した。

時を同じくして浮上した文芸創作への支援計画が、文化冷戦の遂行に強く動機を置いていたことは疑い得ない。文学への支援が検討され始めた初歩的な段階でファーズが人文学部門のスタッフの議論の叩き台として準備したと思われる一九五〇年一月の日付のノートが残されている。そのなかでディレクターに就任したばかりのファーズは、次のように述べた。

共産主義者は適切に「導かれた」文学は共産主義の発展に役立つ資産になると考えている。さらにある者は、例えば中国において、こうした考えが正しいことが立証されたとも言うかも知れない。しかしおそらく我々が支援したいと望むのは、こうした類の文学ではないだろう。また、我々はたとい民主主義を擁護するためであっても、そのような「指導」を確立したいとは思わないだろう。なぜならばそれは、手段と目的において危うい矛盾を孕むことになるからだ。(73)

この文章がまず示すのは、五〇年代を迎えたばかりのこの時点で既に、文学領域が財団にとってこれ以上放置しておくことのできない冷戦の重要な戦場の一つとして認識された事実である。共産主義革命を文学的課題に掲げた共産陣営の文化攻勢は、当時アジアを中心とした地域において絶大な影響力を振るっていた。対応を迫られた財団は文学への支援策を模索するが、その過程で「目的」と「手段」の二つの面で難題に直面したようだ。文学への支援の目的を見定めるためにまず財団は、共産陣営に対抗する自由陣営は民主主義社会における文学の役割をどこに見出すかという問いと不可避的に向き合わねばならなかった。それは延いては、文学が社会と取り結んでいる関係への根本的な省察を求める。右のノートでファーズは、「全世界における人類の福祉」の向上という財団の掲げた使命に文学への支援は具体的にどのように貢献することができるのか、そもそも文学は社会に対していかなる影響力を持つのかといった問いを委員会へ向けて矢継ぎ早に畳み掛けている。ファーズは暫定的に、文学への支援が大きく分けて、「個人の発展」、「健全で活気に満ちた自由な社会の発展」、「国際理解の増進」という三つの局面で貢献すると捉えた。(74) 東西二つの陣営の間で争われたのは、社会の文学観そのものであったといえる。

しかし「自由な社会」や「民主主義」の擁護に目的を置いた文学支援計画は、その手段において難しさを孕んでいた。さまざまな文学ジャンルのなかでは小説（the novel and short story）分野への支援が試験的な第一歩として適切であろうと判断されたものの[75]、具体的にはどのような方法で支援を行うことが望ましいかについては長らく模索が続いた。創作活動の自由を妨げることなくいかにして支援を与えられるかは財団が抱えた最も大きな課題であった。先の引用文でファーズが目的と手段の間の「危うい矛盾」について述べたことは注目される。これを民主主義的な自由の言論の確立を目標に掲げた占領軍の言論政策が逢着したジレンマにも通底するものと捉えるならば、かつて占領への評価でファーズは、言論の自由を妨げる検閲を強く批判していた[76]。加えて財団は、「全体主義的な指導」に対する批判を避けることが実際的な理由からも必要であると認識していた[77]。

慎重な模索の末に導き出された活動方針に基づき、作家たちの需要に沿って創作活動のための社会的条件を整えることに財団の支援努力が向けられた。財団は現代の作家は何を必要としているのかを問い、作家が社会のなかで重要な役割を与えられていると感じ、同時代の他の作家たちや文学を形作る諸条件、文学が社会に与える影響などを知ることで「共同体の感覚（a sense of community）」を持つことが重要であると捉えた。加えて、活発な文芸活動を支えるためには「出版の機会（a fair chance to publish）」と「関心を持つ読者や知的な批評を与える大衆的な基盤（a public, - attentive readers and intelligent criticism）」は不可欠の要素であると思われた[78]。こうした需要を踏まえて財団は、独創的な作品への直接の支援、そうした作品に対する批評の発展、より広い人々へ向けた作品の提供という三つの手段を組み合わせることにより、先に触れた目的と手段の間の矛盾を最大限に回避しながら、民主主義社会における文学の発展を助けることができると考えた[79]。

こうして、一九五三年度から芸術創作への助成が始まり、その一環として、作家に対する助成プログラムが新たに設けられた。例えば一九五六年度の時点では財団は、アメリカを先導する四つの文芸評論誌『ケニオン・レビュー（*The Kenyon Review*）』『セワニー・レビュー（*The Sewanee Review*）』『パルチザン・レビュー（*The Partisan Review*）』『ハドソン・レビュー（*The Hudson Review*）』を通して、国内の作家へのフェローシップを提供していた。一つの雑誌に助成を集中させなかったのは、支援が特定の地域や文学的観点に偏ることを避けるための配慮である。[80] 奨学金授与者の選定は、若手の作家たちと緊密に接触する各文芸誌の編集者に任された。[81] 財団は科学や人文科学研究分野においても多額の奨学金助成を行っていたが、芸術家に対してはより柔軟な形の支援が必要と考えた。そのために創作フェローシップは、作家たちが「個人の必要や渇望に最も合った方法で芸術活動をする自由」を最大限に尊重するために、[82] 研修その他の義務を課すことはせず、自由に創作に専念できるよう補助することに主眼を置いた。[83]

このような支援は、五〇年代当時のアメリカの文学状況にいかに介在したのか。財団年次報告によれば、作家への直接の助成は民主主義社会で文学が陥っていた困難な状況に対処するための応急の措置であった。中国をはじめとする共産主義社会において作家たちが確かな役割を担っていたのに対して、民主主義社会における文学の立地は、必ずしも創作活動に有利なものではなかった。アメリカを筆頭とする近代的な民主主義国においては、経済的階層の流動性が増したことにより、それまで芸術を後援してきた少数の富裕層が解体された。代わって経済的能力を獲得した大衆は、必ずしも芸術への嗜好や後援のための手段を持ち合わせていなかった。そこで芸術家たちは、経済的な困難に直面することになったのである。財団は民主主義社会のなかで作家は長期的にはあくまでも読者大衆によって支えられるべきであり、学校や図書館が読者層を拡大するための役割を担うべきであると見ていた。しかしながら、皮肉にも社会の民主化が必ずしも文芸活動を支える大衆的な基盤の成熟に繋がらないことを目の当たりにした財団は、社会や経済の民主化に伴い、芸術への新たな支援体制を整えることの必要性を認めるに至った。[84] そこで、近代の民主主義社会において作家たちが直面した困難な状況に鑑みて、過渡的な措置として、有望な作家への直接の奨学金支援を通してその地位を安定させることが意図されたのである。[85]

創作フェローシップのほかにも財団は、五〇年代を通して、「健全で活気に満ちた自由な社会の発展」を目的として民主主義社会のなかに文学の居場所を確保するための芸術支援活動をさまざまに展開した。財団が長らく携わってきた図書館支援に加えて、プリンストン大学の文芸批評セミナーであるクリスチャン・ガウス・セミナーに長期にわたって助成を行ったことなどはその一環であろう。[86] 短期的な処置としての作家に対するフェローシップと並行してこうした活動を継続して行うことで、長期的な視野で文学が成長するのに必要な読者や批評家を育てることを意図したのだといえる。このような一連の努力を、ピエール・ブルデューの言うところの「文学場」[87]——文学作品の生産と流通に関わる社会圏域——を整え、活発に機能させるためのものと言い換えてもよい。そしてアメリカ国内での支援活動は、対外的にも大きな意味を持っていたことを看過してはならない。冷戦下の情報宣伝戦が熾烈に繰り広げられていた当時、「文化や芸術的感覚を欠く非文化的な国民性」というのはソ連によって流布されたアメリカの代表的なイメージの一つであった[88]。このような「悪い」イメージを払拭することは、世界の人々の支持を取り付け、冷戦を勝利に導く上で切実であったのである。

とはいうものの、先に示したような文学状況ゆえにアメリカ国内での支援への需要が多かったことから、文学分野に関して言えば財団は海外活動には積極的ではなかった。あくまでも国内での活動に重点を置きながら、極めて重要度の高いと思われる地域や活動に限って支援を行うというのが財団の戦略であった[89]。こうしたなかにあって、日本の文学者に対する支援計画が歩み出したのは早かったことは注目に値する。先述したように、ファーズは早くも占領中から対日活動の下地を固めていた。ロックフェラー三世を含む講和使節団の来日と時期的に重なった一九五一年一月から三月にかけての日本への訪問では彼は、日本の新聞各社のインタビューを受けて、ロ財団の活動がロックフェラー三世の活動とは独立したものであることを繰り返し説明している[90]。その間にファーズは、文学への支援をはじめとした諸プログラムの準備を静かに進めていた。坂西との間で初めて日本の文学者に対する助成が話し合われたのは、ファーズ日記の記録によれば、一九五一年二月二八日であったようだ。先立つ二三日には、英国詩人コウルリッジの研究者である加藤龍太郎に日本の文学状況に関して尋ねたところ、坂西志保と話してみることを勧められたことが記されている[91]。ファーズはこの訪問で最初の候補である福田恆存を初めて面接し、福田は一九五三年九月には渡米を果たしている。即ち、日本の文学者に対する助成が始められたのは、アメリカ国内で作家たちへのフェローシップが始動されたのとほぼ同時期であるのだ。

特に注目されるのは、前節で取り上げた一九五九年の中間報告書のなかでファーズが、「日本の作家の安定した地位に照らして日本国内での支援は必要でないとの結論を下した」と述べていることである。この発言は、日本の作家に対する助成の目的が、作家たちの地位を安定させることを直接の目的に掲げた自国の作家に対するフェローシップとは異なるところにあったことをはっきりと示す。さらに両者を比較すると、有望な若手の作家を対象とし、なんら特別の義務を課さず、自由を尊重した柔軟な支援を謳う点などで両者は共通するものの、日本の作家に対する創作フェローシップが渡航支援であった点で実際には支援の中身は大きく異なるといえる。これまでに辿ってきた財団活動のさまざまな文脈は、このプログラムの一つの動機としての「再方向付け」を強く指し示しているように見える。かつてファーズが再方向付けを対日活動の目的に掲げ、手段としての留学体験の有効性を述べていたこと、実際に財団がこの時期に文学者以外にも多くの日本人の渡航を助成していたことは既に確認した通りである。「一九三〇年代から長らく続いた日本の国際社会における孤立に鑑みれば、日本の作家に国際的な経験の機会を与えることは必ず必要[92]」であると述べた中間報告書でのファーズの言葉は、こうした文脈の上で読まれうるだろう。財団が文学を「我々の態度や信念、価値評価」に関わるものと捉えていたことに照らせば、それはまさに「再方向付け」に最も適した支援分野であったのではないか。

さらに財団が対外的に行った支援には、ファーズが一九五〇年のノートで文学への支援目的の一つに挙げていた「国際理解の増進」が強く関わっていたといえる。代表的な一例を挙げれば財団は、スタンフォード大学のウォレス・ステグナー（Wallace Stegner）を一九五〇年と一九五一年の冬に、ノースキャロライナ大学のポール・グリーン（Paul Green）を一九五一年と五二年の冬にそれぞれ、日本、インド、パキスタン、タイその他の極東の国々へ派遣し、作家たちのためのセミナーを開催した。グリーンは主に演劇に関して、ステグナーは小説を中心とした文学一般に関して、講演や議論を行った。一九五一年の財団の年次報告は、このプログラムが「文芸の成熟を促し、作家たちがそれぞれの国民の成長のために担うべき役割と責任をより深く認識し、延いてはこうした責任を果たすにあたって彼らが孤立しているのではなく、類似した問題に関心を持つ世界中の作家たちの大きな共同体の一員であることに気づかせる」という目的に基づいたものであると報告している[93]。ここで構想された「共同体」が、問題認識の上で対立する共産圏を排除したものであることは明らかであろう。換言すれば財団は、共通の問題意識に支えられた文学的コミュニティを築くことで、国境を越えて西側世界に属す作家たちの間に一体感を生み出すことを目指した。先のノートでファーズが文学支援の目標の二点目と三点目に挙げた「健全で活気に満ちた自由な社会の発展」と「国際理解の増進」を合わせれば、それは文学を通した「西側の結束」にほかならない。

このほか、管見に入る限りで言えば財団は、バーミンガム大学（University of Birmingham）を通しての第二次世界大戦後のイギリスの作家たちへの支援（Atlantic Awards）[94]、一九五一年からのメキシコの若手の作家たちに対する助成（Mexico City Creative Writing Project）[95]、一九五六年のカナダ財団（Canadian Foundation）への助成を通したカナダの作家に対するフェローシップの授与を行った[96]。このうち、メキシコのプログラムは、米墨両国が協力してより直接メキシコの作家たちが直面している問題の解決に努めるものであったという[97]。それがアメリカの南米での文化外交の強化と軌を一にしているであろうことは容易に推察がつく。もっとも、財団は活動をこれらの地域に限定したわけではなく、支援の拡大の可能性を絶えず検討していた。韓国の作家に対する支援の可能性を打診していたことは一例である。ファーズは一九五六年に韓国を訪れた際に作家たちに会い、文学の状況について話し合っている。しかし五〇年代半ば当時の韓国の文壇状況は、朝鮮戦争と南北の分断の混乱から出発が遅れたがために未だ混沌としており、支援を受け入れるには未だ時期尚早であると判断された[98]。アジアの他の地域に対する関心の持続を窺うことができよう。

以上、日本の作家への創作フェローシップに繋がるさまざまな脈絡に光をあててきた。まとめると、日本の作家に対する創作支援は、再方向付けの占領政策の延長線上に位置づけられると同時に、世界規模で見れば共産陣営の文化攻勢に文学の領域で対抗するものであったといえる。このように冷戦の政治的要請に促された助成ではあったが、しかし同プログラムは中身においてはプロパガンダ色は比較的薄かった。むろんそれはこの交流プログラムが政治的な脈絡から自由であったことを意味するものではなく、むしろそれが最も効果的な方法であると判断された結果である。一方で、目的と手段をめぐるジレンマを抱えながら出発した文学への支援プログラムが、確固とした見通しに裏づけされたわけではなかったことは、創作フェローシップの性格を理解する上で念頭に置かれるべきであると思われる。一九五六年に至っても財団年次報告は、「財団は民主主義社会において芸術がいかにすれば最も質の上で向上し、繁栄するかを見つけたいと考えている」ものの、その試みはあくまでも模索の途上にあると強調している。[99]創作フェローシップは確立したプログラムであるよりはあくまでも実験的な試みとして意味づけられており、計画した財団にとってもそれは前例のない未曾有の実験であった。そして付言するならば、財団がこの時期に示していた「世界文学」や「比較文学」に対する助成への関心も、西側陣営の間の結束を図った文学支援と共通の分母をもつものと捉えられるであろう。[100]

見落としてはならないのは、財団が対外的な文化助成活動を通して体現した「アメリカ」と、五〇年代の冷戦下でアメリカの外交政策が世界に対して示そうとしたナショナルな自己イメージの間にある二重写しの関係である。ロ財団の篤志活動は、相手国の需要に沿った支援を行い、共通の利害を持つ国々の間に紐帯を促進するといった「肯定的」な方向性に立脚していた。日本やメキシコなどに対する創作フェローシップの例に共通して示されるのは、相手国の抱える問題を理解し、共同で問題の解決にあたる姿勢である。それは取りも直さず、アメリカが冷戦外交を通して示そうとしたアメリカ・イメージそのものであった。世界の人々の直面した問題に関心を持ち、家父長のような寛大さで問題の解決と生活の向上に手を差し伸べる「アメリカ」こそは、世界の指導者に相応しい資質を備えた国民像であったといえるだろう。

一方でこれまでの考察は、占領を脱却した日本の文学空間がアメリカの対外文化政策のなかでより大きな西側陣営の文学共同体へと組み込まれ、民主主義社会における自由な精神の表現としての文学の成熟を課題として課せられていたことを浮かび上がらせる。そして創作フェローシップ・プログラムを通して文学者たちが経験したアメリカとの友愛は、講和以後の日本の文学空間に働いたアメリカのソフト・パワーを凝縮して表すものと捉えうるだろう。財団の支援によって、フォークナーの訪日よりも早い時期に二人のアメリカ人作家の来日が実現したことも同様の文脈で注目される。ウォレス・ステグナーとポール・グリーンの来日への日本での反響は大きく、マスコミも大きな関心を示したことに財団は満足したようである。例えばステグナーの訪日について坂西は、「日本の作家たちが同時代のアメリカの文芸に初めて真に触れたと感じ、好意的な印象を受けた」との評価をファーズに伝えた。ファーズはこれを受けて、「このような接触がさらに計画されることが望ましい」と日記に記している[101]。こうした文学者の交流は、アメリカとの心理的距離を縮める上で役立ったのではないか。

日本の作家への創作フェローシップの最後に触れておこう。およそ一〇年の間続いたこの助成プログラムは、一九六二年に渡米した江藤淳への支援を最後に一九六三年に打ち切りになった。背後の事情について、研究員の一人であった阿川弘之は、「ロックフェラー財団も大きな機構で、中に官僚風或は学者風の固い考へ方の人がゐるらしく、「日本人の小説家を招んでみても一向成果らしい成果が上らない」といふ声があつたらしい。ファーズ博士は、文士の外国留学でさうすぐ眼に見えた果実が生れるものでないことをよく知つてゐて、その声に抗してをられたやうだが、駐日公使転出を機に財団と縁が切れ、一方日本も豊かになつて、江藤淳氏あたりを最後に、このプログラムは打ち切りになつた」と後に記している[102]。ファーズはライシャワー大使のもとで一九六一年にアメリカ大使館の文化交流担当官に任命された。ロ財団人文ディレクターとしての最後の日本視察となった一九六一年四月の訪問でファーズは、坂西とともに文学者のプログラムの一年の成果を振り返った。四月一一日のファーズ日記には、坂西がこのプログラムが極めて有意義であるとしつつも、日本の小説家たちが安定して活動しており、海外渡航への障害も低くなったことから、経済的により不安定である批評家に支援対象の重点を移すことを提案したことが記されている[103]。翌日には、ドナルド・ブラウン（Donald Brown）から文学者留学プログラムに関する好意的な評価を受けたとの記録も見られる[104]。

創作フェローシップの廃止は、この特定のプログラムの効果への評価が低かったことに帰結するよりは、財団活動の日本からの撤退という大きな流れのなかに位置づけるのが妥当であるように思われる。一九六一年のファーズの離任とともに、ロ財団は対日活動から大幅に後退した[105]。折しも一九六二年に財団は五〇周年を迎えてプログラムの見直しのための委員会を組織し、発展途上国への支援を強化し、政府や国際機関が大規模な助成を行っている地域からは撤退する方針を打ち出した。このような財団内部の優先課題の転換と、ファーズの辞職により財団の日本専門家がいなくなったことが重なり、日本関連の助成が急速に減ることになったものと推察される。山本正によれば、「一九五〇年代後半から一九六〇年代初めに年間約六〇件だった助成は、一九六四年には一一件、一九六五年に七件、一九六六年に六件となり、消滅した」という。[106]そもそも財団は篤志活動の全体の方針として、「長期的に継続して支援を行うのではなく、短期的もしくは始動段階に対する支援に限り、その後は他のリソースで維持しながら発展できるようにする」という支援方針を堅持していた。[107]六〇年代初頭に幕を閉じた創作フェローシップは、講和から海外渡航の自由化に至る過渡期の日米交流を象徴するプログラムであったといえる。

（二）日本側の視点

次に、非公式の委員としてプログラム運用の重要な一翼を担った坂西志保や山本有三をはじめとして、日本側の創作フェローシップに対する考えに眼を向けてみよう。

坂西志保が財団研究員に海外事情の紹介を通して民主主義の推進を担う人材としての期待をかけたことは、既に第二節の冒頭で確認したとおりである。ところで、さらに文学者の渡航プログラムを推進した坂西の動機をより具体的に示す文書がある。プログラムが施行されていた一九五九年に財団理事会に提出された前出の報告書で坂西は、日本文学の置かれた現状に照らして、日本の文学者への渡航支援を行うことの意義を強調したのである。この極秘の報告書は、日本の文学事情にあまり馴染みのない財団理事会にとって近現代日本文学の事情を理解するための手引きとなるものとして、重要な役目を果たしたと思われる。一方で同報告書を、ロックフェラー財団フェローの意味に関する江藤の先の問いに対する坂西の丁寧な答案として読むことが可能であろう。そこではじめに、坂西の執筆による「日本の作家への文学フェローシップについて（On Literary Fellowships for Japanese Writers）」を手がかりとして、知米派を代表する知識人として戦後の日米文化交流史に大きな足跡を残した坂西にとって、文学者の渡航プログラムとはいかなる意義を持つものであったのかを検証しよう。

二四頁にわたる坂西の報告はまずその冒頭で、作家たちの置かれた同時代の創作環境に言及している。同時代の文壇情況について坂西は、日本の作家たちが社会のなかで安定した地位を与えられているとしたファーズの報告書での意見を部分的に支持しながらも、その裏面で作家たちが戦後に対峙した問題に光をあてた。それによると、確かに、日本国民は旺盛な読書欲の持ち主で、書物から大きな影響を受けるのみならず、文士に対する敬意を持ち合わせている[108]。さらに、戦後に顕著な新聞・雑誌メディアなどの商業ジャーナリズムの隆盛は、商品としての文学作品や文学者の発言に対する需要を生み、文学市場には活況がもたらされたように見えた。つまり、前節で取り上げた同時代アメリカの文学状況と比較すると、日本の文学場は作家を支える読者大衆に恵まれていたといえる。しかしながら坂西は、文学市場の拡大が必ずしも文学作品の質の成熟には繋がらなかったことを指摘した。華々しい表舞台の裏で作家たちは、仕上がった原稿を読み返す余裕もなく連載小説の締め切りに追われ、「適者生存」の厳しい競争のなかに投げ出されていた[109]。前節での議論に照らせば、このように坂西が近代資本主義社会のなかで作家たちの成熟した創作活動を妨げる要素を説いたのは、作家たちの創作環境を整えることを創作フェローシップの目的の一つとしていた財団の方針を熟知した上で、日本への支援の必要性を訴える戦略に基づいたものとも読めるように思われる。

だが、さらに一九五九年報告書によれば坂西は、明治以来の日本の近代化と文学をめぐるより大きな文脈のなかで文学者の渡米の意義を捉えていた。坂西は報告文で日本の近代文学史の論述に多くの頁を割き、明治維新の直後からの日本近代文学の歩みを西洋との関わりを軸に具体的な作家の紹介を交えながら述べた。そうして西洋の強い影響のもとでの日本近代文学の歩みを振り返った上で、日本文学の置かれた現状に照らして、作家への渡米支援を行うことの意義を強調している。まず日本近代文学史を具体的に紐解くに先立って坂西は、日本文学の現状に対する肯定的な評価として、一九五六年にアメリカで出版された日本文学の英訳作品集『近代日本文学（*Modern Japanese Literature*）』（グローブ・プレス社、一九五六）の翻訳と編集を手がけたドナルド・キーンが付した「序文」で、「ヨーロッパの伝統はついに吸収された。過去半世紀ほどにわたる日本文学の驚くべきルネッサンスは、現代の文学界においても奇跡であり続けるであろう」と近代以来の日本文学の達成点を称えた賛辞を紹介した。そしてこうした見方が「楽観的に過ぎるのではないか」との疑義を呈した上で、日本の文学が陥っている現状の問題点を説明している[110]。

坂西はまず、維新期に遡って、日本の近代化の歩みをアメリカに倣って近代化を目指した福沢諭吉、新島襄、森有礼ら明治期の指導者から説き起こした。福沢や森にとっての「西洋」とは何よりも「アメリカ」であり、彼らは「アメリカを範としてのみ日本は生き残ることができる」という考えを持っていたというのである[111]。その上で報告書は、彼らが「自由」や「人権」といった西欧の概念に基づいた「政治小説」を書くことを若い世代に奨励した事実を取り上げた。これによって坂西は、日本の文学が近代国家の成立に担った特有の役割を端的に指し示そうとしたと言える。即ち、日本において文学作品は、西欧との接触の尖端で近代の諸概念を受け容れる恰好の受け皿であり、読者が「近代」を学ぶ重要な啓蒙の手段であった、ということである。

このように明治以来の文学に課せられた社会的な役割を示唆した上で、坂西は明治維新の直後からの日本文学史を辿りながら、日本の文学的伝統が西欧の強い影響のもとで近代的な「文学」の確立を課題としてきた道程を描いてみせた。それによると、西洋的観念の容れ物として相応しくないと思われた漢文訓読体を改めて言文一致体による翻訳を試みた二葉亭四迷や、江戸期までの実用主義的な文学観を排して芸術至上主義を説いた坪内逍遥を立役者とする近代文学の成立事情が物語るように、維新期に日本に持ち込まれたヨーロッパの影響は、「日本の文学や日本語そのものの性質を後戻りできないほど大きく変化させた[112]」。そして以後の近代文学の担い手たちは、西洋との強い関係性のもとに文学を築いてきた。鴎外や漱石は海外へ渡航し西欧文化に初めて直に接触した第一世代であり、その伝統はやがて有島武郎や永井荷風へと継がれた。西洋との直接の接触は大戦によって一旦途切れるものの、しかし戦後に西洋の文学作品が多く翻訳されていることは、敗戦を挟んで戦後に至っても依然として「西欧の影響は文学を導く精神であり続けている」ことを示すものである[113]。

だが前述のドナルド・キーンの評価とは異なり、日本の文学は深刻な危機に瀕しているというのが坂西の見方であった。報告書で坂西は、西洋との接触により近代化が至上命題となった明治以来の日本において、作家たちは「生き残るために自らの伝統を捨てて、西洋文化の摂取の上に文学を築かねばならなかった」と述べて、その結果、作家たちが伝統に対して矛盾した態度を形成し、伝統的文脈と強く結びついた大衆や一般社会と文学との間に遊離が生じたことを、日本の文学の抱える一つの問題として指摘した[114]。だが坂西の眼にさらに大きな問題として映ったのは、西欧の近代精神が作家たちに依然として十分に吸収されていないことであった。坂西は、日本の作家たちの置かれた精神状況を、絹の着物と紋付袴に西洋風の靴を身につけて銀座通りを歩く人の姿に喩えて、次のように述べている。

東京のフィフス・アベニューといえる銀座通りで時折、紋付袴を着て頭にはステッソン帽を被り、靴を履いた人を見かけることがある。(…)最も近代化された文士すら頭と足もとのみが近代化され、体には未だ古い封建制の服を身に纏っていることが珍しくない。(…)これは我々にとっては深刻な問題である。平和時で、生活が正常を保っているときには、借り物の衣装は作家たちが立派な作品を書くことを妨げないであろう。しかし危機に際して彼らは困惑に陥りやすい。軍国主義の時代であった三〇年代と四〇年代、大きな価値のある文学はほとんど書かれなかった[115]。

つまり坂西は、作家たちの西洋精神の摂取が未だ皮相な水準に留まっていることが文学の脆弱化を招いていると考えていた。こうしたことから坂西は、創作フェローシップを通してアメリカに身を置いた作家たちが西欧の精神を身につけ、それを創作に活かすことで、戦後の近代化の支えとなることに期待をかけたのだと推察できるのではないか。創作フェローシップの継続を促した坂西の中間報告書は、作家の渡米支援に対する日本側の需要を雄弁に語るものとなっている。

ところで、このように作家への支援の必要性を訴えるとき、同時に彼女が、冷戦下における共産主義圏の文化攻勢を明確に意識していたことは明らかである。坂西は先の引用に続いて、「日本の作家がヨーロッパの伝統を吸収するにあたっては数え切れぬほど多くの障害があり、それらを克服するための積極的な努力はほとんどなされていない」との認識を述べた。戦後はガリオアやフルブライト基金などを通して多くの日本人が海外渡航の機会を得たが、その大半は科学や産業の分野を支援対象としている。そのようなか、戦後の文学者たちの海外渡航状況について、坂西は次のように言及している。当時の文壇状況を同時代の視点から伝える貴重な証言でもあるので、やや長くなるが以下に訳出したい。

ロックフェラー財団のフェローシップを授与された作家たちのほかにも、戦後には何人かの作家たちが海外に渡航した。日本ペンクラブの会長である川端康成は、国際会議の東京への誘致のためにパリに三週間滞在した。大佛次郎は、アメリカの出版社から招きを受けた。『潮騒』の著者三島由紀夫は、アメリカと南米を二度訪れた。最近では、円地文子と平林たい子がアジア・ファウンデーションの支援を得てアメリカとヨーロッパを廻り、放浪作家の檀一雄が同じプログラムで現在海外に出ている。批評家で後に財団フェローになった木庭一郎（中村光夫――引用者注）は、作家のなかでは唯一ユネスコのフェローシップを授与された。しかし、これらは概して観光旅行とさほど変らないものである。こうした旅行を軽視するわけではない。視野を広げるのに確かに役立つからである。しかしそれらは、優れたものの場合でも、ソ連や中国のそれぞれの政府の支援によってなされる「文化使節」と呼ばれる団体旅行とせいぜい大差のないものである。これらが、意味のある効果を持たないことは、誰もが断言できるであろう。使節団のほとんどを左翼シンパが占め、一、二人のオールド・リベラリストたちが権威づけのために加えられる。帰国後は公会堂で大きな集会が開かれ、使節団の報告を熱狂的な聴衆が歓声を上げて迎える。「オールド・リベラリスト」たちはロシアや中国に市民の自由があるかについて長広舌を振るうが、その実誰にも、彼らが招聘された国に対して賛成なのか反対なのかははっきりしない。それでも支援団体は完全に満足し、次の使節団を送り出す計画を立てる[116]。

自由陣営対共産陣営の間の対立が、文学者に対する渡航支援の形で先鋭化していたことを鮮明に物語る文章である。引用文に言及された作家たち以外にも、講和後にはフルブライト基金や国際文化会館主宰の日米知的交流計画など、官民合わせてさまざまな人的交流制度が拡充され、自由主義諸国への渡航を後押ししていた[117]。戦後のベストセラーの一つとなった小田実のアメリカ旅行記『何でも見てやろう』（一九六一）がフルブライト基金による留学から生まれたことはよく知られた一例であるが、このほか火野葦平も米国務省によって招かれて二ヵ月間アメリカを視察し、『アメリカ探検記』（一九五九）を著わしている。対する共産陣営側も、競うようにして文学者たちを招いていた。時代は文化冷戦の真っ只中で、文学者たちをその戦場へと招いたのである。

だが坂西によれば、このように海外への渡航の機会が増えたことは、直ちに作家たちがそれらの文化への理解を深めることに繋がるものではなかった。先に引用した文章に続いて坂西は、「このような使節団の不毛さを目の当たりにしたこともあり、我々のうちの一部は、作家たちに短期の旅行ではなく、地域にコミュニティの一員として定着できるだけの期間滞在する機会を与えることが望ましいと考えるようになった」と記している[118]。別言すれば、フェローたちが異文化を表面的に体験するのではなくその体験から深く影響を受けることを企図した創作フェローシップは、他の交流プログラムの反省を踏まえて構想されたものであり、それは文化冷戦への明確な介入でもあった。

坂西の発言は、人物交流制度としての創作フェローシップの特質を浮かび上がらせる。それは五〇年代に多く施行されたその他の日米間の人物交流や、中・ソ政府による文学者の招聘などと一面では軌を一にするが、他方で特異な点も指摘できる。文学者に対象を絞った点にその他の日米間人物交流プログラムとの相違点があり、一年もの長い期間滞在する点で中国やソ連への文学者の訪問団とは区別されるのである。即ち、ロ財団創作フェローシップは、質と量の両面において他の交流プログラムによる文学者の渡航とは一線を画すものとして計画されたのである。

共産主義への対抗意識は、さらに坂西とともに創作フェローシップに関する非公式の日本側委員を務めた山本有三にも分かたれていた。ファーズ日記の記録によれば、一九五二年四月に日本訪問中のファーズに面会した山本は、日本の文学は私小説が多く、その視野が狭いとして、作家たちは「社会と国際政治に関する認識を拡げるため」に海外体験が必要であるとファーズに訴えた。その際にファーズから研究員の滞在先をアメリカのみに限定しない財団の方針を聞かされた山本は、アメリカとヨーロッパでの半年ずつの滞在が最も理想的であると意見を述べてその提案に賛同し、さらに「日本の作家たちはフランス文学に強い関心を持っているだけでなく、ロシアの強い影響圏にありながら共産主義者を排除しているフィンランドの文学にも興味を持っている」と付け加えたという[119]。その言葉には、坂西よりも一層強い反共意識がこめられたようにも見える。

ではこのような企ては、同時代の日本の文壇にどのように受け入れられたのか。留学プログラムの構想が知られると、文学者の間に広く相反する反応を引き起こした。例えば文壇の重鎮である谷崎潤一郎は、「西洋のことになると我々は、軽蔑するか崇拝するかの二つの態度しか持たぬ。東洋と西洋の間に調和はなく、両者を調和させるための努力すらない。それぞれが二つの独立した世界としてあるのだ。西洋の文化を肌で感じ、そのなかで呼吸することによってのみ、両者の間の調和をもたらすことができる」と述べて賛同し、志賀直哉と武者小路実篤もこの意見を支持した[120]。他方、プログラムが開始されたのは折しも占領終結直後の日本の反米感情が大きな高まりを見せた時期でもあり、文学者のアメリカへの招聘という構想に対しては反発の声も強く上った。坂西は報告書で、石川達三、平林たい子、平野謙らが創作フェローシップをアメリカによる洗脳であると激しく批難したことに触れ、「幸いにもそのような批判を真剣に受け止める人はいなかった」ばかりか、左翼陣営側の知識人からも自省の声が上ったと記している[121]。しかし逆風の強かったことは、例えば大岡昇平が「ロックフェラー財団の奨学資金を受けたので、或る進歩的評論家は「大岡は戦争の俘虜になっただけでは飽き足らず、こんどはアメリカの文化的俘虜を志願した」と批難した[122]」と述べた言葉からも推して知られる。

以上、日米双方の側から創作フェローシップをめぐる思惑を追ってきたが、これまでの議論を踏まえて財団研究員の意味に関する江藤の問いに答えるならば、創作フェローシップは日米の反共リベラルが手を結んで親米反共の路線に基づく日本の近代化の推進を目指す企図が、文学への介入として顕われたものと言えよう。坂西や山本は、ネイティヴ・インフォーマントの役割を引き受けながら、文学者の滞米支援をアメリカ側へ積極的に働きかけた。しかしこのような交流の企ては、日本の知識人の間に対立を顕在化させる契機にもなった。とりわけ創作フェローシップが開始された占領終結直後は、占領から脱却した日本が占領下でのさまざまな改革を振り返りながら戦後の第二の近代化の道筋をさまざまに模索していた時期であり、近代化の方向性をめぐる問題意識は、例えば五一年頃から文壇を賑わせた国民文学論争[123]に象徴されるように、文学においても先鋭化していた。このような五〇年代の日本の文化状況のなかにあって、財団の留学支援計画をめぐって賛否両論の立場から巻き起こった波紋は、この交流プログラムが冷戦下の両陣営間の対立への介入であると同時に、より大きくは日本の近代化の進路への介入であったことを如実に示している。

第七章　ロックフェラー財団創作フェローのアメリカ留学

前章までにおいて、創作フェローシップの制度としての実態や、プログラムを取り巻く日米双方の思惑を見てきたが、それでは実際に渡米した文学者たちの留学はいかなるものであったのか。

ロックフェラー財団文書館の資料群のうち、フェローシップ・ファイル（Fellowship Files）には、留学に関連した資料が研究員毎に分類されて保存されている。例えば、研究員の選考時に提出されたフェローシップの申請書には、志願者の基本的な身元情報や経歴、外国語運用能力のほか、留学における研究計画と今後の展望などが記載されており、留学計画の凡その輪郭を知る上で基本的な手がかりとなる。またこのコレクションには、留学と関係した財団の内部文書や関係者の間で交わされた夥しい数の私信類が含まれる。それらは大きくは、財団側とフェロー、フェローの受け入れ先の関係者、財団がフェローに紹介した人物等との間で交わされたものに分けられる。これらの資料からは、財団が留学を支援するためにさまざまな人物に紹介状を送ったり、意見を求めたりした様子が浮かび上がる。また、研究員の選考に際しては、候補に関して第三者に意見を求めたりしたことも分かる。文学者たちと財団との間で交わされた私信は、フェローらが財団への報告を兼ねて書き送ったものを含むが、その量には大きな偏りがある。石井桃子、阿川弘之、庄野潤三、小島信夫は財団との間に頻繁にやり取りが行われたことを確認できる一方、第一回生であった福田と大岡に関する関係資料はほとんど残されていない。収集保存の過程で消失した可能性を考慮すべきだが(1)、財団との関係性も窺わせるように思われる。このほか、ファーズの日記からの関連記述の抜粋や、諸手続きのための文書類があり、いずれもそれぞれの文学者の留学の様子を窺える貴重な資料である。そしてこれらフェローらの留学に関する記録は、「フェローシップ・レコーダー・カード（Fellowship

Recorder Cards)」のファイルにフェロー毎に簡略な抜粋が網羅してまとめられており、留学の実相を知る上で有用な手引きとなる[2]。

本章では、財団側の資料を中心に、フェローらが残した滞在記や発言などを参考にしながら、フェローの留学の概略を記し、前章において論じたプログラムの内容や運営側の方針と照らし合わせながら、創作フェローシップによる留学の諸様相について考察を行う。第三部において阿川弘之、小島信夫、有吉佐和子の三人のフェローを例に取り上げて留学の様相を詳しく論じ、アメリカ体験との関わりのなかで作品を読むことになるので、ここでは右の三人のフェローは除いて考察を行うことにする。

第一節　創作フェローらの留学の概要

まず財団側やフェローらが残した諸資料に基づいて、それぞれのフェローの留学期間と概要をまとめると、次の通りである。

（一）福田恆存（一九五三年九月～一九五四年九月）

財団創作フェローシップの支援による最初の留学生となった福田恆存（一九一二～一九九四）は、一九五三年九月から翌年九月までロックフェラー財団奨学金の支援を受けた。一九五一年三月二日のファーズの日記には彼が福田を面接したことが記録されており、占領終結（一九五二年四月末）を待たずして創作フェローシップの選考が始まったことが分かる。

財団に提出された一九五二年九月一八日付の奨学金申請書[3]に記された彼の関心分野は、「アメリカ及びヨーロッパの宗教、文化、文明（Religion, culture, civilization of the United States and Europe）」である。この関心のもと、より具体的な研究の題目として、第一に「アメリカ及びヨーロッパの日常生活における宗教の役割（The role of religion in daily life in the United States and Europe)」、第二に「アメリカの生活における機械化と精神の関係（The relationship in American life of mechanization and the spirit）」が挙げられた。希望する受け入れ先として、福田は申請書に、ハーバード大学のペリー・ミラー（Perry Miller）、ノースキャロライナ大学のポール・グリーン（Paul Green）、スタンフォード大学のウォレス・ステグナー（Wallace Stegner）を順に挙げており、最終的にはペリー・ミラーに受け入れられた。

福田は一九五三年九月にクリーヴランド号で渡米し、アメリカに凡そ半年間（翌年三月まで）滞在した。サンフランシスコ、ロサンゼルスで一〇日間ほどを過ごした後、南回りで大陸を横断して一〇月にニューヨークに到着し、三月にロンドンに向けて出発するまで東海岸に滞在した。福田によれば、当初財団は「ロックフェラー三世の秘書としてゐたエドワード・ヤング氏の家」を滞在中の住居として準備していたという。しかし福田は、「自分の金主の命令をできるだけ避け、両手とも自由にあけておきたかつた」ため、「ブロードウェイやグリニッチ・ヴィレッジの芝居」に通うのに不便だという理由を挙げて、このニューヨークから汽車で一時間半の「ニュージャージーのサミットにある林間の一戸建て」の家を断ったという。[4] 最も長く滞在したニューヨークにいる間、彼の後見人となったのは、ジャパン・ソサエティの理事を務めていたダグラス・オーヴァートンであった。[5] その後、イギリスでおよそ三ヵ月の間過ごし、フランス、ドイツ、イタリア、ギリシャ、イスラエル、パキスタン、インド、香港を周って一九五四年九月に帰国した。[6] これは福田にとって初めての「外遊」であった。[7]

(二) 大岡昇平（一九五三年一〇月～一九五四年一二月）

福田と同じく創作フェローシップの第一回留学生であった大岡昇平は、一九五三年一〇月に横浜港を出帆し、翌年一二月に帰国するまで、アメリカとヨーロッパをおよそ半年ずつ周遊した。スタンダール（Stendhal, 1783-1842）に傾倒していた大岡の留学のテーマは、「アメリカにおけるフランス文化の影響」[8] であった。

アメリカに上陸してからの一ヵ月間の旅程は、西部から南部に至る諸地域の観光に割かれた。サンフランシスコを振り出しに、南回りでロサンゼルス、グランド・キャニオン、ニューメキシコ州のロス・アラモス、サン・タフェ、テキサス州ヒューストンなどを見物しながら旧フランスの植民地でフランス文化と融合したクレオール文化が色濃く残るルイジアナ州ニューオーリンズを目指し、汽車を乗り継いでの大陸横断の旅となった。その後はイエール大学のあるニューヘヴンに拠点を構え、翌年四月にパン・アメリカン機でパリへ発つまで過ごした。当初は研究生（リサーチ・フェロー）として滞在しながら、スタンダールの研究に取り組む計画だったが、イエール大学にはスタンダール関連の資料が少なく、フランス文学科のアンリ・ペェール教授から適切な指導が受けられなかったため[9]、アメリカ文学では最も愛読した作家エドガー・アラン・ポー（Edgar Allan Poe, 1809-1849）に研究対象を変更したという[10]。とはいえ、研究に打ち込むといった生活ではなく、財団の計らいでさまざまな場所へ見学旅行に出かけた。また滞在の時間の多くは、観劇や美術館、博物館巡りなどに費やされたようである[11]。留学の様子は、滞在記『ザルツブルクの小枝――留学生の手記』（一九五六）に綴られている。

（三）石井桃子（一九五四年八月～一九五五年八月）

児童文学作家で翻訳家の石井桃子（一九〇七～二〇〇八）は、「子どもの本の出版事情や図書館運動」を留学のテーマに掲げ[12]、一九五四年八月に渡米した[13]。戦前から編集者としての経歴を積み、その傍らでミルン（A. A. Milne）『熊のプーさん』の翻訳（一九四〇年出版）も手がけた石井は、戦後は編集者として岩波書店に勤めながら「岩波少年文庫」や「岩波の子どもの本」シリーズの企画・編集に携わっていた[14]。そうしたある日、面識のあった坂西志保が出版社に訪ねてきて、「アメリカへ一年、勉強にいってみる気ありますか？」と持ちかけたのが留学に繋がった[15]。

石井が財団に提出した申請書類には「児童文学」が関心分野として記されており、留学中の関心はかなり限定的にこの分野に向けられたようである。児童文学の出版事情の調査や児童図書館の実地見学のために全米各地を周り、この分野の人々と精力的に交流した。その留学を語る上で、ボストンに拠点を置く児童文学誌『ザ・ホーン・

ブック・マガジン（*The Horn Book Magazine*）』の発行元であるホーン・ブック社の創立者バーサ・マホーニー・ミラー（Bertha Mahony Miller）は逸することのできない重要人物である。戦前から石井と文通のあったミラーの尽力により[16]、全米各地の児童図書館への訪問計画が整えられた。石井はのちに、「ロックフェラー財団の研究員としてアメリカにゆくことになったと知らせてやると、婦人は、すぐさま、それまでは未知だったファーズ博士と連絡をとって、私のために綿密すぎるほどの案をねりはじめ」たとして、そうして出来上がったスケジュールのために「夫人がどれほど考え、どれほど多くの手紙をそれぞれの図書館、そこに働くひとたちに書いたものだろうということに思いいたって、その善意にため息が出てくる」と記している[17]。ロックフェラー財団文書館には、そうしたやり取りの一部として、ミラーと財団との間に交わされた夥しい数の書簡が残されている。

プレジデント・ウィルソン号で太平洋を渡った[18]石井は、サンフランシスコを振り出しに、バークレー、サンディエゴ、ロサンゼルス、ミネアポリス、セントポール、シカゴ、シンシナティを周った後、ニューヨークを経由してミラーの迎えるボストンに至る経路を辿った。そこからカナダのトロントに渡りトロント公共図書館見学のため三週間滞在した後、アメリカへ再入国してワシントン、ボルティモア、ニューヨークを周った。翌年の一月から三ヵ月の間は、ピッツバーグのカーネギー図書館学校で副校長であった児童文学者エリザベス・ネズビット（Elizabeth Nesbitt）による「児童文学」の集中講義を聞きながら滞在し、もう一度ニューヨークに戻って六月の終わりにヨーロッパへ渡っている。

石井の見学旅行は終始、児童文学仲間の間の連帯と友情に支えられた。全米各地で子どもの図書館関係者たちが石井を迎え入れた。留学のあいだ石井は目まぐるしい旅程と過密なスケジュールをこなした。ニューヨークでは、アメリカにおける児童図書館運動の草分けを担った開拓者で名の知れた児童文学評論家のアン・キャロル・ムーア（Anne Caroll Moore）にも面会している。帰路はパリ、ミュンヘン、香港などを周って帰国した。ミュンヘンでは、ファーズの強い推薦で、ロックフェラー財団の援助でつくられた青少年図書館（International Youth Library）を訪れている[19]。この児童文学をめぐる旅の遍歴は、『児童文学の旅』（一九八一）に垣間見ることができる[20]。

石井は、この初めてで生涯で最も長い海外滞在となった欧米の旅で「よい師、よい友にめぐりあい、ある程度、子どもの本というものについての考えをまとめるきっかけをつかめた」[21]とのちに語っている。留学を通して欧米の児童文学史に名の登場する錚々たる編集者や図書館員たちと多くめぐり合い、渡米時に同船したアメリカ文学者の西川正身は、その後生涯にわたりアメリカ文学についての助言者となるなど、留学は石井にとって多くのものを残した。[22]

(四) 中村光夫（一九五五年六月渡米、翌月帰国）

『風俗小説論』（一九五〇）で知られる文芸批評家の中村光夫（一九一一〜一九八八）は、一九五五年六月に渡米した。財団に提出されたフェローシップの申請書で中村は、「文化の混淆現象」を関心テーマとして掲げている。[23]ハーバード大学とメキシコ・シティで、アメリカ文明やメキシコ文明など異なる文明間の混合についての研究に取り組む計画であったが、渡米した翌月に妻の大病のために急遽留学を打ち切り、帰国した。

(五) 庄野潤三（一九五七年八月〜一九五八年七月）

庄野潤三（一九二一〜二〇〇九）は、一九五七年八月末に夫婦同伴で客船クリーヴランド号で横浜を発ち、凡そ一年をオハイオ州のガンビア（Gambier）で暮らした。

ファーズは来日中の一九五六年春に坂西志保から新しい候補として庄野の推薦を受け、[24]初めて庄野に面会している。面会で庄野はファーズに、「アメリカ人の生活に関する考えを知るためにアメリカに行きたい。西部や中西部にある小さな街を決め、一つの場所に長く滞在したい」と希望を述べた。この申し出を受けて、翌年の春にかけて庄野と坂西、ファーズの間で滞在先が話し合われた。留学に際しての庄野の関心は、初期からの文学のテーマであった「家族」に向った。渡米を前に財団に提出された申請書類のなかで庄野は、これまで発表した自身の作品の概要を紹介した上で、「私は家族生活が好きである。より良い家族生活を営むために努力する人々の姿を見るのが好きである。彼らが家族生活のなかで感じる楽しさや悲しみ、幸福や困難が好きである。それらを書きたい」と生涯の文学的テーマについて語り、「アメリカにおける家庭生活に関する基本的な考え方（Fundamental idea of family life in America）」を研究のテーマに掲げた[25]。帰国後の活動計画を書く欄には、「帰国後はまず、アメリカで見た家族の生活について書きたい。家族生活に関して人々が持つ根本的な考え方やその特徴、日米間の家族観の違いを書くつもりである。その上で、我々の家庭生活を理想的な状態に近づけるための方法を模索したい。新聞や雑誌に寄稿したり、学校やその他の集まりで若い人たちに向けて講演をしたり、ラジオで話すなど、あらゆる手段で仕事をしたい」と抱負を述べている[26]。

プログラムの開始当初はフェローらは単身で渡ったが、アメリカの社交は夫婦が単位になることが多く、経験をともに分け合うことで終生にわたる効果を期待できると考えた坂西が財団に掛け合い、財団がその主張を認めたことで、一九五五年からは夫婦での渡米が可能となった[27]。これを受けて、阿川を筆頭として、庄野、安岡、江藤が夫婦で渡米している。

ガンビアに到着した庄野夫妻は、人々に温かく迎え入れられ、庄野はほどなくしてガンビアでの生活に適応して一年間の滞在を大いに楽しんだようである。その様子は、『ガンビア滞在記』（一九五九）に綴られている。留学中の庄野が、新批評の巨匠として知られるジョン・クロウ・ランサム（John Crowe Ransom, 1888-1974）の退官前の最後の「詩入門」の講義に聴講生として居合わせたことは、比較文学史的にも興味深い出来事であったといえるだろう[28]。とはいえ、庄野の留学の主眼はアメリカの生活を観察することに置かれ、講義を通じた文学面での影響はそれほど大きくはなかったように見える。

滞米中のほとんどの時間はガンビアで過されたが、クリスマス休暇の間に東部のニューイングランドを旅し、さらに翌年の四月にはクレオール文化が根付くミシシッピ州のナチェズ（Natchez）を中心に南部にも足を伸ばした。財団はフェローたちに一つの滞在先を選択してもらう一方で、「一箇所にいることでは見えてこないアメリカの奥行きと内部の多様性を認識」するためにという考えから、他の地域への旅行も奨励していた。

（六）安岡章太郎（一九六〇年一一月～一九六一年五月）

安岡章太郎（一九二〇～二〇一三）は、一九六〇年一一月に羽田から夫人とともにパン・アメリカン機に乗り込んだ。後年の回想のなかで、安保闘争の直後にあたる渡米当時の胸の内を安岡は、「時機が時機だけに私は多少の逡巡をおぼえた」と吐露している。(29)

ほとんどのフェローは坂西の推薦を受けて留学に出かけたと語るが、安岡の留学には先に滞米した庄野と阿川の積極的な推薦があったことが財団の資料から確認される。(30)二人と坂西の意見を受けて、ファーズは一九五九年五月二日に初めて安岡夫妻に面会したが、この年の選考では、英語の運用能力の不足を主たる理由にひとたび助成は見送られた。(31)しかし翌年四月に日本を訪れたファーズは、坂西や元フェローら一同から再度安岡の推薦を受けた。(32)この間に安岡が発表した長編小説『海辺の光景』を高く評価した坂西の強い推薦もあって、この年の助成が決まった。

安岡のフェローシップ申請書類には、「アメリカ南部州の家族制度について（Family system in the Southern states in the United States of America）」が研究のテーマに掲げられている。(33)安岡が面接で表明した南部文学（Southern writing）への関心に照らして、滞在先はヴァンダービルト大学（Vanderbilt University）があるテネシー州ナッシュビル（Nashville）に決まった。同大学は、南部文芸復興の根拠地として名を知られる。公民権運動のうねりのなかにあった南部で安岡が目にした情景は、『アメリカ感情旅行』（一九六二）に活写されている。

（七）江藤淳（一九六二年八月～一九六三年九月、さらにプリンストン大学の客員教員として翌年八月まで滞在）

江藤淳は一九六二年八月に日本を発ち、凡そ二年の間ニュージャージー州のプリンストン大学に滞在した。財団支援による一年間の留学を終えた後、プリンストン大学東洋学部の客員助教授（Visiting Lecturer with Rank of Assistant Professor）に身分を変えてさらに一年滞在を延ばしたことが特異点である。(34)

留学前の面接を記したファーズ日記の記録によると、江藤は当初かつて大岡が滞在したイェール大学を希望する留学先として挙げたようである。しかしファーズは江藤の批評に対する関心に鑑みて、クリスチャン・ガウス・セミナー（Christian Gauss Seminars in Criticism）があるプリンストン大学がより良い受け入れ先となると考えた[35]。一九四九年に批評の発展を目的として創設された同セミナーは、ロックフェラー財団がその創設に関わっていた。

江藤は留学前に財団に提出した願書には「一八世紀の英文学」を専門分野として挙げ、ガウス・セミナーを活動の中心的な場としながら、英作家ローレンス・スターン（Laurence Sterne）の研究に取り組みたいと滞在中の計画を記していたが、留学中にその計画は変更された。江藤が財団に書き送った手紙には、新しい研究計画が詳細に述べられている。それによると、江藤の新たな関心は「文学に表れたアメリカ文明」であり、具体的には「二〇年代、三〇年代のアメリカの小説家――特にスコット・フィッツジェラルド（F. Scott Fitzgerald）――と日本の戦後の若い作家たちの間の比較研究」と、「現代のアメリカの小説家と戦後の我が国の若い作家たちの間の比較研究」を二つの軸として考察に取り組む計画が記されていた。江藤は前者を結ぶ共通項が「幻滅」であると考え、後者には「変化」を共通した体験として見出していた[36]。

プリンストンでの留学生活の様子は、『アメリカと私』（一九六五）のなかに詳しく綴られている。

第二節　異文化体験を形作る諸要素――財団の方針と照らし合わせて

一九五九年報告書で坂西は、人選の基準として、候補の年齢、資質、政治的立場などさまざまな要件を挙げ、財団の方針として一つの場所に長期滞在するようフェローに促したことを示していた。裏を返せば、これらの要件や方針は異文化体験を形作る要素となる。前節に引き続いて本節ではさらに、フェローらの滞在記や発言などに見られるアメリカ留学をめぐるさまざまな反応も参照しながら、ロックフェラー財団支援による留学を振り返り、前章において考察した財団側の考えや方針とも照らし合わせながら、異文化体験の様相を決定する諸要素について考えてみたい。

なお、前章で論じたように創作フェローシップの日米合同の運営委員会は必ずしも一枚岩ではなく、各々の人物がそれぞれの思惑を持ってこの交流計画に関わっていた。そのため、日米双方でプログラムの運営に携わった人物の立場は厳密にはそれぞれ区別して論じねばならないが、記述における煩瑣を避けるため、運営委員会全体の立場を論じる際には概ね「財団側」と記述する。

（一）年齢と世代差

まず第一点目に注目したいのは、坂西が一九五九年報告書で人選の基準の一つに挙げた、フェローの年齢である。坂西は比較的若い世代を選考の対象とし、留学の機会が各フェローにとって最も適した時期に与えられるべきであることを述べていた。この点に照らして興味深いのは、大岡昇平である。大岡は『ザルツブルクの小枝』に収められた文章のなかで、「ロックフェラー財団は一ヵ年の外国旅行に奨学金を提供し、私は受け入れた。私は既に四十五歳の年老いた人間で、外国へ一人旅に出掛ける齢ではない」と旅立ちの時の心境を振り返っている。[37]大岡は、留学を通して外国の新しい文化を柔軟な感受性で受け入れるには、自身が年齢的にやや遅すぎたと感じたようである。留学を終えた後に書かれた文章では、「外国へ行くのは若い時がいいようです。僕達の齢になると、どんな珍しいものを見ても、「なんだ、これっきりか」とか「やっぱりそうか」程度の感想より出て来ない方が多いので、衛生上もよくないようです」と記している。[38]後のフェローらが比較的若い人から選ばれ、一つの場所に滞在先を定めるようになったのは、こうした大岡の声を踏まえた財団の方針があってのものと推察される。[39]

この点と関連して付言すれば、世代差もフェローのアメリカに対する反応に大きく影響する要素である。坪内祐三は、創作フェローの文学者たちを三つの世代に分類している。それによると、戦前に自我を形成し、アメリカを相対化する足場を確保できた第一世代の福田恆存と大岡昇平は、敗戦の衝撃がもたらしたアメリカのコンプレックスから比較的自由であり、「そこまでの意識をアメリカに対して抱いていない」。[40]続く第二世代は、坪内によると、終戦時に二五歳ぐらいだった世代で、この世代に属するフェローたちは、そのような優位感はないが、逆に劣等感もないのが特徴である。例えば坪内がこの世代に分類する安岡は、「アメリカ」を前に自身を道化てみせるが、それは「アメリカとそこまで深い関係を持たなくてすむからお道化ていられる」のであり、「あくまでも観察者」としての距離を保持したまま「アメリカと関係を結ぼうとしない」安岡は、「劣等感を持ったふりはしつつ、実は、本当の劣等感は持っていない」という。これに対して、安岡とは対比的に「アメリカにコミット」し、関係を結ぼうとする第三世代の江藤はむしろ、アメリカに対して過剰な意識を抱いているというのが坪内の見方である。坪内の世代区分はいささか図式的に過ぎるきらいはあるものの、世代差による体験差がアメリカに接する際の態度の違いとなって表れるという指摘は、重要な視点である。[41]背景にある体験が違えば、アメリカ留学の持つ意味も大きく異なるだろう。

(二)「旅行」と「生活」

一方、一つの場所に長期間留まりながら現地の人々との深い交流を促す財団の方針がフェローたちの異文化体験の質を大きく左右したことは、例えば大岡の旅行記『ザルツブルクの小枝』と、庄野と江藤による滞在記『ガンビア滞在記』、『アメリカと私』を読み比べれば一目瞭然である。梅森直之は大岡の紀行文『ザルツブルクの小枝』の特徴を、「みずからを観光客と規定し、その視座からアメリカならびにヨーロッパの文化・芸術を批評するスタイル」[42]と捉えている。留学を綴った文章のなかで大岡が自らを「(文学的)旅行者」あるいは「観光客」[43]と名乗り、一年間の旅を「観光」として捉えていることに、この欧米留学における大岡の異文化体験者としての姿勢の特質は最も集約的に言い表されるように思われる。『ザルツブルクの小枝』に描かれた大岡は、常に接する対象から一歩下がった観察者としての姿勢を貫き、現地の人と積極的に交流したり、異国の文化のなかに入って交わろうとはしない。そして旅の終わり近くを綴った文章に、「出発、新しい町、新しい観光と新しい倦怠——これが結局一年の僕の外国旅行の実情であって、むろん僕は何もわかりはしなかった」と記した。[44]また大岡は、ロックフェラー財団創作フェローとしての留学を通じた異文化体験の限界を語った。理解を阻む最も根本的な要因は、「奨学資金で太平洋を渡っている私の生活は自由だが、生憎その生活自体が根を失っている」[45]という記述にも見られるように、生活者である市民とは異なり、旅行者には生活に根を張った文化の理解ははじめから不可能で、結局外側からの観察者に過ぎないという点にある。大岡はこのように生活や目的を持たずに旅する自身の精神的な不安定さを「文化人の不安」と表現し、一年の旅を総括して、「はっきりした目的でもないかぎり一年くらいの海外旅行なぞ、するものではない。旅行者の孤独は有害だ」と記した[46]。以後のフェローたちは、全米の児童図書館の実地見学というはっきりした目的を持っていた石井桃子を除いて、一つの場所に長期間留まる留学を体験している。

その一人である庄野潤三は、オハイオ州の「人口六百、戸数二百」[47]ほどの小さな街ガンビアに定着して一年を過ごしたが、庄野が帰国後に発表した『ガンビア滞在記』からは、庄野夫妻がこの地域コミュニティの一員として受け入れられて暮したことが窺える。特に庄野の定着の上では、夫婦単位での滞在が現地での交流を深めるのに大いに役立ったことを指摘できる。先にも述べたように、これは坂西のたっての強い希望で実現したものであった。坂西は『ガンビア滞在記』に寄せた「あとがき」で、その理由を次のように振り返る。

> 民主的生活様式を学ぶということなら家庭から出発しなければならない。先進国の社会生活は男女が一組、いわゆるユニットとなって扱われ、また行動する。男一人というのは半端者で、社交の場から閉め出しを食わせられることが多い。またお世話になった人たちをもてなすとしても、男一人ではどうにもならない。夫婦で一年留学ということになると、新しい経験を分け合い、終生いろいろ効果があがると私は判断してファーズ博士に懇願した[48]。

庄野の場合を見る限り、このような坂西の思惑は見事に的中したように思われる。庄野も滞在記のなかに、「どこへ呼ばれるのにも必ず夫婦が揃って行くというのがこの国での習慣である」と記しているが[49]、こうした文化のなかで、個人での付き合いに留まらず夫婦単位での社交を体験できたことは、現地でのより深い親交を可能にしたのみならず、庄野のテーマであったアメリカにおける家族を観察する絶好の機会と環境とを与えたといえよう。

大岡は「生活者」との対比で「旅行者」としての自身の異文化理解の限界を語ったが、奇しくも腰掛の留学生ではなく、地に足のついた「生活」者として「アメリカ」を生きることこそは、江藤淳が留学を始めるに際して自らに課した課題であった。彼は同世代の批評家である小田実によるベストセラー『何でも見てやろう』や、先に留学した安岡の『アメリカ感情旅行』などの先行するアメリカ滞在記に見られる海外体験の態度と引き比べて、外国体験留学にあたっての姿勢を次のように表明している。

> 異質の文化のなかで、自分の同一性を保とうとすれば、かならず異質の手つづきが必要になる。(…) 自己の同一性を保つために、異質の手つづきを習得するというのは、至極厄介な仕事である。が、厄介だといっておりてしまえば、それは米国にいる間「生活」からおりていることを意味する。(…) おりるのがきらいな私には、「海外生活」というキラキラした舞台にのぼる役まわりも気に入らなかった。「なんでも見てやろう」というおりた観察者の姿勢に無理があるように、「いつでも眺められている」という自意識に縛られた演技者のポーズも不自由なものである。それらはふたつながら平常心を欠いている。「生活」というものが、ひっきょう見たり見られたりという闘いの連続である以上 (…)、見る一方、あるいは見られる一方という外国生活が、健康なものだという理由はないのである。[50]

江藤にとって「生活者」としてアメリカに暮すことは、アメリカ人と対等に立つことを意味したが、同時にこのように「生活者」であることに拘った江藤はそれゆえに「アメリカ」から深く影響を受けることになったのではなかろうか。江藤の滞在記『アメリカと私』のなかでは「変容」が繰り返し語られる。

（三）候補の資質

留学体験の実相は滞在環境や期間によっても左右されるが、候補の資質によるところも大きいだろう。その意味で、対照的な事例として注目されるのが、庄野と安岡の留学である。庄野夫妻が小さな田舎町に溶けこんで暮した様子は『ガンビア滞在記』のなかに生き生きと描かれているが、さらに夫妻が地域の新聞に度々登場したことは、二人が地域のコミュニティにいかに好意的に迎え受け入れられたかを如実に伝える。例えばケニオン大学の学生新聞である『ケニオン・カレッジアン（*Kenyon Collegian*）』には、「ガンビアでアメリカを勉強する著名な日本人作家（Noted Japanese Writer Studies U.S. in Gambier）」の見出しのもとに、庄野潤三が写真入りで次のように紹介された。

ケニオン・カレッジの学生をはじめとしてガンビアは、日本の一流作家の作品を通して、日本の人々にアメリカの小さな町の生活がどのようなものであるかを教えている。
庄野夫妻はロックフェラー財団の後援のもとに今年九月に到着し、現在ノートン・ホールの北にあるバラックに住んでいる。作家は、自身の体験を記録し、将来の創作のための題材を集める目的で詳細な日記をつけている。そのために学生や地域住民と話す機会を求めており、自宅への訪問者をいつでも歓迎する。(51)

記事は続けて、アメリカのピュリツアー賞に該当する日本最高権威の文学賞である芥川賞を受賞したと庄野の経歴を紹介し、彼が特に「アメリカの小さな町における家庭生活」に関心を持っていると伝えた。また記事は、発行部数六百万部を誇る日本の『産経新聞』に、ガンビアでの生活を描いたエッセイがケニオン・カレッジのピアース・ホールの写真入りで掲載された――一九五七年五月三〇日付の『産経時事』の記事「私の取材法」のことと推定できる――ことを報じ、「このような著名な作家がアメリカン・ライフの知識の源泉としてガンビアを選択したことを光栄に思う」と記事を締めくくった。

庄野の交流は一方向ではなかった。一九五七年一二月一四日にガンビアを訪問したファーズに、ケニオン・カレッジのオールドリッチ教授は、庄野夫妻がガンビアの人々との交流を深く楽しんでいると話し、二人が「大学コミュニティに大いに貢献している」と述べた。一方の庄野は、ファーズにガンビアでの生活に満足していると話し、マウント・ヴァーノンで話をする機会を与えられたことを報告している。ファーズと庄野夫妻、オールドリッチ教授、ランサム教授が揃って昼食をともにした食事の席で、ランサム教授も庄野をガンビアに送ってくれたことに感謝を述べたことをファーズは日記に書き留めている。一九五八年二月二七日付のファーズへの手紙で庄野は、地域で催されたガール・スカウツの行事に参加した千寿子夫人が、さまざまな国の人々に混じって着物姿で日本の文化を紹介している姿が写真入りで紹介された地域新聞『マウント・ヴァーノン・ニュース（*Mount Vernon News*）』掲載の記事の切抜きを同封して送っている[52]。庄野夫妻はアメリカにおいて、まさに民間文化大使の役割を果たしたといえよう。庄野夫妻がこのようにアメリカで温かい交流を体験できたことは、庄野の個人的資質や性格によるところも大きいと思われる。

庄野とは好対照をなすのが、安岡の留学である。父阿川弘之との関係から家族ぐるみで親交があり、安岡を知る阿川尚之は、安岡が「そもそも語学ができてさっそうと外国に雄飛する留学生といったイメージとは、ほど遠い人物」で、「生きていくためには何より自己主張の能力を要求されるアメリカ社会に、こういう人物を放りこんだのだから、ロックフェラー財団もなかなか思い切った人選をしたものだ」と論評している[53]。留学と関連した資料が語るのは、このような見方が的中したことだ。ナッシュヴィル滞在が安岡本人にとってそれほど楽しいものではなかったことは、全集収録の自筆年譜に彼が「寒気きびしく、言語不通、一ぺんに地獄へおちたおもいなり[54]」と記していることからも知られるが、財団に残された資料からも、安岡がこの地での滞在を特に楽しんだ形跡はあまり見えてこない。

例えば、安岡のアメリカ到着から凡そ一月後の一一月末にニューヨークで安岡に面会したファーズは、安岡がナッシュヴィルでの生活について不満を抱いていることを書き留めている。ヴァンダービルト大学のランダル・スチュワート（Randall Stewart）教授から適切な手助けを受けられずに放置されていることや、大学の講義を強制的に受けさせられることに不安を覚えていることに起因する不満であった。これについてファーズは、「大学の授業に参加することはアメリカ人やアメリカの生活を理解するための一つの方法にはなり得るが、作家たちは大学での勉学のためにここに来ているのではない」ことを財団の立場としてはっきりと述べて安岡を安心させながらも、他方で「英語を学び、ナッシュヴィルのアメリカ人と知り合うために努力する責任があることを強く言い聞かせ、こうしたことが全的にアメリカ人の主導で行われることを期待してはならないことを指摘した」という[55]。安岡と大学側との関係の不和は、財団と大学側との書簡のやり取りからも窺われる。財団が安岡について大学に問い合わせたことへの返事と推定される、財団スタッフのロバート・W・ジュライ（Robert W. July）に宛てた書簡のなかでスチュワート教授は、十分な努力を尽くしたにもかかわらず安岡は大学に姿を現さないと現状を訴え、「彼の英語は流暢ではなく、しかも彼は臆病である。その臆病さを克服して積極的な生徒として我々のなかに戻れるように努力は続けるつもりである」と強い語気でやや感情的に応酬している[56]。こうした状況を受けて、ファーズは安岡に英語能力向上のための努力を再三促し、財団の支払いで英語の個人教習チューターをつけるなどの努力をしたようだが[57]、結局安岡は義父の病気を事由に予定よりも半年早く留学を打ち切り、五月一七日に帰国した[58]。

　留学が終わって帰国した後にも、財団と安岡の関係はぎくしゃくしたままであった。安岡の帰国から凡そ三ヵ月後にファーズは坂西に、安岡には「（留学について）報告する義務があるが、催促することは躊躇われる」として書簡を書き送っている。留学後に財団に「報告」を行うことは、創作フェローシップの規約として義務化されてはいなかったものの、次のフェローに適切な支援を行うための参考事例として役立てるという名目からも、非公式的には期待されていたようである。手紙で仲裁を求めるファーズに、坂西はナッシュヴィルでの不和の「原因の多くは安岡の側にある。しかし安岡はこれに気づかない。彼は自己を開いて友人を作る術を知らない。むしろ高慢に振る舞って街の人々の怒りを買ったこともあったと聞いている」と感情を露にした手紙を返している[59]。財団の関係資料には、この坂西の返事に同封されたものと推定される新聞記事の切抜きが保存されている。

　一九六一年六月二二日に『毎日新聞』に掲載された記事「アメリカ留学を打ち切った安岡夫妻」は、安岡が予定より半年早く留学を切り上げて帰国したことを報じ、「日本に一人で置いてきぼりにした五つになるお嬢ちゃんが心配だったこと、それに父上の病気、三つには大学の学期末が五月で、これから一〇月までひどく暑いナッシュビルにいるのはつらいからというのが、留学中断の理由」であると伝えた。[60] 三日遅れで『東京新聞』に掲載された記事「日本はアリガタイ国——米留学をはしょった安岡章太郎氏」も同様の事情を伝え、アメリカでの生活について、「ドレイ解放後の再建時代と日本の終戦直後のパージ時代が似ているのに興味を持ち、図書館へ参考書を借り出しにいったら、たちまち目の前に十冊ぐらい積まれてへきえきしたそうだ。「日本では翻訳されてない本ばかりだし、一冊も調べないで、話をきいただけで帰ってきました。本格的に調べればおもしろいと思うんですがね」／「毎月の生活費は三五〇ドルで、ニューヨークだと一歩も外へ出られない金額。しかし南部は全体の生活水準がひくいため、食べるには事欠かなかったが、食物のまずいのにはへこたれた」といった安岡の言葉を引用して伝えた。[61] 坂西からすれば、このような安岡の態度は、財団の好意やアメリカ人の善意に十分に誠実に応えていないように見えたであろう。

こうした事態に直面して、安岡を推薦した阿川と庄野は責任を感じ、それぞれファーズにお詫びの手紙を書き送って取り成そうとしたようだが、しかし安岡本人は帰国から凡そ三ヵ月半以上が過ぎた九月六日に漸く手短な感謝の言葉のみを記した一通の手紙をファーズに書き送っただけであった。ファーズはこれに、今後のフェローのために可能であれば日本語でも構わないので留学について思ったことを知らせて欲しいとあくまでも丁重に返事している。以上の経緯から確認されるように、安岡の留学は決して円滑ではなかったが、一方で財団側の対応は終始鷹揚であった。ファーズは寛容な教師のような態度で積極的に交流に加わるようフェローを諭した。だがこのように財団とフェローの間に齟齬や対立が表立ってあらわれることなく、ファーズが表向きは寛大な態度を貫くことができたのは、坂西のような日本人の仲裁者がいたからこそであるとも言えるだろう。

以上のような留学の諸様相を踏まえてみれば、創作フェローシップは試行錯誤に満ちていたと言うべきだろう。

第三節　留学を通して体験された冷戦の磁場

第六章では、文学者の留学を支援するプログラムにまぎれもなく冷戦の政治が影を落としていたことを財団資料から確認した。このような冷戦の磁場は、留学したフェローたちにとってどのように体験されたのか。大岡昇平、安岡章太郎、江藤淳の三人のフェローを事例に挙げて考察したい。

（一）大岡昇平における「西欧」

大岡昇平の留学は坂西の推薦によるものだが[62]、彼は旅行記のなかで留学の動機について、「旅の目的は、幼時より憧れていた外国の風物に触れて、わが西欧的教養に磨きをかけるためである。本や写真だけでは、わからないことがあるかないか、この眼で見て来なければならぬ」と記している[63]。ところで、大岡が財団に提出した研究のテーマが「アメリカにおけるフランス文化の影響[64]」であったこと、上陸してからニューオーリンズを目指しての凡そ一ヵ月間の旅がアメリカのなかにあるフランス文化の痕跡を辿るという名目で行われたことなどからも窺われるように、大岡は渡米当時アメリカにさほどの関心を持ち合わせていなかった[65]。坪内祐三が「実はある時期まで、アメリカは、特に文学者にとって、西洋ではな」く、「西洋の下位に属する擬似西洋に過ぎなかった」と指摘するように[66]、大岡にとって「西欧的教養」の源泉はあくまでも旧大陸ヨーロッパ、とりわけフランスであったと言える。大岡は留学に触れて、「海外旅行や円の持ち出しが制限されていて、ロックフェラーの保証がなければ長期滞在はできない時代でした[67]」と語っているが、以上のことを以て総合的に判断するならば、大岡はアメリカそのものに強い関心を持っていたというよりは、アメリカの財団の提供する奨学金を利用して「西欧」を実地に確かめる視察に出かけたというのがこの留学の実情であって、彼の関心は始めからアメリカ越しにヨーロッパ大陸により強く向けられていたと言えるだろう。

旅行記の記述を見る限り、留学している間も大岡のアメリカへの関心は比較的薄かったように見える。財団は大岡のために数次の見学旅行をアレンジし、さまざまな人物を紹介して引き合わせるなど、始終細やかで手厚い支援を行った。サンフランシスコで面会したスタンフォード大学のウォレス・ステグナー（Wallace Stegner）教授は、ロックフェラー財団の後援で一九五〇年に来日した際に大岡の『俘虜記』に関心を持ち、それが後に英訳出版に繋がっている。このような財団の行き届いた処遇に対して大岡は、「ロックフェラー・ファウンデイションの人達は、申訳がないくらい親切で、僕みたいな者に、どうしてこんなに丁寧にしてくれるのか、いささか当惑するぐらい[68]」と記しているが、しかし財団の努力にもかかわらず、大岡はアメリカ体験にさほど熱意を示さなかったようだ。彼が旅行記のなかに、「僕に奨学資金をくれたロックフェラー財団では、滞在期間の半分はアメリカで過ごす予定を組まなければ、理事会を通過しなかった」とし[69]、さらに「僕の旅程の最初の半分は、アメリカで過されたので、幾分エネルギーを浪費した傾向がある」とまで記していることからは、財団が提供する滞在プログラムを彼が有意義なものとは感じていなかった様子が窺われる。だが逆に言うならば、大岡のアメリカ留学は、彼のアメリカへの関心の薄さゆえにむしろ、文学者を引き込んで行った冷戦下アメリカの強力な磁場を浮かび上がらせてはいないだろうか。

一方、大岡が「西欧」に渡るために財団の留学制度を利用したのが実情だったとしても、アメリカの財団の支援の下に旅することは彼に心理的な葛藤を惹き起こしたようである。大岡は後に一八年ぶりのアメリカ再訪を書いた『萌野』（一九七三）のなかで最初のアメリカ留学を振り返り、「サンフランシスコの単独講和が、沖縄と民主主義の犠牲において成立した時、アメリカの金を貰って旅行すること」には「後ろめたさ」があったと述懐している。大岡にとってはサンフランシスコの単独講和が民主主義の犠牲において成立するという政治・軍事的な出来事と文化留学とは分離不可能で、そこに通底するアメリカ側の思惑に則ってしまうことへの抵抗があったことを窺わせる。

また、財団側の資料によれば、大岡は財団がお膳立てした日程や交流の場に現れないこともしばしばであったようである。一九五九年の報告書でファーズは、創作フェローシップ一期生の福田や大岡が留学を通してCIAの監視下に置かれているとの疑惑を抱いたことから、計画されたプログラムを避け、財団から距離を置こうとしたことを後から知ったと報告している。[70] マッカーシズムの旋風が吹き荒れるなかでの留学において、大岡が常に自らの置かれた政治的磁場に意識的であったことを物語る。ファーズの報告書の記述が語るように、大岡において観光的な異文化体験が財団の思惑に乗っかるまいとする強い警戒心から交流の場を意図して避けた結果でもあったならば、彼にとって「観光」とは、「アメリカ」から距離を置き、深く影響を受けることを意識して避けるために選択された戦略的姿勢でもあったのではなかろうか。留学に関する大岡の言論からは、留学制度が大岡をアメリカへと引き込む強力な力として働いたとしても、一面彼が敢えて文化冷戦の磁場に乗りながら、留学制度を利用したしたたかさをもっていたように見える。大岡の事例からは、このような両者の力の間の耐えざる緊張を読み取れる。

（二）安岡章太郎における「南部」――フォークナーをなかだちとして

一方、テネシー州の中心部に位置するナッシュヴィルに滞在した安岡章太郎は、『アメリカ感情旅行』でこの地を選んだ理由について、「南北戦争の結果敗北したこの地方で、それまで奴隷制農業にたよっていた地主階級が没落し、農本主義から商工業主義へ、家族主義から個人主義へ、その脱皮に苦しみながらも北部（ヤンキー）の勢力に圧されて次第に変りつつあるといったことを小耳にはさみ、それならわが国の現状にそっくりではないかと思った程度のことである」と記している。[71]『戦後文学放浪記』のなかでは、南部に興味を持った経緯がさらに詳しく、次のように語られる。


何年かまえにウィリアム・フォークナーが日本にきたとき、記者会見の席上で、

「われわれ南部人は、同じく戦争の敗者として日本人の心持はよくわかる」

と発言して、居合せた日本人を驚かせたことが当時の新聞に出ていた。たしかにわれわれに向ってこんなこ

とを言うアメリカ人は、これまでの処、一人もいなかった。南北戦争で南軍が敗けたことは誰でも知っている。しかし、百年前の南北戦争と太平洋戦争を並べられても、われわれとしては戸惑うほかはない。同じ敗者だからといっても、われわれとアメリカ南部人と、どこがどう似ているのか見当のつけようもないからだ。それに、アメリカ南部といえば先ず黒人問題が思い浮ぶが、そこで行われている人種差別の実体や、日本人が有色人種としてどのように扱われているかといった事柄も、これまでのところ日本人にはハッキリとは伝えられていない。そういうものを一度、自分自身の眼で見ておきたいという気持もあった。私がアメリカ南部を目指した理由はそんなところだが、これをもっと簡単にいえば、私の内心にあるモヤモヤとした敗北感を、明瞭にアリノママに体得して、自分自身の中途半端なものを何とかしたいということだった。(72)

南部社会を描き続けたノーベル賞受賞作家として知られるフォークナーが一九五五年にアメリカ政府の文化使節として来日した経緯については既に述べた通りである。安岡の右の発言からは、彼が冷戦下でフォークナーから差し出されたメッセージを戸惑いとともに受取り、これを端緒にアメリカを理解しようとしたことが確認される。尤も、発言を見る限り、安岡の南部への関心が本質的な深さを持っていたとは思えないが、しかし冷戦下で日米の文学者が間接的にこのような接点を持ったことは興味深い。実は財団側の資料に基づけば、安岡は当初フォークナーのいる街に行くことを滞在先として希望をしていたようである。しかし坂西はこれを「良い考えではない」と記している。これがどのような理由による判断かは明記されていないが、結局安岡の滞在先は、南北戦争の激戦地の一つであったナッシュヴィルに落ち着いた。

(三) 江藤淳と「日本近代化論」プロジェクト

そして、財団研究員のなかでも、日米文化交流に張り巡らされた冷戦下の「文化政治」の磁場が最も表面化したのが江藤の場合と言える。江藤が留学し、教鞭を執ることにもなったプリンストン大学では、当時「日本近代化論」プロジェクトなるものが進行中であった。それまでいわば失敗作として否定された日本の近代化を、非西洋地域での唯一の近代化成功例として定義し、一転して肯定しようとする動きであったこの新「日本近代化論」は、冷戦体制の政治にがっちりと組み込まれている。

冷戦下において、各地域に関する的確な知識の獲得がアメリカの国際政策上の関心となったことを背景に、ロックフェラーやフォードといった主要な民間財団の莫大な資金による援助のもとに大学や研究機関における地域研究の促進があったことは既に触れたとおりである。[73]「日本近代化論」プロジェクトこそは、まさしく学問的知を冷戦下の国益に奉仕させる試みの最も明白な例の一つであった。共産主義の拡大を食い止めるべく全力を尽くしていたアメリカは、東欧、アジア及び独立を目指す第三世界各国に対して、革命に基づくソ連型の近代化モデルとは異なる近代化の範例を提示する必要があった。そこで一九六一年に駐日大使に就任したライシャワーが音頭を取り、フォード財団の資金を受けて、米国のアジア学会に置かれた「日本研究会議」が中心となって「日本近代化論」プロジェクトが組織化された。[74]アメリカの日本専門家からなる「日本近代化論」の研究会は、一九六〇年八月に開かれた第一回目の箱根会議（予備会議）を皮切りに、合計六回にわたる日米合同のセミナー会議を日本とアメリカの各地で開き、日本人学者を交えて日本の近代化の諸問題を論じ合った。[75]そこで目指されたのは、民主主義的資本主義社会へ平和で進化論的な発展を遂げた成功した実例として、日本の近代化を再評価することであった。その意味で、ハリー・ハルトゥーニアンはこの近代化論の「本来的な目的」が、「かつての帝国主義国日本を米国の帝国主義の構図のなかに位置づけなおし、米国帝国主義の一要素となった日本に新たな表象形態をあたえることにあった」のだと指摘する。[76]

話を江藤の留学に戻すなら、佐藤泉が指摘したように、この日本近代化論プロジェクトの研究成果を全五巻（別巻付）の叢書にまとめて出版したのがプリンストン大学であり、江藤の『アメリカと私』のなかに登場するマリウス・ジャンセン、ウィリアム・ロックウッド、ジョン・ホール、ロバート・ベラー、ロバート・リフトン、ドナルド・シャイブリー、アルバート・クレイグら諸人物こそは、何れも日本近代論プロジェクトの主要メンバーである。[77]なかでも江藤と親しく親交したジャンセンとホールは、ライシャワー駐日大使と協同で日本近代化プロジェクトを企画した立ち上げメンバーであった。また、ロックフェラー財団も米国における日本学の形成に深い関わりがある。財団の支援により設立された国際文化会館は学者たちのために会合や滞在の場を提供するなどの面で協力した。[78]このような状況のもとで形成された江藤の思想の特質については、梅森直之[79]や佐藤泉[80]が財団との関わりを視野に入れて手堅い考察を行っている。

(四) 文化冷戦と表象の力学

以上、三人のフェローを視点として、個別の文学者に働いた冷戦の文化政治の磁場を見てきた。最後に考えてみたいのは、文学の表現に働いた冷戦の力学である。冷戦下の日米文化交流は文学の表現にいかなる影響を及ぼしたのか。むろん、文学者の留学がそれぞれに様相を大きく異にすることにも示唆されるように、それは個別のテクストに即して考察されねばならない。本節において取り上げたフェローについても、各々の滞在記などに基づいてさらに考察を深める必要がある。そして阿川弘之、小島信夫、有吉佐和子について、留学の作品への影響を探ることは、取りも直さず第三部の課題となるが、ここでは文学者に対するアメリカの文化攻勢が働いていた冷戦下の文学表現を考察する上での一つの端緒に注目しておきたい。

留学から帰国してからの大岡は、財団から留学資金を貰ったことを理由に挙げ、アメリカに対する批判的言論を差しあたって控えると言明した。例えば留学体験を綴るなかで大岡は、財団の支援に触れて、「実に至れり尽せりというほかはない。これでアメリカの悪口をいったら罰が当る理なので、私の不満は、さし当り観光船上の愚劣なるツーリストと、その乗務員に限られる、と思って貰うことにしたい」と記す。[81]留学を支援した財団に対する義理から、アメリカに対する批判的言論を差し控えるというのである。思ったままを自由に書いて発表することについて、財団に対する遠慮があるという同様の趣旨の発言は、この旅行記を通して何度か現れることから、留学体験に関する表現全体を貫く大岡の立場であるとも捉えられる。[82]

ところで、こうした発言の言説効果は両義的であろう――それは一見留学が批判的表現を控えるようでありながら、実際には「不満」があることを反語的に仄めかしつつ、「自己規制」を明言することで、言説や文学表象の上に働く文化冷戦の磁場に注意を促すものとも読める。だが同時にそれは、批判の内容を明示しない点で、一切の義務から自由であるはずの留学が、表現を拘束する方向に働いたことを示す確かな痕跡でもある。大岡の留学例から得られる重要な示唆点は、たとえ言説上に表れないときさえも、表現をめぐる日米相互の力学が絶えず働いた可能性である。欧米留学を可能にし、細やかに便宜を図ってくれた財団や関係者に「恩義」のようなものを感じ、それがゆえに言説に遠慮が働いた――財団との関係は、アメリカに関する記述を舞台裏で裏から規定した一つの要因であるのだ。

また、大岡はずっと後に書かれた坂西志保の回想でも、「帰国してからの私の意見、特にアメリカに関するそれは、坂西さんを満足させるものではなかったはずである」としながら、しかし坂西が「そのことで何か私にいったことは一度もない」ので、「何か申訳ないような気持が残っている」と記している[83]。それは留学がもたらした表現への「検閲」意識が長く持続したことを物語る。

同様の発言は、安岡にも見られる。安岡は同じく坂西の追悼文集に寄せて、「坂西さんのことを考えると、私にはいろいろの意味で忸怩たる想いがある（…）要するに、坂西さんは私を或るとき非常に評価して下さったが、私はそれにまったくこたえることが出来なかった。だから「坂西さん」ときくと、それだけで逃げ出したくなるような気持であるが、一方には何ともいいようのない懐しさのようなものがある」と記している[84]。日米間の文化交流の担い手としての期待や役割に応じられなかったことから来る罪悪感や自己に対する嫌悪感を抱かされたことを物語る。このような感情は一つには、創作フェローシップが財団側スタッフとの間の親密さを特質としていたことに起因すると言えよう。そうした感情が、直接「アメリカ」ではなく、財団を代理した坂西志保に向けられていることも注目される。

別の角度から表現への影響を窺わせる発言もある。庄野はガンビア滞在の間、毎日の出来事を日記に詳細に書き留めた。大きな大学ノートに日に四枚、多い日は六枚ほども書いたという毎日の記録は[85]、滞在が終る頃には八冊分もの分量に膨れ上がったという[86]。庄野は帰国直後に『産経時事』新聞のインタビューに答えて、アメリカにいる間に「偏見なしに観察したことを忠実にメモしてき」たと話し、「これが小説になるかどうかは、まだわからないが、一冊の分厚い本にまとめたい」と執筆に意欲を示した。その結実が、帰国からおよそ半年後の一九五九年三月に中央公論社から書き下ろしで上梓された『ガンビア滞在記』である。庄野は帰国後にファーズに宛てた手紙でその間の帰国後の無音を詫びた上で、ついに『ガンビア滞在記』を脱稿して三月に中央公論社から出版される予定であることを伝え、留学体験の「報告が遅くなったことに対する言い訳にはならないが、この作品が文学的報告である」と書き送っている[87]。このような庄野の発言に基づけば、『ガンビア滞在記』は、日本の読者に向けられた一年間の海外体験の「報告」として読めると同時に、さらにこの「報告」の隠された読者として、留学の機会を与えた財団を見出すことが可能であろう。即ち、留学はアメリカの表現を促す方向にも働いたことを確認できるのだ。実際に多くのフェローがアメリカ体験に基づく作品を残したことは、このことと無関係ではなかろう。

フェローらが留学後に語ったこれらの発言には、検閲を通した占領下の表現規制に代わる新たな表現の生成をめぐる力学の所在や質が示されているのではないか。そこには、検閲し、禁止する「アメリカ」から、寛大さや親密さで包摂し、取り込む「アメリカ」への変容が見受けられる。〈冷戦〉が文学テクスト生成の場に深く入り込んでいたことを認識し、この時期に書かれた文学テクストを、日米相互に力が働く場として捉える視点が必要といえる。

では実際に作家たちは、どのようにアメリカを描いたのか。ロックフェラー財団創作フェローシップの概略の紹介を行った梅森による先行研究は、「坂西が、ひいてはロックフェラー財団とその背後にあるアメリカ政府が、この時期、何をかれら日本の作家に期待したうえでアメリカに送り込み、また、かれらはいかにその期待に応え、またそれに抵抗したのか」といった諸側面を作家たちの具体的な作品に即して読み解くことを今後の研究課題に挙げている[88]。本章においては、財団側の資料に依拠して、坂西や財団の意図や思惑を明らかにした。次に第三部においては、さらに具体的な作品に即しながら、その影響を読み解く作業を手がけたい。

第三部　ロックフェラー財団創作フェローの描いた「アメリカ」

第三部では、ロックフェラー財団支援による留学がもたらした小説作品群に眼を向ける。文学者たちはそれぞれアメリカ社会のどのような側面に関心を向け、いかなるイメージでアメリカを描き出したのだろうか。また留学を経て、フェローらのアメリカ表象にはどのような変化が見られるのか。

続く三つの章においては、財団創作フェローのアメリカを題材にした作品群のうち、阿川弘之、小島信夫、有吉佐和子の三人のフェローについて、それぞれ留学の体験に基づいた代表的な作品を取り上げて作品の精読を行う。三人の文学者にとってアメリカでの滞在はいかに体験され、それが創作の上に何をもたらしたのか。留学の様相を財団文書館資料などに基づいて提示した上で、留学での見聞を下地としながら三人の作者がいかなる視点から同時代のアメリカを描き出したのかを表象分析を通して明らかにしたい。特に阿川と小島については、第一部で取り上げて考察した原爆と占領を題材とした留学前の作品と比較して、「アメリカ」を語る論調にいかなる変化が見られるのかが分析の焦点となるだろう。

テクストの分析にあたり、第三部では方法論として、文化冷戦下にあった同時代の表象空間を強く意識して作品を読んでみたい。フェローたちの描く作品は、まぎれもなく第二部で考察してきた冷戦下の日米文化交流の一つの「産物」であると同時に、アメリカの文化冷戦が発信した自己像と競合関係にあるものと捉えられる。これまでの考察を踏まえれば、互いにせめぎ合う表象の力学はどのように浮かび上がるのか。また、三人のフェローによってつむぎ出された「アメリカ」をめぐる文学的言説が、戦後の日米関係やアメリカ文化の受容においてどのような役割を果すことになったのかについて、考察を進めたい。

第八章　阿川弘之『カリフォルニヤ』における「アメリカ」

――文化冷戦下のエスニシティの表象として

第一節　冷戦が創出した表象空間

ロックフェラー財団の支援によって留学した文学者たちは、その体験に基づいてどのように「アメリカ」を描いたのだろうか。坂西志保が作家たちに期待した通り、財団の支援で渡米した文学者たちは帰国後に作品のなかでさまざまにアメリカを描いた。留学体験に基づいた文章は大きくは、留学中の体験を直截に語った旅行記／滞在記、随筆類と創作を多く加えた小説作品に大別できよう。

前者について言えば、単行本にまとめられたものに限っても、大岡昇平『ザルツブルクの小枝』（一九五六）、庄野潤三『ガンビア滞在記』（一九五九）、安岡章太郎『アメリカ感情旅行』（一九六二）、江藤淳『アメリカと私』（一九六五）が相次いで上梓され、創作フェローらが書いたアメリカの見聞が読者に届けられた。この他、単行本化されなかった随筆類までを含めると、さらにその数は厖大である。各フェローはそれぞれの関心に基づいて異なる視角から「アメリカ」を描出し、また地域的にも多様なアメリカの姿を伝えた。既に第二部で詳しく述べたように同時期には、文学者たちはアメリカだけでなく共産圏をも多く訪れて見聞を発表していた。そのようななか、毎年文学者をアメリカに送り出したロックフェラー財団の創作フェローシップによる留学生たちは、「アメリカ」に関する情報提供の主要な一軸を担ったと言える。

日本がそれまで閉ざしていた海外に向けて自己を開き、国際社会に復帰した五〇年代のメディアにおいて、海外通信は頻繁に新聞・雑誌の紙面を飾った。ジャーナリズムの発達による紙面の拡大と、アメリカをはじめとした海外諸国への読者の関心の高さを受けて、雑誌編集者は海外渡航する著名人に慣行として原稿を依頼し、「文化人」たちはさまざまな目的で外国を訪れて、その見聞を発表した。それらの文章は熱心な読者に恵まれていた。冷戦下で促進されたアメリカ研究について考察した松田武は、一九五〇年代から六〇年代に冷戦を背景に日米関係の重要性が増すにつれて、「日本の学界、特にマスメディアの世界においてアメリカ合衆国についての情報と知識に対する需要が高まり、トークショーなどのテレビ番組での短いコメントから書籍や大衆雑誌の記事にいたるまで、アメリカ研究の成果(プロダクト)は、多数の買い手が見込まれ、値打ちのある品物として商品化されるようになった」と指摘する。[1] 時代の要請に後押しされて、アメリカに関する情報と知識が高い商品価値をもったという指摘を敷衍して言うならば、そのようななかにあって文学者の書いた滞在記や文学作品は、一般の読者にとってアカデミックな読物よりも読みやすく、親しみ易い形でアメリカに関する情報を提供したのではないか。このような外国についての情報源としての需要こそは、そこに提示されたイメージの強力な伝播力の源となったであろう。実際に、フェローらが語る「アメリカ」を大衆が期待をもって待ち受けていたことは、例えば、安岡の帰国を報じた『毎日新聞』掲載の記事が、「アメリカに留学した「第三の新人」の作品には、阿川弘之氏の「カリフォルニヤ」、庄野潤三氏の「ガンビア滞在記」などがある。安岡氏がどんな「南部みやげ」を書くか、楽しみにしていいだろう」[2] と紹介していることからも窺える。この言葉は、フェローらがアメリカを語った発言や作品が受け入れられた受け皿を示している。

そして創作フェローシップによる文学者の留学は、多くの小説作品にも結実した。創作フェローシップが講和後の日本の文学空間に多くの作品をもたらしたことは、その題目を並べてみるだけで一目瞭然である。短編と長編を合わせて、フェローらが留学後に著わしたアメリカを題材とした小説作品を初出発表順に挙げれば、次のように数多くの作品がある。

阿川弘之「遥かな国」（『別冊文藝春秋』一九五七・二）／小島信夫「広い夏」『中央公論』（一九五八・六）、／

小島「異郷の道化師」（『文学界』一九五八・七）／小島「贋の群像」（『新潮』一九五八・七）／小島「小さな狼藉者」（『別冊文藝春秋』一九五八・八）／小島「アメリカを買う」（『週刊新潮』一九五八・八・四）／小島「デイトの仕方」（『オール読物』一九五八・八）／阿川「カリフォルニヤ」（『新潮』一九五八・八〜一九五九・九）／阿川「お人よしの日本人」（『週刊新潮』一九五八・九・一）／阿川「アメリカ仕込み」（『オール読物』一九五八・一二）／庄野潤三「イタリア風」（『文学界』一九五八・一二）／庄野「南部の旅」（『オール読物』一九五九・一）／小島「汚れた土地にて」（『声』一九五九・七）／庄野「ニューイングランドびいき」（『婦人画報』一九五九・九）／阿川「花のねむり」（『新潮』一九六〇・六）／小島「船の上」（『群像』一九六〇・七）／小島「或る一日」（『文学界』一九六一・一）／庄野「マッキー農園」（『文学界』一九六一・四）／有吉佐和子「亀遊の死」（『別冊文藝春秋』一九六一・六）／安岡章太郎「裏庭」（『群像』一九六一・一〇）／庄野「道」（『新潮』一九六二・四）／有吉「非色」（『中央公論』一九六三・四〜六四・六）／有吉「ぷえるとりこ日記」（『文藝春秋』一九六四・七〜一二）

五〇年代半ばから六〇年代半ばにかけて、財団フェローらによる「文学的報告」は連綿として書かれ、確実に活字メディアの紙面を賑わせていたのである。なかには文学作品としての力強さに欠ける小品のようなものもあるものの、これらの作品は日本の読者がアメリカに間接的に触れ、そのイメージを形成する上で軽視できない役割を果たしたのではなかろうか。

そして同時期の表象空間を見渡せば、多様な主体が「アメリカ」をめぐる情報を発信していた。例えばロックフェラー財団の創作フェロー以外にもこの時期には多くの日本人がアメリカに渡り、その体験を表現したことは重要だが、本章において特に注目したいのは、自己を表象する「アメリカ」とのせめぎ合いである。占領下で対日情報・教育活動を担った民間情報教育局（CIE）や、それを引き継いだ講和以後の対日広報・宣伝政策の担い手であった米国広報・文化交流局（USIS）による活動は、さまざまな媒体を通して魅力的な「アメリカ」を発信していた。例えば、なかでも最も中心的な位置を占めた映画メディアによる広報宣伝は、「アメリカ」を民主主義のモデルとして提示することを目的とし、都市や街、農場や工場、学校など多種多様な場所を舞台として、民主主義的な価値のもとに多様な人種的出自を持つ人々が調和して生きるアメリカの姿や、進んだ科学技術や近代的で豊かな暮らしを映し出した。これらの表象は、アメリカに関する「正しい」イメージとして意味づけられていた。先に触れた滞在記を含めて、ロックフェラー財団フェローによって語られた文学作品における「アメリカ」は、こうした映画など他のメディアにおける同時期の「アメリカ」の表象と横断的に位置づけられねばならない。それらは一つの表象空間のなかで競合するイメージであったのである。

さらにいえば、アメリカが自らを表象したイメージと、フェローらによって描かれた「アメリカ」のイメージは、単に同時代の表象空間のなかに並列的に共存していただけではない。第二部で取り上げたロックフェラー三世の報告書が、日本人が「アメリカ」を発信することの効果を逸早く理解し、これを最大限に利用することを提言していたことを想起したい。ロックフェラー三世は情報交流プログラムに関する提案のなかで、「日本人はアメリカの自動車生産率よりも、日本人学生のアメリカの大学での経験により大きな関心を寄せるであろう」と述べて、日本人のアメリカでの活躍を取り上げるように助言を行っていた[3]。また彼は、「アメリカ」を発信するための多様な媒体の提案を行うなかで、アメリカのメディアよりも日本のメディアが発する情報が日本人にとって受け入れやすいことを指摘しながら、日本人の文筆家にも役割を期待していた。ロックフェラー財団によって計画・運営された創作フェローシップはむろん、こうした冷戦下のアメリカの表象戦略の文脈と無関係ではない。だとすれば、日本の作家たちにアメリカを体験させ、彼らがアメリカについて書くことを期待した創作フェローシップは、まぎれもなくアメリカによる間接的な自己表象、あるいは代理表象としての性格を有していたといえる。

こうしたことを踏まえて本書では、通常並べて取り上げられることのなかったこれらジャンルや性質を異にするテクストを、あえて一つの時空間のなかで互いに競い合うアメリカのイメージとして捉え、相互横断的な位置づけを試みたい。アメリカが直接製作に携わった「アメリカ」の表象と、日本人の作家たちが自由にアメリカを体験して表現した「アメリカ」の間には、いかなる差異や類似点が見られるのか。あるいは、それらが共通して果たした役割とは何であったか。フェローらが描いた「アメリカ」は、先行するアメリカ表象や同時代の他のアメリカ表象のイメージを補強したのか、あるいはそれらに拮抗するものであったのか。フェローらが留学後に表現した「アメリカ」は決して一様ではなく、多様なイメージに満ちているが、それぞれの作品における表象は冷戦という時代のなかでどのような役割を果たしたのか。アメリカの制作によるＣＩＥ／ＵＳＩＳの広報映画の具体例を適宜取り上げて、映画が視覚イメージを動員したナラティヴを通して発信したメッセージとの比較考察を行うことにより、それぞれのイメージの性質がよりはっきりと浮かび上がるとともに、同時代の表象空間のなかで抗争する表象の力学が浮きぼりになるであろう。

次節においては、阿川弘之の帰国後の作品を例に考察を始めるとしよう。

第二節　原爆投下国アメリカへの留学と日系人への主題転換

（一）原爆の主題の喪失

阿川弘之の初期作品においてアメリカは、まず何よりも原爆を投下した交戦国として表れていた。第三章で考察したように、「年々歳々」、「霊三題」、「八月六日」、『魔の遺産』などを通して彼は、原爆を繰り返し作品化している。『魔の遺産』の発表直後に戻ってみたい。

ＡＢＣＣと原爆後遺症の現実を多角的に描く『魔の遺産』の試みは注目され、文壇においても大きな反響を集めた。例えば大田洋子は、一九五三年一〇月二三日に『中国新聞』紙上で開かれた座談会で原爆文学の置かれた現状について語るなかで阿川の名を挙げ、期待を託している。

原爆についてはまだ扱いかたが足りないですね、主流にそういうものが出ていないので文壇で孤立する傾向があります、もう体験者でない作家が書く段階がきてると思うのですけどね、体験者だけなら、原民喜が死に、峠三吉が死に、大田洋子が死んだら、あと書かないのか、そうでなくて阿川弘之でもだれでもいくらでもいる、というようにこのあとの人に期待しなければならない。[4]

このように阿川を原爆文学の次世代の書き手と目した大田に加えて、島尾敏雄の同時代評も「この作者による原爆十六年後の広島というような「文学的報告」が、妙に待たれ」るとして、今後に期待を寄せていた。[5]ところが、やや先回りをして言えば、阿川はその後こうした期待に背を向け、敗戦後一貫して追究してきた原子爆弾の主題を『魔の遺産』以後離れることになる。これはある意味、第三章で考察した検閲下と検閲終結後を跨ぐ論調の屈折よりも、より根本的な変化であるとも言えるのではないか。

文学作品ではないものの、その後の阿川の原爆に対する考えを窺える文章がある。阿川が自らも編者に名を連ねた原爆文学アンソロジー『昭和戦争文学全集一三　原子爆弾投下さる』（集英社、一九六五）に付した解説文である。この解説で阿川は、「近年、八月六日、原爆記念日の広島は、イデオロギー闘争、政治闘争の舞台にされている観があり、一般市民は顔をそむけているというが、原子爆弾に対する日本人の、割り切れぬ気持ちを、政治的な闘争の具として一つにまとめようとする運動のある一方、原子爆弾のことにふれるのは、反米であり赤の手先であるという考えが、アメリカにも日本の一部にも根強く存在しているのは、私たちの不幸のように思える」と同時代の広島に眼を向ける。だがこれ以上に批評として介入はせず、むしろ、「不可侵条約を踏みにじってのソ連の一方的参戦、国際法規にも規定の無かった、此の市民の大量殺戮兵器使用に対する、日本人の割り切れぬ感情」はあるが、「戦争が終わって二十年経ち、広島、長崎に落された原子爆弾については、私たちはもはや許していい時であり、出来ることなら忘れてもしまいたい」とその語調を和らげるのである。[6]

確かに、アンソロジーが編まれた一九六五年当時の核をめぐる状況は、米・ソの間の対立にさらに中・ソ間の対立も加わり、それらの対立軸が日本の反核運動へと持ち込まれて混沌としたものであった。一九六三年八月に米・

英・ソ三国の間で締結された部分的核実験停止条約をめぐる立場の相違により原水協が分裂を繰り返していた当時の様子は、大江健三郎の『ヒロシマ・ノート』（一九六五）によっても間接的に知ることができる。[6] もともと『魔の遺産』執筆の際にも作品がイデオロギー小説に陥ることを意識して避けていた阿川であってみれば、このようなあからさまな政治的文脈から彼が距離を取ろうとしたことは頷ける。とはいえ、右の発言はやはり、かつて彼が『魔の遺産』で提示した批評的な文脈を有耶無耶にするものと取らざるを得ないだろう。

　このような阿川の態度の変化については、長岡弘芳も「阿川系列がこの『魔の遺産』を最後に途切れることを、私は不可解に残念に思う」と『原爆文学史』に記し、「それでは、阿川が『春の城』（…）に書き連ねたアメリカとアメリカに追随する日本国民の諸様相に対する憤りの、そのまっとうさが宙に迷う。たかが、二〇年経てば、どうしてそれが〈もはや許していい時〉に風化・変質してしまうのか。その筋道が不明のまま、ただ白々と現在のなかにかき消えているばかりなのだ」と、戸惑いに満ちた不満を述べている。[7] だがここには、単純な「歳月の風化」として片づけてしまうことはできない側面もあったのではないか。

　阿川弘之は『魔の遺産』出版の翌年である一九五五年一一月から、ロックフェラー財団の支援を受けて凡そ一年間アメリカへと留学している。この経歴を一つの補助線として引くことによって、右に確認されるような阿川の論調の変化はより自然に理解されうるように思われるのである。本章では、阿川弘之の留学とその後に書かれた作品の展開に注目して、この仮説を追求してみたい。

（二）留学の体験と新しい主題

　阿川弘之は大岡昇平、福田恆存、石井桃子に次いで四人目の創作フェローとして財団によって選ばれた。阿川は後に財団の留学プログラムと選考に関して語るなかで先行したフェローに言及し、「昭和二十九年の秋ごろだったと思ふが、坂西さんから、そのあとを私にといふ話があつた」と語っている。[8] その後に行われたファーズによる面接では、文学者のために望まれる援助の形態や、英語運用能力などについて一通りの問答が交わされた上で、阿川は

「出たばかりの『魔の遺産』を一冊献呈して帰って来た」という。阿川は後にこの面接当時を振り返って、「『魔の遺産』にはアメリカの政策に対する批判的なことをずゐぶん書いてゐるし、この面接は落第だつたかも知れないと思つてゐたら、しばらくして、アメリカへ帰つたファーズ博士から手紙が来た」と、その意外性を記している。

手紙では、渡米までに英語能力の向上に努めることをフェローの条件として提示されるとともに、留学における研究課題を求められた。阿川は「福田恆存さんのシェークスピア、石井桃子さんの児童文学児童図書館のやうな特別な関心事がないので、甚だ困惑」し、「窮余の一策」として、「広島育ちだから、移民問題に興味がある」、行かせてもらふなら「日系アメリカ人の社会と生活とを見て来たい」と返事をしたらしい。周知のごとく、広島県は山口、和歌山、福岡、熊本、沖縄などと並ぶ移民県である。[9]『広島県移住史』によれば、一八九九年から一九三二年の間に広島から海外に移住した移民の数は九万二〇〇〇人にのぼり、他県と較べて群を抜いて多かった。[10]とはいえ先の発言からは、阿川にはもともと移民問題への深い関心はなかったことが窺える。「日系アメリカ人」というテーマの選択には、研究の対象が日系人であれば、英語能力の不足も補われるであろうとのやや安直な考えもあったらしい。ともあれ阿川の希望は受け入れられ、留学と研究のテーマとが決まった。

以上のように、阿川の視点から回想された財団支援による留学は、一見政治的な文脈とは無関係のように見える。そして阿川が留学について語った発言や作品などに基づく限り、その後の留学においても表立って政治的な文脈が表れることはなく、阿川にとって概ね善意に基づく文化交流として経験されたようである。しかし、財団側の文書を参照すると、彼の留学をめぐる様相はやや異なる。

ファーズ日記の記録に基づけば、財団の留学生候補として阿川弘之の名が初めて挙がったのは、実際には阿川の記憶よりやや早い一九五四年の四月頃のようである。一九五四年五月一日付の日記に、坂西志保が新しい候補として阿川弘之の名前を言及したことが記されている。[11]『魔の遺産』の連載が前年の一二月に終了し、単行本が出版された年であるから、まさに『魔の遺産』執筆の直後ということになる。その凡そ一週間後の五月九日には、来日中であったファーズが阿川を面接した。ファーズのこの日の日記は阿川について、これまでに発表した三つの小説がいずれも広島と原爆に関するものであること、彼は海外に行くことを望んでおり、その動機は明らかに、海外での「経験が創作のための新しいアイデアをもたらし、新たな方向性に向うことを可能にする」という期待からであると記録している。[12] だが面接を終えたばかりの段階では、ファーズは阿川のフェローとしての選定を留保していた。日記には、面接では留学についての具体的な話し合いは行われなかったとして、「阿川についての他の報告が好意的であれば、英語の準備を条件」（傍点引用者）にして進める考えが記されている。ではこの「他の報告（other reports）」とは、何を指しているのだろうか。

　面接の後、阿川に手紙が届くまでの間に、人選の責任者であったファーズは阿川に関して複数の人物に見解を求めたようである。ダニエル・J・メロイ（Daniel J. Meloy）アメリカ領事はその一人であった。ファーズの問い合わせに対する返信と推定される、メロイのファーズ宛て書簡（一九五四年一〇月一日付）が財団文書館に残されている。メロイはその冒頭で、一九五二年一二月から阿川と家族ぐるみで親しく親交があったと交際の経歴を説明した上で、阿川をよく知る立場から、彼を高く評価しており、留学の機会が与えられることを歓迎する旨の推薦文を綴っている。阿川とメロイの関係について補足すれば、阿川には「異人さんの友だち」（『新潮』一九七七・六）という同人物についてのエッセイがあり、そのなかでメロイのことを「古い友人」と称しながら「一度作品にしてみたい」との希望を記している。それほど両者の親交は深く、阿川の側からも全面的に信頼を寄せた人物であった。[13]

　メロイの推薦状のなかで特に目を引くのは、阿川について「反米」や「右翼」であるといった評判があることに言及して、こうした観方をきっぱりと否定した箇所である。次は、該当箇所である。

> 初対面のときにやや反米であると紹介されたが、そうは思わない。彼は時にはアメリカに批判的であり、また他の多くの日本人と同じく、未だにアメリカ人とアメリカについて驚くほど無知であることを知った。また、阿川は右翼と称されたこともある。（…）私は彼に関するそうした見方は正しくないと考える。私はむしろ彼はどちらかといえば保守派だと思うし、彼の世代の他の日本人（我々はどちらも一九二〇年生れ）と同様

に、戦後彼自身と彼の国家が直面した展望の急激な変化に傷つき、深く困惑しているのだと考える。(14)

ファーズからの問い合わせに答えたものと思われる右の一節を通して確認されるのは、阿川本人の目に触れない裏側で、彼の政治的な性向についての検証が行われた事実である。

ところでさらに注目されるのは、財団内部の選考の過程で、阿川文学の原爆の主題が重要な焦点として大きく浮上したことだ。推薦状のなかでメロイは阿川の広島への強い関心について触れ、次のように見解を記している。やや長いが、先の引用に続く部分を以下に掲げる。

阿川との会話で私は何度か、主人公が常に日本人で、舞台も日本である日本人作家の自己中心性について意見したことがある。ある時の阿川の反応は、彼をはじめとした日本人作家は、外国の生活をうまく想像することができないし、したがってそれを書くこともできないというものであった。おそらくこの会話の影響もあって、阿川の最近の短編では、登場人物たちが日本の貨物船をしばらく離れてルイジアナの海辺を彷徨う場面が描かれる。この作品は軽いものだが、阿川の他の作品においては極めて重い主題であった「広島」からの変化として、興味深く感じた。

広島の主題を離れた阿川の作品は、好意的な評価を受けていない。それどころか一度は、批評家によって厳しく論難された。従って私は、広島への関心を超えて阿川が発展していけるのか、もしそうだとすればどのような方向性へと進むのかを考えていた。（…）あなたが仰ったような奨学プログラムは今の時期の阿川にとって、彼がこれまでに見た日本や中国からさらに世界を広げ、日本を見る際の視野を拡げる上で大きな価値があると考える。

どのような滞在プログラムが最も望ましいかに関しては、答えることは困難である。おそらく彼にとって最も大事なのは、日本という国やこれまでの彼の体験を再評価するよう刺激を与えるだけの十分な知的能力を備えたアメリカ人と交際し、アメリカの高度な知的活動を印象づけることであろう。明らかに彼は、この種の印象を日本から見えるアメリカからは受けていない。また、彼の故郷である広島以外の場所で原子力が有益に使われていることを見せることは、広島を別の時空間の観点から見えるようにするという意味で有意義であろう。これに加えて、コミュニティーの発展や、そのなかに住む多様な人々の融合に関するアメリカ人の考え方の変化を感じることも良いと思う。[15]（傍線引用者）

阿川の経歴が十分に考慮されたうえで、「広島」の主題から脱け出す契機として留学の体験が期待されていたことが確認されるのである。同様の期待は、さらに日本側で選考に関わった坂西志保にも共有されていた。坂西のファーズ宛て書簡（一九五四年一二月三日付）には、そのような期待がより端的に次のように述べられた。

彼の小説「魔の遺産」は、朝日と文藝春秋によって今年の最も良い小説十に数えられた。彼はこの方面の小説として大きな期待を託されているが、広島のテーマから距離を置く必要があり、アメリカへの訪問は彼をこのテーマから自由にすると思われる。[16]

日本を訪れていたファーズの一九五四年四月二九日の日記には、ビキニ環礁の水爆実験などの影響で反米感情が頂点に達していることも記されており、[17]核大国アメリカの暴力性が大きく注目を集めていた最中に阿川の人選が行われたことが理解される。こうした状況を背景に、彼の選考をめぐる一連の資料からは、選考側の関心が広島の問題に集中したことが重ねて確認されるのである。

一方の阿川はといえば、この時期に彼は創作上の行き詰まりを感じていたように見受けられる。『魔の遺産』の作品後記に、「直接の被災者」ではない帰還兵という自らの立場を挙げて、そのために「公平に多角的にといふことが、とかく散漫に傍観者的になり勝ちだつたかと思ふ」として、「被爆者の苦しみを自分のものとして追体験するには困難を感じた」と心のうちを吐露している。また『魔の遺産』の作品中にも、語り手である野口を通して、「文筆を業とする自分が原子爆弾の「調査」をしてゐる」ことや被爆者の不幸を「仕事の材料」とすることへのうしろめたさが繰り返し描かれていた。財団側の記録文書には阿川の留学の動機は、「新しい文学の主題を探すため」と記されている。

こうしてさまざまな期待や思惑が交錯するなか、阿川は一九五五年一一月に「日系アメリカ人」をテーマに掲げ、かつての原爆投下国アメリカへ、新たな文学の題材を求めて一年間の留学に旅立った。折しも日本では、USIAと読売新聞社などの共催による原子力平和利用博覧会の全国巡回（一九五五・一一〜一九五七・八）が始まっていた時期である。留学中の滞在地については、まずハワイにしばらく滞在した後、日系人コミュニティが発達した西海岸の街を現地で選択して定着することがファーズや坂西との相談の上で合意されていた。留学の間の足取りを簡略にまとめると、プレジデント・クリーヴランド号で日本を発った阿川は、一九五五年一一月五日にハワイに到着してこの地で一月ほどを過ごした[18]。そこから本土西海岸に渡り、ロサンゼルスで一〇日、サンフランシスコで一週間ほどを滞在した後シアトルに向けて発った。道中、サンタ・マリアにある日本人経営の農場やモントレー（Monterey）にある米軍日本語学校などを見学し、ポートランドを経由して一九五六年一月の終り頃にシアトルに到着している[19]。しかしシアトルには日系人が少なかったことからここには定着せず、三月に入ると再び南下してカリフォルニアに戻り、モントレー半島の一角にあるパシフィック・グローブに落ち着いて三ヵ月ほどを滞在した[20]。

モントレー半島における日系人の歴史を口述面接に基づいてまとめた『モンテレー半島日本人移民史』によると、この地に最初に一世移住者が集って日本人移民の地域社会ができたのは一八九五年頃で、その後一世紀にわたってこの地域には大きな日系人コミュニティが形成されていた[21]。阿川は、「モントレーには陸軍の語学校があり、この辺一帯、語学校の日本語教師から戦争花嫁まで、一世二世三世、戦後の移住者をふくめて日系人がたくさん住んでいた」と記している[22]。モントレー滞在中の阿川は大学には通わず、この幅広い日系人コミュニティと交流しながら日々を過ごしたようである。阿川は夏にはモントレーを後にし、購入した車でネバダ州、ユタ州などを通る中央ルートで大陸を横断してニューヨークへと向った[23]。その道すがら、コロラド州デンバー、イリノイ州シカゴ、ワシントンD.C.の各地に滞在している。デンバーとシカゴは、第二次世界大戦中に西海岸からの立ち退きを命じられた日系人の受け入れに例外的に寛容であった都市で、多くの日系人がここに移住したことから、阿川は渡米前から見学旅行を希望していた[24]。近隣には、戦争終結後に強制収容所からの再定住によって集ってきた日系人を含めて、大きな日系人のコミュニティがあった。

八月中旬にニューヨークに着いてファーズに面会した阿川は、日系人コミュニティを十分に見ることができたとして、ヨーロッパ経由で日本に帰国したいと希望を伝えた[25]。そして翌月中旬にニューヨークを出発して、ロンドン、パリ、ローマ、スイス、オーストリア、イタリア北部、イスタンブール、香港などを凡そ二月かけて廻り、帰途に着いている[26]。留学前に坂西は、「阿川が行くのであれば、最初から彼の滞在をアメリカに限定し、ヨーロッパは割愛するのが最も望ましい。なぜかこの国ではヨーロッパが作家たちを魅了するようだが、阿川は若いし、彼は全ての努力をまずアメリカを理解するのに集中すべきである[27]」とファーズに進言していたのだが、この点、財団は寛大であったようだ。一二月のはじめに日本に帰国した阿川は早速ファーズに宛てて報告の手紙を送り、この留学が「生涯において最も意義深く幸せな時間であり、滞在を大いに楽しんだ」と記して感謝を伝えた[28]。

以上が旅程を通して見た留学の内容の概略であるが、財団文書館所蔵の関連資料を閲覧していて印象づけられるのは、阿川と財団側スタッフとの関係が始終極めて良好かつ親密であったことである。財団に残された文書や書簡などの資料からは、留学を通して阿川と財団が緊密な連絡を維持し、財団側は阿川に労を惜しまずアドバイスを与え、さまざまな人物を紹介して引き合わせた様子が窺われる。一方の阿川は、通常のやりとりの書簡の他に、長文の報告書を定期的に財団の担当者に書き送った。長いもので一一枚にも及ぶそれぞれの報告文には、阿川が滞在で得た「研究」の成果が英文でタイピングされている。このような親密な空気から振り返って注目されるのは、前出の一九六五年の『昭和戦争文学全集一三 原子爆弾投下さる』に付した阿川の解説文である。そこにおいて原爆問題が解消の論理は提示されないままに心情レベルで解消されていたことこそは、留学を通して日米間の友愛を経験したことが原爆問題の心理的和解に導いたとの仮説を可能にするのではなかろうか。

だが逆に、この留学が意図せずして原爆表現の拡散に結びついた興味深い一幕にも言及しておかねばならない。阿川がシアトルに滞在した間に財団の紹介で阿川の世話人になったワシントン大学法学部の日系二世教授ジョン・M・真木が『魔の遺産』のアメリカでの出版に熱意を持ち、一年後の英訳出版に実を結んだのである。阿川のシアトルでの活動を報告する一九五六年三月一九日付の真木のファーズ宛て書簡は、彼が阿川から『魔の遺産』を一冊受取り、作品を読んで大変感銘を受けた事実とともに、翻訳してアメリカの出版社から出版したい意向を伝え、「この小説をアメリカで出版できるところを見つけられた場合には財団が出版に反対しないことを願う」と述べている。[29] 財団はこれに対し、『魔の遺産』のなかのＡＢＣＣに対する批判を理由に挙げて、出版について躊躇いを示したと見られる。五月二四日付の真木の返事を見たい。

三月二二日の手紙であなたが阿川のＡＢＣＣの扱い方に触れたことを嬉しく思う。阿川の態度にはむろん私も一読して気づき、その点に関しては特に注意して記述を追った。私は作家としても一個人としても彼が反ＡＢＣＣであることは明白で間違いないと考えるが、しかしながら彼はＡＢＣＣの良い側面にも触れており、また何人かのアメリカ人個人の行動についても好意的に捉えているように思う。（…）いずれにしても翻訳と関連して進展があれば必ず報告する。[30]

その後、真木はクノップ社、マックミラン社、ジョン・デイ社などのアメリカの出版社数社に自ら訳した翻訳原稿を持ち込んだものの全て出版を断られ、最終的には神田の北星堂書店から英訳版『*Devil's Heritage*』（一九五七）が上梓された。[31]『魔の遺産』の英訳出版についてロックフェラー財団は必ずしも好意的ではなかったふしがあるもの[32]の、留学から出た一つの副産物として特記しておかねばならない。原爆表現の表象をめぐるせめぎ合いが持続した一方で、実際の交流にさまざまな立場の人物が関わったことは、強調されるべきであろう。

ともあれ、阿川自身は原爆を主題とした作品をそれ以後書かなかった。これまで辿ってきた経緯から推察するならば、阿川が原爆の主題における創作上の行き詰まりを感じ、ちょうどその時期に留学を通して新しい体験と題材が与えられたことが相俟って、原爆の主題を決定的に手放す契機となったのではなかろうか。留学の体験について、阿川は後日、「初めての海外生活一年は、私自身にとつては意味が大き」く、「その後ものを考へたり書いたりする上でどれだけ役に立つたか分らない」と、その影響の大きさを語った。[33] 留学前後の阿川の作品から見受けられることの一つは、原爆の主題が消え、これと入れ替わるように日系アメリカ人を描いた作品が相次いで発表されたことである。

留学の影響は、早くも渡米前に発表された作品に表れた。選考が行われている最中に発表された「二世の兵士」(『別冊文藝春秋』一九五四・一〇)は、戦時下で日本軍に従軍した日系人兵士を同じ部隊に所属していた日本軍兵士が戦争を振り返る回想の語りを通して、二つの国民国家の狭間にある日系人の数奇な運命を描く。この作品は、「二世」への視点の芽生えを示す最初の作品として注目されるだけでなく、その「二世」の体験から先の戦争の記憶を捉え返している点でも興味深い。

留学を挟んで帰国直後の一九五七年二月には、戦後五年目にホノルル領事館――日本が占領下にあって海外に領事館を置くことが認められていなかったため、正式には「在外事務所」――に赴任した若い外交書記官が目にしたハワイの日系人たちの姿を描いた「遥かな国」(『別冊文藝春秋』一九五七・二)が発表された。敗戦から五年が経った時点でもなお終戦の報せを信じず、日本の敗戦を認めなかった日系人の集団がいたという異色の素材を扱いながら、ハワイ日系人の移民史を織り込んでひとつの作品にまとめたものである。ハワイ滞在中に聞き及んだ「勝ち組」[34]の話から新鮮な衝撃を受けたことから書き上げられた作品であった。一方で、阿川自身のハワイ滞在の体験は、短編小説「花のねむり」(『新潮』一九六〇・六)のもとになっている。「文学的な研究」のためにアメリカに来た主人公が、ハワイの日系人宅に一ヵ月間過ごす様子を描いたものである。

そして帰国からおよそ一年半が過ぎた一九五八年八月、阿川は『新潮』誌上に小説「カリフォルニヤ」の連載を始める。留学後に日系アメリカ人の主題に基づいて発表された唯一の長編である同作品では、カリフォルニアに渡った主人公が半年間の滞在を通して眼にしたアメリカ西海岸の日系人及び在米日本人社会が描かれる。この作品の執筆の動機を、作者は次のように語っている。

夏になつてモントレーでの生活を切り上げ、ニューヨークへ移つてロックフェラー財団に顔を出したら、さすがに担当官のロバート・ジュライさんが、笑ひながら、「毎回レポートを面白く読んでゐるけど、もう少し突つこんだ分析が欲しい」と言つた。そりやさうでせう、その上「日系アメリカ人の研究」と関係の無いヨーロッパ旅行まで認めてもらひ、帰国後でいいと言はれたまとめの報告もつひにほつたらかしで、私はファーズ博士、ジュライさんの立場を考へると、申し訳ない気がしてゐた。

それで、アメリカ滞在の成果（？）を自分なりに一つの作品として実らせてみたいと思ひ、書き出したのが「カリフォルニヤ」であつた。[35]

即ち、庄野の『ガンビア滞在記』と同様にこの作品もまさしく、留学の「文学的報告書」であるといえるのである。[36]右の発言には、一切の義務がないはずの財団支援による留学が実際にはアメリカ体験に基づく作品の執筆に導いた要因が具体的に述べられていて興味深い——寛大な支援と財団スタッフとの緊密な関係性が、アメリカの表現を促したのである。

アメリカにおける日系人を描いた日本文学作品は、古くは一九〇三年に渡米した永井荷風が自らの滞米経験に基づいて著わした『あめりか物語』（一九〇八）のなかに移民一世の描写が見られるのをはじめとして、幾つかの例はあるものの、これを主題として本格的に取り上げた作品はいわゆる「日本文学」に分類されるもののなかには数が少ない。日系アメリカ人を主題とした文学作品は、主として日系人自身の手で、またその圧倒的多数は英語で書かれてきた。[37] 小説とはいわず、日系アメリカ人の歴史や文化について日本語で読める情報は五〇年代当時著しく不足していた。

占領時代には数多くの二世が進駐軍として来日し、一般の日本人が日系人を眼にする機会になった。しかしそれは必ずしも日系人の歴史や境遇に対する理解に繋がったとはいえない。例えば占領を描く文学作品のなかには二世の人物がしばしば登場するが、その典型的なイメージは、勝者アメリカの側に付随して虎の威を借る狐か、あるいは日本とアメリカの間で蝙蝠のように振舞う存在といったもので、嫉妬や反感といった否定的な感情を向けられることが多い。[38] 一見日本人のように見えながら、言語や態度が異なる日系人に対する違和感や嘲笑といった反応も広く見られた。日本にやってきた二世たちに日本人が抱いたこのような複雑に屈折した感情は、例えば占領軍の権威を後ろ盾に高慢に振舞う日系人の通訳が村人たちによって殺害されるという筋書きを持つ大江健三郎の「不意の唖」(一九五八)[39] のなかに捉えられている。

以上のような日系人に対する日本人の無理解を思うならば、財団支援による文化交流の介入によって、日本語の表象空間に本格的な日系人の表象がもたらされたことはそれ自体として意味するところが大きいといえる。そして日本人は、日系人に対する直接の興味とは別の理由からも、アメリカにおける日系人に関心を抱いていた。同じ民族的出自を持つ日系人がアメリカ社会のなかで十全に受け入れられているかどうかは、日本人自らに対するアメリカ人の認識を測る一つの試金石でもあったのである。既に述べた通り、アメリカ側はこのことを鋭く理解していた。[40] このような諸事情を背景に置いて、次に、阿川の留学体験に基づく代表的な作品として『カリフォルニヤ』を取り上げ、それが日系アメリカ人をどのように語ったのかを見るとしよう。

第三節　小説『カリフォルニヤ』における日系人の表象をめぐって

（一）テクストの成立ち

阿川弘之が日系アメリカ人を本格的に主題化した長編作品の試みである『カリフォルニヤ』は、一九五八年八月から翌年九月まで『新潮』誌上に連載された後、同年に新潮社から単行本化された。それはどのような特徴を持った作品であるのか。まずはそのプロットを確認し、テクストの成立ちについて触れておきたい。小説は次のような設定である。

大学を出てから日米問題懇話会という民間団体で事務をしていた二八歳の主人公田澤健は、かつて広島県の役職に就いていた祖父が海外移民事業に携わっていた縁で、ある在米貿易商社を通してロサンゼルスの日本語学校に日本語教師として一年間の招聘を受けてアメリカに赴く。赴任先の南加日本語学院はロサンゼルスの東に位置し、日本人街からはほど近いところにある。田澤には、日本語を教える仕事の傍らで、アメリカについての現地報告書を定期的に日米問題懇話会へ書き送るという任務がある。田澤は当初は日系アメリカ人の問題にはあまり興味を持てずにいたが、日系人のコミュニティと日々交わり、日系人経営の農場を見学するなど見聞を広げるなかで、次第にアメリカ日系人の歴史や実態について理解を深めてゆく。その一方で、彼はビバリー・ヒルズの白人の富豪の娘である日本語学校の学生の一人と懇意になり、次第に漠然と結婚を想像するようになる。しかし、二人の関係は相手の両親の反対によって突如中断し、ほどなくして恋人から別の人との突然の結婚の知らせを受ける。またちょうど同じ時期に田澤は、周囲から共産主義者であるとの疑いをかけられていることを知る。これを機に、田澤は予定していた滞在を半年で切り上げて帰国することを決意し、結婚式に出席して別れを告げたのを最後にアメリカを離れる。

この作品は文学的にはそれほど高い評価を得たとは言えず、管見の限り、発表当時に批評家によって作品が取り上げられることもあまりなかったようである。そうしたなか、作品の連載が完結した直後にこの小説を「文藝時評」で取り上げたのは江藤淳であった。しかしそれは決して好意的な立場からではない。江藤は次のように作品を論評している。

「カリフォルニヤ」は、仮りに副題をつければ「南カリフォルニヤ風俗人情観光案内記」とでもいうべき作品であって、それに主人公の留学生と米国娘との情事的恋愛をまぶしてあることによって辛くも小説になっているという体のものである。あるいは小説的体裁をこらした留学レポートというべきか。（…）文学作品として見ればここに叙されたいっさいがなにも文学者によって書かれることを必要としないのである。文明開化期に、戯作者たちは時流に投じようとして『西洋道中膝栗毛』『安愚楽鍋』といったようなハイカラ戯作を書いた。「カリフォルニヤ」はおそらくこの現代版で、明治の戯作者流が昭和の「健全」な小市民に変身したとしても、作者の根本にある批評の欠如はいささかも是正されていない。また聞きが実地の見聞にかわったのが唯一の進歩であるが、これとても、同じ外国見聞録である幕臣栗本鋤雲の紀行文にくらべれば、はるかにいやしい姿勢で書かれているといわねばならないのである。(41)

文学としての評価に値しない、「時流」に便乗した作品と断じた酷評であるが、この江藤の評言は厳しくも作品の性質をうまく言いあてているように思われる。

江藤の批判の要点は文学性と批評性の欠如と言い換えられるが、確かに全体的に見て『カリフォルニヤ』は文学性を期待して読むと物足りなさを感じさせる作品である。小説の設定はいささか作為的に過ぎ、その上描写にさほどの力を入れていないがために、小説の展開がときに現実味が薄れるところがある。文体面でも特に象徴的手法や表現が用いられることは少ない。むしろテクストの中心的位置を占めるのは、登場人物の台詞を借りて述べられる日系アメリカ人に関する種々の事柄であると言うべきであろう。それが小説の筋として展開されずに生のままで前面に出てしまっているがために江藤は、「なにも文学者によって書かれることを必要としない」と強く批判しているのである。

ところでこのようなテクストの性質は、作品の執筆経緯と深く関連しているのではなかろうか。先に、作者が語った執筆の動機から、この作品を留学の「文学的な報告」であるとしたが、さらに財団文書館の資料を参照したとき、作品の執筆過程をより具体的に垣間見ることができるように思われる。前述したように阿川は財団に定期的に報告を書き送っており、財団文書館には確認できた限りで四つの報告文が残されている。それぞれの概略的な内容は、次のようである。

ハワイ滞在での「研究」の内容をまとめた一九五六年二月七日の最初の報告文では、「ハワイにおける一世とその子孫」、「勝ち組」、「二世の社会的地位とアメリカへの忠誠について」、「差別と偏見」、「人種間結婚」、「ハワイの州問題」、「日本語学校」といった項目のもとに、滞在中に得た見聞がまとめられている。[42] シアトルでの見聞に基づく第二通目は、シアトル在住の一世や二世、在シアトル日本人外交官の声が採録されているほか、カリフォルニアの大規模な日系人コミュニティ、一九〇五年に和歌山からの移民した一世ヤエモン・ミナミの農場、一世たちの詩吟の会などについて紹介している。[43] 三通目では、二世問題を取り上げて深く追及した。占領時代に日本に進駐軍として派遣された二世たちに向けられた日本人の羨望と反撥の入り混じった両義的な眼差しや感情、その原因としての二世の位置取りから書き起こして、戦時下での日系人強制収容、米軍への志願の体験とアメリカへの忠誠の問題、こうした排斥の背景にあった経済面での先住移民との競合、そして戦後の日系人の向上した地位と日系人が他民族集団に対して抱える偏見の問題までを論じている。[44] 四通目は、デンバーとシカゴ滞在時の見聞をまとめたもので、日系人に対して人種的に比較的寛容であったこれら二つの地域に日系人が多く居住するようになった経緯が、現在の情況とともにまとめられている。[45]

ところでこれら四つの報告文を小説テクストと照合すると、両者の内容はかなりの部分が重なるばかりか、日本語と英語の違いはあれ、報告文の記述がほとんどそのまま作品のなかに流用された箇所も見受けられる。このように、執筆の下地になる報告書が先にあって、そこから肉付けを施されて小説が組み立てられたとするならば、「小説的体裁をこらした留学レポート」という江藤の指摘は、字義通り的を射ているのである。小説『カリフォルニヤ』はまさに作者阿川の留学での見聞が集大成された作品であり、小説そのものが作者阿川から日本の読者に届けられた現地リポートであるのだ。

一方の批評性の欠如に対する江藤の不満は、「もう少し突つこんだ分析が欲しい」と言った財団担当者ジュライの要請にもそのまま重なるが、そもそも日系人というテーマが留学のために俄かに準備された関心事であってみれば、これは自然な帰結であるともいえるであろう。阿川は自ら、留学中「「研究」の方にはあんまり精を出さなかつた」と語っており[46]、渡米後も日系人の主題に強い関心を抱くには至らなかったことを窺わせる。小説は日系人の問題を掘り下げて深い洞察を示すというよりは、その実態を手際よくまとめて全体像を示したといった体である。

しかし、作品に全く批評性がないと言っては作者にとって不本意であろう。阿川は留学で得た多彩な見聞を小説テクスト上で上演させるために、一世や二世、アメリカ育ちの二世とアメリカに生れた後に日本で教育を受けた体験を持ついわゆる「帰米二世」などの多くの日系人を作中に登場させている。このように多様な立場にある人物を小説内に配置したことこそは、批評性を確保するための作者の戦略でもあったと思われる。小説は主人公である田澤に、これらの人物の間を立ち回らせることで、それぞれの立場から日系人問題を語らせ、異なる角度からその実態を映し出す。一見してその構図や趣向が、広島を取材に訪れた語り手を観察者の立場に置いてさまざまな人物から声を引き出し、原爆問題を多角的に描くことを試みた『魔の遺産』と似通っていることに気づくのではなかろうか。いわば『カリフォルニヤ』は、『魔の遺産』で用いたルポルタージュの手法を援用しながらテーマを変えた同工異曲ともいえる作品なのである。

このように、『カリフォルニヤ』の語りの戦略の一つの大きな特徴は、作品が日系アメリカ人の登場人物に直接多くを語らせていることである。小説は主人公である田澤を視点人物とする一人称の語りを取るが、同時に対話体を多用して日系アメリカ人による発言を豊かに挿入する。一方で田澤の語りは、こうした人物らに寄り添うというよりは一定の距離を取り、作品のなかで批評眼の役割を果たす。そこで次に、小説のなかで日系人たちが歴史の語り部としてどのように自らの体験を語るのか、それを語り手の田澤がどのように一つの語りへと統合するのかを順に見るとしよう。

（二）歴史の語り部としての日系アメリカ人

作品は具体的に日系アメリカ人のどのような側面を描出しようとするのか。その中心的な問いは、物語の序幕において示される。アメリカへと向う船中、田澤は日系二世の町田良太郎（フランク・R・マチダ）、留学生の小川京子、戦争花嫁の野島光枝に出会う。田澤を含めて同船した四人の人物は、いわばアメリカの邦人コミュニティの縮図であると言えるが、そのなかで田澤は、二世の町田と同室になる。カリフォルニア州中部のサウス・サン・アントニオで農業を営む町田は、父母に語り聞かされた「古き良き日本」を思い描いて生れて初めて日本を訪れ、現実との相違に失望して帰国するところである。彼は、アメリカ人の面前では卑屈に振る舞いながら裏では悪口を言う日本人の「狡猾さ」や、白人のアメリカ人と日系アメリカ人とで異なる態度を取る二重性を批判し、日本が外国製品の模造品のような工業品を輸出していること、それぱかりか急速な近代化を遂げつつある日本そのものが「極度に安手な西洋のイミテーション」の様相を呈していることなどに対して不満を述べる。「あなた達は、これをどう思ふのか」と問い詰める町田に、反射的に語り手の田澤は「君だつて日本人ではないか」と反発を覚えるが、日系人を見る複雑な心情が込もったこの言葉は当時の日本人一般の日系人に関する凡その認識が代弁されたものと取れるだろう。同場面で主人公は町田との会話を受けて、アメリカにおける日系人が「果してどの程度にアメリカ人であるのか、アメリカの社会で現在、どんな地位を占めてゐるのか（…）純粋な日本人の血をうけ継いだ彼のやうな二世たちが、戦争中どうしてあれほど、アメリカ合衆国に忠誠であり得たか」といった事柄を滞米中に見極めたいと決意する。(47) 以後の物語は、まさしくこれらの問いに迫る形で展開される。したがって本項では、小説が右の三つの問いにいかに答えるのかを軸にテクストにおける日系人の表象を辿ることにしたい。

まず第一点目として、小説は登場人物の描写を通してアメリカ人としての日系人のアイデンティティにどのように光をあてるのか。田澤を呼び寄せた身元引受人の仁保菊蔵は、ロサンゼルスの日本人街で日本から輸入した雑貨屋兼食料品店を営む広島県出身の移民一世である。戦前にアメリカへ渡った彼は天皇に対して尊敬の念を抱き、詩吟に打ち込むなど、古い日本との文化的な繋がりを保持している。その一方で、ひと昔前の日本の記憶から依然として日本の生活水準が極めて低いと思い込み、それゆえ日本にいる日本人に対してどこか優越感をも抱いている。他方、日本語学校の学生の多くを占める二世は、日本に対する態度においてこのような一世とは対照的である。彼らは日本語をあまり話せないばかりか、日本との繋がりを恥じるような態度さえあることに田澤は気がつく。また、同じく二世でガーデナーをしている菊蔵の息子のフーバーは、「広島県人」としての繋がりを根拠に親愛感を示そうとする田澤に、憮然として自身が「広島県人」ではなく「アメリカ人」であり、広島県や和歌山県といった父母の出身地は「僕らには、もう縁のない事」であると抗弁して繋がりをきっぱりと断ち切る。[48]このように日系人のアイデンティティは世代ごとに大きく異なることが描かれるが、田澤は故国への結びつきを維持しながらもどこか見下した態度を取る一世と、日本との繋がりを向きになって過剰に否定し、アメリカに同化することに躍起になっている二世のいずれに対しても等しく反感を覚える。

田澤の二つ目の関心はアメリカ社会のなかの日系人の位置取りだが、これを見定める上では戦前・戦中における白人の日系人に対する排斥問題が大きな焦点となっている。ここでひとまず先に、日系移民の歴史を史実として簡略に振り返っておこう。

アメリカにおける日本人移民の入植の歴史は本土に限れば一八六九年にカリフォルニア州エルドラドに入植した会津藩出身者らが集って作った「若松コロニー」に始まると言われるが、[49]以来百年余に及ぶ日系人の辿った道は排斥との長い闘いの歴史でもあった。カリフォルニアにおけるアジア系移民に対する排斥の機運は一九世紀の終り頃から徐々に高まりつつあったが、一九〇〇年代に入ると黄禍論などを論拠として一気に広まる。これに伴い、日系移民を制度的に排除する動きも急速に進んだ。一九〇六年にはサンフランシスコの教育委員会が日本人学童を隔離させる決議を採択し、これを阻止しようとルーズベルト大統領が介入した結果、決議の撤回と引き換えにハワイ経由でのアメリカ本土への移民が禁止される。翌一九〇七年には、排日世論の緩和のために日本政府は日米紳士協定を結んでアメリカへの労働移民の自主的制限を約束するが、しかし排日感情は一向に沈静せず、続く一九一三年にカリフォルニアは、「帰化不能外国人」による財産の所有、賃借、譲受の一切を禁じる外国人土地法（いわゆる排日土地法）を議会で通過させた。以後一九五二年に可決されたマッカラン・ウォルター移民国籍法（McCarran-Walter Act of 1952）によって一世の帰化権が認められるまで、一世たちは「帰化不能外国人」として位置づけられ、そのために、多くが農業に従事していたカリフォルニア日系人の社会的活動は大きな打撃を受けた[50]。一九二四年には、アジアからの移民を全面的に禁じる「排日移民法」（正式名称は一九二四年移民法、またはジョンソン＝リード法）が成立している。二四年までにアメリカに流入した日系移民の数は一六万人から一八万人にも上ると言われるが[51]、初期の移民はこれらの法律を法的根拠として厳しい差別待遇を受けた。一連の差別的処遇が対岸の日本人の感情を刺激し、日米対立の火種を作ったことはよく知られる[52]。

作品ではこの間の歴史が、直接の経験者である一世の菊蔵の口を借りて語られる。特徴的であるのは、その語り口が排斥した側のアメリカの白人を一方的に批難する調子ではないことだ。菊蔵に言わせれば、日系移民を排斥したのは何もアメリカ人ばかりではなく、彼らは本国の日本人からも侮蔑的な眼差しを向けられた。また戦前のカリフォルニアにおける日系移民に対する排斥には、故郷に錦を飾ることを目指してアメリカへ渡り、アメリカ社会への同化を頑なに拒んだ出稼ぎ移民の一世たちの「腰掛主義」にも大きな原因がある。新しい土地に根を下ろして「其の国に同化し、其の国の人と信仰を共にして、親身になつて交際しようとはせずに、取るものだけしぼり取つたら、早々に自分の国へ帰らうと思つてゐる人間が、何処の国でも歓迎されるわけはなかつた」というのである[53]。こうした考えに基づいて菊蔵は、仮に白人と立場を入れ替えて双方の視角から問題を眺めた上で「公平な判断」を下すなら、「排斥される側にも排斥されるだけの理由はあつた」のだと意見を述べ、しかしながら戦前への反省を踏まえて戦後の日系人は白人と信仰をともにし、「いい友達」の関係を結んでいると強調する[54]。田澤の主観に基づくテクストの語りはこのような菊蔵の論説に全面的には同意せずに、下宿探しで部屋を断られた自身の体験や、現在進行形である南部の黒人問題などと照らし合わせた上で、排斥の根本的原因には現実に厳然として存在しているアメリカの人種偏見があるとの疑念を呈する。とはいえ、白人による排斥の歴史に理解を示す日系一世の発言は読者にとって強い印象を残すものであろう。

菊蔵は戦時下の経験をも語る。一九四一年一二月の真珠湾攻撃にはじまる日米開戦の直後、西海岸諸州（ワシントン、オレゴン、カリフォルニア）在住の日系人がその国籍にかかわらず一斉に「敵性外国人」の扱いを受け、内陸部への強制立ち退きを命ぜられたことは今日ではよく知られた歴史である。フランクリン・ルーズベルト大統領により四二年二月に発令された行政命令第九〇六六号を受けて、アメリカ国籍保持者七万人を含む一二万人の日系人が、日本人の血統を持つというだけの理由で、辛苦して築いた家財を残したまま定着していた土地を追い立てられ、戦時転住局（The War Relocation Authority）の指示のもとに急ごしらえで設えられた一〇箇所の収容所に強制移住をさせられた。さらに米軍部は一九四三年一月に日系戦闘部隊の創設計画を発表し、一七歳以上の男性の市民権保持者に米国への忠誠と米軍への応召の意志を問う「忠誠登録」を実施した[55]。日本とアメリカの二つの国の間で択一を迫るこうした処置に対しては、世代間やアイデンティティによって反応が大きく分かれ、日系人の間に大きな分裂や対立を生んだと言われる。さまざまな理由から激しく反撥するものがいた一方で、これをアメリカへの忠誠を証立てる好機として捉えて米軍に志願したものも多くいた[56]。そうしたなか、二世で編成された第一〇〇歩兵大隊と第四四二連隊戦闘部隊は、激戦地であったイタリア戦線に投入され、死闘を繰り広げた。戦闘を通して二世兵士たちは祖国「アメリカ」の防衛のために命をかけて敢然と戦う決意を示したのみならず、大きな功績をあげたとしてその「武勇」を称揚された。しかしその過程では、多くの日系兵士が命を落とした[57]。

このような戦時下の強制収容の歴史について、菊蔵はそれが「孤児院に入れられてゐた孤児まで引き立ててキャンプに入れた」ほど徹底したものであったと証言する。作品中、菊蔵が抑留されたとされるツール・レイク収容所（Tule Lake War Relocation Center）は、カリフォルニア州とオレゴン州の州境近くに位置し、一〇箇所の日系収容所のなかでも最も多い一万八〇〇〇人以上もの日系人が収容されていた[58]。また当該収容所は、忠誠登録への反撥が最も強く見られた収容所としても知られる[59]。だが作品の中で、菊蔵はこうした事柄を具体的には語らずに、戦争中の収容所の様子を、一世の多くは心のなかで日本を応援し、「四四二部隊の勇士」たちが「鉄條網の囲ひの中から志願」して「軍艦マーチ」で送り出されたと手短に回想するに留めている。そして日系人を「敵性人種」として差別扱いした過去は、今では「アメリカ史上の最大の汚点」であり「アメリカの国辱」とされているのだと語る。即ち菊蔵の語りでは、強制収容の体験はあくまでも過ぎ去った過去の出来事として意味づけられており、「軍艦マーチ」を懐かしみながら収容所経験を語る口調は懐古趣味的ですらある。戦時下の日系人強制収容をめぐっては、後に一九七〇年代になってアメリカ政府による公式謝罪と補償を求めるリドレス運動（Redress Movement）が展開されるが、その際に掘り起こされた記憶の語りの多くが収容所生活の辛苦や日系人たちが味わった怒りや挫折感、屈辱感などの感情を饒舌に語るのとは対照的である。

　作品中では、菊蔵をはじめとした日系人の登場人物は、こぞって日系人が過去に直面してきた種々の困難を乗り越えてアメリカ社会のなかで徐々にその地位を高めつつあることを田澤に伝える。その一方で田澤の眼は、日系人自らが他のエスニック集団に対して持つ偏見や、日系人内部にある出身県に基づく対立（特に本土と沖縄）、ハワイと本土アメリカの日系人集団の間の対立関係を捉える[60]。例えば田澤は地域の日系人教会が主宰するピクニックに参加したときに、広島出身の一世の牧師から、戦後の日系人が模範的なマイノリティとして白人から賞賛を受けていると誇らかに語り聞かされる。牧師は日系人の犯罪率の低さを論拠に挙げて日本民族の優秀さを称え、ゆえに日系人が白人からシナ人や朝鮮人とは明確に区別されるに至っていると自負する。これを受けてさらに菊蔵をはじめとした一世たちは、ロサンゼルス地区の日系人による犯罪はハワイや沖縄出身の日系移民の仕業であると強弁する。こうしたやり取りを耳にして違和感を抱いた主人公は、次のように思考を進める。

　長い間白人から差別され、今も其の差別が実在してゐる事は分るが、それの振替へ先がシナ人であり朝鮮人であるといふのは、あまりに古い紋切り型であり、それがハワイの日系人や沖縄の人々にまで及ぶに至つては、これは紋切り型以上の何かだ。（…）齋田牧師の話から私の頭に映るのは、異種の文化と異つた人種との中へ、火花を散らして同化して行くエネルギッシュな集団のイメージではなく、與へられた條件にぢつと耐へ、拳拳服膺、遠慮深いよい子になつて、僅かに得た末席を失ふまいと懸命になつてゐる、消極的な開拓者たちの姿であつた。(61)

こうした記述に潜む、アメリカへの同化を促す論理には留意する必要があるが、同時にここには、アングロ・サクソン系の白人を頂点に置いたアメリカの人種的階層秩序を進んで受け入れて他のマイノリティ集団を排斥する日系人への批判的視点を通して、人種差別の連鎖的構造が浮き彫りにされている。さらに全集収録版では作者自身の改稿により削除されているものの、単行本初出時には引用箇所に続いて、「そして其の像は、日本本国の現在の政府が、合衆国政府に対して保つてゐる関係にも、或ひは相似的かと思はれた(62)」という記述が見られる。即ち田澤の視点はここで、日系人自身が持つ人種主義と移民国家アメリカの多様なエスニック間の共生の実態を鋭く問いながら、白人のアメリカ人に対する日系人の立場を戦後の国際秩序のなかでの日本の立ち位置に重ね合わせる。あくまでも第三者的な立場からアメリカにおける日系人問題を語ってきた語りが、日米関係に引き付けてそのあり方に批判の矛先を向けている点で注目される箇所である。(63)

とはいえ、右の引用文に見る日系人の描写からも窺われる通り、日系人コミュニティを見る主人公田澤の視線は概して冷ややかであり、距離を取った傍観者であるといえる。ところがそのような主人公が作品中、日系人問題についての興味と理解とを深める決定的契機となるのが、船中で知り合った町田良太郎の経営する農場への訪問である。田澤は町田の招待を受けて、ロサンゼルスから北に離れたサン・アントニオにある彼の大農場を小川京子とともに訪れる。所有地が二千エーカーに借地が三千エーカーもの広大な面積に及ぶ大農場は、良太郎と弟の二人の兄弟で経営される。ここで田澤は農場の見学だけでなく、作品冒頭で示された三つ目の関心である日系二世のアイデンティティとアメリカへの忠誠の問題について、実地に議論する機会を得る。農場の描写については後に取り上げて詳しく論じるとし、まずは引き続き作品の語りが二世問題をどのように追究するのかに注目しよう。

アメリカに生まれ育った二世の町田良太郎とは異なり、その弟の健二郎は、戦前に和歌山で中等教育を受けて再びアメリカに戻った所謂「帰米二世」である。[64] したがって同じ二世の兄弟の間でも、二人のアイデンティティは大きく異なる。「私たちの国はアメリカ合衆国で、私には祖国はそれ以外には無い」[65] と言い切る兄に対し、帰米二世の弟は戦時中を振り返って、「やはり日本が、少なくとも半分は自分の国だといふ気持が、どうしても抜け切れなかつた」と語る。[66] このようなアイデンティティの違いゆえに、強制収容や米軍への志願の問題をめぐっても二人の意見や立場は分かれる。

戦時中はサイパンに従軍したという健二郎は、帰米二世たちは日本語ができるという理由から重宝がられ、日本軍と戦うために太平洋戦線に数多く動員されたと事情を語り、日本軍の捕虜と対峙したときの複雑な心境を伝える。収容所のなかで実施された忠誠登録については、「白人が日系人を差別してひどい目にあわせて、一人前に扱つてゐないのに、何でこちらだけが正直に、アメリカに忠誠を尽さねばならんのかといふ考へ」があったと矛盾点を批判した上で、その理不尽さを敷衍して、「アメリカ市民の扱ひを受けてゐない僕らが、アメリカの旗を持つて、ニグロと一緒に突撃が出来るかといふわけよ。あんた達知つてますか？　イタリヤ戦線で、ニグロの部隊が先頭に立つ、兄貴らの日系人部隊が其のあとに続く、其のうしろから、白人部隊が機関銃で督戦したんだからね」と田澤に訴えかける。[67] このような証言には、日系人や黒人を死線に投入した白人によるアジア系やアフリカ系に対する人種差別と、日系人の黒人に対する差別感情の二つの側面から、アメリカ社会における人種的階層が克明に映し出されている。

一方の良太郎は、アメリカ国家への忠誠は「百パーセント本気」であったと力強く断言する。日系人に対する排斥が事実あったとしても、それは二世の兄にとっては「日本かアメリカか」という選択肢に帰結されるべきものではなく、あくまでも全的かつ本質的に「アメリカ市民としての問題」なのである。良太郎は戦前に「ジャップ」への反感と人種的な憎悪が白人の間に広まった背景には、カリフォルニア農業の大半を日系人が掌握するようになっていたことによる経済的な利害関係が素因としてあったと事情を説明した上で、むしろ「古参の者が新入りの者を差別し迫害するのは、動物の世界から始つて、何処にでもある事」であって、アイルランド人やドイツ系の移民がさまざまな迫害排斥に会いながらも地位向上を戦って勝ち取ったように、そして黒人たちが現在も戦っているように、日系人もまた「偏見や差別に対して、勇敢に戦ふよりほかに道はない」と自身の考えを披瀝する。このように差別と闘うことをアメリカ国民としての責務と語る良太郎にとって、戦時中のアメリカ陸軍への志願は「アメリカ市民である事を示す一番の近道」であった[68]。このような良太郎の論理は、白人による人種的排斥を地位や財産を守るために行われた自衛として一般化してこれに免罪符を与え、明らかに人種問題の解決のための努力をマイノリティの側に転嫁している。他方、この論理に基づくならば、一人ひとりが努力して権利を勝ち取った結果としてアメリカは人種的平等と調和へ向って前進するのであり、「アメリカ」はそうした努力が払われるに相応しい価値のある魅力的な国民国家として意味づけられている。

以上、小説冒頭に示された三つの問いを中心に日系人の描写を見てきたが、日系人の自己語りを通して「アメリカ」はどのような姿で立ち現れるのか。小説に描かれる日系人の語り部たちは、人種的偏見の現実を認め、戦時中の強制収容所のような歴史の暗部にも触れる。しかしそれはあくまでもそのような負の側面を相殺して上回るアメリカの良さが前提とされている。作品の中で、日系人たちが抱くアメリカへの信頼は、「アメリカといふ国は、もともと二世の国だ。（…）イングランド系の二世、ドイツ系の二世、フランス系の二世、アフリカの黒人の子孫、イタリヤ人ユダヤ人の、二世、三世、四世たちが、みんな自分たち民族のいいところを持ち寄つて、こんにちの偉大な合衆国を造り上げたのだ[69]」という一世の日本語学校の校長の発言に最も雄弁に言い表されていよう。その後の六〇年代以降に公民権運動の盛り上がりと軌を一にして一般化する、多文化主義の考えを先取りしたかのようなこうした台詞を通して読者が印象付けられるのは、多様なエスニック集団がダイナミックに共存することによって力強さが発揮される合衆国の姿である。そしてここに表明されたアメリカ式民主主義へのゆるぎない信念は、白人ではなく、ほかならぬ日系人自身の声として語られることによって、日本人読者への説得力を増しているだろう。

(三) 田澤報告書のナラティヴ

先に日系人の登場人物がさまざまな立場からアメリカ社会における日系人の過去と現在をどのように語るのかを見てきたが、視点人物である主人公の田澤は、彼ら当事者によって発話された内容を取捨選択し、適宜論評を加えながら読者へ向けて提示する重要な役目を担っている。その意味で田澤の語りは、作品全体の論調を代表しているともいえる。このように見たとき、日系人問題を見る小説の立場は、物語が中盤に差し掛かったところで挿入される「カリフォルニヤ在住の日系人について（日米問題懇話会に対する私のレポート）」と題された長文の報告書[70]に要約して示されると言える。

農場見学と二人の二世との会話が引き金となって日系人問題への興味を掻き立てられた語り手は、意欲的に関連資料の調査を始め、実地の見聞と合わせて報告書の作成に着手する。日系人に関する書籍や日系市民協会のパンフレットなどの関係資料を集め、「読んだ物の中から、必要と思はれる箇所をチェックし、タイプライターで写し、丸善で買つて来たノートに日本語でメモをし[71]」て報告書を準備する過程は、おそらくロックフェラー財団に送るための報告書を書く際の作者自身の実際の作業とも重なるものであろう。こうして書き上げられた報告書は、滞在で得た見聞を総括して、アメリカの日系人社会の実態をどのようにまとめるのか。換言すれば、報告書は前項で見てきた日系人の多様な声を日本に向けてどのように代弁するのか。

先ず報告書は冒頭で、日本とアメリカの二つの国の狭間にあるとされてきた日系人の帰属性の問題を、「彼等は端的に、明確にアメリカ市民」であると断定的に述べる。なぜなら、現在のアメリカ日系人の中心をなすのは二世の世代であり、帰化した一世をも含めてそのほとんどは既にアメリカの市民権を取得しているからである。したがって日系人を「在留邦人」と呼ぶことは適切ではなく、「日本へ帰る機会を失つて、領事館の菊の御紋章を見て涙を流す、無智でみすぼらしい老百姓」の一世や、「アメリカ人にもなり切れず、日本人にもなり切れない、怪しげな不安定な、蝙蝠的存在」の二世といったステレオタイプ化されたイメージも、現在の日系人社会の実情にはそぐわないものと否定される。[72]

この延長線上で報告書は、日系人問題を明確にアメリカの国内問題であると捉える。そしてアメリカのなかの日系人問題の位置づけについて、アメリカの人口全体に占める日系人口の僅小な比重――作品では、合衆国総人口の「二パーセントの十分の一以下」で、最も日系人口の多いカリフォルニア州でも全人口の「二パーセント以下」とされる――からして「日本人が日本で考へるほど、日系人の問題はアメリカ全体にとつて、それほど大きな問題ではな」く、また日系人問題と一般に比較されることの多い黒人問題とは規模や歴史的背景からして性質の大きく異なる問題であるとして、両者の間には明確な一線を引く。したがって、「アメリカの日系人問題を考へる時、われわれがすぐそれを、黒人問題と比較して見たがる事は、あまり賢明な事でも妥当な事でもありませんでせう」[73]と言うのである。

確かに、日系人問題と黒人問題とが異なる社会・歴史的文脈に位置していることには充分に留意すべきだが、しかし両者をともに思考することによって差別問題をより根本から問い直す道筋が開かれるのではないだろうか。右のような報告書の記述と関連しては、作者阿川の人種観が窺われる興味深い発言がある。『カリフォルニヤ』の発表に先立つ一九五七年八月に『世界』誌上に掲載された随筆「ニューヨークの日本人」[74]である。アメリカにおける黒人運動が盛上がりを見せるにつれて人種問題が日本国内でも人々の耳目を引いていたなか発表された同随筆で阿川は、「「アメリカで日本人はどの程度尊敬されているか？　黒人よりは尊敬されているか？」」という質問（…）を屢々受ける」と書き起し、日本人の「自意識過剰」を戒めた上で、次のように述べている。

　ニューヨークのような人種混合の甚しい町に於ても、日本人ないし東洋系の民族に対する人種偏見が存在することは疑いのない事実だが、日本人だけがどの程度尊敬されているか、軽蔑されているか、自分たちの顔色や振舞いがどう見られるかと、あまり気にしているのも、一種の被害妄想である。アイルランド系の住民は、初めは米国で巡査になることも許されなかつた。ニューヨークのイタリヤ系市民の数は、ローマのイタリヤ人人口より多い。黒人やユダヤ人の市民も無論夥しい数である。しかも黒人街、ギリシヤ人町を浸蝕してプエルト・リコ人が続々入って来ている。彼等は働き口を見つける上で黒人と競り合つているが、英語ができないためにそれだけ分が悪く、随って黒人街以上の悪の温床になつている。(…)アメリカの人種問題は、白人、黒人、日本人という風な簡単な分け方では中々律し切れない面が多いように思われた。(75)

ここに描かれた、ニューヨークにおける多様な移民集団間の排斥と軋轢は取りも直さず第一〇章で取り上げる有吉佐和子の『非色』の主題となるが、江藤淳ならば「適者生存」の社会原理の表れと解説したであろう(76)厳しい生存競争の実態を語った阿川の意図は、しかしながら多民族国家アメリカの現実に批判を向けることにあるのではない。彼の要点はむしろ、取り立てて日系人だけを問題にすることの不当性を指摘して、そうした批判を留保させることにある。先の作品の引用では黒人問題を日系人問題から切り離し、両者を結びつける思考から距離を取っていた阿川は、ここでは日本人やアジア系一般に向けられる人種的偏見への日本人の関心を「被害妄想」の過剰な反応と断じ、これを深く追窮しようとする思考に停止をかける。そして最終的には、アメリカの人種問題の実情は複雑なのだから安易な裁断や批判を控えよ、と読者を諭すのである。

作品に戻ると、続けて報告書はアメリカ社会における日系人の歴史ならびに現状の紹介へと進む。日系人が歩んできた道は、前項で確認したようなさまざまな形の偏見やそれに起因する社会的な差別に直面してきた苦難の過去といえるが、報告書で注目されるのはその内容よりも提示のされ方である。例えば、日系人が抱える問題として真っ先に挙げられる人種的偏見について報告書は、「眼のほそい、鼻の低い、顔の色の黄色っぽい東洋人は、白人の眼にはどうも少々、薄気味悪く映るものらしい」と記して、人種的差異ゆえの嫌悪の感情が白人の側にまぎれもなく存在することを認める。しかしこうした人種的偏見は、「白人の日本人に対する差別感情に肩を持つわけではありませんが、これは、明治初年、紅ら顔の、鼻の突き出た異人さんを、われわれの父祖が気味悪がつた事、一般の日本人が今でもニグロを気味悪く思ふ事を考へれば、理解出来ない感情ではありません」という後続の記述によって、日本人自身が他人種に対して持つ嫌悪感に引き比べて提示されている。[77] また戦前の白人社会の日系人排斥の問題は、「祖国」との繋がりを固守して「出稼ぎ根性」を捨てなかった「日本人側の身勝手」と、排斥の論理を盾に経済的権益を守ろうとした「白人側の身勝手」とが相互に「相乗作用」をなした結果として意味づけられる。[78] 一方、日系人に対して行われた土地の所有や社会活動上の制限などの諸差別については、アメリカが謳う「自由」や「博愛」といった諸価値や合衆国憲法に保障する「平等」の原理に明らかに背理することが指摘されながらも、「アメリカの憲法も人権も、白人のためのもんやないか。平等とか博愛とか云うたかて、それは白人の間の平等と博愛やないか。それでなかつたら、なんで平等な筈の二世のアメリカ市民を、一人残らず抑留所へ入れたんや？ 広島に原子爆弾落としたのは、なんでや?」という一世の老人の声は、「極端な例」として位置づけられている。[79] 即ち報告書の記述は、種々の社会的差別を受けてきた日系人の過去に光をあてながらも、白人アメリカ社会に対する告発の論調には傾かないようにさまざまな形で均衡を取るのである。

こうした特徴は、日系人の最大の苦難を象徴する戦時下の強制収容の歴史を語るときでさえも例外ではない。前述のように西部諸州に在住の日系人は、一世も二世も三世すらもその国籍や政治的信条にかかわらず一概に「敵性外人」として扱われて抑留所へ送られ、戦争が終わるまで鉄条網の囲いのなかの生活を強いられた。のみならず二世たちは米軍への入隊志願を募られ、その上軍隊のなかですら差別的な処遇を受けた。ところで報告書はこのような歴史に触れながら、他方でアメリカの「善意」を象徴する事例を並べて見せることで均衡を取ろうとする。例えば、米軍内の二世兵士に対する差別について日系人の一兵士がルーズベルト大統領、スチムソン国務長官、マーシャル国防長官に宛てて抗議の手紙を出したところ、善処を約した手紙が届き実際に改善が図られたという逸話。病気で抑留所を出されてカリフォルニアに向う一世にフィリピン戦線へ向う白人の出征兵士が黙って立って列車の席を譲り、席を譲られた「敵性外人」の「ジャップ」に野次を飛ばす周囲の乗客に向って、「アメリカ人として恥を知れ」と言い放ったという逸話。強制収容所の負の歴史を語った後でまるで取り成すかのようにこれらのアメリカに好意的なエピソードを紹介した上で報告書は、「偏見や差別が実在してゐる一方に、またかういふ、日系人たちの心を解きほぐすやうな事例が、二三の珍しい「美談」としてでなく、いたるところに見られた事は事実のやうであります」と結論するのである[80]。

こうした例にも見られるように、報告書が日系人の歴史を叙述する態度は一貫して、白人社会の日系人に対する処遇に暴力的な側面があった事実を否定しないが、批判の論調を極力抑えて終始中立的立場を保とうとする。その記述は日系人に向けられた人種的偏見と排斥の過去を白人の立場からも眺め、日本／日系人の側の非に照らし、歴史社会的な要因にも触れて説明を試みることで、これをさまざまな観点から理解可能なものにする。強制収容のような蔽うべくもない暴力に対しては、個別のアメリカ人の善意を対置することで均衡を取る。即ち、田澤の報告書の語りは日系人とアメリカ人、日本とアメリカの間で絶えず仲裁を試みるのである。このような論述のあり方は、一面では「公正」であり、客観的であるように見えながら、その実人種差別の暴力を一般化して責任の所在を曖昧にし、日系移民に対する差別や偏見を都合好く帳消しにしてしまう危うさをも孕んでいると言わねばならないだろう。

そして全体として見落としてはならないのは、そのナラティヴが進歩主義的な構造を持つ点である。アメリカ日系人が経験してきた数々の苦難の過去の上に築かれた戦後は、「一世たちは出稼ぎ根性を捨てて永住の決意を定め、白人たちは日系人に対する猜疑の念を拭ひ去り、双方からの歩み寄りが始まった[81]」という一文に端的に示されるように、葛藤を乗り越えた末に訪れた和解のモメントとして描かれている。白人と日系人が一緒に戦争を戦った体験が白人の側の人種的偏見を緩和させ、また二世部隊がアメリカ国民として見せた「武勇と忠誠」が高く評価されたことが決定的要因となって、日系人をめぐる白人の認識は飛躍的に改善された。日系人の側の努力もあって、戦後の日系人は一世の帰化が認められ、他種族との結婚や土地の所有が自由になるなど、その法的地位において急速な向上を見た。以前は未踏であった専門職域を含めて、二世たちは今や政界を除いたあらゆる職種に進出しており、日常生活においては住居選択時に働く人種差別が慣例として残ることを唯一の例外とすれば、完全なるアメリカ人として白人とほぼ同等の立場に置かれている。そのような記述を行う報告書は、一世たちの「過剰アメリカ人意識」も漸く正統なアメリカ国民としての地位を手に入れたことへの反動から来るあくまでも過渡的なものであり、三世以後の世代では「他種族との結婚」も含めて完全なアメリカへの同化が進むであろうという明るい見通しで締め括られる。

以上のような報告書を総括して、前項で見た日系人の登場人物による語りとの関連でそのナラティヴの構造や特質をいかに捉えられるだろうか。まずはじめにそのナラティヴは、日系人を今現在において「アメリカ国民」として定義することにより、日系人の過去と現在の体験を「アメリカの歴史」の一部として組み込む。注目されるのは、報告書の書き手の田澤――あるいはその背後にある作者阿川――は、多様な立場からアメリカを語る日系人の声を編集によって排除しないことだ。前項で見た日系人の登場人物によって語られたさまざまな内容は、報告書の記述の端々に編みこまれている。だがその一人ひとりの声は、報告書の記述のなかでより大きなマスター・ナラティヴのもとに統合される。その際に大きな役目を果たすのが時間軸である。つまり報告書のナラティヴは、日系人がマイノリティであるゆえに直面してきた困難やそれへの闘いに触れながら、過去の確執を克服しつつある現在に至る過程としてそれらを意味づけ、さらには人種的に調和した明るい未来像へと向かう時間軸に沿って統合する。こうしてさまざまな体験を持つ日系人の声は、移民国家アメリカという歴史物語のなかにそれぞれに市民権と場所を与えられた上で、国民全体として人種的平等と融合へ向って前進するアメリカという一つのナショナルなナラティヴのもとに収斂される。そこにおいて日系人は、民主主義の成長のビジョンを投影される存在でありながら、人種的融合と和解を体現してもいる。

ところで、このように作品が発信しているメッセージを捉えるならば、特に冷戦下である五〇年代において我々は、類似したナラティヴを数多く見つけることができる。次節では、時代の文脈に照らして小説のナラティヴがどのような意味を持ちえたかを考察する。

第四節　小説『カリフォルニヤ』におけるエスニシティ表象の政治性
――冷戦下のアメリカ広報宣伝映画との比較を通して

ここまで、冷戦下の日米文化交流としてのアメリカ留学を契機として阿川の作品からそれまで中心的位置を占めた原爆の主題が影を潜め、これに代わって日系人の目を通してみた「アメリカ」が描かれたことに注目してきた。そして小説『カリフォルニヤ』のテクスト分析を通して、この作品が日系人の登場人物に多様な声を与えつつ、全体として葛藤を抱えながらも人種的平等と調和に向って進歩するアメリカを強く印象づけるナラティヴに仕立てられていることを明らかにした。最後に本節では、このような作品のナラティヴがアメリカをめぐる冷戦下の表象空間にいかに位置づけられるかについて考察を加えたい。ここで比較対象として取り上げて考察したいのは、占領下の日本で文化政策を担った民間情報教育局（CIE）や、その後に文化広報宣伝活動を受け継いだ米国広報・文化交流局（USIS）によって多く製作された教育映画である。『カリフォルニヤ』の語りが、意図せずしてそれらのアメリカのイメージ向上を目的とした映画テクストと響き合ってしまっていると思われるからである。

（一）冷戦下における人種・エスニシティの表象

冷戦期に激烈を極めたアメリカの文化外交を遂行する上では、人種やエスニシティをいかに提示するかが特に大きな重要性を持ったことが指摘されている。なかでも黒人問題は国際的に広く知られており、このような人種差別の存在は自由と平等を謳う民主主義国家としてのアメリカの国家イメージを大きく損ねるのみならず、白人種ではないアジアや第三世界の人々にとって反感を抱かせ兼ねないため、冷戦を戦う上での大きな懸念材料となっていた。特に公民権運動の様子が世界的に報じられるなかにあって、このような負のイメージを是正して「正しいアメリカ」のイメージを伝えることは切実かつ緊急の課題であった。そこで広報外交活動を通して、人種差別国家のイメージを打ち消すための努力が活発になされた。

留意すべき点は、アフリカ系アメリカ人問題に対処するＵＳＩＳのプロパガンダの方針は、単にそれを否定するというものではなかったことである。こうした方法は、現実に差別問題があることを覆い隠せない以上無益であるばかりか、むしろアメリカへの信頼を損ない兼ねないと思われたからである。そこで米国務省が取った表象上の戦略は、人種を克服しつつあるアメリカの姿を見せることであった。公民権問題をめぐるアメリカの冷戦戦略を分析した米国法制史研究者のメアリー・デュズィアクが黒人問題に関するＵＳＩＳの戦略について指摘したように、「過去の問題を認め、改善を強調することで、米国の人種問題は、進歩の物語として語られる」ことになり[82]、より強い説得力をもった魅力的なナラティヴとなりうるというのである。その意味では、人種差別を単に隠すよりも洗練された戦術であったとさえいえる。

ところで、人種を扱うアメリカの冷戦期メディア戦略は、予めある特定の人種集団にまつわる差別の負のイメージを払拭するという消極的な対処法ばかりではなかった。むしろときには人種やエスニシティの要素を進んで利用する積極性を帯びていた。冷戦下の広報宣伝映画を分析したメアリー・ティン・イー・ルーは、ＣＩＥ／ＵＳＩＳ映画を製作した米国務省が、アメリカの良さや強さを一方的に発信する広報戦略から、次第に映画が上映される現地の事情に映画の内容や演出を合わせる方向へと方針転換したことを指摘する。アジアや第三世界に向けた広報活動が進むにつれて、相手国との繋がりを持つ人物を映画のなかに登場させることにより、観客からより好意的な反応が得られることに気がついたためである。これを受けて日本では、日本人の旅行者、留学生、アメリカ在住者、新しいアメリカ人である戦争花嫁や日系人などを主人公としてアメリカを描く一連の映画が相次いで製作され、日本人に向けて上映されたという。その狙いは、日本人の観客に映画へと容易に感情移入させ、アメリカに関する好ましいイメージや感情の形成へと誘導することにあった[83]。

メアリー・ティン・イー・ルーは、映画内に描かれる日本人の登場人物とアメリカ人との繋がりを介して観客のアメリカへの心理的紐帯感を引き出すこうした手法に基づく一連の映画に、のち（一九五六年）にアイゼンハワー大統領が打ち出した「ピープル・トゥ・ピープル・プログラム」の理念に合致するような、個人間の繋がりを前景化する特質が見られることを指摘し、その名にちなんで「ピープル・トゥ・ピープル」映画と名づけている。[84] そのような映画の好例としてルーが紹介している『交換学生の一年（*A Year in America*）』（一九五一）[85] は、インディアナ大学で九ヵ月を過ごす日本人留学生のトザワ・タケオが文化的相違から来るさまざまな苦闘を経てアメリカを理解し、適応していく様子を映し出した作品である。日本人の主人公に密着して観客をアメリカへと誘うこれらの映画の持つ効果について、ルーは、「主人公たちが文化的・社会的な相違を経験しつつも次第にアメリカ人を理解し、受け入れる過程を観察し共有することで、日本人観客自身もアメリカの文化的習慣を理解し受容するようになる可能性があった」のだと分析する。[86] 換言すれば、アメリカの冷戦外交は状況や必要に応じてさまざまな戦略を使い分けた。広報宣伝活動を通して一方では人種差別国家のイメージを打ち消しながら、人種の要素が上手く使えば政治的効果を上げるための有用な手段になり得ることを認識し、映画などメディアにおける人種の表象を注意深く操ることで、アメリカに対する好意的な態度の形成を図ったのである。

このようにして人種・エスニシティの要素は冷戦下でアメリカが発信した自己表象の要の要素を占めていたのだが、ここまで述べたアメリカ側の表象戦略を踏まえて、小説『カリフォルニヤ』との間に幾つかの類似点を指摘できるだろう。第一に、これまでに考察してきた小説『カリフォルニヤ』が日系人問題を語るナラティヴは、まさしくデュズィアクの指摘したＵＳＩＳの黒人問題を扱う冷戦戦略と進歩主義的なナラティヴ構造において極めて共通した性質を持つ。したがって同小説は、ＵＳＩＳによる表象と類似したメッセージを発信した可能性がある。だが注目されるのはナラティヴの性質面での共通性だけではない。先項において、作品がアメリカの一時滞在者である日本人の主人公を観察者の立場に置き、当事者である日系人に「アメリカ」を語らせた上で、その見聞を主人公が報告書に統合するという小説内の重層的なナラティヴ構造に着目した。ところで、冷戦下の表象をめぐるアメリカ側の戦略を強く意識して改めて阿川の留学体験に基づいて執筆された小説『カリフォルニヤ』を振り返るなら、アメリカへと渡った日本人の主人公を通して日系人を描くという作品の設定そのものが、時代の文脈のなかでは極めて意義深いことが見えてくるのである。即ち、同作品は先に指摘したメッセージ性と相俟って、それを効果的に伝達する設定をも備えているのだ。

このように「ピープル・トゥ・ピープル」映画と小説『カリフォルニヤ』に共通して見られる特徴に注目したとき、さらに興味深い点がある。メアリー・ティン・イー・ルーによれば教育映画において日本人のアメリカ訪問者、留学生、戦争花嫁、日系人こそは教育映画の定番の出演者であったが、同作品にはこうした登場人物が奇しくも出揃っていることである。小説の始まりの場面で田澤がアメリカへ向う船には、日系二世である町用良太郎のほかに、本国に先に帰国した白人の夫を追ってアメリカへと渡る戦争花嫁の野島光枝と、声楽を専攻してアメリカの女子大学で三年間の留学を予定している京子の二人の日本人女性が乗り合せており、彼女らは作品の中盤以降において脇役として重要な役回りを担うことになる。作品の前半では、これまでに見てきたごとく町田農場への訪問をクライマックスとして日系人問題が中心的に探求されるのに対して、小説の半ばで挿入される報告書を挟んで物語の重心は一転し、後半では異人種間の結婚問題が作品のもう一つの主題として前面に躍り出る。主人公の田澤と留学生の小川京子がそれぞれアメリカ人との恋愛関係に陥り、さらに戦争花嫁の野島（ブラウン）光枝の生活にも光があてられることで、日本人男性―白人女性、日本人女性―白人男性からなる三組の男女関係を中心に話が展開されるのである。

そこで以下では、人種・エスニシティの表象の視点から見たとき作品がどのようなメッセージを放っているかを、冷戦下におけるエスニシティ表象の文脈と照らし合わせながら分析したい。二つの点に特に注目する。一つには、前節までに引き続いて小説における日系人の描写が持つ潜在的メッセージを、カリフォルニアの日系人経営の農場を題材にした米国務省制作の映画との比較において作品中の町田農場の描写を分析することを通じて検証したい。さらに二つ目に、異人種間の結婚問題というプロットがそうした作品のメッセージにどのように絡むのかについて考察を試みる。

（二）日系二世の農場の描写――USIS映画との比較において

小説『カリフォルニヤ』において、日系二世の町田の農場への訪問が主人公の日系人問題に関する認識の大きな転回点となったことを既に述べたが、改めて「アメリカ」表象の観点からサン・アントニオにある町田農場の描写に注目してみたい。土地の人には「ライス・キング」と呼ばれる町田は、広大な農場を経営し、兄弟で小型の単発機（「スポーツ・プレイン」）を各々所有するほど成功した二世である。このように日系人が社会的に成功を遂げていることこそは、アメリカ社会のなかで日系人が受け入れられていること、人種的排斥が克服されつつあることの傍証と読者には映るであろう。さらに特筆すべきなのは、農場の描写における人種的な人物配置である。小説のなかで田植えの真っ最中にある町田の農場では、白人の請負の人夫たちが飛行機で種蒔きの作業を行い、家庭には長年仕えた白人の女中がいる。訪問者である田澤たちは、農作業の見学の合間の昼の休憩を「白人の女中が運んで来たコーヒーとサンドヰッチを食べて過」し[87]、一日の仕事を終えたあとは町田の農場で栽培している新種の米を開発した白人の技師を交えて歓談する。つまり小説に描かれる町田農場は人種的に調和しているばかりか、その労使関係において伝統的な白人上位の関係はむしろ大きく逆転しているのである[88]。

一方、この農場見学で人種関係に劣らず田澤に強い印象を与えるのが、農場の生産方式である。総面積五千エーカー（六百万坪以上）もある広大な農地に米や綿を栽培している町田農場では、単葉の飛行機を使用して空から一度に大量の籾を蒔く方法で、一ヵ月半かけて田植えを行う。農場に併設された作業場では、まるで「食品工場」のように脱穀や精米、製粉などの全ての工程が機械で半ば自動化され、製粉されたものも自動的に計量して包装されて出荷されるよう管理されている。このように種蒔きから刈り入れ、脱穀、精製、荷造りから出荷までの全過程を一括して行う町田農場は、「百姓」というよりは「農作企業」と呼んだほうがふさわしいと描写されることで、その近代性が強調される。また、広大な土地を耕しながらも昔の「地主」と違って機械を「農奴」のように駆使して大規模な農作業をこなす点で語り手が感嘆する生産方式は、農業生産における技術の進歩を印象づけるのみならず、自由と平等の価値を具現した「民主主義的なアメリカ」にまさに相応しいものといえるのではなかろうか。さらに言うなら、このような先進的な技術は白人ではなく日系人の町田兄弟によって演じられることで、日本人の読者はアメリカが体現する進歩した技術をより身近に感じ、その恩恵に浴している自身の姿を容易に想像できることが考えられる。また作品のなかで農場を見学した主人公は、「機械が耕し、機械が水を引き、種を蒔き、とてつもない規模でとてつもない量の農作物が盲目的に生産されてゐるかのやうな、荒々しい、未来につづくエネルギーだけが感じられる」景観に感銘を受け、「アメリカを――アメリカ西部の或る一つの面を見た想ひがした」[89]と感慨を述べるが、こうした描写が読者に印象づけるのは、若々しいエネルギーに充ちた進歩の国アメリカであろう。

ところで、このように小説テクストにおける農場の描写の特徴を捉えたとき、直ちに想起される一篇の広報映画がある。小説『カリフォルニヤ』に潜在するメッセージを人種的調和と技術的進歩の二つのアメリカ・イメージと読み解くならば、それはジャンルの垣根を越えてそのまま多くのＣＩＥ／ＵＳＩＳ映画が伝えようとしたメッセージに重なるが、なかでも同小説と比較して極めて興味深い事例が、メアリー・ティン・イー・ルーによって近年再発掘されたアメリカの広報映画『農村青年のカリフォルニア訪問（*Japanese Farmers Visit California*）』（一九五三）[90]である。

米国務省国際広報局（ＩＩＡ）の国際映画サーヴィスによって占領終結の年に製作されたこの映画の設定を理解するには、占領期の農地改革にひとまず遡る必要がある。土地の再分配を通して土地私有を促進し、伝統的な地主と小作の関係に基づく日本の封建制度を解体して民主化を促すことが謳われた占領下の農地改革には、もう一つ重要な意図があったことが指摘されている。共産主義化の源泉となる農民の不満を未然に防いで農村地域の安定化を図る必要があったのである[91]。この必要性が継続したために、占領終結後にもアメリカは引き続き日本の農村部を対象にさまざまな活動を展開した。ルーによれば、その一つの手段として考案されたのが、日本の農村青年たちをアメリカの新しい農法と農場技術の習得のために招致することであった。一九五二年夏にアメリカ国務省は、カリフォルニア州政府職員及び日本の国際農友会（ＡＩＣＦ）との合同で日本の農村青年をカリフォルニア州へ招致する一年間のプログラムを企画した。その最初の一団として、一九五二年夏に日本全国の都道府県から選抜された四六名の農業従事者が渡米した。訪問団に参加した日本人青年には、農業技術の習得のみならず、日米の農業従事者の間の繋がりを育むと同時に、帰国後には旧地主層に代わる新しい指導者として農村部における民主主義化を推し進めることが期待されていたという。[92]

一九五〇年代当時の日本では、全国土のうち農村の占める割合が大きく、かつ農村と都市間の経済力の差が大きく開いていたために、農村地域の近代化を通して国民全般の生活水準を引き上げることが緊急の課題とされていた。[93] そうしたなか、「アメリカ」をモデルとした近代化は、都市や産業だけでなく、農村にも及んだのである。ルーによれば、全世界的に配給されたアメリカの広報映画において、「農村」という場所は撮影の舞台として特別重要な意味を持っていた。日本を含めてアメリカが広報の対象とした世界の国々では、農村的性格が強く残っていたために、アメリカは農業従事者に照準を合わせた映画の制作を数多く手がけたというのである。[94] そこで農村を舞台とする広報映画が多く制作されることとなったが、『農村青年のカリフォルニア訪問』はその一つに数えられる。

米国務省が企画・制作を主導し、元陸軍中佐で脚本家・監督に転身したジェームズ・R・ハンドリー（James R. Handley）が脚本を手がけ、ハリウッドの映画監督カール・K・ヒットルマン（Carl K. Hittleman）の協力を得て撮影されたという映画『農村青年のカリフォルニア訪問』は、一九五二年の青年訪問団のアメリカ現地での見学の様子を密着して撮影したドキュメンタリー映画である。同映画は、実際の訪問団のなかの一人の日本人の農業従業者を主役として、日系二世所有の農場三箇所と白人所有の農場四箇所を訪問するさまを映し出した。

この映画におけるアメリカの表象戦略を分析したルーは、日本人の観客に「アメリカの人種的・経済的平等というイメージ」を含んだ映画のメッセージをより効果的に伝えるために、映画の制作側が人種やエスニティの要素を意図的に用いたことを指摘している。それによると、映画の脚本は撮影舞台として白人所有の農場と交えて日系アメリカ人農業従事者宅を大きな比重で指定し、両者は凡そ同等の経済的豊かさを持つように選定された。その上で演出においては、「日本人訪問者を受け入れた日系アメリカ人の役割は、ある面では強調され、またある面では逆に抹消され」るなどの表象上の操作が行われのだという。[95] また、映画は「特に成功している日系二世の農業従事者に焦点をあてることによって、カリフォルニアを平等主義的な多人種・多民族社会として描こうとした」[96]。ルーはこうしたメッセージを効果的に演出するために、脚本家のハンドリーがいかに細部まで気を配ったかを明らかにしている。

ところでルーの分析によれば、さらに日本人観客に向けられた映画のメッセージは、人種的平等の側面だけに留まらなかった。映画は、最新技術によって機械化された農場の様子を映し出し、その合間に近代的な家電や家財道具に支えられた快適な家庭生活の様子や家族の団欒の場面を挿入することで、中産階級の家庭性のイメージを織り込んだ。白人農業従事者と共に働き、余暇を楽しむ豊かな農場の風景を通じて、多様なエスニシティを持つ人々の間の協調と調和を農村の豊かさと重ねて印象付ける演出もなされたというのである[97]。

このような映画の表象は、小説に描かれる町田農場の訪問とその設定や場面構成において驚くほど似通っている。小説『カリフォルニヤ』が持ちえた含意は、映画『農村青年のカリフォルニア訪問』から反照してみることによって一層はっきりするだろう。ルーは同映画が「アメリカの文化・社会・技術のイメージを国家の近代性や社会的平等の実例として描こうとした[98]」と分析し、このような映画の演出を通じて、カリフォルニアの日系人の家族農場がアメリカの文化外交の場と化したと指摘する。

実は両者の描写が似通っているのは単なる偶然ではない。阿川は「作品後記」のなかで作品中に描かれる町田農場について触れ、実際に「ライス・キング」と称された「加州サウス・ドス・パロスの国府田農場をモデルにし」ながら、人物造形や設定においては創作を加えたと明かしているのだが[99]、ここに阿川が記した「加州サウス・ドス・パロスの国府田農場」こそは、『農村青年のカリフォルニア訪問』が撮影された際に訪問団のホスト・ファミリーを務め、重要な撮影舞台となった農家の一つとしてルーが挙げている「サウス・ロスパロスにあるコウダ家の稲作農場[100]」と同一のものと見て間違いないであろう。興味深いことに、小説と映画に描かれた農場のモデルは一致するのである。

一方、留学中に阿川はカリフォルニア州で最も大きな農場の一つであるヤエモン・ミナミの農場を見学しており[101]、小説内の農場の具体的な情景描写においてはこの見学の際に眼にした農場の様子を参考にしたものと推測できる。阿川が財団に提出した報告文のなかに描かれたヤエモン農場の情景は、軽飛行機を使用して空から農作業を行い、広い農場内で互いに連絡を取るために無線が用いられたり、加工と発送作業の作業場が付随している点など、小説に描かれた町田農場の描写との間に複数の類似点が見られる。しかし他方で、そこには注目すべき相違点もある。財団への報告文では、ヤエモン・ミナミの農場の収穫期にはメキシコから労働者たちを呼び寄せて農作業を行うと説明がなされているが、これに対して小説テクストにおいては、請負の人夫たちは皆白人として描かれているのである。白人との人種的融和を強調するための作者の意図的演出と解釈できる余地は充分にあるだろう。

また、小説『カリフォルニヤ』と映画『農村青年のカリフォルニア訪問』の日系人の家族農場の表象には明らかに際立った類似性が見られるものの、むろん両者の間には違いも指摘できる。決定的な違いの一つは、阿川の小説『カリフォルニヤ』は、日系人の口を通して外国人土地法に基づく日系人の排斥や強制収容の歴史などを直接語らせているのに対して、映画『農村青年のカリフォルニア訪問』ではこうした負の過去が一切割愛されていることである[102]。これは確かに大きな違いではあるが[103]、しかし前節において確認したように、阿川の小説においてもさまざまなナラティヴの戦略を通して、人種的排斥の暴力性が突出して前面化しないようにあくまでも配慮がなされている。その結果、右に挙げた相違点にもかかわらず、両者の論調は近しいものとなっていると言うべきだろう。

（三）異人種間の結婚のモチーフ

アメリカによる広報映画の事例と阿川の小説の表象の間の親和性に注目したが、次にもう一つ注目されるのが異人種間の結婚のモチーフである。既述したように、アメリカ人と結婚した日本人花嫁は日系人や日本人渡航者と並んでUSIS映画が人種的な調和と日米親善を印象付ける目的で取り上げた題材の一つであった。ティン・イー・ルーはそのような映画の代表例として、一九五一年に製作された『戦争花嫁（*Japanese Bride in America*）』[104]を紹介している。同映画は、実在の人物であるミワコ・ラッツ（Miwako Lutz）が元軍人である夫のウォルター・ラッツ

(Walter Lutz) の故郷のオハイオ州クリーヴランドでの新しい生活に適応していく様子を、実生活に基づいて映画化したものである。[105] 戦争花嫁を題材にした映画は、白人と日本人の一組の男女を通じて人種的な融合を印象付けられるだけでなく、元日本人がアメリカに適応し、受け入れられていく過程をカメラ越しに観客と共有させることで、アメリカの文化を紹介できることから、宣伝映画の好材料であったのである。むろんそれは、日本人の観客にアメリカを身近で親しみやすいものとして感じさせる効果があった。こうした背景を念頭に置きつつ、小説『カリフォルニヤ』にあらわれる異人種間の結婚のモチーフがこれまでに見てきた作品のメッセージに何を付け加えるのかについて若干の考察を試みたい。これは第一〇章で論じる有吉佐和子のアメリカ表象をめぐる議論に繋がるだろう。

小説『カリフォルニヤ』に登場する戦争花嫁の光枝は、モントレー半島のフォート・オードにある兵営で一等兵をしている白人の夫に呼び寄せられて身重の身体で海を渡る。埼玉県の田舎の貧しい家の八人兄弟の長女で、同県所在の基地で白人のビル・ブラウン兵に出逢い、結婚したという設定である。基地英語を操り、洗練されない粗野な振る舞いの光枝は、船内ではアメリカ人の船員や日本人の乗客から侮蔑的な視線も向けられるが、これに負けない逞しい性格の持ち主として描かれている。

そして小説内で田澤は二度光枝の家庭を訪問し、異国の地に逞しく生きる彼女の姿を見届ける。一度目は、サウス・サン・アントニオの町田農場からの帰途、フォート・オードに暮すブラウン夫妻を訪ねて行く場面である。そこで夫婦が痴話喧嘩をしている場面に偶然立ち会った田澤は、「ブロークン・イングリッシュ」でも何ら物怖じせずにアメリカ人の夫に向って強い自己主張をする光枝の姿に、「郷に入つて、素直に郷の民情にしたが」い、「人種的劣等感もなければ、肩肘いからせた民族的感情もないらしい、至極自然な」やり方でアメリカに適応して生きる姿を発見し、「立派な一人前」であると好意的に捉える。[106] 二度目の訪問では、出産したばかりの光枝夫人は、除隊となった夫とともに彼の郷里であるカリフォルニア中部のフレスノへと移住している。彼女が白人の姑から日本人ということで意地悪を受けていることも語られるが、それすらも大きな問題ではなく、「生活は楽で、女は威張つてられる」アメリカの生活に満足していることが描かれる。[107] 作品では成功した「国際結婚」である光枝夫妻とは対照的な事例も描かれていることには触れねばならないだろう。フォート・オードで光枝は、近所に住む黒人の軍曹と結婚した日本人の戦争花嫁が夫から肉体的な虐待を受けていること、光枝の夫の「白人のビルは、其の日本人の細君には同情してゐるが、ニグロの夫には、決して我が家の敷居をまたがせない」[108]と言っていることなどを田澤に話す。このような形で異なる人種間の葛藤が示唆されるのも事実であるが、あくまでも白人のアメリカ人と日系人の間の調和の構図は乱されないような人種的配置は保たれている。

そして白人のアメリカ人と日本人との間の異人種間の結婚のモチーフは、田澤自身が白人の学生マーガレット・アップルトンと恋愛関係に陥り、留学生の京子の白人のアメリカ人との恋愛がこれと並行して進行することによって重奏される。マーガレットは日本語を学ぶことに熱心で、いかなる人種的な偏見からもはじめから自由である。また周囲の白人の友人たちも、田澤が日本人であることを全く気にとめることなく、二人の関係に理解を示す。二人の関係はマーガレットの両親の強い反対に会うが、そこには二人の息子をバターンで失ったという合理的な理由付けがなされており、ハリウッドの大富豪の娘という設定とも相俟って、人種的マイノリティに対する不寛容の意味合いは薄められている。一方の京子も、白人男性と付き合うものの結果的に田澤と同じく結婚には至らず（結局妻子持ちであることが発覚し、失意のうちに東海岸へと移る）、したがって結末として見れば異人種間の結婚は成立していない。しかし、このように白人のアメリカ人と日本人が対等に付き合う姿は読者に十分に強い印象を与えたと解釈すべきではなかろうか。カリフォルニアで異人種間の結婚を禁じる法律が撤廃されたのは一九四八年であるが、依然として多くの州では結婚が認められていなかった当時の状況に照らせば[109]、白人と日本人が結婚をも念頭に自由に恋愛できることこそが人種的平等の進展を意味するとも取れるであろう。

特に見落とせないのは、田澤とマーガレットの身体的関係の描写である。江藤淳が「情事的恋愛」と評言したように、小説のなかで二人は肉体関係を重ねる。その場面の描写では、マーガレットの白人の身体の特徴がつぶさに強調して描出される[110]。その筆致は、殆ど通俗小説の域に陥っていると言うべきだが、しかしこのような場面を読む際にテクスト上に投射される読者の欲望の在り方に考えをめぐらすなら、そのような一見文学的価値の上では取るに足りないものに見える描写すらも、作品の受容においては重要な意味を持っていたのではないか。即ち、読者は男性的な欲望のもとに田澤の視線を共有することで白人女性の身体を領有するであろうし、それは白人に対する人種的コンプレックスを慰撫するであろう。かつて占領をめぐる記憶のなかで、日本人女性と占領軍兵士との性的関係は国民的な屈辱を象徴する意味を持っていたことを想起したい。ここから振り返って、作品に描かれる日本人男性と白人女性の結合をその反転として捉えるならば、アメリカとの対等な立場の回復が表象の上で果されているものとも解釈できる。そこにおいて白人女性の身体は、日米の和解の場となるのであり、結果的に作品は、日米の調和を補強する語りとなっている。このように見るならば、江藤が批評性の欠如として批判したような一見通俗的に見える筋書きも、冷戦期の表象をめぐる状況下では極めて政治的な局面を孕んでいたともいえるだろう。

以上、冷戦下のエスニシティの表象として阿川の作品『カリフォルニヤ』を見てきたが、全体として作品の語りは、人種的対立を乗り越えて日米友好の新時代を寿ぐ語りとなっていると言える。原爆の主題でアメリカと鋭く対立した阿川は、皮肉にもその後の留学を描いた作品においては、冷戦下のアメリカの広報戦略と極めて親和性を持ったテクストを生み出した。小説のなかで帰国を直前にした主人公は、「率直で親切で、あけっぴろげなアメリカ人たち」を記憶し、「こんな興味のあるとてつもない国」を去ることを惜しむ[31]。これは留学を終えた作家自身のアメリカ・イメージを代弁させたものではあるまいか。

第九章　小島信夫の描いた同時代の「アメリカ」

――『異郷の道化師』にみる人種・言語・生活様式

本章では、小島信夫の留学とその体験をもとに執筆された作品を考察する。まずは留学の様相を明らかにしたい。

第一節　小島信夫の留学

小島信夫が一九五四年に発表した「アメリカン・スクール」は、占領の記憶を風刺的に描いて同年の芥川賞を受けた。ファーズ日記の記録によると、創作フェローの新しい候補として小島の名が挙がったのは、その翌年の一九五五年のことで、一九五六年春に本格的な選考が行われたようである。[1]坂西から推薦を受けたファーズは、小島が明治大学の英米文学科で教鞭を執っており、他の作家に比べてアカデミックな性向があることに鑑みて、文芸創作に関心を持つ大学コミュニティが相応しい受け入れ先となると判断した。そこで創作科（The Program in Creative Writing）があるアイオワ大学（The University of Iowa）を有力な候補に選んだ。[2]一方の小島は、一九五六年四月にファーズの来日の際に行われた面接で、比較的小さなコミュニティに行ってアメリカの生活を見たいとの希望を伝えている。面接でファーズから大学を滞在先に勧められた小島は、大学が典型的なコミュニティにはあたらないのではないかという危惧を表明しつつも、現地の人々との接触のための足場となる拠点は必要であることに同意した。[3]

では留学を通して小島はアメリカのどのような側面を見たいと思ったのだろうか。財団に提出された一九五六年五月二日付の申請書[4]では、研究題目として大きく分けて三つの関心事を挙げている。

第一に、「アメリカの家庭生活及び学校生活（American home life and school life）」である。これは申請書に付随して提出されたと推定される別紙にはそれぞれ、「アメリカの中産階級の家庭は精神的にいかに調和が取れているのかを知りたい」、「学校生活がどのようなものか知りたい。先生や学生らがどんな風に生活し、余暇の時間にはどのような話をするのかを見たい」と敷衍されている。アメリカの家庭生活を第一の関心に挙げた点で、庄野との共通性が見られる。後者について言えば、小説「アメリカン・スクール」とも繋がる主題であり、戦前から長らく教職を務め、当時も明治大学で教鞭を執っていた小島にとっては自然な関心であるとも言える。

小島が続く第二点目に挙げたのは、「アメリカにおける近年の芸術と文学の関係（The relation between the recent arts and literature in America）」である。アメリカ文学者としての関心が窺える。これを知るためには具体的には、「図書館に行き、どのような新しい小説が読まれているのか、そしてそのなかで私は本当に新しいものを見つけられるかを見たい」「博物館や美術館に行き、ヨーロッパとは異なる独自の新しい芸術が現れているか、そして芸術と文学が互いに影響を与えているのかを見たい」と具体的な活動計画を述べている。

三つ目の研究主題は、「現在アメリカで上演されている演劇（Dramas played now in America）」で、「古典劇と新しい劇が観たい」とされた。このようにアメリカの生活文化や芸術などの諸側面に関する関心を列挙した上で計画書は、さらには「アメリカの状況をヨーロッパと比較できるように、帰国時にはできればヨーロッパを周りたい」との希望を記し、「帰国後は、家庭（home）とは何かについて、写実的かつ象徴的に書くつもりである」と将来の計画を記している。

以上のような関心のもと、小島信夫がアメリカ留学に出かけたのは一九五七年四月のことであった。半年遅れでオハイオ州ガンビアに渡った庄野潤三と小島はほぼ同時期にアメリカ中部に身を置いたことになる。渡米時に小島は既に四二歳であり、五三年に四四歳で留学した大岡昇平と同様、若くはない留学生であった。財団側は夫婦同伴での留学を奨励したが、子供の世話の問題を解決できなかったことから単身での渡米となった[5]。最初の滞在地であったアイオワ州東部のアイオワ・シティ（Iowa City）に到着し、凡そ一一ヵ月間のアメリカ滞在を終えて、帰途パリを回って一九五八年四月に帰国するまでの間の留学生活はどのようなものであったのだろうか。

その概要は、留学後に発表された作品集『異郷の道化師』（三笠書房、一九七〇）の巻末に付された「あとがき」から知ることができる。以下は該当箇所である。

最初はアイオワ・シティにあるアイオワ州立大学の創作科に出席していましたが、英文科の授業にも顔を出しました。

私は単独旅行者なので、大学の学生寮やその後それに似た下宿に入りましたが、たいくつになってツテを求めて色々の家族のところへおいてもらいました。気の毒に、信心深い農家の人達は、順々に私を一月ぐらい下宿させ、農業の実態を見学させてくれました。そうして半年後、南部の田舎の黒人の師範学校へ入り、ここでも学生寮に一人住みました。たいくつでいたたまれず、クリスマスの休みにニューオリンズへ出かけ、バーボン・ストリートの昔ながらの一週七ドルの下宿に一月いました。ここで南部の本を読みました。そのあとまた師範学校へ戻り、そのあと、タスケギーの黒人大学、アトランタの黒人大学、それからジョージアのアゼンスの白人の大学の寮に泊り、それからフィラデルフィアの郊外のクエーカー教徒の本山や大学院のあるところに一週間いて、霊感によって震えるマネもして見ました。あとはニューヨークに一週間か二週間、いました。(6)

ファーズとの面接で小島が語った希望と危惧とに配慮がなされ、実際の留学では大学を拠点の一つとしながらも一般の人々の間に分け入って身を置き、アメリカの家庭生活や学校生活を身近に観察する機会を持ったことが分かる。また地域的にも中西部だけでなく南部や東部にも足を運び、さまざまな宗教や黒人問題にも触れる機会を得たことなどが知られる。右の引用には留学中の足取りが概ねまとめられているが、さらに小島が留学を語った文章や財団側の資料などを参考にして、もう少し詳しくこれを敷衍してみよう。

渡米して初めの二ヵ月ほどの間、小島はアイオワ・シティにあるアイオワ大学の創作科に拠点を構えた。後に倉橋由美子も留学した同プログラムは[7]、アイオワ・ライターズ・ワークショップ（The Iowa Writer's Workshop）の名でより一般に知られる。作家の養成などを目的として一九三六年に設立されて以来、ジョン・アーヴィング（John Irving）、フラナリー・オコーナー（Flannery O' Connor）、T・C・ボイル（T. C. Boyle）といった著名な作家を数多く輩出してきたアメリカにおける作家のコミュニティの中心的拠点の一つである。詩人で批評家のポール・エングル（Paul Engle）が長年（一九四一～一九六五）にわたりチーフを務めた[8]。ポール・エングルとアイオワ大学のライターズ・ワークショップは文化冷戦との関わりが指摘されるが、ロックフェラー財団は一九五三年から一九五六年の間に同プログラムに多額の資金援助を行っている[9]。創作の授業では、「何かしなければならぬので仕方なしに」、日系二世女性作家で『日系二世の娘（*Nisei Daughter*）』の著者である曽根モニカ（Monica Sone）の助力を得て自身の短編作品を英訳したりしたが、指導にあたったエングルからは、英訳された文章に対して、「この程度の文章では駄目だ」と手厳しい意見を受けたという逸話をのちに小島は語っている。小島は農家での滞在を挟んで南部に移るまで同大学に関わり、創作科のほかに詩や批評の授業などにも出たようだが、総じて大学の講義には大きな意味は見出さなかったようである。後年このときの経験を振り返り、「アイオワ大学の創作コースに、いやいやながらしばらく籍を置いた」ものの「たいして学校へは出席しなかった」と記している[10]。

むしろ小島が興味を持ったのは、彼が「あとがき」にも触れたような農家での滞在をはじめとした、大学の外で一般の人々と触れ合った経験であったと見える。庄野や阿川らフェローと同様、小島もまた財団の担当者に宛てて報告と相談を兼ねた書簡を定期的に書き送っており、そこに記された内容から留学時の普段の生活をより詳しく知ることができる。その一つとして、財団のロバート・W・ジュライに宛てた一九五七年八月一九日付の書簡では[11]、九枚にわたって細やかにアイオワの農村での生活について報告が綴られた。先の引用文にもあるように、この時期に小島は農家を転々としながら過ごしたが、手紙では自身が滞在した三つの農家についてそれぞれ紹介し、日々の出来事や考えたことなどを事細かに書き綴っている。農家滞在の様子が伝わるのみならず、後に『異郷の道化師』

に収められた作品とも深く関わるので、その内容を以下に要約して訳出したい。

小島を最初に受け入れたのは、アイオワ市の小さな町カローナ（Kalona）で二五〇エーカーほどの規模の農家を営むエバレット・ウィンボーン（Everet Winborn）家である。一家は夫婦と一一歳になる長男、二人の女の子の五人家族であった。小島はここで、畑に出て農作業を眺めたり、家畜の餌付けを見物したり、市場にも出かけたりして、農家の生活に密着して日々の営みを観察しながら一月ほどを過したようである。書簡のなかには、そこでの日常について、幾つかの印象に残った事柄や感想が綴られている。例えば、農家の家庭生活について小島は、夫は外の仕事に対して責任を持ち、妻は料理と子どもたちの世話を受け持つ、夫は家事をあまり手伝わない、との観察を記した上で、実際に夫婦は互いの仕事を手伝うにはそれぞれに忙し過ぎるので、このような性別による役割分担は「見ていて自然であった」との感想を書き記している。カローナ近辺地域はアーミッシュが多く住むことで知られるが、ウィンボーン家は福音主義同胞教会（Evangelical Church）のメンバーに属しており、日曜日には一家に同伴してシャロン（Sharon）にある福音主義の教会に行った。日曜学校では、若い人達が聖書の文言に照らして農夫としての日常生活について話し合うのを眼にし、「驚嘆すると同時に疑問に感じた」という。アメリカではこのように実際的で日常的なことにまで宗教が浸透していることは、日本人にとっての宗教が主として死の問題などにのみ関わりを持ち、象徴的（symbolic）な性格を有するのとは対比的であり、二つの国の文化の宗教観の大きな違いを示すものと思われたからである。[12] 教会は宗教生活に触れるのみならず、そこに集う人々のコミュニティとの交わりを通して、多様な職業の人々と知り合う場でもあった。小島はほかにも、シャロン郡の地域ミーティングや、カローナ地域のロータリークラブの会合などにも出席して異なる宗教を持つ人々とも交流したことを報告している。

こうして一月ほどを過ごした後、ウィンボーン家が休暇に入ったために、近隣に住む別の農家のロバート・フィッシャー（Robert Fisher）家に居を移した。夫婦と、仕事を熱心に手伝う長男、二人の娘たちで構成される一家は、メノナイト派の信者（Mennonites）であった。五〇エーカーほどの規模の農家で、畜産も営み、乳牛や豚のほかに七面鳥（三千羽ほど）をはじめとした数種の家畜を飼っていた。小島は書簡で七面鳥の飼育はメノナイト派の信者の間で広く行われていたと書き記している。周辺地域には、アーミッシュ派の信者も多く住んでいた。メノナイト派とアーミッシュ派は三百年ほど前にヨーロッパで分岐した宗派で、アーミッシュ派は車やゴム車輪のトラクター、梱包機などを使わず、無教会主義の立場を取る点がメノナイト派との違いだが、それ以外の点では二つの宗派は類似している。両者ともに質素な生活を営む。例えば小島は手紙のなかで、フィッシャー夫人の身なりについて、常に化粧気のない顔で食事のときと教会に行くときにはボネットを被るということを印象的なものとして書き記している。小島はメノナイト派の日曜日の礼拝にも同伴した。小島はホーム・ステイ先のなかでもフィッシャー家を特に気に入っていたようで、一週間ほどで一家が休暇に入り再び居を移さねばならなくなったときには、「フィッシャー家がとても楽しかったので、別れたくなかった」と記している。

三番目にホスト・ファミリーとなったのは、一番目に下宿したウィンボーン家と同じ教会メンバーのラルフ・トロイヤー（Ralph Troyer）家であった。百エーカーほどの土地を持つ地域では中規模の農家だが、農業は他の人手に任せて、主人は農機具のセールスマンをしている。高校生、中学生（ジュニア・ハイ）、小学校就学前の三人の女の子がいる。小島は手紙に、フィッシャー家と同様に主人は東洋人と同居することに戸惑い、婦人と子どもたちが面倒をみてくれたとし、歓待を受けて「初めてリラックスできた」と書き記している。長女と次女は農村の健全な発展を目的とした青少年の活動団体である4Hクラブ[13]のメンバーで、家では豚の世話を手がけている。主人と長女に連れられて、アイオワ州の州都デ・モイン（Des Moines）で開かれる4Hクラブのフェアにも見物に行った。また、長女とシャロンの教会の夜の集会に参席した後、シーダー・ラピッズ（Cedar Rapids）[14]の近くのアーミッシュの家で開かれた集まりにも出かけた。アーミッシュはクエーカー教徒と同じく教会を持たず、日曜日ごとに違う家で集る。集会では、バギーに乗り、古いスタイルの衣服に身を包んだアーミッシュの若者たちが集ってドイツ語や英語で賛美歌を歌う姿を眼にした。

小島は当初は九月のはじめにはニューオーリンズに移り、三、四ヵ月ほど留まった後に東部に向う予定であった[15]が、南部行きを先延ばしにして一一月までアイオワに滞在した。八月末にフィッシャー家に戻りさらにひと月を過ごした後、九月末にはアイオワ市内の学校近辺に移り、曽根モニカの紹介で知り合ったグレゴリー・アッシュ（Gregory Ashe）家にさらにひと月ほど滞在している。[16]この二ヶ月の間の生活は、アイオワ州立大学の図書館に通い、アイオワの歴史に関する古書を読み進める作業に多くの時間が割かれた。一方、一九五七年一〇月一二日にロバート・W・ジュライに宛てて送られた書簡によれば、大学の研究所に勤める化学者のグレゴリー氏と、ニューヨーク育ちで女子大（カレッジ）を卒業した夫人（Evelyn Ashe）、そして幼稚園に入る前の二人の息子から成るアッシュ一家は、農家とは「また異なるタイプの家庭」であったと小島はその印象を記す。その違いを、メノナイト派の信者のフィッシャー家の人達が「善良な人たち」であるとするならば、宗教的にも異なりユニテリアン（Unitarian）であるアッシュ家の人々は「知的でよりリベラルな人たち」であると手紙では描写している。小島はこの時期に二世作家曽根モニカの一家とも交際を深めた。曽根一家は長老派教会（Presbyterian）の信者で、バクテリア研究者の主人と四人の子どもがいた。[17]また地域の人々との間にも、小学校のPTAに出席したり、福音主義の教会でアメリカ人主婦たちを相手にすき焼きの講習会をしたりといった交流は続いた。[18]

アイオワにいる間に小島は、南部行きについてファーズや曽根モニカなど複数の人物から助言を受けて計画を具体化した。小島がはじめ南部のなかで最も強く関心を持ち、訪れたいと考えた地域は、大岡と同じくルイジアナ州ニューオーリンズであった。一つには、ニューオーリンズがアメリカのなかで持つ特有の歴史地理的な意味や、音楽や文学などに与えた影響力の大きさ、独特のコスモポリタンな雰囲気に魅力を感じ、この地域が「宗教的にも文化的にも、アメリカの異なる面をみせてくれる」と考えたためである。もう一つの大きな理由は、それが「南部に位置し、黒人問題に接近する足場になると考えられたためであった。[19]ジュライに宛てた一九五七年九月一一日付の書簡で小島は、ニューオーリンズに行きたい理由を、「人種問題に大変興味があり、「黒人問題を体験したいから」であると明確に書き記している。彼は「サンフランシスコに到着して以来、自身が黄色人種であることをほとんど忘れるくらい親切にされているが、それにもかかわらず白人、黒人、黄色人種やその他の民族が互いにどのような人種感情を抱いているかについて考えざるを得ない[20]」と記して、人種問題への強い関心を率直に表明した。この時期にメノナイト派の無抵抗主義について勉強していた小島は、ガイ・F・ハーシュバーガー（Guy F. Hershberger）の著『戦争、平和、無抵抗主義（*War, Peace, and Non-resistance*）』から、「戦争は往々にして人種的な偏見によって惹き起こされる」という一節を手紙に引用している。[21]

小島のジュライへの書簡のなかには、「あなたが手紙で触れたように、ナッシュヴィルでも小学校における黒人問題が起きている。こうした問題が永久的に解決されることを望むが、しかしそれがいかに難しいことであるかに改めて気がついた[22]」との記述があることから、両者の間に同時代の出来事について議論が交わされたことも知られる。一九五四年にブラウン対教育委員会裁判が公共教育における人種分離に対して違憲判決を下したことを受けて、教育における人種統合をめぐる激しい衝突が南部諸州の各地で相次いで起きていた。先の九月一一日の小島とジュライの手紙は、なかでも最もよく知られたアーカンソー州のリトルロック事件[23]が進行していた最中にやり取りされたものであり、凡そ三年後に安岡が滞在することになるナッシュヴィルでも当時、小学校における人種統合をめぐって同様の大規模な反対デモが起きていた。[24]

このように人種問題への関心を示した小島であったが、ジュライの提案にしたがって最終的には南部体験の拠点をニューオーリンズではなく、ルイジアナ州北部の小さな街グランブリング（Grambling）にある黒人カレッジに置くことになった。ジュライと相談するなかで、活動の拠点となる基盤がなければ現地の人々のなかに入ることが容易ではない点に気がついたためで、黒人カレッジのグランブリング・カレッジ（Grambling College）に拠点を置きながら、これを足がかりにして地域の黒人コミュニティと交わる計画であった。[25] 一九五八年一月二六日付のジュライ宛ての書簡[26]によると、グランブリング・カレッジでは、コミュニティの集まりや学校行事に積極的に出席し、ファカルティ・ハウスに住む教員たちと毎食の食事を共にした。教員や生徒たちと人種問題について話し合うこともあった。また、授業では日本の詩について紹介する機会を与えられて、詩の形式面における相違のみならず、日本人の慣習や考え方がアメリカ人のそれとはいかに独自に異なるかについて話したり、家政学（Home Economics）の授業に呼ばれて、日本の料理について話したりしたという。周辺の農家やニグロの学校を見学する機会をも得た[27]。グランブリングの滞在を終えた小島はこの手紙で、「直接聞いたり、観察したりしたことを通して、期待したよりも多くのことを学ぶことができた。そこでの体験は極めて深く、またデリケートなものであるので、今は描写することが難しい」と詳しい言及を避けている[28]。

小島は帰国後に折に触れて黒人問題について語っており、グランブリングでの経験は、例えば帰国から凡そ三年後に発表された随筆「黒い婦人」（『婦人画報』一九六一・四・一）に垣間見ることができる。「随筆・アメリカの大学」という企画の一部として掲載されたこの一文で小島は、自身が長く滞在したアイオワ大学ではなく、グランブリング・カレッジを中心的に取り上げて紹介している。なかでは中西部のアイオワ大学とは対比的な黒人大学の様子にも触れ、「白人ばかりいるちゃんとした町では、住宅と学校とは、それ相応のつり合いを保っている」のに対して、モダンな校舎が並ぶ黒人大学の周囲を取り巻く街の居住環境が劣悪なことや、北部で教育を受けて南部に戻った混血の女性教師の黒人の学生や教師に対する自嘲めいた失望の言葉を引用して紹介するなど、向上しつつありながらもさまざまな問題を抱える黒人大学教育の現況を綴っている[29]。一二月の終わり頃には、終にニューオーリンズを訪れることができた。財団側に一月六日に送った手紙で小島は、「ルイジアナ州、殊にニューオーリンズは、南部のなかでも特殊なところではあるが、それでも私は南部について、そしてこの国について、多くのことを新たに知ることができた」と述べて、適切なアレンジと提案に対する感謝を伝えた。

二月下旬にグランブリングを発った小島は、一〇日ほどかけてアラバマ州タスキーギにある黒人のための大学タスキーギ・インスティチュート（Tuskegee Institute）、ジョージア州北部のアトランタにあるアトランタ黒人大学（The Atlanta University for the Negro）、同州のアゼンス（Athens）所在のアトランタ州立大学（The State University of Atlanta in Athens）を順に訪問し、ニューヨークに向った[30]。これらの大学はそれぞれに性格が異なることを指摘しておこう。タスキーギの黒人大学は、白人と黒人とが異なるという分離主義的立場に立って、黒人の経済的自立を目標に掲げて一八八一年に創立された。職業上の技術向上や基礎的な学力に主眼を置いた実用主義教育を施す路線に基づく大学である。これに対して公民権運動の指導者W・E・B・デュボイス（William Edward Burghardt Du

Bois, 1868-1963）が教鞭を執ったことでも知られるアトランタ大学は、高等教育を通して白人と同等の地位を目指す黒人大学の名門校である。[31]一方のアトランタ州立大学は、白人を中心とした一般の大学である。三つの大学の歴訪を終えた後、三月初旬にニューヨークに到着した小島は、三月下旬にフランスへ向けて発つまでアメリカでの最後の三週間ほどを東部で過ごした。ニューヨークでは博物館や美術館に足しげく通い、フィラデルフィアのクエーカー教徒の道場のあるペンドル・ヒル（Pendle Hill）にも足を伸ばして滞在した。[32]

総じて、アメリカにおける小島の留学生活をまとめると、最も特筆すべき点は複数のアメリカ家庭に長期間滞在できたことだろう。他のフェローらもアメリカ人の一般家庭と親しく交際したり自宅に招かれることはあったが、このような長期の滞在は小島が唯一である。それだけ身近に密着してアメリカン・ライフの日常を観察する機会となった。また小島は、大学コミュニティ、田舎を中心とした地域の生活コミュニティ、教会コミュニティなど、それぞれに性格の異なる人々の集まりとの交わりを通して、多様な人々と知り合うことが出来た。中部アイオワを中心的拠点としながらも、南部や東部にも滞在したことは、アメリカが持つ異なる地域性の理解に繋がったであろう。留学中の足取りからは、小島がアメリカの宗教的な側面にも大きな関心を持ったことが知られるが、アーミッシュやメノナイト、ユニテリアン、長老派（プレスビテリアン）、クエーカーといったキリスト教内のさまざまな宗派に触れられた点でも稀な機会に恵まれた。

このような小島の留学をどのように評価できるだろうか。想起すべきは、日米間の人物交流計画をまとめたアメリカ側の種々の報告書のなかで、アメリカの生活文化を実地に体験させることにこそ、最大の重点が置かれていたことである。例えばロックフェラー三世の報告書は、人的交流プログラムへの提言として、「典型的なアメリカ人家庭での一週間ほどの滞在がアメリカを理解する上で最も価値ある体験となる」と主張し、[33]地域のボランティアや大学コミュニティとの連繋を有効活用することも助言していた。また、ロックフェラー三世も参照したものと推定される報告書「占領地域との人的交流プログラムのためのスポンサーへの提言」（一九五〇）ではより端的に、人物交換の主な目的は、——各分野の専門家として招かれた研修団である場合すらも——「職業的な訓練や技術向上」ではなく、「より重要なことは、生活様式を押し付けがましくない形で直に実演して見せること」に重点があると述べていた[34]。同報告書が外国人の訪問者に見せるべきものとして挙げたアメリカ文化の諸側面には、共同体や組織を通した協同、学校の授業方式や教師と父兄、生徒間の協力関係、協会や宗教活動が人々の生活において重要な部分を占めることを理解することなどが含まれていた。このような種々の報告書の内容に照らせば、小島の留学プログラムはまさに、人物交流計画で考案された種々の文化体験が集大成として実現したものと評価できる。そして小島はこうしたさまざまなアメリカ式生活を体験するなかで、一般のアメリカの市民の人々と民間親善大使のような交流を持ったといえる。大学構内だけでなく、ごくありふれた農村の一角や教会、ＰＴＡや婦人会など人の集まるあらゆる場所が交流の場となった。その意味で小島は、まぎれもなくピープル・トゥ・ピープルの文化交流の実践者であったとも評価できるであろう。

付言すれば、小島はアメリカ留学の間にアメリカの文化や歴史に関する多くの書籍を読破した。書簡のなかで小島は、コンスタンス・ルーアク（Constance Rourke）の『アメリカのユーモア――国民性の研究（*American Humor, A Study of the National Character*）』や、戯曲『レイン・メーカー（*Rain Maker*）』に言及している[35]。南部にいる間には、ニューオーリンズの詳細な歴史と、ウィルバー・J・キャッシュ（Wilber J. Cash）の『南部の心（*The Mind of the South*）』と、『アメリカのニグロ（*The Negro in America*）』、『合衆国におけるニグロ（*The Negro in U.S.A*）』[36]などを読んだ[37]。アトランタ黒人大学では、同大学図書館所蔵の「ニグロ・コレクション（The Negro Collection）」を閲覧したものと推定できる[38]。このほか、演劇や美術館にも足を運び、「アメリカ画家の淋しさ」（『芸術新潮』一九五八・九）をはじめとした批評やエッセイを著わしている。留学はアメリカ文学の紹介者としての小島の知の裾野を広げる契機にもなったと言える。

第二節　異なる〈陸地〉の体験と他者意識

一年間のアメリカへの留学は小島信夫に何をもたらしたのか。作品の分析に入る前に、作家が自ら留学体験について語った発言からこの留学の影響を考察したい。帰国後に留学体験に基づいた作品を集めて上梓した短編集『異郷の道化師』（三笠書房、一九七〇・一二）の「あとがき」で、作者は次のように述べている。

アメリカへ行く前からそうなりかかっていましたが、とくにこの国へ行くと、私の抱いている感情や考えは、殆ど相手に通ぜず、腹を立てるわけにも行かず、何よりベタベタとして同族意識で暮してきた自分の甘さが大分感じられました。いいクスリで、そういう当然の発見がいくらかこの中に出ていれば、面白いと思います。必ずしもアメリカ滞在のせいばかりではありませんが、私はその頃をへて、よくいう「他者」ということを考えたり感じたりするようになったような気がします。そのキッカケが多少見られるのではないか、と期待します。[39]（傍線引用者）

こちら側の意思や感情とは無関係に存在し、安易な疎通を拒んで屹立する他者の存在。「アメリカ」という異文化に身を置くことは、そのような「他者」の存在について小島に深く考えさせる契機になったことが窺える。[40]外国体験を通して、日本の内部では罷り通る論理や甘えの通用しない、日本の外にあって異なる論理を持つ文化的な「他者」に身をもって直面したことが、同質性を前提として思考してきた論理や甘えを見直す端緒を提供したのである。

先の「あとがき」で「同族意識」と呼んだものを、小島は幾つかの別の文章では〈陸地〉の比喩を借りて表現している。その一つであるエッセイ「堅くて重い「私」」（『日本文化研究』一九五九・二）で小島は、アメリカ行きの船の上で経験した感覚や思考を文学的な修辞を用いて形象化を試みている。日本にいる間の「私」は、人々と「おなじ陸地に住んでいるという暗黙のうちの契約、つまり黙約」で繋がれ、共通して立つ堅固な地盤に拠りかかることができる。[41]しかし船が陸地を離れると、それまで漫然と感じていた「日本文化」なるものはその実体が遠のき、波に揺られながら作者は、それまで拠って立ってきた地盤そのものが激しく揺すぶられるような感覚を経験する。船中とは、日本という一つの〈陸地〉から外国の別の〈陸地〉へと向う中間地帯である。

エッセイは、船上で経験したある出来事とその象徴的意味を書き留めている。波に揺られて二等船室を眺めているうちに小島の目は、不意にバス・ルームへ向って「背中を丸めてあたりをはばかりながら、かけこんでい」く一人の日本男性の姿を捉える。その男は、バスローブを持っていないことを恥じらい、人目に触れないように浴室に走りこむところである。小島は図らずも眼にした情景に、「はげしい怒りと羞恥」の感情を催す。そこに以下のような象徴的意味を見たからである。

その男は「私」である。私の過去は、忽然とあらわれた彼によって、甦ってきて、私はそこに、「日本人」を見、日本的なるものが、しいたげられて、顔を歪め、背中を丸めているのを見た。彼は一個の日本人なんていう生やさしいものではない。日本的なもの、即ち「日本の文化」が二等船客の棚の上からころがるようにしてとびおりると、上官にトクソクされ、上官の眼をうかがいながら、へっぴり腰で突撃する兵隊のように、浴室へとびこんだのである。[42]

バスローブを着るという習慣を持たない日本人の「私」は、男と同じくこれを持参せずに乗船しており、そのためにまだバスに入っていない。その意味で「男」は、即ち「私」である。ところでこのような行動の背後には、異なる文化の間の明確な力関係があるといえるだろう。「褌一枚で銭湯にかけこむ」ような日本式の〈文化〉と、バスローブを着用するアメリカ式の〈文化〉は、それぞれに二つの異なる〈陸地〉を代表しているはずだが、前者はその価値を半ば否定され、後者の劣位にあるものと看做される。小島が背中を丸めた男の姿から一瞬のうちに読み取ったのは、こうした文化の序列化であり、引用文中の「上官」は、アメリカ文化の意で解釈して差し支えないだろう。

男を見た後、船室に戻った「私」は、自身の背中を鏡に映して眺めながら、「これからさらしっぱなしになる、自分の背中」を「いとおしいと思」う。日本という「陸地」を離れて「外国の陸地」へと近づきつつある「私」は、「「日本人」をぬぎすてて行かねばならな」い圧力を感じている。しかしその「私」は同時に、自身が決して抽象化された存在にはなり得ないことを意識する。

ぬぎすてて行って、あげくの果、私は背中だけになってしまうに違いない。その背中に、私は何千年の日本の歴史と、あの四面海にとりまかれた、と子供の頃から教わってきた日本島の地図と、八千万の人口と、私の家族と、私の友人と、私という個人の日本人としての経歴とを、「黄色人種」という枠の中にぎっしりと詰めて、そいつを、背中へ残すことになるに違いあるまい。(43)

外から眺められた「私」は一切の具体性を剥ぎ取られ、「黄色人種」という一つの抽象化された記号にまで縮小された存在に過ぎない。しかしそのような他者のまなざしは、私のなかにある「歴史」／「文化」／「国民」にまつわる過去の経験や記憶の集積を消し去ることはできない。なぜならこれらが織りなす『文化』とは、「強情で、なんとも手のつけられぬもの」であるからである。かくも強情な文化を背中に背負った「私」はしたがって、「堅くて重い」核をもった存在である。

即ちこうしたエッセイに基づけば、小島にとって外国に身を置くこととは、「日本人」を脱ぎ捨てることを要請される私と、「日本人」を脱ぎ捨てきれない私との間の齟齬に耐える体験を意味したといえる。アメリカという「陸地」に降り立ったとき、「日本」的過去を背後にぶら下げて一個の「黄色人種」として異国の地に立つ「私」

は、アメリカ人のように振舞うことを期待される。そのときに生じる自己認識と他者意識の劇が描き出されたのが、作品集『異郷の道化師』であるともいえるであろう。「アメリカ」との接触によって内的に体験される文化的な他者意識、そして外側から自己を規定する黄色人種という枠づけがもたらす人種意識は、アメリカを舞台とする小島の作品を読む上で中心的な主題となる。

第三節　作品集『異郷の道化師』に描かれる「アメリカ」

サミュエル横地淑子は日本文学のなかに海外を舞台とした小説が戦後大きく増え、現代日本文学の重要な位置を占めるようになったことに注目し、これらの小説作品を「海外小説」と名づけてその特徴を三つにまとめている。まず第一には、その多くが作者の海外経験に基づいて書かれ、私小説的な要素を強く持つこと、第二には、作品に描かれる滞在先としてアメリカ合衆国が圧倒的に多くの割合を占めることである。そして第三に、主題に見られる共通点として、作品の殆どが「違和感」や「疎外感」を表現していることを挙げている。[44] 小島が帰国後に発表した短編作品集『異郷の道化師』は、まさしくこの三つの特徴に合致するといえる。[45]

作品集『異郷の道化師』については、作者自身が「アメリカ滞在の経験に基づいた作品を集めた」ものと語っており、[46] 単行本初版の帯には、「アメリカ滞在中、著者はさまざまな場所に身を置いた。科学者の家に、農家の家庭に、黒人大学の学生寮に……そこで発見した「自己」と「他者」とは？　そして異郷アメリカの実状況は？　六篇の小説は精緻にこれを展開する！」と謳われている。そして本章のはじめに考察した小島の留学を念頭に置いてこの作品集を読むとき改めて気づかされるのは、ここに収録された作品群が極めて私小説的色彩が濃いことである。

同作品集には六つの作品が収められているが、このうち、「異郷の道化師」（以下、括弧内は初出書誌／『文学界』一九五八・七）は小島が一番目に滞在した農家であるフィッシャー（Fisher）家を、「広い夏」（『中央公論』一九五八・八、のち一九七一・六）は三番目に滞在したトロイヤー（Troyer）家を、[47]「小さな狼藉者」（『別冊文藝春秋』一九五八・八、のち一九七一年刊行の全集収録時に「狼藉者のいる家」と改題）はアイオワ市で滞在したアッシュ（Ashe）家をそれぞれモデルとしているものと推定できる。これらの作品群は、「コジマ」という名を付された作者と等身大の人物を主人公とし、小島がアメリカ滞在中に現実に出会った農家の人々が殆ど実名そのまま作品中に登場する。また第一節で取り上げた財団宛ての書簡と小説とを照合してみれば、そこに描かれた出来事も作者の実体験と多くが重なることが確認される。小島は作品集の「あとがき」で、「この短篇は帰国後乞われるままに急いで書いたもので、もっとゆっくりと考えてから仕上げた方がよかったかも分りませんが、当時私はさまざまの意味でその余裕がありませんでした」と記しているが[48]、こうした執筆事情もあってのことだろうか。

但し、これらの作品はアメリカで目にした人々の生活風景をただ写実的に描く作風に基づいてはいない。例えば「異郷の道化師」のなかには、ホーム・ステイ先の夫人から姓と名前のどちらの呼称を使ってほしいかと意向を訊ねられた主人公が、「どちらでもおなじです。どうせ僕はホンヤクして『コジマさん』にしてしまいますから[49]」と答える場面があるが、この一幕の会話は、自らが英米文学の翻訳者でもあった作者小島が、異文化の理解や描出に対象を解釈する書き手の視点が不可避的に介在することを強く自覚していたことを伝えるだろう。むしろ小島の作品からは、作者が作中の主人公の「私」の強い自意識を介して対象を描き出すことを技法として試みながら、対象が「私」の意識に惹き起こす違和や疎外の感覚を掬って言語化していく姿勢が読み取れる[50]。

作品集の収録作品に戻れば、同作品集には先に挙げた作品のほかに、「汚れた土地にて」（『聲』一九五九・七）、「贋の群像」（『新潮』一九五八・七）、「或る一日」（『文学界』一九六一・一）の三作品が収められている。「汚れた土地にて」は、小島が南部で目にした風景を基にかなりの創作を加えた作品と推定できる。多様な立場にある南部の黒人たちの群像を通して人種問題の複雑な現状を浮かび上がらせつつ、白色人種、黒色人種、その狭間に置かれた黄色人種の三者構図のなかで主人公が抱く不安定で暗く澱んだ人種意識を描いた点で傑出した作品である。「贋の群像」は、アメリカの大学周辺にいる日本人の群像を捉えて描いたもので、主に男女関係の人間模様を通して、アメリカ社会のなかでマイノリティ人種として生きる日本人が抱え込む屈折した感情を捉えて描出している。「或る一日」は、一年の間外国で暮すことになった日本人の若い夫婦のアメリカでの一日を描いた作品で、子供のために妻を置いて単身で渡った作者が、逆に同伴した場合を想像して執筆した点で興味深い。アメリカ式の男女関係や家庭のしきたりへの屈折した反応も見られ、子供を日本に置いてアメリカ滞在を楽しむ妻を見る夫の屈折した感情や心理の微細な動きを捉えていて、のちの『抱擁家族』（一九六五）にも繋がる作品としても注目される。

六つの作品はいずれも興味深い論点を多く孕むが、本書ではこのうち主に農家での滞在を描いた二つの作品「異郷の道化師」「広い夏」を中心に、「小さな狼藉者」までを視野に収めて、同作品集に表れる「アメリカ」について考察したい。これまでの研究において『異郷の道化師』を論じた先行研究は全集月報などの短文の類を除けばほぼ皆無であるが[51]、同作品集は作者小島におけるアメリカ留学体験の意味を探るためには必ず検討されるべきであり、また初期の代表作である「アメリカン・スクール」から中期を代表する『抱擁家族』へと繋がるアメリカの主題の発展の系譜を辿る上で中間地点に位置する作品としても極めて重要な意味を持つ。そこで前節と同じく本節でも留学前後の作品を比較検討する視点に立ち、第四章で考察した小説「アメリカン・スクール」の延長線上に「異郷の道化師」を置いてみたときに、主人公の「アメリカ」に対する態度にはいかなる変化あるいは共通点が見られるのかを注視しながら、作品のなかに描かれる「アメリカ」を考察したい。

作品のなかには正確に特定されていないものの、作品集に収められた一連の小説は概ね小島の留学した一九五七年頃を時間的背景としているとみてよいだろう。それは小説「アメリカン・スクール」が描いた終戦三年後から凡そ一〇年後にあたる。その間に日米関係は占領者対被占領者から水平的な同盟国へと変化し、かつて被占領下で教壇に立ち、アメリカン・スクールへの見学を題材に小説を書いた小島は、今ではアメリカの財団から正式に招待を受けて現地アメリカに留学し、その体験を基に作品を書いている。作品を取り巻くこのような文脈は、私小説色の強い小説テクストの内にも暗黙的に投射されたものと見て差し支えなかろう。例えば作品「広い夏」には、「ロックフェラー」が主人公の「スポンサー」であることが言及される場面があること[52]、また作品集の刊行時に付された「あとがき」で作者が、「あることないこと書いてありますが、だいたいこんなふうでした、私の感じたアメリカは」と述べていることなどは、作者が私小説的な読みを退ける立場ではなかったことを示す。では小島は、自身の感覚を媒介として「アメリカ」をどのように読者に伝えるのか。

奇しくも阿川の作品と同じく家族の営む農場は、小島においても主要な舞台となる。メアリー・ティン・イー・ルーは、CIE／USIS映画の制作側にとっての家族農場を撮影の舞台とすることの利点を、「無機質な会社組織とは異なり、家族農場は料理や家事から子どもの養育・余暇に至るまで、アメリカの田舎の家庭生活を観客に垣間見せることができた」ことであったと指摘しているが[53]、アメリカ表象の観点から見たとき本節で取り上げる小島の作品の何よりの特徴もアメリカの一般の人々の日常的な生活を描いた点にある。しかし前章で見た映画の表象が「調和」を演出したのに対して、小島信夫という書き手＝監督は、自身と等身大の主人公を主役に立て、始終不協和音を演出する。

結論をやや先回りして言えば、占領から一〇年が過ぎた時代の文脈の変化にもかかわらず、「異郷の道化師」と「広い夏」の二つの作品には、「アメリカン・スクール」と共通した感情やモチーフが多く看取される。以下では、アメリカとの接触が引き起す〈恥ずかしさ〉の感情、言語体験を通して顕在化する異文化との葛藤に光をあてた上で、小島作品におけるアメリカの生活文化の描写を考察したい。まずは短編作品「異郷の道化師」を例に、その一つとしての〈恥ずかしさ〉の感情を見てみよう。

（一）日米交流に伴う〈恥ずかしさ〉――「異郷の道化師」を視座として

被占領下を描いた「アメリカン・スクール」で日本人教師たちは屈辱を集団的に経験し、とりわけアメリカの占領下にある戦後への適応に困難を感じる伊佐は激しい羞恥を抱える。ところでそれから一〇年後のアメリカを描いた「異郷の道化師」において、羞恥の感情は再び重要なモチーフとなる。作品集の表題作である短編「異郷の道化師」は、作者小島が留学中に滞在した二つ目の農家での体験に基づいた作品で、夫人のレイチョ、長男のジョン（八歳）、次女のジュリー（六歳）と三女のスジェット（三歳）の三人の子供たちとの交流を中心に、農家での日常的生活を描いた作品であるが[54]、そうした日常的な場面の合間に主人公が抱える感情として反復して強く浮上するのが、〈恥ずかしさ〉の心情である。一体それは何に起因するのだろうか。同作品のなかで「恥ずかしい」という言葉は三度表れる。その三つの場面に即して、読み解いていくとしよう。

①人種意識と〈恥ずかしさ〉

「アメリカの婦人と身体の関係が出来れば、気がねや、おどおどした気持はなくなってしまう、ということを、私は考えていた[55]」という一文から始まる「異郷の道化師」のなかで、羞恥の感覚はまず人種をめぐって表れる。冒頭の場面で、農家に着いたばかりの主人公は夫人と二人きりで車に同乗している。二人が会話を交わす間、主人公は意識の片隅で夫人との身体的な関係を持つことについて考えをめぐらすことを止めることができない。彼はこの性的妄想を持て余し、そのことに羞恥をおぼえる。

ただ恥しかったのだ。その恥しさは、相手が女であるからではなく、白人の女であることと、そういうことを自分が忘れ得ないこと、それをもとにしてあらぬことを考えては消し、考えては消し、しているらしいことだった。そして私はただ、恥しいというように感じていたと見える[56]。

先に引用した小説の始まりの文章は、「私」がアメリカ（人）に対して感じる心理的な隔たりへの意識とそのために感じている居心地の悪さ、延いてはこの距離感が解消されることへの隠微な期待とを表している。一般的に言って、身体的に親密な関係を持つことは対象との間に心理的な親近感を生じさせ、そうした感情は場合によっては相手の属す集団全体にまで拡大されうるだろう。また性的結合はときには、対象を所有あるいは征服したという感覚すら与える。

ところで右の引用に基づけば、私が夫人に対して抱く性的妄想は、女性＝異性という対象よりも、白人＝異人種により強く向けられている。欲望される対象としての夫人がその意味内容において「白人」と等価で結ばれ、夫人との性的交渉を通してアメリカとの距離感が埋められると「私」が感じていること――それは即ち、「私」にとっての「アメリカ」が人種的他者として強く意識されていることを示す。ここから振り返れば小説冒頭の一文は、「私」の人種的疎外感があらわれた文章として解釈できるだろう。そして右の引用文の中で「私」の感じている〈恥ずかしさ〉は、夫人に対して性的な妄想を抱くことが道徳的に不埒であるといったことよりも、主人公の人種意識に強く起因している。

このように冒頭場面にまっ先に見られる「私」の強い人種意識は、アメリカを舞台にした小島の一連の作品を貫く中心的モチーフの一つである。人種を分かつ身体的な特徴とそれをめぐる「私」の自意識の描写が作品集に収められたテクストの至るところに散見されることは、このような鮮烈な人種意識の表れといえる。

人種的身体を特徴づける要素は肌や髪の色、顔の造作、体格、体臭など多様であり、その意味付けも一様ではないが、一例として「異郷の道化師」には、髪の色をめぐって生々しい描写がある。下宿先の家で、一家が就寝した夜中に不意にバスを浴びることを思い立った主人公は、バスタブに湯を張り始めると、そのなかに座り込む。その場面は次のように描写される。

> 湯が次第にふえて私の脚や腰がひたって行くにつれて、私は黄色い髪の毛がいくすじも湯に浮んで、私の身体にまつわりつくのに気がついた。私はそれをつまんでみて、それからそのまま湯の中にまたすてた。[57]

「黄色い髪の毛」という黄色人種とははっきりと区別される特徴を持った白人の身体部位の形象を通して、白人の身体性を濃密に浮かび上がらせる描写力は際立っていよう。「私」はバスルームという遮蔽された空間で誰知れず黄色い毛髪という白人の身体のまぎれもない一部位に触れ、戯れるようにそれを摘んではまた湯に戻すことを繰り返す。他者の視線が一切遮断された浴室空間で、抑圧していた自意識や欲望はより自由に解放される。「私」は湯ぶねに黄色い髪の毛が漂うのを眺めているうちに、ふと浴室に脱いである夫人の眼鏡を見つけると、彼女の白い裸体を思い浮かべてまたもや慾情にかられる。このように「私」にとって人種的他者としての「白人」の身体は、拒絶ではなく欲望される対象であり、その欲望は夫人の身体を介して顕在化するという構図が繰り返されるのである。

ところで、夫人の身体が「私」の興味をひくのは、必ずしも性的欲望を媒介にしてだけではない。この入浴の場面で「私」は浴室の隅に主人と夫人の二足の靴が並べて脱いであることに気がつくと、立ち上がって夫人の「細長い靴」のほうに自身の素足を重ねてみる。そして「やはり女の足で、とうてい私の足は入りそうもない」ことを知ると、「その発見に満足してまた湯ぶねにつかる。[58]なぜその発見は「私」に満足感をもたらすのか。

小島がかつて書いた小説「アメリカン・スクール」には、この場面の背後にある作者の象徴的意図を逆の方向から映し出す場面がある。「アメリカン・スクール」で、靴擦れを起した伊佐は白人のエミリー嬢から運動靴を借りるが、この靴は「大きすぎ」て伊佐の足には合わない――その含意は、アメリカ人の女性ですら伊佐より足が大きいということにほかならないだろう。「エミリー所有」という署名が入った身の丈に余る靴を持て余す伊佐の姿を滑稽味を際立たせて描いた作者は、身体の大きさにおける男女差の逆転を、日本人男性の哀れさを表現するための文学的装置として用いたのである。逆に「異郷の道化師」では、夫人の靴が小さいことを確かめた「私」は男性的自尊心を満たされる。ところでここで留意したいのは、アメリカの夫人よりも自身の足が大きいことに安堵感を覚える「私」の意識のなかで、身体の大小は明白に序列化されていることである。ならば翻って注目されるのは、主人公が同性である主人ではなく、敢えて夫人の靴に自身の足を重ねて比べていることだ。この行為には、婦人に対する性的関心とは異なる次元の心理的な選択が働いているのではないか。

ここで小島信夫の人種的な身体観を物語る一つの逸話を取り上げてみたい。庄野潤三は留学を目前にして出発の準備を進めていた折に、半年先に渡米した小島から受取った手紙のなかに、アメリカ生活に関する細々とした助言と並んで、「背丈は君くらいあれば十分だ」ということが記されていたという思い出話を紹介している。[59]体格の大小は必ずしも身体的な能力と比例せず、ましてや知的能力や優劣とは本質的に無関係である。しかしながら、一般に西洋人と比べて小柄な日本人の身体は劣等感（コンプレックス）の源泉であった。マッカーサーと昭和天皇の並んで立つ一枚の肖像写真に多くの日本人が屈辱を覚えたのは、何よりもそこに写し出された見下ろすような身長差であったといってよい。庄野が語った先の件は、作者小島が白人との体格差にとりわけ敏感であったことを伝える(60)。

体格とは背丈や肩幅、恰幅などさまざまな身体的な要素を含むが、むろん手足の大きさも一つの指標である。こうしたことから振り返れば、夫人よりも自身の足が大きいことを確かめる「私」の行為には、人種的な身体意識の面で心理的な慰安を得ようとする心的動機が働いたものとも解釈されうるのではないか。平均的に見て日本人男性の体格は白人（アメリカ人）の男性には及ばないが、女性を比較の対象にしたとき、「白人」との体格差の幅は縮められ、あるいは逆転する。それは黄色人種の「私」が白人に対して感じる肩身の狭さを和らげてくれるものであろう。夫人の身体に代表される白人女性の身体は、白人男性で代表される「白人性」と黄色人種の私の間で落差を和らげると同時にそれへの接近を可能にするものとして想像されており、その意味で夫人の身体は緩衝や媒介の役目を担うものとして「私」の意識に繰り返し召喚される。

以上のように、「異郷の道化師」の主人公は黄色人種である自身と白人のアメリカ人との間に横たわる水平／垂直の隔たりを絶えず意識し続け、それがもたらす心理的な居心地の悪さを、特にジェンダーを媒介にして和らげたい潜在的な衝動に駆られる。しかし、現実には「私」の身体はまぎれもなくそこに存在し、白人のアメリカ人との間にある距離感を証し立てる。入浴を終えたときの場面には、再度「恥ずかしい」という表現が表れる。

> 私は寝巻きをまとってから湯のひいた湯ぶねの底に、私の黒い頭髪がまつわりついているのを見て、そいつを全部洗いおとした。逃げるように階上へのぼった。（…）またしても私に忍びよってくるものは恥かしいという気持だけだ。この気持は風のように吹きこんでくるが、だからといってこの風を吹きこませないようにする術は何もない(61)。（傍線引用者）

引用箇所は先に見た湯ぶねに浮かぶ黄色い毛髪を描写した文章と明確に対をなし、二つの人種を分かつ身体的差異が黄色と黒色の二つの色彩の鮮明な対比を通して見事に視覚イメージ化される。この場面で「私」は黄色人種である自らの身体の痕跡を消し去るが、だからといって身体意識が消えることはない。一連の心理的動きはかえって反照的に黄色人種である自身の身体を私の意識の上にくっきりと浮かび上がらせ、白人の身体性と密やかに戯れ、想像によって他者の身体を領有したことのやましい後ろめたさとともに、羞恥の意識を一層補強する結果に終わるであろう。その意味で、湯ぶねに浮かぶ「私の身体にまつわりつく」毛髪は、執拗にまつわりついて決して振り払うことのできない人種意識が象徴的に形象化されたものとしても解釈されうる。

しかし他方で、「白人」に対する隠微な欲望を語りながらも、「私」が「白人」との間の自他の境界線を取り払ったり、その間にある距離を決定的に解消しようとはしていないことは重要だ。右の引用に続く文章で主人公の意識は、「そしてそういう状態を悪いことだ、とは勿論思わない。恥かしいと思いつつ、喜んでさえいるのだ。（…）これがつまり、（…）私という男がアメリカにおる、おりかたみたいなものだ。どこまで行ったって、この枠からはみ出やしない」と考えを進める。そもそも、「異郷の道化師」の主人公は繰り返し〈恥ずかしさ〉に囚われるが、しかしなぜ「この風を吹きこませないようにする術は何もない」と感じているのか。

小説「広い夏」のなかには、とりわけ劣等意識の根源に触れた箇所がある。既述したように同小説は「異郷の道化師」と同じく農家での滞在を描いた作品で、小島が留学中に三番目に滞在した農家がモデルとなっている。その家には一五歳のダイアン、一二歳のジュディ、八歳のナンシーがいる。主人公は作品のなかで、長女のダイアンに育てている豚を見せてもらったり、アーミッシュのミーティングに連れ出されたり、またダイアン父娘に市内で開かれるフェアに出かけたりして日々を過ごしている。そのような日常的な場面の合間に、不意に小説内で主人公が読んでいる『アイオワ史』の本から、かつての開拓の時代にインディアンの部族から土地を奪った白人の入植者の暴力にまつわる歴史を紹介する記述が挿入される。続く場面で、主人公は立ち上って鏡を覗き込み、そこに日本人の顔や身体を発見する。そして考え込む。

私は立ち上って部屋を歩きながら、汗をぬぐい、鏡の中を見た。そこに、彫りの浅い黄色い一つの顔がうつった。私は自分が日本人であることを、ほとんど片時も忘れたことがなかったといっていいが、時々自分が日本人の顔や身体をしていることを忘れた。又もや私は忘れていたのだ。私はさっきのジョンや、ダイアンの兄貴に当るような顔や、或は、午後あらわれるはずの、まだ見たこともないボッブのような顔を想像していたのだ。私は習慣上、櫛をポケットから取り出して、髪の毛をそろえてみた。そして、日本人はマゲを頭につけることをなぜ止めてしまったのか、と思った。マゲをつけておれば、奇妙かも知れないが、白人と競争する必要はない。別々のものである。[62]

指摘するまでもなくここには、人種をめぐる暗い自意識が影を落としているが、同時に「私」の意識はその劣等感を距離を置いて眺めてもいる。彼は自身の人種的劣等感の根源を日本の西洋化の始点にまで遡る。マゲを頭につけることを「奇妙」と見做す白人の論理を認めて受け入れてしまったばかりに、日本人は白人と同じ論理の土俵に立って競わねばならない。ところでその白人の論理とは即ち、「彫りの浅い黄色い」顔を醜いとする論理でもあるのだ。[63]

しかし、「マゲを頭につけること」とは文化的な慣習に関わることであり、「彫りの浅い顔」は身体そのものの特徴であって、本来二つは別の次元に属する問題であるはずではないのか。両者を不可分のものとして併置したところにこそ、小島の根源的な問いがあろう。即ち、二つをともに否定するのはある筋を持った論理ではなく、ただ「西洋」を唯一の基準とする白人の眼差しである。日本が「西洋」に倣って近代化の原理を受け入れたとき、日本人はこの白人の視線を内面化し、自らの身体を醜悪視する感覚すらも引き受けた。その結果、近代国家への仲間入りとひきかえに自己否定を宿命づけられてしまった。ここには、近代以降の日本人の身体意識が孕んだ歪みの根深さが言いあてられている。小島の描く人種意識は、西洋に対する人種的な〈恥ずかしさ〉を、近代化そのものを否定しない限り逃れなれない宿命として引き受ける立場にあると捉えられる。その意味で、堀江敏幸が小説冒頭の一文を引用して、「「おどおどした気持」を持ちつづけることのほうに真実がある」とした指摘は、正鵠を射ていると言える[64]。

②豊かさ・進歩と〈恥ずかしさ〉

これまでみてきたように、「私」がアメリカに接するときに感じる〈恥ずかしさ〉は一つには人種意識に起因するが、テクストはこれとは別種の要因にも注意を向ける。次に「恥ずかしい」という表現が表れるテクストの別の箇所に目を向けてみよう。主人公が下宿している家の窓から家族のいる庭を眺め、カメラを手に携えて外へと出て行く場面がある。そのときの主人公の内面の意識は次のように描出される。

> 私がこうしてカメラを持っているのは、どういうことだろう。これが正に私がアメリカにいることの象徴なのだ。私は何のために写真をとろうとしているか。彼らが麦殻の束をつんでもどってくるさまが珍しいからか。それとも彼らに撮ってあげたいと思っているのか。つまりサービスなのか。そうではない。私はそれが考える迄もなく分っていた。（…）私はカメラを見せようと思っていたのだ。
> 私が彼らに見せる物といえば、外に何もない。私は恥しい、恥しい、こうして交わっていることが恥しいと思った[65]。（傍線引用者）

引用によれば、主人公にとってカメラを構えることの本質は、カメラを持っているところを見られることにある。通常はカメラを持つ側から対象に向けられるはずのまなざしの方向性はここにおいては逆転し、まなざしの主体性はむしろ「アメリカ」の側にある。そのまなざしの前でカメラを構えて見せる「私」は、そのことによって何らかの承認を求めていると言えるだろう。それは具体的には何に対してなのか。

小島は留学後に、「私は一人で普通のアメリカ人の中に移り住んでゆくという方法をとっていたが、私に対する信用は、何より先に私のもっている日本製の身回品の品質のていどにかかっていた」と語ったことがある。[66] 右の引用に続く場面で作者は、主人公の持つカメラに気がついた主人のロバートが「それ日本のカメラ？」と二度繰り返し、「私」がこれを肯定する会話を書き込んでいるが、小島の発言に照らせばその際の「カメラ」とは、日本の産業技術水準や生活水準と等価の象徴的意味を持つものと解釈可能だろう。作者がかつて「アメリカン・スクール」で描いた食べるものや着るものすらままならなかった時代は過ぎ、敗戦直後に較べると日本国民の生活水準は見違えるほどに向上した。未だアメリカと対等ではないまでも、日本経済は飛躍的な回復成長を遂げ、国民はカメラを持てるほどに豊かになった。経済企画庁が行った調査に基づけば、小島が留学した五八年のカメラ普及率は都市部でも三五・七パーセントと半数には満たないが、[67] しかしアメリカン・スクールの建つ進駐軍住宅地が日本人の眼に「天国」のように映った敗戦直後の圧倒的な落差は解消されている。アメリカ人一家の眼前でカメラを構えて見せる「私」は、こうした達成をここに披露して認められたい衝動に駆られているのではなかろうか。

その一方で主人公は、アメリカとの生活水準の差が未だ埋まってはいないことを強く意識している。ゆえにカメラを見せることに過剰に拘り、これに僅かばかりの自尊心を託そうとする。だがそのような企ては、卑しくも侘しい感情をもたらす。またアメリカによる承認を希求することは、日本人の「私」が依然としてその権威に依存していることの傍証でもあるだろう。これらの事柄に自覚的であればこそ主人公は、「恥しい、恥しい、こうして交わっていることが恥しい」と内心繰り返さねばならないのである。

③文化交流の非対称性と〈恥ずかしさ〉

ところで、先の引用文の「私」の意識が語っているのは、日米の間にある近代的な産業技術の進歩の度合いや生活水準における落差ばかりではない。というのも、主人公が「私が彼らに見せる物といえば、外に何もない」と思うとき、その意識の裏面には、単に物質的なものだけではなく、文化の交流を通して相互に交換されうるあらゆる有形無形の価値を包含する射程があるからである。即ち同場面は、主人公が関わっている文化的交流の非対称性をも露呈したものと読まねばならない。注意すべきは、農家の日常を見るためにわざわざアメリカまで出かけて来た「私」の側にとっても、「彼らが麦殻の束をつんでもどってくるさま」は特段珍しい風景ではないことである。この描写に照らせば、両者の関係を不均衡にしている大きな要因は、日本に向けられるアメリカ側の関心の欠如であると言うべきだろう。

小説のなかで主人公はほとんど一方的にアメリカ人一家から学び、与えられる立場にある。こうした状況下で、両者の間の交流はただ相手側の〈善意〉に委ねられるが、「私」はこの〈善意〉を強い心理的な拘りなしには受け入れることができない。敬虔なキリスト教徒である農家の人々にとって、〈善意〉は信仰心に大きく支えられている。一家は親切に「私」をもてなし、夫人のレイチョは、「何でも遠慮しないでいって下さい。出来ることならしてあげます。私達はおなじ人間ですから。遠慮してはいけませんよ。（…）習慣が違うだけです。私達の仲間は日本にも、ジャバにも中国にも行っています。宣教師達はみんな、同じ人間だと分ったといっていますと説いて聞かせる。それにもかかわらず、階下にある夫婦の寝室から漏れて聞こえてくる断片的な会話を主人公が偶然耳にしたとき、その内容は想像を交えて膨らまされて次のように再構成される。

「たった二週間よ。その間は、あなたも協力して下さらなくては困るわ。あの人はひがんでいるのよ」
「分っているよ。しかも最初からいってるように、僕には重荷だよ。日本人をおくということは。大体あの男は何をしているのだ」
「しかしこれは私達の責任よ。キリスト教徒の責任よ（…）これは神様のお導きだと思わなくちゃ。この試練に堪えなくっちゃ」
声がとだえた時、忽ち私のアタマの中では、こんなふうな会話となってホンヤクされた。(69)

ここに「私」によって「ホンヤク」された会話を、作品の語りは「きれぎれにきこえてくる話を私ふうにつないでいって、こういうふうに私がでっちあげたとすれば私の心の中に、こういう声があったことになる」として、それを最終的には「私の心の声」である自意識に帰している。[70]しかし重要なのはその真偽如何ではなく、私の意識のあり方であろう。ここに描出された「私の心の声」は、一方的に〈善意〉を施される側が抱かされる居心地の悪さや肩身の狭さ、博愛や教化の対象の立場に置かれることによって催される〈恥ずかしさ〉を何よりも雄弁に語っている。

このように見るならば、これらの引用場面は冷戦下の日米文化交流の実態を考える上で極めて重要な示唆に満ちたものとして浮かび上がる。文化交流計画を述べた報告書でロックフェラー三世は、文化交流が「決して一方向であったり温情主義的になってはならない」と警告し、「双方向性（two-way street）」こそが最も重要であると強調していた。[71]それは占領下の文化交流が専らアメリカ主導で行われたことを踏まえての是正の提唱でもあった。しかし小島の小説は、現実にはそのような双方向の交流を支えるべき一方の主体であるアメリカ人の一般の人々の間に日本文化の受容の素地は薄く、相互に対等な交流の土壌がないこと、実際の交流はまぎれもなく不均衡であり、双方向の交流が成立たなかったことを露呈させる。先の引用文のなかの主人公の心の声は、まさに温情主義的な文化交流がもたらす弊害を描いたものとして読める。そして主人公の〈恥ずかしさ〉は、自らが携わったロックフェラー財団のプログラムを含めて、日米文化交流の謳いあげる相互交流の理想に反した現実を暴くものでもある。

では、日本文化の発信という逆方向の交流はなかったのだろうか。同作品で「私」は、別のアメリカ人の夫人から教会の婦人親睦会でスキヤキの講習会を依頼される。しかし「これはあなたを慰める会です」という押し付けがましい言葉で強引に引き受けさせられ、アメリカ人のためというよりは主人公を楽しませるための企画であることを聞かされた「私」は、このようなアメリカ人の態度に「自分がペットか何か、愛玩動物にされたように感じる」[72]。最後の場面で主人公は、婦人会がスキヤキ用に準備した「下駄のような大きな赤い肉の切身」を渡される。この滑稽味溢れる描写においては、アメリカの日本文化に対する無理解と、無理解であることを省みて恥じない態度が戯画化の対象となる。その一方で、日本の文化を発信する時すら主導権は始終アメリカ側にあり、結局その企てはアメリカ側の身勝手な自己満足に終るのである[73]。

以上のように留学体験に基づく小島の小説は、占領から一〇年を経てもなお日本はアメリカと対等な関係を築けていないことを描く。日本人である「私」に対してアメリカ人は常に優位の立場にあり、人種的な階層や経済力、文化交流の主導権をめぐって日本とアメリカの関係性に内在する非対称性が小説の主人公に惹き起こす羞恥の感情は、絶えずそのような不均衡な関係性を想起させるのである。

（二）文化的な他者として意識される「アメリカ」——小説「広い夏」における異言語体験を中心に

前項では人種的他者、近代的な豊かさの具現者、文化交流の担い手として現れる「アメリカ」に焦点をあててクストを見てきたが、次に注目したいのは、文化的他者として表れる「アメリカ」である。アメリカを舞台とした諸作品において、アメリカに出かけていった主人公は、多少なりともアメリカ文化への同化を求められる状況にある。彼は新しい文化の論理に適応し、日本とは異なる行動様式に即して日常的に振舞うことを期待される。こうした過程には、必然的に違和や疎外の経験が伴うが、小島の作品においてこのような自己と異文化との葛藤が最も際立って表れるのは異言語体験においてである。なぜならば、小島にとって一つの国の文化様式が体現された最たるものが言語であるからだ。

言語をナショナル・アイデンティティの核と見る特有の言語観は、既に考察したように占領下を描いた「アメリカン・スクール」に既に色濃く表れていた。その後の留学体験を語るなかで、異言語との対峙は再び中心を占める。小島信夫が留学について語った幾つかの文章のうち、彼の言語観が最も具体的に展開されたものが、帰国後間もなく『朝日新聞』紙上に発表された「異国で暮すということ」と題された随筆[74]である。この一文で留学から帰ったばかりの小島は、海外生活を経験した帰朝者の立場から異文化への適応の問題を語るのだが、特筆すべきは、その際に彼がアメリカという異国に暮すことを、専ら英語という異言語で暮す体験に置き換えて語っていることである。同文章で小島は、留学中に「言葉が違う、習慣が違う、とよく私はアメリカ人にイタワリをもっていわれた」

ものだが、しかし「言葉と習慣とは全く一つのもの」であるとして両者を同次元において結びつけ、したがって「私達がアメリカ人に慣れるには、言葉を通す以外ありはしない」という見解を提示している。こうした見地に立てば、言語こそが異文化対峙の中心的舞台ということになるが、小島によれば「沢山の日本人がアメリカに行ったが、どういうものか、いかなる経験と経路を通ってアメリカに慣れ、英語をこなすようになったか、あまり語っていない」。そこで彼は同文章で、異言語＝異文化習得の過程をつぶさに描出することを自ら試みている。

異国の習慣と不可分の言語を習得することには、多大な困難が伴う。その苦痛に満ちた過程は、「何かいわなければ、もうテンポをくずすことになり、テンポをくずすことは特別この国では脱落者である。こうしてテンポを合せるために、言葉を用意し、そしてその場の一幕が終るなり、次の幕へと続く、その一幕の状態も、右の場合と大なり小なり似た手口である」と描出される。そしてこのように一瞬たりとも緊張を緩めることを許されない場面の連続を耐え抜いた末に、「何カ月かたって、私達が、自分の会話が上達したと思う時には実は言葉を通して習慣に慣れたのである」というのである。しかし小島が重点を置くのは、むしろその次に訪れる段階である。小島によれば、一見外国語が完全に身についたようであっても、慣れたあとには必ず、「自分は何も話していない。何か自己主張したと思っていたが、それさえも何も語ってはいない」という空虚な感覚に見舞われる「失意の時期」がやって来るという。なぜならば、「数年の間、慣れてきたということは、ほんとは慣れてきたのではなくて、ネジふせたり、捨ててきたものが沢山あるということである」からだ。そして意識の水面下に抑え込んできたものが甦ることの揺り戻しは、「時に大病となってあらわれる」ほど強烈なものである、というのである。

即ち、小島は同随筆で、日本人が外国語である英語やそれと一体であるところの異国の習慣に打ち解けることは本来叶わないものであるとの見方を示している。さらに留学から凡そ二〇年後に書かれた別の随筆では、留学を振り返って自身の言語体験に照らし合わせながら、同様の趣旨がより断定的に述べられている。次は「外国語で小説を」（『新潮』一九七七・五）からの引用である。

私は一年ばかりアメリカにいたが、少しずつしゃべれるようになり、気がついてみると、アメリカ人ふうの恰好をして、アメリカ人が喜びそうなことをしゃべっていることに気がついた。もっと上手になると、日本人ふうであってアメリカ人の喜ばぬことや、アメリカ人の好まぬ、あるいは分らぬような発想のことがらをついったり、わざといったりすることも出来たかもしれない。

とはいっても、外国語で話すということは、頭の中のみならず全身で別の風土に育った人間になりすますことには違いない。日本人であってアメリカ語をアメリカ人がうけ入れ易いように語るということは、不可能であって、大なり小なり、別の人間にならねばならない。[75]（傍線引用者）

小島によれば、完璧で自然な英語は日本語のアイデンティティを放棄せずに手に入れることはできないものであって、両者は相反する関係にある。そのためにどちらかを手放さない限り、どこまで行っても日本人の英語話者は葛藤を抱えるしかない。小説「アメリカン・スクール」で作者は英語を話すことを強要される伊佐が、「日本人が外人みたいに英語を話すなんて、バカな。外人みたいに話せば外人になってしまう。そんな恥しいことが……」と逡巡し、英語を話すことに激しい羞恥と心理的抵抗を覚える姿を描いたが、異言語を日本人としてのアイデンティティの脅威と見る言語観は、「アメリカン・スクール」以来留学を経ても変化せず、さらにずっと後になっても強固に保持されていることが確認されるのである。

このように、小島にとって言語は各々の文化体系と一体をなすものとしてあり、その上で個人は一つの言語＝文化体系に排他的に属するものとして想定されている。それぞれに独立した言語＝文化体系は互いに境界を侵犯することのない本質的に閉じた体系であって、個人に択一を迫る。そして言語には、いかなる人為的な努力によっても決して塗り替えられない、日本人として形成されてきた自己の経歴が沈殿している。これを、前出の随筆「堅くて重い「私」」の表現を借りて小島流に記せば、言語こそは「堅くて重い」私の核が異なる文化と対峙する場であると言い換えられるだろう。

ではこのような作者の考えは、作品を通してどのような形で表現されるのだろうか。作品集のなかでも言語の問題が最も顕著に表れる「広い夏」を例に取って考察しよう。滞在先の農家での日常を描いた同作品の一つの読み方は、これを異言語との格闘の劇として読むことである。同作品には会話文が占める場面が多く、かつその会話のやりとりの描写にはさまざまな工夫が凝らされている。英語で話されたはずの台詞は、原文の調子を生かすために自然で滑らかな日本語ではなく意図的に直訳調が用いられる。「可愛いじゃない？（イズントイットキュート）」のように日本語に英語の音のルビを併記したり、「アイ・ドント・ノー」といったように英語の音をそのままカタカナ表記した文章が時折混入されるなど、多様な書法を駆使して表記に変化をもたせるのも一つの方法である。このように多彩な文学的技巧を尽して英語会話の調子の再現を試みる傍ら、作品では異言語を話すことの困難に度々焦点があてられる。主人公の意識に基づく地の文が「私」が感じる話しづらさの感覚に直截に言及することもあれば、会話文の合間に繰り返し挟まれるさまざまな描写句によっても表される。例えば主人公の台詞に続く「辿々しくいった」、「つまりつまり、まわらぬ口でいった」といった挿入句によって発話が滑らかでないことが強調されたり、或いは会話の内容が示された後に、「私は、きき返し、きき返ししたのを、つじつま合せたことになる」[76]といった説明が付随することで、アメリカ人の話者によって話されたことへの「私」の理解が十全ではないことが示されることもある。こうしてテクストは、「私」が外国語を話すことに困難を感じていることに絶えず読者の注意を向けさせるのである。

　そして「アメリカン・スクール」と同様に「広い夏」においても、英語を話すことをめぐっては鮮烈な自意識の劇が演じられる。前者においてそれが主に英語を話すことへの心理的抵抗の形で表れていたとすれば、後者においては英語を話そうとする私と、日本語を脱ぎ捨てきれない私の、分裂した二つの自己の間の内的対立として表れる。即ち、英語を話すためには日本語を意識の底に押し込めなければならないが、「私」は絶えず回帰する母国語の意識に悩まされる。

　例えば、あるとき主人公は下宿先の長女ダイアンから男友達（ボーイフレンド）所有の中古車を買い取ることを持ちかけられ、返答に困っているうちに畳み掛けて意向を問われる。すると、「早く答えてやらねばならない」と返答を急いでいるうちに「不覚にも出さぬようにおさえていた自意識というものをもってしまい、いったんもちはじめると、この国の言葉はどこかへふっとんでしまうような気がする」ので、[77]この自意識を持て余した挙句、「出たとこ勝負」の返事で特に必要を感じなかった車を引き受けることになってしまう。英語を話さねばならない「私」は日本語の思考に基づく自意識を懸命に押さえ込もうとするが、それは抑圧する力を押し破って浮上しては異国の言語を押しのけてしまうのである。

私の意識を舞台に演じられる外国語と母国語の間の抗争は、次のような箇所に最も端的に表されていよう。ダイアンの男友達が車を運転して来るのを待つ間、一人部屋にいる「私」は独白を始める。

「ボッブ イズ カミング ドライビング アン オールド ビュイック」（ボッブが古いビュイックに乗ってやってくる）

私は遠くから車の砂利をする音がする度に窓から外を眺めた。口の中で、まるでリーダーの中の文句のように、出てくる。

「ヒー イズ プロバブリー エイティーン・イヤーズ オールド」（彼はたぶん十八歳だ）

「アンド シー イズ フィフティーン」（そして彼女は十五）

「鬼も十八、番茶も出花」

この日本流の諺は、何とも物悲しいひびきで、次に私の口をついて出てきた。[78]

まるで水と油のように分離して決して混じり合うことのない二つの言語意識が、片仮名と漢字平仮名混淆文の表記法の使い分けによって視覚化されている。引用文前半に並ぶカタカナ表記された英語の文章は、言い馴染まない外国語の表現を歯切れの悪い発音で懸命に発話する調子を見事に表しているが、さらにそれは、「まるでリーダーの中の文句のように」という挿入句によって、手本の表層的な模倣に過ぎないことが仄めかされている。そして緊張の裂け目から不意に、日本語の素の自己が顔を覗かせる。最後に流れ出るように「私」の口から飛び出した、「鬼も十八、番茶も出花」という「物悲しいひびき」と評された諺は、随筆「堅くて重い「私」」で語られた、「褌一枚で銭湯にかけこむ」文化に対応するものと捉えられるだろう。私の意識や思考は、後者の諺に代表される日本語に根ざしているが、それは英語を話さねばならない言語状況にあっては「背中を丸めて」押し込められている。しかしそれはどこまでいっても頑強に抵抗を続け、統制を緩めた瞬間にはいつでも回帰するだろう。

ならば英語という外国語と母国語の間で体験される内的抗争は、解消されうるものだろうか。作中で「コジマ」は、アメリカ人に質問を振られても会話のリズムを崩さず即座に応答したり、突然「いい天気だね」と挨拶をかけられて、「玉蜀黍にはもってこいの日だ」とアメリカ人らしい挨拶で返すこともできる。[79] あるいはアメリカ式の冗談を駆使して相手を笑わせることもできる。しかし作品でこうしたことは全て、うわべの物真似であると仄めかされる。アメリカの青年から「きみはジョークがうまい（グレートジョーカー）」と褒められた主人公は、「いや、きみらのマネをしているだけです」と返すが、[80] この台詞が示唆するところは、深層には日本語の真正の自己があり、英語とはその上にまとった仮面（ペルソナ）に過ぎない、ということであろう。このような演技的要素は、例えば「この言葉は外国語だから、他人がいっているようにスラスラということが出来た。そして私はつとめを果したような気分になった」[81] といった文章が挿入されることを通してテクスト内に反復され、発話の内容が「私」の思考や感情を正確に反映していないことが示される。

このように、小説のなかで「私」は、異文化様式と私との間にある間隙を、向うの言語的習慣や行動様式に似合わせて演じることによって埋めようとする。しかしこのように本質的に「私」を疎外したまま行われる言語コミュニケーションは心理的疎外感をもたらすものである。また、常に母国語の意識の浮上を統制するために緊張を働かせていなければならないことは精神を疲労させる。中古車の買い取りを引き受けた件に続く場面で、主人公は部屋に戻ってカーテンを閉じて一人になる。そのとき、真っ暗な部屋の暗闇に「くらがりのなかの動物」のことが頭に浮かび、すると「私は自分がアサマシクてイヤらしくてがまんがならない気分」に陥る。この感情は、次のような思考によって理由づけられる。

動物たちは、外国語（アメリカ語）で話をしていない。つまり何も話をしない。アメリカで英語で話さないのは、特種の人達をのぞいて、（…）正に動物だけである。この着想は笑うべきことである。その動物が私に親しいのは、彼等が何も話しかけてこないで、せいぜい表情か、啼声か唸声で表現を行っているということである。彼等は何もいわなくても十分に、その日その日をこの国で送っている。親切に扱われていながら、いつか殺されてしまう。殺されるために、親切にされているのだ。これは私と何の関係もない。私は殺されはしないどころか、むしろよく扱われてきている。それならなぜ、多少とも、このことで、動物と気持が通うのか。私にも分らない。分っていることは、このような着想が、まったく私一人の考えで、他人に云おうものなら、気が狂っていると思われるにちがいないし、明日からどうしてくらして行くのだ、ということだ[82]。

この場面で私は、言語を話さない動物たちに英語を自由に操れない自己を投影して親近感を覚える。「私」の意識が呼び込んだ想像上の動物たちは、言語を持たないものの領域に安らぎを求める欲求の表れとも言えるが、退行的にも見えるこのような意識は、異言語の使用によって蓄積された甚だしい疲労感や挫折感の発露であり、深い疎外感の表現として解釈されるべきだろう。そして私が動物に抱く同類意識は、両者がいずれも英語を話す人間との関係において対等な主体ではない――それは反復される受け身表現で表される――ことによって増幅される[83]。

以上見てきたように、異言語＝異文化の様式は「私」との間に本質的に齟齬をきたす。しかし異国に生活せねばならない「私」は、一方では違和感や疎外感を抱え、そしてどうすることもできない「恥ずかしさ」に耐えながら、ただ相手側の流儀や期待に合わせて英語を話し、自己を演じる。作品集表題作のタイトルにある「異郷の道化師」こそは、まさにそのような私のあり方を小島特有のユーモアを交えて形象化していよう。〈異郷〉とは「別の

〈陸地〉」と言い換えられるが、〈道化〉とは異文化のなかで期待される私と実際の私との間の間隔を埋め合わせ、そこに働く緊張を緩衝させるために身に纏った異文化対処の戦略である。

だがここで、テクストの外側にいる表現者小島に眼を向けてみよう。これまで見てきたように小島は、アメリカと相対するときに感じる〈恥ずかしさ〉や異質感を書く。小説「アメリカン・スクール」においても、英語を話すことや話すことを拒否することはナショナルなアイデンティティと直結していたことを想起したいが、留学を題材にした作品で小島は異言語の使用によってもたらされる変容を語るのではなく、ひたすら異言語＝異文化への適応不可能を語る。それはあたかも異文化の影響から自由な純粋な文化＝言語的アイデンティティがあるかのごとく想像させる点で、強いナショナリズムの主張であると言えるだろう。異文化のなかにいる自分を「異郷の道化師」と名づける小島は、決して周囲を取り巻く他者たちに同化できない／されない自己を凝視し、戯画化して描くが、逆に言えばこのような「道化」の身振りやその描写こそが、「アメリカ」を異質な他者として浮かび上がらせているのだ。

そしてこの〈異郷〉の世界では、日本人の「私」とアメリカ人は言語＝文化的な差異や人種的な差異がもたらす他者意識で隔てられ、心から通い合う関係を築いてはいない。堀江敏幸は『異郷の道化師』における小島を、「彼はアメリカを理解しようとせず、誤解しようともしていない。彼我の力関係を時代の制約のなかで見つめつつ、戦勝国と敗戦国といったくくりでの対立関係をとらえることはしていない」と評しているが[84]、異文化交流者としての小島は、異文化の他者を理解することの不可能性を前提にして交わっており、その前提ゆえに対象を裁断することはせず、距離を置いて観察する。

このような姿勢は、作品集『異郷の道化師』を解説した小島の次のような発言にも表現されている。

> この一冊におさめてあるものは、相手を立ててじっと眺めながら、あまり文句もいわずに仕方なくアイマイに暮しているようなことが書かれている。いいたいことがあるはずなのだが、それを主張するためには言葉も

非常にうまくしゃべれなければならず、第一向うのことだって分っているとはいえない。ここで文句をいえば、結局手前勝手といわねばならない。それに何といったって先方の国の金で滞在している。おまけに広島や長崎を原爆でやられているが、真珠湾攻撃をしかけたのはこちらだ。百万言費したとしたって折合いがつくわけには行かない。(85)

「相手を立ててじっと眺めながら」とあるが、この観察するまなざしにこそ、主体性が大きく働いていると見るべきだろう。それでは小島はアメリカで何を観察したのか。これまで、アメリカと接する際に私の側に生じる心理や意識を見てきたが、次項においては作者小島はアメリカにどのようなまなざしを向けたのかに注目する。

(三) アメリカン・ライフへのまなざし――「異郷の道化師」「広い夏」「小さな狼藉者」に見る生活様式と家庭生活

①アメリカ的生活様式と戦後日本――作品の同時代的背景として

小島信夫は「アメリカ」に何を見たのか。留学前の小島が最も大きな関心を抱いたのは、アメリカの生活文化であった。アメリカの一般の人々の暮しを見たいと財団面接で語った小島は、実際に複数のアメリカ人家庭に滞在し、その日常的観察や体験を素材としてアメリカを描いた。

他方、情報と人物の交流を包含する戦後のアメリカの対日文化政策のなかで、日本人にアメリカの生活様式を理解させるという目的がその重要性において常に最も高い優先順位を与えられていたことは、本書を通して見てきた通りである。占領下から講和以後に至るまで、アメリカはあらゆる手段を動員してアメリカ的生活様式を日本に向けて魅力あるものに見せることに苦心した。その結果、アメリカの生活に関するイメージは実のところ、日本の表象空間のなかに既に溢れていたと言える。前章でも取り上げたＣＩＥ／ＵＳＩＳ映画が代表的だが、アメリカ発信のさまざまなメディアに映し出されるアメリカの生活は、近代性、豊かさ、快適さ、進歩といった色彩で縁取られていた。「多くの日本人にとって「民主主義」が魅力的であったのは、それが豊かになる方法のように見えたから」であり[86]、この点をよく理解していたアメリカは、両者を意図的に結び付けて提示した。アメリカの経済的繁栄を見せること、それにより資本主義を通して達成される豊かさへの憧れを定着させることは、独立した日本を自由陣営へと誘導するための戦略でもあったのである。

こうした情報宣伝政策は、現実に日本経済の再建と安定化を図った冷戦下の対日経済政策と対をなして進められた。そして小島が渡米した一九五七年頃には、このような方向付けは一定の成果を上げつつあったと見ることができる。朝鮮戦争による特需をはずみにして五五年までに敗戦からの復興を遂げた日本国民は、一丸となってその先の向上へと向って進みつつあったが、それはアメリカによって提示された生活のイメージが実現化していく過程と軌を一にしていた。

むろん、アメリカによる情報政策の影響を過大評価することは警戒せねばならない。五〇年代に進展した生活様式における近代化は、一方では戦前からの連続性の視点で捉えられねばならず、またそれは日本国民が自らの動機や解釈に基づいて「アメリカ」を取り込みながら、戦後の新しい生活のかたちを創り上げていく過程でもあった[87]。吉見俊哉が指摘するように、「一面で、アメリカによる日本占領と民間情報教育局（ＣＩＥ）を中心にした文化政策は、戦前から都市部の中産階級に浸透していたアメリカニズムを、一気に国土全域にまで拡大させたようにも見える」が、「それでも全体としてみるならば、「アメリカ」へのこうした欲望は、決して占領軍の強制や政策の結果というだけではなかった」のである[88]。こうした見地に基づいて、戦後の生活面における「アメリカ」受容の歩みを簡略に振り返り、生き方（ウェイ・オブ・ライフ）の描写の観点から作品の時代的背景を示しておきたい。

戦後日本の大衆意識を振り返るとき、生活様式や風俗としての「アメリカ」は、常に「アメリカ」のイメージの中核を担う部分であったと言える[89]。例えば、吉見俊哉は戦後日本における「アメリカ」の変容を考察して、占領期においてすら、「「アメリカ」が、直接的には占領軍、すなわち米軍基地や米兵の存在において体現されるものであったとしても、人びとにそれがより身近なものとして経験されたのは、具体的なライフスタイル」を通じてであったと指摘している[90]。敗戦とともに占領者の圧倒的強さ、豊かさに直面させられた人々は、アメリカ流の生活に大きな関心を寄せた。人々は通称「進駐軍ハウス」やＤＨ住宅と呼ばれた進駐軍家族用の住宅「ディペンデント・ハウス」（Dependents Housing）[91]にやがて実現したい生活（住まい）を夢見、進駐軍のＰＸから流れ出る物資に消費文化の豊かさを実感した。[92]また、「進駐軍ハウス」が日本人にとって鉄網越しに外から眺める空間であったならば、その内側で営まれる生活の具体的なイメージを大衆文化の領域において人々に広く提供したものの一つに、一九四九年の元旦から一九五一年四月一五日まで『朝日新聞』全国版朝刊に連載されたアメリカの漫画『ブロンディ（*Blondie*）』が挙げられる。[93]連載当時に同時代読者の一人であった社会学者の山本明はこの漫画を、「アメリカの日常生活が印刷されたショーウィンドウ」[94]であったと振り返る。同漫画の描くアメリカのライフスタイルは、貧しかった敗戦後の人々の心を特別な輝きをもって魅了した。なかでも空腹を抱えていた人々にとって何よりも鮮烈な印象を刻印したのは、豊かな食糧の詰まった冷蔵庫やサンドイッチの大きさであり、そこに描かれる快適で豊かな生活ぶりは日本人の羨望を集めた。[95]

そして戦後直後の時期の日本にとって「アメリカ」は、やがて達成すべき目標としての豊かな住まいや暮らしの形態だけでなく、新しい家族形態に基づく家庭文化の手本でもあった。占領下で新たに制定された両性の平等を謳った新民法は家制度を解体させ、水平の関係で結ばれた一組の男女から成る夫婦と子供で構成される核家族を新しい標準モデルに据えた。「家」から「家庭」への変革は、一面では女性の家からの解放をもたらしたと評価されるが、他方ではあるべき家族／家庭の姿については少なからぬ混乱が伴った。占領下の女性解放の明暗と両義性を論じた天野正子は、既存の家制度とは異なり、近代的な結婚・家族の理念を掲げた新民法下で、人々が「『愛』で結ばれた両性関係のモデルを、日常世界のどこに見いだせばよいのか」分らず漠然と佇むなか、「そのモデルの役割を果たしたのが、占領を通じて一挙に身近になったアメリカにおける夫婦像」であったと指摘する。[96]

例えば、ＧＨＱは全国各地で年間延べ数百回にわたる婦人問題講習会を開き、アメリカ婦人のスピーチや映画の上映を通して、「愛で結ばれた夫婦の理想像」と「夫婦と子どもからなる核家族像」を普及させようとした。[97]またこのような占領政策と連動するかたちで、『主婦之友』に代表される婦人向け雑誌には当時、「アメリカの育児法、民主的な家庭のあり方、女性の地位向上、家事の科学化」などのテーマを扱った記事が溢れ、そのなかにはGHQの将校や一般のアメリカ人婦人を呼んで話を聞くという企画も多く含まれた。[98]同様に、漫画『ブロンディ』に描かれるアメリカン・ライフを論じた瀧田佳子は、同漫画から日本人が受取ったメッセージを、「アメリカ的な豊かな生活」と「平等な人間関係」の二つに要約する。[99]戦後の民主主義改革のなかで、「いたるところで民主主義という言葉を聞き、自由と平等の思想らしいことはわかっても、実際に自分たちの日常生活がどう変わるべきかについてはそれほど具体的なモデルがあるわけではなかった」状況下で、「声高に叫ばれるデモクラシーの概念よりも、ブロンディとダグウッドという、平等な夫婦の姿は直接に日本人に訴える力を持っていた」というのである。[100]時代の文脈のなかで、同漫画もまた、「家庭におけるデモクラシー」の「生きた教材」[101]としての役目を果したのであり、このようにして「家庭生活の民主化」と「家事の合理化」を両輪とした新しい家族関係や生活の方式が人々の意識に浸透していったのである。

以上のように、戦後の始まりの時期において、具現すべき生活のモデルを提供しようとしたアメリカ側の占領政策と日本側の欲望とが相互作用をなしながら、「アメリカ」を範とした豊かな住まいや民主的な核家族が幸福な家庭生活の理想像として人々の意識のなかに形作られていったのだとするなら、人々が抱いた羨望を原動力としながら、住まいや暮らしのかたちにおいてそれが急速に具現化されていったのは、五〇年代半ばに幕開けした高度成長期を通してであった。「もはや戦後ではない」という有名な一節で知られる一九五六年の『経済白書』は、一九五五年の日本経済を振り返って「回復を通じての成長は終わった」と高らかに宣言し、「今後の成長は近代化によって支えられる」と進むべき方向を示した。[102]以後の日本経済は、神武景気（一九五五年～一九五七年）、岩戸景気（一九五九年～一九六一年）、オリンピック景気（一九六三年～一九六四年）と続く右肩上がりの急成長を遂げる。より豊かな暮しの実現に向けて国民の努力が傾注されたこの時代において、消費文化に支えられるモダンなアメリカン・ライフは時代のモデルであった。

なかでも五〇年代を通して生活における合理化・近代化の主役の位置を占めたのは、家庭用電化製品である。原克が「白色家電」とは「モダンライフ神話を成立させた強力なイデオロギー装置」であると定義づけるように[103]、家庭用電化製品は快適で効率よく、便利で合理的な生活を成立させるために欠かせないものとして、近代的生活のイメージと不可分に結びついていた。戦後早くも五三年には家電元年が謳われていたが、五五年頃からは白黒テレビ・洗濯機・冷蔵庫の三つの花型家電が「三種の神器」と喧伝され、急速な普及が進んだ。特に五〇年代後半の日本のメディアは、人々の持つモダンライフへの憧憬に照準を合わせて、モダンなアメリカ的生活を売りにして消費者の耐久消費財への購買意欲を掻き立てる広告で溢れかえっていた[104]。「三種の神器」があらかた普及を終えた六〇年代半ばには、カラーテレビ、クーラー、自動車の「新・三種の神器」（もしくは「3C」）が登場した。戦後日本の生活改善の歩みを坂田稔は、「効率・豊富・快適という生活近代化の目標は、主に家庭電化によって達せられ、さらにマイカーがこれを十全のものとした」と要約している[105]。

以上述べてきた時代的背景を念頭に、最後に本項では、小島信夫が滞在先のアメリカ家庭での日常を題材に書いた「異郷の道化師」「広い夏」「小さな狼藉者」を取り上げて、これら三作品がアメリカン・ライフをいかに描き出すのかを考察したい。これらの作品が発表されたのは、高度成長期の初期にあたるが、小島の描出する生活様式と家庭生活にはいかなる特徴があり、それは時代の文脈においてどのように位置づけられるのか。「異郷の道化師」は『文学界』の初出掲載時に、「敬虔な基督信者達の住む米国の農村に日本の旅人は何を見、何を感じたか？」という見出しが付されたが、この見出しにも掲げられた地域性（農村）と宗教（キリスト教）は、小島作品におけるアメリカン・ライフの描写を読み解く上で重要な要素となる。三つの作品はいずれもアイオワ州で作者が滞在した家庭をモデルにしているが、「異郷の道化師」「広い夏」は農村を舞台にするのに対して、「小さな狼藉者」は中都市の街の中流家庭を描く。一方で小島は多様な宗派に触れた体験を作品に織り込んでおり、宗教的な観点から見れば、三つの作品はキリスト教のさまざまな宗派――福音主義同胞教会、アーミッシュ[106]、メノナイト、クエーカー、ユニタリアン――が登場する点でも興味深い。作品では、これら異なる宗派による生活様式の違いにも光があてられる。こうした点にも留意しながら、異なる地域や宗派の人々が織りなすアメリカン・ライフに作家小島がどのようなまなざしを注いだのかを作品を通して考察しよう。

②「異郷の道化師」の描くアーミッシュ・メノナイト農家

小島の作品「異郷の道化師」「広い夏」に描かれるアメリカン・ライフを考察するとき真っ先に挙げるべき特異点は、それが都会やその郊外ではなく、農村部を描いたことであろう。小島が留学中に滞在したアイオワ州は、アメリカを代表する典型的な農業州である。中西部平原地域に属するアイオワ州はネブラスカ、サウスダコタ州からオハイオ州中部までを繋ぐコーンベルトの真ん中に位置し、ミシシッピ川とミズーリ川に挟まれた肥沃な土地が広大に拡がる。州民の多くは伝統的に、玉蜀黍や大豆の栽培や畜産を主として、酪農業関係に従事している。[107]小説「異郷の道化師」において主人公が滞在している農家のフィッシャー家も、乳牛や豚、鶏、七面鳥などの畜産を営む傍ら、玉蜀黍やオーツなどの作物を栽培している。この辺り一帯の農家は、「大体日本の農家の小さい一部落の代りに一軒の農家があるといったぐあい」で日本に比べると規模が大きいことが描かれる。しかし小島の描く農家は、阿川の小説に登場する「農作企業」のようなカリフォルニアの大農場とはその趣きを異にする。

フィッシャー家では、家族の人員で賄える程度の畑の栽培と家畜の飼育を手がけている。主人と長男が協働して農作業を行い、夫人は家事を受け持つ。主人は一日外で勤勉に働き、八つになる長男が殆ど一人前に農作業を手伝っている。[108]その様子は、素朴な農村情景として描かれる。阿川の描いた町田農場は近代的な技術を用いて機械化された大規模な生産を行うが、フィッシャー家はトラクターや作物の茎を刈り集めて紐でしばって束にする機械などの「大ていの機具」は取り揃えてあるとされるものの、作品の描写では特にその技術的な目新しさや近代性が強調されることはない。むしろ、主人のロバートがトラクターのチェーンに脚をひきずられて脚を悪くしたことを説明する夫人が、「トラクターは大変な力ですが、危険ですわ」[109]と話す言葉は、近代的技術の効率や利便性の裏にある陰の側面、乃至その代償に光をあてる。

フィッシャー一家の生活は、決して貧しくはないが、質素な暮しで特徴付けられる。ところでここで、重要な点を指摘せねばならない。先にも見たごとく、作品「異郷の道化師」の初出掲載時に掲げられた見出しは、「基督信者」という大きな括りのもとに作品内に描かれる農村の人々の宗教を捉えて紹介しているが、同作品で主に描かれるフィッシャー一家は、アメリカのキリスト教徒と聞いて一般に思い浮かべるピューリタン（清教徒）ではなく、プロテスタントの主流からは逸れて少数派をなすアーミッシュ・メノナイトであることだ。日本では一般にあまり馴染みのないこの宗派について、小島は作品のなかで特に記述を挿入してその歴史や特徴を次のように紹介している。

アーミッシュ・メノナイト教派は一六〇〇年代にアーミッシュ派から分岐して独立した教派で、二つの教派を分かつ決定的な違いは洗礼にある。アーミッシュ派が生れると同時に洗礼を受けるのに対して、メノナイト派は長じてから洗礼を施す。アーミッシュは宗教的迫害を逃れてアメリカに移住してきた。初めは東部のペンシルベニアに入植し、その後インディアナやアイオワなどに広まった。「両派とも服装も生活も地味で質素で、いまだに、婦人は（…）頭髪を束ねている。アーミッシ派はほとんど農業以外の職業につかないし、学校も小学校以上は行かないが、メナナイト派は車をもち、その生活は一般と変らない」[110]。そして両派ともに徹底した無抵抗主義を貫き、そのために同じく平和主義の立場から戦争への協力を拒否したクエーカー教徒とともに、戦争の度に厳しい迫害に会った。特に第二次世界大戦中は、「『南部の黒人が白人から受けるような』仕打ちを受け」[111]た。アイオワにはアーミッシュ派もメノナイト派もいて、その殆どが七面鳥を飼っている[112]。

五〇年代当時の日本においてほとんど知られていなかったアーミッシュについて紹介を行った点で、作品は先駆的な役目を果たしたと言える。ところでここには、宗教上の観点からだけでなく、アメリカの生活様式の紹介の観点からも重要な意義がある。なぜなら右の記述のなかにもあるように、この宗派はその独自の神学上の立場に基づいて、特徴ある生き方（ウェイ・オブ・ライフ）を実践しているからである。「勤勉」や「禁欲」はピューリタンにも共通する徳目だが、キリスト教徒のなかでもアーミッシュは、質素な暮しをとりわけ厳格に守ることを生活の信条としている。例えば、夫人の身なりは次のように描出される。

レイチョは彼女の母親や、祖母が着ていたと思われるような、花模様の地味な薄地のワンピースを着ていた。靴は踵のガッシリした質素なものをはき、栗毛の髪は電髪をかけず、長いまま結いあげて、大きく束ねている。口紅のぬってない顔に新型の赤い縁の眼鏡をかけていた。(113)

敗戦直後の時期の日本の文化的想像力のなかで「アメリカ」のイコンをなしていた口紅とエナメルのハイヒール、あるいは雑誌などを通して女性たちを魅了した流行の先端をいくドレスとは真逆とも言うべき描写は、アメリカにまつわる消費主義のイメージを覆している。また先に見たように、同作品で主人公はアメリカ人にカメラを見せようとし、見せようとしたことを恥じるが、夫人は肩肘はらずに住居が「粗末」であることに触れ、むしろ「私達は粗末なことを誇りにはしています」(114)と語る。この夫人の言葉は、「アメリカ」の豊かな住まいのイメージを相対化するだけでなく、豊かさ／粗末さの価値そのものを逆転させ、むしろ「質素」さに肯定的意味を見出すのである。このような描写は、近代的で豊かな物質文明を謳歌する「アメリカ」のイメージを大きく逸するものとして注目される。

そして作品は、「信心深い農家」の人々の信仰心に基づく生き方に注目する。慎ましく勤勉な生活はキリスト教の教義に深く根ざした生き方であるが、このほかにも小島は作品のなかに、宗教が農家の人々の生活の中心に溶け込んでいるさまを描いている。一家は毎朝の食卓で欠かさず敬虔な食前の祈りを捧げ、食後には聖書を読む日課を守る。日曜日には必ず教会に行く。農家の人々にとって宗教心こそは精神的な拠りどころになっており、先にも見た通りそれは、他者に対する〈善意〉の源泉にもなっている。一方、農家での生活を報告した財団への手紙に小島は、「未だ神がいることを信じることはできないが、出来る限り彼等と同じように生活しようと心がけた」と記していた。(115)これは裏を返せば、キリスト教という外国の信仰を受け入れることの困難を語った言葉である。留学後に発表された同作品のなかで主人公は、夫人から宗教への関心を聞かれて、「僕はきっと何かを信じています。僕に限らず。日本人は何かを信じています。でも、そいつは、『神』というものか、どうか分らない」と日本人全体を代弁して答える[116]。キリスト教の唯一神を信じていない日本人は彼らにとっては異教徒であり、別言すれば人種や文化に加えて宗教はアメリカ人と「私」とを他者化して隔てるもう一つの要素となる。

ところで、作品のなかには異教徒である「私」が農家の人々の日常的な宗教生活に交わる興味深い場面がある。ある日の食卓で、主人公は夫人からお祈りをするよう勧誘を受ける。これは日本人にとっては馴染みのない慣習であるが、「私」は勧められるままに、農家の人々を真似て日本語で祈りの文句を諳んじる。

「神よ」

そういったまま、しばらく黙っていた。上の空で私はこうつづけた。

「私の家族をお守り下さい。私の親戚や仲間をお守り下さい。どうか、みんな元気で暮させて下さい。アーメン」

それはまるで他人がいっているように、白々しく私にひびいた。まるで自分の家族や親戚や仲間よ早くくたばってしまえ、といっているようにさえひびいた[117]。

引用場面で主人公は、信仰心がないままに宗教的慣習である祈りを実践するが、その「白々し」い「ひび」きは、かえってキリスト教徒と私の間を分かつ距離感を強く意識させる。同時にこの引用箇所には、異文化の受容に関する作者の痛烈な批評が込められていないか。「私」はアメリカ人と同じように作法や振る舞いを試みるが、そのときに生じる空疎な響きは、思想や信条と不可分の文化的慣習からそのしきたりだけを切り取って移植したときに何が起るかを決定的に露呈しているからである。したがって同場面は、外国の文化をうわべだけ取り入れることに対する風刺として読める。

以上、生き方（ウェイ・オブ・ライフ）の観点から作品を見てきたが、同作品で小島が豊かでモダンなライフを謳歌する「アメリカ」のイメージに対置される素朴なアーミッシュ農家の生活を通してアメリカン・ライフを描いてみせたことは特別意義深い。メノナイト派のほかにも小島は同作品で、キリスト教の各宗派ごとに異なる生活様式の相違にも光をあてている。例えば作品では、クエーカー教徒の集会に出かけた主人公の眼を通して、クエーカー教徒が共同生活を営んでいるありさまが描かれる。また主人公は、福音主義同胞教会とアーミッシュの宗派の間で異なる生活慣習や信条をめぐって微妙な感情の対立があることを嗅ぎ取ってもいる。(118) そこで引き続き、「広い夏」における生活文化の描写を見たい。

③「広い夏」――「反近代」の生活様式と近代化する農村

小説「広い夏」で主人公が滞在している農家のウェナストルム家は、百エーカーほどの農地を所有し、玉蜀黍や豚、牛、七面鳥などの農畜産を営んでいる。「このへんでは中農」と描写があることから、規模の上では凡そ平均的な農家であることが知られるが、畠仕事は人を雇って任せきりにし、家の主人は出張セールスマンをしている。週に二度のみ帰宅する父親に代わって、子どもたちが家畜の世話を手がける。主人は菜食動物のニュートリアを売り出す計画に夢中であり、ティーネージャーである長女のダイアンは、飼育している豚が州のフェアの家畜の良し悪しを競うコンテストで賞を取ることに期待をかけている。作品のなかでウェナストルム一家の宗派は特定されないものの、(119)「異郷の道化師」のフィッシャー家とは異なり、その生活様式は一般と変わらないものということが前提されている。しかしながら、同作品においても主人公がウェナストルム家の生活の豊かさに特に関心を向ける様子はない。

むろん、作品の語りの立場とそこに描かれた農家の生活から実際に読者が受けたであろう印象とは区別する必要があろう。当時の読者の反応を推察する上では、家電や家財道具を一つの指標としてみることが可能である。坂田稔が言うように、五五年頃から「三種の神器」がもてはやされ、それらを一つずつ揃えていくことが人々の目標となった同時代の日本において、「家電製品はまさに、豊かな生活の指標であり、階層上昇のシンボルであった」といえる。(120) 他方で家電は、豊かさを媒介に人々を「アメリカ」的生活へ誘引する装置であったことをも見落としてはならない[121]。例えば、前章で取り上げた映画『農村青年のカリフォルニア訪問』について、メアリー・ティン・イー・ルーは映画の製作者が、豊かさが農村部にまで普及していることを印象づけるために、画面のあちらこちらにテレビ、コーヒーメーカー、トースター、ワッフルメーカーといった家電などの消費財を配置したことを指摘している。映画のカメラはしばしばこれらの小道具をクローズアップで映し出すことで、農場と家庭における技術の進化が同時に進行していることを観客に理解させようとした[122]。

こうした背景を念頭に、作品内に描かれる家電に注目するなら、確かに洗濯機や掃除機、テレビは作品のなかに登場する。「異郷の道化師」が発表された一九五八年の日本の家電普及率は、テレビが都市部で一五・九パーセント、農家で二・六パーセントである。洗濯機は普及が最も早く進んだ家電であったが[123]、それでも都市部で二九・三パーセント、農家では五・二パーセントに留まっている。掃除機にいたっては、五九年でも都市部でわずか二・五％であった[124]。以上のように当時の家電普及率は日本とアメリカでは大きな開きがあったことを思えば、作品に描かれた家電から読者が豊かな生活を読み取った可能性がある。また、ティン・イー・ルーは映画『農村青年のカリフォルニア訪問』のなかにピアノの演奏場面が挿入されたことを挙げて、「ピアノは日本人観客にとって社会的上昇の証であり、文化的な近代性の象徴でもあった」とその象徴性を読み解いているが[125]、同作品でもウェナストルム家の子どもたちがピアノやバイオリンを習っていることが描かれる。とはいえ、これらの物質的／文化的な豊かさの記号は作品のなかでは、夫人やダイアンが家事をする場面であったり、テレビのアンテナの不具合を直すといった日常的な情景にさりげなく嵌め込まれており、少なくとも語りのレベルでとりたてて豊かさに焦点が合わさることはない。

むしろ、作品のなかで強い印象を与えるのは、アーミッシュを通して描かれる、近代的な豊かさとは真逆の生活様式である。「広い夏」のなかで小島は、メノナイトとは別派のアーミッシュを重要な比重で描いている。同宗派はまず、「アーミッシという素朴な宗教団体がある。（…）彼らは農家の納屋に集まり、讃美歌をうたいつづける、ときいている。自動車の代りにバギーと称する前世紀の馬車を用いている[126]」という語りで紹介され、その後に主人公がウェストラム家の長女ダイアンに連れられて、アーミッシュの集会に出かける場面が描かれる。それは若いアーミッシュの男女が農家の納屋に集ってドイツ語と英語で賛美歌を歌う、「まことに質素な集会」である。

作品に描かれるアーミッシュの生き方（ウェイ・オブ・ライフ）は、同時代日本で想像される「アメリカ」の中核をなすモダンな豊かさのイメージを軒並み裏返すイメージに満ちている。集会に集ったアーミッシュの「女達は前世紀のオランダ人のような服装をして、口紅をぬらず白いボネットをかぶっていた」と描かれ、古いスタイルを踏襲した慎ましい服飾の特徴が示される。「スピードの国」と称されるアメリカで、[127]メノナイト派のレイチョは車で五〇キロ以上の速度を出さないが、ましてやアーミッシュにいたっては、車の使用を一切拒否し、前世紀からのバギーに乗り続けている。彼らは豊かさや利便性よりは「簡素」な生活文化を選び、新しさより古いことに、速度に対して「遅い」ことに、「進歩」よりも「伝統」に価値を見出す。[128]即ち、物質主義的な進歩主義の価値観を排し、物質文明の「恩恵」から敢えて距離を取って古い生活スタイルを固持しているアーミッシュは、アメリカのなかのいわば「反近代」的な生活様式を体現している集団であり、換言すれば小島は、豊かでモダンなライフの体現者としての「アメリカ」のイメージの顛倒において、アメリカン・ライフの描写を試みているのだ。

アーミッシュの集会に向う道中、ダイアンの男友達から譲り受けた主人公の車は一向に速度が出ず、同行した一行の車に次々に追い抜かれて終いにはハイウェイに見えるのはアーミッシュのバギーだけになってしまう。バギーは「馬の蹄の音をたてて、六、七哩の速度で（…）自動車に追いぬかれても悠々と走ってい」る。主人公の車は漸く目的地に辿り着くが、終いには駐車の際に車輪が溝のなかへ落ち込んでしまう。帰路、通りすがりのアーミッシュのバギーに家まで乗せてもらうことになった主人公は、馬に揺られて夜空に響き渡る蹄の音を聞きながら、アーミッシュの農夫と次のような会話を交わす。

「きみは文明をどう思うかね」
「文明は時々、コショウをおこすよ」

「何といった」

「文明は時々コショウをおこす、っていったんだ。僕の車は溝におちた。そのうち、またエンコする」

「そうだ、文明はコショウをおこすさ。きみは、今日ミーティングに出たのか」

「そうだ」

「どう思うかね、わたしたちの宗教を」

「素朴で、いいよ」

「ほんとに、そう思うかね」

「そう思う（…）馬の蹄の音はいいな」

「何？」

「蹄の音だよ」

「おもしろいことをいうね」

「その音は正確だよ」

「エンジンより正確さね。（…）」[129]

現在でも電気、車、電話などの文明の利器を拒み、共同体を作って神の意志にしたがって生きることを旨とした生活を営むアーミッシュの生き方は、時には時代錯誤的であるとして奇異の目を向けられ、あるいは逆に行き過ぎた近代主義や物質主義の代案として注目されることもある。しかし小島のアーミッシュを見る視線は、取り立てて好奇の目で眺めるのでもなければことさらに礼賛したり否定するのでもなく、ただこれを自然なものとして受けとめ、作品に描き込んでいる。

先に見たように、同時代日本に眼を向ければ、国民は総力を挙げて生活様式における近代化の達成と豊かな消費生活の実現に努力を傾注していた。またアメリカにおいても五〇年代は「大量消費文化の「黄金期」」として記憶される。[130]このように近代主義や消費主義で特徴づけられる時代において、時流に反してここに書き込まれた機械文明への論評は、素朴だが強い印象を読者に残すのではないか。

さらに同場面では、農夫の口を借りて、戦時中のアーミッシュの体験が語られる。アーミッシュは戦争の度に無抵抗主義を貫き、第二次世界大戦中も参戦しなかったために手厳しい迫害を受けた。アーミッシュの農夫はその体験を、「月給なしで森や、精神病院で働」かされ、周囲からは「ツバをはきかけられ」て、さらには「カンゴクへ入れられた」ほど過酷なものであったのだと語って聞かせる。[131]即ち、アーミッシュは反戦争の「平和主義」を徹底して実践することで、軍事大国「アメリカ」に反旗を翻す集団でもあるのだ。このように屈強に独自の生き方を守り貫く姿勢は、生活様式面における抵抗とも響き合う。

こうして作品は、最も機械文明の発達したアメリカで、「反近代」的な生活を意思的に選んだアーミッシュの人々を描いた。翻って小島は、農村的生活様式が都市化や近代化の強い圧力のもとに置かれていることを作品のなかに描いている。デ・モインで催されるステート・フェア（州の祭り）に向う車内で、ダイアンは父ラルフに「百姓」を止めて「町」に住みたいと不平を言う。ティーン・エイジャーのダイアンにとって「田舎」に住むことは「ボーイ・フレンドを失う」ことを意味し、「町」を「散歩」することもできないことは彼女にとって大きな不満である。これに対しラルフは、「田舎ものは田舎ものでなけりゃ、元も子もなくなってしまう」と応酬し、「日本だって、それはおんなじことだろう。なあ、ノブオ。そう思わないか」と日本人の「私」に同意を求める。主人公はこの質問を、「あまりに大事（シアリアス）な話で、僕にはうまく答えられない[132]」とかわすが、その問いはそのまま読者に届けられるだろう。

フェアの前夜、家畜小屋の豚のそばで寝ながらラルフは主人公に、『ザ・オールド・ディナー・ベル』という古い農夫の歌を歌って聴かせる。

そうだ、昔の鐘は物語をならした／きく人々の耳に／そして今佇んで眺めていると／涙は頬をつたって流

れる[133]

かつては農家で使用された呼び鈴の「ディナー・ベル」は、鳴らされる回数ごとに異なる意味を持ち、遠くに作業に出ている農夫と農家の間で、あるいは農村の村人たちの間で、連絡用に使われていた。それは今ではなくなってしまった古き良き時代の農村の象徴である。「古いアメリカ」を歌った詩には、牧歌的な農村風景が失われていくことへの哀愁が漂っている[134]。

小島信夫と阿川弘之の描いた農家はその位相において対比的である。だが両者は、多少の時差はあれども一つの空間を共有している。阿川が描いたカリフォルニアでは、農業生産における機械化が進んでいた。最先端の技術を駆使して大量生産を行う二世の町田は、「大抵のアメリカ人もね、コットン・フィールドといふと、フォスターの歌にある南部の事だと思つてゐるよ。だけど、カリフォルニヤは、戦後、全米第三位の綿の産地にのし上った」と見学する主人公に説明して聞かせる[135]。このように近代的な農業技術による生産性の向上を梃にした農村の近代化が進むことを肯定的に描く阿川の作品とは違い、「広い夏」のなかには、大会社によって畜産産業が占拠されつつあり、それによって生じる豚の値下がりを危惧する農家の人が描かれる。それは変わりゆく農村風景を予感させるものである。小島の農村描写は、都会と農村、農村の農村の間の異なる生活様式の抗争を捉えているのだ。

ここまで、生活様式の描写の観点から二つの作品を見てきた。「異郷の道化師」で小島は、あらゆる近代的な便宜が取り揃っているアメリカにあって、敢えて都会的な消費主義とは距離を置き、簡素な生活を維持して「粗末」であることにむしろ「誇り」を見出す人々を描いた。「広い夏」では、近代化の流れに抗して伝統的なやり方を守り、「反近代」の生き方を頑強に選び続けるアーミッシュと、近代化や都市化の圧力のもとにある農家の人々とを交差させて描いている。このように見れば、近代文明の先導者としての「アメリカ」イメージに亀裂を入れる描写に満ちたテクストとして、『異郷の道化師』という作品集は注目される。それは、近代性、豊かさ、進歩を具現する先進的な模範としての「アメリカ」を、ほかならぬもう一つの「アメリカ」によって、相対化しているのである。

　このような「アメリカ」語りは、高度成長期の初期にあって消費文化が広がる同時代の読者に向けて、一つのメッセージを発していたのではないか。日本がアメリカ流のモダンな生活を目指すなか、アメリカのなかにそのような生活様式から自ら距離を取る人たちがいることを描いた小島の作品は、時代の流れを追うのではなく、もう一つの可能な選択肢があることを読む者に想起させる。また、作品がアメリカのなかのさまざまな宗派による生活様式の違いを描いたことは、多様な選択肢があることを示唆する。

　小島より三年半ほど遅れて留学した安岡は、ニューヨークを訪れて、「ときどき「おや」と思うほど東京にそっくりの情景が眼につく。そう思って眺めると、東京がニューヨークを真似しているのか、ニューヨークが東京を取り入れたのか、一瞬どっちがどっちだかわからなくなるようだ(136)」と記し、百貨店やスーパー・マーケットに出かけては、「この活気にみちた消費の光景はアメリカと日本とどちらが本場なのか、うたがわざるを得ない(137)」と言う。高度成長の波に乗り、日本とアメリカの生活の水準や様式における差は急速に縮小しつつあった。近代都市としての東京は多くの消費主義的な便宜を取り揃えている。「新しいもの」を基準とすれば、日本とアメリカとの差異は、戦後直後の時期と較べてずっと小さくなっている。このようにして古いものが近代化の名のもとに駆逐されてゆくなか、古い生活スタイルを維持しようとするアメリカの農村の人々を描いたことの意味は大きかったのではないか。人々が「向上」へと進むなか、それに正面から異を唱えるのではないが時代の流れに逆行して書かれた作品は、読み手を立ち止まって再考させるだろう。その意味で『異郷の道化師』は、特異な作品集である。

④「小さな狼藉者」に見るアメリカの家庭像

　前述したように、アメリカの占領政策は日本の家庭文化のあり様にも深く影響を及ぼした。「民主的な核家族」を理念に掲げた新民法のもとに、新しい型の戦後家族が求められる一方で、その内実については明確なイメージを見出せないなか、人々がその範をアメリカ式の夫婦関係や家族のあり方に求めたことも既に述べた通りである。そうしたなか、「アメリカの家庭生活」を研究主題の一つとして掲げた小島は、逸早く留学前の研究計画で「アメリカの中産階級の家庭は精神的にいかに調和が取れているのかを知りたい」と記していた。では小島は留学を通して、どのような答えを見つけたのか。その答えは、「小さな狼藉者」[138]にみることができる。留学前に財団に提出した申請書に、「帰国後は、家庭（home）とは何かについて、写実的かつ象徴的に書くつもりである」と将来の計画を記した小島だが、「小さな狼藉者」はその初の結実であると言える。これまでに見てきた二作とは異なり同作品が描くのは都市部の中産階級の家族である点で、日本で一般に思い浮かべる「典型的」なアメリカ家庭により近いものと捉えられるだろう。

小島が実際に滞在したユニテリアンの科学者の家庭をモデルにした同小説は、アメリカの平均的な中産階級に属す一家のたわいない日常風景を、その家に滞在することになった日本人の主人公の観察眼を通して描く。三五、六になる夫と、二つ三つ年下の妻、三つと四つになる二人の男の子という家族構成の一家は、郊外にある瀟洒（しょうしゃ）な住宅に暮している。アメリカにおいて郊外型住宅が普及したのは第二次世界大戦後から六〇年代初めにかけてのことで、特に一九五〇年代のアメリカでは、経済的な好況下にあって購買力の伸長を背景に、「郊外にこぎれいな家を持ち、内部を便利な家具や家電品で充実させ、夫と子どものために尽くす女性」がいることが理想の家庭像として定着していった[139]。その意味では一家はまさしく、この時代の描いた幸福な家庭像の具現として映る。しかし小説は冒頭始まって早々、そのような短絡的な見方を覆す。

印象的な小説冒頭の導入部は、次のように始まる。

それは、アメリカ中部の中都市の住宅街のどこにも見られるような、白ペンキ塗りの、二階だての家であった。ポーチにはブランコ椅子がぶらさがっていて、老人夫婦が余生をぼんやりと、揺れながら過すにいいように出来ていた。

私はその町に滞在するようになってきてから、住宅地を並木道に沿って辻から辻へと歩きまわりながらおちついた裕福そうな屋敷のたたずまいに羨んでいたが、次第に実情を知るにいたって、私達通りすがりの異邦人の勝手なおくそくにすぎないことが分ってきた。

家の中へ一歩入ると、日本のどの家にもあるような、生きることの難しさや、めんどうがあった。とりわけ私の入った家では、子供の狼藉があった。(140)

まるで幕が開けると映像が映し出され、映画のカメラ・アイが移動するごとく、テクストの語りは段落を追うごとに異なるアングルから対象を映し出す。まず瀟洒な住宅がクローズアップで画面いっぱいに映し出され、続いてカメラは退いて町全体を俯瞰して見せることで、一家の住んでいる住宅がこの街では平均的なものであることを読者に知らせる。美しく落ち着いた家並みに視線を馳せたテクストの語りは、読者の反応を先読みするかのようにそれらに向けられる「羨」むような視線を共有して見せる。だが次の瞬間に語りは、そのような羨望のまなざしを「勝手なおくそく」として退け、語りの視点は一気に家の内部へと移動する。すると反転するかのように、そこにあるのは現実の彼方にある「理想の一家」ではなく、日本の家庭と違わぬ日常風景である。住まいの舞台から生活の中身へと読者の視線を導く巧みな語りの装置である。

このようにして作品の語りは、内部の観察者の視点からアメリカ家庭の「実情」を描き出す。ではアメリカ家庭の風景はどのように描出されるのか。そこでは例えば、「子供らは夜は七時半には、ベービィ・ベッドの中に放り込まれるように入れられて、それからあとは、泣こうが騒ごうが部屋からは出ることが許されない(141)」といった子供の躾の仕方が描かれる。子どもたちが就寝した後、夫婦がチェス対戦を楽しむ余暇の楽しみ方は、対等な夫婦関係を印象づける。しかし「私」の眼に映るのは、絵に描いたような美しい幸福や調和ばかりではない。一歩家の内側に入れば、腕白者の子供たちが激しく暴れまわり、毎朝両親を起そうと怒号を上げて夫婦の寝室に侵入する。夫婦は揃って「手に負えぬ子供」らに「お手あげ」状態で、躾けに頭を抱えている。意外にも家計は慎ましい。喫煙者の主人は、部屋ごとにパイプを置いてポケットから煙草を取り出して吸い、「この方がずっと経済的でしてね」と

「飾り気のな」い態度で語る。[142] 一家はより良い職を求めて米国中を転々としなければならない。「いい条件のところへ、いい条件のところへと、新しい職を求めて移り住むのが、この国の勤人だけでなくて、あらゆる人の生き方[143]」であるからだ。夫人は月賦の支払いのほかに「引越し費用の捻出」のため家計をやりくりすることに頭を悩ませ、「私」の支払う「僅かな」下宿費もこれに充てるであろうことが推測されている。

では、作品はアメリカ人の精神風景をどのように捉えるのか。家の台所の壁には、「朝飯のときに、主人がうっとうしい顔をしているのを風刺し」た漫画が貼り付けてある。語り手である主人公はその一枚の諷刺画を、主人の精神風景を映し出すものとして捉える。「それはどの国にもある、男自身にとっても、ワケの分らない、あの憂愁なのであろう[144]」と語り手は考え、「隙間風のように吹きよせてくる」憂鬱な気分に共感を覚える。一方、隣に住む七〇を過ぎた老婆は、交通事故で息子が死ぬかも知れないという強迫観念に駆られて「終始不安におびえている。このようにアメリカ人の精神風景は、決して平穏で満ち足りているとばかり言えないが、だからといって深刻になり過ぎることもない。語り手は、むしろ憂鬱な感情を風刺漫画にして壁に貼り付けるところに、「いろんなことを笑いとばして行こうとする、この国の人の特質」のあらわれを見る。また、作品の終わり近くで、「二人の子供が太鼓をたたいて夫婦の寝室へ入りこんでくるところ」を風刺した漫画の「切抜帖」を主人から手渡された主人公は、「他人の生活というものは、こうして内側に入って見ると、かえって一部分だけ拡大されてしまって、誤解することがあるのかも知れない」と自らの観察の妥当性を留保し、「ましてや異邦人の私が何かを考える資格があるだろうか」と判断から一歩退く[145]。

このような作品から注目されるのは、語り手がアメリカの家庭の風景を否定もせず、理想化もせず、同じ目線の高さで捉えていることである。それは「アメリカ」の家庭を日本が目指すべき理想像の高みに置くのではなく、同一平面上で日々の悩みや生きづらさや生活の問題を抱えて生きる人々として描く。こうして小島は、「アメリカ」が専ら先進的近代性や、豊かな住まいや家庭生活のモデルを意味していた時代において、追い求めるべき観念的なモデルとしてのアメリカ・イメージに、目にしてきた実体を対置するのである。

最後に、これまでに考察してきた三つの作品を総括しよう。全体として作品集『異郷の道化師』は、日本とアメリカの間の人種的な差異、言語＝文化的な差異、そして宗教的な差異を乗り越えられないものとして語る。このように「日本」と「アメリカ」を異質な他者として一線を引きながらも、だがいわばその不変の異質性を前提として、小島の作品は近代化や都市化が進む共通の条件下で生きる人々の生のありさまを、肯定も否定もせずに淡々と描く。小島信夫が「アメリカ」に見るのは、近代性の先駆でもなく、生活の理想像でもなく、現実を生きる人々の日常の姿である。農家の人々は雨不足で玉蜀黍の立ち枯れに悩まされ、豚の値下がりを心配している。都市中産階級の人々の日常的な「生」には、疲労や不安が滲む。小島はアメリカ滞在を通して、日本とアメリカの足もとには共通の地盤が拡がりつつあることを感得し、「アメリカ」を他者でありながら同じような問題を抱える人々としても実感したのではなかったか。

第一〇章　ナショナル・ヒストリーから個の語りへ

——有吉佐和子『非色』における〈戦争花嫁〉の「アメリカ」

第一節　有吉佐和子の留学——その様相と作品への影響

有吉佐和子は六〇年代から七〇年代にかけて、冷徹な批評眼で時代を先取りした作品を次々に世に問い、多くの読者を持っていた。そのような有吉にとって、アメリカ留学はどのような意味を持ったのだろうか。本章では、財団創作フェローの一人である有吉佐和子（一九三一〜一九八四）の留学とその後に書かれた小説作品『非色』（一九六四）を取り上げて、留学の様相とその影響、「アメリカ」表象の文脈で作家有吉と作品の果たした役割を考察する。

まずは留学前に遡り、有吉の文壇への登場と初期の作品活動について簡略に触れておこう。有吉佐和子は一九五六年一月に雑誌『文学界』に応募した短編「地唄」が掲載され、初めて文壇に登場した。盲目の大検校と娘の確執を通して音曲の世界を描く同作品は、戦後世代である若い女性作家の古風な作風という意外性もあって批評家の注目を集め[1]、同年上半期の芥川賞候補作となる。翌年には「地唄」の世界をさらに膨らませた初の長編小説『断弦』を発表するなど[2]、登壇直後から旺盛な執筆活動を行った。筆一本で男性作家と並んで才能を遺憾なく発揮する有吉に対して文壇は「才女」という称号を与え、一躍時の人となる。戦後にはじめて登場した若い世代の女性作家に対する世間の関心は高く、同年代で同時期に文壇に登場した曽野綾子、原田康子らとともに「才女時代の到来」と謳われた[3]。

一九五九年一一月のアメリカへの留学は、有吉が長編小説『断弦』、『紀の川』（一九五九）、短編作品集『江口の里』（一九五九）をはじめとした三つの長編と三冊の短編集を相次いで上梓して作家として順調な出発を遂げ、社会的にも幅広く活躍していた時期であった。この留学のきっかけについて、後に有吉は坂西志保の追悼文集に寄せて、「ある日、突然、坂西志保先生から御連絡があり、ロックフェラー財団のフェローシップでアメリカへ留学しないかというお話を頂いた。それまで坂西先生とは面識さえなかったから、ひどく面喰ったものだけれど、当時の私は国外逃亡への志しきりだったから、前後も考えずこの棚から落ちてきたボタ餅に飛びついてしまった[4]」と回顧している。戦後女性を代表する「才女」にマスコミは過剰な興味を示し、それに応えるようにして有吉は小説のみならず演劇やテレビドラマの脚本、随筆などの執筆、延いてはテレビ出演にまで多彩な活動の場を広げ、多忙を極めていた。そのような活動の絶頂にあって有吉は、「自分を見失う」という不安にかられることが多かったという[5]。奇しくも坂西はこの時期に有吉に留学を持ちかけ、「外国へ行けば、もうあなたはＮＯＢＯＤＹなのです」と話し、限界にきていた有吉にとっては、それこそは望むところであったことから、留学が決まった[6]。

この経緯からは、有吉にとっての留学の意味は、少なくとも留学を決意した当初においては、アメリカへの興味といったことよりも、作家活動の中休みといった意味合いのほうが強かったことが知られる。有吉は東京女子大学の英文科の出身であるが、初期の作品に見られるアメリカへの関心は割合に薄い。むしろこの時期の有吉は、日本の伝統芸能の世界に深く魅了されていた。特異な点は、彼女にとって日本の伝統は、異文化として発見されたことである。

有吉は父が横浜正金銀行のバタビア支店長を務めたことから、戦前の幼少期をオランダの植民地であったジャワで過ごした。いわゆる帰国子女であった有吉は、帰国（開戦を受けて一九四一年に帰国）後に初めて観た歌舞伎の美に深い感銘を受け、この体験をきっかけに日本の伝統芸能に目覚める[7]。大学在学時から歌舞伎の演劇評を懸賞論文として雑誌に投稿し、歌舞伎や日本舞踊の世界に出入りしていた有吉は、一九五二年に東京女子大学を卒業すると、雑誌『演劇界』の嘱託を経て、一九五六年に文壇に登場するまでの間、日本舞踊家の吾妻徳穂の秘書としてアメリカ公演を支えた。このように日本の伝統芸能の世界に強く傾斜していた有吉の初期の作品が日本の伝統を主題としていたことは自然である。強いて言うならば出発期の有吉において「アメリカ」は、「地唄」のなかで大検校の父の音曲を受け継ぐべき後継者である娘が二世と結婚してアメリカへ渡ろうとする際の、父と娘との間の葛藤のなかに表されていると見ることができる。即ち「アメリカ」は、日本の伝統芸能の世界をなかだちにして表れ、日本的な古い伝統文化の対蹠点を占めるものとしてあった。

財団への申請書には、このような作家の関心と留学への心構えが以下のように述べられている。

「伝統」が私の作品における主な主題である。戦後日本においては、全ての古いものは破壊されるかあるいは破棄され、若い世代の生活には伝統の痕跡は残っていない。「伝統」について正しい理解をもち、それが現代の生活の基盤となるように擁護することは、文学者の責務であると考える。これに関して、私は日本の人々がいささか保守に陥ることの危険性を感じずにはいられない。文化の国際交流が活発に行われる今日、私は人生についての視野を広げ、海外から自分の国を見直すために、海外生活を経験したい。日本を海外から見ることで、日本の伝統が大きな意味をもつものとして見えるだろうと確信する。[8]

留学を計画中の有吉の眼は一貫して日本の伝統へと向いており、アメリカという外から見返すことによってむしろ日本文化の根源を見つめる契機としてこれを活かすことを考えていたことが分かる。このような有吉の問題意識については、ファーズもその意義を認めていた。有吉を財団のフェローとして承認する旨を明記した文書にファーズは、「彼女の小説は、西洋の文化や慣習が急激に流入するなかで、日本がいかにして自らの伝統的文化との繋がりを保持できるかに関心を置いている。ついては彼女自身が伝統と新しさを同時に体現している。これはこれからの日本の文士の重要な特徴となるであろうと思われる。有吉が視野を広げ、西洋の文化と慣習に直に触れて知識を習得できるように、このフェローシップを推薦する」と記して、有吉の候補としての重要性を説明している。[9]

ではアメリカ留学を前に作家はどのような研究計画を立てたのだろうか。歌舞伎に傾倒していた有吉の留学の主題が自然と演劇へと向ったことは頷ける。申請書に添付された計画書には、次のような希望が記入されている。

> 私は主に演劇公演と関連したことについて学びたい。（…）ブロードウェイの演劇と、可能な限り多様な公演を観て、演劇の専門家とできるだけ多く知り合いたい。しかしながら私は、特定の大学を活動の拠点としたいと考える。大学の寮に住むことで、最近のアメリカの若者の日常生活に触れたい。こうした点で、坂西の提案は最も適切なものと思われる。したがって、彼女の意見を考慮に入れてほしい。大学が休みの間はできるだけ多くの都市と町を訪問し、小劇場運動の実状を知りたいと思う。機会があれば、夏の演劇の劇団に参加したい。また、アメリカの家庭生活——とくに若い世代の——について正しい知識を得ることも強く願っている。[10]

歌舞伎への関心の延長線上で演劇の勉強をあくまでも中心としながら、そのほかのアメリカ文化の諸側面にも触れる契機として留学体験を思い描いていたことが分かる。また、有吉はニューヨーク州にあるアメリカ有数の名門私立女子大学サラ・ローレンス・カレッジ（Sarah Lawrence College）に留学することになったが、右の引用からは同大学に籍を置くという選択は坂西の助言があってのことだと推定できる。[11]

こうして有吉佐和子は、「演劇の研究」を研究の主題に掲げて、一九五九年一一月に庄野潤三に次ぐ財団創作フェローとしてニューヨークに渡った。実際の留学中の生活について、財団文書館に残された諸資料が物語るのは、当初の計画よりも大学の外での活動が中心となったことである。大学側は有吉のために「アメリカの歴史と文明」と演劇に関する二つの授業の履修を勧めたようだが、有吉は前者については出席を拒否し、演劇の授業には初めは参加したものの、大学の演劇プログラムはそれほど有益とは感じなかったようで、やはり消極的であったようだ。大学側が財団担当者宛に書き送った一九六〇年二月一六日付の書簡では、有吉がアメリカの歴史と文明についての授業には出席せず、ほとんど演劇にのみ集中していること、しかし演劇の授業に関しても英国の劇作家クリストファー・フライ（Christopher Fry, 1907-2005）は読むが、それ以外は読まないということを不満げに報告している[12]。

有吉の財団への報告によれば、彼女はこの時期にクリストファー・フライに夢中になり、ほとんど独学でこれを読み進めたようである。彼女が授業への出席を拒んだのは、リーディングが多く、自由な活動を妨げるとの考えもあったようだ。また、有吉は渡米前に留学についてのメディアの取材に答えて、「演劇の勉強でニューヨークにあるサラー・ローレンス・カレッジに入ります。女子大学の名門であたしの専任の教授が五、六人、生活監理者(ママ)も、もう決まっているんです」と話しているが、生活アドバイザーとの関係に不和があったことも一つの要因として挙げられる。以上のような理由から、大学と有吉の関係は疎遠ぎみであり、有吉が大学の活動にあまり参加しないことをめぐって大学側は財団に複数の相談の書簡を書き送っている[13]。

こうした状況下で、財団はあくまでも有吉の自由意志を尊重しながら助言などの支援を行うという立場を取ったようだ。そして有吉にとって大学での活動は中心的な比重を持たなかったものの、むろん大学に身を置いたことは有吉に数々の重要な体験を提供した。アメリカ人の友人を作って交流できたことはもちろんのこと、六〇年三月に行われたプエルトリコへの見学旅行は、のちの作品を考える上でも特筆すべき体験である。

大学での有吉の態度に不満を持つ大学関係者を尻目に、彼女は大学に束縛されることなくニューヨークでの滞在を大いに楽しんだようである。ブロードウェイの演劇、ミュージカル、映画を観るために劇場街には精力的に足を運んだ。例えばファーズは日記のなかに、有吉と面会したこと、彼女がソウル・レヴィット（Saul Levitt, 1911-1977）作の『ザ・アンダーソンヴィル・トライアル（*The Andersonvill Trial*）』とテネシー・ウィリアムズ（Tennessee Williams, 1911-1983）の戯曲『青春の甘き小鳥（*Sweet Bird of Youth*）』の二作品を観て強い印象を受け、とりわけ前者については「歌舞伎の勧進帳よりも印象的」であると情熱的に語ったことを書き留めている。また有吉の滞在当時ブロードウェイの劇場では、プエルトリコ移民を題材とした『ウェスト・サイド・ストーリー（*West Side Story*）』が上演され、大きな人気を博しており、財団に残された記録から、ファーズが同作品を観るように有吉に強く勧めたこと、有吉がこれを観劇したことが確認される。[14]のちの作品『非色』や『ぷえるとりこ日記』への影響が考えられる。

このほかにニューヨークで有吉は、俳優養成所であるアクターズ・スタジオ（Actors Studio）に関わり、アメリカの著名な女性演劇評論家のロザモンド・ギルダー（Rosamond Gilder）と交流するなど、演劇関係の人脈を積極的に広げた。活動の範囲はニューヨーク近辺に留まらず、七月にはギルダーの誘いで彼女とともにカナダのオンタリオ州にあるストラットフォード（Stratford. Ontario）で開催される演劇祭シェイクスピア・プログラムのセミナーに参加している。また八月にはロンドンに一緒に旅行し、彼女の紹介で、留学中熱心に読んだクリストファー・フライに会う機会をも得た。二時間ほどの面会を通して、彼の本や演劇について意見を交わすことができた。[15]

アメリカ人との交わりだけでなく、在米邦人コミュニティとの交流も彼女の視野の拡大に寄与した。例えばファーズは、有吉からの報告として、彼女がジャパン・ソサエティがニューヨークにいる日本人のために開催している社会学セミナーに隔週で三時間定期的に出席していること、これに加えてアジア・ソサエティでニューヨーク地域に住んでいる日本人社会学者たちが開いているミーティングに参加することにも興味を感じていることを書き留めている。このような会合は有吉に東京では会えなかった新しいタイプの日本人と会う機会を与えた。有吉はファーズに、国際問題について議論を交わす機会を持ったこと、なかでも、条約改正問題の背景について勉強しており、東京では手に入れることのできなかった資料を入手することができたと話したという。[16]また、ニューヨーク滞在時の有吉を知る元国連事務次長の明石康は、在米当時彼女が邦人社会からも歓迎され、幅広く社交を楽しんだと回顧する。[17]国連にも出入りし、[18]当時国連に務めていた明石が幹事役となり、永井道雄、林健太郎、本間長世といった在ニューヨークの国連、外務省、政治・経済界、学界、報道機関関係者、文化芸術関係の面々を集めて立ち上げた社会科学研究会にも参加した。[19]明石は研究会で有吉が、「新生中国の行方やアメリカの人種問題、広島の原爆など」に幅広く関心を抱き、旺盛な知的好奇心で知識を吸収したと記す。特にニューヨークの滞在を通して有吉が人種問題に強い関心を持ったことは、「アメリカ社会の抱える人種差別を知るため、共同通信の松尾記者の案内で、彼女は人種運動家マルコムXが暗殺されたハーレム劇場にも足を運んだ」という証言からも窺われる。[20]

以上のように、ニューヨークで有吉はのびやかに活動し、彼女らしい旺盛な知識欲と行動力で新たな知識を貪欲に吸収した。彼女が充実した留学生活を送ったことは、例えば一九六〇年六月にアメリカを発つ直前にファーズに面会した有吉が、ニューヨークにすっかり魅了されたとして、再訪したいと話したことからも知られる。[21]では、このような留学体験は作家に何をもたらしたのか。

明石康は後年ニューヨークでの有吉の様子を振り返って、「九ヶ月のニューヨーク生活は、彼女を人気作家の気負いや緊張から、次第に解放していった」と証言している。[22]この証言からは、一時的に日本を離れることは、有吉にとっては作家として成長する上で必要不可欠な再充電の時間であったことが窺われる。思いがけずに舞い込んできた留学の機会であったが、有吉はこの一年の間に「小説書きとして一生を送る計画を綿密に立て」る心算で渡米し、「一年後、日本に帰ったとき、私は前より百倍も意志的に作家になろうとしていた」と後に語っている。[23]

また、日本の伝統に興味を持ちながら渡米した有吉だが、アメリカ留学は彼女に新しい視野を開いた。例えば、有吉は留学中にファーズとの議論で、渡米前に徳川期の鎖国政策が日本の伝統芸能の完成を促進したとの見解を持っていたが、孤立は間違いであり、より広い国際的な接触は必ず必要であるとの考えを持つに至ったと話したという。[24]この発言に示された変化から、ファーズは有吉の留学が成功したと感じたようだが、このように作家が日本の伝統芸の閉じた世界からその視野を大きく拡げたことは、作品の傾向にも確実に影響したことが看取される。具体的には、『断弦』をはじめとする日本の伝統芸能の世界を描く系統や、『紀ノ川』に代表される家系を描く系統に加えて、社会的な傾向を持つ作品の系統が多く書かれるようになった。留学体験は創作のための豊かな土壌となり、作品系統の裾野を広げたといえる。

アメリカでの体験は、直接には二つの作品に結実した。帰国から三年後に連載が始まった『非色』は、黒人の進駐軍兵士と結婚してニューヨークのハーレムに渡った「戦争花嫁」の視点から「アメリカ」を捉えて描いた作品で、当時の人種問題に肉薄している。秋元によれば同作品は、有吉が留学時に頻繁に出入りしていたニューヨークのレストラン「斉藤」（小説内で主人公が働く日本食レストランのモデル）に「当時（…）働いていた日本女性の話を、彼女らしい瑞々しい感性でふくらませた小説」だという。[25] さらにその翌年に発表された小説『ぷえるとりこ日記』では、サラ・ローレンス大学の学友とのプエルトリコへの見学旅行に題材を取りつつ、偏見の問題が追及された。これら二作から有吉は、アメリカ留学から人種のテーマを持ち帰ったと評価される。[26] ところで、実は有吉には留学直後に発表されたアメリカをテーマとしたもう一つの作品がある。帰国の翌年に『非色』の執筆に先駆けて発表された「亀遊の死」（『別冊文藝春秋』一九六一・六、のちに一九七〇年に『ふるあめりかに袖はぬらさじ』として戯曲化）は、幕末期にアメリカ人の商人に身請けすることを拒んで自刃した遊女亀遊伝説に題材を取った作品である。後述するが同小説には、『非色』と共通した問題意識が表れている。

文壇登場からちょうど一〇年の節目の年である一九六六年に有吉は作家としての自らの軌跡を振り返り、「作家としての作家らしい生きる姿勢は、こうしてようやくはっきりしてきた。作品にも「非色」「ぷえるとりこ日記」など、一応これまで私のものと思われていたカラーから離れたものも生れてきた。ようやく、十二歳まで外国育ちという私の少々の特徴が顔を出してきたのである」と書いている。[27] この発言は、作家有吉が作風を確立する上でアメリカ留学が大きな意味を持ったことを物語る。

第二節　留学をめぐるメディア表象――〈才女〉の渡米

留学に至った経緯とその内容、そして作品への影響までを辿ってきたが、作品の分析に移る前に、ここでやや異なる角度からこの留学を眺めてみたい。考察の対象となるのは、有吉の留学をめぐるメディアの表象とその同時代的な反響である。

戦前には抑圧のもとに縮小されていた新聞、雑誌、ラジオなどのマスメディアは、戦後にはテレビまでが加勢して飛躍的に肥大化したが、当時作家としてだけでなく、ジャンルを超えてテレビなどでも活躍し、「マスコミの寵児」としてもてはやされていた有吉の渡米を週刊誌は一斉に取り上げ、写真入りで華々しく報じた。主要な週刊誌を見渡せば、「才女よ、さようなら」（『週刊公論』一九五九・一二）、「才女留学――有吉佐和子さんの渡米」（『週刊朝日』一九五九・一一・二二）、「有吉佐和子のアメリカ日記」（『週刊新潮』一九五九・一二・二一）といった影響力あるメディアがこぞって記事化したことが確認される。パン・アメリカ機での旅立ちの様子を伝える記事「才女よ、さようなら」には、人々に見送られてアメリカへ旅立つ有吉の姿が写し出されている。このような週刊誌のグラビア記事は、従来の文学研究ではほとんど注目されることはない。しかし留学の持つ社会的な意味や影響を知る上では、極めて有効な資料となるだろう。

ここで考えてみたいのは、現実の有吉の留学とは別に、彼女の留学をめぐるメディアの表象が果たした役割である。例えば、有吉の現地での留学の様子は、渡米の翌月に『週刊新潮』によって早くもグラビア写真入りで報じられた。名門女子大学サラ・ローレンス・カレッジで有吉がアメリカ人学生たちに混じって「アメリカ人の思想と生活の講義」を受ける教室の風景や、「カレッジの食堂で友人とお茶を飲むひととき」の様子、「社会学研究グループの人たちと話し合う」有吉の姿などの写真が誌面に並ぶ。記事はキャプション入りで「小学校時代、スラバヤやジャカルタで過ごした彼女は、英語は大変お得意」であると有吉の国際ぶりを誉めそやし、現地では「もう親しい友人も何人かでき」て「若いアメリカの学生たちと静かな寄宿生活を楽しんでいる」と有吉の近況を報じた。なかには彼女の現地での適応力の高さは、「どこへ行ってもケナゲに暮してゆける女性／うまく切り抜けてゆく才女」ぶりを示すものだという、一見したところ相矛盾するような説明書きまで付されている。

既に述べたように著名文化人の海外渡航は新聞・雑誌記事にしばしば取り上げられ、創作フェローらの渡米も度々報じられたが、右の記事をも含めて、ロックフェラー財団創作フェローのなかで石井桃子を除けば唯一の女性作家であった有吉の留学を報じたメディアの一連の表象を見て気づかされるのは、ジェンダー性が大きく前面に出ていることである。特に頻出するのが、「才女」という言葉である。そもそも有吉には文壇登場以来、この呼び名がつきまとったが、そこにはいかなるまなざしが働いているのだろうか。

「「才女時代」という女流作家の活躍は、男女の教育均等に大きく負っており、戦後民主主義の所産の一つに数えてよい」という千頭剛の評に示されるように、[28]〈才女〉世代の登場に戦後の女性解放の成果を見る傾向は根強い。この点に即して言えば、有吉の現地での活躍を伝える先の記事は、戦後に大きく地位向上した日本女性を視覚的に強く印象づけるものであったのではないか。[29]より正確に言えば、戦後の日本女性はアメリカ人と学友として肩を並べて対等に立つまでに向上したのである。有吉の留学の報道に向けられた大衆の関心を支えた要因のなかには、女性たちの期待を背負って海外で活躍する有吉への支持があったに違いない。アメリカの学生らと同じ土壌で討論し、学校生活を送る有吉の晴れ姿に、女性読者たちは自己を投影して重ねながら、アメリカでの生活に想像をめぐらすこともできたであろう。

むろん、一見賛辞のように映る〈才女〉という表現に、実は女性がものを書くことを奇異な目をもって眺める多分に男性中心的なまなざしが内在していることを見落としてはならない。〈才女〉の名づけ親は文芸評論家の臼井吉見であるが、〈才女〉をめぐる五〇年代の文壇言説を分析した羽矢みずきは、もともとこの言葉には女性の書き手をマスコミの需要に小器用に対応する非政治的な〈ストーリーテラー〉とみなし、作家として二流化する侮蔑的な響きが込められていると指摘する。[30]有吉の留学は、そのようなまなざしからの逃亡でもあった。「才女よ、さようなら」という『中央公論』の記事は題名の下に、「「私は才女なんかじゃない!」と言い続けた「才女嫌いの才女」はこの置手紙を残してアメリカ留学に旅立った。マスコミ万能タレントが体当たりで語るマスコミ脱出の弁」という見出しが付されている。その記事のなかには、「マスコミの寵児と書かれて、キョトンとしたり、マスコミを逆手にとる才女などと書かれると、阿呆らしくなったりした」という有吉の発言も引用されている。[31]

言うまでもなく、有吉の留学の表象の意味は日米関係というもう一つ別の文脈においても捉えられる。現地の大学でアメリカ人の女子学生たちと肩を並べて学び、交流する有吉の姿を映し出した『週刊新潮』掲載の数枚の写真のなかで、有吉が体現しているのは日本とアメリカとの間の友好的な関係でもある。あるいはそこに、日本人を偏見なく受け入れるアメリカの人種的寛容性をも読み取った読者がいても不自然ではないだろう。換言すれば、有吉自身の意図とは無関係に、彼女の留学を伝えるグラビア誌面は日米間の親善と人種的調和を印象付ける視覚表象ともなったのではないか。だとすれば、ジャンルは異なれども、先に触れた日本人留学生を主人公としたＣＩＥの教育映画に極めて近いメッセージ性をそれらの記事は有していたともいえる。例えばメアリー・ティン・イー・ルーが紹介している映画『アメリカへの手引（*Introduction to America*）』（一九五一）[32]は、ニューヨーク州の北部にあるバード・カレッジに交換留学した日本人女子学生の夏季研修の様子を映したものだが[33]、同映画と先のグラビア記事との間には、セッティングにおいても、それが持ちえたメッセージにおいても、際立った類似性を指摘できよう。留学を報じた日本のメディアを通して、図らずも同質の表象空間が出現したのである。

　有吉自身が果たした役目も指摘できる。一九六一年四月一日号の『婦人画報』が企画した「随筆・アメリカの大学」のコーナーには、小島と有吉の二人のロックフェラー財団フェローの文章が並んで掲げられた。前節で触れた小島信夫の随筆「黒い婦人」とともに、有吉がサラ・ローレンス・カレッジの様子を綴った随筆「サラ・ローレンスの学生たち」が掲載されたのである。同随筆で有吉は、サラ・ローレンス・カレッジの少人数に特化された授業方式や生徒たちの熱心な勉学態度など、アメリカの大学生活の様子を紹介している。時代と設定は異なるものの、アメリカン・スクールの参観記を想起させるような中身である。このような時の有吉は、まぎれもなくアメリカ文化の紹介者の役目を果たしたといえよう。

　以上のように、有吉の留学をめぐってメディア上に開かれた表象空間には、日本国内のジェンダー力学や、日米関係をめぐる国際政治の力学がせめぎ合っていた。そもそもＧＨＱが占領改革の柱として打ち出したのが女性解放であったことを思えば、両者の次元を別個に捉えるべきではなく、女性の地位向上こそは占領の成功の証であり、向上した地位をばねに日本女性とアメリカが友好を深めるといった相互調和的な筋書きも成立つ。これは日米双方のいずれの側にとっても心地よいメッセージであったに違いない。そしてロックフェラー財団によるプログラムは、まぎれもなく日米親善を促し、演出するために設えられた舞台であった。米英の演劇界の名だたる名士と交流し、国連をはじめとしてニューヨークの邦人社会とも社交した有吉の留学は、その内容においてもスポットライトに見合う華やかな内実を伴っていたといえる。

ところで、有吉が帰国後に発表した作品を通して語ったのは、このような日米文化交流の華やかな表舞台の裏側に押しやられてきたもう一つの日米関係史である。『非色』が舞台の主役に据えるのは、戦後に黒人の進駐軍兵士と結婚してアメリカに渡った〈戦争花嫁〉である。では作品に眼を向けてみよう。

第三節　小説『非色』の描く〈戦争花嫁〉の「アメリカ」

（一）作品の受容をめぐって

社会派の主題に基づく有吉の代表作の一つに数えられる『非色』は、一九六三年四月から翌年六月まで『中央公論』誌において発表され、連載終了から二ヵ月後の八月に中央公論社から単行本として出版された。アメリカを題材とした有吉の小説のなかでは最も広く読まれている作品であろう。それは以下のような筋書きを持つ。

主人公の林笑子は、敗戦後間もない時期にクロークとして働いていた進駐軍キャバレーで黒人兵のトム（トーマス・ジャクソン）と知り合い、周囲の反対を押し切って結婚する。貧しい敗戦後の日本でPXの物資で不自由のない結婚生活を送り、二人の間には長女メアリイが生まれるが、やがて占領が終わりトムは本国送還されて単身ニューヨークへと戻ってゆく。はじめは日本に居残るつもりであった笑子は、混血児であるメアリイが周囲の日本人から受ける差別のために鬱屈していく姿を目の当たりにし、アメリカに渡ることを決意する。

ところが、世界一の繁栄を誇るアメリカの大都市ニューヨークで母子を待っていたのは、壮絶な貧困生活であった。ハーレムで暮らし始めた笑子は、アメリカの冷酷な人種差別の現状を目のあたりにする。イタリア系やユダヤ人は白人のなかでも差別を受け、黒人に対する差別はなお厳しく、そしてプエルトリコ人は黒人以下の差別を受けている。黒人への差別から良い職を得られないトムは、病院の夜間の雑役夫として働くが、その収入は半地下のアパートでの一家の暮しを支えるにも満たない。笑子は日本食レストランのウェイトレスとして働きながら精一杯一家を支える。だが、三人の子供が次々に産まれ、生活は一向によくならない。レストランには笑子のほかに、アメリカへ来る船で出会った三人の戦争花嫁が働きに来ている。それぞれイタリア系の白人、黒人、プエルトリコ人と結婚した彼女らもまた、ニューヨークで各々の階層を占めるが、なかでは最も裕福な家の出身で美しい容貌の麗子は、日本で思い描いたアメリカでの生活とプエルトリコ人の妻としての凄惨な現実との落差に耐え切れずに自殺を遂げてしまう。

笑子はあくまでも逞しく生きる。ある日、南部アラバマからトムの弟が職を求めてニューヨークに出て来て居候を始めたことを機に、笑子は大学教授のユダヤ系アメリカ人と国連に務める日本人女性の家庭に住み込みのメイドとして働き始める。そして差別と偏見が犇(ひし)めく現実を直視するなかで、自身のなかにも黒人への差別的まなざしがあることに気がついた笑子は、最後に「ニグロ」の妻であり母である自分を受けとめ、自らが「ニグロ」として黒人の間で生きることを力強く決意する。

以上のような内容を持つ作品は、どのように受容されたのだろうか。同小説は発表当時から主としてアメリカにおける人種問題を扱った小説として注目を集めた。有吉が留学後に発表した作品が、彼女が直に眼にしてきたアメリカの人種問題の実情を伝えるものと受取られたであろうことは想像に難くない。また作品の発表が公民権運動真っ盛りの時期であったことは、そうした読みに拍車をかけたであろう。発表当時に出た幾つかの書評はこぞって「人種小説」としてこの小説にスポットをあてている。その一つとして、例えば安岡章太郎の次のような書評はこの小説の読まれ方の一つの典型例を示している。

正直にいって、この小説の文学的価値は、そう高くないかもしれない。しかし、狭い意味での文学がコナしきれないものを、この小説は持っており、その点これは一読にあたいする本だといえる。たとえば「人種問題」とひと口にいわれるものの中に、どれだけ複雑な要素がふくまれているかは、ありふれた黒人問題研究書などよりも、この本にずっと的確に示されているようだ。ストウ夫人は「トム伯父さんの小屋」で奴隷解放に百万の援軍を動員したといわれているが、有吉女史のこの小説にも、何かそれに共通した実質的な効果を期待させるものがある。[34]

ロックフェラー留学から帰った有吉が『非色』を書き、同財団支援の留学でテネシー州ナッシュヴィルに滞在した安岡が書評を書いていることはそれ自体として大変興味深い。また『非色』を「トム伯父さんの小屋」に喩えたところなども面白いが、安岡の読み自体はこの作品の一般的な読まれ方の枠を大きく出てはいないといえる。それは一言で言えば、人種問題、なかんずくアメリカの黒人問題についての入門書、あるいは人種をめぐる道徳教本のようなものとして『非色』を読むということである。[35]

右の安岡の書評を含めて、作品をめぐる当時の反応からは、『非色』がアメリカの人種問題を日本国内に伝える上で大きな役割を果たしたことが知られる。[36]そして作品のあらすじからも窺われる通り、同作品における作家の態度は、差別問題を徹底的に追窮し、その凄惨な現状を覆うところなくつぶさに描出するというものであった。人種問題はロックフェラー財団のフェローらがこぞって注目した側面であるが、有吉の取り組み方はその徹底さにおいて抜きん出ており、アメリカ国内の人種をめぐる状況にこれほどまでに本格的にメスを入れた作品は日本では先例を見ないといっても過言ではない。『非色』の連載が始まった六三年には創作フェローシップは終結しているため、この作品に対する財団側の反応を知ることはできないが、当時冷戦下のアメリカが人種差別国家の汚名を払拭すべく懸命に努力するなか、このような作品がほかならぬ冷戦下の文化交流の産物として生れたことは特筆すべきことである。また有吉は作品だけでなく、『非色』発表の直後である一九六四年一〇月には『中央公論』の座談会「黒人問題と米大統領選挙」にパネルとして招かれて黒人問題について発言するなど、人種問題を直に目にしてきた立場から情報提供者（インフォーマント）としての役割も果たした。

作品の受容に立ち戻るならば、先行研究においても『非色』は専ら人種小説として読まれてきた。「黒人生活の全容と人種問題に取り組んだ日本で最初の作品」と作品の意義を論じたセオドア・グーセンをはじめとして、多くの論者が人種的観点から作品を取り上げ[37]、そうした論評においてはアメリカの人種問題の実情を正確に捉えているか否かに焦点が合わさったり、とりわけ黒人の描写における表象の倫理的正しさを検証するといった観点から作品への評価が与えられてきた。『非色』が日本文学に占める独特の位置に照らせば、このような読みには意義がある。しかしながらそこには見過ごすことのできない盲点があったと言うべきではないか。

アメリカから帰国した有吉は、同時代のアメリカを直接取り上げて描くのではなく、あえて戦争花嫁のライフ・ストーリーに託してこれを描いた。このいささか意表を突く設定にはどのような意味があるのか。注目すべきは、有吉が同時代のアメリカの抱える人種問題と、過去の占領の体験を見渡す視点に立ち、この二つを一人の戦争花嫁の個人史のなかで不可分に結び付けて描いたことである。事実、作品の四分の一ほどを占めるのは占領期の記憶であるが、従来の作品論では往々にしてアメリカにおける人種問題のみが切りとられて問題にされ、作品の占領の語りとしての側面は見落とされてきた。

そして何よりも多くの論者によって看過されてきたのは、小説内の語り手である。黒人が差別の対象とされたように、進駐軍兵士と結婚した〈戦争花嫁〉の女性たちもまた謂れのない差別的なまなざしを向けられた。なかでも黒人と結婚した女性は、二重に差別を受けた。同小説のナラティヴをこうした歴史への参照なしに語ることはできない。しかし従来の『非色』論の多くは、あたかも透明でもあるかのようにその語り手を素通りし、彼女が描き出す人種問題の実態や、その「物語」のもつ効果、人種表象の正確性だけを俎上に載せてきた。このように『非色』を人種小説としてのみ読んできた従来の読みの傾向は、作品の半面しか捉えていないばかりか、それによって意図せずとも戦争花嫁の語り手の声を疎外してきたのである[38]。

そこで本節では、これまで専ら人種小説として読まれてきた『非色』を、戦争花嫁の声による占領の語り直しであり、同時代アメリカの表象という二つの視点から捉えて再読する。進駐軍兵士と結婚した女性たちの体験は、二〇〇〇年代以降に研究による掘り起しが進み、また女性たち自らが声を上げ始めたことによって、徐々にその実情が一般に知られつつある[39]。そのようなか、人種にのみ重点を置いて『非色』を読んできた従来の作品論の読みの偏向に一石を投じたのは、有吉にロックフェラー財団フェローとして初めて光をあてた佐藤泉である。佐藤は「『非色』――複数のアメリカ／複数の《戦争花嫁》」という示唆に満ちた論考[40]のなかで、「敗戦と占領の歴史によりナショナリズムとジェンダー秩序の交差路に置かれた」戦争花嫁の語り手が、アメリカ内外に複数の差異の線を捉えて、「単一不可分の全体であるようなアメリカ」という想像の枠組みを突き崩すナラティヴとして作品を読み解いた。また同作品は、近年戦争花嫁の歴史の掘り起こしの動きが進むなかで、戦争花嫁を主人公として描いた先駆的な作品として言及されることが増えている[41]。

以下においては、佐藤の問題意識をも引き継ぎつつ、戦争花嫁の自己語りが「アメリカ」をめぐる「国民」の記憶にいかに語りかけるのかに注目しながら作品の精読を試みる[42]。そのためには、作品の語りを日米をめぐるさまざまな文脈に具体的に位置づけることが必要である。黒人と結婚した戦争花嫁の記憶に基づく作品の語りそのものが、これまでに不可視化されてきた文脈へと導いてくれるのである。まず次項では、従来の占領の語りに対するカウンターナラティヴとして作品を意味づけ、それがどのように占領の記憶の語り直しを図るのかを読み解く。その上で第三項においては、さらに同時代のアメリカの表象としてみる視点に立って、そこに描かれたイメージに注目するとともに、作品の語りが差別の生れる根源をどのように追究するのかを考察する。

『非色』は戦争花嫁が自らを語るという設定に基づくが、語り手である笑子の声の抑揚を聞き取り、作品における有吉の試みを十全に理解するためには、まず占領と女性の表象をめぐる関係に触れておく必要がある。そこでやや遠回りとなるが、次にまず占領下の〈性〉をめぐる女性たちの体験と、五〇年代までの占領の表象を振り返ってみたい。

(二)　占領の語りとしての『非色』

①国民国家の物語としての占領――女性の占領体験とナショナルな表象

敗戦に続く外国兵の進駐という空前の事態は、〈性〉にまつわる不安を著しく掻き立てた。米軍が進駐して来れば、「男は皆去勢されて、肉体労働に使われる。女は犯される」といった噂が民間に広まった[43]。敗戦から二週間後の八月二三日の『朝日新聞』には「進駐後の心構へ」と題された七つの項目が掲載されたが、その内の四項までが「婦女子は日本婦人としての自覚をもつて外国軍人に隙を見せるようなことはいけない」、「外国軍人が「ハロー」とか「ヘイ」とかあるひは片言まじりの日本語で呼びかけても婦女子は相手にならず避くること」といった婦女子への呼びかけであった。進駐軍兵士の暴行を恐れて、婦女子の疎開が命じられる騒ぎもあったという[44]。

このあと、占領をめぐる一般的な物語は大きく反転する。それは一言で言えば、陽気で親切で生気にみちた占領軍兵士と、従順で礼儀正しく大人しい被占領者の予期せぬ出会い、というものである[45]。かつて敵同士であった占領者と被占領者は、やがてお互いのなかに友好的な協力者を発見した。その上、女性たちには特別の贈物が与えられた。政治参加や家庭における男女平等を原則とする日本婦人の解放は、占領軍が掲げた五大改革のうちの一つであった[46]。ジェンダーを視点とする限り、「良い占領」との評価が優勢である所以である。しかし、このような歴史の語りは、女性たちの多様な占領体験を十全に語りえているのだろうか。

もう一度、敗戦の時点に戻ってみたい。日本が敗戦を迎えた後、外国の兵士が大挙して進駐してくるという未曾有の国家的非常時に際して、日本国家はいちはやく〈性〉を統制下に置くために動き始めていた。終戦からわずか三日後の八月一八日に内務省警保局長の橋本政実から各府県長官に向けて、進駐軍兵士向けの「外国軍駐屯地における性的慰安施設」を急速に設立すべき旨の通牒が出された[47]。「大和民族の純血を守る」という名分のために国家は莫大な資金援助を約束し[48]、従業員の募集にあたっては、「芸妓、公私娼妓、女給、酌婦、常習密売淫犯等を優先的に之を充足す」べきことを指示した[49]。こうして八月二八日には、米軍の神奈川への進駐と合わせて、次のような声明のもとに特殊慰安協会（RAA、Recreation and Amusement Association）が立ち上げられた[50]。

『昭和のお吉』幾千人の人柱の上に、狂瀾を阻む防波堤を築き、民族の純潔を彼方に護持培養すると共に、戦後社会秩序の根本に見えざる地下の柱たらんとす[51]。

こうして占領軍兵士たちを迎え入れたＲＡＡは、性慰安施設、飲食施設、娯楽場を網羅した総合慰安施設であった。東京一帯に設置されたＲＡＡとは別に、県や警察が関わった類似の施設が全国各地に設置されている。[52]

右の声明文にも見られるように、ＲＡＡの設立目的は何よりも良家の婦女子を守るための「防波堤」を築くことにあった。[53] そのために掲げられた声明文には、さまざまな線引きと排除の論理が働いている。まず第一に、有賀夏紀が論じているように、ここにはアメリカ人と日本人の異なる人種の間に「人種隔離」を企図した「日本側の人種主義」を指摘できる。[54] それは自民族と他民族とを区分し、自民族を頂点として諸民族を序列化するナショナリスティックな衝動に基づくが、人種主義はさらには慰安施設内に白人用と黒人用の区分を設けるという人種差別の再生産となって現れた。そして同時にＲＡＡは、日本女性を家庭の貞淑な婦人と売春婦の二つのカテゴリーに割り振り、〈性〉秩序を管理することをも目論む。こうした意味で「防波堤」は、占領国家と被占領国家の国民、黄色人種と白色／黒色人種、そして異なる出身階級の女性たちの間を分節化し、隔離する分断線であったといえる。

社会の下層部に位置づけられた一部の女性たちを以って日本の「混血」化を食い止めようとするこのような目論見は、さまざまな限界と矛盾を孕んでいた。第一に、ＲＡＡ計画はどのような女性たちが働くべきかについて指定していたが、実際に集った女性たちはさまざまな出身階級が入り混じっていた。募集には、銀座などの広告看板や新聞広告などで「新日本女性に告ぐ。戦後処理の国家的緊急施設の一端として、進駐軍慰安の大事業に参加する新日本女性の率先協力を求む」と呼びかけて志願者を募ったが、勤労条件ははっきりと明記されていなかったために実際の仕事の内容を知らずに応募した女性も多く、衣食住全てを著しく事欠く敗戦下にあって、「宿舎、被服、食糧全部支給」といった好条件につられて集る者は多かったという。[55] もとより、ＲＡＡの施設で働く女性たちもまぎれもない日本女性であることを思えば、その論理的矛盾ははじめから明白であった。ただ「見えざる柱」という声明中の表現に明らかなように、その矛盾を女性たちの声を封じることによって覆い隠そうとしたのである。

一方、日本の「「国体護持」のための生け贄」として差し出された「勝者への〈贈物〉[56]」をアメリカ側はどのように受取ったのか。占領当局は表向きは売春禁止の立場を取りながらも、これを歓迎し、利用した。八月二八日に大森に開園した小町園には、「まるで配給の順番でも待っているよう」に長蛇の列を作って兵士たちが並び、「女中や事務員まで、追いまわ」すありさまであったという[57]。このように、RAAとは女性たちの身体を管理下に置く日本側の〈性〉の国家管理の論理が最もあからさまに表明された場であっただけでなく[58]、占領軍との良好な関係を築こうとした日本側と、兵士の士気を維持しようとしたアメリカ側の男性中心主義が結託する場でもあった[59]。こうしたことから、RAAを中心に占領とジェンダーの問題を考察した平井和子は、「「平和的進駐」「良い占領」という前提は、ひとたび勝者――敗者の男性間で取引された占領地女性の体験（占領軍兵士への「慰安」提供という名目の性売買・性的管理など）から見直せば、まったく異なる占領風景となる」と指摘する[60]。

RAAの存在は、占領下の女性たちの体験が決して同質ではなかったことを浮き彫りにする。ところで、敗戦を迎えた日本がまっ先に〈性〉の管理に乗り出したこと、占領軍兵士と密接に接触する女性たちの声を掻き消すことから始まったことは、以後の占領体験の表象の問題を考える上で極めて示唆的な出来事であったと言える。占領軍、なかでも米軍兵士と対になった日本女性を、二つの国家の関係と重ねて占領を記憶する語りが数限りなく量産されたからだ。マイク・モラスキーや鈴木直子、佐藤泉をはじめとして日米の多くの論者が指摘するように、日本とアメリカの関係を語る際には二つの国を男女関係になぞらえる「性＝国家のメタファー」が頻繁に見られる[61]。このような比喩によって始動する想像力のなかで、アメリカは常に強者である男性の位置を占め、日本は女性＝弱者の側へと重ねられる。多分に性的な響きが伴うこの比喩は、オリエンタリズム的なまなざしとも親和性を持つが、何もアメリカ側だけでなく日本側でも好んで用いられてきた。なかでも占領が語られる際にこうした修辞の持つ現実味を担保するのは、〈パンパン〉という蔑称で呼ばれていた、外国兵を相手とする売春婦の存在であったと言える。

戦後直後の占領をめぐる社会的な記憶のなかで、「夜の女」「闇の女」とも呼ばれ、特定の相手を客に持つか不特定多数を相手とするかによって「オンリー」／「バタフライ」といった呼称で区分されることもあった彼女たちほど、国民的心情を強く喚起する存在は外にいない。赤い口紅に鮮やかな原色のドレス、エナメルのハイヒールという典型的ないでたちで灰色の廃墟の街角に立つ彼女らの姿は、占領期をめぐる言説のなかに数限りなく表れる。彼女らはなぜこれほどまでに、世間の耳目を惹き付けたのだろうか。それは彼女らが、占領下に働いたナショナリズムとジェンダーの規範をセンセーショナルに侵犯し、それによって得た豊かさで国民的な敵意と羨望を一身に浴びた存在であるからだ。

純潔イデオロギーに基づけば、ふしだらな女たちはもとより批難されるべきだが、そのような烙印は、とりわけ日本とアメリカの間の境界を跨ぐときに国家／民族の裏切り者に容易に転じうるだろう。その内的論理はＲＡＡの宣言文に照らせば一目瞭然である。女性たちは「国体」の「護持培養」を担うべき責任を負っているが、彼女らは国民の再生産を担うべき女性の身体を元敵国の兵士に売り渡す。要するに、彼女らは純潔／純血イデオロギーを同時に乱す存在である。おまけに彼女らは、その対価として豊かさを手にすることで貧しい国民を裏切り、そのような豊かさを与えることの出来ない敗戦国の男性たちの傷つけられた自尊心を逆なでし、その権威を失墜させる。国民の大多数が衣食住に事欠き、一日々々を生き延びているときに、女性たちが身に纏った豊かさへの羨望が強まればその裏返しとしての嫌悪も深まり、敗戦国民の男性的ルサンチマンは占領軍兵士に直接向けることができないだけに、一層屈折して女性たちへと向かう。こうして〈パンパン〉たちは、嫉妬と侮蔑、好奇と批難の入り混じったまなざしの対象となる。被占領国の国民に負けたという事実を視覚的に突きつける最も強力なイコンとなりえた要件は充分であろう。(62)

〈パンパン〉に差し向けられた批難や嫌悪の感情は、ＲＡＡの女性たちを必要とした論理とちょうど裏表の関係にあると言えるが、そうした感情の投射はさらに、外国兵と親密に接触する女たち一般にまで拡大される。占領期に成人を迎えた小説家の吉村昭（一九二七〜二〇〇六）は、随筆「臀部の記憶」のなかで敗戦後の風景を次のように記憶している。

衝撃的であったのは、米兵にすがるように歩いている日本の若い女たちであった。けばけばしい化粧をした顔だちの悪い娘の場合はまだいいとしても、容姿が美しく、良家の娘のような初々しい娘が、米兵と嬉しそうに手を組んで歩いているのを眼にするのは辛かった。その娘は、米兵と肉体関係もむすんでいるはずで、敗戦と同時に変化したその女に苦々しさを感じた。[63]

こうした文章からは、守られるべき「良家の子女」とそうでない女性とを区分するまなざしの「防波堤」が一般の人々の認識のなかにもまぎれもなく存在したことが確認される。その論理はＲＡＡの声明文の文言と正確に響き合い、表出された感情は、「見えざる柱」であるべき女性たちが可視化され、「防波堤」が瓦解することへの嫌悪感であると言えるだろう。[64]

以上のように占領とジェンダーをめぐって働く大衆的な意識や心情を見るなら、占領の表象に占領者と対になった女性たちが頻出することが理解される。ここで占領をめぐる表象空間を見渡してみよう。占領と女性表象を考察する際に忘れてはならないのは、ＧＨＱによって発布されたプレスコード（Press Code for Japan）には、占領軍との「（異性間の）親密さ」（fraternization）の描写を禁じる条項が項目として含まれていたことである。このように占領当局が日本女性との間の親密な関係の表現を逸早く取り締まったことは、それが喚起するであろう被占領国の国民的感情をアメリカ側が正確に見抜いていたことを物語るが、しかし表現の統制にもかかわらず、占領軍と日本人の間の「親密さ」の描写の禁止をめぐっては、絶えず検閲網を潜るための試みがなされた。文学を例に挙げれば、石川淳『黄金伝説』（一九四六）や田村泰次郎の『肉体の門』（一九四七）といった作品からは、検閲との格闘の形跡をはっきりと読み取ることができる。[65]これらの作品は、占領軍兵士の描写にあたって暈かした表現を用いたり、[66]鮮やかな色のドレスやハイヒールなどの記号を女性の側にちりばめるといったさまざまな工夫を凝らすことによって、連れ立つ一組の男女の関係性を読者に暗示する。[67]ＳＣＡＰが占領軍と親密な女性を描いてはいけないという項目を検閲の禁止条項として盛り込んだこと、そしてそれに抗うかたちで文学が占領軍に身近に接触する女性たちを描き続けたことは、別言すれば女性の身体表象をめぐる駆け引きが、まさにアメリカと日本の間の、ひとつの戦いの場であったことを意味するだろう。

さらに検閲と占領が終結した後、引き続く一九五〇年代前半は、マイク・モラスキーによれば、女性のアメリカへの従属の表象の最盛期に当たる。[68] その端的な表れが、「パンパン」をめぐるドキュメンタリー／手記／小説などのブームである。[69] 占領の終結とともに改めて社会状況の再検討が行われるなかで、売春が深刻な社会問題として浮上した。[70] そのジャーナリスティックな関心の高まりと絡んだ形で、〈パンパン〉と呼ばれた女性たちの実体験に照明をあてた出版物が脚光を浴びる。五〇年代前半に表れた「パンパン」ものブームの筆頭として挙げられるのが、一九五三年に出版されると一年で一七刷をも重ねるほどの爆発的な売れ行きを記録した当時の代表的なベストセラー『日本の貞操――外国兵に犯された女性たちの手記』[71] である。四人のGI相手の売春婦たちによる告白記として絶大な反響を呼び起こした同著は、無垢な処女がアメリカ軍兵士によって強姦され、堕落するという、当時流通していた〈パンパン〉物語の典型的な筋書きをそのまま忠実に映し出す。こうしたブームの原動力には、多分に大衆の覗き見主義的な興味があるが、同時にそこに極めてナショナリスティックな言説が絡んでいることは見逃せない。モラスキーによれば、占領下ではプレスコードの存在もあって、占領軍と日本女性との間の性的関係があからさまに語られることは避けられていたが、プレスコードの解除と占領終結を受けてより直截に「アメリカ」を描くようになったこれらの出版物は、ナショナルな隠喩を駆使し、巧みに女性たちの体験を日本という国家の処女性喪失の物語として象徴づける。モラスキーはそのナラティヴが、「無垢な女性への暴力というイメージを略取し、しかも彼女たちの苦悩を、共有された国民的体験として表象することによって、日本の敗戦に伴う明らかに「男性」の屈辱感を巧みに覆い隠」していたと指摘する。[72]

個々の女性たちの体験を直に国家の体験へと接合するこうした想像力の構築に文学が果たした役割は決して小さくない。手記ほど単純でむき出しの形ではないにせよ、占領を描く多くの小説にも女性の表象は、日本国民としての心情の表出と密接に絡む形で方々に刻み込まれている。第四章で触れたように、一九五〇年代には占領の屈辱感を描いた作品が多く書かれたが、モラスキーの翻訳者でもある鈴木直子は、彼の研究を敷衍して、一九五〇年代をジェンダー・メタファーで読み替えることを提唱する。[73] 鈴木が挙げる安岡章太郎の「ガラスの靴」（一九五一）、小島信夫「アメリカン・スクール」（一九五四）に加え、安岡の「ハウス・ガード」（一九五三）、大江健三郎の「人間の羊」（一九五八）を含めて、五〇年代の小説には娼婦、メイド、英語教師や通訳といったアメリカと密接に接触する女性たちの表象が頻出する。モラスキーや鈴木によれば、これらの女性たちをアメリカへなびく存在として眺めつつ被占領者としての屈辱の感情を語ったり、あるいは彼女らのアメリカへの従属が喚起する被占領者の喪失感を語ったりしてきた小説において、彼女らは日本国家のメタファーとして意味づけられていた。むろん、これらの作品を一概に図式化することは控えるべきであり、各々のテクストはそれぞれ個別に厳密な分析を必要とする。本書で取り上げて分析した「アメリカン・スクール」には、みち子に向けられる男性的まなざしが一定の批判的距離を置いて描かれていた。しかしながら、主題を異にする数多の文学作品が、物語世界を構築するにあたっていかに女性のアメリカへの従属という構図に依存してしまうかという点は注目に値するように思われる。また、そのような語りが占領を脱却して新たな国家アイデンティティの構築を図る一九五〇年代において重要な役割を果たしたという鈴木の指摘は、一考に価するだろう。第四章の最後に論じたように、国民に共有された屈辱の体験はナショナル・アイデンティティ創出の強力な基盤となるのだ。

このように、五〇年代までの占領の語りにおいては、アメリカに従属させられた日本女性のイメージを中心に据えて、日本とアメリカの関係を強者と弱者の二項対立関係に置くナショナル・ナラティヴが量産された。しかしこのように女性の表象に託して国民共有の体験が語られるなかで、そこで語られる彼女らは、往々にして国家の比喩を託される媒体であって、日本対アメリカという構図や、被占領が喚起する屈辱や喪失の感情という枠組みからはみ出すような女性自身の体験や心情が語られることは逆に少なかったのではないか。もしくは、女性の表象が国家の比喩の媒体たりうるためには、そのような枠からはみ出るような個人の語りは、排除されるべきであったのではないか。

このような疑念を逆の方向から裏付ける一つの興味深い事例をモラスキーは紹介している。田中貴美子という実在の元RAAの娼婦による手記として出版された『女の防波堤』（一九五七）[74]は、『日本の貞操』と類似の性質を持ったテクストである。ところが極めて興味深いのは、そのナラティヴが「女性たちが実際にこうむった性的蹂躙を抜け目無く流用することで、占領時代の記憶を、ジェンダー・イメージに依存した国民的アレゴリーへと構築[75]」していく手法に着眼したモラスキーが、女性による手記を謳った同著が実際には男性の手によるフィクションであったことを研究調査によって突き止めたことである。[76]それは、他国による占領の下にある日本国家を語るために、表象上の女性の身体が代喩として動員され続けたことを図らずも露呈してしまった一つの力強い例証である。

②女性史（ハストリィ）としての占領――戦争花嫁、黒人、混血児の視点からの語り直し

前項で考察した五〇年代の占領表象の流れを踏まえて、一九六三年から連載が始まった『非色』の語りをどのように捉えられるだろうか。まず注目されるのは語り手である。占領をめぐる戦後日本の集合的想像力のなかで、戦争花嫁たちは〈パンパン〉と呼ばれた女性たちと近い位置にある。このことは、彼女らが売春経験の有無にかかわらず往々にして〈パンパン〉という蔑称を向けられ、売春婦の成り上がりであるという偏見に持続的に晒されたことからも明らかである。元敵国兵士と結婚した彼女らは、外国兵と性的に親密な女たちと同様に負の烙印を押されて差別意識に苦しみ、また貧しい時期に国を捨てた裏切り者としてときにあからさまな敵意を向けられてきた。こうしたことから、〈戦争花嫁〉という呼称そのものに侮蔑的な響きを感じる女性たちも多い。[77]そして先のRAAの宣言文の「見えざる柱たらんとす」という表現が明らかに外国兵と性的関係を持った女性たちから声を消し去っているように、これまでの占領史の表舞台に戦争花嫁の声が浮上することはほとんどなかった。戦争花嫁が自らの体験を語る『非色』の語りは、そうした複数の沈黙の上に成り立っている。

このような視点に立って『非色』を読むとき、戦争花嫁である笑子が自らの声で語り始めるテクストの冒頭は特別な意味を持つものとして浮かび上がる。笑子の自己語りは、戦時中から戦後への転換点を、現在の時点から振り返るところから始まっている。

> 私は自分の生い立ちについて多く語ることを好まない。父親のない娘、片親育ちの子供というものは世間にいくらでも例があるからである。貧乏だったということも世間では珍しいことではない。妹より不器量に生れついたからといって、書いて世の人に訴えなければならないほどの悲劇とは思えない。だから私はそうしたことを陰々滅々と此処に披露しようとは思ってもいないのである。もっとも右のような私のあまり幸福ではない条件は戦争中は感じる暇がなかった。不幸を一番身にしみて感じる筈の青春期の前半は、私は学徒報国隊という腕章を巻いて施盤工として夢中で過していた。夜は工員宿舎の一部に泊って、女学生たちはみんなそれぞれの家庭の事情とは関係を断った暮しをしていた。警戒警報。待避。空襲警報。あの最中には、女の子が美人かそうでないかということなど大した問題にはならなかった。
>
> 戦災で家を失い、敗戦と共に工場に別れを告げた私は、母と妹と都心を離れた焼け残りの家の二階一間を借りて暮すようになったが、そのときでも貧乏というものの実感はなかった。東京はまっ赤に灼け爛れて、富者や金持と呼ばれる者も一なぎに壊滅してしまったかに見えた。右を見ても左を見ても焼け出された人々ばかりで、おまけにひどい食糧難時代だ。みんなが飢えていた。食べるものにも、みんなが平等に困っていた。(78)

第一声の、自らについて「多くを語ることを好まない」という一文は、その後数百ページにわたって述べられることになるむしろ饒舌とも取れる語り全体と釣り合う重さをもっているように思われる。それは、逆説的に一人称の「私」が自らの声を持って語り始めたことを際立たせると同時に、その「私」が、実は語ることを余儀なくされた語り手であることを示唆する。そしてそのように重い口をあけた笑子は、自らのライフ・ヒストリーを語り始める。それは取りも直さず、「世間にいくらでも例がある」ような「私」がニューヨークの「ニグロ」(79)として生きることを決意するに至るまでの過程である。そして彼女が声を上げて記憶を語り始めるとき、聞き慣れた占領風景は一変する。

笑子の回想のなかで戦時中とは、「学徒報国隊」という単一の名の下にあらゆる差異が不問に付された時期として描かれる。依然として存在する個々人の間の「差異」は、決して「差別」へと変換しない。なぜならそこでは帝国臣民の名において諸々の差異が隠され、敵国アメリカ対帝国日本という二項対立の間の差異だけが実質的な意味を付与されるからである。しかし「富者や金持と呼ばれる者も一なぎに壊滅してしま」い、「みんなが平等に困っていた」などの実質的な差異の崩壊として描かれる敗戦直後の東京から、テクストは徐々に、それらの差異が人々の認識の上で実体を持ち始めるところへと移る。それは取りも直さず、〈アメリカ〉と〈日本〉というカテゴリーの内部に潜伏していたさまざまな差異が浮かび上り始めるということにほかならない。敗戦直後の日本人にとって、「手を束ねて進駐軍のエネルギッシュな仕事ぶりをポカンとして眺め」ることとは、即ち「白人や黒人たちのきびきびした動きを驚異の目で眺め」（傍点引用者）ることでもあったのだ。[80]

佐藤泉が「『非色』が描くのはなによりも不可分の全体であるようなアメリカではなく複数のアメリカ、アメリカ内外にわたる複数の差異の線」[81]であると指摘するように、笑子の目線は〈日本〉と〈アメリカ〉に内在するさまざまな分割線を注意深く捉える。黒人兵と結婚してニューヨークに渡った戦争花嫁としてさまざまな差別を経験した後に事後的に語られる笑子の語りは、はじめから差異の本質化に拮抗しながら、個々人の間にあるさまざまな差異の機軸がいかなる文脈のもとで浮かび上がり、選択的に意味づけされて権力や差別の基盤へと転じるかに注意深く向けられている。このような視点に基づくとき被占領空間は、多様な差異軸が幾重にも交差し、その間に重層的な駆け引きが働く権力の場として浮かび上がる。

笑子とトムの出会いの場である進駐軍専用のキャバレーは、まさにそのような被占領空間の一つの縮図をなしている。人々が闇市でなけなしのものを売りさばいて飢えを凌いでいる戦後の混乱期に、一家を支えなければならない笑子は「有楽町の駅の傍にある進駐軍が暫定的に経営しているキャバレー」の「パレス」の前で仕事を求めて屯していると、「雲つくような大男のニグロ」がやって来てクロークの仕事を与えられる。それが後に夫となる「パレス」の支配人のトーマス・ジャクソン伍長である。[82]キャバレーのダンスホールには、「赤や黄や緑の原色のドレス」を着てGIの接待をする女たちが溢れ、「碌すっぽ英語の出来ない女たちが、分りもしない相手の言葉に応えて、げらげら笑い崩れ、抱き寄せられては嬌声をあげてい」る。[83] このように兵士たちに「慰安」を与えるために供される女性たちを、「全く欲しい人間には与えられる女たちなのであった」と回想する笑子の語りは、勝者の男と敗者の女の間にある社会的・階級的な力関係の圧倒的な落差を浮き彫りにする。[84] そのような非対称な力関係に働く権力の性質は、占領期に記者として日本に滞在したダグラス・ラミスがＧＩたちの占領体験を語った次のような文章に余すところなく言い表されていよう。

誰もそうとはっきりいわなかったし、意識的に自覚もしていなかった。だからこそ、そのときの経験はあれほどすばらしかったのだ。アメリカの権力を、個人の権力として体験できたのである。（…）日本に到着したＧＩは、突如、階層がはね上がるという経験をした。突如として、自分の気分次第で無視したり、気分次第で無礼なふるまいをしても、仕返しされる恐れのない人間たちの階級が、こぞってそこにいるというわけだ。（…）そして彼が基地を出てキャバレー地区へいくと、アメリカ帝国の権力が彼個人の性的能力に変わりうることを発見するのだ。[85]（傍線引用者）

「国家どうしの関係」が「男女の関係に変換されて」現れる[86]このような構造に注目するなら、占領軍兵士と被占領国の女性たちが戯れる光景に被支配者が国家的屈辱の象徴を見出すことは全く正当であるように見える。しかしながら、笑子の眼に映し出されるキャバレー内の占領者と被占領者間の関係に照らせば、両者の関係性を一面的に占領／支配者＝強者と被占領／被支配者＝弱者の構図でのみ見ることはできない。作中で「パレス」は「ニグロ専門のキャバレー」として設定され、そこに働く女たちは心の内では黒人に対して差別的な意識を抱くことが描かれる。実際に占領下で開業した進駐軍キャバレーは、将校用／白人用／黒人用に区分けされていたことが知られるが、[87] ラミスの描いた階級の上昇は、一般に白人の占領者よりも黒人兵士たちにとってより劇的に体験されたであろう。黒人兵たちは占領者として被占領者に対して優位な立場に立つが、しかし人種的関係においてこの関係は反転する。勝者であるアメリカ人の間には人種や階級で線引きがされており、被占領者との関係も一様ではない。

そして敗者の間にも線引きがなされている。クロークで働く笑子に話しかけたトムが警戒する笑子に、「女がほしいのならあちらへ行く」と言ってダンス・ホールを指差してみせるとき、敗戦国の女性たちの間に引かれた分断線は浮かび上がる。ただし留意すべきは、笑子はダンス・ホールの光景に屈辱や憤怒を覚えるのでもなければ、「ジャクソン伍長によって、そういう女たちから区別された」ことを喜びもしないことである。なぜならば彼女は、少しでも収入を増やしたいという現実的で経済的な理由と、贅沢をしたい欲望から、「実はそういう女たちの仲間入りをしようと思って」いたからである[88]。このような語りは、戦後の混乱期にあって階級の境界線は極めて可変的で、したがって個人の占める位置も流動的であったという事実に注意を喚起する。「クロークの中で働く堅気の女たち」と「ダンサーとして働く怪しげな女たち」の差は紙一重であって、多分に偶発的なものである。笑子の語りは、女性たちをレッテルを貼って区別し、その分断線を本質化するまなざしに拮抗している[89]。

以上のように、人種やジェンダーといったさまざまな分断線が交差する構造を捉える『非色』の語りは、「占領者」や「被占領者」は決して一枚岩的な集団ではなく、個々の占領者と被占領者の間の関係性も固定した二項対立的な関係ではないことを浮き彫りにする。占領という条件下で二つの国の国民が接触するとき、そこには占領者と被占領者の間の圧倒的な権力差が強く働くが、だとしてもナショナリティだけが関係性を決定する唯一絶対の差異ではない。そこでは人種／階級／ジェンダーといった多様な差異軸が重層的に働き、関係性はその都度文脈に依存して決定される。したがって笑子の目はむしろ、文脈によって変転する力関係に向けられる。

占領空間内に抗争する力関係は、トムという一人の黒人兵を見るまなざしをめぐっても顕在化する。戦後日本文学にあらわれる黒人兵の表象に注目した勝又浩は、黒人の占領軍兵士が登場する代表的な作品として石川淳の『黄金伝説』、大江健三郎の『人間の羊』、松本清張の『黒地の絵』（一九五八）[90]の三作品を挙げて、「これらに登場する黒人兵たちは、まず何よりも反抗のできない占領軍であり、そしてその上恐ろしい異界の人であった[91]」と分析している。この指摘に従えば、黒人の占領軍兵士はこちら側の交渉を一切拒絶し、一方的に屈辱や恐怖をもたらす存在としてある。これに対し、『非色』のなかでトムは日本人である笑子に対して文脈によって変転する多面的な「アメリカ」を担う存在として表れる。

トムは「パレス」の支配人として、キャバレー内に働く日本人の富の分配券を司る。占領軍兵士に娯楽を提供し、慰安を与えるこのような施設は、東谷護が進駐軍クラブを中心とする米軍基地の文化が戦後日本の大衆音楽の形成に与えた影響を詳細に跡づけて見せたように[92]、娯楽文化の発信者としての「アメリカ」として検討される余地がある。また、トムは笑子を映画やアーニー・パイルのショーやナイトクラブのデートに誘い、GIたちのクラブのレストランで大きなステーキや馬鈴薯のフライ、アイス・クリームのかかったパイの豪華な食事を振舞い、手を握ったり接吻するなどの身体的な愛情表現を積極的に行う。別言すれば、彼はアメリカ式男女関係の実践者であり、娯楽文化の伝播者であり、何よりもアメリカ的豊かさの源泉である[93]。トムはGIの月給で購入したPX（Post Exchange Office）[94]の物資を横流しして、缶詰や砂糖、コーラやビールといった豊かな食糧品や、「ビニール製のテカテカ光る赤いハンドバッグ」やストッキングといった当時の日本人には贅沢な品を笑子の一家にもたらすことができる。このような時のトムは、まぎれもなくアメリカ占領軍の一員として「アメリカ」の富や権力を体現する強者である。

しかし彼が進駐軍向け日本語テキストにある文句を引用して、「連合国は日本の国民に平和と平等を与えるために進駐してきたのです。あなたがたの自由も財産も守られています」という「アメリカ兵たちのスローガン[95]」を日本人に向けて掲げるとき、そこには痛烈なアイロニーが生じる。一義的には、米軍内に人種別に区分けされた施設が設けられている事実にも示されるような白人と黒人の間の不平等な人種関係が前景化するためであることは言うまでもないが、さらにアイロニーを増幅するのは日本人の黒人認識である。トムは「平等があるから、だから私は日本が大好きです」と繰り返すが、現実には日本とて人種的偏見や差別から決して自由ではない。黒人と付き合う笑子は「黒ンボ相手のパンパン」という罵り言葉を投げかけられ、さらにトムとの結婚を相談された母は、「娘が外国人と、それもアメリカ人ならともかく、あんなまっ黒な人と結婚するなんて！[96]」と絶句する。黒人に対する日本人の差別意識は、トムから「アメリカ」を代表／代理する資格を剥奪するのである。

占領者である黒人兵のトムと被占領者である日本人の笑子の関係性は重層的であり、文脈によっても変動する。笑子は回想のなかでトムとの初めてのデートを、「この日のデイトの間に、私は遂に一度もトーマス・ジャクソンをニグロだと意識したことがなかったのは不思議だった。今になって考えてみれば、あの日の私は、勝ったアメリカ兵と敗けた日本人とのデイト、私にとって初めての男とのデイトということより他には考える余裕が無かったからではないかと思う[97]」と振り返るが、この語りは人種／ナショナリティ／ジェンダーといったさまざまな特性を背負う個人としてのトムの位置取りを照射すると同時に、自己と他者の差異化の過程が文脈によって流動的であることを示している。このように関係性のあり方を捉えるとき、結婚式の場面は象徴的である。「USアーミーの制服」に身を包んで立つトムが代表するものは占領国アメリカの権力だが、「私は私の愛の証をトムの肌に見ながら、彼の愛の証を黄金の指輪に見ていた」という笑子の独白には、経済的階級と人種的階層が交差するさまがつぶさに捉えられている。大多数の日本国民が進駐軍の放出物資で飢えを凌ぐなか、笑子は「アメリカ人」との結婚によって冷蔵庫と洗濯機と暖房の備わった住宅での快適な生活を手に入れ、ＰＸで必要なものを買い揃えて中流階級の主婦の特権を全うする。そして笑子の妊娠を知ったとき、黒人のトムはより白い肌の子供が生れてくることに夢を託す。

だが以後の物語は、占領軍の標榜した自由と平等の民主主義理念、豊かさをまとった「アメリカ」のイメージを、裏面にある現実によって悉く覆していく。トムが一九五一年に退役して帰国した後、笑子は生活のために進駐軍に通訳の仕事を求めるが、「黒人なまりのある英語は困る」という理由から採用を断られる。小島の作品ではナショナルなアイデンティティに対する脅威として描かれた英語は、笑子にとっては「英語万能の時代」に母子の生活を支える手段となりうるものと期待されるが、彼女が知らされるのは、トムを通して身につけた英語は「アメリカ」内部にある「人種主義的差異の刻印[98]」であり、「アメリカ」を代表するイメージから黒人的なものは注意深く排除されているということである。トムはPXから富をもたらすが、しかし進駐軍の豊かさを無条件に享受できるわけではない。結婚後に笑子はトムの希望で青山の日本人向けアパートを新居に選ぶが、後にワシントン・ハイツの白人家庭で女中（メイド）として働き始めた笑子は、ここからも黒人は疎外されていたことを知る。

本書でも繰り返し触れたように、進駐軍住宅は通常、圧倒的豊かさと魅力的な生活様式の発信源として記憶される。そのなかでも代表的な事例として最もよく引き合いに出されるのが代々木のワシントン・ハイツであった。二〇万余坪の敷地に八〇〇世帯ほどの住宅と、アメリカのライフスタイルに必要なあらゆる施設を完備した生活空間のなかには、日本人の羨望を掻き立てる豊かさが凝縮されていた。しかしひとまず人種的観点に立てば、そこは差別と排除が働く空間として浮かび上がる。ワシントン・ハイツを含む占領軍接収施設の一部は、占領が終わった後も「GHQによる接収」から「駐留軍に対する提供」に名分を変えて使用され続けた。[99]作品では、五〇年代はじめに訪れたワシントン・ハイツの情景が、次のように描出される。

鉄条網で囲われた中には、手入れの行き届いた公園も、教会も、小学校からPX、そして劇場まで、彼らに必要な文化施設が揃っていた。その頃の東京の半端な復興ぶりと比較すれば、そこは正しく文化的小都市であった。入口にはMPが白い鉄帽を冠り、銃を構えて見張っていたが、一歩鉄条網の中に入ればそこは明るい平和な町であった。（…）ハイツは正しくアメリカ租界だった。日本の国の中であることは間違いないのに、アメリカ人だけが、幸福に暮している。それも白人ばかりが。[100]

「立入禁止」を意味する鉄条網は、日本人とアメリカ人を分かつばかりか、「アメリカ」のなかの白人と黒人の間の人種的境界線とも重なる。日本人が「アメリカ的な生活様式」として理解し、やがて実現したい住まいの理想像を見たワシントン・ハイツの暮らしはその実、白人の中流階級の生活様式／水準である。占領者の豊かさの恩恵に浴すのは白人のみであり、黒人は排除されている。

さらに、「ここにいる白人以外の人種といえばそれは日本人だけ」という鉄条網内の人種的構成は、「それはつまり彼らの下で働いている使用人ばかりだった」という語りによって、階級関係と二重写しにされる。ワシントン・ハイツに雇われたメイドたちの「給料は個々の家庭からでなく、日本政府から支払われ」ており[101]、彼女らは重い家事労働を課せられている。というのも、「アメリカ人の家庭には電気洗濯機があると聞いていたが、メイドに洗わせるのにわざわざ機械を買う必要はないと思ったのだろう、ワシントン・ハイツで電気洗濯機のある家は数える程しかないという話[102]」だからである。青山芳之によれば、実際に「洗濯機を使うよりもメイドを使った方が安く、きれいに洗濯ができるという」理由から、進駐軍住宅への洗濯機の納入は一九四七年五月で打ち切りになったというが[103]、『非色』の語りは、アメリカ的生活様式から徹底して疎外される日本人を捉える。家庭電化は家事労働から女性を解放したと言われたが、ワシントン・ハイツの白人アメリカ人女性の解放は、日本人女性の家事代替によってもたらされるのである。このような笑子の語りのなかでは、人種の分割線はそのまま階級の分断線となる。

そして自由と平等の価値は、ほかならぬアメリカ人自身によって端的に否定される。笑子の英語に「なつかしい南部のなまり」を喜ぶ南部出身の夫人は、差別主義者である。黒人への不平等な扱いについて、「民主主義のアメリカでも、そんな差別があるんですか？」と問いかける笑子に彼女は、「仕方がないのよ。色つきは教養がなくて、凶暴で、不正直で、不潔で、手のつけられない人たちなんだから」という偏見を臆面もなく披露し、さらには、「アメリカの民主主義は、彼らを奴隷から解放しただけよ。それが良かったか悪かったか誰も分ってはいないのよ[104]」と民主主義への疑念を述べる。白人の婦人達は昼下がりに笑子に食べ物を運ばせてはお喋りに興じ、「平等なんて、考えものなのよ。だいたい使う者と使われる者の間に平等というのが有る筈はないんですもの[105]」と平然と平等の価値を否定する。笑子の意識のなかで、ワシントン・ハイツ内の白人アメリカ人と日本人との関係は、アメリカ本国における白人と黒人の関係に重ねられる。

この世の中に使う者と使われる者があるのだからという彼らの論理は、そのままワシントン・ハイツのアメリカ人たちとメイドである私たち日本人との関係にも当てはまるのではないか。トムは永遠に夜の雑役夫であり、私は永遠に彼らのメイドであり、そしてメアリイは成人すると同じメイドになって白人にこき使われて生きなければならないというのだろうか(106)。

人種主義と階級問題とを交差させ、白人に対する立場において黒人と日本人とを結びつける視点に立ったこのような語りは、資本主義の弊害とアメリカにおける人種差別の現状を恰好の攻撃材料に利用した共産圏の情報宣伝に対抗して「真実のキャンペーン」を展開していた冷戦下アメリカの広報戦略が最も恐れた論理ではないか。ところで『非色』が問題にするのは、白人と非白人の間の分断線だけではない。夫人は笑子に、ニューヨークのニグロは「誰も一人として幸福じゃない」と断言し、「あなたが日本から出かけて行って、その仲間入りをすることはない」と忠告するが、それにもかかわらず笑子が渡米を決断するのは、〈混血児(107)〉であるメアリイに対する日本人の差別のためなのだ。

ここでひとまず先に、当時の混血児をめぐる状況や認識について簡略に見ておきたい。一九五〇年代に売春女性に関する関心の高まりがあるなか、これと対をなすように同時期のメディアにあふれたのが占領軍兵士との間に生れた混血児に関する記事であった。敗戦から五〇年代までの時期の新聞・雑誌、映画、漫画といったメディアにおける混血児表象を分析した加納実紀代は、占領下ではGHQの取り締まりがあって混血児の報道はタブーであったが、独立を迎えた日本のマスメディアには混血児をめぐる報道が一気に噴出し、社会的に大きな注目を浴びたと指摘する(108)。「GIベビー」、「占領っ子（Occupation babies）」などとも呼ばれた、占領軍兵士と日本女性の間に生れた子どもたちを取り上げたメディアの言説に見られる支配的な論調は、占領軍兵士の父親が子どもを認知しないことに対して道徳的頽廃を批判し、道義上の責任を追及するというものであった(109)。「混血児」はアメリカの道徳的欠陥の象徴であり、占領の「汚点」であるとされたのである。事実、占領当局の混血児に対する方針は、調査も対策も行わず、社会福祉における「無差別平等」の原則を根拠に特別な支援を一切講じないことによって、この問題を出来る限り水面下に留めておくという姑息なものであった[110]。換言すれば、混血児たちは、救済を故意に放棄することにより、ただ見えざる存在とされた。

しかし同時に混血児をめぐる当時の言説には、まぎれもなく日本側の純血主義／人種主義があったことは見落とせない。日本側の混血児に対する反応に絡んだ国民感情は、民族の「純血」を守ろうとしたRAAの声明文に照らせば容易に推察されるが[111]、さらに優生思想的な観点から混血児を劣等視する言説も多く現れた。私財を投じて混血児の遺棄児童のための施設「エリザベス・サンダース・ホーム」[112]を設立し、混血児の救済に尽力した澤田美喜ですら、「断固たる〈混血児劣等説〉に立っていた」と加納は指摘する[113]。こうして人種的かつナショナルな排斥が二重に働いた「混血」の子供たちは、日米双方から忌避されるなか、社会的差別を小さな一身に引き受けねばならなかった[114]。日本社会の黒人差別を反映して、特に「黒系」の混血児に対する社会のまなざしは厳しく、混血児の遺棄も深刻な問題となった。

このように混血児問題に対する日本側の対応の多くが、アメリカの非を指摘して反省を求め、子どもたちを「本国」に引き取ってもらうことにより解決を図ろうとしたのに対して、『非色』の語りは混血児を内なる差別の問題として捉える。笑子ははじめ、「戦争中、ボルネオやスマトラに出かけて行った日本の兵隊たちが、終戦後は現地妻を残して日本へ帰り、涼しい顔をして日本人の女と平穏な結婚生活を営んでいる[115]」ように、アメリカ兵士の一人であるトムもまた帰国と同時に日本での生活を忘れることを予期するが、彼はニューヨークに母子を呼び寄せる。むしろ『非色』の作品のなかでは、日本人の「黒い」混血児に対する差別意識が繰り返し描かれる。日本女性の間では「ニグロの子供は産まないというのが女たちの不文律[116]」とされていることが語られ、子供を身ごもった笑子は母親から中絶を勧められる[117]。混血児のメアリイは笑子の肉親から疎まれ、「そういう子だけ育てるところ」に送るよう笑子は説得される。外出の度にメアリイは「黒ン坊」「混血児（あいのこ）」と囁かれ、好奇に満ちた無遠慮で「残忍な視線」を浴びせられる。ある日笑子は、家の外で「黒ン坊黒ン坊」と囃し立てる近所の子どもたちの声に気がつき、メアリイが窓の下に口を開けて群がる子供たちに復讐するかのようにコーラを注ぐ場面を目撃する。この「憤怒と怨嗟」に満ちた歪んだ遊び[118]に娘の鬱屈してゆく姿を目の当たりにした笑子は、「この日本で、私たち親子が幸福になることが考えられない」という思いから、遂に渡米を決断するのである。

ここまで、『非色』における戦争花嫁の占領の語りを見てきたが、それは前項で考察した先行する占領表象に対して何を語りかけるのか。笑子の語りは、占領をめぐる国民の記憶を批判的に捉え直すためのさまざまな問いを投げかけているのではないか。

まずは、その記憶のあり方に対してである。従来の占領の語りの多くは、アメリカ＝占領者＝強者と日本＝被占領者＝弱者という二元的対立構図に基づいて占領をめぐる集団的な記憶を構築し、国民に共通の心情とナショナルな一体感を生み出してきた。これに対して『非色』の語りは、「日本」と「アメリカ」のそれぞれの内部にあるさまざまな差異の分断線に目を向けさせる。それによって、「占領」とは国民に均等な体験ではなかったことを浮き彫りにし、占領をめぐる多様な記憶を覆い隠す形で、共同体の体験が語られていることを暴く。

また、黒人の占領軍兵士と結婚した日本人戦争花嫁が語る個人的記憶は、日本国民もまた差別し、屈辱をもたらす側でもあったことを突き付けることで、女性の表象に託して強者アメリカのもたらす屈辱を繰り返し表現してきた日本国民の語りを相対化する。自由と平等の理念に基づく占領という神話に反して、占領を矛盾に満ちたものとして描き出す。アメリカ占領軍の説いた「自由」や「平等」、「豊かさ」は日本国民の間に等しく与えられたものではなく、アメリカ自身ですら等しく分かち合ってはいなかったことを浮き彫りにし、そのような理念の幻想を謳歌できたのも、豊かさを享受できたのも、白人の占領者のみであることを暴く。

ところで、『非色』で有吉は、従来あまり語られてこなかった占領史の側面を戦争花嫁の女性の視点から浮かび上がらせているが、後年の作者の発言には、このような作品の語りの性質を照らし出してくれる言葉がある。一九七八年一月に『波』誌上に発表された「ハストリアンとして」という一編のエッセイであるが、有吉は次のように述べている。

英語には歴史History（ヒストリイ）に対する造語としてHerstory（ハストリイ）という言葉が定着しています。これを「女性史」と訳すのは間違いで、正確には「女性の側から見た歴史」という意味です。（…）私の念願は、読者をぞくっとさせるハストリアンでありたいということかしら。男が書きもらしているところを、女が書き改めなくてはいけないという意識は常に持っています。[119]

『非色』の発表から一五年ほどの時差をおいてなされた発言ではあるが、ここで有吉が述べた「ハストリイ」の定義に基づけば、戦争花嫁の視点から占領史を捉え返した『非色』は、まさしく優れた「ハストリイ」であると評価できるだろう。

作家有吉が「女の視点」を前面に出すことで作品世界を構築する「ハストリイ」の創作作法をいつ頃から明確に意識化して確立したかは別として、六〇年代の有吉の作品世界には既にこのような「ハストリイ」の視点を明瞭に読み取れる作品が多く見られる。例えば、留学直後に『非色』に先立って発表された作品「亀遊の死」で有吉は、異人を厭い、幕末期に「ふるあめりかに袖はぬらさじ」の辞世を残して自刃したという攘夷女郎「喜遊」の話を題材としながら、実は彼女がただの哀れな遊女に過ぎず、辞世の歌が彼女の死後に攘夷派によって捏造されたものだという書き替えを行うことで、従来の喜遊物語の定説を覆し、「尊皇攘夷」の代理表象と化していた亀遊を浮き彫りにしている。「アメリカ」に従属する日本人女性というメタファーに依拠して被占領者の心情を表現する語りが広く見られた一九五〇年代という時代の延長線上に「亀遊の死」を置けば、この作品を先行する「アメリカ」語りに対する批判的応答として読むことが可能である。[120]有吉が留学後に発表した「亀遊の死」『非色』の二作はともに、女性の表象に託して国民国家という共同体の体験を語る言説に対するカウンター・ナラティヴを試みているのである。

『非色』において有吉は、戦争花嫁のみならず、黒人や混血児といったこれまでに抜け落ちてきた視点から占領の体験を捉え返している。テクストを通してもみてきたように、国民のなかで周縁化され、往々にして「国民」の枠外へと追いやられてきたこれらの人々の視点に立つことで有吉は、日本とアメリカの二つの国民国家の中心的語りからは疎外されてきた日米関係史を浮かび上がらせる。「ハストリアン」としての本領を遺憾なく発揮した作品と言えよう。

そして『非色』が提起する「女性史（ハストリイ）」は、単に周縁から声を上げることによってそれまでナショナル・ヒストリーの視野外に置かれてきた記憶を語るだけでない。『非色』の語りは、そのナラティヴの性質において、国民単位の記憶の構築に拮抗している。女性が自らの体験と心情を語るという設定に基づく『非色』は、語りの形式や趣向において一見、先に取り上げた「パンパン」女性の手記と類似性を持つが、そのナラティヴの質において、明らかに逆の方向を向いている。手記が女性の身体を国民国家の代理表象として動員して、国民に共有された記憶や心情を創出するのに対して、笑子の語りはナショナルな隠喩を可能とするような「国民に共有された体験」という想像の枠組みそのものを大きく揺さぶるからである。「日本」や「アメリカ」を不均質な集団として描き出す『非色』の語りは、本質的に均質化を伴うナショナル・ナラティヴを揺るがし、国民単位の記憶を可能にする基盤そのものを突き崩すことで、一枚岩的な国民の記憶は亀裂を入れられる。そこにおいて行われているのは、ナショナルなヒストリーから個の物語への転換である。

以上見てきたように、戦争花嫁笑子の声は、占領をめぐる国民単位の記憶を大きく切り崩す占領史の証言としての特質を備えている。そして小説『非色』は、占領をめぐる国民共同体の記憶を読み解くための批判的視座に満ちたテクストと言える。

（三）同時代アメリカの表象としての『非色』——人種差別問題への視座

戦後、一九五〇年代の終わりまでに凡そ四万人から五万人もの日本人女性がアメリカ軍兵士と結婚してアメリカに入国したと推定されている。[121] アメリカに渡った彼女らのその後は、どのように伝えられたのか。戦争花嫁をめぐるステレオタイプの形成過程を考察した安富成良によると、新聞・雑誌、特に週刊誌などの語る否定的記事を通して、一九五〇年代初めまでには、離婚、悲劇という図式に則ってアメリカ社会への適応の失敗をスキャンダラスに書き立てる語りがパターン化して定着した[122]。例えば、占領終結の翌年にアメリカへと向う船中で戦争花嫁を目にした大岡昇平は、滞在記のなかに「観光団長」から教えられた話として、「彼女たちはアメリカの市民権を獲得すると、すぐ、離婚して、キャバレーや料理店へ出るのが、お定りなる由。ハワイ州庁は受け入れ制限を考えているということである[123]」と記しているが、戦争花嫁を売春婦上がりと見る偏見の延長線上にあるこのような考えは、当時の一般的な認識であったと言ってよい。

逆に日米親善の実践者として戦争花嫁に着目したのは、アメリカの広報外交戦略であった。前述の戦争花嫁を主人公としたＣＩＥ／ＵＳＩＳの教育映画である。映画表象は戦争花嫁を、アメリカ的生活や価値観への適応過程を日本人観客に向けて見せながら日米の融合と人種間の調和を演出する恰好の題材として取り上げた。しかしそこで日本人女性が適応していく「アメリカ」の文化とは、白人中産階級の価値観や規範であったことに留意すべきである。さらに言うなら、日米の融合を強調する映画のナラティヴとは裏腹に、実際には進駐軍兵士と結婚した日本人女性のアメリカへの受け入れ方針は決して柔和ではなかった。進駐軍兵士と日本人女性の交際に対して占領当局は概してこれを奨励しない方針であったし[124]、たとえ結婚したとしても、さまざまな移民法上の阻害や厳しい審査があり、日本人妻がアメリカに移住することは容易ではなかった[125]。このように、現実にはアメリカは受け入れに積極的ではなかったが、冷戦下の政治状況のなかで、表象の上では一転して日米間の友好の体現者として肯定されたのである。

いずれにせよ、敗戦と占領の日米関係の歴史を生きて刻印された〈戦争花嫁〉や〈混血児〉たちは、日本では戦後の混乱期の一時代の世相や風俗の象徴と見なされ、占領終結後の短い間好奇の対象としてメディアを賑わした後、日本国民の間には次第に忘れられていった[126]。その後近年になって研究者による掘り起こしが行われ、戦争花嫁自身が名乗りを上げて自ら経験を語り始めるまで、公の場で彼女らの声が聞かれることはあまりなかった[127]。ところが六〇年代に入り、国民の記憶が薄れていくなか、『非色』は戦争花嫁のアメリカへの定着過程を描く。そしてそのナラティヴやプロットは、日本のメディアともアメリカ製の広報映画のそれとも決定的に袂を分かつものであった。『非色』は、〈戦争花嫁〉の黒人のコミュニティへの定着過程を通して人種差別の現状をつぶさに描き、最後には逞しく定着を遂げる物語なのである。

では笑子の語りはアメリカをどのように描き出すのか。テクストに目を向けたい。戦争花嫁たちにとって夫の国への移住は新しい始まりだが、作中の笑子にとって「アメリカ」は、日本で想像される豊かな国、占領軍が鼓吹した自由と平等の理念に基づく国という「アメリカ」のイメージのネガとして発見される。「まるでお菓子で作ったような形のいい美しいビルが立並んで、空も青ければ街行く人々はトップモードで身を包み、華やかで豪華な雰囲気が充満した都会」[128]といったメディアに登場するニューヨークのイメージは、到着早々に目にするハーレムの風景によって大きく裏切られる。五〇年代初めのハーレムの実態を、笑子は次のように伝える。

終戦後八年たった日本でさえ、復興はめざましく、人々の生活は一年一年向上していたというのに、戦争に勝った国のアメリカで、しかも世界最大の経済都市のド真ン中に、こんな惨めな、こんなにも低い生活があろうとは、誰に想像することができただろう。ハアレム――ニューヨークの黒人街は、実にそういうところであった。失業者が溢れていた。大人も子供も餓死だけはしないというギリギリのところで暮していた。[129]

同作品は、アメリカ滞在記を残さなかった有吉の留学の報告としても意味づけられるが、こうした描写には、有吉が留学中に訪れたハーレムの情景が投影されているだろう。豊かさを代表していたはずの「アメリカ」は、その中心に想像を絶する貧困を抱える。スカイスクレイパーが威勢よく立ち並んで聳えるニューヨークで、予期に反して笑子たちの新しい住居は光すら当らない半地下にある。豊かなイメージが貧しい現実へと反転するなかで、笑子はそれまで聞かされてきた「アメリカ」のイメージとの落差において、現実に直面せねばならない。

貧困は差別の問題に結びついている。東京では豊かな収入を得ることができたトムは、ニューヨークでは黒人に対する職業上の差別から、夜間の看護夫が唯一ありつけた働き口である。渡米後間もなく、自由も平等も豊かさも軒並み欠如した「アメリカ」の黒人の現実に気づいたとき、笑子はその反照として占領を再発見する。

思えばトムの東京時代は、彼の生涯における栄華の絶頂期だったのではないか。トムにあれほどの「富」と、あれほどの「自由」が与えられた時期は、前後を通じて全く無いのではあるまいか。あの青山の明るく広やかな外人アパートは、ハアレムの地下室に較べれば、まるで天国だ。焼け爛れた日本を素晴らしい国と言い、永遠に此処に住みたい、日本から離れたくないと言った当時のトムの口癖を私は思い出した。連合軍は自由と平等を与えます。我々は平等です。ここには平等があります。「平等」という言葉も、あの頃のトムには口癖だった。それというのも、日本に来るまで、彼には「平等」が与えられていなかったからではないのか。[130]

アメリカは被占領者日本に対して自らを「自由」「平等」「富」の範として提示したが、黒人の眼を通してみたとき、アメリカはむしろ圧倒的に貧しく不自由で不平等な国へと反転し、占領下の日本こそは理想郷となる。笑子が目にしたアメリカの実態は、人種的出自によって人間が明確に階層化される差別社会である。作品の語りは、人種的に階層化されたアメリカの社会構造を浮き彫りにする。それは、白人の黒人に対する差別という二元的な構図のみで捉えられない、多元的なエスニック集団で構成されるニューヨーク社会の葛藤の実像である。例えば、「白人」のなかの複数のエスニック集団間の軋轢は、次のように描出される。

私もそろそろニューヨークを見渡すことができてきていて、白人の社会にも奇妙な人種差別があることに気がついてきていた。ジュウヨークと呼ばれるくらいユダヤ人の多いところであったが、それでもユダヤ人は蔭では指さされているようであった。アイルランド人も、白人の中では下層階級に多く属しているようであった。イタリヤ系の白人はなぜか軽んぜられていた。汚物処理車に乗っているのはイタリヤ人が多かったし、イタリヤ料理屋は二、三の例外はあったが他は最も安上がりな大衆食堂であった。彼等の職種で代表的なものは、魚屋、床屋、洗濯屋で、それらは他の白人たちの経営するものより料金が安い。[131]

ここに挙げられた「白人」のエスニック・マイノリティ集団はいずれも黒人に対しては優位に立ち、さらに黒人はプエルトリカンよりは上であるとされている。一九世紀末にアメリカ領となり、その後に準州として大幅な自治を認められた大西洋の西インド諸島の一つであるプエルトリコから仕事を求めて流入した四〇万人ほどのプエルトリカンは、ニューヨークの人種／エスニシティの位階の最も低い場所を占める。[132]黒人のハーレムからほど近いところにスパニッシュ・ハーレムを形成して集団的に暮らしている彼らは、「ニグロ以下の貧窮のなかで暮しているというのが一般の常識」である。その惨憺たる状況は、母親や妻のために客を見つけてくる子どもや夫の逸話で伝えられ、「貧民窟の中で、彼らは鼠のように殖えている」と噂されている。[133]作中で笑子はスパニッシュ・ハーレムを訪れ、狭い住居で大家族が犇めき合って暮す凄惨な情景を目のあたりにする。

作中に登場する一世老人の話によれば、戦争花嫁は「ニューヨークだけでも五百人はいる」が、彼女たちは例外なく越境によって新しい文脈への再編を経るなかで、アイデンティティの変容を体験する。『非色』には、笑子のほかに、黒人と結婚した竹子、イタリア系と結婚した志満子、プエルトリコ人と結婚した麗子の三人の戦争花嫁が登場し、三者三様のあり方で「アメリカ」を生きる姿が描かれるが、「アメリカ人」と結婚して海を渡った彼女たちはまず、アメリカ社会内でそれぞれに与えられた人種的、階級的位置を占める者として夫を再発見せねばならない。日本にいたときの占領軍兵士は一般に「アメリカ人」という同質的なカテゴリーで捉えられ、日本人の目に映る「アメリカ人」はせいぜい白人アメリカ人と黒人アメリカ人の区別があるに過ぎない。しかし志満子や麗子は、日本において〈白人〉と見えたその夫たちが、それまでどこにも存在しなかった「イタリヤ系アメリカ人」や「プエルトリコ出身アメリカ人」という新しいカテゴリーを背負うものとして立ち現れるのを発見する。白人と結婚したことから他の戦争花嫁に対して優越感を覚えていた志満子は、その夫がイタリア系であることに負い目を感じ、裕福な家庭に生まれ育った麗子は、アメリカ社会の最下層へと組み込まれる。「白人」の美男子と結婚したつもりで「アメリカ」に「甘美な夢」を描いて渡った麗子は、日本で抱いた「豊かなアメリカ」の幻想と現実との狭間に立たされる。麗子の悲劇は、そのような変容を予想できなかったことによって増幅される。

だが、日本にいる誰が、彼をプエルトリコ人だと見破ることができただろう。アメリカ連合軍の制服を着て英語を喋る彼は、日本人にとっては普通一般のアメリカ人と異なるところはなかったし、ニグロと違って肌も白いのだ。また日本の誰が、ニューヨークにおけるプエルトリコ人の状態を知っていただろう。彼らは、その存在さえ知らなかった。[134]

麗子は豊かな国という想像された「アメリカ」を日本に向けて演じてみせることによって、自尊心を保とうとする。プエルトリカンはまともな職業を得られないため、彼女は日本食レストランで働いて同居する夫の大家族を支えなければならないが、ウェイトレスで稼いだ給料の多くを注ぎ込んで宝石や毛皮のストールを購入し、それらを身に纏った肖像写真を日本の家族に送る。佐藤泉が指摘するように、「着飾った麗子の写真とは、日本のアメリカ表象＝単一のアメリカとスパニッシュハーレムから見たアメリカ表象との間にある落差それ自体の表象」である。[135] しかし妊娠に気がつき、ついに演じられた幻想を支え切れなくなったとき、彼女は自害することによってその埋められない落差を解消する。

一方で、占領下の日本からハーレムへの文脈の変換は、トムの表象を通して鮮明に映し出される。「東京時代のトムは、どこか誇らかで「生活の翳や疲れもなく、活々としていた」[136]のに対して、ニューヨークの貧困生活のなかでは彼は、「日本にいた頃とは別人のように緩慢(ダル)な人間」になっている。「東京では充分以上に妻子を養えて、普通の日本人にはできない贅沢をさせることのできた」のに対し、ニューヨークでは「一週間くたくたになるほど働いて」も笑子の「働きでようやく家庭生活を維持」できるほどのわずかな収入しか得ることができない。東京とニューヨークとでは、トムは性格も経済力も対比的で、「変っていないものがあるとすれば、それは彼の黒い肌だけ」であるが、その肌の色すらも異なる意味づけを与えられる。東京にいたときの笑子にとっては、トムの「肌の黒さなどは少しも気にならなかったし、むしろそれは彼の男らしさ逞しさを強調するものであった」のだ。[137]こうしたことから笑子の語りは、「もしニグロに特有の性格というものがあるのだとしたら、東京時代のトムとニューヨークのトムとの性格の違いをどうやって説明できるであろう」と問い、「私は声を上げて言いたいのだ。色のためではないのだ」[138]、と本質主義を強く否定する。肌の「色」ではなく、それを取り巻く環境や文化社会的な意味づけこそが差別と偏見を生み出すのである。

このようにして差別の基盤となる本質主義的思考ときっぱりと決別した笑子の語りは、偏見や差別意識が生れる根源を突き詰めて思考を進め、差別問題の本質に肉迫していく。まずその語りは、偏見や差別が連鎖するさまを炙り出す。『非色』が描く戦争花嫁たちやその夫たちは、「白人」から区別され、差別的なまなざしを向けられる。だが差別される側の者は、一方的に疎外される側ではない。笑子の目が捉えるのは、むしろ疎外される側の者が次の瞬間には疎外する側へと反転し、終わりなく差別が作り出される過程である。黒人のトムはプエルトリカンを蔑視し、戦争花嫁の間でも人種的位階に基づく差別は持ち込まれる。[139]他者を劣等視する視線は、自らの夫にも向けられる。竹子は、黒人は「馬鹿で怠け者で女にだらしがない」[140]と嘲りながら、他方ではプエルトリカンの妻に対して優越感を抱く。笑子の語りは、差別問題において人種と階級が複雑に錯綜するさまを捉える。ワシントン・ハイツの白人の婦人は「使う者と使われる者の間に平等はない」と階級の差を語るが、ニューヨークでユダヤ系アメリカ人と日本人女性の上流階級の家庭に笑子が再び女中として働きに入ったとき、同じ雇われ人の白人の乳母の看護婦は、ユダヤ人と日本人であるという人種的出自を理由に夫婦を軽蔑する。逆にアフリカの黒人は、社会の底辺部にあるアメリカのニグロを蔑む。このように循環する環のように連鎖する差別を目の当たりにした笑子は、次のような結論に達する。

私にはどうもニグロが白人社会から疎外されているのは、肌の色が黒いという理由からではないような気がしてきた。白人の中でさえ、ユダヤ人、イタリヤ人、アイルランド人は、疎外され卑しめられているのだから。そのいやしめられた人々は、今度は奴隷の子孫であるニグロを肌が黒いといって、あるいは人格が低劣だといって、蔑視することで、自尊心を保とうとし、そしてニグロはプエルトリコ人を最下層の人種とすることによって彼らの尊厳を維持できると考えた……。そしてプエルトリコ人は……。麗子は夢を描いて日本人より優越したではなかったか。

金持は貧乏人を軽んじ、頭のいいものは悪い人間を馬鹿にし、逼塞して暮す人は昔の系図を展げて世間の成上りを罵倒する。要領の悪い男は才子を薄っぺらだと云い、美人は不器量ものを憐れみ、インテリは学歴のないものを軽蔑する。人間は誰でも自分よりなんらかの形で以下のものを設定し、それによって自分をより優れていると思いたいのではないか[141]。

『非色』の単行本初版には、「NOT　BECAUSE　OF　COLOUR」の副題がついていることから、引用箇所は作者が作品に込めた最も中心的なメッセージがあらわれた箇所と見てよい。ところで笑子の語りに基づけば、偏見や差別は自己と他者とを区別し、後者を否認することによって反照的に自己を肯定したい心的欲求に基づいている。このような動機に基づく「差異化」は、容易に「周縁化」や「排除」の基盤へと転じる。換言すれば「差別」とは、自己と他者を差異化し、後者を周縁化して排除する過程として捉えられるのである。『非色』を「人種小説」として読むならば、その特質は、単にアメリカの人種差別の現状を告発する立場に立つのではなく、人種意識に限らず人間が持つあらゆる差別意識の根源へと切り込み、その思考の道筋において差別問題を構造から捉えた点にある。

ところで、右のように差別意識が生まれるからくりを捉えるならば、それは本質的にアイデンティティの問題と不可分に結びついている。他者との相異において自己を認識することは、取りも直さず、自らのアイデンティティを規定することでもあるからだ。即ち、「差別」をアイデンティティの問題として捉えれば、否定的他者を作り出すことによって、肯定的な自己のアイデンティティを確保することにほかならない。作品のなかで、笑子が自らの固定的なアイデンティティを疑うことによって、決定的な認識の転換がもたらされるのは自然であろう。笑子はレイドン一家に同伴してワシントンの桜祭り（チェリー・フェスティバル）を訪れ、風土の影響を受けて大きく変質した桜の花を眼にする。「これが桜の花だろうか？　日本の？」という感慨を催すほど、日本の桜とはまるで異なる、「油絵で描かれてこそ相応しい濃厚な花」[142]の姿に、笑子は「ハワイやカリフォルニヤ育ちの日本人二世や三世」を思い浮かべて重ね合わせ、「肥満した彼らの肉体と、不完全な日本語と、しかも完璧とは言難い奇妙な英語を持っている彼らが、本国の日本人からはまるでかけ離れてしまったように、この桜も祖国のものから全く変質してしまっているのだ」と納得する。[143]そしてその夜、偶然レイドン夫人の「日本にだってニグロのような生活をしている人々がい」て、それが「お恥ずかしい戦争花嫁」であるという言葉を耳にする。[144]これら二つの出来事が決定的な引き金となって、作品の結末近くで、笑子に次のような認識が訪れる。


その瞬間、私は躰を包んでいた殻がカチンと音をたてて卵の殻のように割れたのを感じた。

　私も、ニグロだ！

　私の夫もニグロで、もっと大事なことには私の子供たちもニグロなのに、どうしてもっと早くその考えに辿りつけなかったのだろう。レイドン夫人は日本にもニグロのような人間がいて、それがお恥かしい戦争花嫁だと言ったが、そんなことでもなければ、それで私が心を射抜かれたり衝撃を受けたりすることもなかったのだ。私はすでに変質している筈なのだ、ワシントンの桜の花のように！　私は、ニグロだ！　ハアレムの中で、どうして私だけが日本人であり得るだろう。私もニグロの一人になって、トムを力づけ、メアリイを育て、そしてサムたちの成長を見守るのでなければ、優越意識と劣等感が犇いている人間の世間を切拓いて生きることなど出来るわけがない。ああ、私は確かにニグロなのだ！　そう気付いたとき、私は私の躰の中から不思議な力が湧き出して来るのを感じた。[145]

ここで笑子が発する「私もニグロだ！」という叫びには、二重の含意がある。一つには、固定的なアイデンティティや本質化の否定に立つアイデンティティの変容の自覚である。また、自己と他者を区別して自らを優位に置く優越意識が差別を連鎖的に作り出すその構造の真っ只中に自らが身を置くことに気付いたとき、最後に発せられるこの叫びは、周縁を連鎖的に作り出すことを断ち切ることへの決意の表明である。[146]

こうして新しいアイデンティティを踏まえて、作品の結末は笑子が「ニグロ」としての生を自らに引き受けて力強く生きることを決意する場面で物語は幕を閉じる。

私もニグロなのだからルシルと同じようにニグロの世界で精一杯働かなくては嘘だ。でなければ、私の誇とするメアリイとも交いあうものを失ってしまうかもしれない。（…）トムの眼に失われている輝きを、私はそうしてサムの瞳に必ずいつか取戻してみせる。ああ、明日は私はサムを抱いてエンパイア・ステイト・ビルに登るのだ。[147]

この結末には、七〇年代に謳われたアイデンティティ・ポリティクスを先取りしたような、意味の読み替えが見られる。笑子が「ニグロ」という名称を自らの自己規定として背負って立つとき、その意味合いは本質的なカテゴリーとしての「ニグロ」から大きく変換している。佐藤泉が『非色』を、「たくましく「ニグロ」を自称として選ぶ物語、《自称すること》をめぐる物語である」[148]と評したように、この作品の力強さは、これまで差別されてきたものの名を引き受け直し、「ニグロ」であることを肯定し、その名において社会的承認を求める語りにあろう。[149]

その意味で、笑子が「ニグロ」を自称する物語の結末は、戦争花嫁が自らを語る作品全体の語りとも重なる。ここで、笑子の自己語りが暗黙的に想定される聞き手としての日本人に向けられていることを想起したい。この点に基づくなら、戦争花嫁が名乗りを上げて過去を自らの声で語る『非色』は、過去を自らの声で再定義することを通じて肯定する過程であり、これまで不当に定義を与えてきた〈あなたたち〉に対して、私の側が新たな意味づけを施して自らその名を選び直すことによって、聞き手である他者との関係性を更新し、語ることにより歴史の表舞台への復権を遂げる物語である[150]。

以上のように、黒人の進駐軍兵士と結婚し、ニューヨークのハーレムに渡った「戦争花嫁」が自らの半生を語る回想記の形式に基づく『非色』は、不当に差別を受けた戦争花嫁が語ることによって誇りを取り戻す物語である。ところでそれは、単に一個人の主体性の回復の次元に留まらない。これまでの日米関係の歴史の語りにおいて周縁化されてきた視点から戦後の日本とアメリカを語る戦争花嫁の物語（ライフ・ストーリー）は国民の記憶の問い直しであり、さらには同作品はこれまで社会の周縁に位置づけられてきた人種的マイノリティ集団と戦争花嫁の物語を不可分に交差させることによって、差別の問題をより根本から深く追及することが可能となったのである。

終　章　戦後日本文学と「アメリカ」の変奏

第一節　ロックフェラー財団創作フェローの「アメリカ」が語るもの

本書を通して、戦後の文学に働いたアメリカの文化的攻勢を明らかにしつつ、文学作品の表現に現れるアメリカのイメージの変容を辿ってきた。そのために講和から六〇年代の初めにかけて日本の文学者に対する渡米支援を行ったロックフェラー財団の創作フェローシップを取り上げて、さまざまな角度から考察を行った。まずこのプログラムが計画されるに至った歴史的背景として、占領期からポスト講和期のアメリカの対日文化政策の展開を辿り、占領後期から強く浮上した冷戦の政治的要請に後押しされながら、講和以後に日米文化交流が活発化する過程を考察した。そしてそのような文化交流の文学領域における代表的事例として財団の創作フェローシップを取り上げ、この交流プログラムの制度としての実態や背景にある日米双方の思惑にさまざまに光をあてて、その意味について考察を行った。一方で本書では、創作フェローによる留学を前後した小説作品の分析を行い、個々の文学者における留学体験の意味とアメリカ観の変容、作品への影響を明らかにするとともに、文学表象にあらわれる多面的な「アメリカ」のイメージを考察した。これまでの議論を総括しながら、ロックフェラー財団創作フェローの体験や文学表現が戦後日本の「アメリカ」について何を語るのかを改めて考えてみたい。

まず、冷戦下で始動したポスト講和期の日米文化交流としてロックフェラー財団の創作フェローシップをどのように評価できるだろうか。この文化交流には、国際交流をめぐるさまざまな動機や両義的な可能性が同居していたと言える。それは第一には、冷戦下で行われた多くの文化交流事業に共通するように、構想から運営に至るまで、政治的な思惑と相互的な文化交流の理想が複雑に絡みあったためである。第二に、同留学プログラムは日本側の要請をも踏まえて立案されたもので、日米が合同で運営に関わり、坂西志保が推薦人を務めるなど、留学制度をめぐっては日米双方の力が働いていた。これらの点に加えて、財団側の柔軟な方針により、各々の文学者の留学の体験が多様なものとなったことも、見落すべきでない重要な点であろう。総じていえば、ロ財団留学制度の成立に冷戦体制の政治的な要請が強く働いていたことは疑いえないとしても、実際の留学は、冷戦の政治性にのみ収斂しないものとなったといえる。本書では、冷戦期の文化交流をめぐるこのような複雑な諸相を読み解くことを課題の一つとした。

では創作フェローシップを視座としたときに、ポスト講和期の文学空間はどのように浮かび上がるのか。文学者たちを招いてアメリカの文化を深く体験させた創作フェローシップは、アメリカによる冷戦下の文化的攻勢がポスト講和期の文学空間に奥深く入り込んでいたことを示すものである。従来、戦後の日本の文学領域へのアメリカの介入は専ら占領期の検閲を焦点として論じられてきたが、このように講和以後にもアメリカが引き続き文化の交流を通じて日本の文学者に強く働きかけたことは、特に戦後のアメリカをめぐる文学言説を考える上で示唆するところが大きい。

一九五〇年代のアメリカの対日文化政策の展開を考察した藤田文子は、講和を節目として「占領期には日本の教育、報道、文化活動などをほとんど一方的に統制することができたが、占領後は、日本の独立と自主性を尊重しながら、どのようにして日本の共産化を阻止し、自由陣営にとどめおくかが、大きな課題となった」（強調点引用者）(1)と指摘している。このような介入形態の変容は、文学領域にも見受けられるのではないか。検閲が文学表現の規制を通した上から下への「指導」であったのに対して、財団の交流プログラムは日本側の要望に寄り添い、できる限りフェローたちの自由を尊重しながら交流を支援することで、文学者たちにアメリカとの親密な友好関係の形成を促したことに特徴があった。その意味で、創作フェローシップはまさしく、講和後の対日文化政策の基調をそのまま体現したものであるともいえるであろう。即ち、戦後の日本においてアメリカが自己の表象に介入する場は、占領者に対する被占領者から冷戦下の同盟国へと変化した日本の地位に照応して、検閲から文化交流へと移行したともいえる。検閲と文化交流では性格が大きく異なるが、その相違こそは講和を経た日米関係の新たな段階を反映したものでもある。

これまでにおいて戦後日本における表現にアメリカが及ぼした影響は、占領期のＧＨＱによる検閲を中心に禁止する「アメリカ」が注目されてきた。これに対し、冷戦下のアメリカによる情報・宣伝政策を視点としたときに強く浮かび上がるのは、自らを表象する「アメリカ」である。アメリカは活字・音声・視覚メディアなど可能な限りの多様な媒体を利用して、日本に向けて好ましいイメージで自己を演出したのみならず、人物交流プログラムを通して日本の文学者をも巻き込んで間接的に自らの表象に影響を及ぼすことを目論んだ。換言すれば、創作フェローたちは、「アメリカ」の表象の代理者としての役割を期待されていたのである。そして文学者たちが体験したのは、寛大さや親密さで包摂する「アメリカ」であった。即ち、創作フェローシップを視点としたとき、占領から文化冷戦の時代への移行は、「禁止するアメリカ」から、自らを表象し、寛大さや親密さで包摂する「アメリカ」への変容として表れるのである。

しかしながら、創作フェローの文学者たちが留学プログラムを通して「アメリカ」との親密さの磁場のなかに置かれたという点で共通した体験を持つとしても、本書で明らかにしたように、実際にはそれぞれのフェローのアメリカ体験は大きく様相を異にしている。そもそも、冷戦下の日米文化交流を貫くアメリカ側の方針は、日本人の要望に可能な限り寄り添うことによってこそ、親米的な性向を促すという目標が達成されるという考えに基づくものであった。したがってフェローらの留学に関する希望やプログラムに関する意見は積極的に受け入れられ、実際の留学はそれぞれの関心に基づいてまさに十人十色の多様性を持っていた。また同プログラムには、フェローに対しては財団を代理し、財団に対しては日本に関する情報提供者（ネイティブ・インフォーマント）としての役目を果たしながらプログラムの運営に深く関わった坂西志保などの日本人の意向も大きく反映された。こうしたことを踏まえた上で、では占領からポスト講和期に移行した冷戦の時代に日米関係が再編されるなかで、文学者たちが体験したアメリカとの交流は、戦後日本の文学空間や個々の文学者たちに何をもたらしたのかを、本書で読み解いてきたテクストに即して振り返りながら考察しよう。

第二節　創作フェローシップがもたらしたもの——創作フェローの表現の軌跡に即して——

本書では、占領期から六〇年代初めまでに発表されたフェローらによる文学作品を取り上げて考察した。ここではまず、そこに表れた「アメリカ」イメージの通時的な変化に注目したい。フェローらによる表現の傾向を眺めてみれば、直ちに目につく変化は、留学を契機として彼らの目と筆が同時代のアメリカに向けられたことだろう。一九五〇年代半ばまでの日本の文学は、戦争や占領の記憶から「アメリカ」を描くことが一般的であった。第一部で取り上げた大岡昇平、阿川弘之、小島信夫の作品に見られるように、後にロックフェラー財団の創作フェローシップのフェローとなった文学者たちもまた、時には検閲に抗いながら、戦争や占領の記憶に基づいてアメリカを描いていた。検閲の廃止と占領の終結による表現の自由化を受けて、講和後にアメリカに対して批判的な論調に立つ言論や文学作品が多く書かれたことも指摘した通りである。第三章で取り上げた阿川弘之の原爆小説は、検閲下では不問に付されていたアメリカの原爆投下責任を追及した点でそうした傾向を反映した作品としてみることができる。

ところがこのような文学表象の流れに、創作フェローらが帰国後に発表した一連の作品は新たな水脈を注ぎ込んだといえる。既に見たように、創作フェロー文学者によって多くの旅行記／滞在記や小説作品が書かれた。それらの表現は、戦争や占領を描く作品と並行して、直に目にした同時代の「アメリカ」を発信し始めたのである。このように敵国や占領者であった「アメリカ」の記憶に代わって、同時代のアメリカが文学作品の素材として多く描かれ始めたことは、読者への影響を含めて、それ自体として大きな意味を持つと思われる。ここで改めて本書冒頭の序章でも取り上げた吉見俊哉の指摘に戻るならば、五〇年代の日本において「アメリカ」は、一方では砂川闘争から六〇年安保に至る政治闘争に象徴される対立を孕みながらも、次第に「基地や暴力との直接的な遭遇の経験や記憶から分離され、メディアを通じて消費される豊かさのイメージとして純化されていった[2]」のである。こうした転換期において、戦争や占領の記憶を離れて、同時代の「アメリカ」を語り始めたフェローらの文学言説は全体としては、このような動向を後押しする役目をまぎれもなく果たしたとも言えるのではないか。

そのような変化が最も大きな振幅において表れたのが、阿川弘之であった。本書で考察した阿川弘之の表現の軌跡を改めて振り返ってみよう。原爆が幾度も語り直されるなかで、その歴史記憶の再編成にアメリカは積極的に参与する。本書では、アメリカが自己の表象に介入する二つの形態として占領期の検閲と文化交流に光をあてた。原爆をめぐる論調の変化を連続した作品群のなかで捉えると、検閲による拘束を経験した阿川は、それへの対抗として原爆の主題を発展させていった側面がある。原爆という敗戦と決定的に結びついた出来事を、日米の支配的な歴史の語りはしばしば第二次世界大戦の早期終結をもたらした契機として正当化し、あるいは戦後の平和と繁栄の礎と意味づけて慰霊の文言としてきたが、『魔の遺産』の語りは、まさにそうした語りが覆い隠す暴力的存在としての「アメリカ」を大胆に暴き、戦後の空間に据える。被爆の実態を提示すると同時に、原爆の語りを足場として戦後を形作る基盤となっている日米関係を問い直そうとした阿川の試みは、原爆文学史のなかで特異な位置を占めていた。

しかし、その阿川が留学からの帰国後、「アメリカ滞在の成果[?]を自分なりに一つの作品として実らせてみたいと思ひ、書き出した」と自らが語った作品『カリフォルニヤ』で日系人の生活を描き、以後原爆の主題を離れたことは、戦後の文学言説と「アメリカ」とが織りなす緊張関係が、どのようにして解消したのかを示す一例でもあるだろう。ロックフェラー財団の留学制度は政治色の強いものではなく、占領期の検閲とはその性格が大きく異なる。そのために、両者を並べて論じることは控えるべきであるのかも知れない。しかしむしろ、相互理解の理想を掲げた文化交流のなかにも表現を統制する政治的意図が働いていたことこそは注目すべきであろう。それは、占領期検閲が終結した後にも、表象をめぐる攻防が形態を変えながら持続した可能性を示唆するのではないか。そして作品『カリフォルニヤ』が描き出したのは、アメリカの広報宣伝メディアが発信したイメージと響き合うような、人種問題を克服し、近代的に豊かな「アメリカ」の姿であった。

このように見るならば、作家阿川自身の軌跡と彼が紡ぎだす表象は、原爆投下や検閲と結びついたアメリカの負のイメージが、戦後日本においていかにアメリカの魅惑と同居しえたのかについて多くの示唆を与える。『魔の遺産』はアメリカへの鋭利な批評でもあったが、阿川の表現の軌跡を通して浮かび上がったのは、「アメリカ」をめぐって暴力と豊かさのイメージが互いに拮抗し、さらに原爆投下国、検閲する占領者、文化の交流を促し、資本主義に基づく生活の向上を主導するさまざまな「アメリカ」が干渉し合いながら、「アメリカ」への態度が形成され続けるその絶え間ない過程である。そこには、「国家」としての「アメリカ」のみならず、文化交流を主管する民間の財団であり、良心的な個人でもあるさまざまな階層の「アメリカ」が関わっている。戦後日本の空間は、それら全てが発する種々多様な力学が混在して強く働く空間であったのであり、文学空間も例外ではなかった。

留学前に阿川は、「『魔の遺産』にはアメリカの政策に対する批判的なことをずゐぶん書いてゐるし、この面接は落第だつたかも知れないと思つてゐたら、しばらくして、アメリカへ帰つたファーズ博士から手紙が来た」と述べて意外性を記していたが、このようなアメリカの態度は「大きな度量」を印象付け、アメリカの魅力として映ったのではなかろうか。類似した事例を、阿川とほとんど同時期である一九五八年に米国務省の招聘で米国を旅行した火野葦平（一九〇七〜一九六〇）にも見出すことができる。

太平洋戦争中は従軍作家として活躍し、戦後しばらく公職追放を受けた火野は、このアメリカへの旅を綴った『アメリカ探検記』（一九五九）のなかで、阿川と同様の感慨を漏らしている。彼は戦後にアメリカに対して批判的な作品を書き、それらが「アメリカの気に入らなかつたであろうことは明瞭だ」と思い込んでいたため、アメリカから招待を受けたとき、「狐につままれた思い」がしたという。火野がこのときに感じた感慨は、原爆を主題としてアメリカの非人道性を追窮した『魔の遺産』を書いた阿川弘之が感じた戸惑いと極めて類似しているといえるだろう。そして留学前のアメリカ大使館関係者とのやり取りを、火野は次のように語っている。多少長いが、興味深い一節であるので、引用したい。

私としてはアメリカが見たくてたまらなかつたけれども、多分ダメだろうとあきらめていた。ところが、今年の春になつて、アメリカ国務省が正式に私を招聘する旨の通知が、東京の大使館を通じて来たのである。その招聘状を、福岡の領事館で、ロシーナスさんの手から受けとつた。むろん、私はよろこんだ。ロシーナスさんも、ニコニコしながら、

「どうぞ、よくアメリカを見て来て下さい。よいところも、悪いところも。そして、遠慮なく、考えたとおりを書いて下さい」

と、日本語でいつた。

「拝見させていただきます。しかし、私は招待されて行つても、お国に気に入るように書くかどうかはわかりません」

「どうぞ、どうぞ。言論は自由です」

友人たちは、私がアメリカから招待されたことを不思議がつた。そして、アメリカが変つたのだと結論した。私もそう解釈するより他なかつた。では、なぜ、アメリカが変化したのか。どう変化したのか。政治外交のことは私にはわからないが、アメリカがちつぽけな猜疑心を捨て、寛厚の心になつて、ひろく門戸を開いたことについては、深い意味があるように、私には考えられた。いずれにしろ、機会があたえられたのである。アメリカにどんな魂胆があるのか、そんなことはどうでもよい。私はアメリカが見たい。アメリカを知りたい。祖国を打ち負かした嘗ての敵国の実態を、自分の眼で見、自分の心でたしかめたい。(3)（傍線引用者）

火野と阿川は占領下で作品の検閲を経験したという共通点をもつ(4)。戦争や占領、検閲という暴力的な局面での敵

対的な関わり方から、一転して温和な待遇を受けた経験をすることになった二人の文学者は、ゆえにより強くアメリカの懐の深さや寛大さを感じたのではなかろうか。

加えて、阿川が『カリフォルニヤ』について、「ファーズ博士、ジュライさんの立場を考へると、申し訳ない気がしてゐた」と執筆の動機を語ったことは、財団側の人員との親密な関係が表現の上に大きく働いたことを示している[5]。一九五六年にアイゼンハワー大統領によって提唱された「ピープル・トゥ・ピープル・プログラム」の精神の肝要は、「人と人との間の相互関係」を重視し、「世界の人々が集って考えや経験を交換することによって、世界平和を達成できる」という信念[6]であったが、ロックフェラー財団のプログラムは、それが財団という組織が主体となったものであるとはいえ、個人的な人脈を重視するという点では、ピープル・トゥ・ピープルの精神に近いところがある。このような財団側との親密な関係性は、フェローらの表現活動へと影を落としたのではないか。

一方、阿川弘之の次男の尚之は幼少期の記憶を振り返り、「幼い頃両親がかの地（アメリカ――引用者）へ遊学し、夢のような国アメリカについてたくさん話をきいていた」と語り、次のように述べている。

すっかりアメリカが気に入った父は、帰国後家の中でやたらと英語を使い、アメリカで買ってきたスプリンクラーを公団住宅の狭い庭において水をまくなど、かなり重症のアメリカかぶれになった。年を取ってさすがに近年そのような言動はないが、故郷広島に原爆を落とされ、アメリカに対して敵意を燃やしていたこの作家を、アメリカ大好き人間にしたのだから、財団の所期の目的は達せられたと言うべきであろうか[7]。

アメリカの生活は阿川を深く魅了したことが窺われる。この回想に従えば、留学後の阿川は「アメリカ的生活」の実践者であったが、彼の作品もまた、アメリカの生活様式を伝播する役割を果たしたといえるだろう。日系人を描いた作品『カリフォルニヤ』のほかに、留学後の阿川の作品世界には、アメリカ帰りの駐在員や留学生が多く登場し、アメリカ式の生活を実践したり、登場人物の口を通してアメリカの生活が語られるなど、留学の影響が見て取れる。[8] アメリカでの体験は、創作のための題材を確かに提供したといえよう。

とはいえ、留学がもたらした影響や「アメリカ」への反応は文学者それぞれに異なる。小島信夫の作品において、留学を挟んで共通したモチーフが多く見られることは、留学体験を経て彼のアメリカに対する関係性が本質的に大きく変化するには至らなかったことを示しているようにも見える。また、阿川弘之が豊かな「近代」のアメリカ・イメージへの転換を後押しする作品を書いたとすれば、小島信夫はそのようなアメリカ・イメージへの「純化」に亀裂を入れるようなアーミッシュや農家の人々の素朴な暮しを描いた。一九五〇年代半ば以降の日本では、高度成長下で豊かで近代的な生活の実現のために人々が邁進し、そこに新たなナショナルなアイデンティティの基盤を見出していった。それは日本において想像される「アメリカ」が、「メディアを通じて消費される豊かさのイメージとして純化されてい」くのと対をなしていたと言える。そのようななか、小島の描いた「アメリカ」は、時代の動向に対してある批評性を持っていたと言えるだろう。また、アメリカにおいても六〇年代に入ると大量消費に対する懐疑がさまざまにあらわれ始めるが、[9] 小島の書いた「アメリカ」は時代を先取りしたような作品であったと評価できる。

有吉佐和子もまた、さまざまな点で豊かな「アメリカ」イメージへの「純化」に逆行している。有吉が留学後に取り組んだのは、占領期の語り直しであった。吉見俊哉は、「一九五〇年代を通じ、日本の大衆文化は「占領するアメリカ」との直接的な結びつきを、たとえば「闇市」や「パンパンガール」といった、アンダーグラウンドなイメージのなかに周縁化していき、次第に忘却していこうと努め始め」たと指摘する。[10] 即ち、占領からの脱却を迎えて国民の屈辱体験を語った人々は、やがてそのような負の記憶を一部の特殊な人々に肩代わりさせて過去へと押しやりながら、高度成長が可能にする明るく豊かな戦後へと離陸していったと言うのだ。鈴木直子はポスト占領の文学に植民地の記憶の忘却が伴っていたことを指摘したが、[11] 吉見の指摘に基づくならば、さらに人々は五〇年代半ば以降において早くも占領の記憶すらも葬り始める。『非色』が発表されたのは、高度成長が軌道に乗って進み、さらに六〇年安保を一つの転回点として、時代の雰囲気が政治から経済の季節へと決定的に転換した後であった。この時点において『非色』は、改めて占領する「アメリカ」を喚起させる。占領終結後五〇年代から進んだナショナルなアイデンティティの再編という文脈のなかに作品を位置づけるならば、五〇年代を通してナショナルなアイデンティティが再構築されていくなかで、何が排除されていったかを映し出してくれるのが、有吉佐和子の作品であるとも言えるだろう。

また、有吉が描いたハーレムを視点とした「アメリカ」は、豊かで民主主義的なアメリカというイメージの虚実を暴き、人種差別の現状をつぶさに描き出した。阿川弘之が日系人を取り上げて、人種問題が改善されつつある「アメリカ」を描き、日系人問題を黒人問題とは切り離したのに対して、有吉の描く「アメリカ」は、人種問題の克服が虚構に過ぎないことを暴き、人種や階級が複雑に錯綜する差別の構造を互いに結びつけて総合的な視点で捉えることによって、差別が生れる構造に肉迫した点で対比的である。一方、有吉が描き出したのは、「質素さ」を意思的に選ぶのではなく、差別によって豊かな「アメリカ」から疎外される人々であった。そして、留学を通してナショナルなアイデンティティを補強した小島とは異なり有吉は、ナショナルなナラティヴに揺さぶりをかける作品を書いた。このような有吉の視点は、一つには彼女の幼少期のジャワ体験に起因すると考えられるが、同時に、多民族・多人種社会の「アメリカ」に触れ、それが決して一枚岩ではないことを実感したことによってもたらされた視点でもあったのではなかろうか。

以上のようにフェローたちの留学後の多様な「アメリカ」語りを踏まえて言うならば、ロックフェラー財団の文化交流計画は、冷戦期の政治を背景にして企画されたといえるが、結果的に冷戦プロパガンダが奏でる単一のアメリカ・イメージに亀裂を入れるような文学作品をも多く生み出したといえる。人への攻勢であった創作フェローシップの計画ははじめからその結果が予測不可能なものであった。阿川弘之にとっての留学は原爆の表現が消失する契機として働いた可能性があるが、一方で日本文学のなかで初めて人種差別の主題に基づいた本格的な作品『非色』を生んだのも、同じプログラムである。フェローたちはアメリカの良い面も悪い面も描き出した。それは、冷戦下の文化攻勢として見れば、成功と失敗を分ける評価軸であったかも知れない。しかし、そもそも日米交流が掲げた「相互理解」という目的に照らせば、「アメリカ」の光と影の部分を合わせてより深い理解へと向う過程であったともいえないか。互いの抱える問題を共有することは、ロックフェラー三世が日米文化交流の目的に掲げたことの一つであった。人種差別の現実をつぶさに掘り下げて描出した『非色』のような作品すらも、そうした役割を果たしたとも言える。アメリカの抱える人種差別の問題を、日本にも普遍的にある人間の差別意識の問題として捉えて思考をめぐらせた『非色』の人種差別問題へのアプローチは、まさに相互理解の基盤にもなりうると考えられる。その意味では、財団による交流計画は大きくは成功であったといえるだろう。

第三節　一九五九年中間報告書における坂西志保の評価

一方、プログラムの運営側は、創作フェローシップの成果をどのように評価していたのだろうか。坂西志保は庄野潤三の『ガンビア滞在記』に寄せて、フェローたちによって「発表された新しい眼で見る西欧の鋭い観察は広く注目され、日本の進路を暗黙のうちに示唆した」との見方を述べている[12]。坂西はフェローへの評価について公には多くを語っていないが、実は本書で取り上げた一九五九年の中間報告書において、極秘でフェローらの評価を行っていた。この時点までに、福田恆存、大岡昇平、石井桃子、阿川弘之、中村光夫、小島信夫、庄野潤三の七人のフェローが留学から帰国していた。庄野は帰国したばかりであった。報告書の末尾でフェローの紹介を行うなかで坂西は、「概して成功であった」とプログラムの成果を総括した上で、それぞれのフェローの帰国後の活動について紹介し、ひとまずの評価を下している。財団理事会にプログラム継続の必要性をアピールするためのものであったという文脈は考慮しなければならないとしても、坂西の考えでありながら延いては運営委員会を代表しての見方を概ね示すものとして、運営側が考えた望ましい交流の成果がいかなるものであったかが窺える興味深い資料である。

それによると、福田恆存は帰国後に演劇の分野で活躍を見せ、一九五九年までに文学座で上演された三つの戯曲のほか、歌舞伎と現代演劇を融合させたと評価できる悲劇『明智光秀』(『文芸』一九五七・三)を発表していた。松本幸四郎一統と文学座の競演で話題をさらった同作品について坂西は、歌舞伎に新しい生命を吹き込んだと批評家たちによって評されたと報告している。[13] また福田は、シェイクスピア作品の翻訳を多く手がけ、『ハムレット』や『マクベス』の上演は成功を収めていた。その功労により文部省から賞を受けたことについて坂西は、「西洋文学の翻訳がこれほど評価されたのは前例がない」と記している。その傍らで福田は、批評家としても活発に発言していた。特に注目されたのが福田が発表した二つの評論「平和論の進め方についての疑問」(初出『中央公論』一九五四・一二、のちに「平和論にたいする疑問」と改題)及び「疑似インテリ批判」(初出『新潮』一九五六・一〇、のちに「自由と進歩」と改題)をめぐる論争である。坂西は当時大きな論争を巻き起こしたこれらの文章について、前者は平和主義者が運動を反米感情の隠れ蓑にしていることへの批判であり、後者は「日本には過度の自由があ」り、経済の回復のためには自由の制限が必要であるとする中国やソ連を訪問した知識人たちの主張を反駁するもので、石川達三や清水幾太郎を論敵として執筆され、中共やソ連に倣おうとする立場を退けるものであったとして共感を込めて紹介している。[14] そして、かつて左翼運動の指導者であり、当時ペンクラブの副理事を務める青野季吉が福田の「勇気」を称えたとき、「アメリカに一月滞在した者なら誰でも分かることであり、私はほぼ一年を過した」と応えたと記した。[15]

付言すれば、福田の批評については、一九五九年報告書のほかにも、複数の財団文書から、福田の批評活動を財団が注視していたことが確認される。例えば福田のフェローシップ・レコーダー・カードの記録によれば、ジャパン・ソサエティのダグラス・オーヴァートンが、『中央公論』に発表された福田の論文(「平和論の進め方についての疑問」)について、「この知的な論文が、「平和」を売り物にしている者たちを激しく攻撃し、とっくに言われるべきであったことを言ってくれた」と評価したエドワード・サイデンステッカーの言葉を引用してファーズに書き送ったことも確認される。坂西もファーズに、「リベラル側の人たちのほとんどが福田に賛成で、彼の勇気を賞賛した者もいた」とし、谷崎潤一郎や志賀直哉は「フェローシップが彼により広い視野を開いた証である」と意見を述べたと伝えた。ドナルド・キーンは、「極めて有能で勇気がある」と福田を評価し、彼が「ウォール・ストリートの従僕（lackery of Wall Street）」で「ロックフェラー財団の手先（tool of the Rockefellers）」であると繰り返し攻撃を受けていることを財団に伝えている。またキーンは、ロックフェラー財団の非政治的な性格に対する疑いから日本の作家たちの間に財団の支援を受けることを忌避する雰囲気があることにも触れ、これに対して福田が彼が財団によって「買収されていない」ことを主張しているともファーズに報告した[16]。

一方、福田とほぼ同時期に留学した大岡については坂西は、福田が留学中は消極的な姿勢を見せ、彼の行動は財団を困惑させたが、帰国後は旺盛な活動を見せたのとは対照的に、大岡は滞在を楽しんだが帰国後に執筆活動に困難を感じていると報告した[17]。坂西は、大岡が帰国後に発表した幾つかの小説は失敗作であり、西洋での見聞を綴った文章は「知的で魅力ある」[18]ものの、大岡が適切な時期に留学の機会を与えられなかった唯一のフェローであるかも知れないと述べている[19]。また、ヨーロッパへ旅立つ前に大岡に面会したニューヨークの財団スタッフが、「彼がアメリカにいる間何を学んだか疑問である」と記していることや、五六年に日本を訪れたファーズが日記のなかに、財団支援による「旅行が（大岡にとって）どのように役立ったか未だ明らかではない」と記していることなども、大岡への財団の評価を窺わせる。ファーズは六一年に至っても、「大岡は依然として疑問符（question mark）である。大岡は（元フェローらの）グループのなかで、海外生活について最も冷淡である」と記しているが、一方、旅行記『ザルツブルクの小枝』については、「アメリカに対し批判的でないわけではないが、ユーモアがある」と評価した[20]。

石井桃子は、帰国後に小説を発表しながら翻訳を手がける一方、子どもの図書館運動を精力的に行っていた。ケネス・グレアム（Kenneth Grahame）の『ヒキガエルの冒険（*The Wind in the Willows*）』、J・M・バリー（J. M. Barrie）の『ピーターパン（*Peter Pan*）』、イーヴ・ガーネット（Eve Garnette）『ふくろ小路一番地（*The Family from One-End Street*）』、L・S・ハイド（L. S. Hyde）『ギリシャ神話（*Greek Myth*）』などの児童文学作品を相次いで翻訳出版したほか[21]、石井の提案にしたがって文部省が児童図書館員を養成しようとする動きがあることを坂西は報告書で紹介している。

そして阿川弘之については、坂西は次のように述べている。

阿川は広島の出身であり、戦争中は海軍に召集されたので、初期の作品はすべて原爆と戦争で若くして命を失った者を題材にしていた。一時期彼はこれらの主題に取り憑かれたように見えたし、我々の一部は彼が一時的に日本を離れることが必要であるとも考えた。フェローシップは確実に彼をこのような精神状態から解放し、彼は以前とは異なる主題の重要な作品を書くようになった。(22)

坂西がそのような作品の一つに挙げたのが、『カリフォルニヤ』であった。また阿川は帰国後に、婦人向け読み物の雑誌でアメリカの家庭を描いた短編作品を発表し、ラジオでの朗読も行ったと紹介している。そして志賀直哉の言葉として、「彼は類まれな才能に恵まれており、私は彼を広島の原爆の主題から離れさせようとしたが、成功しなかった。私は彼に留学の機会を与えた財団に感謝するし、将来の日本人も同じく感謝するであろう」と伝えた。(23)

一方、小島信夫については、発表されたばかりの「異郷の道化師」や「広い夏」を挙げて、前者が「中西部での農夫の家庭での彼の体験」を描いたものであり、後者が「奇妙な宗教グループ（odd religious group）との交流」を描いたものであると紹介した。その上で、「これらの作品は面白く、よく書けているが、しかし我々（運営委員会――引用者注）の一部は彼が偏見と個人的な葛藤をアメリカにまで持ち込んで、自身の色眼鏡を通してアメリカを見たと感じた。彼は文化の違いを見据え、それを尊重することに失敗したかも知れないが、しかしながら個人的には未だ判断するには早いと考える。彼はほかのフェローよりも体験を咀嚼するのに時間がかかるのかも知れず、深い影響を受けたかもしれない」と述べている。(24)

そして帰国したばかりの庄野について、坂西は彼がアメリカに極めてよく適応し、夫人とともにガンビアのコミュニティと生涯続く友情を築いたと高く評価してみせた上で、彼が帰国後に既にラジオやテレビで活動していることを伝えた。
以上見てきた坂西の評価は、彼女が考えた理想の日米文化交流がどのようなものであったのかを物語るように思われる。ところで、最後に坂西がフェローらを総括して次のように述べたことは見落とせない。

もし私に彼ら（フェローら——引用者注）を極秘で順位づけすることが許されるならば、阿川弘之と庄野潤三、石井桃子を先頭に挙げるであろう。[25]

坂西が最も成功したフェローとして挙げた三人のうち、石井については、帰国後に児童文学の翻訳や子どもの図書館運動などで旺盛な活動を見せ、実際に多くの成果を挙げていたことからの高評価と推察できる。また阿川弘之については、先に考察したように原爆の主題から距離を取らせるという所期の目的が叶ったことが成功事例と評価されたものと考えられるだろう。ならば庄野潤三はいかなる理由からの高評価であるのか。
既述したように、一九五九年の中間報告書には、庄野の身元保証人となったジョン・クロウ・ランサムが庄野のガンビアでの交流の成果を報告する一文が付随しており、ランサムもまた庄野を高く評価していたことが窺える。[26]
私見では、ロックフェラー財団の創作フェローシップの特質を最もよく示すのが庄野潤三の留学の事例であり、『ガンビア滞在記』は特に大きな重要性を持つテクストである。そこで同テクストをめぐる評価に注目してみたい。
坂西は庄野の留学を特に成功した代表例と考えていたが、庄野の『ガンビア滞在記』に、フェローたちが上梓した留学記のなかで唯一「解説」として長文を寄せていることからも、その思い入れが窺われる。そのなかで坂西は、馴染みのない外国の姓名を紙に書き出した「簡単な人物索引」を作成してこれを片手に作品を読むことを読者に奨励し、「始めてアメリカへ行く人に、老若男女を問わず、私は『ガンビア滞在記』を読みなさいと勧める。楽しい本であるし、外国へ行って戸惑う場合どうしたらよいか具体的に庄野さんは解答を与えている」と述べている。[27] ここでは、民主的生活様式や、海外に出る際の外国生活の手引きのように作品が読まれることが期待されている。『ガンビア滞在記』は、アメリカの生活の細部にわたる描写であり、外国生活の指針書のようなものとしての役目を果たすものとして捉えられているのである。即ち、坂西は『ガンビア滞在記』を、優れたアメリカン・ライフの描写として見ていた。坂西は、次のように述べる。

> あとがきに著者の庄野さんは一年近くガンビアに暮していて「教授の中にも、他の職業に従事している人たちの中にも、よき隣人を発見した」と書いている。ことばや考え方、風俗習慣の相違を乗り越えて、お互によい隣人を発見するコツが、誠によくこの本に書かれているといいたい。私は安易に「コツ」といってしまったが、長い自分の経験と戦後にたくさんの留学生がアメリカで受けた処遇などから考えると、異郷で人間として扱われるためには裸になって相手にぶつかって行くことである。五分五分ということばがあるし、魚心と水心ともいう。旧大陸の人たちと異ってアメリカ人は人見知りせず、親しみを見せる。ためらわずにそれに答えることなのである。進んでそれに答え、しかもいつも受身の態勢にあるのでなく、積極的に自分に出来ることをして相手の厚意に報いることなのである。庄野夫妻はガンビアに着いたその日から小さな町の住民になりきったのである。[28]

坂西は読者に、アメリカ人と良い「隣人」の関係を結ぶことを促す。このようにフェローの書いた作品が、アメリカ人との交流に成功するための教本のようなものとして薦められていたことは興味深い。右の一文のなかで、アメリカ人は善意と友好的感情に満ちた存在として想定され、こちらはそれに応える存在としてあることも見落とせない。

「アメリカ」を善意ある「隣人」として描く庄野の作品がある確かな役割を果たしたことは、作品に対する反響から確認できる。『ガンビア滞在記』は、一九五九年三月に書き下ろしで出版されるとたちまち大部数を売り上げた。一九五九年四月はじめに日本を訪問したファーズに、坂西は『ガンビア滞在記』が好評で、既に一万五千部ほどを売り上げたことを伝えた[29]。このように多くの読者に恵まれた滞在記は、どのように読まれていたのだろうか。「日本の作家がアメリカの生活を語る」の見出しで庄野の『ガンビア滞在記』を紹介した一九五九年三月三〇日付の『ジャパン・タイムズ（*The Japan Times*）』の次の記事は、それを最もよく物語る。

六百人ほどが住むオハイオ州の小さな町ガンビアは、日本の人々にとって、おそらくニューヨークやサンフランシスコよりも親しみのある町となった。

日本とこの町との距離を近づけたのは、三十八歳の日本の作家、庄野潤三。

中央公論社から出版された彼の近刊『ガンビア』の読者は、ケニオン・カレッジの教授たちや、散髪屋のジム、そしてベンジャミンという名前の犬までをも含めて、ガンビアの住民たちを知ることになる[30]。

換言すれば、庄野の作品は日本とアメリカの心理的な距離感を縮めた。同作品における「アメリカ」の描写には一見したところほとんど政治性はなく、ただガンビアという小さな町に生きる市井の人々の細々とした生活の場面が愛情深い筆致で描かれているばかりである。だが読者は住民になった気持でこの小さな町のアメリカ生活を間接体験し、ガンビアでの生活を良く知った気持になる。そうして庄野の「アメリカ」語りは、読者を自然とガンビアに近づける。こうして日本人にはほとんど馴染みのなかった中西部の小さな町ガンビアは、『ガンビア滞在記』を通して身近な「隣人」のような町となった。

フェローらが書いた「アメリカ」は多様だが、それぞれが多かれ少なかれこのような役割を果したといえるのではないか。即ち、心理的距離を縮めるのに貢献したということである。その意味では、特に「日常」を描くことを本領としたいわゆる「第三の新人」と呼ばれる作家たち――阿川、庄野、小島、安岡――が創作フェローとして多く渡米したことには、特別な意義があったようにも見える。彼らこそは、アメリカン・ウェイ・オブ・ライフを描くに恰好の書き手であったとも言えるからだ。例えば、庄野と小島信夫の「アメリカ」語りは大きく毛色が異なるが、後者もまたアメリカの市井の人々の日常を描いていた。

総じて、フェローらはアメリカ社会の断面を独自の視点で切り取り、裁断して「アメリカ」の表象をつむぎ出した。そのイメージは多様である。戦前から戦後に至るアメリカへ渡航した日本人のアメリカ体験を考察した阿川尚之は、アメリカを見つけるために太平洋を渡った人たちが「結局見つけたのは自分自身であり、日本であった」のだと述べている。「アメリカ体験というのは一にも二にも、各人の内面によって規定されるもの」で、「そもそも本当のアメリカなどどこにもなくて、アメリカとはアメリカ人自身を含む無数の人々がおのおの思い描く、イデアなのかもしれない」というのである。[31] これはそれぞれのフェローの描いた「アメリカ」の性質をも、うまく言いあてているといえるであろう。そして創作フェローシップは、日本の文学者のなかに、「親米派」はともかく「知米派」を生み出したとは言えるだろう。

全体として見れば、フェローらによるそれぞれに異なる「アメリカ」表象は、「アメリカ」の姿をその内部にある多様性とともに浮かび上がらせたと言える。フェローらは多様な地域にでかけ、そこで目にしたものを描いた。ニューヨークやカリフォルニアといった比較的良く知られた地域だけでなく、中西部や南部、農村のなかにも分け入り、地域や宗教によって異なる生活様式を持ち、多様な人種・民族を内に抱えた「アメリカ」の姿を伝えた、フェローたちの描いた「アメリカ」は、一口に「アメリカ」と言われる文化のなかに、どれほど多様な文化と人々の生があるかを浮かび上がらせた。むろん、フェローらが描く「アメリカ」は、必ずしも肯定的な面だけではない。人種偏見や貧困、南北の対立などさまざまな葛藤を抱える「アメリカ」の姿であった。だが逆に言えば、そのような描写を通して、アメリカの抱える問題までもが共有され、読者は「アメリカ」を身近なものとして感じる。アメリカという国の全体像は、かえって奥行きをもたらされ、多彩なコラージュをなしている「アメリカ」の姿がダイナミックに浮び上る。そうしてフェローらの「アメリカ」表象は、日本とアメリカの間にある地政学的な距離感を確かに近づけたのではないか。

第四節　創作フェローのその後

最後に、それぞれのフェローのその後について見ておきたい。

ガンビアでの一年は庄野潤三に晩年に至るまで長く影響を及ぼした。庄野とガンビアとの縁は生涯続き、一九七八年には庄野はケニオン大学より文学博士の名誉学位を受けるために二〇年ぶりに再度ガンビアを訪れて、『ガンビアの春』（一九八〇）を著している[32]。その後においても庄野は度々、ガンビアを素材とした作品を発表し続けた[33]。夫婦で滞米経験を共有することによって生涯にわたる影響を及ぼすことができると考えた坂西の考えは実現したと言える。庄野の事例は、一年間の滞在が深く尾を引く影響を及ぼしたことを物語るが、同じことは、ほかのフェローについても言える。

その後の高度成長期において、小島信夫と江藤淳は文学領域でアメリカを問題化する上で中心的な役目を担った。高度成長期の日本を描いた小島信夫『抱擁家族』（一九六五）は、戦後の家庭文化や生活様式における「アメリカ」の受容に焦点をあてながら、それがもたらしたひずみを、その受容を担った「翻訳」者の「うろたえ」と重ねて描いた。この小説は発表から二年後、江藤によって『成熟と喪失――「母」の崩壊』（一九六七）で中心的に取り上げられた。戦後批評の古典となったこの文芸・文明批評で江藤は、敗戦や占領といった「アメリカ」の圧力のもとに進められた日本の近代化を、農耕文化に根ざした母子間の密接な結びつきが破壊される過程として描いた。先行研究では、このような江藤の近代化論は、江藤の留学先であったプリンストン大学が中心となって進められた「日本近代化論」プロジェクトへの批判的な応答としての側面をもつとされている。二人の文学者はこの時期に、内なる「アメリカ」の意味を深く反芻しながら日本の自己像を描いている。

同様のことは安岡章太郎にも言える。安岡は一九七〇年に初めての戯曲「ブリストヴィルの午後」を発表し、上演しているが、この戯曲の演出を手がけた芥川比呂志の紹介によれば同作品は、アメリカ南部の架空の大学街を舞台に、元新聞記者の中年男と高校出の青年が登場し、「黒人と白人と黄色人種との間の差別の問題を話し合っているうちに、不意に話が、日本のいわゆる部落の問題に、燃えうつる」作品である。[34] ここには明らかに、「アメリカ」に照らして「日本」を見返すまなざしが認められる。

一方、特異な歩みを示したのは、大岡昇平である。戦後日本における「アメリカ」の問題を考える上で大岡昇平が興味深いのは、彼が戦中フィリピン戦線でアメリカと衝突しているのみならず、占領下でその体験を作品化することで検閲者アメリカと対峙し、さらに占領終結後には留学という日米文化交流を通して、改めて文化冷戦の戦線に立たされたことにある。このように大岡の個人史をアメリカとの関わりを軸に注目して見ると、戦時中から戦後初期にかけて、日本に対するアメリカの関係が敵国、占領国、冷戦体制下の同盟国へと移り変わるなかで、日米の接触の前線に彼が繰り返し身を置いてきたことが浮かび上がる。そして留学からの帰国後に、アメリカへの遠慮から批判を自粛すると語りながらも、大岡は旅の最後を記した「鎮魂歌」のなかに、「勝者との間の和解できない核」を描きこんでいた。[35] そのような大岡が七〇年代において戦争を描いたのが、『レイテ戦記』(一九七一)である。[36] 大岡がアメリカに留学した年である一九五三年に執筆を思い立ち、その後長い準備期間を経て書き上げた同作品は、米国の極東政策が関わった東アジアの戦後に射程を広げて、その広い枠組のなかに太平洋戦争を意味づけて描く。留学が阿川に表現の消失をもたらしたのとは対照的に、大岡においては地下へと潜った水脈は、時間を経て七〇年代に地表に現れる。留学の影響を一概には言えない所以である。

そして有吉佐和子は、白人占領軍兵士の二〇年後の荒廃した姿を描いた『花浮くプール』を一九七二年に発表している。『非色』のなかで、「得意の絶頂から失意の境涯に陥ったら、日本人でもトムと同じ変化を示すのではないだろうか。白人であっても竹子の夫と同じように酒や女に溺れ狂って捨鉢な生活にのめりこんでしまうのではないか」[37]と描き込んだ有吉は、本質主義や占領の歴史を問い続けたことが窺える。戦後文学において「アメリカ」が繰り返し豊かさ/強さ/民主主義の具現者として現れてきたならば、有吉の語りは一貫してそのようなイメージに拮抗し、アメリカの非同質性を映し出す。

　以上のように、財団フェローたちは留学が終わった後にも、それぞれのやり方で、「アメリカ」を問い直し続けた。それは、冒頭で示した江藤のロックフェラー財団創作フェローの意味をめぐる問いにも表れている。このようにポスト講和期の日米交流の影響が長く尾を引いたことは、今なお残る冷戦の文化への影響を検証し続けることの必要性をも提起しているだろう。本書が考察してきたロックフェラー財団創作フェロー組の文学者たちの経験は、戦後の日本においてどのようにしてアメリカとの親密な関係が築かれていったのか、その影響をいかに深く受けたのかについて、多くを物語る。

注

序章

（1）例えば、吉見俊哉『親米と反米――戦後日本の政治的無意識』（岩波書店、二〇〇七）の序章を参照。
（2）土屋由香『親米日本の構築――アメリカの対日情報・教育政策と日本占領』（明石書店、二〇〇九）を参照。
（3）吉見俊哉『親米と反米』、一四～一五頁。
（4）江藤淳『自由と禁忌』（河出書房新社、一九八四）、八七頁。
（5）江藤淳による検閲批判は、『忘れたことと忘れさせられたこと』（文藝春秋、一九七九）、『一九四六年憲法――その拘束』（文藝春秋、一九八〇）、『落葉の掃き寄せ――敗戦・占領・検閲と文学』（文藝春秋、一九八一）などの一連の著作で展開され、『閉された言語空間――占領軍の検閲と戦後日本』（文藝春秋、一九八九）において最も体系的に提示された。『閉された言語空間』に収められた論文は、雑誌『諸君』に一九八二年二月号～一九八六年二月号にかけて断続的に掲載されたものである。
（6）丸川哲史『冷戦文化論――忘れられた曖昧な戦争の現在性』（双風舎、二〇〇五）、七～八頁。
（7）占領研究は膨大な量だが、代表的なものとして例えば、竹前栄治『GHQ』（岩波書店、一九八三）、『占領戦後史』（岩波書店、一九九二）、五百旗頭真『米国の対日占領政策――戦後日本の設計図』上・下（中央公論社、一九八五）、油井大三郎『未完の占領改革――アメリカ知識人と捨てられた日本民主化構想』（東京大学出版会、一九八九）、袖井林次郎『マッカーサーの二千日』（中央公論社、一九七四）、山本武利『占領期メディア分析』（法政大学出版局、一九九六）、有山輝雄『占領期メディア史研究』、阿部彰『戦後地方教育制度成立過程の研究』（風間書房、一九八三）などが挙げられる。
（8）藤田文子『アメリカ文化外交と日本』、二三七頁。
（9）映画については、前掲の阿部彰の先駆的な研究や『人間形成と学習環境に関する映画史料情報集成』（風間書房、一九九三）をはじめとして、平野共余子『天皇と接吻――アメリカ占領下日本映画検閲』（草思社、一九九八）、谷川建司『アメリカ映画と占領政策』（京都大学学術出版会、二〇〇二）、北村洋『敗戦とハリウッド――占領下日本の文化再建』（名古屋大学出版会、二〇一四）、岩本憲児『占領下の映画――解放と検閲』（森話社、二〇〇九）などを参照。ＣＩＥ図書館については、今まど子「アメリカの情報交流と図書館――ＣＩＥ図書館との係わりにおいて」『中央大学文学部紀要　社会学科』（一九九四）や Hiromi Ochi, "Democratic Bookshelf: American Libraries in Occupied Japan," in Greg Barnhisel and Catherine Turner, eds., *Pressing the Fight: Print, Propaganda, and the Cold War* (Boston: University of Massachusetts Press, 2010)、渡辺靖『アメリカン・センター――アメリカの国際文化戦略』（岩波書店、二〇〇八）を参照。また、音楽の分野におけるアメリカの文化外交については、齋藤嘉臣『ジャズ・アンバサダーズ――「アメリカ」の音楽外交史』（講談社、二〇一七）も参照。

（10）藤田文子『アメリカ文化外交と日本』、二三七頁。

（11）前者の代表的な例として、Kenneth Osgood, *Total Cold War: Eisenhower's Secret Propaganda Battle at Home and Abroad* (Kansas: University of Kansas, 2006); Frances Stoner Saunders, *The Cultural Cold War: The CIA and the World of Arts and Letters* (New York: The New Press, 2000); Greg Barnhisel and Catherine Turner, eds., *Pressing the Fight: Print, Propaganda, and the Cold War* などが、後者の例として、Christina Klein, *Cold War Orientalism: Asia in the Middlebrow Imagination, 1945-1961* (Berkeley: University of California Press, 2003); Elaine Tyler May, *Homeward Bound: American Families in the Cold War Era* (New York: Basic Books, 2008) などがそれぞれ挙げられる。特に日本に注目した研究として、Ann Sherif, *Japan's Cold War: Media, Literature, and the Law* (New York: Columbia University Press, 2009); Mire Koikari, *Pedagogy of Democracy: Feminism and the Cold War in the U.S. Occupation of Japan* (Philadelphia: Temple University Press, 2008); *Cold War Encounters in US-Occupied Okinawa: Women, Militarized Domesticity and Transnationalism in East Asia* (Cambridge: Cambridge University Press, 2015); Jan Bardsley, *Women and Democracy in Cold War Japan* (London: Bloomsbury Academic, 2014); Donna Alvah, *Unofficial Ambassadors: American Military Families Overseas and the Cold War* (New York: NYU Press, 2007) などを参照。文化冷戦研究の動向についてはより詳しくは、アン・シェリフ「想像上の戦争――文化にとって冷戦とは何か」（『アジア社会文化研究』二〇一三・三）も参照。

（12）先に挙げた貴志俊彦・土屋由香（編）『文化冷戦の時代』、土屋由香・吉見俊哉（編）『占領する眼・占領する声』のほか、韓国聖公会大学校東アジア研究所が編纂した『냉전 아시아의 문화 풍경［冷戦アジアの文化風景］』一・二巻（二〇〇八）や大田修・許殷（編）『동아시아 냉전의 문화［東アジア冷戦の文化］』（二〇一七）などの研究プロジェクトでは、日本（沖縄）・韓国・北朝鮮・中国・台湾・香港・シンガポール・ベトナムなどの事例を相互関連性のもとに検証することが試みられた

（13）Takeshi Matsuda, "Institutionalizing Postwar U.S.-Japan Cultural Interchange: The Making of Pro-American Liberals, 1945-

1955," in Matsuda ed., *The Age of Creolization in the Pacific: In Search of Emerging Cultures and Shared Values in the Japan-America Borderlands* (Hiroshima: Keisuisha, 2001) も参照。

(14) このほか、社会科学分野におけるロ財団のフィランソロピー活動については、冷戦下における太平洋問題調査会（ＩＰＲ）との関わりを財団側の資料に基づいて分析した佐々木豊「ロックフェラー財団と太平洋問題調査会――冷戦初期の巨大財団と民間研究団体の協力／緊張関係」（二〇〇三・三）が最も早い時期の研究として挙げられる。また、ロックフェラー財団の日本の社会科学への助成については、辛島理人が『帝国日本のアジア研究――総力戦体制・経済リアリズム・民主社会主義』（明石書店、二〇一五）の第六章「戦後の学知とアメリカ」（〔初出〕「戦後日本の社会科学とアメリカのフィランソロピー――一九五〇～六〇年代における日米反共リベラルの交流とロックフェラー財団」『日本研究』二〇一二・三）で、ロックフェラー財団から助成を受けてアジア、ヨーロッパ、アメリカを訪問した経済学者・板垣與一とアメリカの反共リベラル知識人との交流の事例を取り上げて示唆に富む分析を行っている。また、中嶋啓雄は秋田茂・桃木至朗（編著）『グローバルヒストリーと戦争』（大阪大学出版会、二〇一六）の第三章「太平洋戦争後の知的交流の再生――アメリカ研究者とロックフェラー財団」で、戦後日本におけるアメリカ研究コミュニティの再生とロックフェラー財団との関わりについて、一九六〇年安保を挟んで一九六〇年代後半までを視野に入れて考察している。

(15) 吉見俊哉「アメリカナイゼーションと文化の政治学」見田宗介・井上俊・上野千鶴子・大澤真幸・吉見俊哉『岩波講座 現代社会学　現代社会の社会学』第一巻（岩波書店、一九九七）、「冷戦体制と「アメリカ」の消費」吉見俊哉・安丸良夫・姜尚中ほか『岩波講座近代日本の文化史　冷戦体制と資本の文化』第九巻（岩波書店、二〇〇二）、安田常雄「大衆文化のなかのアメリカ像――『ブロンディ』からＴＶ映画への覚書」（『アメリカ研究』二〇〇三・三）、岩本茂樹『憧れのブロンディ――戦後日本のアメリカニゼーション』（新曜社、二〇〇七）、東谷護『進駐軍クラブから歌謡曲へ――戦後日本ポピュラー音楽の黎明期』（みすず書房、二〇〇五）、青木深『めぐりあうものたちの群像――戦後日本の米軍基地と音楽１９４５‐１９５８』（大月書店、二〇一三）、マイク・モラスキー『戦後日本のジャズ文化――映画・文学・アングラ』（岩波書店、二〇一七）など。

(16) 鈴木直子「一九五〇年代をジェンダー・メタファーで読みかえる」川村湊（編）『「戦後」という制度――戦後社会の「起源」を求めて』（インパクト出版会、二〇〇二）、一三二頁。

(17) 勝又浩『「鐘の鳴る丘」世代とアメリカ――廃墟・占領・戦後文学』（白水社、二〇一二）

(18) そうした意味で、ロックフェラー財団研究員ではないものの、三島由紀夫の作品群における「アメリカ」の表象を総体的に読み解いた南相旭の『三島由紀夫における「アメリカ」』(彩流社、二〇一四)は示唆深い。

(19) Ann Sherif, *Japan's Cold War: Media, Literature, and the Law*. シェリフは、チャタレー裁判や、原民喜の原爆文学、石原慎太郎『太陽の季節』といった文学史上の出来事を「冷戦文化」として文脈づけて読み解いている。

(20) 佐藤泉『戦後批評のメタヒストリー――近代を記憶する場』(岩波書店、二〇〇五)収録の「六本木と内灘――象徴闘争としての日米関係」及び第三章「「治者」の苦悩――アメリカと江藤淳」。

(21) 同前書、一五八～一六〇頁。

(22) 梅森直之「ロックフェラー財団と文学者たち――冷戦下における日米文化交流の諸相」(『Intelligence』二〇一四・三)。梅森にはこのほか、江藤淳とロックフェラー財団留学を論じた英文論考として次のものがある。Naoyuki Umemori, "Appropriating Defeat: Japan, America, and Eto Jun's Historical Reconciliations," in *Inherited Responsibility and Historical Reconciliation in East Asia*, eds. Jun-Hyeok Kwak and Melissa Nobles (London and New York: Routledge, 2013), pp.123-144.

(23) 梅森直之「「占領中心史観」を超えて――不均等の発見を中心に」杉田敦(編)『〈政治の発見〉守る――境界線とセキュリティの政治学』第七巻(風行社、二〇一一)、一八四～二二六頁。江藤淳のロックフェラー財団留学とそれに基づく滞在記『アメリカと私』を詳しく論じたものである。

(24) 金志映「ポスト講和期の日米文化交流と文学空間――ロックフェラー財団創作フェローシップ(Creative Fellowship)を視座に」(『アメリカ太平洋研究』二〇一五)及び「阿川弘之における原爆の主題と「アメリカ」」(『比較文学研究』二〇一三)。拙論「高度成長期における「アメリカ」の文学表象――『抱擁家族』から『成熟と喪失――"母"の崩壊』へ」(『日本比較文学会東京支部研究報告』二〇一二・九)においてもロックフェラー財団文学者留学制度(Creative Fellowship)について言及した。このほか、大岡昇平や有吉佐和子を論じた拙論については、本書参考文献一覧を参照。

(25) 拙論「ポスト講和期の日米文化交流と文学空間――ロックフェラー財団創作フェローシップ(Creative Fellowship)を視座に」、「阿川弘之における原爆の主題と「アメリカ」」及び梅森直之「ロックフェラー財団と文学者たち――冷戦下における日米文化交流の諸相」、Naoyuki Umemori, "Appropriating Defeat: Japan, America, and Eto Jun's Historical Reconciliations."

第一章　占領期の文化／文学が創出される場

（1）日本の対外広報機関で一九三八年にニューヨークのロックフェラー・センターに開館した。
（2）「文相、前田多門氏──きのふ親任式御挙行」（『朝日新聞』一九四五・八・一九、第一面）及び「文相談　思考力を高揚──基礎科学に力注ぐ」（同前）。
（3）「万邦共栄　文化日本を再建設──東久邇首相宮　施政方針演説で御強調」（『朝日新聞』一九四五・九・六、第一面）。
（4）「「文化日本」の建設へ──科学的思考を養はう」（『朝日新聞』一九四五・九・一〇）。
（5）中野重治は「労働者階級の文化運動」（『朝日評論』一九四七・二）で、東久邇内閣から幣原内閣にかけての政府が唱えた文化国家としての再生は、「文化と武力、平和と戦争とを全く切りはなして対立させるものであり、その裏には、戦争に勝つならば、武力をうばわれぬならば、軍事国家として立ちたい、立とうとする考えがひそめられていた」と指摘している。
（6）「首相宮米人特派員の質問書に御自ら御返事──軍国主義を一掃し道義高き文化国へ」（『朝日新聞』一九四五・九・一六、第一面）。
（7）丸山真男・竹内好・前田陽一・島崎敏樹・篠原正瑛「〈座談会〉被占領心理」（『展望』一九五〇・八）。
（8）占領下において米軍兵士に身を売る「パンパン」の女性たちに向けられた批難は、こうした心理の表れとして取ることができよう。
（9）同前書。
（10）山本武利・石井仁志・谷川建司・原田健一「『占領期雑誌資料大系』刊行にあたって」『占領期雑誌資料大系　大衆文化編』第一巻（岩波書店、二〇〇八）、v頁。
（11）同前書、vi頁。
（12）カムカム英語放送については例えば、ジョン・ダワー『敗北を抱きしめて──第二次大戦後の日本人』上（三浦陽一・高杉忠明訳、岩波書店、二〇〇一）、二一六～二一七頁を参照。
（13）中野重治「労働者階級の文化運動」『中野重治全集』第一二巻（筑摩書房、一九八〇）、一九九頁。〔初出〕「労働者階級の文化運動」（『朝日評論』一九四七・二）。中野の見方によればこのような政府の姿勢とは、「日本人の精神を宿屋の客ひき根性、みやげもの屋の精神にしよう」とし、「民族文化の粋というものも、みやげもの屋の店さきで通りがかりの外国人がめずらしがつて買うもの、そういう意味で売れるものだけに限ろう」とするものであった。

(14) 河上徹太郎「ジャーナリズムと国民の心」山本武利・川崎賢子・十重田裕一・宗像和重（編）『占領期雑誌資料大系　文学編』第二巻（岩波書店、二〇一〇）、二一一〜二一六頁。〔初出〕「ジャーナリズムと国民の心」（『文学会議』一九四六・九）。
(15) 河上徹太郎「配給された自由」『昭和文学全集　小林秀雄・河上徹太郎・中村光夫・山本健吉』第九巻（小学館、一九八七）、三六八頁。〔初出〕（『東京新聞』一九四五・一〇・二六〜一九四五・一〇・二七）
(16) 「文化外交「音楽祭」へ——心も躍る前奏曲」（『朝日新聞』一九四五・九・二九、第二面）。
(17) 桑原武夫「第二芸術——現代俳句について」（『世界』一九四六・一一）。引用は鈴木登美「解説」山本武利・川崎賢子・十重田裕一・宗像和重（編）『占領期雑誌資料大系　文学編』第二巻、一九〇〜一九一頁による。
(18) 岩倉政治「「文化日本」の現状——接吻映画を中心として」（『青年評論』一九四六・一〇）。
(19) 矢内原伊作「文化の国」（『近代文学』一九五二・九）
(20) 新村出・川田順・谷崎潤一郎「〈座談会〉新日本の黎明を語る」山本武利・川崎賢子・十重田裕一・宗像和重（編）『占領期雑誌資料大系　文学編』第二巻、四〇頁。〔初出〕「〈座談会〉新日本の黎明を語る」（『洛味』一九四六・一〇）
(21) 松田武『戦後日本におけるアメリカのソフト・パワー——半永久的依存の起源』（岩波書店、二〇〇八）、七〜八頁。
(22) 志賀直哉「国語問題」（『改造』一九四六・六）。
(23) 桑原武夫「第二芸術」。
(24) それぞれの代表作として、丸山真男「超国家主義の論理と心理」（『世界』一九四六・五）、大塚久雄「近代的人間類型の創出」（『大学新聞』一九四六・六）、川島武宜「日本社会の家族的構成」（一九四六・六）を挙げておく。
(25) 渡辺一夫「読書傷秋」山本武利・川崎賢子・十重田裕一・宗像和重（編）『占領期雑誌資料大系 文学編』第二巻、二二七頁。〔初出〕「読書傷秋」（『読書雑誌』一九四六・一〇）。
(26) 外務省特別資料課（編）『日本占領及び管理重要文書集』（外務省政務局特別資料課、一九五〇）、九一〜一〇八頁。
(27) 以下、民間情報教育局の本書中の表記は、「民間情報教育局」と「ＣＩＥ」の二つの表記を適宜用いるとする。
(28) Civil Information and Education Section, “Mission and Accomplishments of the Occupation in the Civil Information and Education Fields: General Headquarters Supreme Commander for the Allied Powers,” January 1, 1950, folder 444, box 49, series 1-OMR files, record group（以下RGと略記）5 (John D. Rockefeller 3rd), Rockefeller Family Archives, Rockefeller Archive Center, Sleepy Hollow, N.Y.

(29) "Mission and Accomplishments of the Occupation in the Civil Information and Education Fields: General Headquarters Supreme Commander for the Allied Powers" の記載に従い一般指令一九三号（General Orders 193）としたが、松田武『戦後日本におけるアメリカのソフト・パワー』、竹前栄治『ＧＨＱ』（岩波書店、一九八三）、有山輝雄『占領期メディア史研究——自由と統制・１９４５年』（柏書房、一九九六）などの諸研究では「一般指令一八三号」とされる。

(30) "Mission and Accomplishments of the Occupation in the Civil Information and Education Fields," p.1.

(31) 土屋由香『親米日本の構築』。

(32) 民間情報教育局は戦時中の米太平洋陸軍（U. S. Army Forces, Pacific: USAFPAC）の情報宣伝部（Information Dissemination Section: IDS）を前身とする。

(33) "Mission and Accomplishments of the Occupation in the Civil Information and Education Fields," p.1.

(34) Ibid. 原文は次の通り。 They deal largely with intangibles, with matters closely related to the <u>thought and culture patterns of the Japanese people</u>. These patterns have existed for years, even centuries, and it was recognized in the beginning that attempts to alter them overnight would result in misunderstanding and confusion. Intensive study and careful planning have been and are prerequisites to any action undertaken. <u>Changes of necessity have been gradual and are in the main the result of action by the Japanese themselves</u>.（傍線筆者）

(35) Ibid., p.2.

(36) Ibid., pp.26–28.

(37) Report of the United States Education Mission to Japan, Submitted to the Supreme Commander for the Allied Powers on March 30, 1946. 教科教育百年史編集委員会（編）『原典対訳　米国教育使節団報告書』（建帛社、一九八五）。使節団については例えば、松田武『戦後日本におけるアメリカのソフト・パワー』の二九～三一頁、Takemae Eiji, ***The Allied Occupation of Japan***（New York: Continuum, 2002）, xii などを参照。一九五〇年八月に派遣された第二次使節団については、南原繁『南原繁著作集』第七巻（岩波書店、一九七三）、四一四～四二〇頁も参照。

(38) 竹前栄治『ＧＨＱ』、三四五頁。

(39) SWNCC150「降伏後に於ける米国の初期の対日方針」外務省特別資料課（編）『日本占領及び管理重要文書集』、九一～一〇八頁。

(40) "Mission and Accomplishments of the Occupation in the Civil Information and Education Fields," p.2.
(41) 有山輝雄『占領期メディア史研究』によれば「太平洋戦争史」/「真相はこうだ」は意図的に東京裁判の時期に合わせて開始されたという。
(42) 幕末の開成所反訳であった前島密が「長崎遊学中に知りあったアメリカ人宣教師から「難解多謬の漢字」による教育の不都合を説かれたのがきっかけ」となって建白したという『漢字御廃止之義』(一八六六)は、漢字廃止の文字改革に基づく言文一致運動を説いたものであった。柄谷行人『日本近代文学の起源』(講談社、二〇〇五)、五三頁による。
(43) ジョン・ダワーは日本占領を、「「白人の責務」という言葉で知られる植民地的なうぬぼれが厚かましくも実行された最後の例」と表現する。ジョン・ダワー『敗北を抱きしめて』上、六頁。
(44) 竹前栄治『GHQ』、一八五~一八六頁。
(45) 国語学者の金田一京助と福田恆存との間で行われた論争は大きな注目を浴びた。臼井吉見監修『戦後文学論争』下(番町書房、一九七二)、一九三~二三二頁を参照。
(46) 有山輝雄『占領期メディア史研究』、二四八頁。
(47) 江藤淳『閉された言語空間——占領軍の検閲と戦後日本』(文藝春秋、一九八九)、二二八頁。
(48) 有山輝雄『占領期メディア史研究』、二五〇頁。
(49) 同前書の二五〇頁によれば、「真相箱」に対しては反発の投書が多く寄せられたという。
(50) "Mission and Accomplishments of the Occupation in the Civil Information and Education Fields," p.10.
(51) Ibid., p.11.
(52) Ibid., p.2.
(53) Ibid., p.4.
(54) Ibid., p.8.
(55) 身崎とめこ「衛生家族の誕生——CIE映画からUSIS映画へ、連続される家族の肖像」土屋由香・吉見俊哉(編)『占領する眼・占領する声——CIE/USIS映画とVOAラジオ』(東京大学出版会、二〇一二)、二一七頁によれば、上映は地域によっては四六年三月から暫定的に始められたという。民間情報教育局のなかでCIE映画の製作と上映を担ったのは、映画・演劇班内に設けられた教育映画配給部(EFU)であった。土屋由香・吉見俊哉・井川充雄「文化冷戦と戦後日本

――CIE／USIS映画とVOAラジオ」同前書、四頁。上映会に関する情報は新聞などに告知掲載された。

(56) 阿部彰『戦後地方教育制度成立過程の研究』（風間書房、一九八三）。CIE映画の正確な本数は諸説によって異なっている。CIE映画に関する研究はこのほか、谷川建司『アメリカ映画と占領政策』（京都大学学術出版会、二〇〇二）、柴静子『戦後家庭科教育成立関係史料に関する調査研究――GHQ／SCAP文書並びに日本側史料の収集・整理と考察』（平成一三～一四年度科学研究費補助金（基礎研究（C）（2））研究成果報告書、二〇〇三）、中村秀之「占領下米国教育映画についての覚書――『映画教室』誌にみるナトコ（映写機）とCIE映画の受容について」（CineMagaziNet! no.6 http://www.cmn.hs.h.kyoto-u.ac.jp/CMN6/nakamura.htm、二〇〇二）、身崎とめこ「GHQ／CIE教育映画とその影響――戦後民主主義とダイニング・キッチン」（『*IMAGE & GENDER*』七、二〇〇七）、土屋由香・吉見俊哉（編）『占領する眼・占領する声』、土屋由香『親米日本の構築』など。「ナトコ映画」の名称は、映画の上映に使われたNational Company社製の一六ミリNatco映写機に由来する。

(57) "Mission and Accomplishments of the Occupation in the Civil Information and Education Fields," p.8. 身崎とめこ「衛生家族の誕生」、二一七頁によれば、「最初に映画のプロパガンダ性に着目したイギリスも教育映画を多数投入したが、中盤以降はアメリカ作品が圧倒」したという。

(58) 原田健一「CIE映画／スライドの日本的受容――「新潟」という事例から」土屋由香・吉見俊哉（編）『占領する眼・占領する声』によれば、一九四六年の秋に映画常設館のある市町村は六〇一であり、常設館をもたない市町村九八三四に対して、全体のわずか五・八％に過ぎなかったという。日本においてCIE映画の伝播普及は、映画というメディアそのものの地域的な伝播普及の過程と同時に進んだともいえる。

(59) 土屋由香『親米日本の構築』、一三二頁。

(60) 同前書、二九五～三〇九頁掲載のCIE映画の全作品リストを参照。

(61) "Mission and Accomplishments of the Occupation in the Civil Information and Education Fields," p.9.

(62) それは潜在的な記憶となり、のちに高度成長期を迎えた日本が実現したホームライフのモデルとなっただろう。

(63) こうしたことから土屋は「CIE映画において近代的生活となっているのはほとんど例外なく米国であり、米国へのあこがれを通して近代化への願望が育つ仕組みになっていた」点を指摘し、「CIE映画はもともと日本にあった親米近代化路線をしっかりと敷き直し、日本人が政治的・経済的のみならず文化的にも米国をリーダーとする「自由世界」の一員となることを望むように、ドキュメンタリー映画を通した政治教育を行った」のだとしている。土屋由香『親米日本の構築』、一九〇〜一九一頁。

(64) "Mission and Accomplishments of the Occupation in the Civil Information and Education Fields," p.8. CIEの映画には各映画毎に「研究と討論の手引」(Study-Discussion Guide) というパンフレットがついていたという。また、CIE映画の内容の解説と使用法の指導を内容とした『教育映画』(七星閣教育映画部、一九四九年創刊、二号で廃刊)や、『映画教育』誌の「今月のCIE映画から」欄など、雑誌を通した指導の手引の試みもあったという。詳しくは、中村秀之「敗者による敗者のための映像——CIE映画教育と日本製CIE映画について」『占領する眼・占領する声』を参照。

(65) 土屋由香『親米日本の構築』、一三二頁。CIE映画の人気の要因として、「人々の視線が長い窮乏生活の現実直視より内容にかかわらず豊かなアメリカ文化の映像に慰安や娯楽を求めたことが看て取れる」とした身崎とめこの指摘通り、娯楽として人々を魅了していたことも考えられる。一方、受け手は「誤読」を含めた多様な解釈を施すことで、映画のメッセージを屈折させることもできた。身崎とめこ「衛生家族の誕生」『占領する眼・占領する声』、二一八頁。

(66) 土屋由香・吉見俊哉・井川充雄「文化冷戦と戦後日本」同前書、三〜四頁。原田健一「CIE映画/スライドの日本的受容」同前書は、新潟を事例として、地方において意図に反した受容がなされたことを取り上げて分析している。

(67) 土屋由香・吉見俊哉・井川充雄「文化冷戦と戦後日本」同前書、五頁。

(68) 同前書、四〜五頁。

(69) 原田健一「CIE映画/スライドの日本的受容」同前書、二七一頁。

(70) 日本製CIE映画については、中村秀之「敗者による敗者のための映像——CIE映画教育と日本製CIE映画について」『占領する眼・占領する声』、身崎とめこ「衛生家族の誕生」同前書、土屋由香『親米日本の構築』一七〇〜一八〇頁などに詳しい。

(71) 土屋由香は同前書、一六六頁で、CIE映画のなかでアメリカが「近代的合理性・科学性の代表」としてイメージされる一方、日本は「前近代的で「遅れた」社会を脱して(米国による占領下で)進歩しつつあるものとして描かれる」傾向を指摘している。

(72) ジョン・ダワー『敗北を抱きしめて』上、七頁。

(73) 以上の数字は、"Mission and Accomplishments of the Occupation in the Civil Information and Education Fields," p.9による。

（74）イタリアの政治理論家アントニオ・グラムシの提唱した概念で、支配国があるときには強制、またあるときには合意といった二つの手段をうまく組み合わせることにより、他の国を一定の行動原則に自発的に従わせ、支配国の望むような方向に他の国を行動させる支配国の実力を意味する。

（75）Ibid., p.4.

（76）山本武利によれば、戦前まで日本の雑誌の発行部数の最高記録は『キング』の一九二八年一一月の増刊号が記録した一五〇万部であったが、『リーダーズ・ダイジェスト』は一九四九年六月に百五一万六千部を売り上げ、記録を破った。こうした部数は、突出していたという。山本武利『占領期メディア分析』、五〇七～五一六頁を参照。なお、占領下の輸入雑誌については、竹前栄治・中村隆英（監修）、天川晃・荒敬・竹前栄治・中村隆英・三和良一（編）『ＧＨＱ日本占領史　出版の自由』第一七巻（日本図書センター、一九九九）の一六一～一六二頁も参照。

（77）"American Cultural Relations with Japan, Fifth Meeting April 30, 1953. Digest of Discussion," Council on Foreign Relations Study Group Report, folder 42, box 6, collection III 2Q, Rockefeller Family Archives, RAC. 松田武『戦後日本におけるアメリカのソフト・パワー』、三四～三六頁。ＣＩＥ図書館については、今まど子「アメリカの情報交流と図書館——ＣＩＥ図書館との係わりにおいて」（『中央大学文学部紀要　社会学科』一九九四）、Hiromi Ochi, "Democratic Bookshelf: American Libraries in Occupied Japan," in Greg Barnhisel and Catherine Turner, eds., *Pressing the Fight: Print, Propaganda, and the Cold War* (Boston: University of Massachusetts Press, 2010) などに詳しい。一九四九年時点でＣＩＥ図書館は札幌、函館、仙台、新潟、東京、横浜、静岡、名古屋、金沢、京都、大阪、神戸、広島、高松、福岡、長崎、熊本に置かれていたという。

（78）"Mission and Accomplishments of the Occupation in the Civil Information and Education Fields," pp.5-6.

（79）「時評」（『朝日新聞』一九五二・三・一・朝刊、第四面）及び「惜しまれる旧ＣＩＥ図書館」（『朝日新聞』一九五三・二・八・朝刊、第八面）。

（80）"Mission and Accomplishments of the Occupation in the Civil Information and Education Fields," pp.5-6. Ochi, op.cit., p.103も参照。

（81）のちに刊行された回顧録編集委員会（編）『ＣＩＥ図書館を回顧して』（回顧録編集委員会、二〇〇三）に収められた当時の利用者の声はＣＩＥ図書館がいかに人々に受け入れられていたかを伝える。

（82）Ochi, op.cit., p.104.

（83）Ibid., p.104.「おしゃれシーズン」（『朝日新聞』一九四九・四・二七）は、アメリカの最新のファッション誌を見にきた若い女性たちで混み合う図書館を写真入りで紹介している。

（84）Ochi, op.cit., p.89. 越智は、占領期に「新たな政治制度の構築とともに進められたアメリカ文化の紹介」が、「豊かさやアメリカの生活様式の消費主義を共和政体としての民主主義と合一させた」と分析する。

（85）一九五〇年から米国務省が展開した「真実のキャンペーン」がその代表例である。松田武『戦後日本におけるアメリカのソフト・パワー』、一九一〜一九五頁参照。

（86）土屋由香『親米日本の構築』、一三七頁。

（87）Ochi, op.cit., p.103.

（88）松田武『戦後日本におけるアメリカのソフト・パワー』、三六頁。

（89）同前書、四八〜五一頁。

（90）竹前栄治・中村隆英（監修）、天川晃・荒敬・竹前栄治・中村隆英・三和良一（編）『ＧＨＱ日本占領史　出版の自由』第一七巻、一七〇頁。同書によれば、アメリカの書籍の翻訳の妨げとなる著作権問題を解決するためにＳＣＡＰは、一九四八年五月に免許を受けた外国の出版社や個人が日本の出版社と直接翻訳権に関する契約を結ぶことができるように許可するなど、支援を続けた。

（91）松田武『戦後日本におけるアメリカのソフト・パワー』、五一頁。

（92）Greg Barnhisel and Catherine Turner, "Introduction," in Greg Barnhisel and Catherine Turner, eds., *Pressing the Fight: Print, Propaganda, and the Cold War*, p.12. このほか、翻訳プログラムの書籍リストの含む主題は、公衆衛生や教育に関するものなど幅広い。"Mission and Accomplishments of the Occupation in the Civil Information and Education Fields," p.4. リスト掲載のその他の翻訳は、以下の通り。*Abe Lincoln Grows Up*, by Carl Sandburg/ *Liberal Education*, by Mark Van Doren/ *Human Leadership in Industry*, by Sam A. Lewisohn/ *American Labor Unions*, by Florence Peterson/ *The Babe Ruth Story*, by Bob Considine/ *Preventive Medicine and Public Health*, by Wilson Smillie/ *Science in Childhood Education*, by Gerald S. Craig/ *Blueprint for World Conquest*, by William H. Chamberlain/ *Speaking Frankly*, by James F. Byrnes/ *Darkness at Noon*, by Arthur Koestler/ *Life with Father*, by Howard Lindsay and Russell Crouse/ *Peace of Mind*, by Joshua Liebmar.

（93）宮本顕治・都留重人・中野好夫・宮原誠一「座談会　アメリカ文化と日本」（『展望』一九五〇・一一）、七三頁での発言。「アメリカ文化の、少なくとも戦争前までの日本に與へたものは世界観的な影響、社会科学方面ではあまり與へてないんですね。（軽微で）自然科学方面は若干あつたでせうが。それだから社会科学的なもの、哲学的な世界観といふものでは、プラグマチズムや能率主義は紹介されたが全体としてこの方面の比重は日本文化に強くなかつたと思ふんですがね。もちろん、シンクレアその他からの進歩的影響は無視しないとしても」と述べた。

(94) 竹前栄治・中村隆英（監修）、天川晃・荒敬・竹前栄治・中村隆英・三和良一（編）『GHQ日本占領史　出版の自由』第一七巻、一七〇頁。

(95) 宮本顕治・都留重人・中野好夫・宮原誠一「座談会　アメリカ文化と日本」、七二頁。

(96) Kenneth Osgood, *Total Cold War: Eisenhower's Secret Propaganda Battle at Home and Abroad* (Kansas: University of Kansas, 2006), p.8. 土屋由香『親米日本の構築』、一三頁。

(97) 『朝日新聞』（一九四八・二・一・朝刊）。引用は近藤健『もうひとつの日米関係——フルブライト教育交流の四十年』（ジャパンタイムズ、一九九二）、七〇〜七一頁による。

(98) 本項における交換教育調査団に関する記述はすべて、調査団によって提出された報告書［John D. Russell et al.］, "Report of the Education Exchange Survey to the Supreme Commander for the Allied Powers," September 17, 1949, folder 444, box 49, John D. Rockefeller 3rd Papers, RG5, Rockefeller Family Archives, Rockefeller Archive Center, Sleepy Hollow, N.Y. による。

(99) Ibid., p.7.

(100) Ibid., p.7; p.17.

(101) Ibid., p.7.

(102) Ibid., p.18.

(103) Ibid., p.9; p.18.

(104) "Report of the United States Cultural Science Mission to Japan, January 1949," Supreme Commander for the Allied Powers, Civil Information and Education Section, folder 444, box 49, RG 5 (John D. Rockefeller 3rd), Rockefeller Family Archives, RAC.

(105) "Report of the Education Exchange Survey to the Supreme Commander for the Allied Powers," p.8.

(106) Ibid., p.38.

(107) 占領期間中に施行された、日本人指導者及び学生をアメリカに派遣する人物交流プログラム。一九一九年に設立されて以来アメリカと世界各国を結ぶ教育交流を統括し運営する最大の民間組織である国際教育協会（ＩＩＥ、Institute of International Education）が米国陸軍省の代理機関として、プログラムの実施を担った。

(108) 近藤健『もうひとつの日米関係』、七二～八二頁。

(109) 同前書、七四～七五頁。

(110) John W. Bennet, Herbert Passin and Robert K. McKnight, ***In Search of Identity: The Japanese Overseas Scholar in America and Japan***（Minnesota: University of Minnesota Press, 1958）, pp.98-100. 引用は、近藤健『もうひとつの日米関係』、七八頁による。ガリオア留学の体験に関しては、ガリオア留学生の集まりであるコリンズ会が編纂した回想手記『ガリオア留学の回想――一九五一－一九五二』（コリンズ会、一九九〇）を参照。

(111) George E. Beauchamp, "Suggestions to Sponsors for the Exchange of Persons Program with the Occupied Areas," Commission on the Occupied Area of the American Council on Education, January, 1950, folder 144, box 49, John D. Rockefeller 3rd Papers, Rockefeller Family Archives, Rockefeller Archive Center, Sleepy Hollow, N.Y.

(112) Ibid., p.3.

(113) Ibid., p.2.　原文は次の通り。The primary purpose of the exchange is not to increase the professional skills of the visitor, even though this may be an incidental result. Rather, it is to demonstrate directly yet unobstrusively and by example rather than by precept, a way of life.

(114) Ibid., p.20.　原文は次の通り。The major and primary purpose of the visits is reorientation rather than increased technical or professional knowledge and skills. Consequently the program of the visitor, regardless of his field of interest, should include a variety of general experiences in relation to American life and customs. Of course not all of the experiences need be given in each community visit, but the local sponsors should plan the local program with imagination and judgement in order to give variety and naturalness to the experiences. It is better for the experience to be spontaneous and incidental as a sort of by-product when possible, rather than to be too overt in every detail.

(115) Ibid., p.14.

(116) Ibid., p.13.

(117) Ibid., p.5.

(118) Ibid., p.13. 原文は次の通り。The visitor should in every case be consulted and have a hand in the final determination of his itinerary. Partly this is necessary if the visitor is to be convinced that he is being shown a true and representative picture of American life rather than a selective propaganda tour.

(119) Ibid., p.21. それは次のような状況を踏まえたものであった。Most of the visitors arrive with little knowledge of the cultural interests and resources of America and often with a strong conviction, as a result of previous propaganda, that cultural interests are largely non-existent in America.

(120) Ibid., pp.21-22による。原文の一部は次の通り。The visitors are generally accustomed to a strongly authoritarian home and family.（…）In none of the occupied areas is there any general experience or understanding of a democratic and cooperative home. Informal contact with American families can dispel many misconceptions and bring a better understanding of American life and the American home.

(121) Ibid., p.23. 原文は次の通り。It would both inaccurate and pointless to deny the defects, but it is important to help the visitor understand that such prejudices are generally recognized as shortcomings which we are trying to overcome and that the government has steadily thrown its influence against such prejudices with the support of informed organizations and individuals throughout the country. It is also desirable to give historical perspective to the effort so that visitors may realize the progress which is being made toward democratic ideals.

(122) Ibid., pp.23-24.

(123) "Report of the Education Exchange Survey to the Supreme Commander for the Allied Powers," p.8.

(124) Ibid., p.59.

(125) 江藤淳『閉された言語空間』（文藝春秋、一九八九）、一四四頁。

(126) 詳しくは竹前栄治・中村隆英（監修）『GHQ日本占領史　出版の自由』第一七巻、一四～一五頁を参照。

(127) 原爆記事への検閲については、例えばモニカ・ブラウ『新版　検閲――原爆報道はどう禁じられたのか』（繁沢敦子訳、時事通信社、二〇一一）を参照。新聞への検閲については、高桑幸吉『マッカーサーの新聞検閲――掲載禁止・削除になった新聞記事』（読売新聞社、一九八四）も参照。

(128) 山本武利「占領と検閲①　インテリジェンス機関としてのCCD」山本武利・川崎賢子・十重田裕一・宗像和重（編）『占領期雑誌資料大系　文学編』第一巻（岩波書店、二〇〇九）、一四〜一五頁。

(129) 山本武利「占領と検閲①　インテリジェンス機関としてのCCD」『占領期雑誌資料大系文学編』第一巻、一頁掲載の一九四八年一月時点の組織図による。

(130) 山本武利『占領期メディア分析』、二九八頁。

(131) A Brief Explanation of the Categories of Deletions and Suppressions, dated 25 November, 1946, The National Record Center, RG 331, Box No. 8568. 引用は江藤淳『閉された言語空間』、二三七〜二四一頁の江藤訳による。キーログは社会情勢や政策の変更に合わせて随時更新されたものが東京にあるPPB本部から発行されたために、多少異なる内容のものが複数存在する。

(132) 徳富蘇峰『徳富蘇峰　終戦後日記――『頑蘇夢物語』』（講談社、二〇〇六）、二〇一頁。

(133) 山本武利『占領期メディア分析』、三〇一〜三〇七頁。同書によれば、一九四七年一〇月の時点で事前検閲に留まった雑誌は『中央公論』『改造』『世界』『文化評論』『ソヴィエト文化』などで、左翼系の雑誌が大半を占めていた。

(134) 臼井吉見『蛙のうた――ある編集者の回想』（筑摩書房、一九七二）、一九四〜一九五頁。

(135) ゴードン・W・プランゲ博士は、総司令部の参謀第二部戦史室長を務め、その後帰国してメリーランド大学歴史学部の教授に着任した。その際に検閲資料を持ち帰って大学に寄贈した。

(136) 江藤淳『閉された言語空間』、一五五頁。

(137) 同前書、二二三頁。

(138) プランゲ文庫のデータベース化については、『Intelligence』一号（二〇〇二・三）掲載の山本武利「占領期雑誌目次データベースの作成――プランゲ文庫の活用を目ざして」及び山田邦夫「占領期検閲雑誌の整理・保存事業について」を参照。ゴードン・W・プランゲ文庫に関しては、坂口英子「メリーランド大学マッケルディン図書館ゴードン・W・プランゲ文庫――所蔵資料と利用サービス」（『Intelligence』四号、二〇〇四・五）などを参照。

(139) イルメラ・日地谷＝キルシュネライト「日本の知的風土'45〜'85――戦後文学からみる」アーネスティン・シュラント、J・トーマス・ライマー（編）『文学にみる二つの戦後――日本とドイツ』（大社淑子・金井和子・酒井晨史訳、一九九五）。黒川創「章解説」『占領期雑誌資料大系　文学編』第一巻、一八七〜一八八頁。

(140)具体的な成果として代表的なものをいくつか挙げれば、江藤も先行研究として挙げている松浦総三『占領下の言論弾圧』(現代ジャーナリズム出版会、一九六九)は、GHQの言論統制政策の形成と実行の実態を、民主改革を評価できる占領初期と冷戦による逆コースが進んだ中期、朝鮮戦争下にレッド・パージが行われた後期の三つの時期に時代区分して捉え、戦前の内務省による検閲との比較も行った。有山輝雄『占領期メディア史研究』は、占領軍のメディア政策が孕む自由化と統制の間の葛藤が、政策が実施され受容される過程でいかに多面的な結果をもたらしたかを、占領軍・日本政府・マスメディア・日本国民の間の複雑な力関係に目を配りながら分析している。山本武利『占領期のメディア分析』は、占領期メディアの動態とGHQのメディア政策との関わり合いを最も包括的に扱っている。山本が「江藤流の表現である「思想と文化の殲滅戦」を、彼の考える短期戦ではなく、長期的なパースペクティヴの下で実施し、成功を収めてきたプロパガンダ機関」であったのは民間情報教育局のほうであるとし、「検閲と情報収集を行う隠れた短期的な戦術のインテリジェンス機関」であった民間検閲局を「戦略的なプロパガンダ機関」と考えたのは江藤の「誤認」であるとしたのは重要な指摘と思われる。これらの先行研究は、占領期の検閲がさまざまな局面を孕んでいたことを浮かび上がらせる。

第二章　占領期表象としての大岡昇平『俘虜記』

(1) 安岡章太郎「勲章」『ガラスの靴・悪い仲間』(講談社、一九八九)、二〇三頁。〔初出〕『週刊読売』(一九六〇・一〇・三〇)。

(2) 引用は安藤宏「太宰治・「冬の花火」論」(『上智大学国文学科紀要』一九九三・一)、一三二頁による。太宰治「冬の花火」『太宰治全集』第八巻(筑摩書房、一九九〇)、一一二頁には、削除された傍線箇所が削除されたまま収められている。

(3) 安藤宏「太宰治・「冬の花火」論」、一三一〜一三三頁。

(4) 大岡昇平「再会」『大岡昇平集』第二巻(岩波書店、一九八二)、三九六頁。

(5) 大岡昇平「俘虜体験」『戦争』(岩波書店、二〇〇七)、一五六頁。

(6) 同前書、一六二〜一六三頁。

(7) 大岡昇平「私の戦後史」(『文芸』一九六五・八)、一六頁。

(8) 中村光夫「「俘虜記」について」(『竜』一九四八・六)、六頁。

(9) 樋口覚「誤解の王国――『俘虜記』序説」(『ユリイカ』一九九四・一二)、二二九頁。樋口はこの論考で、「監禁状態」のエピグラフが、南洋の島での「監禁」生活を描く『ロビンソン漂流記』、ナチス占領下のフランスを捉えた『ペスト』と『俘虜記』を繋ぐさまを考察していて興味深い。エピグラフについては、大岡昇平「二重の誤解」『文学の可能性』（作品社、一九八〇）も参照。
(10) 磯田光一「解説　収容所としての戦中・戦後」『大岡昇平集』第一巻（岩波書店、一九八三）、五〇九、五一八頁。
(11) 川村湊・成田龍一ほか『戦争文学を読む』（朝日新聞出版、二〇〇八）、三一八頁。
(12) 野田康文『大岡昇平の創作方法――『俘虜記』『野火』『武蔵野夫人』』（笠間書院、二〇〇六）。
(13) 高橋三郎『「戦記もの」を読む――戦争体験と戦後日本社会』（アカデミア出版会、一九九八）、三四頁。
(14) 詳しくは例えば江藤淳『閉された言語空間――占領軍の検閲と戦後日本』（文藝春秋、一九八九）や、江藤論の政治的性格から距離をおいて書かれたものとして山本武利『占領期メディア分析』（法政大学出版局、一九九六）等を参照。
(15) 大岡昇平「記録文学について」『大岡昇平集』第一五巻（岩波書店、一九八二）、五三頁。
(16) 大岡昇平「『俘虜記』の方法」『戦争』（岩波書店、二〇〇七）、一五九～一六一頁。
(17) 十重田裕一「葛藤する表現と検閲」山本武利・川崎賢子・十重田裕一・宗像和重（編）『占領期雑誌資料体系　文学編』第二巻（岩波書店、二〇一〇）、三頁。
(18) 大岡昇平「『俘虜記』」『戦争』、一五五～一五七頁。
(19) 大岡昇平「サンホセ野戦病院」（『中央公論』一九四八・四）のプランゲ文庫所収検閲文書。
(20) 大岡昇平「俘虜記」（『文学界』一九四八・二）、二八頁。
(21) 大岡昇平『俘虜記』（創元社、一九五二）、四四頁。
(22) 大岡昇平「ユー・アー・ヘヴィ」『大岡昇平集』第二巻、二八二頁。（初出）『群像』（一九五三・五）。なお、「敵」という表現に関しては坪内祐三「『俘虜記』の「そのこと」」（『文学界』一九九五・一一）も参照。
(23) 大岡昇平・埴谷雄高「二つの同時代史」埴谷雄高『埴谷雄高全集』第一六巻（講談社、二〇〇〇）、八〇頁。
(24) 当時検閲制度は公表されていなかったが、大岡が出版界と繋がりをもっていたことを思えば、検閲用ゲラ提出義務の中止から検閲の廃止を間接的に知ることは可能であったように思う。
(25) 小森陽一と井上ひさしは井上ひさし・小森陽一（編著）『座談会　昭和文学史』第四巻（集英社、二〇〇四）で、「通訳という微妙な位置」を大岡文学の特徴と規定し興味深い議論を展開している。
(26) 大岡昇平「私の戦後史」、一七頁。

(27) 大岡昇平「『俘虜記』」『戦争』、一五八頁。
(28) 大岡昇平「俘虜記」『大岡昇平集』第一巻（岩波書店、一九八二）、四一五頁。
(29) 大岡昇平・吉田凞生「対談＝政治と無垢」（『国文学　解釈と教材の研究』一九七七・三）、一五頁。
(30) 大岡昇平「『俘虜記』の方法」、一六二～一六四頁。
(31) Magazine Conference 17 January 1947, The National Record Center, Suitland, Maryland, RG 331, Box No. 8573. 引用は江藤淳『閉された言語空間』、一七五～一七六頁の江藤訳による。
(32) 野田康文『大岡昇平の創作方法』、三九頁。
(33) 大岡昇平「俘虜記」『大岡昇平集』第一巻、三二三～三二四頁。〔初出〕「外業」（『改造』一九四九・一二）。

第三章　阿川弘之の初期作品における原爆の主題と「アメリカ」

(1) 長岡弘芳『原爆文学史』（風媒社、一九七三）、一九〇頁。
(2) デーヴ・グロスマン『戦争における「人殺し」の心理学』（安原和見訳、筑摩書房、二〇〇四）、一九二頁。
(3) 阿川の作品を取り上げた論考は多くはないが、長岡弘芳『原爆文学史』や「八月六日」に言及したジョン・W・トリート『グラウンド・ゼロを書く――日本文学と原爆』（水島裕雅、成定薫、野坂昭雄監訳、法政大学出版局、二〇一〇）のほか、山本昭宏「占領下における被爆体験の「語り」――阿川弘之「年年歳歳」「八月六日」と大田洋子『屍の街』を手がかりに」（『原爆文学研究』二〇一一・三）、楠田剛士「阿川弘之『魔の遺産』の方法――写真・引用・聞き書き」（『原爆文学研究』二〇〇六・一〇）が挙げられる。
(4) モニカ・ブラウ『新版　検閲――原爆報道はどう禁じられたのか』（繁沢敦子訳、時事通信社、二〇一一）。
(5) 冬芽書房版の序での作者の言葉。
(6) 永井は「自序」に、「占領軍の方からマニラの記録を頂いて合本にして出すようになったことは大変良い効果をあげるので、感謝に堪えない処です」と記している。
(7) 堀場清子『原爆表現と検閲――日本人はどう対応したか』（朝日新聞社、一九九五）、五四頁。
(8) 阿川弘之「霊三題」『阿川弘之全集』第一巻（新潮社、二〇〇五）、四六頁。
(9) 山本昭宏「占領下における被爆体験の「語り」」、一〇二頁。

(10)阿川弘之「年年歳歳」『阿川弘之全集』第一巻、二六頁。
(11)阿川弘之「作品後記――八月六日」『阿川弘之全集』第一七巻(新潮社、二〇〇六)、三八三頁。
(12)阿川弘之「八月六日」『阿川弘之全集』第一巻、八一頁。
(13)山本前掲論文、一〇五頁。
(14)阿川弘之「作品後記――八月六日」『阿川弘之全集』第一七巻、三八三頁。
(15)阿川弘之「春の城」『阿川弘之全集』第一巻、五四七頁。
(16)楠田剛士「阿川弘之『魔の遺産』の方法――写真・引用・聞き書き」は、写真メディアによる間接の「原爆」経験が原爆の書き手や読み手にどのように作用するかを考察した上で、記録文学やルポルタージュの手法との関連で作品を論じている。
(17)阿川弘之「作品後記――魔の遺産」『阿川弘之全集』第一七巻、三九四~三九五頁。
(18)島尾敏雄「書評――阿川弘之著『魔の遺産』」(『近代文学』一九五四・七)、三九頁。
(19)野間宏・武田泰淳・安岡章太郎・安部公房・阿川弘之・小島信夫・木村徳三「〈座談会〉戦後作家は何を書きたいか」(『文芸』一九五四・一〇)、一一三頁。
(20)例えばそれは『魔の遺産』においては、朝鮮人被爆者への視点の欠落として表れているだろう。朝鮮人をはじめとする「日本人」以外の被爆者の存在がメディアなどの公の言説の俎上に載るようになったのは、六〇年代半ば以降である。
(21)ABCCの調査を詳しく考察した笹本征男『米軍占領下の原爆調査――原爆加害国になった日本』(新幹社、一九九五)は、「国策としてアメリカという原爆加害国の調査に全面協力した」ことから生じる日本国の「加害責任」を批判する。
(22)阿川弘之「魔の遺産」『阿川弘之全集』第二巻(新潮社、二〇〇五)、一二二頁。
(23)阿川弘之「作品後記」『阿川弘之全集』第一七巻、三九五頁。
(24)島尾敏雄「書評」、三七~三九頁。
(25)武田勝彦「解説」阿川弘之『魔の遺産』(PHP研究所、二〇〇二)、二八二頁。
(26)阿川弘之「魔の遺産」『阿川弘之全集』第二巻、二一一~二一二頁。
(27)同前書、二一三頁。
(28)同前書、二七九頁。
(29)同前書、二〇四頁。

(30) 同前書、九八〜九九頁。
(31) 同前書、一九六頁。
(32) 同前書、一一五頁。
(33) 吉見俊哉『親米と反米――戦後日本の政治的無意識』(岩波書店、二〇〇七)、マイク・モラスキー『占領の記憶/記憶の占領――戦後沖縄・日本とアメリカ』(鈴木直子訳、青土社、二〇〇六)。ただし、吉見は米軍基地と文化消費の欲望との関係を考察している。
(34) 加納実紀代『戦後史とジェンダー』(インパクト出版会、二〇〇五)、一七〇頁。
(35) 片仮名表記の〈ヒロシマ〉が一般に広まったのは米国人ジャーナリスト、ジョン・ハーシーの『ヒロシマ』(一九四六、邦訳一九四九)がアメリカでベストセラーになったことが報道で伝えられてからであるとされる。その意味でも「ヒロシマ」は、自らのアイデンティティをアメリカへと委ねていることを表す言葉であろう。
(36) この描写は、「西洋人好みの色の配合」に彩られた「広島市内の全く別の場所」としてABCCを描いた語彙と響き合う。

第四章 被占領体験の語りにおける「アメリカ」

(1) 『文学界』への発表と同時に、同名の短編集『アメリカン・スクール』(みすず書房、一九五四)が上梓された。
(2) 臼井吉見「小説診断書」(『文学界』一九五四・一〇)。
(3) 井上靖「第三十二回芥川賞選評 昭和二十九年下半期」『芥川賞全集』第五巻(文藝春秋、一九八二)、四二八頁。
(4) 先行研究では多くの論者が井上が「劣等意識」と表現した被占領者の負の感情を「屈辱感」「恥辱感」などの類似した言葉に置き換えながら敷衍してきた。代表的な例として、ポール・スミンキー「戦後文学に見えるアメリカの日本統治下における庶民感情に関する分析――大江健三郎著「不意の唖」・「人間の羊」、小島信夫著「アメリカン・スクール」、野坂昭如「アメリカひじき」を中心に(An Analysis of Japanese Attitudes During the American Occupation As Seen Through Post-War Japanese Literature)」(『学術研究紀要』二〇〇〇・九)や田中美代子「『アメリカン・スクール』」(『国文学 解釈と鑑賞』一九七二・二)などを参照。
(5) 『朝日新聞』(一九五一・五・一六、第一面)。「もしアングロ・サクソンが、人間としての発達という点で、科学とか芸術とか文化において、まあ四十五歳であるとすれば、ドイツ人もまったく同じくらいでした。しかし日本人は、時間的には古くからいる人々なのですが、指導を受けるべき状態にありました。近代文明の尺度で測れば、われわれが四五歳で、成熟した年齢であるのに比べると、十二歳の少年（like a boy of twelve）といったところでしょう」と語っている。マッカーサーの発言の意図は、「成熟した人種（a mature race）」であるドイツと比べて、日本人が未だ柔軟で変化が可能であることを強調することにあった。

（6）「マッカーサー元帥を惜しむ」（『朝日新聞』一九五一・四・一二）。

（7）なお、日本の近代化においてアメリカが教師の役割を果たしたのは占領期が始めてではないことも想起されるべきであろう。お雇い外国人の果たした役割は大きかったし、また例えば、社団法人日米協会（編）『もう一つの日米交流史――日米協会資料で読む20世紀』（中央公論新社、二〇一二）、八頁の次のような記述は、占領以前のアメリカ式学校教育の受容の歴史を物語る。「日本の近代化において米国が教師の役割を果たしたことを象徴するのがクラーク博士である。また日本の学校における教室のつくり（黒板と教壇の中央の教師用の小さな机）はマサチューセッツ州の教室にならったものであり、それは教育者マレーらの尽力で日本にもたらされたものであった」。

（8）小島信夫「あとがき」『アメリカン・スクール』（みすず書房、一九五四）。小島は、「「アメリカン・スクール」は、先年成増のアメリカン・スクールを見学に行ったことがあり、その時に、箸を女教員に貸したことがあった。誰かハイヒールで転んだ人のあったことは、教育庁の人に聞いた。もちろん、この道路上の出来事も、その他、事件らしい事件は、その時には一つも起らなかった。山田は架空の人物だ」と記している。

（9）『小島信夫全集』第六巻（講談社、一九七一）巻末収録の年譜による。このほか、林寿美子「「アメリカン・スクール」の背景」（『日本文学誌要』二〇〇五・七）、六一頁も参照した。

（10）教育基本法の「前文」からの引用。片山清一（編）『資料・教育基本法』（高陵社書店、一九八五）、二頁。

（11）第二次教育使節団は、第一次使節団の参加者のうちの五人で構成された。

（12）坂本保富「解説『米国教育使節団報告書』――その成立経緯と内容および特徴」教科教育百年史編集委員会（編）『原典対訳米国教育使節団報告書』（建帛社、一九八五）、二四三～二四五頁。

（13）同前書、一六一頁。

（14）同前書、一六九～一七三頁。

（15）同前書、一六五頁。

(16)同前書、九七頁。
(17)八島正雄「アメリカン・スクール参観──代々木アメリカン・スクール参観記」(『新しい学校』一九五一・六)、七三頁。
(18)森一郎「成増のアメリカン・スクール訪問記──読書指導の見学を主眼とする」(『新しい中学校』一九五〇・一)、二九頁。
(19)複数の書き手が学校に掲げられた星条旗に注目していることも興味深い点である。
(20)森一郎「成増のアメリカン・スクール訪問記」、三三頁。
(21)小島信夫「あとがき」『アメリカン・スクール』(みすず書房、一九五四)。作品のなかでは時間的設定は「終戦後三年」とされている。
(22)小島信夫「アメリカン・スクール」『小島信夫短篇集成 アメリカン・スクール/無限後退』第二巻(水声社、二〇一四)、一四頁。
(23)日本人教員たちが英語教育に熱心であることを力説する山田に応対する黒人兵の態度は「めんどくさそうに」と描かれ、被占領者の行動に対して無関心である。
(24)小島信夫「アメリカン・スクール」『小島信夫短篇集成 アメリカン・スクール/無限後退』第二巻、三七、三九頁。
(25)同前書、三九頁。
(26)林は、加藤吾『光が丘学』(東京都光丘高校、二〇〇一)を参考にしている。但し、林は小説内のアメリカン・スクールは田舎の県庁から片道六キロの距離にあると設定されていることから、成増と合致しないことを指摘している。
(27)小島信夫「アメリカン・スクール」『小島信夫短篇集成 アメリカン・スクール/無限後退』第二巻、三三頁。
(28)同前書、三九頁。
(29)同前書、三九〜四〇頁。
(30)同前書、四三頁
(31)同前書、四四頁。
(32)同前書、四二頁。
(33)マイク・モラスキー『占領の記憶/記憶の占領』、七五頁。モラスキーは主に言語の観点からこうした側面を読み解いている。
(34)衣服不足のなか、復員兵たちが軍服を着るのは当時一般的であり、「敗戦服」や「敗戦靴」と呼ばれた。ジョン・ダワー『敗北を抱きしめて──第二次大戦後の日本人』上(三浦陽一・高杉忠明訳、岩波書店、二〇〇一)、二〇〇頁を参照。

(35) マイク・モラスキー『占領の記憶/記憶の占領』、七三頁。また三人の登場人物については、これまで複数の論者がさまざまに類型化を試みている。例えば、伊佐、山田、ミチ子について、利沢行夫は「強くなりえない小島的弱い」人物/「強者なのであり、笑われるということに我慢できない」人物/「本当に強い人間であるから、強がったりする必要のない」人物であるとそれぞれの特徴を捉え(「小島信夫における風刺と抽象」『国文学　解釈と鑑賞』一九七二・二、一二三頁)、槇林滉二は「卑小な自意識人」/「俗物の権化」/「平板な知識人」と定義する三つの個性の衝突劇として作品を読んでいる(「小島信夫の方法――「アメリカン・スクール」の分析を通して」『佐賀大国文』一九七三・三)。

(36) 小島信夫「アメリカン・スクール」『小島信夫短篇集成 アメリカン・スクール/無限後退』第二巻、一五頁。

(37) この場面について山本幸正「被占領下における言葉の風景――小島信夫「アメリカン・スクール」をめぐって」(『国文学研究』二〇〇六・一〇)は、戦前に日本の高等教育を通してイギリス式の英語を学んだ伊佐と黒人兵の話す英語に刻まれた階級差や、「英語」と「米語」の相違が疎通を阻むと指摘している。

(38) 小島信夫「アメリカン・スクール」『小島信夫短篇集成 アメリカン・スクール/無限後退』第二巻、一六頁。

(39) 同前書、一六頁。

(40) セオドア・グーセン「檻のなかの野獣」平川祐弘・鶴田欣也(編)『内なる壁――外国人の日本人像・日本人の外国人像』(TBSブリタニカ、一九九〇)、五四一~五四二頁。

(41) 小島信夫「アメリカン・スクール」『小島信夫短篇集成 アメリカン・スクール/無限後退』第二巻、三三~三四頁。

(42) マイク・モラスキー『占領の記憶/記憶の占領』、六八頁。

(43) 小島信夫「アメリカン・スクール」『小島信夫短篇集成 アメリカン・スクール/無限後退』第二巻、二二頁。

(44) このような日本を眺めるまなざしの暴力としての「アメリカ」は、大江健三郎の「後退青年研究所」(一九六〇)において最もよく表現されている。

(45) 言語学者のエドワード・サピアは、通常は意識にのぼることのない言葉の透明性を喩えて、「ことばは、人間にとって歩行と同様に自然であって、ただ、呼吸よりは自然でないように思われるだけだ」と述べている。この言葉は、逆説的にも伊佐の陥った不能性を浮き彫りにするだろう。エドワード・サピア『言語――ことばの研究序説』(安藤貞雄訳、岩波書店、一九九八)、一三頁。

(46) 小島信夫『小島信夫全集』第六巻(講談社、一九七一)。ジョン・ダワーは『忘却のしかた、記憶のしかた――日本・アメリカ・戦争』（外岡秀俊訳、岩波書店、二〇一三）の第九章「惨めさをわらう」において、「笑う」ことが日本人の戦略であり、風刺のモードとして広範に見られたことを、敗戦後の世態を風刺した「いろはかるた」の事例を通して明かにしている。

(47) 田中美代子「『アメリカン・スクール』」（『国文学　解釈と鑑賞』一九七二・二）、一〇八頁。

(48) 趙正民「小島信夫「アメリカン・スクール」論」（『Comparatio』二〇〇一・三）、一六〇頁。

(49) 江藤淳「小島信夫の「土俗」と「近代」」『われらの文学一一　小島信夫』（講談社、一九六七）四六二頁。

(50) 小島信夫「アメリカン・スクール」『小島信夫短篇集成　アメリカン・スクール／無限後退』第二巻、二六〜二七頁。

(51) このような山田の行動戦略は、通訳をする場面でも現れる。

(52) 小島信夫「アメリカン・スクール」『小島信夫短篇集成　アメリカン・スクール／無限後退』第二巻、一七頁。

(53) 代表的なものとして、男女共学制や女子高等教育制度に象徴される男女教育機会の均等の実現、民法の改正による家制度の解体や公娼制度の廃止などが挙げられる。占領下の女性政策の形成過程と、その目的及び内容、限界については、上村千賀子『女性解放をめぐる占領政策』（勁草書房、二〇〇七）がGHQ文書や関連人物の資料などの解読に基づいて詳しく考察を行っている。そのほか、占領下で婦人政策の制定に携わった関連人物の聞き取りを証言収録した西清子（編著）『占領下の日本婦人政策――その歴史と証言』（ドメス出版、一九八五）がある。

(54) 大宅壮一「一番得をしたのは女――占領下の世相を斬る」（『文藝春秋』一九五二・九）、一九四頁。

(55) 西清子（編著）『占領下の日本婦人政策』、二一八頁。

(56) 例えば、代表的な女性史家である高群逸枝『大日本女性史』（一九四八）と井上清『日本女性史』（一九四八）はともに、敗戦と占領を「女性解放」として捉えている。但し、占領下の女性解放への評価は常に議論の的である。市川や高群らのように素直に評価する立場とは区別される肯定派の立場として、加納実紀代「占領と女の〈解放〉」『戦後史とジェンダー』（インパクト出版会、二〇〇五）、占領軍の指導による民主主義を「家父長制デモクラシー」と名づけた大越愛子「戦後とは何か――戦後思想のパラドックス」大越愛子・井桁碧（編著）『戦後思想のポリティクス』（青弓社、二〇〇五）などを参照。また戦時中から占領下の戦後への転換に際しての市川と高群の態度については、上野千鶴子『ナショナリズムとジェンダー』（青土社、一九九八）、七八〜八一頁の批判的考察も参照。

(57) 小島信夫「アメリカン・スクール」『小島信夫短篇集成　アメリカン・スクール／無限後退』第二巻、二二頁。

(58) 小説ではミチ子が伊佐への好意を感じることが描かれるが、その場面では、「アメリカン・スクールについたら話しかけてみようと思った。するとミチ子は白分(ママ)のハイ・ヒールのことが、花の蕾のような感触で、包みの中でよみがえってきた。そう、向うでハイ・ヒールをはいた時に彼に話しかけて見ようと思った」と描かれる。同前書、三〇頁。

(59) 代表的なものとして、マイク・モラスキー『占領の記憶／記憶の占領』及びノーマ・フィールド「悲惨な島国のパラドックス」テツオ・ナジタほか（編）『戦後日本の精神史――その再検討』（岩波書店、一九八八）。

(60) マイク・モラスキー『占領の記憶／記憶の占領』、七二〜七三頁。モラスキーによれば、このように女性に男性同士の関係の媒介を担わせ、女性身体の領有の修辞を通してアメリカに対する日本の従属性を表現する語りこそは、男性の書き手の占領を描く作品に多く共通して見られるナラティヴの特徴である。このほか、金子博は「作品の主要人物は山田と伊佐とミチ子で、「ミチ子を間に置いてその左右に山田、伊佐を配し、ミチ子という存在はその両方に開きつつ二重性の中に「揺れ」続けるというのが大まかな構図だ」と指摘しており、同様に「二重性」をキーワードにしてミチ子の人物像を捉えている。金子博「〈他者〉論のためのノート――小島信夫をめぐって」（『日本文学』一九八八・一〇）、三八頁。

(61) 小島信夫「アメリカン・スクール」『小島信夫短篇集成 アメリカン・スクール／無限後退』第二巻、四六頁。

(62) 山本幸正「被占領下における言葉の風景――小島信夫「アメリカン・スクール」をめぐって」、一三三頁。

(63) 小島信夫「アメリカン・スクール」『小島信夫短篇集成 アメリカン・スクール／無限後退』第二巻、四六頁。

(64) 同前書、三七〜三八頁。

(65) マイク・モラスキー『占領の記憶／記憶の占領』、七八頁。

(66) 伊佐はアメリカン・スクールの女生徒の話す英語も同様に「春の雪解水のように流れて行く言葉の流れ」と感じ、その快い音の響きに聞き入る。

(67) 占領下の婦人政策に対しては、アメリカ本国においてもラディカルに過ぎるという声があった。

(68) 冒頭で触れたマッカーサーの五月五日の上院合同委員会での陳述は、「指導を受ける時期というのはどこでもそうですが、日本人は新しい模範とか新しい考え方を受け入れやすかった。あそこでは、基本になる考えを植え付けることができます。日本人は、まだ生まれたばかりの、柔軟で、新しい考え方を受け入れることができる状態に近かったのです」と被占領者を振り返っている。「アメリカン・スクール」はこうした見方への強烈なカウンター・ナラティヴとなるだろう。

(69) 山本幸正「被占領下における言葉の風景――小島信夫「アメリカン・スクール」をめぐって」。

(70) 趙正民は「伊佐は「日本語」のもつ制度やイデオロギーに支配されている故に、意識的に英語の享受を拒否したのだろう」

と指摘している。趙正民「小島信夫「アメリカン・スクール」論」、一六一頁。

(71) モラスキー『占領の記憶/記憶の占領』、六八頁。山本は逆に、英語を禁じる結末において、占領者によって「文化的多様性」の可能性は閉ざされたと指摘する。また、勝又浩はモデル・ティーチングとハイ・ヒールを禁じられる結末に、「アメリカの前でアメリカの真似はするな」という含意を読み取るが、これも山本の観方に通じる指摘である。勝又浩「戦後文学とアメリカ(13)『アメリカン・スクール』私注」(『季刊文科』二〇〇七・四)、一五四頁。

(72) ポール・スミンキー「戦後文学に見えるアメリカの日本統治下における庶民感情に関する分析」、二七頁。論文の本文は英文。

(73) 鈴木直子「一九五〇年代をジェンダー・メタファーで読みかえる」川村湊(編)『「戦後」という制度——戦後社会の「起源」を求めて』(インパクト出版会、二〇〇二)。

(74) ストライク報告書(一九四八・三)は、アメリカが日本の第二次世界大戦賠償問題のために産業施設調査を行う目的で一九四七年に派遣した、C・ストライクを団長とする調査団が提出した報告書で、冷戦の表面化を背景に、日本経済の存立を保証すべく、賠償金の大幅な軽減が提唱された。

(75) 一九五六年の経済企画庁による『経済白書』の「もはや戦後ではない」は時代の流行語となった。

(76) 広瀬正浩「ネイティヴ・スピーカーのいない英会話——戦時・戦後の連続と「アメリカン・スクール」」(『名古屋大学国語国文学』二〇〇一・七)。

(77) そもそも「国語」は「国民」の創出と深く結びついてきた。明治日本の国民国家としての形成における「国語」の創出過程と、それが担った役割、植民地統治における言語政策については、イ・ヨンスク『「国語」という思想——近代日本の言語認識』(岩波書店、一九九六)を参照。また、帝国日本の言語政策については多くの研究があるが、コンパクトにまとめられたものとしては三浦信孝・糟谷啓介(編)『言語帝国主義とは何か』(藤原書店、二〇〇〇)収録の小熊英二「日本語の言語帝国主義——アイヌ、琉球から台湾まで」及び安田敏朗「帝国日本の言語編制——植民地期朝鮮・「満州国」・「大東亜共栄圏」を、そのほかに古川ちかし・林珠雪・川口隆行『台湾・韓国・沖縄で日本語は何をしたのか——言語支配のもたらすもの』(三元社、二〇〇七)、川村湊『海を渡った日本語——植民地の「国語」の時間』(青土社、一九九四)などを参照。

第五章 ポスト占領期の日米文化関係——文化冷戦の時代

(1) ディーン・アチソンが一九四七年五月八日にミシシッピ州にて行った「デルタ講演」での言葉。

(2) 土屋由香『親米日本の構築――アメリカの対日情報・教育政策と日本占領』(明石書店、二〇〇九)、二二六頁。
(3) Joseph S. Nye Jr., *Soft Power: The Means to Success in World Politics* (New York: Public Affairs, 2004).〔邦訳〕ジョゼフ・Ｓ・ナイ『ソフト・パワー――21世紀国際政治を制する見えざる力』(山岡洋一訳、日本経済新聞社、二〇〇四)、一〇~一一頁。
(4) Francis J. Colligan, "The Government and Cultural Interchange," *Review of Politics* 20, no.4 (1958). 引用は松田武『戦後日本におけるアメリカのソフト・パワー――半永久的依存の起源』(岩波書店、二〇〇八)、三五五頁による。
(5) 同前書、一四〇頁を参照。
(6) 同前書、三五五頁。
(7) 五十嵐武士『戦後日米関係の形成』、土屋由香『親米日本の構築』。
(8) 石井修は、「西側志向」の言葉が四九年九月の国家安全保障会議文書(NSC49-1)に既に現れる点を挙げて、「西側志向」は、アメリカが占領期から一貫して日本に対し求めてきた政策であるとしている。石井修『冷戦と日米関係』、九九頁。
(9) 土屋由香『親米日本の構築』、二二七頁。
(10) 同前書、二四〇頁。
(11) 同前書、二三八~二三九頁。
(12) 以下、本書における表記は、主にＵＳＩＡ／ＵＳＩＳを用いる。
(13) 同前書、二五二頁。
(14) 同前書、二四〇~二四一頁。
(15) 五十嵐武士『戦後日米関係の形成』、二四四~二四五頁。
(16) "Japanese Peace Treaty Problems, First Meeting, October 23, 1950," Council on Foreign Relations Study Group Report, Manuscript Division, Council on Foreign Relations, New York. 引用は松田武『戦後日本におけるアメリカのソフト・パワー』、五頁による。
(17) 五十嵐武士『戦後日米関係の形成』、二四六~二四七頁。
(18) ダレスは一九五三年一月の就任から一九五九年四月まで国務長官を務めた。
(19) 加藤幹雄(編著)『増補決定版 国際文化会館５０年の歩み――１９５２-２００２』(国際文化会館、二〇〇三)。一九二五年に発足した太平洋問題調査会(ＩＰＲ)はアジア太平洋問題を扱う民間の研究団体(シンクタンク)。米・英・中・日を含む一一ヵ国で構成された。日米間の移民問題への対処が大きな発足動機で、太平洋地域諸国や同地域に関係を持つ国々の学識者、キリスト教関係者、財界人らが集まり、太平洋会議が一九二五年から一九五七年まで関係各国で開かれた。一九二五年第一回ホノルル会議では、排日移民問題と中国の不平等条約が中心テーマであった。民間交流を通じての相互理解を進め、各国政府への提言を出して外交政策に影響を与えようとした。

(20) 同前書、一〜二頁。

(21) ロックフェラー三世は第二次世界大戦中は海軍次官補アーティマス・ゲイツの極東担当特別補佐官を務めた。そのほか、ロックフェラー三世の活動については、例えばJohn C. Perry, "Private Philanthropy and Foreign Affairs: The Case of John D. Rockefeller III and Japan," *Asian Perspective*, 8 (fall-winter, 1984), pp.268-284. を参照。

(22) 五十嵐武士『戦後日米関係の形成』、三〇四頁。

(23) 松田武『戦後日本におけるアメリカのソフト・パワー』、一三三頁。

(24) 五十嵐武士『戦後日米関係の形成』、三〇一頁。

(25) 一九五〇年一〇月及び翌年五月のニューヨークの外交評議会の席での発言。"Japanese Peace Treaty Problems, First Meeting, October 23, 1950"; "Japanese Peace Treaty Problems, Six Meeting, May 25, 1951," Council on Foreign Relations Study Group Report, Manuscript Division, Council on Foreign Relation, New York. 引用は松田武『戦後日本におけるアメリカのソフト・パワー』、一一七頁による。

(26) 五十嵐武士『戦後日米関係の形成』、二四六頁。

(27) 引用は同前書の三〇三頁による。

(28) 松田武『戦後日本におけるアメリカのソフト・パワー』、一一五頁。一九五一年一月二九日にダレスとガスコインとの間で行われた協議の内容については、*Foreign Relations of the United States 1951*, vol. 6, part 1 (Washington, D.C.: Government Printing Office, 1977), p.825を参照。

(29) "Japanese Peace Treaty Problems, Six Meeting, May 25, 1951."

(30) Frederick Sherwood Dunn, *Peace-Making and Settlement with Japan* (Princeton: Princeton University Press, 1962), p.100. 松田武『戦後日本におけるアメリカのソフト・パワー』、一一四頁による。

(31) ダレスは講和問題を話し合うために一九五〇年六月一七日に最初に日本を訪問して以来、講和の取りまとめのために数次日本を訪れている（一九五一年一月二五日に二度目の来日、一九五一年一二月に四度目の来日）。

（32）講和使節団には、ロックフェラー三世のほかに、国務省古参の日本通でのちに極東委員会委員を務めるマックス・ハミルトン、ロバート・フィアリィ、国務省北東アジア局副部長のU・アレクシス・ジョンソンらが含まれた。Entries of January 14-17, 1951, John D. Rockefeller 3rd Diaries, series 1-OMR files, RG 5 (John D. Rockefeller 3rd), Rockefeller Family Archives, Rockefeller Archive Center, Sleepy Hollow, N.Y. 松田武『戦後日本におけるアメリカのソフト・パワー』の一三三頁による。

（33）加藤幹雄（編著）『増補決定版 国際文化会館５０年の歩み』、四頁。

（34）Entries of January 5, 8, and 12, Rockefeller Diaries. 松田武『戦後日本におけるアメリカのソフト・パワー』、一三三頁による。ライシャワーは、東京で接触すべき人物のリストをロックフェラーに渡した。加藤幹雄（編著）『増補決定版 国際文化会館５０年の歩み』、四頁。

（35）松田武『戦後日本におけるアメリカのソフト・パワー』、一三四頁。

（36）同前書、一三六頁による。

（37）"United States-Japanese Cultural Relations: Report to Ambassador John Foster Dulles," April 16, 1951, folder 446, box 49, series 1-OMR files, RG5, Rockefeller Family Archives, Rockefeller Archive Center, Sleepy Hollow, N.Y., p.1.

（38）「文化の日米提携へ——ダレス使節団随員／ロックフェラー氏語る」（『朝日新聞』一九五一・一・二七・朝刊、第三面）。

（39）松田武『戦後日本におけるアメリカのソフト・パワー』、一三七頁。

（40）Entry of February 23, 1951, Charles B. Fahs Diaries, box 16, series 12.1 diaries, Rockefeller Foundation Archives, Rockefeller Archive Center, Sleepy Hollow, N.Y.; "American Cultural Relations with Japan, Fifth Meeting, April 30, 1953, Digest of Discussion," Council on Foreign Relations Study Group Report, Manuscript Division, Council on Foreign Relations, New York, p.14. 引用は松田武『戦後日本におけるアメリカのソフト・パワー』、一三七頁による。例えば、インフォメーション・センターの閉鎖に反対する抗議文が数多く寄せられたという。「惜しまれる旧CIE図書館／眠る洋書二万三千冊／復館阻む建物権利金」（『朝日新聞』一九五三・二・八・朝刊、第八面）も参照。

（41）ロックフェラー三世の行動を報じた新聞記事として、以下のものを挙げておく。「渉外／南原総長と懇談——ロックフェラー氏」（『朝日新聞』一九五一・一・三一・朝刊、第三面）、「渉外／学生・教授など——ロックフェラー氏、蝋山・星野氏らとも懇談」(『朝日新聞』一九五一・二・一・朝刊、第三面)、「ロ氏、大倉氏と会見」(『朝日新聞』一九五一・二・二・朝刊、第一面)、「潮田慶大塾長らとも」(『朝日新聞』一九五一・二・二・朝刊、第一面)、「馬場、斎藤氏と会談――ロックフェラー氏」(『朝日新聞』一九五一・二・三・朝刊、第一面)、「ロックフェラー氏は一週間残留」(『朝日新聞』一九五一・二・三・朝刊、第一面)、「直井氏、ロ氏を訪問」(『朝日新聞』一九五一・二・四・朝刊、第一面)、「ロ氏を招待――高松宮殿下」(『朝日新聞』一九五二・二・七・朝刊、第三面)。

(42) 加藤幹雄(編著)『増補決定版 国際文化会館50年の歩み』、四頁。

(43) 松田武『戦後日本におけるアメリカのソフト・パワー』、一三七~一三八頁。

(44) 五十嵐武士『戦後日米関係の形成』、三〇五頁。

(45) その代表例である国際文化会館の設立とその歴史については、加藤幹雄(編著)『増補決定版 国際文化会館50年の歩み』に詳しい。ロックフェラー三世と松本重治の親交についても、二~三頁に記述がある。

(46) 「ロ氏財団から八名の留学生/今年から日本学生からも選抜欧米へ」(『朝日新聞』一九二六・七・九・夕刊、第二面)。

(47) 戦前のロックフェラー財団の活動に関しては、「ロ財団の手で我国に社会施設/近く東京大阪両都市に/グ博士視察に来朝」(『朝日新聞』一九三〇・一・一九・夕刊、第二面)、インターナショナル・ハウスの建設計画を報じた「学生の国際殿堂/上海より一足先に/東京説が有力化/高柳教授が重任を帯び渡米/来年末には実現か」(『朝日新聞』一九三六・七・一六・朝刊、第一一面)といった記事からも窺い知ることができる。しかし日米開戦とともに財団の活動は中断した。

(48) Entry of March 1, 1951, Fahs Diaries. 松田武『戦後日本におけるアメリカのソフト・パワー』、一三五頁による。

(49) ロックフェラー三世は一九五一年二月二一日に開いた記者会見で、文化交流計画に触れた。その様子は、「文化センター設置/若人や資料など交換/文化交流に五点を強調/ロックフェラー氏声明」(『朝日新聞』一九五一・二・二二・朝刊、第二面)に報じられた。記者会見の内容は、"This Is a Future Release," February 21, 1951, folder 762, box 90, series 1, RG5, Rockefeller Family Archives, Rockefeller Archive Center, Sleepy Hollow, N.Y. にまとめられている。

(50) 松田武『戦後日本におけるアメリカのソフト・パワー』、六頁。

(51) 土屋由香『親米日本の構築』、二七~二八頁。

(52) 同前書、二七~二八頁。実際に、「文化センター」の準備委員会の委員長を務めた樺山愛輔は、施設が「『アジア人で混み合い混雑するのを避ける』ために、在留外国人一般に門戸を開放するのではなく、外国人利用者としてはアメリカ人に限定すべきである」と主張した。この言葉には、そうした排他性が端的に表れている。松田武『戦後日本におけるアメリカのソフト・パワー』、一七五頁を参照。しかしアメリカの方針は、アメリカによるプロパガンダとみる疑いを避けるためにも、他の西側諸国との交流に開かれた施設とすることだった。

（53）加藤幹雄（編著）『増補決定版 国際文化会館50年の歩み』、五頁。アレクシス・ジョンソンはのち一九六六年から一九六九年に駐日大使を務めた。ダグラス・オーヴァートンは、ニューヨークのジャパン・ソサエティの専務理事を一九五二年から一九六七年まで長らく務めた。松田武『戦後日本におけるアメリカのソフト・パワー』、一五四頁及び五十嵐武士『戦後日米関係の形成』、三〇六頁による。

（54）"United States-Japanese Cultural Relations: Report to Ambassador Dulles," April 16, 1951, folder 446, box 49, series 1-OMR files, RG5 (John D. Rockefeller 3rd), Rockefeller Family Archives, Rockefeller Archive Center, Sleepy Hollow, N.Y.

（55）Ibid., p.1. もっとも、外交関係を安全保障、経済、文化の三脚の総和と見る考えはロックフェラーやダレスに特異なものではない。アメリカは第二次世界大戦の終結直後から戦時中の情報活動を引き継ぐ形でさまざまな情報活動、文化関係、教育開発、広報プログラムを外交をなす重要な一部として、力を入れてきた。詳しくは松田武『戦後日本におけるアメリカのソフト・パワー』、一八九～一九〇頁を参照。

（56）Ibid., pp.1-2. 原文は次の通り。The long range objective in cultural interchange between the United States and Japan would appear to be three-fold: to bring our people closer together in their appreciation and understanding of each other and their respective ways of life, to enrich our respective cultures through such interchange and to assist each other in solving mutual problems.

（57）Ibid., p.2.

（58）Entry of January 22, 1951, Rockefeller Diaries. 松田武『戦後日本におけるアメリカのソフト・パワー』、一三四頁による。

（59）"American Cultural Relations with Japan, First Meeting, December 17, 1952," Council on Foreign Relations Study Group Report, folder 40, box 6, collection III 2Q, Rockefeller Foundation Archives, RAC, Sleepy Hollow, N.Y. 松田武『戦後日本におけるアメリカのソフト・パワー』、一四二頁。文化帝国主義については、ジョン・トムリンソンによる『文化帝国主義』（片岡信訳、青土社、一九九七）、ならびに『グローバリゼーション――文化帝国主義を超えて』（片岡信訳、青土社、二〇〇〇）を参照。

(60) “United States-Japanese Cultural Relations: Report to Ambassador Dulles,” pp.2–3. 原文は次の通り。We should make it known to the Japanese that there is a definite and increasing interest among Americans in the culture of Japan. A realization on the part of the Japanese that such interest and understanding does exist will have a strong psychological influence upon them.

(61) Ibid., p.3.

(62) Ibid., p.8. 原文は次の通り。The impact of the American way of life has been marked during the five years of the Occupation. The Japanese have adopted and adapted many of our institutions and procedures and have readily accepted a number of the more superficial aspects of our culture such as sports, movies and other forms of entertainment. It is most important, however, that the Japanese have the opportunity of reaching a deeper understanding of the United States and its culture - particularly its philosophy, its institutions and above all its moral and spiritual values.

(63) Ibid., p.3.

(64) Ibid.

(65) Ibid.

(66) Ibid., p.6. 原文は次の通り。Any program for cultural relations between the United States and Japan must be looked at as an aspect of the broader development of cultural relations between all of the countries of the free world. This is particularly important with respect to the Japanese, who are most anxious to reestablish their country as a member of the family of free nations. Our policy should be to welcome and encourage the fullest possible cultural interchange between Japan and all such nations as well as our own. This is especially desirable since the dominant political and economic position of the United States vis-a-vis Japan may well raise some apprehension in Japanese minds that the United States might attempt to assert dominance in the cultural field.

(67) Ibid., pp.6–7.

(68) “United States-Japanese Cultural Relations: Report to Ambassador Dulles,” p.5.

(69) Entry of January 22, 1951, Rockefeller Diaries. 松田武『戦後日本におけるアメリカのソフト・パワー』、一三四頁による。

(70) “United States-Japanese Cultural Relations: Report to Ambassador Dulles,” pp.5–6.

(71) Ibid., p.8.
(72) Ibid., p.9.
(73) Ibid., p.10.
(74) 松田前掲書、一三七頁。
(75) "United States-Japanese Cultural Relations: Report to Ambassador Dulles," pp.23-24.
(76) Ibid., p.24; pp.27-28.
(77) Ibid., p.28.
(78) George E. Beauchamp, "Suggestions to Sponsors for the Exchange of Persons Program with the Occupied Areas," Commission on the Occupied Area of the American Council on Education, January, 1950, folder 444, box 49, John D. Rockefeller 3rd Papers, Rockefeller Family Archives, Rockefeller Archive Center, Sleepy Hollow, N.Y.
(79) "United States-Japanese Cultural Relations: Report to Ambassador Dulles," pp.28-30.
(80) Ibid., pp.30-31.
(81) Ibid., pp.31-32.
(82) Ibid., pp.32-33.
(83) Ibid., p.36.
(84) Ibid., pp.36-39.
(85) Ibid., pp.39-42.
(86) Ibid., pp.42-44.
(87) Ibid., pp.44-52.
(88) Ibid., pp.52-53.
(89) Ibid., pp.55-56.
(90) Ibid., p.56.
(91) Ibid., pp.56-57.
(92) Ibid., pp.57-58.

(93) 相手国の国民や文化を理解し、尊重することで両国民の間に親密な関係を築くこと、文化の交流を通してそれぞれの文化をより豊かにすること、共通の問題を解決するために協力することである。

(94) Ibid., p.59.

(95) Ibid., p.60.

(96) Ibid.

(97) Ibid., pp.60-61. 日本の国民が「アメリカ合衆国やその他の民主主義国の歴史、制度、文化及びその成果を知る機会が与えられ、またこれらを知ることを奨励されるべきである」とする初期対日占領方針は一貫している。「初期の対日占領方針」細谷千博・有賀貞・石井修・佐々木卓也（編）『日米関係資料集１９４５－９７』、三〇頁。

(98) "United States-Japanese Cultural Relations: Report to Ambassador Dulles," pp.61-65.

(99) Ibid., p.65.

(100) Ibid., p.66.

(101) Ibid.

(102) Ibid., p.62. 原文は次の通り。Opportunity should be offered to Japanese writers and other specialists to make a major contribution in this regard. Our representatives should give encouragement and assistance to such Japanese so that they can make effective use of all means of communicating ideas in Japan, such as books, magazines, the movies, the theater, the radio, and traveling story tellers. It is important that the communication channels used are familiar and accessible to every segment of the audience from the cities to the remotest villages.

(103) Ibid., p.62.

(104) Ibid., p.66.

(105) Ibid., pp.68-69.

(106) Ibid., pp.70-73.

(107) Ibid., pp.73-74.

(108) Ibid., pp.74-75.

(109) Ibid., pp.72-73.

（110）Ibid., pp.75-77.
（111）松田武『戦後日本におけるアメリカのソフト・パワー』、xii頁及び五十嵐武士『戦後日米関係の形成』、二〇四頁。
（112）松田武『戦後日本におけるアメリカのソフト・パワー』、八頁。
（113）同前書、一七〇頁。
（114）当時の親日派の日本観を知るには、Robert S. Schwantes, "The Exchange of Cultural Materials," Council on Foreign Relations Study Group on American Cultural Relations with Japan, Working Paper No.5, April 22, 1953, folder 42, box 6, collection III 2Q, Rockefeller Family Archives, Rockefeller Archive Center, Sleepy Hollow, N.Y. も参照。シュワンテスは、「日本は伝統文化と西洋の影響を受けた現代文化の二つの文化を持つ。源氏物語と同時に自然主義小説があり、能があればシンフォニー・オーケストラもある」と述べている。
（115）"United States-Japanese Cultural Relations: Report to Ambassador Dulles," p.78. 原文は次の通り。Japan is an Oriental country with an unusual cultural and historical development peculiar to itself. The Japanese people are in many respects somewhat unique.
（116）Entry of April 16, 1951, Rockefeller Diaries; John D. Rockefeller 3rd to John Foster Dulles, April 23, 1951, confidential U. S. State Department special files, Japan, 1947-1956（microfilm, University Publications of America, 1990, in reel 13, lot files 54-D-423: Japanese Peace Treaty Files, John Foster Dulles, 1947-1952）. 松田武『戦後日本におけるアメリカのソフト・パワー』、一七〇頁。ただし、加藤幹雄（編著）『増補決定版 国際文化会館50年の歩み』、六頁は、「ジョンの報告書はダレスに直接提出するはずであった。しかしダレスは、マッカーサー将軍解任による日本の動揺を防ぐべくアチソン国務長官によって急遽再び日本へ派遣されて留守だったため、国務省極東課に提出された。同課は、公的資格のない一民間人による報告書の扱いに苦慮したようであるが、結局はきわめて官僚的な取り扱いをした。すなわち報告書を私文書として扱い、機密扱い（confidential）のスタンプを押して棚上げしてしまったのである」としており、いささか異なる内容になっている。
（117）"Comment on Mr. Rockefeller's Suggestions for the Japan Program contained in his letter of April 19th to Mr. Dulles," Mr. Hulten to W. Bradley Connors, June 27, 1951, attachment to W. Bradley Connors to John Foster Dulles, July 18, 1951, confidential U. S. State Department special files, Japan, 1947-1956（microfilm, University Publications of America, 1990, in reel 13, lot files 54-D-423: Japanese Peace Treaty Files, John Foster Dulles, 1947-1952）; Bradford to Rockefeller, October

17, 1951. 松田武『戦後日本におけるアメリカのソフト・パワー』、一七〇頁による。

(118) Charles B. Fahs, "John D. Rockefeller, 3rd's Memorandum on Japanese-American Cultural Relations," Interoffice correspondence, September 6, 1951, folder 6, box 1, series 609, RG 1.2, Rockefeller Foundation Archives, RAC. 松田武『戦後日本におけるアメリカのソフト・パワー』、一七一頁による。

(119) Douglas W. Overton to U. Alexis Johnson, "Rockefeller Report on U. S.-Japanese Cultural Relations," April 13, 1951, 511.94/4-1351, U. S. Department of State, National Archives and Records Administration（以下、NARA と略記), Washington, D. C. 松田武『戦後日本におけるアメリカのソフト・パワー』、一六九頁による。

(120) 藤田文子「「日米知的交流計画」と1950年代日米関係」（『東京大学アメリカン・スタディーズ』二〇〇〇・三）、七一～七二頁。

(121) Confidential Memorandum of Conversation between Rockefeller and Overton, August 20, 1951. 松田武『戦後日本におけるアメリカのソフト・パワー』、一七一頁による。二度目の訪問は私人としてであった。

(122) Entries of September 25, 26, 1951, Rockefeller Diaries. 松田前掲書、一七二頁。

(123) ライシャワーはロックフェラー三世から相談を受け、誰に会うべきかについて助言を与えた。彼はアメリカに友好的な人物として、同志社大学の前総長で国際基督教大学のユアサを推薦した。また、『毎日新聞』、『朝日新聞』は大衆を代表するし、影響力があるとして、関係者に会うことを勧めた。そして相談役がリベラリストに偏っている印象を避けるために、社会主義者を加えることで均衡を取るように助言した。Edwin O. Reischauer's letter to John D. Rockefeller, September 25, 1951, folder 765, box 90, series 1, RG5, Rockefeller Family Archives, Rockefeller Archive Center, Sleepy Hollow, N.Y.

(124) 土屋由香「米国広報文化交流庁（ＵＳＩＡ）による広報宣伝の「民営化」」貴志俊彦・土屋由香（編）『文化冷戦の時代――アメリカとアジア』（国際書院、二〇〇九）を参照。土屋は広報宣伝活動のための予算を補完するために民営化が促されたと指摘する。

(125) その端的な表れとして、一九五六年にドワイト・Ｄ・アイゼンハワー大統領が民間次元の交流の重要性を説いたピープル・トゥ・ピープル・プログラム（People to People Program）が挙げられる。同プログラムのもと、国民一般を巻き込んで文化交流及び広報宣伝活動が行われた。同前書、四六～四九頁、松田武『戦後日本におけるアメリカのソフト・パワー』、九頁などを参照。

(126) 松田武『戦後日本におけるアメリカのソフト・パワー』、一四七～一四九頁。

(127) 土屋由香『親米日本の構築』、貴志俊彦・土屋由香（編）『文化冷戦の時代』、山本正（編）『戦後日米関係とフィランソロピー――民間財団が果たした役割　1945～1975年』（ミネルヴァ書房、二〇〇八）、佐々木豊「ロックフェラー財団と太平洋問題調査会――冷戦初期の巨大財団と民間研究団体の協力／緊張関係」（『アメリカ研究』二〇〇三・三）、松田武『戦後日本におけるアメリカのソフト・パワー』などを参照。

(128) 松田武『戦後日本におけるアメリカのソフト・パワー』、一四七～一四九頁。

(129) 井川充雄「戦後ＶＯＡ日本語放送の再開」（『メディア史研究』二〇〇二・四）。第二次世界大戦中（一九四二年）にナチス・ドイツの対外宣伝に対抗する目的で開始されたアメリカの国際放送ＶＯＡ（Voice of America）は、冷戦の高まりにより平時における対外広報・宣伝を定めたスミス・ムント法のもとに戦後も存続した。

(130) 一九五二年一月には、世界八五ヵ国でＵＳＩＳ映画が上映されていたという。土屋由香・吉見俊哉・井川充雄「文化冷戦と戦後日本」土屋由香・吉見俊哉（編）『占領する眼・占領する声――ＣＩＥ／ＵＳＩＳ映画とＶＯＡラジオ』（東京大学出版会、二〇一二）、五頁。

(131) 身崎とめこ「衛生家族の誕生――ＣＩＥ映画からＵＳＩＳ映画へ、連続される家族の肖像」同前書、二二〇頁。

(132) ＣＩＥ／ＵＳＩＳ映画に関する代表的研究として、谷川健司『アメリカ映画と占領政策』（京都大学学術出版会、二〇〇二）、土屋由香『親米日本の構築』、土屋由香・吉見俊哉（編）『占領する眼・占領する声』などを参照。

(133) 土屋由香『親米日本の構築』、二三七頁。

(134) 「著作権などタダにして――翻訳出版界にも民主、共産の冷戦」（『朝日新聞』一九五三・六・八・朝刊）。

(135) 松田武『戦後日本におけるアメリカのソフト・パワー』、四九頁。

(136) 同前書、一六三頁。

(137) ストックホルムで開催された The Swedish Institute for Cultural Relations の一九六六年次大会における講演 "Education for a New Kind of International Relations" における発言で、フルブライト議員は同様の発言を多く残している。近藤健『もうひとつの日米関係――フルブライト教育交流の四十年』（ジャパンタイムズ、一九九二）、四四頁によれば、彼は、「私は、教育交流が人間同士に愛情を確実に生むとは思っていない。それが教育交流の目的の一つであると思ったこともない。教育交流が、共通の人間性という感覚、つまり、他の国々はわれわれが恐れる教義によって形成されているのではなく、個々の人々

――われわれと同じように喜びも苦しみも、冷酷さも親切心もあわせ持つ人々――が住んでいるという主観的な意識の醸成に貢献できれば、それで十分なのである」と述べた。

(138) 貴志俊彦・土屋由香「総論・文化冷戦期における米国の広報宣伝活動とアジアへの影響」貴志俊彦・土屋由香(編)『文化冷戦の時代』、一五頁。

(139) 近藤健『もうひとつの日米関係』、四八頁。

(140) 同前書、四七頁。

(141) 山本正(編)『戦後日米関係とフィランソロピー』、六頁。

(142) 同前書、九七頁

(143) 例えばドワイド・D・アイゼンハワー大統領は一九五六年にテキサスで行った演説のなかで、「非政府組織主導による文化交流の重要性」を強く説いたという。詳しくは Rosemary O' Neil, "A Brief History of Department of State Involvement in International Exchange," fall 1972, Bureau of Educational and Cultural Affairs Historical Collection, U. S. Department of State, box 103, file 12, Special Collections Division, University of Arkansas Libraries, Fayetteville, Arkansas. 松田武『戦後日本におけるアメリカのソフト・パワー』、九頁。

(144) 加藤幹雄(編著)『増補決定版　国際文化会館50年の歩み』の三四一頁に文化センター準備委員会の名簿が掲載されている。国際文化会館(編)『国際文化会館10年の歩み――1952年4月～1962年3月』(国際文化会館、一九六三)も参照。

(145) 松田武『戦後日本におけるアメリカのソフト・パワー』、一七九頁。当初日米両国人で構成された評議員は、五五年以降はイギリス・カナダ・フランス・ドイツ・インドなどからの代表に出身国が拡大した。

(146) その様子は、加藤幹雄(編著)『増補決定版　国際文化会館50年の歩み』及び松本重治(聞き手・加固寛子)『聞書・わが心の自叙伝』(講談社、一九九二)を参照。

(147) 「麻布に国際文化会館――共同設計で九月初め着工」(『朝日新聞』一九五三・七・三一・夕刊、第三面)。着工の動きが、ロックフェラー財団や在日アメリカ人の自主的な協力などとともに報じられている。国際文化会館設立までの経緯については、松本重治(聞き手・加固寛子)『聞書・わが心の自叙伝』も参照。

(148) 加藤幹雄(編著)『増補決定版 国際文化会館50年の歩み』、二七頁。

(149)「麻布に国際文化会館――共同設計で九月初め着工」(『朝日新聞』一九五三・七・三一・夕刊、第三面)。

(150)このほか、国際文化会館はフルブライト・プログラムを手助けし、自らも幾つかの人物交流プログラムを主宰した。例えば国際文化会館は、アメリカ以外の国から著名な知識人を招聘する「特別人物交換計画」をロックフェラー財団の助成のもとに主宰した。加藤幹雄(編著)『増補決定版　国際文化会館50年の歩み』、三七頁によると、「知的交流計画が1950年代初期の国際情勢と日米関係に対する強い懸念から生れた人物交流事業であったのに対して、特別人物交換計画は、戦争と占領によって断絶されていた海外知識人との直接対話や交流の復活、つまり知的・文化的飢餓を早くいやしたいという願望から生れたものであった」という。後者の招聘者には、バウハウスの創設者である建築家のウォルター・グロピウス(一九五四年来日)や歴史家のアーノルド・トインビー(一九五六年来日)らが含まれた。また一九六五年からは国際文化会館は、他団体の招聘によって来日する人々の訪問を援助する人物交換援助計画を行った。国際文化会館の交流プログラムについては詳しくは、同前書を参照。同書の三五九~三六五頁には、招聘者リストが掲載されている。また、藤田文子「「日米知的交流計画」と1950年代日米関係」、三三頁によると、「日米知的交流計画」は国際文化会館から独立性を保ちながらも、実質的には運営委員会の役員がほぼ重なるなど、一体の関係であったという。交流計画再開後の第一陣が江藤淳(東京工業大学助教授)で、一九七一年九月に訪米した。九月一三日のジャパン・ハウス竣工式典で「日本とアメリカ(Japan and the United States: A Personal Reflection)」と題する講演を行った。

(151)加藤幹雄(編著)『増補決定版　国際文化会館50年の歩み』、三一頁。一方、日本側の人物交流への需要を語ったのは松本重治である。松本は、「占領中の五~六年間は、三つ星のお偉い軍人たちばかりが日本に来て、学者や文化人などはひとりも来ていない、少なくとも日本の知識人の抱くアメリカのイメージをよりよくするためには、超一流の学者や文化人に日本に来てもらったらどうでしょう。私のいう超一流というのは、学問、思想、人物の点で日本人がほんとうに尊敬できる人という意味です。政治宣伝の道具に使われないくらいの誇りを持つ人物に来て欲しい、そういう人物交流が実現できれば、結果的にはジョンの考えている目的の達成につながることになる」と述べたという。同前書、三二頁。

(152)同前書、三〇~三一頁。

(153)渡米者、来日者の名簿は藤田文子「「日米知的交流計画」と1950年代日米関係」、七一頁を参照。

(154)エレノア・ルーズベルトの日本訪問に関しては、Fumiko Fujita, "Eleanor Roosevelt's 1953 Visit to Japan: American Values and Japanese Response," in *Living with American, 1946-1996*, ed. Cristina Giorcelli and Rob Kroes (Amsterdam: VU

University Press, 1997), pp.310-316. を参照。

(155) 藤田文子「「日米知的交流計画」と1950年代日米関係」、七六頁。

(156) 長与善郎は欧米旅行記『彼を見、我を思う』（筑摩書房、一九五三）を上梓した。安部能成は『週刊新潮』に連載された自叙伝でアメリカ滞在の体験を語り、のちに『戦後の自叙伝』（新潮社、一九五九）として出版した。安部はアメリカを「最も見たい未見の国」と語ったという。一方、アメリカ側としては、『サタデー・レヴュー』誌の編集長であったノーマン・カズンスは同誌に日本見聞記を掲載（*Saturday Review*, 9 Jan., 20, 27, Feb. 3 Apr. 1954）した。ルーズヴェルトの自伝 Eleanor Roosevelt, ***On My Own*** (New York : Harper & Brothers, 1958) の第二章には、日本滞在が綴られている。宗教哲学者のパウル・ティリヒと社会学者デイヴィッド・リースマンの日本での講演がそれぞれ単行本としてアメリカで出版された。パウル・ティリヒ『文化と宗教』（岩波書店、一九六二）、デイヴィッド・リースマン『現代文明と人間性』（朝日新聞社、一九六二）。リースマン夫妻の日本日記もアメリカで出版された。David and Evelyn Thompson Riesman, *Conversation in Japan: Modernization, Politics, and Culture* (New York: Basic Books, 1967). 藤田文子「「日米知的交流計画」と1950年代日米関係」、八一、八五頁を参照した。

(157) 五一年にアジア自由化委員会（Committee for Free Asia）を母体として、アジアを自由陣営に留まらせることを目的に冷戦の産物として生れたアジア財団（Asia Foundation／一九五四年設立）のように、「表面上は民間団体であるが（…）国家安全保障委員会に認可されており、連邦議会の監督委員会の知識を持ち、CIAから密かに間接的に助成されていた」機関もあった。ただし、日本での活動の内容をみると他の財団と類似しており、時にはより進歩的な助成活動を行うこともあったという。詳しくは、山本正（編）『戦後日米関係とフィランソロピー』、八九〜九六頁などを参照。

(158) ロックフェラー財団に関する基本的文献としては、財団専務理事を務めたレイモンド・B・フォスディックの著した『ロックフェラー財団――その歴史と業績』（井本威夫・大沢三千三共訳、法政大学出版局、一九五六）を日本との関わりについては参照。アメリカの財団に関しては、ワルデマー・A・ニールセン『アメリカの大型財団――企業と社会』（林雄二郎訳、河出書房新社、一九八四）も参照。

(159) Takeshi Matsuda, "Institutionalizing Postwar U.S.-Japan Cultural Interchange: The Making of Pro-American Liberals, 1945-1955," in Matsuda, ed., *The Age of Creolization in the Pacific: In Search of Emerging Cultures and Shared Values in the Japan-America Borderlands* (Hiroshima: Keisuisha, 2001), pp.41-97 ; Reiko Maekawa, "Philanthropy and Politics at the Crossroads: John D.

Rockefeller 3rd's Japanese Experience." *The Integrated Human Studies* 7 (2000), pp.67–82：藤田文子「日米知的交流計画と１９５０年代の日米関係」、六九～八五頁。ロ財団と冷戦との密接な関わりは、人事面からも窺われる。サンフランシスコ講和会議の大統領特使を務め、その後冷戦の封じ込め政策がピークに達していたアイゼンハワー政権期の一九五三年から五九年まで国務長官を務めたジョン・フォスター・ダレスは長らく財団理事を務めた。一九五二年には、国務省で長い経験をもち、当時極東政策担当の次官補（assistant secretary）を務めていたディーン・ラスクが財団専務理事に就任した。以上のように、財団の理事会の面々は冷戦期の極東政策に深く関わった人物と多く重なる。また呉翎君「戦後台湾におけるロックフェラー財団の援助事業」貴志俊彦・土屋由香（編）『文化冷戦の時代』、一二三頁によると、財団創設者ロックフェラー・ジュニアの次男であるネルソン・ロックフェラーは、トルーマン政権下の国際発展顧問局の援助活動を通してラテン・アメリカにおける反共活動を押し進め、一九五四年から一九五五年にはアイゼンハワー大統領の外交問題特別補佐官に就いて冷戦の政策決定に深く関わった人物であった。

(160) ロックフェラー財団は占領中である一九四七年に日本の国立衛生院へ助成を行った。また、一九四九年に民間情報局によって選抜された日本人放送関係者六人と新聞関係のジャーナリスト一二人が研修を受けるための助成金をコロンビア大学に与えた。*The Rockefeller Foundation Annual Report*, 1949, p.308; p.315.

(161) *The Rockefeller Foundation Annual Report, 1951*, p.82. History of American Thought/ The United States and International Organization/ The Role of the United States in International Economic Affairs/ Problems of American Democracy の四つの主題が取り上げられた。年次報告書はこのセミナーを、戦前に財団がアメリカの幾つかの大学で日本の思想と生活（Japanese thought and life）に関する助成を行ったことの延長線上にあるものとして位置づけている。

(162) アメリカ研究については、松田武『戦後日本におけるアメリカのソフト・パワー』が詳しく分析している。アメリカ大使館広報・文化交流局（ＵＳＩＳ）もまた、大学のアメリカ研究への資金援助などを行った。

(163) 同前書、二一三頁。

(164) 佐々木豊「ロックフェラー財団と太平洋問題調査会」はその協力と反共の介入による緊張関係を考察している。

(165) 同前、一七二頁。

(166) 『ロックフェラー財団年次報告書（*The Rockefeller Foundation Annual Report*）』は、〈https://www.rockefellerfoundation.org/about-us/governance-reports/annual-reports/〉（二〇一八年二月七日アクセス）から閲覧可能。報告書には、各年度毎の奨学

生のリストも掲載されている。

(167) 加藤秀俊「日本人旅行者の見たアメリカ」加藤秀俊・亀井俊介(編)『日本とアメリカ――相手国イメージの研究』(日本学術振興会、一九七七)、三五〇頁。

(168) 山本正(編)『戦後日米関係とフィランソロピー』、六頁。

(169) ロックフェラー財団の日本における活動については詳しくは、松田武『戦後日本におけるアメリカのソフト・パワー』、山本正(編)『戦後日米関係とフィランソロピー』のほか、佐々木豊「ロックフェラー財団と太平洋問題調査会」、辛島理人「戦後日本の社会科学とアメリカのフィランソロピー――一九五〇~六〇年代における日米反共リベラルの交流とロックフェラー財団」(『日本研究』二〇一二・三)などを参照。このほかにもロ財団は、国立国会図書館の設立をはじめとした図書館支援と図書館学の確立、国際基督教大学の創立などに関わった。また、歌舞伎の渡米やアメリカにおける日本美術展の開催などがロックフェラー財団の支援によって実現したことなども報じられている。「ロ財団も援助――カブキの渡米」(『朝日新聞』一九五一・一二・二五・夕刊、第二面)。「米国各地で日本美術展――国宝級集め大規模に/ロックフェラー三世から便り」(『朝日新聞』一九五一・一二・二八・夕刊、第二面)。

(170) 会長にはダレスが就任し、専務理事には国務省の日本デスクをしていたダグラス・オーヴァートンが任命された。オーヴァートンはロックフェラー三世がダレスに提出した報告書「日米文化関係」の起草を手伝ったひとりであった。ダレス、ジョン、オーヴァートンのチームワークによってジャパン・ソサエティの戦後復活がなされた。加藤幹雄(編著)『増補決定版　国際文化会館50年の歩み』、八七頁。「日本協会新会長にロックフェラー氏/対日関係」(『朝日新聞』一九五二・三・二七・朝刊、第三面)。

(171) 狂言師の野村万蔵一行のアメリカ訪問を援助。日米間の知識人・芸術家交流計画の一環として、作曲家の武満徹が六七年に訪米し、精力的な交流活動を展開した。能登路雅子「日米文化教育交流会議(カルコン)の成果と課題」瀧田佳子(編)『太平洋世界の文化とアメリカ』(彩流社、二〇〇五)、一七〇頁。

(172) 「続々と国際文化センター――これも大戦の「遺産」五ヵ国で文化競争の観」(『朝日新聞』一九五三・七・七、第三面)。

(173) 記事は、「今年は国際文化センターが次々と東京に生れる。文化センター設立の動きが、今年に集中した感じである。まず英国文化振興会図書室と日ソ図書室が六月下旬に発足した。ついで九月にはロックフェラー国際会館が着工するし、十月にはアメリカ文化センターが開館する。日中会館も年内にできる予定。さらに、日仏文化協定を背景とする日仏会館は八年来空席だった館長がきまって、十月に着任する」と報じている。

(174) Takeshi Matsuda, "Institutionalizing Postwar U.S.-Japan Cultural Interchange: The Making of Pro-American Liberals, 1945–1955," p.82.

(175) 「贈位・賞勲／勲一等瑞宝章を贈る——ロックフェラー三世に」（『朝日新聞』一九五四・二・二六・朝刊、第七面）。

(176) 松本重治『国際日本の将来を考えて』（朝日新聞社、一九八八）、四二頁。

(177) 藤田文子「「日米知的交流計画」と1950年代日米関係」、七三頁。

(178) キンバリー・グールド・アシザワ「アメリカのフィランソロピーは日本にどう向き合ったのか」山本正（編）『戦後日米関係とフィランソロピー』、八〇頁。

(179) 国際文化会館（編）『国際文化会館10年の歩み』、三六頁。

(180) 藤田文子「「日米知的交流計画」と1950年代日米関係」、七五頁。

(181) 藤田文子「ウィリアム・フォークナーの訪日——アメリカ文化外交の一例として」（『津田塾大学紀要』二〇一一・三）、一〇八頁。

(182) 亀井勝一郎「文化国家の行方——独立第一歩に当り」（『朝日新聞』一九五二・四・二八、第八面）。

(183) （執筆者未詳）「〈巻頭言〉文化交流について」（『中央公論』一九五三・八）

(184) 石川達三「反米感情は消えない」（『中央公論』一九五三・一一）、三四〜三五頁。

(185) 同前、三八頁。

(186) 福田定良「反米思想——反米意識は何処から来るか?」（『文藝春秋』一九五三・九）。

(187) 前田多門・原田健・石川達三・芹澤光治良・萩原徹・藤山愛一郎・徳川頼貞・池島信平「ユネスコ・ペンクラブ代表座談会」（『文藝春秋』一九五四・一二）、七八頁。

(188) 同前、九四頁。

(189) 「系統的な対策なし——日本文化の海外紹介」（『朝日新聞』一九五三・七・三一、第六面）。

(190) （執筆者未詳）「〈巻頭言〉文化交流について」、八頁。

(191) Kôtarô, Tanaka, "Cultural Interchange between Japan and the United States," *Tokyo Times*, February 21, 1951. Folder 445, box 49, series 1-OMR files, RG 5 (John D. Rockefeller 3rd), Rockefeller family Archives, RAC. 松田武『戦後日本におけるア

メリカのソフト・パワー』、六頁。田中耕太郎は記事で、日本の戦前の文化計画と比較しながら戦前の問題点を批判した。実際に近藤健『もうひとつの日米関係』、一九〇頁によれば、かつて日清戦争後に日本政府は多数の中国人留学生を招致したが、しかしその多くは反日的になったという。近藤はその原因の一つを、「日本が中国人留学生から学びとろうとする互恵の精神にかけていたこと」であったと分析している。

(192) 日本は戦後にアジアを中心とした地域の外交において「文化外交」の比重を高めた。一九五七年の外務省『わが外交の近況』〈外務省、一九五七・九〉〈http://www.mofa.go.jp/mofaj/gaiko/bluebook/1957/s32-2-1-1.htm#6〉（二〇一八年二月七日アクセス）を参照すると、「わが国が地理的に同じ地域に属するというだけではなく、人種的、文化的親近感につながる強い心理的紐帯があるのであって、（…）これらの諸国との親善友好関係を進めることが当面の第一の重要課題である」との認識を打ち出し、「国民間の相互理解が深められ、また広くゆきわたり、そのことがさらに国家間の友好親善関係を増進し、ひいて世界平和の維持に大きく寄与する」として、国家間の文化交流の重要性と政府の役割の自覚の必要性を述べた。金弼東「戦後日本外交における「文化外交」の推移と意味」（『日本学報』二〇〇八・五）も参照。

(193)「続々と国際文化センター――これも大戦の「遺産」／五ヵ国で文化競争の観」（『朝日新聞』一九五三・七・七、第三面）。

(194) 本書の第一章及び本章第二節を参照。

(195) 松田武『戦後日本におけるアメリカのソフト・パワー』、一四五頁より再引用。

(196) 前田多門・原田健・石川達三・芹澤光治良・萩原徹・藤山愛一郎・徳川頼貞・池島信平「ユネスコ・ペンクラブ代表座談会」、八七頁。

(197)「文明」や「文化」はいずれも、近代の国民国家の成立とともに、国民意識の現れとして成立した概念である。西川長夫は「文明」や「文化」といった概念が広がっていった過程を、「普遍と進歩を中核的な概念とする「文明」は、フランスやイギリスのような先発国へ、個別と伝統を中核にした「文化」の概念は、ドイツ、ポーランド、ロシアといった後発国へ広がってゆく。後発国が先発国に対する自己主張と自己防衛の必要から、自民族に固有の価値を強調する「文化」概念を受け入れ育成した」と説明している。西川長夫『地球時代の民族＝文化理論――脱「国民文化」のために』（新曜社、一九九五）、二〇〇頁。戦後の日本のアメリカ観には、アメリカは「物質文明」の国であるが、精神性の豊かな「文化」は欠如しているという根強い認識があった。このことを理解していたアメリカは、自らの持つ「文化」を自意識的に日本人に提示してみせた。

(198) 西川長夫『国民国家論の射程――あるいは〈国民〉という怪物について』（柏書房、一九九九、［初版］一九九八）、一〇七頁。

(199) 同前書、一一一頁。
(200) ロックフェラー三世は報告書のなかで文化を「way of life」と定義していた。
(201) 松田武もまた、日米関係の研究の近視眼的な見方を克服するための分析概念として「世界システム論」と「文化的ヘゲモニー」を提案している。
(202) 西川長夫『国民国家論の射程』、一〇八頁。
(203) 西川はこのほか、「文化概念や民族概念はナショナリズムと深くかかわっており、異文化交流は人種差別や偏見を免れることはできない」ことも指摘している。
(204) 吉野耕作『文化ナショナリズムの社会学』(名古屋大学出版会、二〇〇二)、二五五頁も「異文化間コミュニケーションと文化ナショナリズムは表裏の関係にある」と指摘する。
(205) 西川長夫『国民国家論の射程』、一一一頁。

第六章　文化冷戦と文学場

(1) 松田武『戦後日本におけるアメリカのソフト・パワー——半永久的依存の起源』(岩波書店、二〇〇八)、一七四、一七八頁。
(2) 加藤幹雄(編著)『増補決定版 国際文化会館５０年の歩み——１９５２-２００２』(国際文化会館、二〇〇三)、二四頁。
(3) Saxton Bradford, AMEMBASSY, Tokyo, to U.S. Department of State, Desp. No. 161, "Japan Per Club," July 24, 1952, 511.94/7-2452, U.S. Department of States, NARA. 引用は松田武『戦後日本におけるアメリカのソフト・パワー』、一六三頁による。
(4) フォークナーの訪日に関しては詳しくは、藤田文子『アメリカ文化外交と日本——冷戦期の文化と人の交流』第四章及び「ウィリアム・フォークナーの訪日——アメリカ文化外交の一例として」(『津田塾大学紀要』二〇一一・三)を参照。
(5) 藤田文子『アメリカ文化外交と日本』、九五~九六頁。
(6) Harold E. Howland to William Faulkner, 16 May 1955, Department of State Papers, Folder, Harold E. Howland Collection, University of Virginia Library. 九八~九九頁より再引用。フォークナーは、日本訪問の後もフィリピンやヨーロッパで文化使節を担い、アイゼンハワーが提唱した「民間交流計画」の文学部門の委員長に就任して文化外交を担い続けた。
(7) 加藤幹雄(編著)『国際文化会館５０年の歩み』、四一頁。

(8)藤田文子『アメリカ文化外交と日本』、一一二頁。青野季吉による報告は『東京新聞』(一九五五・八・五)に、同じく大岡昇平は『朝日新聞』(一九五五・八・五)に、高見順は『朝日新聞』(一九五五・八・六)に、西村孝次は『日本読書新聞』(一九五五・八・一五)にそれぞれ掲載された。

(9)藤田文子『アメリカ文化外交と日本』、一〇七~一〇九頁。

(10)Robert A. Jelliffe, ed., ***Faulkner at Nagano*** (Tokyo: Kenkyusha, 1956)に収録。

(11)鈴木紀子「冷戦期の「文学大使」たち――戦後日米のナショナル・アイデンティティ形成における米文学の機能と文化的受容」(『人間生活文化研究』二〇一三)、二七一頁。

(12)遠藤周作はこれに先立つ一九五〇年に「カトリック東洋布教会」のはからいで、フランスに留学している。「日本人にとってキリスト教とはなにか」を主題にした留学であった。その体験は、『留学』(一九六五)に反映された。詳しくは、磯田光一『戦後史の空間』(新潮社、一九八三)第九章の「『留学』の終焉」を参照。

(13)帰国後に倉橋はアイオワ大学大学院生を主人公にした小説『ヴァージニア』(新潮社、一九七〇)を発表、さらにアメリカでの体験は『アイオワ静かなる日々』(新人物往来社、一九七三)に綴られた。

(14)"Japanese Literary Fellowship Program: The Rockefeller Foundation Confidential Report for the Information of the Trustees," January 1959, folder 86, box 2, series 2-Professional papers, RG 2A44 (Charles Burton Fahs Paper), Rockefeller Archive Center, Sleepy Hollow, N.Y. p.18. 以下、ロックフェラー財団文書館資料の引用は全て、拙訳による。

(15)五百旗頭真「民間財団と政府の関わり――日米知的交流はいかに進展したか」山本正(編著)『戦後日米関係とフィランソロピー――民間財団が果たした役割 1945~1975年』(ミネルヴァ書房、二〇〇八年)の整理によれば、アメリカの民間財団による対日活動は、五〇年代をロックフェラー財団が牽引し、六〇年代からはフォード財団が代わって日本における活動の中心を担っていく。

(16)阿川尚之『アメリカが見つかりましたか』戦後篇(都市出版、一九九八)には、このうち石井桃子、安岡章太郎、江藤淳の留学をめぐるより私的な挿話を読むことができる。ただし、八八頁の「このプログラムでアメリカに渡った女性はおそらく石井だけだと思う」という阿川の記述は訂正が必要だろう。

(17)藤田文子「一九五〇年代アメリカの対日文化政策――概観」(『津田塾大学紀要』二〇〇三・三)、七頁。

(18)John D. Rockefeller 3rd. "United States-Japanese Cultural Relations: Report to Ambassador Dulles," p.62. 本書第五章を参照。

（19）本書第一章を参照。

（20）鈴木紀子「冷戦期の「文化大使」たち」、二六〇頁。

（21）坂西志保「解説」庄野潤三『ガンビア滞在記』（みすず書房、二〇〇五）、二八三～二八四頁。

（22）キンバリー・グールド・アシザワ「アメリカのフィランソロピーは日本にどう向き合ったのか」山本正（編）『戦後日米関係とフィランソロピー』、七七頁及び以下ロックフェラー財団ホームページ掲載の略歴による。〈https://rockfound.rockarch.org/biographical/-/asset_publisher/6ygcKECNIlnb/content/charles-fahs?〉（二〇一八年七月一三日アクセス）。

（23）チック・ヤング（Murat Bernard Chic Young）作の新聞漫画『ブロンディ（*Blondie*）』は、『朝日新聞』に一九四九年一月一日からマッカーサーが解任され日本を離れる一九五一年四月一五日まで連載された。

（24）『坂西志保さん』編集世話人会（編）『坂西志保さん』（国際文化会館、一九七七）巻末の略年譜による。坂西の仕事は今日あまり知られていないが、没後に編纂されたこの追悼文集に寄せられた回想やその仕事を網羅した略年譜からは、生前の多彩で精力的な活躍ぶりを窺い知ることができる。アメリカの歴史・文化を紹介した坂西の仕事は、『アメリカの日常生活』（日本橋書店、一九四六）、『十五人のアメリカ人』（光文社、一九四六）、『アメリカの女性』（高桐書院、一九四六）、『星条旗の子供』（講談社、一九四七）、『アメリカ史――民主主義の成立と発展』（創生社、一九四七）、『地の塩』（高桐書院、一九四七）、『富雄のアメリカ旅行』（中央公論社、一九五〇）など多数の著作がある。そのほか、新聞・雑誌への寄稿も多く、例えば『暮しの手帖』創刊号には、「アメリカの暮し日本の暮し」という坂西の文章が掲載された。

（25）"The Japanese Literary Fellowship Program: The Rockefeller Foundation Confidential Report for the Information of the Trustees," January, 1959, folder 86, box 2, series 2-Professional papers, Collection 2A44 Charles Burton Fahs Paper, RAC, Sleepy Hollow, N.Y.

（26）Charles B. Fahs Diaries, folder Diary, reel 1-7, box 16, RG 12.1 Officer's Diaries, Charles B. Fahs, Rockefeller Foundation Archives, RAC, Sleepy Hollow, N.Y.

（27）Charles B. Fahs, 'Introduction, "The Japanese Literary Fellowship Program: The Rockefeller Foundation Confidential Report for the Information of the Trustees," p.2.　原文は次の通り。We finally agreed that while there was little need for help within Japan, there was real need for international experience for a few Japanese writers, particularly in view of the isolation of Japan since the 1930's.

（28）Ibid., pp.2–3.

（29）梅森直之「ロックフェラー財団と文学者たち——冷戦下における日米文化交流の諸相」（『Intelligence』二〇一四・三）、一二七頁。前掲の『坂西志保さん』に寄せられた追悼文のなかで、福田恆存、大岡昇平、石井桃子、庄野潤三、有吉佐和子が坂西志保により推薦を受けたことを留学の契機と語った。

（30）Shio Sakanishi, ‘On Literary Fellowships for Japanese Writers,’ The Japanese Literary Fellowship Program: The Rockefeller Foundation Confidential Report for the Information of the Trustees, p.17; p.31.

（31）Ibid., pp.20–21. 原文は次の通り。Personally in selecting candidates I had certain standards to go by. In my long experience of living abroad and watching Japanese, I had come to the conclusion that there are two distinct extreme types of Japanese. You may call one the type for domestic purposes only. He should not be sent out of the country. The other is made for export but perhaps cannot be reimported with much advantage to the nation. He easily adjusts himself, makes social contacts, and absorbs foreign elements like a sponge. How far the new experiences penetrate and are digested can be known only years later, but usually whatever he acquires is only skin deep. Before the war, the government sent many teachers abroad, but they more or less belonged to the first type. They came back thoroughly convinced that Japan was the best country in the world. After the war, the GARIOA scholarships went to men and women more or less belonging to the second group. Our task was to find candidates who belonged to neither of these two types. They were to be well-adjusted and able both to enjoy their new experiences and make effective use of them in their later work.

（32）Ibid., p.20. 原文は次の通り。Another difficulty was a feeling that a candidate would have to pass a “thought test” to prove himself neither a Communist nor even a “liberal.” Some wondered what kind of “tablet” we would produce to test them.

（33）Ibid. 原文は次の通り。We had no idea of testing or controlling a writer’s thought, but on the other hand, it is needless to point out, any worthwhile literary work is seldom an exposition of political view or ideological propaganda.

（34）Official Indices Check: Nobuo Kojima, RWJ, October 16, 1956. box -, series Fellowship Files, RG10.1, Rockefeller Foundation Archives, Rockefeller Archive Center, Sleepy Hollow, N.Y. チェックリスト掲載の団体は、Cumulative index to publications of the Committee on Un-American Activities / McCarthy Committee composite index. ‘53/ McCarran-Jenner Committee on educational process ‘53/ American Committee for Cultural Freedom. Latest letterhead membership ほか四四団体。

（35）Charles B. Fahs, 'Introduction,' p.3. 面接について、石井桃子は次のように回想している。「ロックフェラー財団の研究員になるためには、まず、簡単ではあったが、東京での面接審査が必要であった。私が面接をうけたのは、二人のアメリカ人で、ひとりは、その当時の財団の理事、チャールズ・ファーズ博士であった。もうひとりが、どういう方であったか、私はその風貌はおぼえているのに、お名前を忘れてしまった。多分、そのとき、一回しかお会いしなかったからであろう」。石井桃子『児童文学の旅』（岩波書店、三頁）。ここに言及された「もうひとり」の面接官とは、ゴードン・ボウルズであろうか。

（36）ファーズ日記の記録によれば、木下順二は一九五二年五月二日に、伊藤整と井上靖は一九五三年四月二八日に、吉田健一は一九五六年四月一一日、一三日、そして翌一九五七年四月一二日に、竹山道雄は一九五九年四月二〇日にファーズと面会した。

（37）Charles B. Fahs Diaries, May 6, 1960, folder Diary, Trip to Japan, April 8 - May 7, 1960, reel 7, box 16, record group 12.1 Officer's Diaries, Charles B. Fahs, Rockefeller Foundation Archives, Rockefeller Archive Center, Sleepy Hollow, N.Y. 原文は次の通り。CBF mentioned his discussion with TAKEYAMA Michio. S is somewhat skeptical with regard to him. She does not feel that his novel on Burma rates very high and says that he was more anti-American than he needed to be during the war years.

（38）Charles B. Fahs Diaries, April 13, 1956, folder Diary, Trip to the Far East, April 8 - June 8, 1956 reel 5, box 16, record group 12.1 Officer's Diaries, Charles B. Fahs, Rockefeller Foundation Archives, Rockefeller Archive Center, Sleepy Hollow, N.Y.

（39）それぞれ、三好十郎（一九五一年二月二三日）、三島由紀夫（一九五一年三月二日、一九五五年五月一六日、一九五七年四月一二日）、草野心平（一九五四年五月一日）、寺田透（一九五五年五月二六日）、服部達（一九五五年六月一一日）、福田定良（一九五六年四月一一日）、中村真一郎（一九五六年四月一一日）、飯沢匡（一九五七年四月一一日）、大江健三郎（一九五八年四月九日）、曽野綾子（一九五八年四月二〇日）、佐古純一郎（一九五八年四月二〇日）、佐伯彰一（一九五八年四月二〇日）、村松剛（一九五八年四月二〇日）、幸田文（一九五八年四月二〇日）、十和田操（一九五八年四月二六日）の日付のファーズ日記の記述のなかに確認できる。また、一九五九年の中間報告書によれば、俳優で演出家の芥川比呂志が創作フェローシップの枠で留学が決定したものの、結核により断念せざるをえなかったという。

（40）Charles B. Fahs Diaries, April 12, 1957. 原文は次の通り。Mishima is able but his activities on his earlier trip abroad and his writing about it since his return raise real questions. このほか、一九五六年四月一一日、一九五五年六月一二日のファーズ日記にも三島に関する記述が見られる。

（41）大江に関する記述（Oe Kentaro と誤記）は、一九五八年四月九日、一九五九年四月七日のファーズ日記に見られる。

（42）Charles B. Fahs Diaries, May 26, 1955, folder Diary, Trip to India Far East, April 15 - June 15, 1955, reel 4, box 16, record group 12.1 Officer's Diaries, Charles B. Fahs, Rockefeller Foundation Archives, Rockefeller Archive Center, Sleepy Hollow, N.Y.May 2, 1959. このほか、財団が文学以外に演劇の支援にも関心をもっていた事実も確認できる。例えば、また一九五〇年の三月一日には劇作家の加藤道夫と木下順二、芥川龍之介の息子で役者の芥川比呂志、演出家の鳴海弘らに面会し、日本の演劇の抱える問題について議論している。「西洋の演劇を直に理解し、その要素をいかにして伝統的な日本の演劇と接木できるかを知るために海外体験が必要である」と述べて支援を考えているとした。創作フェローとして、演劇畑から役者の芥川比呂志の渡航が予定されていたが、結核のために最終的に実現していない。Charles B. Fahs Diaries, March 1, folder Diary, Trip to the Far East, 12 April - 18 June 1950, reel 2, box 16, record group 12.1 Officer's Diaries, Charles B. Fahs, Rockefeller Foundation Archives, Rockefeller Archive Center, Sleepy Hollow, N.Y. また、雑誌編集者への支援も考慮されていた。扇谷正造（『週刊朝日』）や布川角左衛門（『世界』）、嶋中鵬二（『中央公論』）、池島信平（『文藝春秋』）などの雑誌編集者への支援が考慮され、このうち布川が財団支援によりアメリカやヨーロッパなどを周った。Charles B. Fahs Diaries, April 11; Charles B. Fahs Diaries, May 3, 1956; Charles B. Fahs Diaries, May 4, 1956, folder Diary, Trip to the Far East, April 8 - June 8, 1956, reel 5, box 16, record group 12.1 Officer's Diaries, Charles B. Fahs, Rockefeller Foundation Archives, Rockefeller Archive Center, Sleepy Hollow, N.Y. などを参照。

（43）Charles B. Fahs, 'Introduction,' pp.3-4.

（44）その他のフェローたちの留学については、梅森直之「ロックフェラー財団と文学者たち」も簡略にまとめている。

（45）佐藤泉『戦後批評のメタヒストリー——近代を記憶する場』（岩波書店、二〇〇五）、一六〇頁。佐藤は同書で「「治者」の苦悩——アメリカと江藤淳」と題された一節を割いて江藤淳の批評の展開を辿り、ロックフェラー財団の支援によるアメリカ留学が江藤の批評の上に与えた影響を検証した。

（46）坂西の報告にも指摘される通り、このプログラムは施行当時からアメリカによるプロパガンダであるとの疑いの目に絶えず晒された。また、同前書はロックフェラー財団が文化冷戦に深く関与した事実から、創作フェローシップを冷戦の産物として捉えて論じている。
(47) 拙論「ポスト講和期の日米文化交流と文学空間——ロックフェラー財団創作フェローシップ（Creative Fellowship）を視座に」（『アメリカ太平洋研究』二〇一五・三）、「阿川弘之における原爆の主題と「アメリカ」」（『比較文学研究』二〇一三・一〇）、八二～一〇五頁を参照。拙論「高度成長期における「アメリカ」の文学表象——『抱擁家族』から『成熟と喪失——「母」の崩壊』へ」（『日本比較文学会東京支部研究報告』二〇一二・九）においてもロックフェラー財団文学者留学制度（Creative Fellowship）について言及した。梅森直之「ロックフェラー財団と文学者たち」及び Naoyuki Umemori, "Appropriating Defeat: Japan, America, and Eto Jun's Historical Reconciliations," in ***Inherited Responsibility and Historical Reconciliation in East Asia***, eds. Jun-Hyeok Kwak and Melissa Nobles（London and New York: Routledge, 2013）, pp.123-44.
(48) 山本正（編）『戦後日米関係とフィランソロピー』、八〇頁。
(49) Charles B. Fahs, Comments on Japan and Suggestions for Rockefeller Foundation Policy There: Memorandum by Charles B. Fahs, January 26, 1948, folder 22, box 3, series 600, RG 1.2, projects, Rockefeller Foundation Records, Rockefeller Archive Center. 〈https://rockfound.rockarch.org/digital-library-listing/-/asset_publisher/yYxpQfe14W8N/content/comments-on-japan-and-suggestion-for-rockefeller-foundation-policy-there〉（二〇一八年七月一二日アクセス）。
(50) Ibid., p.2.
(51) 以上、Ibid., p.2.
(52) Ibid.
(53) Ibid., p.6.
(54) Ibid.
(55) Ibid., p.10. しかしながら、ファーズは日本での比較文学の発展の基盤は現状では欠如していると見ており、最も見込みのある基盤としては、坪内逍遥が設立した演劇博物館を中心とした早稲田大学の演劇分野を挙げた。原文は次の通り。Very interesting developments in comparative literature is possible and, if associated with the greater emphasis on general education which GHQ is attempting to stimulate, should make an important contribution to Japanese intellectual adjustment to a world community. Most promising is probably the work in drama at Waseda University centering around the Drama Museum founded by Tsubouchi, the Japanese translator of Shakespeare.

（56）Ibid., p.17. 原文は次の通り。I have been assured by officials of both GHQ in Japan and the Department of State in Washington that they favor opportunities for Japanese to study abroad, that such study would assist the reorientation program, and that they are doing everything in their power to secure revision of the regulations.

（57）Ibid., p.6. 原文は次の通り。Reorientation should be our principal justification and objective.

（58）Ibid., p.5.

（59）Ibid. 原文は次の通り。No Japanese university suffered physical damage comparable to that at the University of the Philippines in Manila or at Nankai University in Tientsin. Japanese professors are suffering severely from food shortage and inflation but they are better off than their Chinese colleagues. Japanese students are undernourished and yet further from starvation than the students of Yenching and Peita. Japan should be given the opportunity to sweat her way back up the road to higher standards of living but there is no need to pamper her.

（60）Ibid.

（61）Ibid., pp.5-6.

（62）Chrales B. Fahs, Overall Statement on Far East, July 29, 1947, folder 30, box 4, series 911, RG 3.1, Rockefeller Foundation Records, RAC.

（63）Charles B. Fahs, Comments on Japan and Suggestions for Rockefeller Foundation Policy There: Memorandum by Charles B. Fahs, p.20. 原文は次の通り。On the other hand, I hope that these Japanese proposals can be more than balanced by programs which we can develop in other countries of the Far East: Korea, China, the Philippines, Siam, and India. The fact that Japan has more to build on and is under United States control must not give her a disproportionate share of our attention.

（64）*The Rockefeller Foundation Annual Report, 1951*, pp.7-8. 〈http://www.rockefellerfoundation.org/about-us/governance-reports/annual-reports/〉（二〇一八年七月一一日アクセス）

（65）*The Rockefeller Foundation Annual Report, 1951*, p.5.

（66）*The Rockefeller Foundation Annual Report, 1951*, p.9.

（67）佐々木豊「ロックフェラー財団と太平洋問題調査会——冷戦初期の巨大財団と民間研究団体の協力／緊張関係」（『アメリカ

研究』二〇〇三・三)、一七二頁。

(68) *The Rockefeller Foundation Annual Report, 1952*, p.267.

(69) 財団の演劇分野での活動の歴史については、〈http://rockfound.rockarch.org/drama.〉(二〇一八年七月二二日アクセス)を参照。

(70) *The Rockefeller Foundation Annual Report, 1951*, p.86.

(71) *The Rockefeller Foundation Annual Report, 1951*, pp.76-77.

(72) 山本正(編)『戦後日米関係とフィランソロピー』、八〇頁。

(73) Charles B. Fahs, LITERATURE: Notes for Preliminary Discussion by Humanities Staff on Literature and Its Influence, January 5, 1950, folder 5, box 1, series 911, RG 3.1, program & policy, administration, Rockefeller Foundation records, RAC, p.1. 〈http://rockfound.rockarch.org/digital-library-listing/-/asset_publisher/yYxpQfe14W8N/content/notes-for-preliminary-discussion-by-humanities-staff-on-literature-and-its-influence〉(二〇一八年七月二二日アクセス)。

(74) Charles B. Fahs, LITERATURE: Notes for Preliminary Discussion by Humanities Staff, January 5, 1950., p.1.

(75) Ibid., p.1. 小説の分野で成功できないならば、他の文学ジャンルにおける支援の成功はより困難だと考えられたからである。

(76) Charles B. Fahs, Comments on Japan and Suggestions for Rockefeller Foundation Policy There: Memorandum by Charles B. Fahs, p.14. を参照。

(77) Charles B. Fahs, LITERATURE: Notes for Preliminary Discussion by Humanities Staff, January 5, 1950., p.1.

(78) Chadbourne Gilpatric, Memorandum Regarding Aid Given to Creative Writing, June 30, 1950, folder 5, box 1, series 911, RG 3.1, program & policy, administration, Rockefeller Foundation records, RAC., pp.1-2. 〈http://rockfound.rockarch.org/digital-library-listing/-/asset_publisher/yYxpQfe14W8N/content/memorandum-regarding-aid-given-to-creative-writing〉(二〇一八年七月二二日アクセス)

(79) *Rockefeller Foundation Annual Report, 1953*, p.263.

(80) *Rockefeller Foundation Annual Report, 1956*, p.235.

(81) Ibid. これら雑誌編集者と同様の役割が、日本での施行にあたっては坂西志保や山本有三に任されたといえよう。

(82) Ibid.

(83) Ibid., p.236.

(84) Ibid., p.57.

(85) Ibid., pp.61-63.

(86) *The Rockefeller Foundation Annual Report, 1952*, p.278.

(87) フランスの社会学者ピエール・ブルデューは、社会空間が複数の部分集合で構成されているとし、それぞれに固有の歴史を持つ部分集合を「場」と名づけた（政治場、経済場、科学場、医学場、大学場、芸術場など）。「文学場（champ litteraire）」の概念は、作家、読者、編集者、批評家、雑誌、文学賞、文学的流派などの諸制度、出版社、取次店、書店などの流通経路までをも含めて、文学作品の生産と流通に関わる社会的な諸機構を指す。ピエール・ブルデュー『芸術の規則』（石井洋二郎訳、藤原書店、一九九五）を参照。

(88) 鈴木紀子「冷戦期の「文化大使」たち」、二五九頁。

(89) *The Rockefeller Foundation Annual Report, 1956*, pp.62-63.　原文は次の通り。Because of the many challenging opportunities in the United States for artistic development and experimentation with techniques, the Foundation has undertaken only a few projects in the arts abroad during the past few years. Its long-standing interest in literature, however, led to the award on an international basis of a limited number of fellowships for creative writing. These fellowships enabled a small number of writers from such countries as Japan, Iraq, Turkey, Indonesia, Ceylon, India, Pakistan, and the Philippine Islands to broaden their understanding of cultural developments and to meet writers in other countries. Out of the fellowships for writers have grown two projects in drama, one for the encouragement of the Arena Theatre of the Philippine Normal College in Manila, the other for the Indonesian National Theatre Academy Foundation in Djakarta. In addition, local fellowship programs in Canada and Mexico have been assisted.

(90) Charles B. Fahs Diaries, March 1, 1951, folder Diary, Trip to India and the Far East, January 12 - March 5, 1951, reel 2, box 16, record group 12.1 Officer's Diaries, Charles B. Fahs, Rockefeller Foundation Archives, Rockefeller Archive Center, Sleepy Hollow, N.Y.

(91) Charles B. Fahs Diaries, February 23; February 28, 1951.

(92) Charles B. Fahs, 'Introduction,' p.2.

(93) *The Rockefeller Foundation Annual Report, 1951*, pp.82–83.

(94) Rockefeller Foundation, The Encouragement of Creative Writers, December, 1950, folder 5, box 1, series 911, RG 3.1, program & policy, administration, Rockefeller Foundation records, RAC, pp.9–12. 〈http://rockfound.rockarch.org/digital-library-listing/-/asset_publisher/yYxpQfe14W8N/content/the-encouragement-of-creative-writers〉（二〇一八年七月一二日アクセス）

(95) Mexican-American Cultural Institute を通したメキシコの創作プロジェクトへの助成（Mexico City Creative Writing Project）については、ロックフェラー財団の一九五一年年次報告の二八一～二八二頁、一九五三年年次報告の三〇四～三〇五頁などを参照。同プロジェクトは、メキシコの若手作家への助成とともに、メキシコ人とアメリカ人が共同で「メキシコにおける文学の役割とそのメキシコの生活との関係」に関する研究が遂行された。

(96) *The Rockefeller Foundation Annual Report, 1956*, p.236.

(97) *The Rockefeller Foundation Annual Report, 1953*, pp.304–305.

(98) Charles B. Fahs Diaries, April 18, 1956. 原文は次の通り。Tea at MacCormac's residence with four writers and three journalists [⋯] CBF had the impression that it was still not time to begin RF literary fellowships in Korea and MacCormac confirmed this in discussion after the meeting.

(99) *The Rockefeller Foundation Annual Report, 1956*, p.63. 原文は次の通り。It should be emphasized that the Foundation still regards its program in the arts as experimental. The Foundation wishes to discover how the arts can best grow in quality and achieve prosperity in a democratic society.

(100) 例えば、Charles B. Fahs Diaries, April 22, 1952. などを参照。

(101) Charles B. Fahs Diaries, February 23, 1951. 原文は次の通り。She commented very favorably on the Stegner visit. Said it was the first time Japanese writers felt that they had really come into contact with contemporary American writing and they were favorably impressed. More such contacts desirable. さらに、Charles B. Fahs Diaries, May 18, 1954には、次のような記述もある。They would also welcome more visiting writers from the United States and suggested Perry Miller, Robert Cross（Michigan）, and Robert Frost as illustrations of the kind of person who might be welcome.

(102) 阿川弘之「作品後記――カリフォルニヤ」『阿川弘之全集』第一七巻（新潮社、二〇〇六）。

(103) Charles B. Fahs Diaries, April 11, 1961, folder Diary, Trip to Japan, April 8 - May 3, 1961, reel 7, box 16, record group 12.1 Officer's Diaries, Charles B. Fahs, Rockefeller Foundation Archives, Rockefeller Archive Center, Sleepy Hollow, N.Y. 原文は以下の通り。The usual annual review of the program of fellowships for writers. Sakanishi continues to believe this highly valuable but suggests that since novelists are doing well in Japan and obstacles to foreign travel have become less, it might be well to stress critics who are much less well paid. Charles B. Fahs Diaries, April 23, 1961にも次のような記述を確認できる。She argued that at this time with growing prosperity in Japan and considerable opportunities for novelists that perhaps aid to a critic was more justifiable. There was no open dissent but CBF suspects that not everyone present would have agreed if there had been an opportunity for them to make independent suggestions privately.

(104) Charles B. Fahs Diaries, April 12, 1961.　原文は次の通り。Brown commented favorably on the RF Japanese writers fellowship and even more so on Sakanishi.

(105) 山本正（編）『戦後日米関係とフィランソロピー』、五八、五九頁。

(106) 同前書、八一頁。

(107) *The Rockefeller Foundation Annual Report, 1956*, p.59.

(108) Shio Sakanishi, 'On Literary Fellowships for Japanese Writers,' p.9.

(109) Ibid., p.12.

(110) Donald Keene, "Introduction," in *Modern Japanese Literature: An Anthology*, compiled and edited by Donald Keene (New York: Grove Press, 1956), pp.13-28.

(111) Shio Sakanishi, 'On Literary Fellowships for Japanese Writers,' p.13. 坂西は次のように述べている。And it was after several visits to America that both Fukuzawa and Mori were convinced that only by modeling Japan after America could Japan survive.

(112) Ibid., p.13.

(113) Ibid., p.15.

(114) Ibid., pp.15-16.

(115) Ibid., p.17.

(116) Ibid., p.18.

(117) フルブライト基金による留学については、例えば近藤健『もうひとつの日米関係――フルブライト教育交流の四十年』(ジャパンタイムズ、一九九二)を参照。日米知的交流計画については、国際文化会館(編)『国際文化会館10年の歩み――一九五二年四月～一九六二年三月』(国際文化会館、一九六三)のほか、藤田文子「日米知的交流計画」と「一九五〇年代日米関係」(『東京大学アメリカン・スタディーズ』二〇〇〇・三)に詳しい。

(118) Shio Sakanishi, 'On Literary Fellowships for Japanese Writers,' p.19.

(119) Charles B. Fahs, Diaries, April 15, 1952.

(120) Shio Sakanishi, 'On Literary Fellowships for Japanese Writers,' pp.19-20.

(121) Ibid., p.20.

(122) 大岡昇平『ザルツブルクの小枝――アメリカ・ヨーロッパ紀行』(中央公論社、一九八一、〔初版〕一九七八)、八頁。

(123) 国民文学論争については、例えば、臼井吉見(監修)、大久保典夫・紅野敏郎・高橋春雄・保昌正夫・三好行雄・吉田凞生(編)『戦後文学論争』下(番町書房、一九七二)、一〇九～一八九頁を参照。

第七章　ロックフェラー財団創作フェローのアメリカ留学

(1) 事実、福田恆存と大岡昇平のフェローシップ・レコーダー・カードには「書簡破棄済み(Correspondence Discarded)」の押印を確認できる。

(2) Fellowship Recorder Cards, RG 10.2, Rockefeller Foundation Archives, Rockefeller Archive Center, Sleepy Hollow, N.Y.

(3) The Rockefeller Foundation Personal History and Application for a Fellowship in Division of Humanities, September 19, 1952, folder Fukuda Tsuneari, box 3, series Fellowship Files, RG10.1, Rockefeller Foundation Archives, Rockefeller Archive Center, Sleepy Hollow, N.Y.

(4) 福田恆存「覚書三」『福田恆存全集』第三巻(文藝春秋、一九八七)、五九六～五九七頁。

(5) Charles B. Fahs, 'Introduction,' p.4.

(6) Fukuda Tsuneari, series Fellowship Recorder Cards, RG10.2, Rockefeller Foundation Archives, Rockefeller Archive Center, Sleepy Hollow, N.Y.　福田恆存「年譜」『福田恆存全集』第七巻(文藝春秋、一九八八)も参照した。

(7) 福田恆存「坂西さんから教った事」『坂西志保さん』編集世話人会(編)『坂西志保さん』(国際文化会館、一九七七)、二一〇頁。

(8) 大岡昇平「二人姉妹の庭」『ザルツブルクの小枝――アメリカ・ヨーロッパ紀行』(中央公論社、一九八一)、九九頁。

(9) 大岡昇平「アメリカのシェイクスピア」『ザルツブルクの小枝』、一四五頁。「エール大学で僕は一個の研究生(リサーチ・フェローといふ)にすぎず、フランス部長のアンリ・ペェール教授が、一度昼飯をおごつてくれただけで、あとは誰も鼻も引つかけな」かったと記している。

(10) 「年譜」『大岡昇平全集』第一八巻(岩波書店、一九八四)、五一九頁。紀行文「アメリカのシェイクスピア」『大岡昇平全集』第一八巻、三六頁には関連した記述がある。

(11) ヨーロッパでは、パリ、ロンドン、オックスフォード、ストラトフォード・オン・エイボン、スコットランド、アムステルダムを周遊し、イタリア、ギリシアを周りながら帰国した。

(12) 石井桃子「地下水のように」『坂西志保さん』、二一八頁。

(13) Ishii Momoko, series Fellowship Recorder Cards, RG10.2, Rockefeller Foundation Archives, Rockefeller Archive Center, Sleepy Hollow, N.Y.

(14) 松居直「解説 子どもの「本」への心の旅」石井桃子『石井桃子コレクション 児童文学の旅』Ⅳ(岩波書店、二〇一五)、三一六～三一七頁。

(15) 同前書、二一～二二頁。石井桃子「地下水のように」『坂西志保さん』、二一八頁。

(16) 戦争により途絶えた交流は戦後に再開し、占領下であった一九四九年に発行された『ザ・ホーンブック・マガジン(*The Horn Book Magazine*)』の七・八月号には、石井とミラーの間の往復書簡が、「日本におけるアメリカの児童書(American Children's Books in Japan)」という題のもとに掲載された。その冒頭には、「世界の情況がいかに混沌としていようとも、目に見えない潮流は目的地に向って静かに流れている。以下に掲載する日本からの手紙は、良書によって培われる人々の間の共感と理解の潮流を想起させるものだ。その潮流はいつか、全世界的な理解と善意へと貢献するであろう(However chaotic conditions in the world may seem, invisible currents move quietly on toward their goal. The letters from Japan that follow are a reminder of that current of sympathy and understanding between people which fine books encourage and which will one day help to a universal understanding and good will.)」と綴られている。Momoko Ishii, "American Children's Books in

Japan," ***The Horn Book Magazine*** (July-August, 1949), p.259.

(17) 石井桃子『石井桃子コレクション 児童文学の旅』Ⅳ（岩波書店、二〇一五）、六頁。

(18) 同前書、五頁。

(19) 同前書、四九頁。

(20) 石井桃子『石井桃子コレクション エッセイ集』Ⅴ（岩波書店、二〇一五）も参照。

(21) 石井桃子「地下水のように」『坂西志保さん』、二一九頁。

(22) 石井桃子『石井桃子コレクション 児童文学の旅』Ⅳ、五頁。

(23) The Rockefeller Foundation Personal History and Application for a Fellowship in Division of Humanities, September 19, 1955, folder Koba Ichiro, box 3, series Fellowship Files, RG10.1, Rockefeller Foundation Archives, Rockefeller Archive Center, Sleepy Hollow, N.Y.

(24) Charles B. Fahs Diaries, April 11, 1956.

(25) The Rockefeller Foundation Personal History and Application for a Fellowship in Division of Humanities, March, 1957, folder Junzo Shono, box 3, series Fellowship Files, RG10.1, Rockefeller Foundation Archives, Rockefeller Archive Center, Sleepy Hollow, N.Y.「A brief summary of my intellectual development」欄の記述による。原文は次の通り。I love family life. I love to see people who are endeavoring to live a better family life. I love all the joys and sorrows, happiness and difficulties that they find in their family life. I want to write them. / I believe it is my permanent subject of literature and it is just because the reason why I choose the subject, "What is the fundamental idea of family life in the United States?" for the study plan.

(26)「Future prospects」欄の記述による。原文は次の通り。The first activity that I intend is naturally to write about what I have seen of their family life in the United States. / I must note the fundamental idea of family life and its character, the difference of idea between America and Japan. Then I try to find the way for our family life to approach an ideal condition. / I should like to take every opportunity to accomplish my work, writing in the newspaper, magazine, lecturing for young people in school and meeting, talking through the radio and so on.

(27) 坂西志保「解説」庄野潤三『ガンビア滞在記』（みすず書房、二〇〇五）、二七六頁。

(28) 庄野潤三「ランサムさんの思い出」『庄野潤三全集』第一〇巻（講談社、一九七四）、二六七～二七二頁。〔初出〕『学燈』（一九六五・六）

(29) 安岡章太郎『戦後文学放浪記』（岩波書店、二〇〇〇）、八二頁。

(30) Excerpt from Sakanishi's Letter to CBF and CBF's Reply, March 29, 1960, folder Yasuoka Shotaro, box 3, series Fellowship Files, RG10.1, Rockefeller Foundation Archives, Rockefeller Archive Center, Sleepy Hollow, N.Y.

(31) Excerpt from CBF Trip Diary, May 2, 1959; Excerpt from Sakanishi's Letter to CBF and CBF's Reply, March 29, 1960, folder Yasuoka Shotaro, box 3, series Fellowship Files, RG10.1, Rockefeller Foundation Archives, Rockefeller Archive Center, Sleepy Hollow, N.Y. ファーズは五月二日の日記に、安岡の英語が占領期の接収家屋のハウス・ガードをしながら身につけたものであると坂西が偶然口にしたことを記録に留めている。

(32) Excerpt from CBF Trip Diary, April 10, 1960, folder Yasuoka Shotaro, box 3, series Fellowship Files, RG10.1, Rockefeller Foundation Archives, Rockefeller Archive Center, Sleepy Hollow, N.Y.Excerpt from Sakanishi's Letter to CBF and CBF's Reply, March 29, 1960. も参照。

(33) The Rockefeller Foundation Personal History and Application for a Fellowship in Division of Humanities, July 12, 1960, folder Yasuoka Shotaro, box 3, series Fellowship Files, RG10.1, Rockefeller Foundation Archives, Rockefeller Archive Center, Sleepy Hollow, N.Y.

(34) 『アメリカと私』（朝日新聞社、一九六五）には、大学側のオファーがあったことだけが記されているが、財団と江藤の間で交わされた書簡からは、大学側のオファーがある前に、江藤が財団に留学期間の延長を願い出たこと、江藤が積極的に財団の説得を試みたにもかかわらず、なかなか受け入れられずにいたところに、大学のオファーがあったことが確認される。

(35) Charles B. Fahs Diary, April 13, 1961. ファーズは、江藤が面談の前に大岡の助言を受けたことは明らかであると記している。

(36) A letter from Eto Jun to Chadbourne Gilpatric, May 4, 1963, folder Eto, Jun, Box 121, Series Fellowship Files, RG 10.1, Rockefeller Foundation Archives, Rockefeller Archive Center, Sleepy Hollow, N.Y.

(37) 大岡昇平「グランド・キャニョン」『ザルツブルクの小枝』、六〇頁。

(38) 大岡昇平「エッフェル塔の影」『ザルツブルクの小枝』、二二九頁。

(39) Shio Sakanishi, 'On Literary Fellowships for Japanese Writers,' p.31参照。

(40) 坪内祐三『アメリカ――村上春樹と江藤淳の帰還』（扶桑社、二〇〇七）、一四六頁。坪内は、「たしかに日本はアメリカに戦争で敗れた。だがそれは、大岡昇平や福田恒存にとっては、ただ、それだけのことだ。嫌米であるとか親米であるとかいう言葉があるが、この時の大岡昇平や福田恒存は、そのどちらでもない」と記している。さらに坪内は、「のちに江藤淳が終戦直後のアメリカ進駐軍の日本のジャーナリズムに対する検閲を調べるためにアメリカのウッドロー・ウィルソン・センターまで出かけた時、福田恒存が、アメリカ進駐軍の検閲など当時誰もが知る常識であり、そんなことを知るためになぜわざわざアメリカまで出かけたのだろうか、「国際交流基金の金を無駄遣いすることが目的だつたとしか思へない」と批判した（「問ひ質したき事ども」）のも、戦勝国アメリカに対する両者のそのような認識の違いに由来するものだろう」としている。

(41) 他方、加藤秀俊は江藤と同じ世代に属している小田実を例に挙げて、この小田の世代に共通した特徴を、「彼らが、アメリカに圧倒されているとは感じておらず、アメリカに関して、優越感も劣等感も持っていないこと」であると指摘する。このような見方の違いは、世代論の限界をも示しているだろう。加藤秀俊「日本人旅行者の見たアメリカ」加藤秀俊・亀井俊介（編）『日本とアメリカ――相手国のイメージ研究』（日本学術振興会、一九七七）、三五五～三五六頁。

(42) 梅森直之「ロックフェラー財団と文学者たち」、一一九頁。

(43) 大岡昇平「祖国観光」『ザルツブルクの小枝』、三五〇頁。

(44) 同前書、三五〇頁。

(45) 大岡昇平「鎮魂歌」『ザルツブルクの小枝』、三三〇頁。

(46) 同前書、三二九頁。

(47) 『ガンビア滞在記』に記された当時の人口による。

(48) 坂西志保「解説」庄野潤三『ガンビア滞在記』、二七六頁。

(49) 庄野潤三『ガンビア滞在記』、二六頁。

(50) 江藤淳「適者生存」『アメリカと私』（文藝春秋、一九九一、〔初版〕朝日新聞社、一九六五）、一三頁。

(51) 日付不詳。記事全文の原文は次の通り。Kenyon College students and Gambier in general are helping to teach Japanese people what American small town life is like through the work of one of Japan's foremost novelists.

Mr. and Mrs. Junzo Shono arrived here in September under the sponsorship of the Rockefeller Foundation and are living in the barracks north of Norton Hall. Visitors are always welcome at the Shono residence for the novelist keeps extensive daily diaries to record his experiences and to collect this material, to be used in future writing, he must be able to talk with students and area residents.

Mr. Shono, 36, has a rather unique style of coupling the human element with nature in his writings. For his literary accomplishments he has merited the Japanese equivalent to the Pulitzer Prize, the Ryunosuke Akutagawa award for literature. This is the highest award which can be conferred upon a Japanese author.

Mr. Shono, noted in his native country for both his novels and his short stories, and his wife enjoy contacts with Kenyon students. Mr. Shono remarked upon the quietness and "gentleness" of the campus, except during "dance week." Though he has met and talked with a great many members of the College community, the author reported he was quite anxious to get to know some of the residents of Gambier and the surrounding countryside in order to get a better picture of American small village family life.

The Shonos have already sent several letters about their American experiences to Tokyo newspapers. Recently a picture of Peirce Hall taken by the writer and an essay on the village of Gambier appeared in Japan's largest newspaper, the *Sankee*, which has a circulation of approximately six million.

(52) A Letter from Junzo Shono to Charles B. Fahs, Feb 27, 1958. Undated, box 79, series Fellowship Files, RG10.1, Rockefeller Foundation Archives, Rockefeller Archive Center, Sleepy Hollow, N.Y. さらに、日記体に基づく詳細な生活の記録となっている『懐かしきオハイオ』（文藝春秋、一九九一）によれば、マウント・ヴァーノンはガンビアから五マイルほど離れた人口凡そ一万五〇〇〇人の近隣の街である。同書で庄野は、近隣地域のさまざまな宗派の教会や（小・中）学校、婦人会などに頻繁に招かれて日本の生活について話をしたことや、夫人が国際婦人会の活動に熱心であったことなどを記している。『懐かしきオハイオ』の「ココーシングの氷」「送別会」の章を参照。

(53) 阿川尚之『アメリカが見つかりましたか』戦後編（都市出版、一九九八）、一二九頁。

(54) 「安岡章太郎年譜」『安岡章太郎全集』第七巻（講談社、一九七一）、五〇〇頁。

(55) CBF Interviews with Mr. and Mrs. Shotaro Yasuoka, December 23, 1960, box 107, series Fellowship Files, RG10.1, Rockefeller Foundation Archives, Rockefeller Archive Center, Sleepy Hollow, N.Y.

(56) A Letter from Randall Stewart to Robert W. July, January 4, 1961, box 107, series Fellowship Files, RG10.1, Rockefeller

Foundation Archives, Rockefeller Archive Center, Sleepy Hollow, N.Y.

（57）『アメリカ感情旅行』のなかに「ミセスP」として登場する Muriel Pilley 婦人である。婦人は単に語学のレッスンだけでなく、授業にも同伴するなど、献身的にサポートした。安岡の留学を考える上で彼女個人が果たした役割は大きいと思われる。

（58）安岡章太郎『アメリカ感情旅行』（岩波書店、一九七〇、〔初版〕一九六二）、ii頁。この事由は虚偽ではないと思われるが、安岡の言動から判断すると、必ずしもやむを得ない選択というわけでもなかったようにも察せられる。

（59）Excerpt from Dr. Shio Sakanishi's letter to CBF, August 23, 1961, box 107, series Fellowship Files, RG10.1, Rockefeller Foundation Archives, Rockefeller Archive Center, Sleepy Hollow, N.Y.

（60）「アメリカ留学を打ち切った安岡夫妻」（『毎日新聞』一九六一・五・二三・夕刊）

（61）「日本はアリガタイ国――米留学をはしょった安岡章太郎氏」（『東京新聞』一九六一・五・二五・夕刊）。

（62）大岡昇平「坂西志保さんの思い出」『坂西志保さん』編集世話人会（編）『坂西志保さん』（国際文化会館、一九七七）、二二八頁。

（63）大岡昇平「水の上」『ザルツブルクの小枝』、二二頁。

（64）大岡昇平「二人姉妹の庭」『ザルツブルクの小枝』、九九頁。

（65）大岡昇平「二人姉妹の庭」『ザルツブルクの小枝』、一〇〇頁も参照。

（66）坪内祐三『アメリカ――村上春樹と江藤淳の帰還』、一四七頁。この点で、戦前にヨーロッパ的「西欧」に依拠して自我を形成した大岡や福田は、アメリカに対して「精神的に優位」ですらあると坪内は指摘している。

（67）大岡昇平「あとがき」『ザルツブルクの小枝』、三六〇頁。

（68）大岡昇平「アメリカ退散」『ザルツブルクの小枝』、一六四～一六五頁。

（69）大岡昇平「鋸山奇談」『ザルツブルクの小枝』、一六九頁。

（70）Charles B. Fahs, 'Introduction,' p.4.

（71）安岡章太郎『アメリカ感情旅行』、二〇頁。

（72）安岡章太郎『戦後文学放浪記』、八四頁。

（73）佐々木豊「ロックフェラー財団と太平洋問題調査会――冷戦初期の巨大財団と民間研究団体の協力／緊張関係」（『アメリカ研究』二〇〇三）、一五七頁

(74)佐藤泉『戦後批評のメタヒストリー——近代を記憶する場』、一四〇頁。

(75)会議で発表された論文は、Marius B. Jansen (ed.), *Changing Japanese Attitudes toward Modernization* (Princeton University Press, Princeton, 1965) にまとめられ、後にマリウス・B・ジャンセン(編)『日本における近代化の問題』(細谷千博編訳、岩波書店、一九七二)として邦訳出版された。

(76)ハリー・ハルトゥーニアン『歴史と記憶の抗争——「戦後日本」の現在』(カツヒコ・マリアノ・エンドウ監訳、みすず書店、二〇一〇)、六四頁。

(77)佐藤泉『戦後批評のメタヒストリー』、一三六~一三七頁。

(78)ハリー・ハルトゥーニアン『歴史と記憶の抗争』、二頁。

(79)梅森直之「ロックフェラー財団と文学者たち」、梅森直之「「占領中心史観」を超えて——不均等の発見を中心に」杉田敦(編)『〈政治の発見〉守る——境界線とセキュリティの政治学』第七巻(風行社、二〇一一)、Naoyuki Umemori, "Appropriating Defeat: Japan, America, and Eto Jun's Historical Reconciliations," in *Inherited Responsibility and Historical Reconciliation in East Asia*, eds. Jun-Hyeok Kwak and Melissa Nobles (London and New York: Routledge, 2013), pp.123-144. 梅森は、一方でアメリカによる占領政策を辛辣に批判しながら、他方で日米同盟には目を瞑る江藤の新しい批評のスタイルを、「ナショナリズムの強調とアメリカに対する依存の共存」を特徴とする「親米愛国」型のナショナリズムの源流をなすものと位置づける。そして梅森は、江藤の軌跡の根底には「アメリカからの自立を求める思想家の自己形成が、アメリカからの援助によりアメリカで達成された」という「興味深い逆説」があると指摘し、このような逆説の上に立って展開された思想の意義と限界を、財団の資料をも参照しながら論じている。江藤の思想的特質については、加藤典洋『アメリカの影』(河出書房新社、一九八五)も参照。

(80)佐藤泉『戦後批評のメタヒストリー』収録の第三章「「治者」の苦悩——アメリカと江藤淳」。

(81)大岡昇平「霧笛」『ザルツブルクの小枝』、五一~五二頁。

(82)大岡昇平「鋸山奇談」『ザルツブルクの小枝』、一七〇頁。例えば、ピッツバーグの工場見学と旅行を手配した財団について触れた別の箇所では、「かくの如き行き届いた処置に対して、アメリカ生活の不満ばかり訴えるのは、忘恩のそしりを免れまい」と記される。

(83)大岡昇平「坂西志保さんの思い出」『坂西志保さん』、二二九頁。

（84）安岡章太郎「独立の人」『坂西志保さん』、二三〇頁。
（85）十和田操「ガンビヤ便り」『個人全集月報集――安岡章太郎全集・吉行淳之介全集・庄野潤三全集』（講談社、二〇一二）、二四三頁引用の庄野の書簡に拠る。
（86）A Letter from Junzo Shono to July, July 5, 1958, box 79, series Fellowship Files, RG10.1, Rockefeller Foundation Archives, Rockefeller Archive Center, Sleepy Hollow, N.Y.
（87）A Letter from Junzo Shono to Charles B. Fahs, January 24, 1959, box 79, series Fellowship Files, RG10.1, Rockefeller Foundation Archives, Rockefeller Archive Center, Sleepy Hollow, N.Y.
（88）梅森直之「ロックフェラー財団と文学者たち」、一二八頁。

第八章　阿川弘之『カリフォルニヤ』における「アメリカ」

（1）松田武『戦後日本におけるアメリカのソフト・パワー』（岩波書店、二〇〇八）、一三頁。
（2）「アメリカ留学を打ち切った安岡夫妻」（『毎日新聞』一九六一・五・二一・夕刊）。
（3）本書、第五章参照。
（4）「文学ひとすじ――大田洋子女史を囲んで2」（『中国新聞』一九五三・一〇・二三）
（5）島尾敏雄「書評――阿川弘之著『魔の遺産』」（『近代文学』一九五四・七）、三九～四〇頁。
（6）阿川弘之「解説」昭和戦争文学全集編集委員会（編）『昭和戦争文学全集一三　原子爆弾投下さる』（集英社、一九六五）、四二二頁。
（7）長岡弘芳『原爆文学史』（風媒社、一九七三）、一七六頁。
（8）以下、選考に関する阿川の発言は、阿川弘之「作品後記――カリフォルニヤ」『阿川弘之全集』第一七巻（新潮社、二〇〇六）、四一〇～四一一頁による。阿川は中村光夫の名も挙げているが、これは記憶違いで、阿川が先行している。
（9）戦前にアメリカに渡った出身県別移民数などに関しては、移民研究会（編）『日本の移民研究　動向と文献目録　明治初期―一九九二年九月』I（明石書店、二〇〇八）、一八～一九、二三～三五頁を参照。
（10）広島県（編）『広島県移住史』（第一法規出版、一九九一）、八頁。田中泉「半世紀間における日系アメリカ人社会の変容――阿川弘之著『カリフォルニヤ』に見る日系アメリカ人像との比較」（『広島経済大学研究論集』二〇〇七・一〇）、六頁からの再引用による。広島県に移民が多かった要因としては、米作農地の不足と産業の未発達、それに加えての人口の増加、そして広島県民の積極的な気質が移民に適していたことなどが挙げられている。移民の数は、一八九四年の日清戦争から日露戦争までの間の軍需産業の盛り上がりの時期に一時的な減少を挟んで、その後再びブラジルなどへの移民が増加した。

(11) Charles B. Fahs Diary, April 1, 1954, Trip to the Far East, 26 April -23 June 1954, Charles B. Fahs Diaries, box 16, series 12.1 diaries, Rockefeller Foundation Archives, Rockefeller Archive Center, Sleepy Hollow, N.Y.

(12) Charles B. Fahs Diary, May 9, 1954. 原文は次の通り。His three novels are all about Hiroshima. Last is Ma no Isan. Would like to go abroad. Reason apparently primarily that he thinks the experience would bring with it new ideas for writing which would enable him to get off on a new tack. No discussion of details of a program. This will have to come up later along with assurance of better preparation in English if other reports on Agawa turn out good.

(13) 阿川弘之「異人さんの友だち」『阿川弘之全集』第一七巻（新潮社、二〇〇六）。〔初出〕『新潮』（一九七七・六）、二七〇～二七一頁。紀行文「降誕祭フロリダ阿房列車」のなかにもダニエル・メロイに関する言及があり、愛情の深さが窺える。阿川弘之「降誕祭フロリダ阿房列車」『阿川弘之全集』第一七巻。〔初出〕『小説新潮』（一九七七・五）。

(14) Daniel J. Meloy's letter to Charles B. Fahs, November 1, 1954, Agawa Hiroyuki, box 8, series Fellowship Files, RG10.1, Rockefeller Foundation Archives, Rockefeller Archive Center, Sleepy Hollow, N.Y. 原文は次の通り。He was described to me as being "a little anti-American." I have not found this to be so. I have found him on occasion to be critical of the United States, and have found him to be like too many other Japanese even at this late date surprisingly ignorant of Americans and of the United States.

He has also been described to me as being "rightist." This was on the occasion of my questioning other Japanese friends concerning Agawa's acquiescence in the propaganda use to which a leftist film company had put his short story Akai Jitensha, a story of a postman. I believe that such a description of him is not accurate. I believe rather that he is conservative, and like other Japanese of his age group (we were both born in 1920) has been wounded and deeply troubled by the abrupt change in prospects with which he and his country have been confronted since the late war years. メロイはここで、「阿川が郵便配達夫を描いた彼の短編「赤い自転車」を左翼の映画会社がプロパガンダとして利用するのを黙認したことに関して、他の日本人の友人に尋ねた」と話しているが、この点と関連しては、阿川が「赤い自転車」が収録された短

編集『夜の波音』の「あとがき」で同作品の映画化について触れ、「何度もシナリオが書き変へられてゐる内に、内容が全く変つてしまひ、映画が出来上がつた時には、原作者の名前など何所にも入つてゐなかつた。いい加減にしてゐると、勝手な事をされるものである」と記していることを確認できる。阿川弘之「あとがき」『夜の波音』（創元社、一九五七）、二二三頁。

(15) Daniel J. Meloy's letter to Charles B. Fahs, November 1, 1954, Agawa Hiroyuki, box 8, series Fellowship Files, RG10.1, Rockefeller Foundation Archives, Rockefeller Archive Center, Sleepy Hollow, N.Y. 原文は次の通り。During conversations with Mr. Agawa, I have commented a number of times on what appears to be the self-centeredness of Japanese writers, whose characters are always Japanese, and whose locale is always Japan. Agawa's reply on one occasion was that he and other Japanese writers cannot visualize the life that is led in other countries and therefore cannot write about it. Perhaps partially as a result of our conversation in one recent short story by Agawa the characters left Japanese freighter for a short time to move about on shore in Louisiana. The story was a slight one, but I was interested in this change from the Hiroshima theme which has been so heavy in Mr. Agawa's other writing.

This story and other attempts by Agawa to deal with subjects other than Hiroshima have not received much favorable criticism, and on at least one occasion have been harshly commented upon by the critics. I have wondered as a result of this whether Agawa will be able to develop beyond his interest in Hiroshima, and if so in what direction he will go. [⋯]

With all of this in mind I should say in reply to your letter that a fellowship such as one which you describe would be of immense value at this time to Mr. Agawa to broaden his world beyond the Japan and China which he has seen and to add to the perspective with which he sees Japan. [⋯] It is hard to say what sort of program abroad would be the most suitable. Perhaps most important would be for him to associate with Americans of sufficient intellectual ability to stimulate him to reassess Japan and the experiences which he has been through and to gain an impression of the high level of some American intellectual activity, an impression which he has apparently not received from the America which he sees from Japan. I think that it would be good for him to see something of the beneficial uses to which atomic power is being put in places other than the Hiroshima which was his home and thus perhaps help him to see Hiroshima in a somewhat different perspective of magnitude and of time. I think too that it would be good for him to feel something of the changing American ideas about the growth of our community and the amalgamation of diverse people in it.

(16) Excerpt from Shio Sakanishi's letter to CBF, December 3, 1554, Agawa Hiroyuki, box 8, series Fellowship Files, RG10.1, Rockefeller Foundation Archives, Rockefeller Archive Center, Sleepy Hollow, N.Y. 原文は次の通り。 His long novel MA NO ISAN was named in the best ten of this year in the field of novel by Asahi and also by the Bungei Shunju. He is considered as a great hope in this branch of literature, but he has to get away from the theme of Hiroshima, and his visit to America will liberate him.

(17) Charles B. Fahs Diary, April 29, 1954.

(18) ハワイまでの船旅は、エッセイ「ホノルルまで」『阿川弘之全集』第一六巻（新潮社、二〇〇六）に綴られている。

(19) Agawa Hiroyuki's letter to Charles B. Fahs, January 28, 1956, Agawa Hiroyuki, box 8, series Fellowship Files, RG10.1, Rockefeller Foundation Archives, Rockefeller Archive Center, Sleepy Hollow, N.Y.　シアトル到着は一九五六年一月二五日。

(20) 三月三日シアトル発、五日モントレー着。

(21) デイビッド・T・ヤマダ、日系アメリカ市民連盟モンテレー半島支部歴史口述記録委員会『モンテレー半島日本人移民史——日系アメリカ人の歴史と遺産1895‐1995』（石田孝子訳、渓水社、二〇〇九）。

(22) 阿川弘之「作品後記——カリフォルニヤ」『阿川弘之全集』第一七巻、四一二頁。

(23) 旅の様子はエッセイ「アメリカ大陸を自動車で横断する」『阿川弘之全集』第一六巻に綴られた。

(24) Agawa Hiroyuki, The Rockefeller Foundation Personal History and Application for a Fellowship in Humanities, dated June 7, 1955, Agawa Hiroyuki, box 8, series Fellowship Files, RG10.1, Rockefeller Foundation Archives, Rockefeller Archive Center, Sleepy Hollow, N.Y.

(25) CBF interview with Mr. and Mrs. Hiroyuki Agawa, dated August 17, 1956, Agawa Hiroyuki, box 8, series Fellowship Files, RG10.1, Rockefeller Foundation Archives, Rockefeller Archive Center, Sleepy Hollow, N.Y.

(26) Agawa Hiroyuki, Fellowship Recorder Cards, RG 10.2, Rockefeller Foundation Archives, Rockefeller Archive Center, Sleepy Hollow, N.Y.

(27) Excerpt from letter Shio Sakanishi to CBF, dated December 31, 1954.

(28) Agawa Hiroyuki's letter to Robert W. July, December 12, 1956, Agawa Hiroyuki, box 8, series Fellowship Files, RG10.1, Rockefeller Foundation Archives, Rockefeller Archive Center, Sleepy Hollow, N.Y.　日本到着は一二月四日。

(29) J. M. Maki's letter to Charles B. Fahs, March 19, 1956, Agawa Hiroyuki, box 8, series Fellowship Files, RG10.1, Rockefeller Foundation Archives, Rockefeller Archive Center, Sleepy Hollow, N.Y.

(30) Excerpt from Prof. J. M. Maki's letter to CBF, May 24, 1956, Agawa Hiroyuki, box 8, series Fellowship Files, RG10.1, Rockefeller Foundation Archives, Rockefeller Archive Center, Sleepy Hollow, N.Y. 原文は次の通り。I am glad that you mentioned Agawa's treatment of the ABCC in your letter of March 22. I was of course aware of his attitude from my first reading, but I took particular care to follow this strand of his story. I think that it speaks well for him as both a writer and a person that while he is clearly and unmistakably anti-ABCC for a number of reasons, yet he has also included a number of things which place the ABCC in a better light, and, also he has given sympathetic accounts of the actions of some American individuals who were associated with it.

However, this will not be a problem unless someone actually does become interested in publishing the translation. Your suggestion concerning an introduction with more information about the ABCC is a sound one. Perhaps a publisher might feel that a general introduction which would deal also with the author might be called for. At any rate, I shall certainly keep you informed as to any developments concerning the translation.

(31) J. M. Maki's letter to Charles B. Fahs, March 28, 1957, Agawa Hiroyuki, box 8, series Fellowship Files, RG10.1, Rockefeller Foundation Archives, Rockefeller Archive Center, Sleepy Hollow, N.Y.

(32) Interviews: CBF, New York, dated September 12, 1956, Agawa Hiroyuki, box 8, series Fellowship Files, RG10.1, Rockefeller Foundation Archives, Rockefeller Archive Center, Sleepy Hollow, N.Y. も参照。

(33) 阿川弘之「作品後記――カリフォルニヤ」『阿川弘之全集』第一七巻、四一〇頁。

(34) 「勝ち組」もしくは「勝った組」とは、敗戦後にも大戦における日本の勝利を信じた人たちの意。その歴史的背景については、例えば移民研究会（編）『戦争と日本人移民』（東洋書林、一九九七）所収の島田法子の考察「太平洋戦争とハワイにおける「勝った組」の三〇年」などを参照。

(35) 阿川弘之「作品後記――『カリフォルニヤ』」『阿川弘之全集』第一七巻、四一三頁。

(36) フェローシップの申請書類に留学後の計画として「日系人について小説を書く」ことを挙げていた阿川は、その約束を果たしたことになる。

(37) 日系文学については、移民研究会（編）『日本の移民研究　動向と文献目録Ⅰ　明治初期-一九九二年九月』Ⅰ、一四八～一六三頁所収の概況及び文学・ノンフィクション作品一覧を参照。

(38) 阿川の作品でも例えば「魔の遺産」のなかに、ＡＢＣＣについて語る広島県民がアメリカ人よりも「悪いのは二世」であると語る台詞がある。

(39) 大江健三郎「不意の唖」（『新潮』一九五八・九）

(40) 例えばこの問題の重要性をよく理解していたジョン・フォスター・ダレスが、移民の受け入れにおける人種的制限の撤廃のために米議会に圧力をかけたことは、本書でも触れた通りである。

(41) 江藤淳「文藝時評 昭和三四年一〇月」『全文藝時評』上（新潮社、一九八九）、五五～五六頁。〔初出〕「文芸時評」『岐阜タイムズ』（一九五九・九・二八）。

(42) Hiroyuki Agawa, “Report No.1,” dated February 7, 1956, Agawa Hiroyuki, box 8, series Fellowship Files, RG10.1, Rockefeller Foundation Archives, Rockefeller Archive Center, Sleepy Hollow, N.Y.

(43) Hiroyuki Agawa, “Report No.2,” dated April 6, 1956, Agawa Hiroyuki, box 8, series Fellowship Files, RG10.1, Rockefeller Foundation Archives, Rockefeller Archive Center, Sleepy Hollow, N.Y.

(44) Hiroyuki Agawa, “Report No.3,” undated, Agawa Hiroyuki, box 8, series Fellowship Files, RG10.1, Rockefeller Foundation Archives, Rockefeller Archive Center, Sleepy Hollow, N.Y.

(45) Hiroyuki Agawa, “Report No.4,” undated, Agawa Hiroyuki, box 8, series Fellowship Files, RG10.1, Rockefeller Foundation Archives, Rockefeller Archive Center, Sleepy Hollow, N.Y.

(46) 阿川弘之「作品後記——カリフォルニヤ」『阿川弘之全集』第一七巻、四一二頁。

(47) 阿川弘之『カリフォルニヤ』（新潮社、一九五九）、一七頁。以下、『カリフォルニヤ』からの引用はこの単行本初版による。

(48) 同前書、三二二頁。

(49) 鶴木真『日系アメリカ人』（講談社、一九七八）、四頁。ハワイまでを含めればこれより一年早い明治元年（一八六八年）に当時のハワイ王国（その後一八九八年にアメリカ合衆国に合併）に移住したいわゆる「元年者」に始まる。日系人に関する研究の成果については移民研究会前掲書にその概要、研究動向とともに関連文献が網羅されている。

(50) 但し、マッカラン・ウォルター移民帰化法の下でも、人種別出身国割当制限が設けられていたため、排斥が完全になくなったと見ることはできない。

(51) 村山有『アメリカ二世――その苦難の歴史』(時事通信社、一九六五、[初版]一九六四)、一七頁。

(52) 以上の日系人の歴史については、例えば鶴木真『日系アメリカ人』、六九～七四頁に簡潔にまとめられている。このほか、飯野正子『もう一つの日米関係史――紛争と協調のなかの日系アメリカ人』(有斐閣、二〇〇〇)なども参照。

(53) 阿川弘之『カリフォルニヤ』、七一頁。日系一世については、ユウジ・イチオカ『一世――黎明期アメリカ移民の物語り』(富田虎男・粂井輝子・篠田佐多江訳、刀水書房、一九九二)などを参照。こうした問題の背景には、海外へ「帝国臣民」として労働者を送り出し、本国への送金を奨励し、後の帰国を命じた明治政府の移民政策があったことを指摘できる。例えば、村山有『アメリカ二世』の一六頁を参照。

(54) 阿川弘之『カリフォルニヤ』、七一～七二頁。

(55) 忠誠登録と日系人部隊については、例えば鶴木真『日系アメリカ人』の一〇六～一一三頁に簡潔な紹介がある。二八の質問項目からなる「忠誠登録」の二七番目の項目は「アメリカ軍に入隊の意志があるか」、二八番目は「天皇への忠誠を拒否してアメリカに無条件の忠誠を誓うか」というものであり、この二つの質問に拒否を示した者は敵性外国人の扱いを受けた。

(56) 例えば日系二世作家ジョン・オカダ(John Okada)の小説『ノー・ノー・ボーイ(*No-No Boy*)』は、日系二世を主人公に、第二次世界大戦下の日系人の強制収容所の体験をつぶさに描いている。タイトルのノー・ノー・ボーイとは、忠誠登録で問われた二つの項目にともに拒否を表明した者を指す。強制収容所体験は戦後の日系人文学の最大のテーマであり、このほか、帰米二世作家藤田晃による『立退きの季節――日系人収容所の日々』、ジャンヌ・ワカツキ・ヒューストン、ジェイムズ・ヒューストン『マンザナールよさらば(*Farewell to Manzanar*)』など、多くの作品が書かれた。戦争と収容所体験を題材とした日系アメリカ人文学については、篠田佐多江「日系アメリカ人文学と戦争」移民研究会(編)『戦争と日系人移民』(東洋書林、一九九七)、一〇七～一二四頁を参照。

(57) 強制収容の体験と日系人のアイデンティティの問題については、野崎京子『強制収容とアイデンティティ・シフト――日系二世・三世の「日本」と「アメリカ」』(世界思想社、二〇〇七)、飯野正子ほか『引き裂かれた忠誠心』(ミネルヴァ書房、一九九四)などに詳しい。戦時中の日系人部隊については、例えば飯野正子『もう一つの日米関係史』の一一七～一一九頁を参照。

(58) 同前書、一〇三頁参照。

(59) 鶴木真『日系アメリカ人』、一〇六〜一〇七頁参照。

(60) 日系人とハワイ本土の日系人集団の間にある葛藤関係の歴史的背景については、鶴木真『日系アメリカ人』、八六〜一一三頁などを参照。

(61) 阿川弘之『カリフォルニヤ』、八七〜八八頁。日系人と他のエスニック集団との関係については、例えばユウジ・イチオカ『一世』が日本人移民が中国人移民に対して抱いた優越意識を指摘している。

(62) 阿川弘之『カリフォルニヤ』、八八頁。

(63) アジア出身移民の間の対立関係の背景について東栄一郎は、「移民ナショナリズムは一世とアジア出身の競合者との対立と競争を煽ることとなったが、それはちょうど日本帝国が彼らの出身国と戦い、征服しようとするアジアでの動きに連動していた」と指摘する。東栄一郎『日系アメリカ移民 二つの帝国のはざまで――忘れられた記憶1868-1945』（明石書店、二〇一四）、三五頁。

(64) 帰米二世の伊丹明をモデルとした小説として、山崎豊子の『二つの祖国』（一九八三）が挙げられる。帰米二世に関する研究に関しては、移民研究会（編）『日本の移民研究』Ⅱ（明石書店、二〇〇八）、四二〜四五頁の「帰米二世、二重国籍」の項目を参照。一九二〇年に起きた二世の帰米奨励運動については、例えば村山有『アメリカ二世』の一七四〜一八八頁を参照のこと。

(65) 阿川弘之『カリフォルニヤ』、一二二頁。

(66) 同前書、一一七頁。

(67) 同前書、一一七頁〜一一八頁。

(68) 阿川弘之『カリフォルニヤ』、一二四頁。日系二世のアメリカへの忠誠については例えば、シアトル生れの日系人二世でコロラドの『デンヴァー・ポスト（*The Denver Post*）』紙の記者として活躍したビル・ホソカワによる『120%の忠誠――日系二世・この勇気ある人びとの記録』（猿谷要監修、飯野正子・今井輝子・篠田佐多江訳、有斐閣、一九八四）などを参照。二世の徴兵忌避については、森田幸夫『アメリカ日系二世の徴兵忌避――不条理な強制収容に抗した群像』（彩流社、二〇〇七）に詳しい。

(69) 阿川弘之『カリフォルニヤ』、六一頁。

(70) 同前書、一四〇〜一六一頁。

(71)同前書、一二六頁。
(72)同前書、一四二頁。
(73)同前書、一四二〜一四四頁。
(74)阿川弘之「ニューヨークの日本人」(『世界』一九五七・八)。
(75)同前、一〇四頁。
(76)江藤淳『アメリカと私』(朝日新聞社、一九六五)を参照。
(77)阿川弘之『カリフォルニヤ』、一四二頁。
(78)同前書、一四六〜一四七頁。
(79)同前書、一四五頁。
(80)同前書、一五五頁。こうした記述のあり方は、『魔の遺産』において、原爆投下を厳しく批判しながらも広島の家運動を取り上げるといった記述のあり方と共通したところがある。
(81)阿川弘之『カリフォルニヤ』、一五六頁。
(82)Mary L. Dudziak, *Cold War Civil Rights: Race and the Image of American Democracy* (Princeton: Princeton University Press, 2000), pp.76-77. メアリー・ティン・イー・ルー「日系アメリカ人のシティズンシップと映画『新しい隣人』」貴志俊彦・土屋由香(編)『文化冷戦の時代――アメリカとアジア』(国際書院、二〇〇九)、八四〜八五頁より再引用。
(83)メアリー・ティン・イー・ルー「農村青年のカリフォルニア訪問――アメリカ文化外交の場としての家族農場」土屋由香・吉見俊哉(編)『占領する眼・占領する声――CIE/USIS映画とVOAラジオ』(東京大学出版会、二〇一二)、一五九頁。
(84)同前、一五八〜一六一頁。
(85)『交換学生の一年(*A Year in America*)』, Frank Donovan Associates, 1951, 東京大学大学院情報学環・学際情報学府所蔵。
(86)メアリー・ティン・イー・ルー「農村青年のカリフォルニア訪問――アメリカ文化外交の場としての家族農場」『占領する眼・占領する声』一六〇頁。
(87)阿川弘之『カリフォルニヤ』、一一六頁。
(88)安岡章太郎の「ガラスの靴」「ハウスガード」をはじめとして、占領軍の家庭に仕える日本人のハウスメイドは、占領小説の読者にとっては馴染み深い被占領の象徴であったことを想起したい。この点に照らせばこうした設定は、かつては敗戦国の被占領者であった同時代の読者の自尊心を満足させる効果があったことが考えられよう。

(89) 阿川弘之『カリフォルニヤ』、一一三頁。

(90) 同映画は、ジェームズ・R・ハンドリー（James R. Handley）の映画シナリオ『カリフォルニアからの手紙（*A Letter from California*）』に基づいて製作され、『農村青年のカリフォルニア訪問（*Japanese Farmers Visit California*）』『プロヴァイダーズ・オール（*Providers All*）』の二つのタイトルが付けられたという。脚本は米国立公文書館に所蔵。James R. Handley, *Letter from California*, October 1952, RG306, EA1-1098, Box 22; *Japanese Farmers Visit California* (United States Information Service, February 23, 1953) RG306, EA1-1098, Box 20, National Archives at College Park, MD. 以上、メアリー・ティン・イー・ルー「農村青年のカリフォルニア訪問」『占領する眼・占領する声』、一六四、一八一頁による。以下の『カリフォルニヤ』と『農村青年のカリフォルニア訪問』との比較分析においては、ルーの同論考における『農村青年のカリフォルニア訪問』に関する議論を多く参照した。

(91) メアリー・ティン・イー・ルー「農村青年のカリフォルニア訪問」『占領する眼・占領する声』、一六一〜一六二頁。

(92) 以上、訪問団計画に関する議論は、同前、一六一〜一六四頁による。

(93) 六〇年に閣議決定された池田内閣の「所得倍増」計画では、地域間・産業間の所得格差の是正のために、中小企業の近代化、経済的な後進地域の開発などと並んで農業の近代化が挙げられている。

(94) メアリー・ティン・イー・ルー「農村青年のカリフォルニア訪問」『占領する眼・占領する声』、一五八頁。

(95) 同前、一六四頁。同論文が明らかにしたところによれば、映画のシナリオを手がけたハンドリーは、「特に成功している日系二世の農業従事者に焦点をあてることによってカリフォルニアを平等主義的な多人種・多民族社会として描こう」とする意図を持っていた。そのために、配役や場面設定、演技指導などを通して演出の工夫がなされた。

(96) 同前、一六九頁。

(97) メアリー・ティン・イー・ルーは、「家族農場は私有財産制と企業活動を肯定することによって、占領期の農地改革の価値を改めて認識させ、ソ連の集産主義への反論に寄与するものであった」と意味づけている。同前、一七九頁。

(98) 同前、一六四頁。

(99) 阿川弘之「作品後記——カリフォルニヤ」、四一三頁。

（100）メアリー・ティン・イー・ルー「農村青年のカリフォルニア訪問」『占領する眼・占領する声』の一六八頁、一七七～一七八頁を参照。

（101）Hiroyuki Agawa, "Report No.2," pp.8-9.

（102）このほか、ジャンルによる違いも考えられる。例えば、映画においては、視覚的なイメージを動員してより直截かつ容易に印象づけることができた。『農村青年のカリフォルニア訪問』では、トラクターといった農業用機械のみならず、冷蔵庫、コーヒーメーカーやトースター、ワッフルメーカーなどの便利な最新式の機器の揃った台所の風景をクローズアップで映し出すことで、快適に機械化された家庭生活をも画面上に映し出すことができた。メアリー・ティン・イー・ルー「農村青年のカリフォルニア訪問」『占領する眼・占領する声』、一七一頁。一方、内面の描出には小説ジャンルがより適しているといえよう。日系人に対する差別問題の意図的な省略は、類似した主題をもつ他の映画作品にも見られた。例えばルーは、ニュージャージー州にあるシーブルック農場に住む日系アメリカ人家族の生活を描いたＣＩＥ製作のドキュメンタリー教育映画『新しい隣人』（一九五二）が、さまざまな人種の人々が近代的な農業技術を駆使してともに働く姿を通じて、アメリカを「近代農業と加工技術のモデル」として演出する一方で、映画からは日系人の強制収容の歴史が捨象され、異なる人種を持つ人々が共生して生きる姿のみが映し出されたと指摘している。その結果、映画のメッセージは、「先端技術、人種的調和、高い生産性の見本」というイメージへと集約されたというのだ。ルーはそうした理由を、日系人に関しては強制収容に対する補償問題が未解決であったため、排斥の歴史に触れなかった可能性があるとして仮説を提起している。メアリー・ティン・イー・ルー「日系アメリカ人のシティズンシップと映画『新しい隣人』」『文化冷戦の時代』を参照。

（103）ただし、ヤエモン・ミナミの農場への見学を報告書では、収容所への強制移住により農地のほとんどを失ったことが記されているが、小説作品中ではこのことには触れていない。

（104）『アメリカの花嫁（*Japanese War Bride in America*）』, Knickerbocker Productions, Inc., 1952, 東京大学大学院情報学環・学際情報学府所蔵。なお同年には、山口淑子（李香蘭／シャーリー・ヤマグチ）の主演による映画『東は東（*Japanese War Bride/East is East*）』が封切られた。山口は同映画で、朝鮮戦争期の米軍病院の看護婦で、米兵と結婚して西海岸に渡る戦争花嫁を演じている。

（105）メアリー・ティン・イー・ルー「農村青年のカリフォルニア訪問」『占領する眼・占領する声』、一五八～一五九頁。

（106）阿川弘之『カリフォルニヤ』、一三七頁。

(107) 同前書、二五一頁。

(108) 同前書、一三八頁。

(109) 連邦裁判所で異人種間結婚禁止法が違憲とされたのは、一九六七年のラビング対バージニア州訴訟（Loving v. the Commonwealth of Virginia）にいたってのことである。当時一六の州が未だ異人種間の結婚を禁じていた。詳しくは例えば、ジェニファー・リー「異人種間結婚の同化力」島田法子（編）『写真花嫁・戦争花嫁のたどった道――女性移民史の発掘』（明石書店、二〇〇九）を参照。

(110) 例えば次のように描写される。「クリーム色のスカートの下から出てゐる、二本の白い脚を、私は見た。髪も眉も、深い和毛(にこげ)も、マーガレットは亜麻色だつた。私はそれを愛撫した。彼女は、身体全体で私に添つてきた――」（阿川弘之『カリフォルニヤ』、一七五頁）。

(111) 同前書、二五六～二五七頁。

第九章　小島信夫の描いた同時代の「アメリカ」

（１）財団文書館の諸資料に最初に小島信夫に関する記述が現れるのは、一九五五年六月一二日のファーズ日記である。日本を訪れていたファーズに、坂西が新しい候補として服部達とともに言及している。Charles B. Fahs Diaries, June 12, 1955, folder Diary, Trip to the Far East, 15 April - 15 June, 1955, reel 4, box 16, record group 12.1 Officer's Diaries, Charles B. Fahs, Rockefeller Foundation Archives, RAC, Sleepy Hollow, N.Y.

（２）Charles B. Fahs Diaries, April 11, 1956.

（３）Charles B. Fahs Diaries, April 13, 1956.　原文は次の通り。In America he thinks he would like to settle down in a relatively small community and see as much as he can of American life. Some discussion of possible advantage of a university community, with K seeming to fear that such a community would not be typical enough and at the same time readily recognizing that in order to get well acquainted he needs some point of contact.

（４）Nobuo Kojima, The Rockefeler Foundation Personal History and Application for a Fellowship in [Creative Writing], May, 2, 1956, Kojima Nobuo, series Fellowship Files, RG10.1, Rockefeller Foundation Archives, Rockefeller Archive Center, Sleepy Hollow, N.Y. 及び付随と推定される陳述書。

（5）こうした事情について小島は『異郷の道化師』の「あとがき」で、「本来家族も連れて行くのが建前だったのですが、子供の面倒を見る人もいないし、むりやりに子供を日本に置いて家内と二人で旅行するのは私自身気が重いので、単身でかけた」と記している。

（6）小島信夫「あとがき」『異郷の道化師』（三笠書房、一九七〇）、二九八〜二九九頁。

（7）倉橋のほかにも同プログラムには多くの日本人作家が在籍したことが知られる。例えば小島の留学当時、後に小説家となり八八年に『長男の出家』で芥川賞を受賞した三浦清宏も留学していた。詩人の白石かずこは一九七三年に同プログラムに一年在籍し、そのときに書いた短篇、書簡、日記などをまとめて『アメリカン・ブラック・ジャーニー』（一九七五）として上梓している。

（8）〈https://writersworkshop.uiowa.edu/about/about-workshop/history〉（二〇一八年二月一五日アクセス）。小島の滞在当時には、アメリカ人作家のハーバード・ゴールドが招聘されて教えていた。小島信夫「大学内の創作コースについて」『小島信夫文学論集』（晶文社、一九六六）を参照。

（9）ロックフェラー財団年次報告書による。エリック・ベネットは、冷戦主義者（cold warrior）ポール・エングルとアイオワ・ライターズ・ワークショップの文化冷戦との関わりを指摘している。詳しくは、Eric Bennett, *Workshops of Empire: Stegner, Engle, and American Creative Writing during the Cold War*（Iowa City: University of Iowa Press, 2015）を参照。

（10）小島信夫「大学内の創作コースについて」『小島信夫文学論集』、三九二頁。

（11）A Letter from Nobuo Kojima to Robert W. July, dated August 29, 1957, folder Kojima Nobuo, series Fellowship Files, RG10.1, Rockefeller Foundation Archives, RAC, Sleepy Hollow, N.Y.

（12）A Letter from Nobuo Kojima to Robert W. July, dated August 29, 1957, p.3.

（13）4Hとは、Head・Heart・Hands・Health の頭文字を取った名称で、四葉のクローバーをシンボルマークとする。メアリー・ティン・イー・ルー「農村青年のカリフォルニア訪問――アメリカ文化外交の場としての家族農場」土屋由香・吉見俊哉（編）『占領する眼・占領する声――CIE／USIS映画とVOAラジオ』（東京大学出版会、二〇一二）、一六八頁の訳者注による。

（14）小島は Cedar Apides と記しているが、正しくは Cedar Rapids。

（15）A Letter from Nobuo Kojima to Robert W. July, dated August 29, 1957.

(16) A Letter from Nobuo Kojima to Robert W. July, dated October 12, 1957.

(17) Ibid., p.1.

(18) A Letter from Nobuo Kojima to Robert W. July, dated September 11, 1957.

(19) A Letter from Nobuo Kojima to Robert W. July, dated August 29, 1957, p.8 ; A Letter from Nobuo Kojima to Robert W. July, dated September 11, 1957, p.1.

(20) A Letter from Nobuo Kojima to Robert W. July, dated September 11, 1957.

(21) Ibid.

(22) Ibid.

(23) アーカンソー州の州都リトルロックのセントラル高校への九人の黒人学生――のちに「リトルロックの九人」と呼ばれる――の入学をめぐって起きた人種間衝突である。入学を許可された黒人学生らの登校を阻止するために白人の暴徒が学校を取り巻き、州知事の命を受けた州兵が阻止側に加担したため、ドワイト・D・アイゼンハワー大統領が人種統合を強制するために武装した連邦軍を派遣する事態にまで発展した。例えば、ジェームズ・M・バーダマン『アメリカ黒人の歴史』(森本豊富訳、NHK出版、二〇一一)、一九六～一九七頁を参照。

(24) 小島は九月一一日のジュライ宛の手紙で、ナッシュヴィルに触れている。

(25) Ibid., p.1.

(26) A Letter from Nobuo Kojima to Robert W. July, dated January 26, 1958.

(27) Ibid., pp.1-3.

(28) Ibid., p.3.

(29) 小島信夫「黒い婦人」(『婦人画報』一九六一・四)、二五二～二五三頁。「随筆・アメリカの大学」という企画で、有吉佐和子の「サラ・ローレンスの学生たち」とともに掲載された。このほかに南部体験は、「時間のかかる黒人問題」(『中日新聞』一九六七・八・七)にも綴られた。人種問題に関する小島の立場は、「米国の偉さと矛盾」(『産経時事』一九五八・四)に最もよくあらわれている。

(30) 一九五八年二月一三日のジョン・P・ハリソン(John P. Harrison, Assistant director of the Humanities in Rockefeller Foundation)宛ての書簡に記された旅行の計画によれば、二月二二日にグランブリング(Grambling)を出発し、二四日にタスキーギ（Tuskegee）、二七日にアトランタ（Atlanta）、三月二日にアセンズ（Athens）、そして五日にニューヨークに到着の旅程である。

（31）ジェームズ・M・バーダマン『アメリカ黒人の歴史』、一五二頁。

（32）平光義久（編）「年譜」『小島信夫全集』第六巻（講談社、一九七一）、三六二頁。

（33）"United States-Japanese Cultural Relations: Report to Ambassador Dulles," April 16, 1951, folder 446, box 49, series 1-OMR files, RG5, Rockefeller Family Archives, Rockefeller Archive Center, Sleepy Hollow, N.Y., pp.27-28. 本書第五章を参照。

（34）George E. Beauchamp, "Suggestions to Sponsors for the Exchange of Persons Program with the Occupied Areas," Commission on the Occupied Area of the American Council on Education, January, 1950, folder 444, box 49, John D. Rockefeller 3rd Papers, p.3. 本書第一章参照。

（35）小島信夫「日本文学の気質——アメリカ文学との比較において」（『文学』一九六二・七）のなかでもこれらの書籍に言及している。

（36）書誌は未詳。

（37）A Letter from Nobuo Kojima to Robert W. July, dated January 26, 1958, p.3.

（38）A Letter from Nobuo Kojima to John P. Harrison, dated February 13, 1958.

（39）小島信夫「あとがき」『異郷の道化師』、二九九～三〇〇頁。

（40）但し、小島が「他者」の存在を必ずしも日本の外にのみ見てはいなかったことは指摘して強調しておかねばならない。留学前に子供の世話のために妻が日本に残ることを主張する小島と、小島に同伴してアメリカ行きを望んだ妻との間に激しい対立が起き、そのとき「あなたは、女の気持がわからない」と言った言葉が引き金となって引用文中にあるような「他者」の存在を感得させる契機となったことを、小島は種々の文章で繰り返し述べている。小島が『異郷の道化師』の「あとがき」や随筆「おそれとはずかしさ」で記しているところによると、「青天のヘキレキ」のように響いたこの言葉が発せられた瞬間、「女が神聖なものとして、一個の独立したしぶとさをもって前面にあらわれ」、「押し倒すことも、笑いすてることもできない」「歴然と存在」する他者として感得されたという。こうしてアメリカ行きとほぼ同時期に「他者」として新たに発見された「妻」の存在は、代表作である『抱擁家族』をはじめとした以後の小島の作品世界において極めて重要性を持った主題として展開される。とはいえ、アメリカ体験を通して文化的他者に触れたことが契機で小島のなかで「他者」の問題系が決定的に増幅されたことは事実であろう。

(41) 日本を出発して一〇日ほど経った日にアメリカへ向かう船上で書き出したという別稿「おそれとはずかしさ」(『人生論』毎日ライブラリー、一九五八・一)では、小島はこれを文学的営みに関わる問題として捉えて、表現者と受け手側の読者の間に「おなじ陸地に住んでいるという暗黙の契約、つまり黙約が前提となっている」という。これは取りも直さず「国文学」という枠組みを支える基盤であろう。小島にはこのほか、作家自身の航海に基づいて執筆された短編小説「船の上」『群像』一九六〇・七)がある。のち短編集『釣堀池』(作品社、一九八〇)に収録された。

(42) 小島信夫「堅くて重い「私」」『小島信夫批評集成 現代文学の進退』第一巻(水声社、二〇一一)、五二七頁。

(43) 小島信夫「堅くて重い「私」」、五二八~五二九頁。

(44) サミュエル横地淑子「戦後日本海外小説における西洋人像」平川祐弘・鶴田欣也(編)『内なる壁——外国人の日本人像・日本人の外国人像』(TBSブリタニカ、一九九〇)、五〇六頁。

(45) サミュエル横地の論考は「海外小説」の書き手を、戦争体験作家と留学作家、短期間海外旅行者作家、長期海外滞在作家及び海外居住作家らに分類し、大岡昇平や遠藤周作、有吉佐和子、倉橋由美子、庄野潤三、小川国夫、山本道子、森禮子、大庭みな子、米谷ふみ子などの作家らによる作品を例として挙げて考察を行っているが、小島信夫には触れていない。

(46) 小島信夫「解説をかねた《あとがき》」『小島信夫全集』第五巻(講談社、一九七一年)、三一九頁。

(47) 作品では、ラルフ・ウェストラムという名で描かれる。

(48) 小島信夫「あとがき」『異郷の道化師』、三〇〇頁。

(49) 小島信夫「異郷の道化師」『異郷の道化師』、一三頁。

(50) 先に取り上げたエッセイ「重くて堅い「私」」に基づけば、そのような自意識において、違和や疎外の感覚が生じるのは必然である。というのも、人は自らの生きてきた過去の文化の核を背負ったまま異文化に対峙せざるをえず、「陸地の意識」を共有しない異質な「他者」の間に身を置くことは必然的に疎外の感覚を惹き起こすからである。同エッセイで小島は、「私は多くの日本人が、どのようにして、外国の文化の中に(自らの——補足引用者)文化の影を宿して、さまざまのディテイルの中に肌をふれさせて行ったか、あまり知らない。(…)たえぬいたあとの落着きをもって、垢を洗い流したあとのようないわゆる帰朝談はきいている」と記しているが、小島が自身の作品を通して表現したいと考えたのは、まさにこうした「ディテイル」であっただろう。即ち、「アメリカ」に「背中」を晒す過程で生じる自己意識と他者意識の劇を、「ディテイル」において描くことであったといえる。

(51) 数少ない先行論考として、堀江敏幸「完結することのない愛を支える方法」小島信夫『小島信夫短篇集成 愛の完結／異郷の道化師』第三巻（水声社、二〇一四）を挙げておく。

(52) 作品「広い夏」で、主人公は部屋に入ってきた長女のダイアンに何をしていたかを尋ねられ、「スポンサーに報告」と答える。さらに「何を報告するのよ」と聞かれた主人公は、「無事に厄介になっているということさ。それ以上のことは、僕にはよく分らないし、そんな権利もないから。（…）僕は他国人だから」と答える。小島信夫「異郷の道化師」『異郷の道化師』、一五三頁。

(53) メアリー・ティン・イー・ルー「農村青年のカリフォルニア訪問」『占領する眼・占領する声』、一七九頁。

(54) 同じ農家での滞在体験について綴った随筆「アイオワ農家の少年」（『中部日本新聞』一九六一・一・一三）がある。

(55) 小島信夫「異郷の道化師」『異郷の道化師』、一一頁。

(56) 同前書、一六頁。

(57) 同前書、四八頁。

(58) 同前。

(59) 庄野潤三「研究熱心」『小島信夫全集 月報一』第三巻（講談社、一九七一）、一頁。

(60) このほか、小島信夫の随筆「おそれとはずかしさ」には、人種的な身体感覚が綴られている。

(61) 小島信夫「異郷の道化師」『異郷の道化師』、四九〜五〇頁。

(62) 小島信夫「広い夏」『異郷の道化師』、一五二頁。

(63) このように黄色人種を醜悪視する白人優越主義のまなざしは、ジョン・ダワーが『容赦なき戦争――太平洋戦争における人種差別』（斎藤元一訳、平凡社、二〇〇一）で詳らかにした戦時中の人種的キャンペーンに遺憾なく表されていると見ることができる。

(64) 堀江敏幸「完結することのない愛を支える方法」『小島信夫短篇集成』第三巻、五八九頁。

(65) 小島信夫「異郷の道化師」『異郷の道化師』、二二一〜二二三頁。

(66) 小島信夫「アメリカにある日本」『小島信夫批評集成 変幻自在の人間』第二巻（水声社、二〇一一）、二〇九頁。〔初出〕『東京新聞』一九五八・四・一八〜二〇。

(67) 経済企画庁『消費者動向予測調査』の数値。青山芳之『家電』(日本経済評論社、一九九一)、九六頁からの再引用による。
(68) 小島信夫「異郷の道化師」『異郷の道化師』、三八頁。
(69) 同前書、四六〜四七頁。
(70) 同前。
(71) "United States-Japanese Cultural Relations: Report to Ambassador Dulles," p.2. 本書第五章参照。
(72) 小島信夫「異郷の道化師」『異郷の道化師』、七五頁。
(73) 先にアメリカ人の日本文化への関心の薄さを指摘したが、随筆「季節外れのサンマの話」(『岐阜タイムズ』一九五八・四・二一)ではこの体験に取材して次のように綴られる。「中部のある教会の地下室で、私は一人で六十人分スキヤキを料理したアゲク、演説をさせられたことがある。このパーティーは私を楽しませ、彼女らを楽しませ、彼女らの話題の材料をテイキョウするといった目的で行われた。モチロン日本を知りたいという気持も非常に強い」。小島信夫「季節外れのサンマの話」『小説家の日々』(冬樹社、一九七一)、二七三頁。
(74) 小島信夫「異国で暮すということ」(『朝日新聞』一九五八・四・一九)。
(75) 小島信夫「外国語で小説を」(『新潮』一九七七・五)。
(76) 小島信夫「広い夏」『異郷の道化師』、一五〇頁。
(77) 同前書、一四四頁。
(78) 同前書、一六二〜一六三頁。
(79) 同前書、一四八〜一四九頁。
(80) 同前書、一六六〜一六七頁。
(81) 同前書、一四六〜一四七頁。
(82) 同前書、一四七〜一四八頁。
(83) ここで「私」は動物への自己同一視を、「まったく私一人の考え」としているが、異国の地に身を置いたときに動物に親近感や安堵感を抱く例はそれほど珍しいわけではない。例えば、一九〇六年に彫刻の勉強のためにニューヨークに渡り一年半ほど滞在した詩人の高村光太郎は、「紐育市の郊外ブロンクス公園が筆者の唯一の慰安所であった。動物は決して『ハロージャップ』とはいはなかつた」と自身の詩集に記している。「猛獣篇」に収められた「白熊」や「象の銀行」といった作品には、人種的・言語的疎外感から動物に自己を重ねて親しさを抱く詩的話者が登場する点で、小島と通低するモチーフが見られる。「白熊」(一九二四)は、「ザラメのやうな雪の残つてゐる吹きさらしのブロンクスパアクに、／彼は日本人らしい唖のやうな顔をして／せつかくの日曜日を白熊の檻の前に立つてゐる」で書き出される。「象の銀行」は、「印度産のとぼけた象、／日本産の寂しい少年。／群衆なる「彼等」は見るがいい。／どうしてこんなに二人の仲が好過ぎるのかを。」と詠っている。高村光太郎のアメリカ体験と詩的表現に関する議論は、佐伯彰一『日米関係のなかの文学』(文藝春秋、一九八四)のなかの「ジャップの憤り」の章を参照のこと。また阿川弘之は『カリフォルニヤ』のなかで、サンフランシスコに上陸した主人公が動物園に向かいながら「動物は英語をしゃべらないからね」と言う場面を描きこんでいる。阿川弘之『カリフォルニヤ』(新潮社、一九五九)、三三三頁。

(84) 堀江敏幸「完結することのない愛を支える方法」、五八八頁。

(85) 小島信夫「解説をかねた《あとがき》」、三一八頁。

(86) ジョン・ダワー『敗北を抱きしめて』上(三浦陽一・高杉忠明訳、岩波書店、二〇〇一)、一六四頁。

(87) 吉見俊哉「冷戦体制と「アメリカ」の消費」吉見俊哉・安丸良夫・姜尚中ほか『岩波講座 近代日本の文化史 冷戦体制と資本の文化』第九巻(岩波書店、二〇〇二)、二二頁。

(88) 同前、二二頁。

(89) 吉見俊哉は同前書、一七頁で、戦前日本のアメリカニズムの主軸をなしたのが、知識人によって受容された「デモクラシー(思想)としてのアメリカ」ではなく、「風俗と消費の大衆的なアメリカニズム」であり、それは戦後にまで及ぶと論じている。

(90) 吉見俊哉『親米と反米――戦後日本の政治的無意識』(岩波書店、二〇〇七)、一六二頁。

(91) 代表的なディペンデント・ハウスとして、代々木にあったワシントン・ハイツ、三宅坂にあったパレス・ハイツ、国会議事堂前にあったジェファーソン・ハイツ、小島信夫の「アメリカン・スクール」のモデルにもなった成増のグラント・ハイツが挙げられる。

(92) ジョン・ダワー『敗北を抱きしめて』上、二七〇頁。

(93) 『朝日新聞』の『ブロンディ』連載が一九五一年に『サザエさん』と交替したことはよく知られるが、その後『ブロンディ』は『週刊朝日』に場を移して一九五六年まで連載が続いた。一九五〇年代には映画化され、その後、九六二年四月からはフジテレビからテレビ映画として放映されたという。安田常雄は同漫画を、「一九五〇年代前半の大衆文化のなかのアメリカイメージを最もよく象徴するものであった」と評する。安田常雄「大衆文化のなかのアメリカ像――『ブロンディ』からTV映画への覚書」（『アメリカ研究』二〇〇三・三）、二頁。さらに安田は同論文で、アメリカ的家庭生活の受容の媒体が、五〇年代半ば以降はテレビドラマへと受け継がれていったと論じている。

(94) 山本明『戦後風俗史』（大阪書籍、一九八六）、一一二頁。

(95) 瀧田佳子『アメリカン・ライフへのまなざし――自然・女性・大衆文化』（東京大学出版会、二〇〇〇）、二二一頁。

(96) 天野正子「「解放」された女性たち――「男女の五五年体制」へ」中村政則・天川晃・尹健次・五十嵐武士（編）『戦後日本占領と戦後改革　戦後思想と社会意識』第三巻（岩波書店、一九九五）、二三一～二三二頁。

(97) 同前書、二三一～二三二頁。

(98) 坂田稔「日本型近代生活様式の成立」南博社会心理研究所『続・昭和文化1945‐1989』（勁草書房、一九九〇）、一七頁。

(99) 瀧田佳子『アメリカン・ライフへのまなざし』、二二一頁。

(100) 同前書、二二三頁。

(101) 同前書。このほか、アメリカ式の家庭文化の受容には、『レディース・ホーム・ジャーナル（*Ladies' Home Journal*）』や『グッド・ハウスキーピング（*Good Housekeeping*）』に代表される女性向けの家庭雑誌が担った役割も大きかったと言えよう。

(102) 経済企画庁『経済白書』（大蔵省印刷局、一九五六）。

(103) 原克『白色家電の神話――モダンライフの表象文化論』（青土社、二〇一二）、七頁。

(104) 詳しくは、例えば吉見俊哉「アメリカナイゼーションと文化の政治学」見田宗介・井上俊・上野千鶴子・大澤真幸・吉見俊哉『岩波講座　現代社会学 現代社会の社会学』第一巻（岩波書店、一九九七）を参照。

(105) 坂田稔「日本型近代生活様式の成立」『続・昭和文化1945‐1989』、二〇頁。

(106) 作品で小島は「アーミッシ」という表記を用いているが、本書では作品からの直接の引用を除いては、より一般的に用いられている「アーミッシュ」の表記を用いることとする。同様の理由から、「メナナイト」（小島表記）も引用を除いて「メノナイト」と表記する。

(107) 井出義光（編）『アメリカの地域――合衆国の地域性』（弘文堂、一九九二）、二二一頁。井出によれば、一九五九年の訪米時に当時のソ連のフルシチョフ首相一行は「アメリカ農業の典型的な場所としてアイオワ州を訪れ」た。

(108) 農家の少年が小島に深い印象を残したことは、随筆「アイオワ農家の少年」からも窺える。フィッシャー家を題材として書いた同随筆で小島は、この農家を「六十エーカーぐらいの農地をもっていたから、中農と小農の間といったところ」と紹介している。

(109) 小島信夫「異郷の道化師」『異郷の道化師』、一七頁。

(110) 同前書、三四頁。

(111) 同前。

(112) 以上、同前書、三三~三四、四一頁からの要約。補足すると、プロテスタントの一派であるアーミッシュは、ピューリタンとは異なりアナバプティスト（再洗礼派）の系統を汲む。アーミッシュとクエーカーはいずれも宗教の自由を求めてヨーロッパからアメリカに移住してきたプロテスタントの一宗派である。初期の開拓期に特に両者は密接な関係を取り結んだ。一六八一年にウィリアム・ペン率いるクエーカー一派が宗教的な迫害を逃れてヨーロッパから北米へ移住してペンシルベニアを開拓する。そして同じく厳しい宗教弾圧を受けていたアーミッシュをこの地に受け入れたことから、アーミッシュのペンシルベニアへの入植移住の道が開けた。アーミッシュの最初の一派がアメリカに移民した正確な時点については諸説あるが、一八世紀前半頃であると言われている。はじめはペンシルベニア州を中心に移り住み、移住が進むと一九世紀中盤までにオハイオ州、イリノイ州、インディアナ州、アイオワ州といった地域に拡がった。アーミッシュは一六九三年にスイスでメノナイトから袂を分かち分離独立した宗派である。アーミッシュもクエーカーも教義を忠実に守り、信仰に深く根ざした生活を営むことで知られる。以上の説明は、池田智『アーミッシュの人びと——「従順」と「簡素」の文化』（サイマル出版会、一九九五）及び堤純子『アーミッシュ』（未知谷、二〇一〇）による。

(113) 小島信夫「異郷の道化師」『異郷の道化師』、一四頁。

(114) 同前書、三九頁。

(115) A Letter from Nobuo Kojima to Robert W. July, dated August 29, 1957, p.1.

(116) 小島信夫「異郷の道化師」『異郷の道化師』、一一頁。

(117) 同前書、三六~三七頁。

(118) 同前書、四〇頁。

(119) ただし、ウェナストルム家は、小島が三番目に滞在した福音主義同胞教会メンバーの一家をモデルにしている。

(120) 坂田稔「日本型近代生活様式の成立」『続・昭和文化1945‐1989』、二〇頁。

(121) 冷戦と家電との密接な関わりを語る際によく引き合いに出される逸話に、所謂「台所論争」がある。アメリカ的消費様式が時代ごとに持った意味を概観した常松洋は、冷戦下で米ソ「二大国は、アプローチの違いこそあれ、国民生活の向上に自らの体制存続の保証を見出そうとした」し、「少なくともアメリカにとって、消費は、冷戦に勝利するための必須条件となった」のだと指摘する。常松洋「アメリカ的消費様式」常松洋・松本悠子（編）『消費とアメリカ社会――消費大国の社会史』（山川出版社、二〇〇五）、六頁。このことを端的に物語る逸話が、一九五九年にモスクワで開かれたアメリカ博覧会の会場で、ニクソン副大統領とソ連首相フルシチョフの間で行われた「台所論争」である。展示会場で最新の家電製品が完備されたアメリカのモデルハウスの台所を案内したニクソン副大統領はソ連首相フルシチョフに向けて、「それが家事の苦痛から女性を解放するアメリカ的生活様式の真髄であること、またアメリカには多様な商品を選択して購入する自由があることを論じ、階級のない社会でだれもが繁栄を享受するという理想に一番近いのがアメリカだと結論づけた」という。世界の人々の心を勝ち取るために両陣営がしのぎを削るなか、冷蔵庫に代表される家電は、冷戦の武器と化したのである。島田眞杉「五〇年代の消費ブームとそのルーツ」同前書、二一〇頁。むろん、冷戦下のアメリカの広報戦略は、このような記号の持つ意味内容を表象戦略の上で積極的に利用した。

(122) メアリー・ティン・イー・ルー「農村青年のカリフォルニア訪問」『占領する眼・占領する声』、一七〇～一七一頁。

(123) 青山芳之『家電』、七六～七七頁。

(124) 数値は経済企画庁が行った『消費者動向予測調査』の結果に基づく。青山芳之『家電』、九六頁からの再引用による。

(125) メアリー・ティン・イー・ルー「農村青年のカリフォルニア訪問」『占領する眼・占領する声』、一七一頁。

(126) 小島信夫「広い夏」、一五五頁。

(127) 例えば清沢洌「スピードの国アメリカ――アメリカ通信」（『中央公論』一九二九・二）を参照。

(128) アーミッシュの生き方については、例えば池田智『アメリカ・アーミッシュの人びと――「従順」と「簡素」の文化』（明石書店、一九九九）及び池田智『アーミッシュの人びと――「従順」と「簡素」の文化』、一二五～一六七頁も参照。池田は、アーミッシュの生き方の特徴として、生活のなかで簡素さを守り、進歩よりも伝統を重んずることに加えて、個人主義を否定し神と共同体の意志を優先することを挙げている。

(129) 小島信夫「広い夏」『異郷の道化師』、一八二〜一八四頁。
(130) 常松洋「アメリカ的消費様式」『消費とアメリカ社会――消費大国の社会史』、六頁。、一一頁。
(131) 小島信夫「広い夏」『異郷の道化師』、一八五〜一八六頁。
(132) 同前書、一八九〜一九〇頁。
(133) 同前書、二〇三頁。
(134) 農村の生活をアメリカ文化を代表するものと見たのは、小島だけではない。江藤淳は「アメリカの古い顔」のなかで、「「アメリカン・ウェイ・オブ・ライフ」とは、米国の農民生活をもとにして発展した生活様式と価値観の集合」であり、そこから「民主主義」の原理が生れたとしている。そして農業的過去との連続の上に立つアメリカは、その歴史の短さにもかかわらず、明治維新と敗戦を経て古い価値の否定と過去との断絶の上に歴史を築いてきた日本と比べてもむしろより「古い」国にさえ成りうると主張した。江藤淳「アメリカの古い顔」『アメリカと私』(文藝春秋、一九九一)、二〇三〜二〇七頁。
(135) 阿川弘之『カリフォルニヤ』、一一四頁。松本悠子「消費文化の成立――大量消費社会におけるジェンダー・地域・人種」『消費とアメリカ社会――消費大国の社会史』は、一九一〇年代から二〇年代にかけてのアメリカで、「農業の機械化と経営の「近代化」」、「農村生活の「近代化」」を通じて、農村の近代化を推進する「農村生活改善運動」がどのように進められたかを考察している。
(136) 安岡章太郎『アメリカ感情旅行』(岩波書店、一九七〇、[初版]一九六二)、五八〜五九頁。
(137) 同前書、四一頁。
(138) のちに一九七一年の版全集収録時に「狼藉者のいる家」に改題。
(139) 瀧田佳子『アメリカン・ライフへのまなざし』、九六頁。
(140) 小島信夫「小さな狼藉者」『異郷の道化師』、九九頁。
(141) 同前書、一〇〇頁。
(142) 同前書、一〇二頁。
(143) 同前書、一〇八頁。
(144) 同前書、一〇九頁。
(145) 同前書、一一八〜一一九頁。

（1）福田清人「才女才筆――古風な世界に新しい照明あてる」（『日本読書新聞』一九五八・五・一二、第三面）。

（2）「地唄」は『断弦』の第二章としてほぼそのままの形で組み込まれた。

（3）臼井吉見「才女時代の到来」（『産経時事』一九五七・五・九、第一〇面）、正宗白鳥「今の文壇は才女時代か」（『婦人公論』一九五七・一二）など。

（4）有吉佐和子「NOBODYについて」『坂西志保さん』編集世話人会『坂西志保さん』（国際文化会館、一九七七）、二二一頁。

（5）岡本和宜「年譜」井上謙・半田美永・宮内淳子（編）『有吉佐和子の世界』（翰林書房、二〇〇四）、二八五頁による。

（6）有吉佐和子「NOBODYについて」、二二一頁。

（7）有吉佐和子「ゴージャスなもの」（『演劇界』一九七七・一）。

（8）Sawako Ariyoshi, Personal History and Application for a Fellowship in [Humanities], July 3, 1959, folder Ariyoshi Sawako, box 11, series Fellowship Files, RG10.1, Rockefeller Foundation Archives, RAC, Sleepy Hollow, N.Y. 原文は次の通り。'Tradition' has been the main subject in my work. In postwar Japan, everything old has been destroyed or abandoned, and there is no trace of tradition in the life of young people. To possess a correct understanding of 'tradition' and to advocate to make it a basis of our modern life is, in my opinion, one of the duties of men of letters. In this connection, I cannot help feel the danger of Japanese people to fall into a small-scale conservatism in Japan.

In these days when the international exchange of culture is taking place very actively, I want to experience overseas life in order to broaden my outlook on life and renew my own country from overseas. I feel sure that, looking at Japan from overseas, the Japanese tradition will appeal to me with a great significance.

（9）Fellowship for: Sawako Ariyoshi, August 6, 1959, folder Ariyoshi Sawako, box 11, series Fellowship Files, RG10.1, Rockefeller Foundation Archives, RAC, Sleepy Hollow, N.Y. 原文は次の通り。The primary concern of her writing is the problem in Japan in retaining a link with traditional Japanese culture despite the rapid introduction of Western culture and institutions. Consequently, she embodies in her own person a combination of the traditional and the new which will likely be an important characteristic of Japanese belles-letters in the future. In order to help Miss Ariyoshi broaden her prospects and gain firsthand knowledge of Western culture and institutions, the present fellowship is recommended.

（10）Sawako Ariyoshi, Personal History and Application for a Fellowship in [Humanities]: Attached Sheet, July 3, 1959. 原文は次の通り。I want to study chiefly subjects relating to theatrical performances. (…) I want to see the theatres on Broadway and as large a variety of shows as possible, and want to make as many acquaintances as possible among experts on theatres.

However, I would like to make a certain university my center of activities. By living in a university dormitory, I would like to come in contact with the daily life of the present-day American young people. In this respect, it seemed to me that Miss Sakanishi's suggestions are most adequate. I would therefore ask you to take her opinions into consideration.

During the university vacation, I would like to visit as many cities and towns as possible, and get familiar with the actual state of small theatre movement. If opportunities offer me to do so, I would like to join the troupes of summer theatres.

In addition, it is my keen desire to have a proper knowledge of American homelife, particularly that of young people.

（11）このほか、坂西志保が有吉の渡米直前にファーズに書き送った書簡で、有吉がニューヨークのエリートたちとの交流にのみ興味と熱意を持っていることへの憂慮を綴り、大学を拠点とすることを彼女に約束させたと報告していることも、このことを裏付ける。Excerpt from Dr. Shio Sakanishi's Letter to CBF, dated November 1, 1959.

（12）A Letter from Gerald Fountain to Robert W. July, dated February 16, 1960 ; RWJ Interview with Miss Sawako Ariyoshi, November 30, 1959, folder Ariyoshi Sawako, box 11, series Fellowship Files, RG10.1, Rockefeller Foundation Archives, RAC, Sleepy Hollow, N.Y.

（13）CBF Interview with Professor F. Edward Solomon: Telephone Call, April 6, 1960; CBF Interview with Miss Sawako Ariyoshi, April 7, 1960, folder Ariyoshi Sawako, box 11, series Fellowship Files, RG10.1, Rockefeller Foundation Archives, RAC, Sleepy Hollow, N.Y. Fellowship Recorder Cards: ARIYOSHI, Sawako も参照。

（14）CBF Interview with Miss Sawako Ariyoshi, May 13, 1960.

（15）CBF Interview with Miss Sawako Ariyoshi, July 27, 1960.

（16）CBF Interview with Miss Sawako Ariyoshi, June 14, 1960; CBF Interview with Miss Sawako Ariyoshi, August 2, 1960.

（17）明石康「有吉佐和子のニューヨーク」井上謙・半田美永・宮内淳子（編）『有吉佐和子の世界』（翰林書房、二〇〇四）、一五六頁。

(18) CBF Interview with Miss Sawako Ariyoshi, June 14, 1960; CBF Interview with Miss Sawako Ariyoshi, August 2, 1960.
(19) 明石康「有吉佐和子のニューヨーク」『有吉佐和子の世界』、一五七頁。
(20) 同前書、一五八頁。
(21) CBF Interview with Miss Sawako Ariyoshi, July 27, 1960.
(22) 明石康「有吉佐和子のニューヨーク」『有吉佐和子の世界』、一五六頁。
(23) 有吉佐和子「ＮＯＢＯＤＹについて」『坂西志保さん』、二二一～二二二頁。
(24) CBF Interview with Miss Sawako Ariyoshi, May 13, 1960.
(25) 明石康「有吉佐和子のニューヨーク」『有吉佐和子の世界』、一五八頁。
(26) 井上健「日本女性作家たちの外国との関わり――一九六〇年代の大庭、有吉、そして倉橋を中心に」児玉実英・杉野徹・安森敏隆（編）『二〇世紀女性文学を学ぶ人のために』（世界思想社、二〇〇七）、四四頁。
(27) 有吉佐和子「ああ十年！」宮内淳子（編）『作家の自伝一〇九・有吉佐和子』（日本図書センター、二〇〇〇）、一九〇頁。
(28) 千頭剛「有吉佐和子――苛烈で優雅な女権宣言の文学」（『関西文学』一九九六・一）、二三頁。
(29) 女性作家の渡米を視点としてみれば、同時代には、ほぼ同世代である倉橋由美子と大庭みな子が渡米している。井上健「日本女性作家たちの外国との関わり」『二〇世紀女性文学を学ぶ人のために』、四四～五七頁を参照。
(30) 羽矢みずき「〈才女〉時代――戦後十年目の旗手たち」加納実紀代（編）『リブという革命』（インパクト出版会、二〇〇三）。佐藤泉「『非色』――複数のアメリカ／複数の《戦争花嫁》」『有吉佐和子の世界』、二一九頁も参照。作家の没後二〇年の節目に出版された同書は、有吉の作品世界を体系的に見直す初の試みであった。
(31) 「才女よ、さようなら」（『週刊公論』一九五九・一一）。
(32) 『アメリカへの手引（*Introduction to America*）』. Frank Donovan Associates, 1951. 東京大学大学院情報学環・学際情報学府所蔵。
(33) メアリー・ティン・イー・ルー「農村青年のカリフォルニア訪問――アメリカ文化外交の場としての家族農場」土屋由香・吉見俊哉（編）『占領する眼・占領する声――ＣＩＥ／ＵＳＩＳ映画とＶＯＡラジオ』（東京大学出版会、二〇一二年）、一五九頁。
(34) 安岡章太郎「戦争花嫁通した黒人問題――有吉佐和子著『非色』」（『週刊朝日』一九六四・九・二五）、九三頁。

(35)セオドア・グーセンは「檻のなかの野獣」平川祐弘・鶴田欣也(編)『内なる壁――外国人の日本人像・日本人の外国人像』(TBSブリタニカ、一九九〇)、五四二頁で、「有吉佐和子の徹底した調査と、人種問題に関する歴史的、社会的、経済的側面の延々たる分析をここで紹介することは、紙面の制約上無理がある。彼女の意見は、一九六〇年代中葉の進歩的思潮に注意深く目盛りを合わせてある、といえば充分であろう。彼女は小島信夫同様、「黄色い黒ん坊」の役割を押し付けられた第三者の立場から物語を展開するが、そこには皮肉やユーモアの片鱗さえみられない。それは、有吉が主人公の笑子にあまりにも自分を重ね合わせていることにもよるが、彼女の意図が本質的にこの上なく教訓的であることにもよる。『非色』が、人種偏見に関する独善的道徳教本として読まれることが多いのはそのためである」と評している。

(36)安岡の書評のほかに、井上俊夫「人種問題を告発――有吉佐和子著『非色』」(『日本読書新聞』一九六四・九・七、第五面)、大橋健三郎「日本人の見た人種問題――有吉佐和子『非色』」(『朝日ジャーナル』一九六四・一〇・四)、林房雄「文芸時評――現代と取り組む『非色』」(『朝日新聞』一九六四・六・二七)などの書評が人種小説として作品を取り上げて紹介している。

(37)セオドア・グーセン「檻のなかの野獣」『内なる壁』、五四二頁。このほか、人種問題を取り上げた小説として論じた論考として、例えば本田創造「『非色』の世界」『有吉佐和子選集　月報五』第八巻(新潮社、一九七〇)は、「アメリカの複雑な人種問題の諸相を内側から描いてみせた異色の力作」と評している。沢田章子「「非色」から「海暗」まで」(『民主文学』一九七〇・六)も人種的観点から作品を論じている。

(38)その最も端的な例が、本田創造の「『非色』の世界」『有吉佐和子選集　月報五』第八巻である。本田創造は、『非色』にあらわれる「色ではない」という「非」の論理に注目した上で、「どうして、このような「非」の論理を、日本人である笑子にたくして、その直接的な担い手である黒人たちのなかにはみようとしなかったのか。この点は、『非色』を黒人問題をテーマにした作品とうけとるかぎり、この作品の限界をしめすものといえよう」と作品を評しており、語り手の笑子を黒人問題の観察者としてのみ捉え、物語の主体として捉えていないのである。同前書、三頁。

(39)アメリカに渡った戦争花嫁たちの実態に光をあてた最も早い試みとしては、江成常夫『花嫁のアメリカ』(講談社、一九八一)が挙げられる。二〇〇〇年度以降は、安富成良の研究を中心に大きく進展を見た。主な参考文献は次の通り。島田法子(編)『写真花嫁・戦争花嫁のたどった道――女性移民史の発掘』(明石書店、二〇〇九)、安富成良・スタウト梅津和子『アメリカに渡った戦争花嫁――日米国際結婚パイオニアの記録』(明石書店、二〇〇五)、林かおり・田村恵子・高津文美子『戦争花嫁——国境を越えた女たちの半世紀』（芙蓉書房出版、二〇〇二）、植木武（編）『「戦争花嫁」五十年を語る——草の根の親善大使』（勉誠出版、二〇〇二）及び竹下修子『国際結婚の社会学』（学文社、二〇〇〇）。日本人戦争花嫁を取り上げた英語文献としては、Anselm L. Strauss, “Strain and Harmony in American-Japanese War-Bride Marriages”, in Milton L. Barron (ed.) *The Blending American* (Chicago: Quadrangle Books, 1972). Evelyn Nakano Glenn, *Issei, Nisei, War Bride: Three Gerations of Japanese American Women in Domestic Service* (Philadelphia: Temple University, 1986) など。

(40) 佐藤泉「『非色』」『有吉佐和子の世界』、二一四～二二七頁。

(41) 安富成良・スタウト梅津和子『アメリカに渡った戦争花嫁』の第四章の安富成良の論考「戦争花嫁のステレオタイプ形成」で、「日本において戦争花嫁を取り扱った書籍として最初に出版されたもの」として『非色』を挙げている。但し、安富の作品への評価は、「パターン化された戦争花嫁へのイメージの表出であり、読者にステレオタイプ化された戦争花嫁像を結果的に再確認させてしまうのではないかという危惧を抱かせる」（一〇三頁）というものである。しかしながら、多くの人が戦争花嫁については「外国人に身を売った女性」といった漠然としたイメージしか持たなかった発表当時においてこのテクストを評価するならば、それが果たした役割は十分であったと考える。

(42) 『非色』を論じた作品論としては、佐藤泉「『非色』」『有吉佐和子の世界』、セオドア・グーセン「檻のなかの野獣」『内なる壁』のほか、浜本武雄「人種問題へのアプローチ——有吉佐和子『非色』をめぐって」（『二十世紀文学』一九六四・九）などがあるが、佐藤の精緻で極めて示唆に満ちた論考を含めて、作品の精読（eplication de texte）を手がけた先行論文は未だない。

(43) ドウス昌代『マッカーサーの二つの帽子』（講談社、一九八五）、一九頁。

(44) 竹下修子『国際結婚の社会学』、八七頁。

(45) 例えばエドウィン・O・ライシャワーは、「不平等なたたかいの中でまず死を覚悟し、次に征服者による強姦と略奪にたいし堅固な意志を固めたこの国民にたいし、占領軍の秩序あるふるまいと寛大な友好的態度が、感謝あふれる熱狂的反応をもたらした」と自負する言葉を残している。エドウィン・O・ライシャワー『日本——過去と現在』（鈴木茂吉訳、時事通信社、一九六七）参照。

(46) 具体的には、女性政策のなかでも目玉であった婦人参政権の付与は女性たちの政治参加を保証し、新憲法第二四条に定められた結婚の自由、夫婦同権、個人の尊厳と男女平等によって、家制度が解体され、家庭における両性の間の平等が推し進められた。

(47)正式な名称は「外国軍駐屯地における慰安施設に関する通牒」。

(48)『R・A・A協会沿革誌』の記載によれば、日本政府の命令を受けた日本勧業銀行から三千三百万円ほどの融資が行われたという。平井和子『日本占領とジェンダー――米軍・売買春と日本女性たち』(有志舎、二〇一四)、六六頁。

(49)市川房枝(編)『日本婦人問題資料集成　人権』第一巻(ドメス出版、一九七八)、五三五頁。竹下修子『国際結婚の社会学』、八七～八八頁より再引用。

(50)このような性慰安施設の設立には、まぎれもなく日本軍が戦時下でふるった暴力の記憶があったことを多くの論者は指摘する。RAAの設立から廃止に至るまでの経緯、全貌については、坂口勇造(編)『R・A・A協会沿革誌』(RAA協会、一九四九)に詳しくまとめられている。RAAについては五〇年代から幾つかのルポルタージュがあったが、関係者の聞き取りと米国側資料調査を基にはじめて本格的に解明を試みたのは、ドウス昌代であった。ドウスによるノンフィクション『敗者の贈物――国策慰安婦をめぐる占領秘史』(講談社、一九七九)は、一九八五年に『マッカーサーの二つの帽子』として文庫化され、一九九五年の重版の際に、『敗者の贈物――特殊慰安施設RAAをめぐる占領史の側面』と再び改題された。以後、多くの研究によってRAAの全貌が明らかになりつつある。代表的なものとして、平井和子『日本占領とジェンダー――米軍・売買春と日本女性たち』(有志舎、二〇一四)、恵泉女学園大学平和文化研究所(編)『占領と性――政策・実態・表象』(インパクト出版会、二〇〇七)所収の早川紀代「占領軍兵士の慰安と売買春制の再編」及び平井和子「RAAと「赤線」――熱海における展開」など。

(51)ドウス昌代『マッカーサーの二つの帽子』、一九頁。尤も、外国人に国が日本女性を差し出すのは初めてではなかった。声明文のなかにある「お吉」とは、ペリー提督の来航により日本が開国させられた後、日米修好条約の締結にあたったタウンゼント・ハリス初代米国総領事の妾にあてがわれた女性である。ジョン・ダワー『敗北を抱きしめて』上巻(三浦陽一・高杉忠明訳、岩波書店、二〇〇一)、一五一頁。

(52)詳しくは、平井和子の『日本占領とジェンダー』の第一章及び、「RAAと「赤線」」『占領と性』を参照。RAAの「目論見書」には、設立目的を「関東地区駐屯軍将校並に一般兵士の慰安」と記している。銀座に本部事務所を置き、品川区大井周辺の慰安所と都内各地のキャバレー、ビアホールなど、東京周辺地区(千葉県市川市含む)にさまざまな慰安施設を備えた。熱海・箱根にも置かれていたという。平井和子『日本占領とジェンダー』、五二頁。

(53) ここには、敗戦によって植民地を手放した日本がそれまで植民地の統合のために推し進めた混合民族政策(その端的な例は、内鮮結婚の奨励)に基づく過去を抹消し、新生日本は単一で純粋な血統からなるとする建前のもとに、一気に軌道修正して新たな第一歩を踏み出す瞬間が捉えられているように思える。単一民族神話については小熊英二によって考察がなされており、そこでは「単一純粋の起源をもつ、共通の文化と血統をもった日本民族だけで、日本国が構成されてきたし、また現在も構成されているという観念」と定義される。小熊英二『単一民族神話の起源』(新曜社、一九九五)、七~八頁。

(54) 有賀夏紀「アメリカ占領軍向け「慰安施設」に見られるジェンダー・人種・階級――RAAをめぐって」瀧田佳子(編)『太平洋世界の文化とアメリカ――多文化主義・土着・ジェンダー』(彩流社、二〇〇五)、九六~九七頁。

(55) 竹下修子『国際結婚の社会学』、八八~八九頁及び平井和子『日本占領とジェンダー』、三三一~三三八頁。

(56) 加納実紀代「まえがき」『占領と性』、七頁。

(57) 有賀夏紀「アメリカ占領軍向け「慰安施設」に見られるジェンダー・人種・階級」『太平洋世界の文化とアメリカ』、八三、八七頁。

(58) 尤も、一方で「大和なでしこ」の貞淑な美徳を説きながら、他方では国家政策のために売春を利用する矛盾した態度は、何も占領期に始まった目新しいものではない。古くは江戸時代から第二次世界大戦時にかけて、日本国家の南方などへの海外進出に伴って日本男子の現地での性欲問題の解決のために「からゆきさん」を利用した。

(59) こうした側面については、既に多くの論者による批判的論及がある。例えば平井和子は『日本占領とジェンダー』の六三頁で、「敗者―勝者の男性間で、被占領国女性が取り引きされたジェンダー差別の構図」があると正しく指摘している。また、有賀は前掲論文で、総じて「ここにおける男女の関係は、階級、人種、政治・軍事、経済の側面における支配者と被支配者の関係により規定され、女性が男性に従属する家父長制ジェンダーの支配関係が最も極端な形で現れたものだった」(九八頁)と指摘する。

(60) 平井和子『日本占領とジェンダー』、四頁。

(61) マイケル・モラスキー「アメリカと寝る、とは――被占領体験の表現をめぐって」(『図書』一九九七・一二)。鈴木直子「一九五〇年代をジェンダー・メタファーで読みかえる」川村湊(編)『「戦後」という制度――戦後社会の「起源」を求めて』(インパクト出版会、二〇〇二)。佐藤泉「『非色』」『有吉佐和子の世界』。

(62) 占領の屈辱体験を問う調査で、男女を問わずこぞって占領軍兵士と戯れる女性を挙げる回答が多いのはこのためである。例えば、加納実紀代『戦後史とジェンダー』(インパクト出版会、二〇〇五)、四八～四九頁に掲載された、「女たちの現在を問う会」が六四四人の日本人女性を対象に実施したアンケート調査では、「戦後、敗戦国のみじめさを感じたことがありますか」「みじめさを感じた方は何によってですか」という質問に対して、敗戦当時一〇代から二〇代であったいずれの世代においても、「進駐軍との差別」や「マッカーサーと天皇の写真」などを抜いて、「日本女性が米人に媚びる」という理由が圧倒的に一位を占めた。

(63) 吉村昭「臀部の記憶」『私の引き出し』(文藝春秋、一九九六)。

(64) RAAと〈パンパン〉との間には、直接の繋がりがある。日本国家の肝いりで計画され、大々的な募集をかけて設置されたRAAは、占領軍兵士の間に性病が蔓延し、アメリカ本国で道徳的批判が強まったために、開業からわずか二ヵ月で立ち入り禁止(Off Limits)となり、閉鎖を余儀なくされた。そのために多くの女性たちが職を失い、街へ流れ出て街娼となった。一方、GHQは一九四六年一月に「日本における公娼制度の廃止に関する連合国軍最高司令官覚書(SCAPIN642)」を発令し、デモクラシーの理想と国民の自由に反するものとして公娼制度を禁止したが、これと同時に自由な意志に基づく稼業を認める赤線地区を設置し、引き続き売春を利用した。こうした経緯から、平井和子は、「RAAがその後の「赤線」や基地周辺の「パンパン」たち誕生の母体となった」と指摘する(平井和子『日本占領とジェンダー』三七頁)。即ち〈パンパン〉は、日本の国策とGHQの占領政策の所産である。平井和子が「日米合作の性政策」と表現するように、占領を日米の合作(embrace)とみるジョン・ダワーの視点は、占領下の売春と女性たちをめぐる状況を考える上でも有効といえる。RAAの解体とGHQの売春対策については、平井和子『日本占領とジェンダー』、有賀夏紀「アメリカ占領軍向け「慰安施設」に見られるジェンダー・人種・階級」『太平洋世界の文化とアメリカ』を参照。恵泉女学園大学平和文化研究所(編)『占領と性』には、RAAを含めて、GHQの性政策の諸相に光をあてた論文が収められている。

(65) 詳しくは丸川哲史『冷戦文化論』所収の「「肉体」の磁場」などを参照。

(66) 一例として『黄金伝説』では、「ひとごみのあたまの上にそびえて、すばらしくせいの高い、あやしいまでの色の黒い、一箇の頑強な兵士」という表現で黒人兵を描写している。石川淳「黄金伝説」『石川淳全集』第二巻(筑摩書房、一九八九)、三三二頁。

(67) 『肉体の門』が検閲の対象となったことはよく知られる。横手一彦『非占領下の文学に関する基礎的研究／論考編』(武蔵野書房、一九九六)、一九八～一九九頁の「資料2・被占領下の文学に付された検閲番号の具体例——被占領下の文学作品の隠されたIDナンバー」を参照。一方、テクストから検閲を避けるための作者の工夫が見受けられることも指摘されている。例えばマイク・モラスキー『占領の記憶／記憶の占領―戦後沖縄・日本とアメリカ』（鈴木直子訳、青土社、二〇〇六）、三九頁や丸川哲史「「肉体」の磁場」を参照。

（68）Michael S. Molasky, *The American Occupation of Japan and Okinawa: Literature and Memory* (London and New York: Routledge, 2001).［邦訳］マイク・モラスキー『占領の記憶／記憶の占領』。

（69）大衆の〈パンパン〉への関心の高まりは、二人の〈パンパン〉女性を囲んで話を聞くという企画であった飯塚浩二・宮城音彌・佐多稲子・三島由紀夫・森田政次ほか「実録調査座談会　パンパンの世界」（『改造』一九四九・一二）にも窺われる。

（70）平井和子『日本占領とジェンダー』、一四頁。反米、反基地の立場からジャーナリズム活動を行った神崎清は、〈パンパン〉や基地問題に関する代表的な論者であった。五〇年代に優勢であった反米ナショナリズムの立場から反基地運動に携わった神埼清の売春に関する一連の論考やルポは、『売笑なき国へ』（一燈書房、一九四九）、『娘を売る町――神埼レポート』（新興出版社、一九五二）、『夜の基地』（河出書房、一九五三）、『戦後日本の売春問題』（社会書房、一九五四）などで追及され、『売春　決定版・神埼レポート』（現代史出版会、一九七四）にまとめられた。このほか、猪俣浩三・木村禮八郎・清水幾太郎（編著）『基地日本――うしなわれいく祖国のすがた』（和光社、一九五三）、西田稔『基地の女』（河出書房、一九五三）、『オンリーの貞操帯――何が彼女たちに生ませたのか』（第二書房、一九五六）、清水幾太郎・宮原誠一・上田庄三郎（編著）『基地の子――この事実をどう考えたらよいか』（光文社、一九五三）や、社会学的調査に基づいて書かれたものとして、慶応義塾大学社会事業研究会『慶応義塾大学社会事業研究会調査報告書』第一集（一九五三）、渡辺洋二『街娼の社会学的研究』（鳳弘社、一九五〇）などを参照。

（71）水野浩（編）『日本の貞操――外国兵に犯された女性たちの手記』（蒼樹社、一九五三）。

（72）マイク・モラスキー『占領の記憶／記憶の占領』、二二九頁。

（73）鈴木直子「一九五〇年代をジェンダー・メタファーで読みかえる」『「戦後」という制度』。

（74）田中貴美子『女の防波堤』（第二書房、一九五七）。

（75）マイク・モラスキー『占領の記憶／記憶の占領』、二四九頁。

（76）同前書の第四章参照。

（77）むろん、女性たちに向けられるまなざしは、現実の女性たちと区別されねばならない。近年戦争花嫁自身による証言と研究の進展により、社会的に広く共有された先入観やステレオタイプとは異なる実像が明らかになりつつある。例えば、一般に戦争花嫁という言葉から白人との結婚を思い浮かべる通念に反して、実際には日系兵士との結婚が多数を占めていた。一九四七年八月二二日の時点で、日本人花嫁との結婚申請を届け出た八二三件のうち五九七件までが、日系兵士によるものであったという。残りの申請のうち、二一一名が白人、わずか一五名が黒人であった。こうしたことから、移民法の撤廃は、日系市民協会の強い働きかけがあって実現したものであった（林かおり・田村恵子・高津文美子『戦争花嫁――国境を越えた女たちの半世紀』、二八頁）。また、実際にアメリカに渡った女性たちを対象とした調査によれば、戦争花嫁の大部分は基地周辺で働く女性で、特殊慰安施設協会で働くダンサーやバーの女給もいたが、軍関係の事務員、PX要員、ハウスメイド、タイピスト、ウェイトレスなどが圧倒的に多くを占めたという。下層階級出身であるという一般的な通念に反して、経済的には中流階級の出身に属していた女性も多かったことも明らかにされている。一般に弱々しく悲劇的な運命に晒された女性といった固定観念に対し、外国へ渡るほどに独立心が強い女性たちが多かったことも言われている。

(78) 有吉佐和子『非色』（中央公論社、一九六四）、三頁。以下、『非色』からの引用はこの単行本初版による。

(79) 同前書、三三九頁。

(80) 同前書、四頁。

(81) 佐藤泉「『非色』」『有吉佐和子の世界』、二二〇頁。

(82) GIとはもともと「Government Issue」即ち官給品のことを指し、兵士の衣服などがすべて国からの支給品であったことからと呼ばれるようになったという。秋尾紗戸子『ワシントンハイツ――GHQが刻んだ戦後』（新潮社、二〇一一）、一八六頁。

(83) 有吉佐和子『非色』、八頁。

(84) RAAの場合、売春婦と短時間を過ごす料金は一五円、一ドルで、これは当時の日本の市場で煙草半箱の値段に該当したという。ジョン・ダワー『敗北を抱きしめて』、一五五頁。

(85) ダグラス・ラミス『内なる外国――『菊と刀』再考』（加地永都子訳、時事通信社、一九八一）、六三～六四頁。

(86) ジョン・ダワー『敗北を抱きしめて』、一六七頁。

(87) 同前書、一五五頁。

(88) 有吉佐和子『非色』、八頁。

(89) マイク・モラスキーは『占領の記憶／記憶の占領』で、売春婦と堅気の女性たちの区分を問題にする女性作家たちの作品として、広池秋子「オンリー達」(『文学者』一九五三・一)、中本たか子「基地の女」(『群像』一九七四・七)、平林たい子「北海道千歳の女」(『小説新潮』一九五二・一二)を取り上げて論じている。
(90) 松本清張「黒地の絵」(『新潮』一九五八・三)。同作品は、朝鮮戦争下の小倉で起きた黒人の脱走兵による婦女の暴行事件を題材にしている。
(91) 勝又浩『「鐘の鳴る丘」世代とアメリカ――廃墟・占領・戦後文学』(白水社、二〇一二)、一五五頁。
(92) 東谷護『進駐軍クラブから歌謡曲へ――戦後日本ポピュラー音楽の黎明期』(みすず書房、二〇〇五)。東谷は同著で、占領下で進駐軍クラブに出入りしていた日本人のバンドマンや音楽関係者から戦後日本の大衆音楽の基盤と発展に繋がる水脈を辿って見せた。
(93) 劇場の暗闇で初めて手を握られた笑子は、これを「劇場におけるアメリカの礼儀とか習慣」であろうかと訝りながら受け入れ、東京宝塚劇場が接収されたアーニー・パイルの劇場で「目に眩ゆく美し」い舞台を、「戦争に勝って、負けた国民たちをラインダンスに使って、母国の唄や踊りを見るというのはどんなにいい気持なものだろう」と想像する。
(94) 進駐軍の酒保。東京では服部時計店と銀座松屋が接収されてPXにあてられた。
(95) 有吉佐和子『非色』、一四頁。
(96) 同前書、二二頁。
(97) 同前書、一二頁。
(98) 佐藤泉「『非色』」『有吉佐和子の世界』、二二〇頁。
(99) 秋尾紗戸子『ワシントンハイツ』、二六五～二六八頁。サンフランシスコ講和条約の発効を受けて占領軍が撤退する一九五二年四月二八日に出された外務省告示三三号及び三四号により、ワシントンハイツは「日本国がアメリカ合衆国に対して提供する施設及び区域」のうち、「無期限使用」に指定された。なお同著は学術書ではないが、ワシントン・ハイツが戦後日本のさまざまな分野の文化に及ぼした影響を幅広くまとめている。
(100) 有吉佐和子『非色』、六一頁。
(101) ジョン・ダワー『敗北を抱きしめて』、二六七頁によれば、実際に進駐軍住宅に雇われた料理人、「ボーイ」、お手伝い、植木屋、子守りの女性、洗濯人などの使用人の給料は日本政府が負担していた。

(102) 有吉佐和子『非色』、六二頁。
(103) 青山芳之『家電』(日本経済評論社、一九九一)、七七頁。
(104) 有吉佐和子『非色』、七一頁。
(105) 同前書、七九頁。
(106) 同前書、八一頁。
(107) 〈混血児〉という表現は現在では差別語にあたるとされているが、本書では当時の歴史的背景に鑑みて使用する。なお、表記のわずらわしさを避けるために以下では括弧なしで用いる。
(108) 加納実紀代「「混血児」問題と単一民族神話の生成」恵泉女学園大学平和文化研究所(編)『占領と性――政策・実態・表象』(インパクト出版会、二〇〇七)、二一九及び二二四頁。加納によれば、占領下で日本のメディアの混血児報道は極めて少なく、国会図書館の新聞切り抜き「混血児」ファイルにある一九四八年から五〇年までの三年間の混血児に関する記事は、たったの三件であるという。独立後には報道が増え、代表的な一例として『婦人公論』一九五三年三月号では混血児特集が組まれた。
(109) 例えば、澤田美喜「アメリカの落としもの――サンダース・ホームの日記」や澤田美喜・藤原道子「〈対談〉日・米の落しもの――戦勝国の良識に訴へる」(『文藝春秋』一九五二・一〇)には、捨子となった混血児に「米国軍の追徳上の弱点」を見て「アメリカの父に反省を求む」といった論調が見られる。
(110) 澤田美喜が『混血児の母』(毎日新聞社、一九五三)のなかでGHQ福祉局のサムズ少佐とのやり取りを証言している。『混血児の母』は澤田の最初の単行本著作であり、このほかに同じく混血児問題を扱った『黒い十字架のアガサ』(毎日新聞社、一九六七)がある。混血児についてはこのほか、神奈川県婦人少年室主事であった高崎節子の著書で出版の翌年に映画化もされた『混血児』(同光社磯部書房、一九五二)が、混血児問題に関して初のまとまった本と評される。日教組の協力のもとに基地周辺の小中学校から集められた子どもたちの作文をまとめた清水幾太郎・宮原誠一・上田庄三郎(編著)『基地の子――この事実をどう考えたらよいか』も興味深い。
(111) 加納実紀代は「「混血児」問題と単一民族神話の生成」『占領と性』、二三〇頁で、反感の底流に占領者の被占領者に対する「「支配としてのセックス」を見せつけられる敗者の男の屈辱感がある」とするならば、「「パンパン」はそれを絶えず喚起する存在であり、その刻印である混血児は、永続的な屈辱の表象ということになる」と述べている。

(112)私財と個人的寄付を集めて、一九四八年二月に大磯に設立された。
(113)加納実紀代「「混血児」問題と単一民族神話の生成」『占領と性』、二二六頁。
(114)むろん、「混血」を実体化すべきではなく、加納実紀代が「「混血児」問題と単一民族神話の生成」で考察しているように、「混血」という概念こそが戦後日本の「単一民族神話」を創出・補強してきたと見るべきであろう。
(115)有吉佐和子『非色』、五〇頁。
(116)同前書、二六頁。
(117)中絶は作品中、「敗戦後、アメリカ軍の方針によってもたらされたもの」とされている。従来占領下の〈性〉は「性の解放」といった文脈で論じられることが多いが、この描写は占領軍が性や生殖に及ぼした影響に注意を喚起する。中絶が合法化されたのは一九四八年六月成立の優生保護法(一九四九年一月施行)によってであり、導入の直接の理由はGHQの人口抑止政策の見地からだが、その背景には増え続ける混血児の問題があったことを指摘する論者もいる。石川弘義『欲望の戦後史』(廣済堂出版、一九八九)、一五頁及び藤目ゆき『性の歴史学——公娼制度・堕胎罪体制から売春防止法・優生保護法体制へ』(不二出版、一九九七)、三五八頁を参照。藤目はGHQ内の公衆衛生福祉局が推進した人口抑制政策と、優生保護法に見られる優生思想を詳細に検証している。
(118)この場面描写は、澤田美喜の『混血児の母』のなかの黒い混血児の悲しみを描いた次のような一節の影響を読み込むことができるのではないか。「町の子が塀のすきまから入ってきて、よく空気銃でうちにくる。(…)私や保母がとがめると、必ず「クロンボ」という言葉を大ごえで叫んで塀をのりこえてにげて行く。この後で、クロンボといわれた子供の顔を見るのがおそろしいようで、何といって慰めてやろうかと、しばしの間無言でたちつくす。……子供は下唇をキッと噛んで、目にいっぱい涙をためて、それを私に見せまいとこらえている」。加納実紀代「「混血児」問題と単一民族神話の生成」『占領と性』、二二三頁から再引用。
(119)有吉佐和子「ハストリアンとして」(『波』一九七八・一)、二〇頁。有吉は同随筆のなかでは「女性の側から書い」た作品の例として、『海暗』(一九六八)、『出雲の阿国』(一九六九)、『真砂屋お峰』(一九七四)を挙げている。
(120)詳しくは、『亀遊の死』を論じた拙論「有吉佐和子の「アメリカ」——『亀遊の死』(戯曲『ふるあめりかに袖はぬらさじ』)を中心に」(『比較文学』二〇〇九)を参照。
(121)安富成良「アメリカの戦争花嫁へのまなざし——創出される表象をめぐって」島田法子(編)『写真花嫁・戦争花嫁のたどっ

た道――女性移民史の発掘』（明石書店、二〇〇九）、一五一頁による。なお、アメリカ軍兵士と結婚してアメリカに入国した女性の数に関する正確な統計はなく、論者によって数字は異なる。例えば竹村修子『国際結婚の社会学』は一九五二年から一九五九年までにアメリカに入国した戦争花嫁の数を約一万九九〇〇人から二万二四〇〇人と見積もっている。

(122) 安富成良「アメリカの戦争花嫁へのまなざし」『写真花嫁・戦争花嫁のたどった道』ならびに安富成良・スタウト梅津和子『アメリカに渡った戦争花嫁――日米国際結婚パイオニアの記録』（明石書店、二〇〇五）の第四章「戦争花嫁のステレオタイプ形成」を参照。

(123) 大岡昇平『ザルツブルクの小枝――アメリカ・ヨーロッパ紀行』（中央公論社、一九七八）、二六～二七頁及び九一頁。船上で出会った戦争花嫁の姿は大岡に強い印象を残したらしく、滞在記のなかには関連した記述が幾度か現れるが、いずれの箇所でも大岡の筆致は女性たちにあまり同情的ではない。例えば五四頁では、「ウォー・ブライドが結婚によってアメリカ市民権を獲得する、と同時に離婚訴訟を起し、離婚手当を資本にして怪しげな商売を始めるのは、ハワイでも社会問題になっていると聞いていた」と記している。

(124) 安富成良・スタウト・梅津和子『アメリカに渡った戦争花嫁』、二九～三〇頁によれば、GHQははじめアメリカ人兵士と日本女性が親しくなるのは自然で避けられないものであり、そうした交際を通してアメリカの民主主義を浸透させることになるとの考えから、日本女性との交際について公式には反フラタニゼーション政策を取っていなかったが、風紀の乱れや性病の蔓延などを契機に本国においても批判の声が高まると、一九四六年三月二二日に日本女性との交際の自粛を求める通達が下されたという。

(125) 定住を目的とした入国を禁じた一九二四年排日移民法（Japanese Exclusion Act of 1924）が法律的な障害となり、たとえ結婚したとしても日本人妻はアメリカに入国することができなかった。例えば、一九四六年六月二九日に初めて戦争花嫁にアメリカ入国への道を開いたGIフィアンセ法（G.I.Fiancees Act of 1946）には、時限と人数制限が設けられており、制限の撤廃を望む兵士たちからの強い請願を受けて漸く人数制限が撤廃されたのは一九五〇年八月の同法の改正時、さらに入国後にアメリカ市民権を獲得して正式にアメリカ市民として受け入れられるまでは一九五二年四月のマッカラン・ウォルター混合新移民帰化法案移民法（McCarran-Walter Act of 1952）の成立を待たねばならなかったのである。林かおり・田村恵子・高津文美子『戦争花嫁』及び安富成良・スタウト・梅津和子『アメリカに渡った戦争花嫁』、七八～九八頁を参照。このような法的制限があったがために、本国への帰還命令を受けた兵士たちが、妻や子どもを置き去りにして本国へ戻らざるをえなかったという事情があったことが、混血児が増えた要因の一つになったとの指摘もある。林かおり・田村恵子・高津文美子『戦争花嫁』、六四頁。

(126) この点で、留学中に複数のフェローがその姿を目にし、作品や滞在記のなかに書き留めたことは特筆すべきことであると言える。大岡や阿川のほか、安岡も滞在記のなかにも戦争花嫁の逸話が見られる。

(127) 一方、戦争花嫁は度々文学の素材となった。あまり知られていない庄野潤三の「バングローバーの旅」(『文芸』一九五五・四)は、『非色』よりも早い時期に戦争花嫁を題材とした先駆的な作品である。またやや時代が下って、オーストラリアに渡った戦争花嫁を描いて七二年に芥川賞を受賞した山本道子の「ベティさんの庭」、アメリカ在住の戦争花嫁を描く森禮子の「モッキンバードのいる町」(一九七九)、一九九三年の芥川賞受賞作の吉目木晴彦『寂寥郊野』などが挙げられる。しかし戦争花嫁は折りにふれて思い出すような記憶ではあっても、日米関係の一般の歴史記憶の主流とは言い難く、日米両国の歴史において周縁化されてきたと言える。また、これらの作品がいずれも異国に移住した戦争花嫁の寂寥感を描いたのに対して、『非色』は逞しい女性像を打ち出した点で対比的である。

(128) 有吉佐和子『非色』、一二四頁。

(129) 同前書、一一五頁。

(130) 同前書、一二九頁。

(131) 同前書、一四五〜一五五頁。

(132) プエルトリコは一四九三年にコロンブスにより「発見」され、一五〇八年にスペインによって征服が行われた。米西戦争の結果、一八九八年にアメリカの属領となり、その後一九一七年にジョーンズ法により、プエルトリコ人はアメリカ市民となって現在に至る。その後一九五二年に現在の「自由連合州」と呼ばれる自治領体制になった。角川雅樹「アメリカとラテンアメリカのはざまで」国本伊代・乗浩子ほか『ラテンアメリカ——都市と社会』(新評論、一九九一)、二五二〜二五六頁による。

(133) 有吉佐和子『非色』、一六八頁。

(134) 同前書、一六四頁。安岡章太郎の滞在記『アメリカ感情旅行』のなかには、同類のエピソードとして、農村を訪れて「オークション」(セリ市)を見物に出かけたときの場面描写で次のような一節がある。「そこに集った人たちは顔つきも服装もキビーやその親戚の人たちとは、まるで別人種のようである。骨格はたしかに白人種だが、日焼けした皮膚は黒人のように暗く、それよりも表情そのものにわが国の貧しい農夫たちと共通した暗さがある。――いったい彼等は何なのか。小作人だろうか、それともプアー・ホワイトといわれている人たちか。こういう人たちをわれわれは日本へ進駐してきたアメリカ兵のなかにも見掛けなかったし、アメリカの中小都市でも出会ったことがない。しいて類似をもとめれば私たちの子供のころときどき裏町で見た「ラシャ売り」のロシヤ人が一番近い。しかし日本の戦争花嫁には、こうしたわれわれの知らない「アメリカ人」と結婚した者がすくなくないようだ。S君の知っているなかにも一人、東北から出てきてケンタッキーの山の中でこうした人たちとくらしているH子という女がいるそうだ。部屋に仕切りの戸もない小舎のような一軒の家に十人ほどの家族が住んでおり、そんな中で彼女は東北ナマリの片言で、夫を「ハンネー」などと呼びながら、「なんぼか帰りたいだよう」とS君たちにこぼしているという。冬の寒さは東北地方に劣らず厳しく、屋外の便所はかろうじて囲いがあるばかりで、勿論、水洗でもなければ穴さえロクに掘ってなく、汚物は周囲にあふれたまま凍りかかっていた由」。安岡章太郎『アメリカ感情旅行』（岩波書店、一九六二、一九七〇）、一七八頁。

(135) 佐藤泉「『非色』」『有吉佐和子の世界』、二二一頁。
(136) 有吉佐和子『非色』、一九〇頁。
(137) 同前書、一九〇頁。また、ハーレムに暮らし始めた笑子は、「黒い肌と、白い部分の大きな丸い眼と、肉の盛上った丸い鼻、厚く大きな唇というニグロの顔の造作は、白や黄色の顔を見馴れた者には動物的に見えるかもしれないけれども、その中で暮してみれば、彼らの顔がどんなに人間的かということに気づく。恰度石膏の彫刻よりもブロンズの塑像の方が迫力を持っているように、ニグロの肌の色が強烈な印象を人に与えるだけで、それに馴れてしまえば、彼らの造作の一つ一つが大層優しく見えてくるのである」と印象の変化を語る。同前書、一一五頁。
(138) 同前書、一九七頁。
(139) 実際に近年の研究では、戦争花嫁のなかでも黒人と結婚した者は差別されるという、戦争花嫁自身が持つ差別意識があったことも証言されている。林かおり「米・豪の戦争花嫁たち」『戦争花嫁』、三三五～三三九頁。
(140) 有吉佐和子『非色』、一九五頁。
(141) 同前書、二六八頁。有吉は「〈座談会〉今月の争点、黒人問題と米大統領選挙（寺沢一司会、有吉佐和子・中屋健一・山内大介）」（『婦人公論』一九六四・一〇）でも、人種差別についての政治的見解として同様のことを述べている。
(142) 有吉佐和子『非色』、三三三頁。

(143)同前書、三三四頁。
(144)同前書、三三六頁。
(145)同前書、三三八～三三九頁。
(146)「〈座談会〉今月の争点、黒人問題と米大統領選挙（寺沢一司会、有吉佐和子・中屋健一・山内大介）」で、「有吉さんの小説の中で主人公の笑子がニグロと結婚して子どもを生んで、この子どもはたしかにニグロだということで最後は、自分もニグロなのだと思うところがありますね。そこのところをちょっとご説明いただけますか」という寺沢の要請に対して、有吉は「（…）最後になって、やっぱり日本人という意識をまず捨て、自分もニグロにならなければ…、すべての問題はここから解決されなければならない、という結論になってくるわけなんです。その日本人という意識は、やはりニグロよりは自分は上だという意識ですね。（…）最後にニグロに対する優越感を捨てることから出発しなければいけない、という結論を出したわけです」と答えている。
(147)有吉佐和子『非色』、三四〇～三四一頁。
(148)佐藤泉「『非色』」『有吉佐和子の世界』、二二七頁。
(149)女性史家のジョーン・スコットは、経験を所有する〈個人〉があるのではなく、経験を通して構築されていく〈主体〉があるのみだと言う。スコットのこのような新しい定義に基づき、『非色』を笑子の自伝として読めば、それは「世間にいくらでも例がある」ような日本人の〈私〉が、ニューヨークの「ニグロ」という主体として構築されていくさまを描いた物語として読むことが可能である。Joan Scott, "Experience," in *Feminists Theorize the Political*, ed. Judith Butler and Joan Scott (New York: Routledge, 1992), pp.25-26.
(150)その意味で、奇しくも作品の結末は、現実の戦争花嫁たちのその後を予見していた。一九八五年にワシントン州の州都オリンピアで開催された戦争花嫁の初の集い「戦争花嫁渡米四十周年記念大会」では、差別語の響きを持つ「戦争花嫁」という名称の使用が問題になった。しかし最終的には「『戦争花嫁と呼ばねば大会を催す必要はない』という意見が採択されたという。会の成功を受けて、一九八八年に日系国際結婚親睦会という交流団体が結成され、戦争花嫁の女性たちは声をあげつつある。これと軌を一にして近年では、彼女たちが「国際民間親善大使」として果たした役割を再評価する動きがある。詳しくは、林かおり「米・豪の戦争花嫁たち」『戦争花嫁』、安富成良・スタウト・梅津和子『アメリカに渡った戦争花嫁』第八章収録のスタウト・梅津和子による「『日系国際結婚親睦会』の発足と歩み」、植木武（編）『「戦争花嫁」五十年を語る』などを参照。

終章

(1) 藤田文子「一九五〇年代アメリカの対日文化政策――概観」(『津田塾大学紀要』二〇〇三・三)、二頁。
(2) 吉見俊哉『親米と反米――戦後日本の政治的無意識』(岩波書店、二〇〇七)、一四〜一五頁。
(3) 火野葦平『アメリカ探検記』(雪華社、一九五九年)、九〜一〇頁。
(4) 火野は後年、占領期間中に民間情報局の者が尋ねてきて、東京裁判のこと等について訊いたときのことを記している。「火野氏解説」『火野葦平選集』第四巻(創元社、一九五九)。
(5) 阿川弘之「作品後記――『カリフォルニヤ』」『阿川弘之全集』一七巻(新潮社、二〇〇六)、四一三頁。
(6) メアリー・ティン・イー・ルー「農村青年のカリフォルニア訪問――アメリカ文化外交の場としての家族農場」吉見俊哉・土屋由佳(編)『占領する眼・占領する声――CIE/USIS映画とVOAラジオ』(東京大学出版会、二〇一二年)、一五九頁。
(7) 阿川尚之「安岡章太郎」『アメリカが見つかりましたか』戦後篇(都市出版、二〇〇一)、一二八頁。
(8) 例えば「アメリカ仕込み」(『オール読物』一九五八・一二)、「お人よしの日本人」(『週刊新潮』一九五八・九・一)、「黄ばむ」(『婦人之友』一九六三・五)など。
(9) 島田眞杉「五〇年代の消費ブームとそのルーツ――夢の実現と代償と」常松洋・松本悠子(編)『消費とアメリカ社会――消費大国の社会史』(山川出版社、二〇〇五)、一七九頁。
(10) 吉見俊哉「冷戦体制と「アメリカ」の消費」吉見俊哉・安丸良夫・姜尚中・中村秀之・細川周平・渡辺守雄・屋嘉比収『岩波講座　近代日本の文化史――冷戦体制と資本の文化』第九巻(岩波書店、二〇〇二)、三二頁。
(11) 鈴木直子「一九五〇年代をジェンダー・メタファーで読みかえる」川村湊(編)『「戦後」という制度――戦後社会の「起源」を求めて』(インパクト出版会、二〇〇二)、二一九〜二二二頁
(12) 坂西志保「解説」庄野潤三『ガンビア滞在記』(みすず書房、二〇〇五)、二七六頁。
(13) 福田恆存(著)、現代演劇協会(監修)『福田恆存戯曲全集』第四巻(文藝春秋社、二〇一〇)参照。
(14) Shio Sakanishi, "On Literary Fellowships for Japanese Writers," The Japanese Literary Fellowship Program: The

Rockefeller Foundation Confidential Report for the Information of the Trustees, January, 1959, folder 86, box 2, series 2-Professional papers, RG 2A44 (Charles Burton Fahs Paper), RAC, Sleepy Hollow, N.Y., p.26. 坂西は二つの評論のタイトルを "Some Doubts About Peace Movements" 及び "Problem Concerning Freedom" と記しているが、内容からしてそれぞれ「平和論の進め方についての疑問」「疑似インテリ批判」と推定できる。なお、福田の「平和」や「自由」をめぐる議論はこのほか幾つかの論考で展開された。

(15) Ibid., pp.22–23.

(16) 以上、Fukuda Tsuneari, series Fellowship Recorder Cards, RG10.2, Rockefeller Foundation Archives, Rockefeller Archive Center, Sleepy Hollow, N.Y. による。

(17) Shio Sakanishi, "On Literary Fellowships for Japanese Writers," p.21.

(18) Ibid., pp.23–24.

(19) Ibid., p.31.

(20) Ooka Shohei, series Fellowship Recorder Cards, RG10.2, Rockefeller Foundation Archives, Rockefeller Archive Center, Sleepy Hollow, N.Y.

(21) Shio Sakanishi, "On Literary Fellowships for Japanese Writers," p.25.

(22) Ibid., p.26

(23) Ibid., pp.26–27.

(24) Ibid., p.27.

(25) Ibid., p.20. 原文は以下の通り。 If I may be allowed to rate them confidentially, I put Agawa Hiroyuki, Shono Junzo, Ishii Momoko at the top.

(26) John Crowe Ransom, "Japanese Literary Fellow in an American Community," The Japanese Literary Fellowship Program: The Rockefeller Foundation Confidential Report for the Information of the Trustees, January, 1959, folder 86, box 2, series 2-Professional papers, RG 2A44 (Charles Burton Fahs Paper), RAC, Sleepy Hollow, N.Y.

(27) 坂西志保「解説」『ガンビア滞在記』、二七八頁。

(28) 同前書、二七九頁。

(29) Excerpt from CBF Trip Diary, entry of April 4 & 5, 1959. 原文は次の通り。She reports that SHONO's book on Gambier has been very well received and has already probably sold at least fifteen thousand copies.

(30) "Japanese Author Tells of Life in America," *The Japan Times*, March 30, 1959. 引用は拙訳による。

(31) 阿川尚之『アメリカが見つかりましたか』戦後篇、二四六～二四七頁。

(32) 『庄野潤三全集』第一〇巻収載の庄野自身作成による年譜による。「『ガンビアの春』補記」(『文芸』一九八〇・五)も参照。

(33) 『シェリー酒と楓の葉』(一九七七年一月～一九七八年七月にかけてほぼ隔月で『文学界』に連載ののち、一九七八年に文藝春秋社より単行本として出版)と『懐かしきオハイオ』(一九八九年三月～一九九一年四月『文学界』連載ののち、文藝春秋社から一九九一年に単行本化)の二つの長編が挙げられる。

(34) 芥川比呂志「安岡さんと一幕物」『安岡章太郎全集 月報』(講談社、一九七一)、一四頁。

(35) 大岡昇平「鎮魂歌」『ザルツブルクの小枝―アメリカ・ヨーロッパ紀行』(中央公論社、一九八一)。

(36) 拙論「〈冷戦〉の磁場と「アメリカ」――冷戦期における大岡昇平の軌跡と『レイテ戦記』」(『同時代学会News Letter』二〇一〇・一二)、六～一〇頁も参照。

(37) 有吉佐和子『非色』(中央公論社、一九六四)、一九七頁。

参考文献

【凡例】

（1）単行本・論文等の文献の配列は、著者もしくは編者の五十音順、アルファベット順に並べ、同一著者による文献は成立年順に配列した。

（2）雑誌特集はタイトル順に並べ、同一雑誌の文献は成立年順に配列した。

（3）新聞記事は成立年度順に配列した。

1　日本語文献

1-1　単行本・論文等

青木深『めぐりあうものたちの群像――戦後日本の米軍基地と音楽1945-1958』（大月書店、二〇一三）

青山芳之『家電』（日本経済評論社、一九九一）

阿川尚之『アメリカが見つかりましたか』戦前・戦後篇（都市出版、一九九八、二〇〇一）

阿川弘之「年年歳歳」（『世界』一九四六・九）

――「霊三題」（『新潮』一九四六・九）

――「八月六日」（『新潮』一九四七・一二）

――「あ号作戦前後」（『新潮』一九四九・一一）

――『年年歳歳』（京橋書院、一九五〇）

――「四つの数字」（『別冊文藝春秋』一九五一・七）

――「管絃祭」（『新潮』一九五一・一二）

――『春の城』（新潮社、一九五二）

――『魔の遺産』（新潮社、一九五四）〔初出〕「魔の遺産」（『新潮』一九五三・七～一九五三・一二）
――「二世の兵士」（『別冊文藝春秋』文藝春秋、一九五四・一〇）
――「遥かな国」（『別冊文藝春秋』文藝春秋、一九五七・一二）
――「ニューヨークの日本人」（『世界』岩波書店、一九五七・八）
――『夜の波音』（創元社、一九五七）
――「お人よしの日本人」（『週刊新潮』新潮社、一九五八・九・一）
――「アメリカ仕込み」（『オール讀物』一九五八・一二）
――『カリフォルニヤ』（新潮社、一九五九）〔初出〕「カリフォルニヤ」（『新潮』一九五八・八～一九五九・九）
――「花のねむり」（『新潮』一九六〇・六）
――「黄ばむ」（『婦人之友』一九六三・五）
――「解説」昭和戦争文学全集編集委員会（編）『昭和戦争文学全集 原子爆弾投下さる』第一三巻（集英社、一九六五）
――「降誕祭フロリダ阿房列車」『小説新潮』（一九七七・五）
――「異人さんの友だち」（『新潮』一九七七・六）
――『阿川弘之全集』全一九巻（新潮社、二〇〇五～二〇〇七）
秋尾紗戸子『ワシントンハイツ――ＧＨＱが刻んだ戦後』（新潮社、二〇一一、〔初版〕二〇〇九）
秋田茂・桃木至朗（編著）『グローバルヒストリーと戦争』（大阪大学出版会、二〇一六）
芥川比呂志「安岡さんと一幕物」『安岡章太郎全集 月報』（講談社、一九七一）
東栄一郎『日系アメリカ移民 二つの帝国のはざまで――忘れられた記憶１８６８‐１９４５』（明石書店、二〇一四）
阿部彰『戦後地方教育制度成立過程の研究』（風間書房、一九八三）
――『人間形成と学習環境に関する映画史料情報集成』（風間書房、一九九三）
安倍能成『戦後の自叙伝』（新潮社、一九五九）
アメリカ教育使節団『アメリカ教育使節団報告書』（村井実訳、講談社、一九七九）
有山輝雄『占領期メディア史研究――自由と統制・一九四五年』（柏書房、一九九六）
有吉佐和子「亀遊の死」（『別冊文藝春秋』一九六一・六）

――『非色』(中央公論社、一九六四)〔初出〕「非色」(『中央公論』一九六三・四～一九六四・六)
――「ぷえるとりこ日記」(『文藝春秋』一九六四・七～一九六四・一二)
――「〈座談会〉今月の争点、黒人問題と米大統領選挙(寺沢一司会、有吉佐和子・中屋健一・山内大介)」(『婦人公論』中央公論社、一九六四・一〇)
――「ふるあめりかに袖はぬらさじ」(中央公論社、一九七〇)
――『有吉佐和子選集』第一期全一三巻(新潮社、一九七一)
――「ゴージャスなもの」(『演劇界』一九七七・一)
――「ハストリアンとして」(『波』新潮社、一九七八・一)
――『有吉佐和子選集』第二期全一三巻(新潮社、一九七八)
――『作家の自伝一〇九・有吉佐和子』(宮内淳子編、日本図書センター、二〇〇〇)
有吉佐和子・橋本治「〈対談〉人生見せ場づくり」(『潮』一九八四・一一)
安藤宏「太宰治・「冬の花火」論」(『上智大学国文学科紀要』一九九三・一)
飯塚浩二・宮城音彌・佐多稲子・三島由紀夫・森田政次ほか「実録調査座談会　パンパンの世界」(『改造』一九四九・一二)
飯野正子『もう一つの日米関係史――紛争と協調のなかの日系アメリカ人』(有斐閣、二〇〇〇)
飯野正子ほか『引き裂かれた忠誠心』(ミネルヴァ書房、一九九四)
家坂和之『日本人の人種観』(弘文堂、一九八九)
五百旗頭真『米国の日本占領政策――戦後日本の設計図』上・下(中央公論社、一九八五)
――『対日講和と冷戦』(東京大学出版会、一九八六)
――『日本の近代 戦争・占領・講和』第六巻(中央公論社、二〇〇一)
井川充雄「戦後VOA日本語放送の再開」(『メディア史研究』二〇〇二)
五十嵐武士『戦後日米関係の形成――講和・安保と冷戦後の視点に立って』(講談社、一九九五)
五十嵐恵邦『敗戦の記憶――身体・文化・物語1945-1970』(中央公論新社、二〇〇七)
井口時男「『成熟と喪失』――「治者」の孤独」(『新潮』一九九九・一〇)
池田智『アメリカ・アーミッシュの人びと――「従順」と「簡素」の文化』(明石書店、一九九九)

――『アーミッシュの人びと――「従順」と「簡素」の文化』（サイマル出版会、一九九五）
池田尚史「小島信夫『アメリカン・スクール』論――小島信夫のあるいは différence 箸、畠、痕跡」（『早稲田現代文芸研究』二〇一二・三）
池淵鈴江「『非色』の雑感」（『世紀』一九六五・一）
石井修『冷戦と日米関係――パートナーシップの形成』（ジャパンタイムズ、一九八九）
石井桃子『子どもの図書館』（岩波書店、一九六五）
――『石井桃子コレクション 児童文学の旅』Ⅳ（岩波書店、二〇一五）
――『石井桃子コレクション エッセイ集』Ⅴ（岩波書店、二〇一五）
石川淳「黄金伝説」『石川淳全集』第二巻（筑摩書房、一九八九）〔初出〕（『中央公論』一九四六・三）
石川達三「尻尾を振る日本人」（『改造文芸』一九五〇・一）
――「反米感情は消えない」（『中央公論』一九五三・一一）
石川弘義『欲望の戦後史』（廣済堂出版、一九八九）
石月静恵・藪田貫（編）『女性史を学ぶ人のために』（世界思想社、一九九九）
磯貝英夫「反文明の旅・「アメリカ感情旅行」」（『国文学 解釈と教材の研究』一九八〇・六）
磯田光一『戦後史の空間』（新潮社、一九八三）
イチオカ、ユウジ『一世――黎明期アメリカ移民の物語り』（富田虎男・粂井輝子・篠田佐多江訳、刀水書房、一九九二）
市川房枝（編）『日本婦人問題資料集成 第一巻 人権』（ドメス出版、一九七八）
五島勉（編）『続日本の貞操』（蒼樹社、一九五三）
井出義光（編）『アメリカの地域――合衆国の地域性』（弘文堂、一九九二）
井上健「日本女性作家たちの外国との関わり――一九六〇年代の大庭、有吉、そして倉橋を中心に」児玉実英・杉野徹・安森敏隆（編）『二〇世紀女性文学を学ぶ人のために』（世界思想社、二〇〇七）
井上謙・半田美永・宮内淳子（編）『有吉佐和子の世界』（翰林書房、二〇〇四）
井上俊夫「人種問題を告発――有吉佐和子著『非色』」（『日本読書新聞』一九六四・九・七、第五面）
井上靖「第三十二回芥川賞選評 昭和二十九年下半期」『芥川賞全集』第五巻（文藝春秋、一九八二）

猪俣浩三・木村禧八郎・清水幾太郎（編著）『基地日本――うしなわれいく祖国のすがた』（和光社、一九五三）
移民研究会（編）『戦争と日本人移民』（東洋書林、一九九七）
――（編）『日本の移民研究――動向と文献目録』Ⅰ・Ⅱ（明石書店、二〇〇八）
イ・ヨンスク『「国語」という思想――近代日本の言語認識』（岩波書店、一九九六）
岩倉政治「「文化日本」の現状――接吻映画を中心として」（『青年評論』一九四六・一〇）
岩本憲児（編）『占領下の映画――解放と検閲』（森話社、二〇〇九）
岩本茂樹『憧れのブロンディ――戦後日本のアメリカニゼーション』（新曜社、二〇〇七）
植木武（編）『「戦争花嫁」五十年を語る――草の根の親善大使』（勉誠出版、二〇〇二）
上野千鶴子『ナショナリズムとジェンダー』（青土社、一九九八）
上村千賀子『女性解放をめぐる占領政策』（勁草書房、二〇〇七）
臼井吉見「小説診断書」（『文学界』一九五四・一〇）
――「才女時代の到来」（『産経時事』一九五七・五・九、第一〇面）
――『蛙のうた――ある編集者の回想』（筑摩書房、一九六五）
臼井吉見（監修）、大久保典夫・紅野敏郎・高橋春雄・保昌正夫・三好行雄・吉田凞生（編）『戦後文学論争』下（番町書房、一九七二）
梅森直之「「占領中心史観」を超えて――不均等の発見を中心に」杉田敦（編）『〈政治の発見〉守る――境界線とセキュリティの政治学』第七巻（風行社、二〇一一）
――「ロックフェラー財団と文学者たち――冷戦下における日米文化交流の諸相」（『Intelligence』二〇一四・三）
江種満子「女性作家とアメリカ――大庭みな子「構図のない絵」論のために」（『昭和文学研究』一九九一・二）
江藤淳「日本文学と「私」」（『新潮』一九六五・三）
――『アメリカと私』（文藝春秋、一九九一）〔初出〕『アメリカと私』（朝日新聞社、一九六五）
――「小島信夫の「土俗」と「近代」」『われらの文学一一　小島信夫』（講談社、一九六七）
――『成熟と喪失――「母」の崩壊』（河出書房新社、一九六七）
――『江藤淳著作集』全六巻（講談社、一九六七）

――『続 江藤淳著作集』全五巻（講談社、一九七三）
――『江藤淳全対話』全四巻（小沢書店、一九七四）
――『忘れたことと忘れさせられたこと』（文藝春秋、一九七九）
――「一九四六年憲法――その拘束」（文藝春秋、一九八〇）
――『落葉の掃き寄せ――敗戦・占領・検閲と文学』（文藝春秋、一九八一）
――『自由と禁忌』（河出書房新社、一九八四）
――『閉された言語空間――占領軍の検閲と戦後日本』（文藝春秋、一九八九）
――『全文芸時評』上・下（新潮社、一九八九）
江成常夫『花嫁のアメリカ』（講談社、一九八一）
――「「アメリカ」を生きる――戦争花嫁の海」（『思想の科学』一九九〇・八）
遠藤不比人（編）『日本表象の地政学――海洋・原爆・冷戦・ポップカルチャー』（彩流社、二〇一四）
大岡昇平「俘虜記」（『文学界』一九四八・二）
――「サンホセ野戦病院」（『中央公論』一九四八・四）
――『俘虜記』（創元社、一九四八）
――『続俘虜記』（創元社、一九四九）
――『新しき俘虜と古き俘虜』（創元社、一九五一）
――『俘虜記』（創元社、一九五二）
――「私の戦後史」（『文芸』一九六五・八）
――『萌野』（講談社、一九七三）
――「二重の誤解」『文学の可能性』（作品社、一九八〇）
――『ザルツブルクの小枝――アメリカ・ヨーロッパ紀行』（中央公論社、一九八一）〔初出〕『ザルツブルクの小枝――留学生の手記』（新潮社、一九五六）
――『大岡昇平集』全一八巻（岩波書店、一九八二～一九八四）
――『戦争』（岩波書店、二〇〇七）

大岡昇平・埴谷雄高「二つの同時代史」埴谷雄高『埴谷雄高全集』第一六巻（講談社、二〇〇〇）
大岡昇平・吉田凞生「対談＝政治と無垢」（『国文学　解釈と教材の研究』一九七七・三）
大江健三郎「飼育」（『文学界』一九五八・一）
――「人間の羊」（『新潮』一九五八・二）
――「不意の唖」（『新潮』一九五八・九）
――『ヒロシマ・ノート』（岩波書店、一九六五）
――「大岡昇平氏と現代」（『国文学解釈と鑑賞』一八七七・三）
――「類い稀れな文学的現象」（『新潮』一九八九・三）
大江健三郎ほか『大岡昇平の世界』（岩波書店、一九八九）
大江志乃夫ほか（編）『岩波講座 近代日本と植民地 アジアの冷戦と脱植民地化』（岩波書店、一九九三）
大木豊「大衆劇としての成功――文学座「ふるあめりかに袖はぬらさじ」」（『テアトロ』一九七三・三）
大越愛子・井桁碧（編著）『戦後思想のポリティクス』（青弓社、二〇〇五）
大田洋子『屍の街』（中央公論社、一九四八）
大塚英志「「歴史」と「私」の軋む場所から（江藤淳の「論跡」）」（『諸君』一九九九・一〇）
大塚久雄「近代的人間類型の創出」（『大学新聞』一九四六・六）
大貫徹「表象としてのアメリカ――『抱擁家族』（小島信夫）論」（『Literatura』二〇〇二）
大橋健三郎「日本人の見た人種問題――有吉佐和子『非色』」（『朝日ジャーナル』一九六四・一〇）
大橋健三郎ほか（編）『小島信夫をめぐる文学の現在』（福武書店、一九八五）
大橋健三郎・加藤秀俊・斎藤真（編）『講座 アメリカ文化講座』第六巻（南雲堂、一九七〇）
大橋晴美「有吉佐和子」（『昭和文学研究』一九九四・二）
大宅壮一「一番得をしたのは女――占領下の世相を斬る」（『文藝春秋』一九五二・六）
大宅壮一・嘉治隆一・野口弥吉「〈座談会〉アメリカの矛盾」（『地上』一九五二・一一）
奥泉栄三郎編『占領軍検閲雑誌目録・改題』（雄松堂書店、一九八二）
奥野健男「相対安定期の作家――安岡章太郎論」（『三田文学〔第二期〕』一九五四・四）

小熊英二『単一民族神話の起源』（新曜社、一九九五）
――『〈民主〉と〈愛国〉――戦後日本のナショナリズムと公共性』（新曜社、二〇〇三）
桶谷秀昭「〈第三の新人〉の出発点」（『国文学解釈と鑑賞』一九八〇・四）
小田実『何でも見てやろう』（河出書房、一九六一）
越智博美『モダニズムの南部的瞬間――アメリカ南部詩人と冷戦』（研究社、二〇一二）
小野絵里華「安岡章太郎の短編小説「ガラスの靴」考――透明な物語に埋め込まれた屈辱・権威・〈公〉のモチーフについて」（『言語情報科学』二〇一〇・八）
小野達「アメリカンスクール参観記――代々木小学校と成増中学校」（『文化と教育』一九五二・八）
回顧録編集委員会（編）『CIE図書館を回顧して』（回顧録委員会、二〇〇三）
外務省『わが外交の近況』（外務省、一九五七・九）
外務省特別資料課（編）『日本占領及び管理重要文書集』（外務省政務局特別資料課、一九五〇）
樫原修「江藤淳の〈私〉語りと〈成熟〉の虚構」（『国文学解釈と鑑賞』二〇〇六・二）
片山清一（編）『資料・教育基本法』（高陵社書店、一九八五）
勝又浩「『抱擁家族』まで」（『昭和文学研究』一九九一・二）
――「戦後文学とアメリカ⒀『アメリカン・スクール』私注」（『季刊文科』二〇〇七・四）
――『「鐘の鳴る丘」世代とアメリカ――廃墟・占領・戦後文学』（白水社、二〇一二）
加藤典洋『アメリカの影』（河出書房新社、一九八五）
加藤秀俊・亀井俊介（編）『日本とアメリカ――相手国のイメージ研究』（日本学術振興会、一九九一）
加藤幹雄（編著）『増補決定版 国際文化会館50年の歩み――1952‐2002』（国際文化会館、二〇〇三）
――『ロックフェラー家と日本――日米交流をつむいだ人びと』（岩波書店、二〇一五）
金子博「〈他者〉論のためのノート――小島信夫をめぐって」（『日本文学』一九八八・一〇）
金子遊「曖昧な日本の私がたり――江藤淳論」（『三田文学』二〇〇五）
加納実紀代『戦後史とジェンダー』（インパクト出版会、二〇〇五）
亀井勝一郎「文化国家の行方――独立第一歩に当り」（『朝日新聞』一九五二・四・二八、第八面）

亀井俊介『アメリカ文化と日本――「拝米」と「排米」を超えて』（岩波書店、二〇〇〇）
辛島理人「戦後日本の社会科学とアメリカのフィランソロピー――一九五〇～六〇年代における日米反共リベラルの交流とロックフェラー財団」（『日本研究』二〇一二・三）
――『帝国日本のアジア研究――総力戦体制・経済リアリズム・民主社会主義』（明石書店、二〇一五）
柄谷行人『日本近代文学の起源』（講談社、二〇〇五）
河上徹太郎「配給された自由」『昭和文学全集　小林秀雄・河上徹太郎・中村光夫・山本健吉』第九巻（小学館、一九八七）（初出）（『東京新聞』一九四五・一〇・二六～一九四五・一〇・二七）
――「ジャーナリズムと国民の心」（『文学会議』新生社、一九四六・九）
川口隆行『増補版 原爆文学という問題領域（プロブレマティーク）』（創言社、二〇一一）
川島至「第三の新人論」『現代文学講座八・昭和の文学Ⅱ』（至文堂、一九七五）
川島武宜「日本社会の家族的構成」（一九四六・六）
川津誠「GHQとプレスコード――占領期検閲の実態（発禁・近代文学誌―発禁本とその周辺をめぐる問題系）」（『国文学　解釈と教材の研究』二〇〇二・七）
川村湊『海を渡った日本語――植民地の「国語」の時間』（青土社、一九九四）
――（編）『「戦後」という制度――戦後社会の「起源」を求めて』（インパクト出版会、二〇〇二）
川村湊・成田龍一ほか『戦争文学を読む』（朝日新聞出版、二〇〇八）
川村湊・成田龍一・上野千鶴子・奥泉光・イヨンスク・井上ひさし・高橋源一郎『戦争はどのように語られてきたか』（朝日新聞社、一九九九）
神崎清『娘を売る町――神崎レポート』（新興出版社、一九五二）
――「白と黒――日米混血児の調査報告」（『婦人公論』一九五三・三）
――『夜の基地』（河出書房、一九五三）
――『戦後日本の売春問題』（社会書房、一九五四）
――『売笑なき国へ』（一燈書房、一九四九）
――『売春 決定版・神崎レポート』（現代史出版会、一九七四）

菅英輝『冷戦と「アメリカの世紀」――アジアにおける「非公式帝国」の秩序形成』（岩波書店、二〇一六）
菊田均『江藤淳論』（冬樹社、一九七九）
――「アメリカ体験の変容――安岡章太郎と江藤淳」（『三田文学〔第三期〕』二〇〇〇・一一）
貴志俊彦・土屋由香（編）『文化冷戦の時代――アメリカとアジア』（国際書院、二〇〇九）
北村洋『敗戦とハリウッド――占領下日本の文化再建』（名古屋大学出版会、二〇一四）
金志映「有吉佐和子の「アメリカ」――『亀遊の死』（戯曲『ふるあめりかに袖はぬらさじ』）を中心に」（『比較文学』二〇〇九）
――「占領期表象としての『俘虜記』」（『超域文化科学紀要』二〇一〇）
――「〈冷戦〉の磁場と「アメリカ」――冷戦期における大岡昇平の軌跡と『レイテ戦記』」（『同時代学会News Letter』二〇一〇・一一）
――「高度成長期における「アメリカ」の文学表象――『抱擁家族』から『成熟と喪失――「母」の崩壊』へ」（『日本比較文学会東京支部研究報告』二〇一二・九）
――「阿川弘之における原爆の主題とアメリカ」（『比較文学研究』二〇一三・一〇）
――「ポスト講和期の日米文化交流と文学空間――ロックフェラー財団創作フェローシップ（Creative Fellowship）を視座に」（『アメリカ太平洋研究』二〇一五・三）
金弼東「戦後日本外交における「文化外交」の推移と意味」（『日本学報』二〇〇八・五）
教科教育百年史編集委員会（編）『原典対訳　米国教育使節団報告書』（建帛社、一九八五）
清沢洌「スピードの国アメリカ――アメリカ通信」（『中央公論』一九二九・二）
楠田剛士「阿川弘之『魔の遺産』の方法――写真・引用・聞き書き」（『原爆文学研究』二〇〇六・一〇）
熊谷信子「小島信夫「アメリカン・スクール」――イメジャリーにみる〈私小説〉」（『芸術至上主義文芸』二〇〇一・一一）
国本伊代・乗浩子ほか『ラテンアメリカ――都市と社会』（新評論、一九九一）
桑原武夫「第二芸術――現代俳句について」（『世界』一九四六・一一）
倉橋由美子『ヴァージニア』（新潮社、一九七〇）
――『アイオワ静かなる日々』（新人物往来社、一九七三）
グラムシ、アントニオ『グラムシ・セレクション』（片桐薫編訳、平凡社、二〇〇一）

栗原彬・吉見俊哉（編）『敗戦と占領――１９４０年代』（岩波書店、二〇一五）
グルー、ブノワット『最後の植民地』（有吉佐和子・カドゥ（カトリーヌ）共訳、新潮社、一九七九）
黒古一夫『原爆文学論――核時代と想像力』（彩流社、一九九三）
――『原爆は文学にどう描かれてきたか』（八朔社、二〇〇五）
――（編）『日本の原爆文学』（ほるぷ出版、一九八三）
グロスマン、デーヴ『戦争における「人殺し」の心理学』（安原和見訳、筑摩書房、二〇〇四）
慶応義塾大学社会事業研究会（編）『慶応義塾大学社会事業研究会調査報告書　街娼と子どもたち――とくに基地横須賀市の現状分析』第一集（慶応義塾大学社会事業研究、一九五三）
経済企画庁『経済白書』（大蔵省印刷局、一九五六）
恵泉女学園大学平和文化研究所（編）『占領と性――政策・実態・表象』（インパクト出版会、二〇〇七）
ゲイン、マーク『ニッポン日記』上・下巻（井本威男訳、筑摩書房、一九五一）
紅野謙介・川崎賢子・寺田博（編）『戦後占領期短編小説コレクション』全六巻（藤原書店、二〇〇七）
国際文化会館（編）『国際文化会館１０年の歩み――１９５２年４月〜１９６２年３月』（国際文化会館、一九六三）
小島信夫『アメリカン・スクール』（みすず書房、一九五四）
――「おそれとはずかしさ」（『人生論』毎日ライブラリー、一九五八・一）
――「米国の偉さと矛盾」（『産経時事』一九五八・四）
――「異国で暮すということ」（『朝日新聞』一九五八・四・一九）
――「広い夏」『中央公論』（一九五八・六）
――「異郷の道化師」（『文学界』一九五八・七）
――「贋の群像」（『新潮』一九五八・七）
――「小さな狼藉者」（『別冊文藝春秋』一九五八・八）
――「アメリカを買う」（『週刊新潮』一九五八・八・四）
――「デイトの仕方」（『オール読物』一九五八・八）
――「アメリカ画家の淋しさ」（『芸術新潮』一九五八・九）

——「堅くて重い「私」」(『日本文化研究』一九五九・一二)
——「汚れた土地にて」(『声』一九五九・七)
——「船の上」(『群像』一九六〇・七)
——「或る一日」(『文学界』一九六一・一)
——「アイオワ農家の少年」(『中部日本新聞』一九六一・一・一三)
——「黒い婦人」(『婦人画報』一九六一・四)
——「日本文学の気質——アメリカ文学との比較において」(『文学』一九六二・七)
——『小島信夫文学論集』(晶文社、一九六六)
——「時間のかかる黒人問題」(『中日新聞』一九六七・八・七)
——『異郷の道化師』(三笠書房、一九七〇)
——「季節外れのサンマの話」(『小説家の日々』冬樹社、一九七一)〔初出〕『岐阜タイムズ』(一九五八・四・二一)
——『小島信夫全集』全六巻(講談社、一九七一)
——「外国語で小説を」(『新潮』一九七七・五)
——「船の上」『釣堀池』(作品社、一九八〇)〔初出〕『群像』(一九六〇・七)
——『私の作家遍歴』全三巻(潮出版、一九八〇～一九八一)
——『小島信夫批評集成』全八巻(水声社、二〇一〇～二〇一一)
——『小島信夫短篇集成』全八巻(水声社、二〇一四～二〇一五)
小島信夫・大橋健三郎・宮本陽吉「〈座談会〉日本から見たアメリカのユダヤ文学」(『別冊英語青年』一九八三・一〇)
小島信夫・山本健吉・梅崎春生「〈座談会〉第三の新人」(『群像』、講談社、一九六四・三)
小森陽一ほか(編)『岩波講座 近代日本の文化史九 冷戦体制と資本の文化』(岩波書店、二〇〇二)
小森陽一・井上ひさし『座談会 昭和文学会』四巻(集英社、二〇〇四)
コリンズ会「ガリオア留学の回想」編集委員会『ガリオア留学の回想 一九五一——一九五二』(コリンズ会、一九九〇)
近藤健『もうひとつの日米関係——フルブライト教育交流の四十年』(ジャパンタイムズ、一九九二)
近藤実千代「小島信夫『抱擁家族』論」(『日本文学誌要』二〇〇三・七)

今まど子「アメリカの情報交流と図書館――CIE図書館との係わりにおいて」(『中央大学文学部紀要』一九九四・六)
――「アメリカ教育使節団の贈物」(『中央大学文学部紀要』一九九六・七)
斎藤眞・永井陽之助・山本満(編)『戦後資料　日米関係』(日本評論社、一九七〇)
斎藤眞ほか(編)『日本とアメリカ――比較文化論一』(南雲堂、一九七三)
齋藤嘉臣『ジャズ・アンバサダーズ――「アメリカ」の音楽外交史』(講談社、二〇一七)
佐伯彰一『内なるアメリカ・外なるアメリカ』(新潮社、一九七一)
――『日米関係のなかの文学』(文藝春秋、一九八四)
――「江藤淳の「アメリカ」」(江藤淳の「論跡」)」(『諸君』一九九九・一〇)
酒井直樹『日本思想という問題』(岩波書店、一九九七)
坂上弘「アイオワ日記」(『新潮』一九七七・五)
坂口勇造(編)『R・A・A協会沿革誌』(RAA協会、一九四九)
坂口英子「メリーランド大学マッケルディン図書館ゴードン・W・プランゲ文庫――所蔵資料と利用サービス」(『Intelligence』二〇〇四・五)
坂田寛夫『庄野潤三ノート』(冬樹社、一九七五)
坂西志保『アメリカの女性』(高桐書院、一九四六)
――『アメリカの日常生活』(日本橋書店、一九四六)
――『十五人のアメリカ人』(光文社、一九四六)
――『アメリカ史――民主々義の成立と発展』(創性社、一九四七)
――『星条旗の子供』(講談社、一九四七)
――『地の塩』(高桐書院、一九四七)
――「アメリカの暮しと日本の暮し」(『暮しの手帖』一九四八・九)
――『富雄のアメリカ旅行』(中央公論社、一九五〇)
――「洋行の流行」(『暮しの手帖』一九五一・一一)
『坂西志保さん』編集世話人会(編)『坂西志保さん』(国際文化会館、一九七七)

作田啓一「戦後日本におけるアメリカニゼーション」（『思想』一九六二・四）
佐々木豊「ロックフェラー財団と太平洋問題調査会――冷戦初期の巨大財団と民間研究団体の協力／緊張関係」（『アメリカ研究』二〇〇三・三）
笹本征男『米軍占領下の原爆調査――原爆加害国になった日本』（新幹社、一九九五）
佐藤泉「『治者』の苦悩　江藤淳と日本近代」（『現代思想』一九九九・五）
――『戦後批評のメタヒストリー――近代を記憶する場』（岩波書店、二〇〇五）
――「江藤淳――成熟と喪失「母」の崩壊」岩崎稔（編）『戦後思想の名著五〇』（平凡社、二〇〇六）
佐藤忠男「われわれにとってアメリカとは何か」（『思想の科学』一九六七・一一）
佐藤洋一「「ガラスの靴」論・上――安岡章太郎の方法と文体」（『愛知教育大学研究報告・人文科学』一九九二・二）
――「「ガラスの靴」論・下――安岡章太郎の方法と文体」（『愛知教育大学研究報告・人文科学』一九九二・三）
サピア、エドワード『言語――ことばの研究序説』（安藤貞雄訳、岩波書店、一九九八）
沢田章子「「非色」から「海暗」まで」（『民主文学』一九七〇・六）
澤田次郎『近代日本人のアメリカ観』（慶應義塾大学出版会、一九九九）
澤田美喜『混血児の母』（毎日新聞社、一九五三）
――『黒い十字架のアガサ』（毎日新聞社、一九六七）
澤田美喜・藤原道子「〈対談〉日・米の落しもの――戦勝国の良識に訴へる」（『文藝春秋』一九五二・一〇）
シェリフ、アン「想像上の戦争――文化にとって冷戦とは何か」（『アジア社会文化研究』二〇一三・三）
志賀直哉「国語問題」（『改造』一九四六・六）
繁沢敦子『原爆と検閲――アメリカ人記者たちが見た広島・長崎』（中央公論社、二〇一〇）
思想の科学研究会（編）『共同研究　日本占領』（徳間書店、一九七二）
柴静子『戦後家庭科教育成立関係史料に関する調査研究――GHQ／SCAP文書並びに日本側史料の収集・整理と考察』（平成一三～一四年度科学研究費補助金（基礎研究（C）（2））研究成果報告書、二〇〇三）
島尾敏雄「書評――阿川弘之著『魔の遺産』」（『近代文学』一九五四・七）
島田法子（編）『写真花嫁・戦争花嫁のたどった道――女性移民史の発掘』（明石書店、二〇〇九）

清水幾太郎・宮原誠一・上田庄三郎（編著）『基地の子――この事実をどう考えたらよいか』（光文社、一九五三）
下斗米伸夫『日本冷戦史――帝国の崩壊から55年体制へ』（岩波書店、二〇一一）
社団法人日米協会（編）『もう一つの日米交流史――日米協会資料で読む20世紀』（中央公論新社、二〇一二）
シャラー、マイケル『「日米関係」とは何だったのか――占領期から冷戦終結後まで』（市川洋一訳、草思社、二〇〇四）
シュラント、アーネスティン、トーマス・ライマー（編）『文学にみる二つの戦後――日本とドイツ』（大社淑子ほか訳、朝日新聞社、一九九五）
庄野潤三『バングローバーの旅』（現代文芸社、一九五七）〔初出〕「バングローバーの旅」『文芸』（一九五五・四）
――「南部の旅」（『オール讀物』一九五九・一）
――「ニューイングランドびいき」（『婦人画報』一九五九・九）
――『ガンビア滞在記』（中央公論社、一九五九）
――「マッキー農園」（『文学界』一九六一・四）
――「道」（『新潮』一九六二・四）
――「研究熱心」『小島信夫全集』第三巻　月報一（講談社、一九七一）
――「イタリア風」（『文学界』一九五八年一二月）
――『庄野潤三全集』全一〇巻（講談社、一九七三～一九七四）
――「シェリー酒と楓の葉」（文藝春秋社、一九七八年）
――「『ガンビアの春』補記」（『文芸』一九八〇・五）
――『懐かしきオハイオ』（文藝春秋、一九九一）
杉本和弘「『ガラスの靴』の時空――「シンデレラ」の影」（『昭和文学研究』一九九七・二）
――「安岡章太郎の〈アメリカ〉――初期小説を中心に」（『名古屋近代文学研究』一九九八・一二）
スコット、ジョーン・W「ジェンダー再考」（『思想』一九九九・四）
――「反響するフェミニズム――危機の時代におけるフェミニスト・ポリティクス」（『思想』二〇〇二・一〇）
鈴木大拙・安部能成・長与善郎・田中耕太郎・武者小路実篤「〈座談会〉アメリカの不安」（『心』一九五二・一〇）
鈴木紀子「冷戦期の「文学大使」たち――戦後日米のナショナル・アイデンティティ形成における米文学の機能と文化的受容」

（『人間生活文化研究』二〇一三）
スミンキー、ポール「戦後文学に見えるアメリカの日本統治下における庶民感情に関する分析――大江健三郎著『不意の唖』・『人間の羊』、小島信夫著「アメリカン・スクール」、野坂昭如「アメリカひじき」を中心に（An Analysis of Japanese Attitudes During the American Occupation As Seen Through Post-War Japanese Literature）」（『学術研究紀要』二〇〇〇・九）
スピヴァック、ガヤトリ・C「女性史の異議申し立て（チャレンジ）」（『思想』一九九九・四）
菅原克也「脅威と驚異としてのアメリカ――日本の知識人・文学者の戦中日記から」（『アメリカ太平洋研究』二〇〇八・三）
千石英世『小島信夫――暗示の文学、鼓舞する寓話』（彩流社、二〇〇六）
袖井林二郎『マッカーサーの二千日』（中央公論社、一九七四）
――『拝啓マッカーサー元帥様――占領下の日本人の手紙』（大月書店、一九八五）
――『占領した者された者――日米関係の原点を考える』（サイマル出版会、一九八六）
曽野綾子「遠来の客たち」（『三田文学〔第二期〕』一九五四・四）
高木八尺（編）『日米関係の研究』下巻（東京大学出版会、一九七〇）
高桑幸吉『マッカーサーの新聞検閲――掲載禁止・削除になった新聞記事』（読売新聞社、一九八四）
高崎節子『混血児』（同光社磯部書房、一九五二）
高澤秀次『江藤淳――神話からの覚醒』（筑摩書房、二〇〇一）
高橋和巳『戦後日本思想体系一三 戦後文学の思想』（筑摩書房、一九六九）
高橋三郎『「戦記もの」を読む――戦争体験と戦後日本社会』（アカデミア出版会、一九九八）
瀧田佳子『アメリカン・ライフへのまなざし――自然・女性・大衆文化』（東京大学出版会、二〇〇〇）
――（編）『太平洋世界の文化とアメリカ』（彩流社、二〇〇五）
武田勝彦「解説」阿川弘之『魔の遺産』（ＰＨＰ研究所、二〇〇二）
竹下修子『国際結婚の社会学』（学文社、二〇〇〇）
竹前栄治『ＧＨＱ』（岩波書店、一九八三）
――『占領戦後史』（岩波書店、二〇〇二）
竹前栄治・中村隆英（監修）、天川晃・荒敬・竹前栄治・中村隆英・三和良一（編）『ＧＨＱ日本占領史　出版の自由』第一七巻

（日本図書センター、一九九九）
竹山道雄『ビルマの竪琴』（中央公論社、一九四八）
太宰治「冬の花火」『太宰治全集』第八巻（筑摩書房、一九九〇）〔初出〕（『展望』一九四六・六）
田中泉「半世紀間における日系アメリカ人社会の変容――阿川弘之著『カリフォルニヤ』に見る日系アメリカ人像との比較」（『広島経済大学研究論集』二〇〇七・一〇）
田中和生『江藤淳』（慶應義塾大学出版会、二〇〇一）
――「「アメリカ」と戦後文学――江藤淳の占領研究について」（『三田文学（第三期）』二〇〇九・秋季）
田中貴美子『女の防波堤』（第二書房、一九五七）
田中美代子「『アメリカン・スクール』」（『国文学　解釈と鑑賞』一九七二・二）
谷川建司『アメリカ映画と占領政策』（京都大学学術出版会、二〇〇二）
谷崎潤一郎ほか「〈座談会〉新日本の黎明を語る」（『洛味』一九四六・一〇）
田村泰次郎の『肉体の門』（風雪社、一九四七）
千頭剛「有吉佐和子――苛烈で優雅な女権宣言の文学」（『関西文学』一九九六・一）、
趙正民「小島信夫「アメリカン・スクール」論」（『Comparatio』二〇〇一・三）
塚本雄一「自信のない男たち――安岡章太郎による「劣等感文学」」（『近代文学 研究と資料』二〇一〇・三）
月村敏行『江藤淳論』（而立書房、一九七七）
土屋由香『親米日本の構築――アメリカの対日情報・教育政策と日本占領』（明石書店、二〇〇九）
土屋由香・吉見俊哉（編）『占領する眼・占領する声――ＣＩＥ／ＵＳＩＳ映画とＶＯＡラジオ』（東京大学出版会、二〇一二）
堤純子『アーミッシュ』（未知谷、二〇一〇）
常松洋・松本悠子（編）『消費とアメリカ社会――消費大国の社会史』（山川出版社、二〇〇五）
壺井栄『二十四の瞳』（光文社、一九五二）
坪内祐三「『俘虜記』の「そのこと」」（『文学界』一九九五・一一）
――「二人の保守派――江藤淳と福田恆存」（『諸君』一九九九・一〇）
――『アメリカ――村上春樹と江藤淳の帰還』（扶桑社、二〇〇七）

鶴木真『日系アメリカ人』（講談社、一九七八、［初版］一九七六）
鶴田欣也（編）『日本文学における〈他者〉』（新曜社、一九九四）
鶴見俊輔『戦後日本の大衆文化史』（岩波書店、二〇〇一）
――『北米体験』（岩波書店、二〇〇八）
鶴見俊輔「日本知識人のアメリカ像」（『中央公論』一九五六・七）
――「日本の中のアメリカとアメリカの中の日本」（『婦人公論』一九六〇・八）
ティリヒ、パウル『文化と宗教』（岩波書店、一九六二）
東谷護『進駐軍クラブから歌謡曲へ――戦後日本ポピュラー音楽の黎明期』（みすず書房、二〇〇五）
十重田裕一「引き裂かれた本文――横光利一「微笑」と編集者による自己規制」（『文学』二〇〇三・九）
徳富蘇峰『徳富蘇峰　終戦後日記――『頑蘇夢物語』』（講談社、二〇〇六年）
利倉幸一「私は発見した、有吉佐和子の才女ぶり」（『週刊東京』一九五八・一・一八）
トムリンソン、ジョン『グローバリゼーション――文化帝国主義を超えて』（片岡信訳、青土社、二〇〇〇）
トリート、ジョン・W『グラウンド・ゼロを書く――日本文学と原爆』（水島裕雅、成定薫、野坂昭雄監訳、法政大学出版局、二〇一〇）
十和田操「ガンビヤ便り」『個人全集月報集――安岡章太郎全集・吉行淳之介全集・庄野潤三全集』（講談社、二〇一二）
ドウス昌代『敗者の贈物――国策慰安婦をめぐる占領秘史』（講談社、一九七九）
――『マッカーサーの二つの帽子』（講談社、一九八五）
――『敗者の贈物――特殊慰安施設RAAをめぐる占領史の側面』（講談社、一九九五）
永井隆『長崎の鐘』（日比谷出版社、一九四九）
永井荷風『あめりか物語』（博文館、一九〇八）
長岡弘芳『原爆文学史』（風媒社、一九七三）
中野重治「労働者階級の文化運動」『中野重治全集』第一二巻（筑摩書房、一九八〇）［初出］『朝日評論』（一九四七・二）
中村邦生・千石英世『未完の小島信夫』（水声社、二〇〇九）
中村秀之「占領下米国教育映画についての覚書――『映画教室』誌にみるナトコ（映写機）とCIE映画の受容について」

（CineMagaziNet! no.6〈http://www.cmn.hs.h.kyoto-u.ac.jp/CMN6/nakamura.htm〉、二〇〇二）
中村正則・天川晃・尹健次・五十嵐武士（編）『戦後日本――占領と戦後改革』全六巻（岩波書店、一九九五）
中村光夫「「俘虜記」について」（『竜』一九四八・六）
――「占領下の文学」（『文学』一九五二・六）
中本たか子「基地の女」（『群像』一九五三・七）
長与善郎『彼を見、我を思う』（筑摩書房、一九五三）
ナジタ、テツオ・神島二郎・前田愛（編）『戦後日本の精神史――その再検討』（岩波書店、一九八八）
南相旭『三島由紀夫における「アメリカ」』（彩流社、二〇一四）
南原繁『南原繁著作集』第七巻（岩波書店、一九七三）
ニールセン、ワルデマー・A『アメリカの大型財団――企業と社会』（林雄二郎訳、河出書房新社、一九八四）
西清子（編著）『占領下の日本婦人政策――その歴史と証言』（ドメス出版、一九八五）
西川長夫『日本の戦後小説――廃墟の光』（岩波書店、一九八八）
――『地球時代の民族＝文化理論――脱「国民文化」のために』（新曜社、一九九五）
――『国民国家論の射程――あるいは〈国民〉という怪物について』（柏書房、一九九九、［初版］一九九八）
――『日本回帰・再論』（人文書院、二〇〇八）
西田稔『基地の女』（河出書房、一九五三）
――『オンリーの貞操帯――何が彼女たちに生ませたのか』（第二書房、一九五六）
日本近代文学館（編）『日本文学の戦後』（読売新聞社、一九七二）
日本戦没学生手記編纂委員会（編）『きけわだつみのこえ』（東大協同組合出版部、一九四九）
日本文学研究資料刊行会（編）『吉本隆明・江藤淳』（有精堂、一九八〇）
野坂昭如『アメリカひじき・火垂るの墓』（文藝春秋、一九六八）
野崎京子『強制収容とアイデンティティ・シフト――日系二世・三世の「日本」と「アメリカ」』（世界思想社、二〇〇七）
野田康文『大岡昇平の創作方法――『俘虜記』『野火』『武蔵野夫人』』（笠間書院、二〇〇六）
野間宏・武田泰淳・安岡章太郎・安部公房・阿川弘之・小島信夫・木村徳三「〈座談会〉戦後作家は何を書きたいか」（『文芸』一

九五四・一〇）
野間宏・安岡章太郎（編）『差別・その根源を問う』上・下巻（朝日新聞社、一九七七〜一九八四）
バーダマン、ジェームズ・M『アメリカ黒人の歴史』（森本豊富訳、NHK出版、二〇一一）
蓮實重彦「安岡章太郎論」（『海』一九七三・七）
服部達『われらにとって美は存在するか』（講談社、二〇一〇）
花﨑育代『大岡昇平研究』（双文社出版、二〇〇三）
浜本武雄「人種問題へのアプローチ――有吉佐和子『非色』をめぐって」（『二十世紀文学』一九六四・九）
林かおり・田村恵子・高津文美子『戦争花嫁――国境を越えた女たちの半世紀』（芙蓉書房出版、二〇〇二）
林寿美子「「アメリカン・スクール」の背景」（『日本文学誌要』二〇〇五・七）
林房雄「文芸時評――現代と取り組む『非色』」（『朝日新聞』一九六四・六・二七）
羽矢みずき「〈才女〉時代――戦後十年目の旗手たち」加納実紀代（編）『リブという革命』（インパクト出版会、二〇〇三）
原克『白色家電の神話――モダンライフの表象文化論』（青土社、二〇一二）
原民喜「夏の花」（『三田文学』一九四七・六）
塙光子（聞き手・山本武利）「インタビュー　GHQ民事検閲局通信部門、PPB部門での仕事」『占領期雑誌資料大系　文学編　月報』第四巻（岩波書店、二〇一〇）
ハルトゥーニアン、ハリー『歴史と記憶の抗争――「戦後日本」の現在』（カツヒコ・マリアノ・エンドウ監訳、みすず書房、二〇一〇）
樋口覚「誤解の王国――『俘虜記』序説」（『ユリイカ』一九九四・一一）
日高昭二「状況への架け橋として――有吉佐和子と倉橋由美子」（『国文学解釈と教材の研究』一九八〇・一二）
――『占領空間のなかの文学――痕跡・寓意・差異』（岩波書店、二〇一五）
火野葦平『アメリカ探検記』（雪華社、一九五九）
――「火野氏解説」『火野葦平選集』第四巻（創元社、一九五九）
平井和子『日本占領とジェンダー――米軍・売買春と日本女性たち』（有志舎、二〇一四）
平岡敏夫「『俘虜記』――作品全体の統一的評価を求めて」（『国文学解釈と鑑賞』一九七七・三）

平林たい子「北海道千歳の女たち」（『小説新潮』一九五二・一二）
平川祐弘・鶴田欣也（編）『内なる壁――外国人の日本人像・日本人の外国人像』（ティビーエス・ブリタニカ、一九九〇）
平野共余子『天皇と接吻――アメリカ占領下の日本映画検閲』（草思社、一九九八）
平野謙『昭和文学史』（筑摩書房、一九六三）
広池秋子「オンリー達」『現代の女流文学』第一巻（毎日新聞社、一九七四）〔初出〕（『文學者』一九五三・一一）
廣木寧『江藤淳氏の批評とアメリカ――『アメリカと私』をめぐって』（慧文社、二〇一〇）
広島県（編）『広島県移住史』（第一法規出版、一九九一）
広瀬正浩「通訳者がいることの意味――言語関係をめぐる『抱擁家族』の問題性」（『国語国文学』二〇〇〇・一二）
――「ネイティヴ・スピーカーのいない英会話――戦時・戦後の連続と「アメリカン・スクール」」（『名古屋大学国語国文学』二〇〇一・七）
フォスディック、レイモンド・B『ロックフェラー財団――その歴史と業績』（井本威夫・大沢三千三共訳、法政大学出版局、一九五六）
福田和也『江藤淳という人』（新潮社、二〇〇〇）
福田清人「才女才筆　古風な世界に新しい照明あてる」（『日本読書新聞』一九五八・五・一二、第三面）
福田定良「反米思想――反米意識は何処から来るか？」（『文藝春秋』一九五三・九）
福田恆存「平和論の進め方についての疑問」（『中央公論』一九五四・一二）
――「疑似インテリ批判」（『新潮』一九五六・一〇）
――『明智光秀』（『文芸』一九五七・三）
――『福田恆存全集』全八冊（文藝春秋、一九八七～一九八八）
――『福田恆存評論集』全七巻（新潮社、一九六六）
福田恆存（著）、現代演劇協会（監修）『福田恆存戯曲全集』第四巻（文藝春秋社、二〇一〇）
藤田文子「「日米知的交流計画」と「一九五〇年代日米関係」」（『東京大学アメリカン・スタディーズ』二〇〇〇・三）
――「一九五〇年代アメリカの対日文化政策――概観」（『津田塾大学紀要』二〇〇三・三）
――「一九五〇年代アメリカの対日文化政策の効果」（『津田塾大学紀要』二〇〇九・三）

――「ウィリアム・フォークナーの訪日――アメリカ文化外交の一例として」（『津田塾大学紀要』二〇一一・三）
――『アメリカ文化外交と日本――冷戦期の文化と人の交流』（東京大学出版会、二〇一五）
富士正晴「小島信夫著『アメリカン・スクール』」（『近代文学』一九五五・二）
藤本和子「戦争花嫁――後ろ姿を見つめられた女たち」（『朝日ジャーナル』一九八四・一）
藤目ゆき『性の歴史学――公娼制度・堕胎罪体制から売春防止法・優生保護法体制へ』（不二出版、一九九七）
ブラウ、モニカ『新版　検閲――原爆報道はどう禁じられたのか』（繁沢敦子訳、時事通信社、二〇一一）
古川ちかし・林珠雪・川口隆行『台湾・韓国・沖縄で日本語は何をしたのか――言語支配のもたらすもの』（三元社、二〇〇七）
ブルデュー、ピエール『芸術の規則』（石井洋二郎訳、藤原書店、一九九五）
ヘイリー、アレックス『ルーツ』全三巻（安岡章太郎・松田銑共訳、社会思想社、一九七八）
ペロー、ミシェル（編）『ブックレット　女の歴史』（藤原書店、一九九四）
――『女性史は可能か』（藤原書店、二〇〇一）
――『歴史の沈黙――語られなかった女たちの記録』（持田明子訳、藤原書店、二〇〇三）
ホソカワ、ビル『120％の忠誠――日系二世・この勇気ある人びとの記録』（猿谷要監修、飯野正子・今井輝子・篠田佐多江訳、有斐閣、一九八四）
細谷千博・有賀貞・石井修・佐々木卓也（編）『日米関係資料集1945‐97』（東京大学出版会、一九九九）
堀場清子『原爆　表現と検閲――日本人はどう対応したか』（朝日新聞社、一九九五）
本田創造「『非色』の世界」『有吉佐和子第一期選集　月報五』八巻（新潮社、一九七〇）
本間長世「日本文化のアメリカ化」細谷千博・斎藤眞（編）『ワシントン体制と日米関　係』（東京大学出版会、一九七八）
前田多門・原田健・石川達三・芹澤光治良・萩原徹・藤山愛一郎・徳川頼貞・池島信平「ユネスコ・ペンクラブ代表座談会」（『文藝春秋』一九五四・一二）
槇林滉二「小島信夫の方法――「アメリカン・スクール」の分析を通して」（『佐賀大国文』一九七二）
正宗白鳥「今の文壇は才女時代か」（『婦人公論』一九五七・一二）
眞嶋亜有『「肌色」の憂鬱――近代日本の人種体験』（中央公論社、二〇一四）
益田実・池田亮・青野利彦・齋藤嘉臣『冷戦史を問いなおす――「冷戦」と「非冷戦」の境界』（ミネルヴァ書房、二〇一五）

松浦総三『占領下の言論弾圧』（現代ジャーナリズム出版会、一九六九）
松田武『戦後日本におけるアメリカのソフト・パワー――半永久的依存の起源』（岩波書店、二〇〇八）
――『対米依存の起源――アメリカのソフト・パワー戦略』（岩波書店、二〇一五）
松本健一「江藤淳の「アメリカ」」（『早稲田文学』〔第八次〕一九八〇・一一）
松本重治『国際日本の将来を考えて』（朝日新聞社、一九八八）
――『昭和史への一証言』（たちばな出版、二〇〇一）
松本重治（聞き手・加固寛子）『聞書・わが心の自叙伝』（講談社、一九九二）
松本清張「黒地の絵」（『新潮』一九五八・三）
松本浩幸「江藤淳『アメリカと私』論――戦後日本の自画像とその問題点」（『明治大学教養論集』二〇〇五・九）
丸川哲史『思考のフロンティア リージョナリズム』（岩波書店、二〇〇三）
――『冷戦文化論――忘れられた曖昧な戦争の現在性』（双風舎、二〇〇五）
丸山真男「超国家主義の論理と心理」（『世界』一九四六・五）
丸山真男・竹内好・前田陽一・島崎敏樹・篠原正瑛「〈座談会〉被占領心理」（『展望』一九五〇・八）
三浦信孝・糟谷啓介（編）『言語帝国主義とは何か』（藤原書店、二〇〇〇）
三上治『三島・角栄・江藤淳――保守思想の構図』（彩流社、一九八四）
身崎とめこ「GHQ／CIE教育映画とその影響――戦後民主主義とダイニング・キッチン」（『IMAGE & GENDER』二〇〇七）
三島由紀夫「アポロの杯」『三島由紀夫全集』第二六巻（新潮社、一九七五）〔初刊〕『アポロの杯』（朝日新聞社、一九五二）
水野浩（編）『日本の貞操――外国兵に犯された女性たちの手記』（蒼樹社、一九五三）
道場親信『占領と平和――〈戦後〉という体験』（青土社、二〇〇五）
三ツ野陽介「江藤淳と「戦後」という名の近代」（『比較文学研究』二〇〇八・六）
南博社会心理研究所『続・昭和文化１９４５-１９８９』（勁草書房、一九九〇）
宮本顕治・都留重人・中野好夫・宮原誠一「座談会　アメリカ文化と日本」（『展望』一九五〇・一一）
宮内淳子（編）『新潮日本文学アルバム七一・有吉佐和子』（新潮社、一九九五）
三好行雄『作品論の試み』（至文堂、一九七八）

武者小路公秀・パッシン（H）（編）『日米関係の展望』（サイマル出版会、一九七六）
村上東（編）『冷戦とアメリカ――覇権国家の文化装置』（臨川書店、二〇一四）
村山有『アメリカ二世――その苦難の歴史』（時事通信社、一九六五、［初版］一九六四）
室謙二「小田実とアメリカ体験」（『現代の眼』一九七五・一）
室伏高信『アメリカ』（先進社、一九二九）
牟倫海『戦後日本の対外文化政策――1952年から72年における再編成の模索』（早稲田大学出版部、二〇一六）
モスタファ、マハマド・M・F「『愛玩』安岡章太郎の「戦後」の始まり」（『日本研究』一九九九・五）
――「被占領者の屈辱――安岡章太郎『ハウス・ガード』・『ガラスの靴』をめぐって」（『日本研究』二〇〇〇・二）
モラスキー、マイク「アメリカと寝る、とは――被占領体験の表現をめぐって」（『図書』一九九七・一二）
――『戦後日本のジャズ文化――映画・文学・アングラ』（岩波書店、二〇一七）
森一郎「成増のアメリカン・スクール訪問記――読書指導の見学を主眼とする」（『新しい中学校』一九五〇・一）
森田幸夫『アメリカ日系二世の徴兵忌避――不条理な強制収容に抗した群像』（彩流社、二〇〇七）
八島正雄「アメリカン・スクール参観――代々木アメリカン・スクール参観記」（『新しい学校』一九五一・六）
安岡章太郎「ガラスの靴」（『三田文学』一九五一・六）
――「ハウス・ガード」（『時事新報』一九五三・三）
――「陰気な愉しみ」（『新潮』一九五三・四）
――「サアヴィス大隊要員」（『新潮』一九五四・二）
――「科学的人間」（『別冊文藝春秋』一九五四・一二）
――（編）『若き作家の青春譜』（人文書院、一九五八）
――「勲章」『ガラスの靴・悪い仲間』（講談社、一九八九）〔初出〕『週刊読売』（一九六〇・一〇・三〇）
――「裏庭」（『群像』一九六一・一〇）
――『アメリカ感情旅行』（岩波書店、一九七〇、［初版］一九六二）
――「戦争花嫁通した黒人問題――有吉佐和子著『非色』」（『週刊朝日』一九六四・九・二五）
――『安岡章太郎全集』全七巻（講談社、一九七一）

――『僕の昭和史』全三巻（講談社、一九八四～一九八八）
――『小説家の小説家論』（福武書店、一九八六）
――『安岡章太郎対談集』（読売新聞社、一九八八）
――『戦後文学放浪記』（岩波書店、二〇〇〇）
安岡章太郎・庄野潤三・遠藤周作・阿川弘之『私の履歴書 第三の新人』（日本経済新聞社、二〇〇七）
安岡章太郎・芳賀徹・本間長世「座談会 日本とアメリカ」大橋健三郎・加藤秀俊・斎藤真（編）『講座 アメリカ文化講座』第六巻（南雲堂、一九七〇）
安田常雄「大衆文化のなかのアメリカ像――『ブロンディ』からTV映画への覚書」（『アメリカ研究』二〇〇三・三）
安田敏朗『「国語」の近代史――帝国日本と国語学者たち』（中央公論新社、二〇〇六）
安富成良「『戦争花嫁』と日系コミュニティ（一）ステレオタイプに基づく排斥から受容へ」（『嘉悦女子短期大学研究論集』二〇〇〇・六）
――「『戦争花嫁』と日系コミュニティ（二）ステレオタイプに基づく排斥から受容へ」（『嘉悦女子短期大学研究論集』二〇〇一・一二）
――「『戦争花嫁』と日系コミュニティ（三）ステレオタイプに基づく排斥から受容へ」（『嘉悦女子短期大学研究論集』二〇〇二・三）
安富成良・スタウト梅津和子『アメリカに渡った戦争花嫁――日米国際結婚パイオニアの記録』（明石書店、二〇〇五）
矢内原伊作「文化の国」（『近代文学』一九五二・九）
山崎省一『安岡章太郎論』（沖積舎、二〇〇四）
山田潤治「アカデミズムとジャーナリズムの狭間で――江藤淳のエドマンド・ウィルソン受容」（『日本比較文学会東京支部研究報告』二〇〇四・九）
山下昇『冷戦とアメリカ文学――21世紀からの再検証』（世界思想社、二〇〇一）
ヤマダ、デイビッド・T（著）日系アメリカ市民連盟モンテレー半島支部歴史後述記委員会『モンテレー半島日本人移民史――日系アメリカ人の歴史と遺産一八九五‐一九九五』（石田孝子訳、溪水社、二〇〇九）
山本昭宏「占領下における被爆体験の「語り」――阿川弘之「年年歳歳」「八月六日」と大田洋子『屍の街』を手がかりに」（『原

爆文学研究』二〇一一・三）
山本明『戦後風俗史』（大阪書籍、一九八六）
山本健吉「第三の新人」（『文学界』一九五三・一）
山本武利『占領期メディア分析』（法政大学出版局、一九九六）
――『占領期文化をひらく　雑誌の諸相』（早稲田大学出版部、二〇〇六）
山本武利・谷川建司・原田健一・石井仁志（編）『占領期雑誌資料大系 大衆文化編』全五巻（岩波書店、二〇〇八～二〇〇九）
山本武利・川崎賢子・十重田裕一・宗像和重（編）『占領期雑誌資料大系 文学編』全五巻（岩波書店、二〇一〇）
山本正（編）『戦後日米関係とフィランソロピー――民間財団が果した役割　1945～1975年』（ミネルヴァ書房、二〇〇八）
山本道子『ベティさんの庭』（新潮社、一九七五年）〔初出〕（『新潮』一九七二・一一）
山本幸正「被占領下における言葉の風景――小島信夫「アメリカン・スクール」をめぐって」（『国文学研究』二〇〇六・一）
油井大三郎『未完の占領改革――アメリカ知識人と捨てられた日本民主化構想』（東京大学出版会、一九八九）
横手一彦『被占領下の文学に関する基礎的研究　資料編』（武蔵野書房、一九九五）
――『非占領下の文学に関する基礎的研究／論考編』（武蔵野書房、一九九六）
――『敗戦期文学試論』（イー・ディー・アイ、二〇〇四）
吉野耕作『文化ナショナリズムの社会学』（名古屋大学出版会、二〇〇二）
吉見俊哉「アメリカナイゼーションと文化の政治学」見田宗介・井上俊・上野千鶴子・大澤真幸・吉見俊哉（編）『岩波講座　現代社会学 現代社会の社会学』第一巻（岩波書店、一九九七）
――「「アメリカ」を欲望／忘却する戦後」（『現代思想』二〇〇一・七）
――「「アメリカ」を語ること」（『アメリカ研究』二〇〇五）
――『親米と反米――戦後日本の政治的無意識』（岩波書店、二〇〇七）
――『夢の原子力』（筑摩書房、二〇一二）
吉見俊哉・テッサ・モーリス‐スズキ『天皇とアメリカ』（集英社、二〇一〇）
吉見俊哉・安丸良夫・姜尚中ほか『岩波講座近代日本の文化史　冷戦体制と資本の文化』第九巻（岩波書店、二〇〇二）
吉見義明「占領期日本の民衆意識」（『思想』一九九二・一）

吉村昭「臀部の記憶」『私の引き出し』（文藝春秋、一九九六）
吉目木晴彦『寂寥郊野』（講談社、一九九三）
米山リサ『暴力・戦争・リドレス――多文化主義のポリティクス』（岩波書店、二〇〇三）
――「批判的フェミニズムの系譜からみる日本占領」（『思想』二〇〇三・一一）
――『広島 記憶のポリティクス』（小沢弘明・小沢祥子・小田島勝浩共訳、岩波書店、二〇〇五）
ライシャワー、エドウィン・O『日本――過去と現在』（鈴木茂吉訳、時事通信社、一九六七）
――『ライシャワーのみた日本』（徳間書店、一九七二、［初版］一九六七）
ラッセル、ジョン・G『日本人の黒人観――問題は『ちびくろサンボ』だけではない』（新評論、一九九一）
――『偏見と差別はどのようにつくられるか――黒人差別・反ユダヤ意識を中心に』（明石書店、一九九五）
ラミス、ダグラス『内なる外国――『菊と刀』再考』（加地永都子訳、時事通信社、一九八一）
リースマン、デイヴィッド『現代文明と人間性』（朝日新聞社、一九六二）
陸井三郎「自由の国の不自由」（『改造』一九五二・一〇）
利沢行夫「小島信夫における風刺と抽象」（『国文学　解釈と鑑賞』一九七二・二）
李鍾元『東アジア冷戦と韓米日関係』（東京大学出版会、一九九六）
渡辺一夫「読書傷秋」（『読書雑誌』一九四六・一〇）
渡辺靖『アメリカン・センター――アメリカの国際文化戦略』（岩波書店、二〇〇八）
――『文化と外交――パブリック・ディプロマシーの時代』（中央公論社、二〇一一）
渡辺洋二『街娼の社会学的研究』（鳳弘社、一九五〇）

1-2 雑誌特集

『面白半分』〈全特集〉有吉佐和子』（面白半分、一九七六・六・三〇）
『季刊創造』〈特集〉有吉佐和子の文学』（聖文舎、一九七七・一・一）
『現代思想』〈総特集〉戦後東アジアとアメリカの存在』（青土社、二〇〇一・七）

『国文学解釈と教材の研究〈特集〉江藤淳と大江健三郎』（学燈社、一九七一・一）
『国文学解釈と鑑賞〈特集〉小島信夫と安岡章太郎』（至文堂、一九七二・二）
『国文学解釈と鑑賞〈特集〉吉本隆明と江藤淳』（至文堂、一九七三・一〇）
『国文学解釈と教材の研究〈特集〉江藤淳・主題と展開』（学燈社、一九七五・一一）
『国文学解釈と教材の研究〈特集〉安岡章太郎――羞恥のある風景』（学燈社、一九七七・一〇）
『国文学解釈と鑑賞〈特集〉第三の新人』（至文堂、二〇〇六・二）
『新潮〈特集〉福田恒存追悼』（新潮社、一九九五・二）
『新潮〈追悼特集〉江藤淳 人と文学』（新潮社、一九九九・一〇）
『文学界〈特集〉福田恒存追悼』（文藝春秋、一九九五・二）
『水声通信〈特集〉小島信夫を再読する』（水声社、二〇〇五）
『三田文学〔第三期〕〈特集〉作家たちのアメリカ』（三田文学会、二〇〇〇・秋季）
『Intelligence〈特集〉戦時期・占領期の一次資料による研究調査の現在』（二〇世紀メディア研究所、二〇〇二・三）
『Intelligence〈特集〉占領期研究の成果とプランゲ文庫』（二〇世紀メディア研究所、二〇〇三・一〇）
『Intelligence〈特集〉占領期の検閲と文学』（二〇世紀メディア研究所、二〇〇七・四）

1-3　新聞・雑誌記事

「ロ氏財団から八名の留学生／今年から日本学生からも選抜欧米へ」（『朝日新聞』一九二六・七・九・夕刊、第二面）
「ロ財団の手で我国に社会施設／近く東京大阪両都市に／グ博士視察に来朝」（『朝日新聞』一九三〇・一一・一九・夕刊、第二面）
「学生の国際殿堂／上海より一足先に／東京説が有力化／高柳教授が重任を帯び渡米／来年末には実現か」（『朝日新聞』一九三六・七・一六・朝刊、第一一面）
「文相、前田多門氏――きのふ親任式御挙行」（『朝日新聞』一九四五・八・一九、第一面）
「文相談　思考力を高揚――基礎科学に力注ぐ」（『朝日新聞』一九四五・八・一九、第一面）
「万邦共栄　文化日本を再建設――東久邇首相宮　施政方針演説で御強調」（『朝日新聞』一九四五・九・六、第一面）。

「「文化日本」の建設へ――科学的思考を養はう」（『朝日新聞』一九四五・九・一〇）
「首相宮米人特派員の質問書に御自ら御返事――軍国主義を一掃し道義高き文化国へ」（『朝日新聞』一九四五・九・一六、第一面）。
「文化外交「音楽祭」へ――心も躍る前奏曲」（『朝日新聞』一九四五・九・二九、第二面）
「おしゃれシーズン」（『朝日新聞』一九四九・四・二七）
「アメリカン・スクールの一年生の教室――よき市民（シチズン）をつくる」（『婦人之友』一九五〇・四）
「文化の日米提携へ――ダレス使節団随員／ロックフェラー氏語る」（『朝日新聞』一九五一・一・二七・朝刊、第三面）
「渉外／南原総長と懇談――ロックフェラー氏」（『朝日新聞』一九五一・一・三一・朝刊、第三面）
「渉外／学生・教授など――ロックフェラー氏、蝋山・星野氏らとも懇談」（『朝日新聞』一九五一・二・一・朝刊、第三面）
「ロ氏、大倉氏と会見」（『朝日新聞』一九五一・二・二・朝刊、第一面）
「潮田慶大塾長らとも」（『朝日新聞』一九五一・二・二・朝刊、第一面）
「馬場、斎藤氏と会談――ロックフェラー氏」（『朝日新聞』一九五一・二・三・朝刊、第一面）
「ロックフェラー氏は一週間残留」（『朝日新聞』一九五一・二・三・朝刊、第一面）
「直井氏、ロ氏を訪問」（『朝日新聞』一九五一・二・四・朝刊、第一面）
「ロ氏を招待――高松宮殿下」（『朝日新聞』一九五一・二・七・朝刊、第三面）
「文化センター設置／若人や資料など交換／文化交流に五点を強調／ロックフェラー氏声明」（『朝日新聞』一九五一・二・一二・朝刊、第二面）
「マッカーサー元帥を惜しむ」（『朝日新聞』一九五一・四・一二）
「ロ財団も援助――カブキの渡米」（『朝日新聞』一九五一・一一・二五・夕刊、第二面）
「米国各地で日本美術展――国宝級集め大規模に／ロックフェラー三世から便り」（『朝日新聞』一九五一・一二・一八・夕刊、第二面）
「時評」（『朝日新聞』一九五二・三・一・朝刊、第四面）
「日本協会新会長にロックフェラー氏／対日関係」（『朝日新聞』一九五二・三・二七・朝刊、第三面）
「惜しまれる旧ＣＩＥ図書館」（『朝日新聞』一九五三・二・八・朝刊、第八面）
「著作権などタダにして――翻訳出版界にも民主、共産の冷戦」（『朝日新聞』一九五三・六・八・朝刊）

「続々と国際文化センター――これも大戦の「遺産」 五ヵ国で文化競争の観」(『朝日新聞』一九五三・七・七、第三面)
「系統的な対策なし――日本文化の海外紹介」(『朝日新聞』一九五三・七・三一、第六面)
「麻布に国際文化会館――共同設計で九月初め着工」(『朝日新聞』一九五三・七・三一・夕刊、第三面)
「〈巻頭言〉文化交流について」(『中央公論』一九五三・八)
「文学ひとすじ――大田洋子女史を囲んで二」(『中国新聞』一九五三・一〇・二三)
「贈位・賞勲/勲一等瑞宝章を贈る――ロックフェラー三世に」(『朝日新聞』一九五四・一一・二六・朝刊、第七面)
「才女留学――有吉佐和子さんの渡米」(『週刊朝日』一九五九・一一・二二)
「才女よ、さようなら」(『週刊公論』一九五九・一一)
「有吉佐和子のアメリカ日記」(『週刊新潮』一九五九・一二・二一)
「サラ・ローレンスの学生たち」(『婦人画報』一九六一・四・一)
「アメリカ留学を打ち切った安岡夫妻」(『毎日新聞』一九六一・五・二二、夕刊)
「日本はアリガタイ国――米留学をはしょった安岡章太郎氏」(『東京新聞』一九六一・五・二五、夕刊)

2 英語文献

2-1 単行本・論文等

Agawa, Hiroyuki., *Devil's Heritage*. trans. Maki, John M. Tokyo: The Hokuseido Press, 1957.
Akami, Tomoko., *Internationalizing the Pacific: The United States, Japan and the Institute of Pacific Relations in War and Peace, 1919-1945*. New York: Routledge, 2002.
Alvah, Donna, *Unofficial Ambassadors: American Military Families Overseas and the Cold War*. New York: NYU Press, 2007.
Arnove, Robert, F., eds. *Philanthropy and Cultural Imperialism: The Foundations at Home and Abroad*. Boston: G.K.Hall, 1980.
Bardsley, Jan, *Women and Democracy in Cold War Japan*. London: Bloomsbury Academic, 2014.
Barnhisel, Greg and Catherine Turner, eds., *Pressing the Fight: Print, Propaganda, and the Cold War*. Boston: University of Massachusetts Press, 2010.

Bennett, Eric, *Workshops of Empire: Stegner, Engle, and American Creative Writing during the Cold War*. Iowa City: University of Iowa Press, 2015.

Bennet, John W., Herbert Passin and Robert K. McKnight, *In Search of Identity: The Japanese Overseas Scholar in America and Japan*. Minnesota: University of Minnesota Press, 1958.

Bhabha, Homi K., ed. *Nation and Narration*. London and New York: Routledge, 1993.

—— "The Other Question: Difference, Discrimination and the Discourse of Colonialism," in Russell Ferguson ed., *Out There: Marginalizationand Contemporary Cultures*. New York: MIT Press, 1990.〔邦訳〕「他者の問題——差異、差別、コロニアリズムの言説」富山太佳夫（編）『現代批評のプラクシス4——文学の境界線』（研究社、一九九六）、一六七～二〇七頁

Bhabha, Homi K., *The Location of Culture*. London: Routledge, 2005.〔邦訳〕『文化の場所——ポストコロニアリズムの位相』（本橋哲也訳、法政大学出版会、二〇〇五）

Collier, Peter, and David Horowitz, *The Rockefellers: An American Dynasty*. New York: Holt, Rinehart and Winston, 1976.

Colligan, Francis J., "The Government and Cultural Interchange," *Review of Politics* 20, no.4（1958）.

Dower, John W., *War without Marcy: Peace and Power in the Pacific War*. New York: Pantheon Books, 1986.〔邦訳〕『容赦なき戦争——太平洋戦争における人種差別』（猿谷要監訳、斎藤元一訳、平凡社、二〇〇一）

——*Embracing Defeat: Japan in the Wake of World War II*. New York: Norton, 1999.〔邦訳〕『敗北を抱きしめて——第二次大戦後の日本人』上・下（三浦陽一・高杉忠明・田代泰子訳、岩波書店、二〇〇四）

——*Japan in War & Peace: Selected Essays*. New York: The New Press, 1993.〔邦訳〕『昭和——戦争と平和の日本』（明田川融監訳、みすず書房、二〇一〇）

——*Ways of Forgetting, Ways of Remembering: Japan in the Modern World*. New York: The New Press, 2012.〔邦訳〕『忘却のしかた、記憶のしかた——日本・アメリカ・戦争』（外岡秀俊訳、岩波書店、二〇一三）

Dudziak, Mary L., *Cold War Civil Rights: Race and the Image of American Democracy*. Princeton: Princeton University Press, 2000.

Dunn, Frederick Sherwood, *Peace-Making and Settlement with Japan. Princeton*. Princeton University Press, 1962.

Fosdick, Raymond B., *The Story of the Rockefeller Foundation*. New York: Harper and Brothers, 1952.〔邦訳〕『ロックフェラー財団——その歴史と業績』（井本威夫・大澤三千三訳、法政大学出版局、一九五六）

Fujita, Fumiko, "Eleanor Roosevelt' s 1953 Visit to Japan: American Values and Japanese Response," in Cristina Giorcelli and Rob Kroes ed., *Living with American, 1946–1996*. Amsterdam: VU University Press, 1997.

Hammond, Andrew, ed. *Cold War Literature: Writing for Global Conflict*. New York: Routledge, 2005.

——ed, *Global Cold War Literature: Western, Eastern and Postcolonial Perspectives*. New York: Routledge, 2012.

Harada, Kiichi, "America As Obserbed by the Contemporary Japanese Writers, 1961–1969,"『アメリカ研究』4（The Japanese Association for American Studies, 1970）.

Hersey, John, "Hiroshima," *New Yorker*（Aug. 31 1946）.〔邦訳〕ジョン・ハーシー『ヒロシマ』（石川欣一・谷本清共訳、法政大学出版局、一九四九）

Ishii, Momoko, "American Children' s Books in Japan," *The Horn Book Magazine*（July-Augaust, 1949）.

Jameson, Fredric, "Third-world Literature in the Era of Multinational Capitalism," *Social Text* 13（1986）.

Jansen, Marius B., ed., *Changing Japanese Attitudes toward Modernization*. Princeton: Princeton University Press, 1965.〔邦訳〕マリウス・B・ジャンセン（編）『日本における近代化の問題』（細谷千博編訳、岩波書店、一九七一）

Jelliffe, Robert A. ed., *Faulkner at Nagano*. Tokyo: Kenkyusha, 1956.

Keene, Donald, "Introduction," in Donald Keene ed., *Modern Japanese Literature: An Anthology compiled and edited by Donald Keene*. New York: Grove Press, 1956.

Kelly, Joan, *Women, History, and Theory*. Chicago: University of Chicago Press, 1984.

Klein, Christina., *Cold War Orientalism: Asia in the Middlebrow Imagination, 1945–1961*. Berkeley: University of California Press, 2003.

Koikari, Mire, *Pedagpgy of Democracy: Feminism and the Cold War in the U.S. Occupation of Japan*. Philadelphia: Temple University Press, 2008.

——*Cold War Encounters in US-Occupied Okinawa: Women, Militarized Domesticity and Transnationalism in East Asia*. Cambridge: Cambridge University Press, 2015.

Maekawa, Reiko, "Philanthoropy and Politics at the Crossroads: John D. Rockefeller 3rd' s Japanese Experience," *The Integrated Human Studies* 7（2000）

Matsuda, Takeshi, "Institutionalizing Postwar U.S.-Japan Cultural Interchange: The Making of Pro-American Liberals, 1945–

1955," in Takeshi Matsuda ed., *The Age of Creolization in the Pacific: In Search of Emerging Cultures and Shared Values in the Japan-America Borderlands*. Hiroshima: Keisuisha, 2001.

May, Elaine *Tyler, Homeward Bound: American Families in the Cold War Era*. New York: Basic Books, 2008.

Michell, W. J. T., *On Narrative*. Chicago: University of Chicago Press, 1981.

Miyoshi, Masao, and Harry D. Harootunian, eds., *The Afterlives of Area Studies*. Durham, N.C.: Duke University Press, 2002.

Molasky, Michael S., *The American Occupation of Japan and Okinawa: Literatureand Memory*. London and New York: Routledge, 2001. 〔邦訳〕『占領の記憶／記憶の占領――戦後沖縄・日本とアメリカ』（鈴木直子訳、青土社、二〇〇六）

Nakano Glenn, Evelyn, *Issei, Nisei, War Bride: Three Geranations of Japanese American Women in Domestic Service*. Philadelphia: Temple University, 1986

Nye, Joseph S. Jr., Soft Power: *The Means to Success in World Politics*. New York: Public Affairs, 2004. 〔邦訳〕ジョゼフ・S・ナイ『ソフト・パワー――21世紀国際政治を制する見えざる力』（山岡洋一訳、日本経済新聞社、二〇〇四）

Osgood, Kenneth, *Total Cold War: Eisenhower's Secret Propaganda Battle at Home and Abroad*. Kansas: University of Kansas, 2006.

Perrot, Michelle, *Writing Women's History*. Cambridge: Blackwell, 1992.

Perry, John C., "Private Philanthropy and Foreign Affairs: The Case of John D. Rockefeller III and Japan," *Asian Perspective* 8（fall-winter 1984）.

Riley, Denise, *Am I That name?: Feminism and the Category of 'Women' In History*. London: Macmillan, 1988.

Rimer, J. Thomas and Marlene Mayo, *War, Occupation, and Creativity: Japan and East Asia 1920–1960*. Honolulu: University of Hawaii Press, 2001.

Roosevelt, Eleanor, *On My Own*. New York: Harper & Brothers, 1958.

Russell, John, *Race and Reflexivity: The Black Other in Contemporary Japanese Mass Culture*. Japan: Chiba College of Health Science, 1991.

Saunders, Frances Stoner, *The Cultural Cold War: the CIA and the World of Arts and Letters*. New York: The New Press, 2000.

Schaller, Michael, *The American Occupation of Japan: The Origin of Cold War in Asia*. New York: Oxford University Press, 1985. 〔邦訳〕『アジアにおける冷戦の起源――アメリカの対日占領』（立川京一・山崎由紀・原口幸司共訳、木鐸社、一九九六）

Schwantes, Robert S., *Japanese and Americans: A Century of Cultural Relations*. New York: Harper and Brothers, 1955.〔邦訳〕『日本人とアメリカ人――日米文化交流百年史』（石川欣一訳、創元社、一九五七）

Scott, Joan W., *Gender and the Politics of History*. New York: Columbia University Press, 1988.〔邦訳〕『ジェンダーと歴史学』（荻野美穂訳、平凡社、一九九二）

Scott, Joan W., "History and Difference," in *Learning About Women: Gender, Politics, and Power*. Ann Arbor: University of Michigan Press, 1987.

―― "Experience," in Judith Butler and Joan Scott eds., *Feminists Theorize the Political*. New York: Routledge, 1992.

Sherif, Ann, *Japan's Cold War: Media, Literature, and the Law*. New York: Columbia University Press, 2009.

Spivak, Gayatri C., *In Other Words: Essays in Cultural Politics*. New York: Routledge, 2006.〔邦訳〕『文化としての他者』（鈴木聡ほか訳、紀伊国屋書店、二〇〇一）

Strauss, Anselm L., "Strain and Harmony in American-Japanese War-Bride Marriages," in Milton L. Barron ed., *The Blending American: Patterns of Intermarriage*. Chicago: Quadrangle Books, 1972.

Takemae, Eiji, *The Allied Occupation of Japan*. New York: Continuum, 2002.

Tomlinson, John, *Cultural Imperialism: A Critical Introduction*. London: Continuum, 1991.〔邦訳〕『文化帝国主義』（大岡信訳、青土社、一九九三）

Treat, John Whittier, *Writing Ground Zero: Japanese Literature and the Atomic Bomb*. Chicago: The University of Chicago Press, 1995.

Umemori, Naoyuki, "Appropriating Defeat: Japan, America, and Eto Jun' s Historical Reconciliations," in Jun-Hyeok Kwak and Melissa Nobles eds., *Inherited Responsibility and Historical Reconciliation in East Asia*. London and New York: Routledge, 2013.

Wilson, Edmund, *Patriotic Gore: Studies in the Literature of the American Civil War*. New York: Norton, 1995.〔邦訳〕『愛国の血糊――南北戦争の記録とアメリカの精神』（中村紘一訳、研究社出版、一九九八）

2-2 新聞記事

"Japanese Author Tells of Life in America," *The Japan Times*, March 30, 1959.

3 韓国語文献

성공회대동아시아연구소（編）『냉전아시아의 문화풍경――一九四〇～一九五〇년대』一（현실문화연구、二〇〇八）［聖公会大東アジア研究所（編）『冷戦アジアの文化風景――一九四〇～一九五〇年代』一（現実文化研究、二〇〇八）］

――（編）『냉전아시아의 문화풍경――一九六〇～一九七〇년대』二（현실문화연구、二〇〇九）［聖公会大東アジア研究所（編）『冷戦アジアの文化風景――一九六〇～一九七〇年代』二（現実文化研究、二〇〇九）］

大田修・許殷（編）『동아시아 냉전의 문화［東アジア冷戦の文化］』（召命出版、二〇一七）

4 その他の参考資料

4-1 未刊行資料

占領期新聞・雑誌情報データベース（二〇世紀メディア研究所）〈http://m21thdb.jp〉

National Archives and Records Administration, Washington, D.C.

National Archives and Records Administration, College Park, M.D.

The Gordon W. Prange Collection, East Asia Collection, Mckeldin Library, University of Maryland at College Park, Maryland.

The Rockefeller Archive Center, Sleepy Hollow, N.Y.

4-2 映像資料

A Year in America. Frank Donovan Associates, 1951（東京大学大学院情報学環・学際情報学府所蔵）

Japanese War Blide in America. Knickerbocker Productions, Inc., 1952.（東京大学大学院情報学環・学際情報学府所蔵）

あとがき——謝辞にかえて

〈戦後〉の終焉が言われて久しい。その一方で、未だ〈戦後〉が去らないことへのいらだちがある。特に東日本大震災を一つの臨界点とする二〇一〇年代において、〈戦後〉の地金がむき出しになったような風景を前に、そのありようがさまざまに顧みられている。そうした試みのなかには、戦後日本にとっての〈アメリカ〉を批判的に捉えようとするものも含まれる。これとは異なる立場から、「戦後レジームからの脱却」といった掛け声も聞かれる。しかしその勇んだ掛け声とは裏腹に、実際の政治的決定や沖縄で今も進んでいる現実はむしろ、アメリカとの距離がますます取れなくなっていることを指し示しているようにも見える。それは単に政治の問題に留まるものではなく、より自由であり得るはずの想像力の次元にまで及んでいるように見えるのだ。その意味で、戦後日本において〈アメリカ〉は、今なお「古くて新しい」問題であり続けていると感じる。ならば、アメリカをめぐるこのような距離感や、それに根ざしたある種の戦後感覚が、どのようにして形作られてきたのかを、戦後の始まりにまで遡って、肉体をまとった生きた言葉を通して辿り直すことには、意味があるのではないか。そして、そうした感覚が、「占領」や「冷戦」といった（多分に偶発的な）歴史的条件によって裏付けられてきたことを意識することは、別のかたちでもありえた〈戦後〉への想像力に繋がる端緒ともなるかもしれない——〈戦後〉の行方をめぐってさまざまな見方がぶつかり合っている二〇一八年にあとがきを記しながら、本書の意味をこのように感じている。

本書は、二〇一六年に東京大学総合文化研究科・超域文化科学専攻・比較文学比較文化コースに提出した博士学位論文「戦後日本の文学空間における「アメリカ」——占領から文化冷戦の時代へ」を修正・加筆したものである。素朴な問いが本書のようなかたちに膨らむまで十年もの時間をかけて執筆を進める間、実に多くの方に助けられ、教えに導かれてきた。

延世大学の英文学科で文学テクストを読む愉しさに魅せられた私が、かつて幼少期を過ごした日本へ留学に渡ったのは、二〇〇五年の春のことである。以後、東京大学大学院総合文化研究科の比較文学比較文化研究室（以下「比較研究室」）には、言葉に尽くせぬほどお世話になった。学際領域の垣根にとらわれず、自由に研究できる同研究室の気風はありがたかった。

殊に戦後文学とアメリカとの関わりをテーマに選んだ私にとっては、比較研究室は大変恵まれた環境であった。まず恩師である菅原克也先生は、日本文学にあらわれたアメリカ観をテーマに、数年次にわたりゼミを開講された。日本が開港を迫られた幕末から戦後に至るまで、〈アメリカ〉という異文化と接触した日本人知識人や文学者による文章にじっくり向き合い、学友たちと議論を重ねた時間の堆積や、先生の温かいご指導なしには、この研究はなかったように思う。学恩に心から深く感謝を申し上げる。

さらに比較研究室では、「アメリカ」をテーマとした講義が多く開講された。来日して研究の道に初めの一歩を踏み入れた年に日米関係の視点から文学を読む方法論へと導いてくださった瀧田佳子先生、比較文学者としての視野を広げてくださった井上健先生、文学に対する情熱に感化を受けたメアリー・ナイトン先生、そして早稲田大学の十重田裕一先生の駒場での講義に恵まれたことは幸運であった。本書は、諸先生方や学友たちから得た知見に多くを負っている。

遡れば本研究は、一つの作品との出会いに始まる。本書で取り上げた有吉佐和子の小説『非色』を初めて読んだとき、越境者のパースペクティヴに立つ作品の語りに新鮮な驚きを感じた。文化冷戦をめぐる問題意識を具体化することになったのはずっと後のことで、修士論文で有吉の作品世界と向き合っているうちに、ロックフェラー財団の支援によるアメリカ留学という共通の体験が同時代の文学者たちの間に広く共有されていることに気がつき、興味を覚えた。ロックフェラー財団文書館に資料調査に出掛けたのは、博士課程に在籍中の二〇一〇年四月だった。整理されたばかりの資料のなかに、本書で重要な資料として取り上げたいくつかの文書が含まれていたことは、ただ幸運と言うほかない。資料を提供していただいたロックフェラー財団文書館と、助力をいただいた前財団アーキヴィストのCharlotte L. Sturm氏に謝意を表したい。限られた時間で調査を進め、複写申請をして後日自宅に届いたダンボール箱一杯分の資料は、――読むのは骨の折れる作業ではあったが――まさに宝箱であった。さまざまな人物による記録文書や書簡、写真に至るまで、その記録からは、作家たちの留学中の足取りや異文化に接した際の息づかいがなまなましく伝わる。留学に際しての意気込みや、異国の習慣の食い違いに触れ、時には狼狽した顔などが目の前に浮かぶようであった。時にかなり私的とも思える記録を覗くことに憚りを感じながらも、数年かけてそれらの記録を読み進めるうちに、戦後日本を成り立たせてきた冷戦の時空間の姿が浮かび上がってくるように感じた。その風景を、読者とともにいくらかでも共有できたとすれば、本書の試みは達成されたことになる。本書で取り上げた全ての文学者たちに、敬意を表したい。

筆者の筆力不足のため頁数ばかりが膨らんでしまったが、むろん本書には多くの欠点や限界がある。何よりも、時間や紙幅の関係から、議論を小説作品とその周辺に限定し、滞在記や批評については割愛せざるを得なかった。また、考察の対象とする時期を一九六〇年代初頭までに区切った。そのため、極めて重要性をもった文学者や作品が分析の対象から抜け落ちる結果となったが、これについては別の機会に考察を行いたい。また、本書では議論の射程を日本とアメリカに大きく絞った。戦後の日本を知るには、他のどの国よりも突出した存在感を放っているように見える〈アメリカ〉との関係をまず理解することが不可欠であると感じたからである。本書を書き終えた今もその考えは変わっていないが、今ではこの選択により生じた欠落をより大きなものと感じている。戦後日本の成り立ちを、それが特権的な意味を与えてきたアメリカとの関係性を視点として批判的に再考しようとする試みは、そのような〈戦後〉が生み出した死角までも、もう一度なぞることになるのではないのか。そうした意味で、本書での考察を日米関係の〈戦後〉の外側へと開いていくこともまた今後の課題であろう。

博士論文の査読にあたってくださった遠藤泰生先生、土屋由香先生、前島志保先生（五十音順）からは、的確なご指摘とともに今後の研究の道しるべとなるご助言を多くいただいた。また、研究の初動の段階から長いあいだ激励してくださった大嶋仁先生、研究と教育活動の両面で教えをいただいたエリス俊子先生、博士論文を出版に繋げてくださった牛村圭先生、良き助言者である南相旭先生、出版前の原稿をていねいに読んでくださった申河慶先生、そして延世大学・日本学プログラムの韓承美先生にもいつも感謝している。

本書が考察の対象とするのは、特定の時代の文化政治と結びついた一つの財団のフェローシップ・プログラムだが、私自身これまでに、文部科学省国費奨学金（二〇〇五年度～二〇一〇年度）と高久国際奨学財団奨学金（二〇一一年度）を受けてきた。感謝申し上げる。このような経歴が、文化政策や国際交流を考える上で、型通りの頭だけの思考に留まらない奥行きを付与しているなら幸いである。また本書は、アメリカ研究振興会の助成を得て出版できた。出版の機会を与えてくださった振興会と、教えを賜った審査員の方々に、紙面を借りてお礼を申し上げたい。出版元のミネルヴァ出版および編集の東寿浩氏、本田康広氏には、原稿が大幅に遅れ、多大なご迷惑をおかけしたにも関わらず、最後まで出版にご尽力いただいた。ここにお詫びとともに、深く謝意を表したい。

最後に、いつも私を支えてくれる家族と、博士論文の最後の深い谷間の時期に大きな力をくれた友人F氏に、心より感謝している。その支えがなければ、とめどない思考を一つのかたちにまとめることはできなかった。

博士論文を書いている間、あまり人に知られていない庭を一つ、地道に手を入れて育てていると感じた。まだまだ手入れの行き届かない庭ではあるが、今ここに開け放って、多くの人が訪れてくれることを願う。

二〇一八年七月

金　志映

索　　引

（＊は人名）

あ行

か行

さ行

た行

な行

は行

ま行

や・ら・わ行

アルファベット

《著者紹介》

金　志映（きむ・じよん）

1982年　ソウル生まれ。
2004年　延世大学校英語英文学科・日本学連繫専攻卒業。
2007年　東京大学大学院総合文化研究科超域文化科学専攻修士号（学術）取得。
2016年　東京大学大学院総合文化研究科超域文化科学専攻博士号（学術）取得。
東京大学大学院総合文化研究科附属多文化共生・人間統合学プログラム（IHS）特任研究員を経て、
現　在　成均館大学校成均日本研究所研究員。
専　門　日本近現代文学、比較文学。
主　著　『翻訳文学の視界——近現代日本文化の変容と翻訳』（共著、思文閣出版、2012年）、*Multiple Translation Communities in Contemporary Japan*. New York: Routledge, 2015.（共著）、「ポスト講和期の日米文化交流と文学空間——ロックフェラー財団創作フェローシップ（Creative Fellowship）を視座に」（『東京大学アメリカ太平洋研究』、2015年３月）など。

日本文学の〈戦後〉と変奏される〈アメリカ〉
——占領から文化冷戦の時代へ——

2019年２月15日　初版第１刷発行　〈検印省略〉

定価はカバーに
表示しています

著　者　金　志映
発行者　杉田啓三
印刷者　藤森英夫

発行所　株式会社　ミネルヴァ書房
607-8494　京都市山科区日ノ岡堤谷町1
電話代表　(075)581-5191
振替口座　01020-0-8076

亜細亜印刷

ISBN978-4-623-08449-4

Printed in Japan